총독의 소리

최인훈 전집 9
총독의 소리

초판 1쇄 발행 1976년 8월 20일
초판 1쇄 발행 1988년 3월 25일
재판 1쇄 발행 1993년 8월 30일
재판 3쇄 발행 2005년 10월 5일
3판 1쇄 발행 2009년 7월 31일
3판 3쇄 발행 2022년 11월 10일

지은이 최인훈
펴낸이 이광호
펴낸곳 ㈜문학과지성사
등록번호 제1993-000098호
주소 04034 서울 마포구 잔다리로7길 18(서교동 377-20)
전화 02) 338-7224
팩스 02) 323-4180(편집) / 02) 338-7221(영업)
전자우편 moonji@moonji.com
홈페이지 www.moonji.com

ⓒ 최인훈, 2009, Printed in Seoul, Korea

ISBN 978-89-320-1923-9 04810
ISBN 978-89-320-1914-7(세트)

이 책의 판권은 지은이와 ㈜문학과지성사에 있습니다.
양측의 서면 동의 없는 무단 전재 및 복제를 금합니다.

최인훈 전집 9

총독의 소리

문학과지성사
2009

일러두기

1. 『최인훈 전집』의 권수 차례는 초판 발행 연도를 기준으로 했다.
2. 이 책의 맞춤법 및 외래어 표기는 국립국어연구원의 『표준국어대사전』을 따랐다. 다만, 일부 인명(러시아말)과 지명, 개념어, 단체명 등의 표기와 맞춤법, 띄어쓰기는 작가와 협의하에 조정하였다.
3. 인용문은 원본 그대로 표기하는 것을 원칙으로 하였으나, 경우에 따라 현행 맞춤법에 맞게 옮겼다.
4. 속어, 방언, 구어체, 북한어 표기 등은 작가가 의도한 바를 그대로 따랐다.
    예) 낮아분해 보이다/더치다/좀체로/어느 만한/클싸하다 등.
5. 단편과 작품명, 논문명, 예술작품명 등은 「　」, 장편과 출간된 단행본 및 잡지명, 외국 신문명 등은 『　』 부호 안에 표기했다. 국내 신문은 부호 표기를 생략했다.
6. 말줄임표는 ……로 통일하였고, 대화문이나 직접 인용은 "　"로, 강조나 간접(발췌) 인용은 '　'로 표기하였다.

차례

동물원 · 7
전사戰史에서 · 13
소설가 구보씨丘甫氏의 일일一日 3 · 31
소설가 구보씨의 일일 4 · 35
견례총犬禮塚 · 41
주석의 소리 · 45
총독의 소리 · 80
옹고집뎐 · 199
낙타섬에서 · 212
무서움 · 241
하늘의 다리 · 254
서유기西遊記 · 261

해설 '우리' 세대의 작가 최인훈/김윤식 · 531
해설 「총독의 소리」와 「주석의 소리」에 관한 몇 개의 주석/김동식 · 543

동물원

첫여름의 알맞은 햇살이 마음껏 평화스러운 인사를 원내園內의 모든 물건 위에 부드럽게 보내고 있었다. 마침 점심때라, 그렇게 북적거리던 관람 군중들은 저마다 구내 음식점으로 빙과점으로 시원한 그늘 아래로 자취를 감추어버리고 한산해진 구내는 힘차게 움직이던 물건이 갑자기 멈추었을 때의 한결 휑뎅그렁한 면모를 그대로 드러내고 있었다. 쓴 듯이 인적이 사라져버린 동물 우리 한쪽에 오직 그 한곳에만 대여섯 명의 관객이 묘하게 다정스럽게 몰려서 구경을 하고 있었다. 그것은 당원當園의 인기물인 원숭이 우리 앞이었다. 6~7세가량 되어 보이는, 카우보이모자를 쓰고 허리에 무시무시하게 쌍권총으로 무장한 순 서부 취미로 차린 소년과 그의 아버지로 보이는, 콧수염이 몹시 어울리는 점잖은 중년 남자 한 쌍과 남방셔츠를 입고 키가 후리후리한 데다가 입매가 몹시 상냥스러워 보이는 청년과 얼굴이 몹시 탄 품이 어느 전방 참호

진지에서 바로 휴가를 내어 온 듯한 젊은 소위 그리고 갓에다 흰 두루마기를 단정히 입은, 김삿갓의 풍자시에 나오는 저 단지뼉但知覓 훈장님을 떠올리게 하는 노인과 그 동행인 삿갓 쓴 중 그리고 맨 마지막으로 이들 남자군과 얼마쯤 사이를 두고 떨어져 선 산뜻한 양장의 아가씨 한 사람, 이렇게 그 그룹은 형성돼 있었다. 그들은 서로 지나치는 사이였으나 넓은 구내에서 그들만 남아서 한곳에 몰려 있다는 일로 말미암아 무언가 포근한 일행 같은 느낌에 잠겨 있었다. 무대의 주인공인 창살 속의 원공猿公은 중인환시리에 보내는 하루의 시간 중에서 잠시의 휴식을 가지는 이 시간까지 끈질기게 남아서 호기심을 만족시키고 있는 이 인간군에 대해서 그러나 별로 원망하는 것 같지도 않았다. 원공은 한 쌍의 부부인 모양이었다. 아니, 표찰標札에 ♂우라 했으니 분명 부부다. 사람이라면 한집안에 있는 ♂우라 해서 반드시 부부라고 단정할 수는 없어도 한번 동물들이고 보면 한 창살 안에 든 ♂우라면 모자母子도 부녀父女도 형매兄妹도 아닌 다만 부부일 따름이다. 그러나 이런 악의 있는 추측을 할 필요는 없겠다. 그들은 동향 출신의 한 쌍 부부로 타향 하늘 아래—아니 창살 안에서 서로의 고독을 배려 깊게 어루만져주고 있는 원앙의 한 짝이라고 생각한대서 별로 이쪽이 배 아플 것도 없기 때문이다. 어쨌든 그들은 부러우리만큼 면면한 부부애의 견본을 내보이고 있었다. T자형으로 세워진 홰 위에 마주 앉아서 남편이 아내의 이를 잡아주고 있다. 호인—아니 역시 호원好猿다운 남편은 윗입술을 비죽이 내밀고 두 손으로 암놈의 두 개골 위의 털을 좌우로 젖히고는 쭈글쭈글하니 주름 잡힌 손가락으로 집어내어서는 비죽이 내밀었던 윗입술을 쩍 열고 쨔ㅂ쨔ㅂ 깨물어버린다. 가끔 길게 늘인 목에 걸린 사슬을 눈앞에 집어들고 잠시 사색에 잠기는 양하였다. 자유에 대해 명상하는 것이 분명하다. 그런데 이 우은 철학적 사변의 취미가 없는 모양인지 이윽고 쇠사슬을 바라보고 있는 남편의 귀때기를 냉큼 잡아끌어서 얼굴을 박박 할퀴어놓는다. 이 엄청난 소갈머리 없는 행사에 대해서 사람 좋은 남편을 방불케 하는 너그러운 도량으로 수컷은 선선히 사슬을 던져버리고 이번에는 아내의 가슴 쪽을 헤치기 시작한다. 그러는가 하면 문득 서로 두 손을 마주 잡고 코와 코를 마주 댄다.
이것은 키스임이 분명하다.
수놈이 흘끗 이쪽을 쳐다본다.
"여보, 사람들이 봐요."
아내가 그렇게 속삭인 모양이다.
"흥, 대수냐."
수놈은 뻔뻔스럽게 콧방귀를 팅 하고서는
"원 별걱정을 다. 매친년."
이러고는 암놈의 눈알에 한 대 쥐어박았다. 여성에 대하여 폭력을 사용하는 꼴이 역시 교양은 그리 높지 못한 모양이다. 암컷은 새침해서 돌아앉아버렸다. 이 부부의 싸움에 쌍권총은 굉장히 즐거운 듯한 환성을 올리고는 그것을 더욱 과시하기나 하는 듯이 권총을 빼들더니 빵빵 하고 창살 속을 향하여 발포하였다. 총소리는 물론 입으로 낸다. 양장의 아가씨는 천사처럼 인자한 미소를 보내었다.

줄곧 아가씨에 관심이 없지 않았던 남방셔츠는 냉큼 미소의 꼬리를 받아서 인자한 형님의 미소를 대뜸 선사하는 것이었다.

아버지는 아들의 호전적인 성미에 가벼운 경고를 발했다.

"동물을 놀리는 게 아니야."

"그놈 번듯하게 동량감으로 생겼다. 몇 살입니까?"

두루마기 영감이다. 모든 사람이 일시 카우보이 부자에게 향하였다.

"허허허 지금 여섯입니다. 누이들만 있는 틈에서 워낙 응석으로 자라서……"

두루마기가 아니고 영양 쪽을 향하여 설명한다.

영양은 두번째 빙긋이 웃었다.

남방셔츠는 귀족적인 웃음이라고 생각하였다.

군인은 허리를 굽혀 카우보이의 권총 쥔 손을 받쳐 잡고 한 눈을 지그시 감고 원공을 겨눈 다음 혓바닥으로 '딸깍' 방아쇠를 당겼다.

삿갓 쓴 중은 이렇다 하게 할 말도 없고 하여 염주를 절렁절렁거리며 입속으로 나무아미타불, 이랬다.

그러나 이 나무아미타불은 안 좋은 나무아미타불이었다.

왜냐하면 거의 동시에 이 평화스런 장면에 정말 나무아미타불 같은 일이 생겨버린 까닭이다.

"아버지 저것 봐."

카우보이의 쨍한 목소리에 사람들은 일제히 그가 가리키는 곳 우리 안을 바라보았다.

오호! 주여.

우리 속에서는 이 친구들이 그 일을 하고 있는 것이었다.

"저것 또 싸우는 거 봐."

카우보이는 당치 않은 오해의 우상 속에서 환희의 절정에 있었다.

아버지는 엄숙한 얼굴로 돛대도 아니 달고 삿대도 없는 흰 구름이 어느 방향으로 가는가를 보고 있었다.

남방셔츠는 영양의 표정을 바라보고 싶은 강렬한 유혹을 느끼면서 그러지 못하였다. 단지먹 훈장님은 갑자기 목 안이 간질간질해서 어홈홈 기침을 하였다.

군인만은 빙글빙글 웃으며 눈을 떼지 않고 바라보고 있었다.

천사 같은 영양은 갑자기 찾아야 할 것이 생각나서 핸드백 속을 열심히 뒤지기 시작했다. 핸드백을 눈까풀에 닿도록 갖다 댄 것으로 보아 이 천사는 어쩌면 근시임이 분명했다.

스님은 어쩐지 아미타불보다 관세음불이 더 영험스럽다 하는 종교적인 직관이 번개처럼 떠올라서 이번에는 나무관세음보살 나무관세음보살 나무관세음보살 이렇게 중얼대기 시작했다. 그런데 참으로 관세음불의 영험은 갈데없었다.

부 부 붕!

한 대의 헬리콥터가 마치 그들을 낚아채려는 독수리처럼 그들의 바로 머리 위로 내려오는 것이 아닌가. 피신하지 않는다는 것은 말이 아니다.

제일 먼저 반항하는 카우보이가 차마 아버지에게는 무법자의 솜씨를 보이지 못하고 우울한 납치를 당하는 모양으로 자리를 떠났다.

관목이 우거진 돌아가는 모퉁이에서 카우보이는 미련과 자포자기와 체념이 섞인 마지막 한 방을 이쪽을 향해 선사하고는 완전히 퇴장했다.

단지몌 훈장님과 스님이 그 뒤를 따라 다음 퇴장을 해냈다. 남방셔츠는 천사가 섰던 자리를 얼른 바라보았으나 벌써 천사는 자취도 없이 승천한 다음이었다.

무거운 심장을 안고 셋째 오솔길로 남방셔츠는 천천히 사라졌다.

하기는, 역전의 경험을 가진 장래의 장군만은 맨 마지막까지 남아 있었는데 그때는 헬리콥터는 이미 아득히 저편 중천에서 점점 멀어져가고 있었다.

그는 사라질 때까지 바라보았다.

군인은 하하하 한바탕 웃고는 다시 우리 속을 기웃 들여다보았다.

두 마리의 원공은 깎아놓은 듯 움직이지 않고 있었다.

군인은 이번에는 소리 없이 빙긋 웃고는 입에 물었던 반밖에 타지 않은 담배를 우리 안에 휘ㄱ 집어던지고 성큼성큼 걸어갔다.

사람들이 다 간 후 그 자리에서 움직이는 것이라곤 쌍원상雙猿像처럼 부동한 두 마리의 짐승의 발밑에 향연처럼 피어오르는 담배 연기뿐이었다.

전사戰史에서

부시럭.
난로 속에서 장작개비 내려앉는 소리가 유난히 크게 들렸다.
바람 소리가 뜸해진 탓이리라.
난로를 끼고 문 쪽에 앉았던 병사가 일어나서 꼬챙이로 난로 뚜껑을 비죽이 밀어젖혔다.
뚜껑이 밀린 틈으로 적황색의 따뜻한 빛이 훅 뻗쳐오르면서 서까래에 바로 범포帆布가 얹힌 천장의 일부에 강한 조명을 주었다.
"담배 있나?"
난로 뚜껑을 밀어붙인, 두꺼비처럼 넓적한 얼굴에 완강한 체구를 가진 병사가 그렇게 묻는다.
"몇 번 물어?"
다른 한 사람 호리호리한 병사가 난로를 끼고 앉은 다리를 쭉 뻗으며 나무라듯 대꾸했다.

두꺼비는 멋쩍은 듯이 난로 뚜껑을 탕 소리 내어 닫았다.

사방 3미터가량 될까, 어디서나 볼 수 있는 임시 초소다. 근처 산에서 찍은 생나무로 뼈를 세우고 범포로 둘러싼 말 그대로 오막살이인데 좁은 공간에 마음껏 퍼진 난로의 열 탓으로 보기에 엉성한 품에서는 속에서 지내기는 나쁘지 않은 것이다.

12월 밤이 춥지 않을 리야 없지만 연신 장작을 지피는 난로를 끼고 있는 바에야 그닥 나쁜 근무는 아니다. 사단 후방 지역에 설치된 검문소니깐 위험도 덜하다. 다만 지루할 뿐이다.

쏴아.

203 고지쯤이구나. 말라깽이는 속으로 생각한다. 바람 소리를 듣고 근처를 어림할 수 있을 만큼 전선은 고착돼 있은 지 오래다.

쏴아. 늘 그러듯이 바람은 초소 앞길을 쓸고 낭떠러지로 떨어져 간다. 불에 탄 나무들 사이로 지나온 싸늘한 기류가 몸부림치며 굴러가는 모습을 말라깽이는 머릿속으로 그려본다.

"니기미 씨발. 이거 참 몬 살겠데이. 차라리 한바탕했으면 좋겠다."

두꺼비의 푸념이 또 시작됐다.

말라깽이는 멀거니 쳐다볼 뿐 대꾸를 하지 않았다.

"앙이가?"

그렇지 않으냐는 것이다. 그러나 짜장 답을 구한다느니 저한테 하는 소리 같았다.

"방정맞은 소리 마라."

두꺼비는 대꾸해준 게 반가웠던지 갑자기 언성이 높아지며

"방정맞다고야?"

그렇게 반문해놓고는

"니 생각 좀 해바아라. 이래 마주 서서 아무것두 않고 있는 것보다는 죽든 살든 붙어보는 기, 안 낫나? 붙었다꼬 다 죽는 것도 아일끼고…… 내사 이놈의 보초 지긋지긋하다. 니기미 죽기 아이믄 살기지."

말라깽이는 듣고 있지 않았다. 그는 웃저고리 단추를 끄르고 그 사이로 손을 넣어 옴지락거리고 있었다. 한참 만에 그는 권총 알만 한 꽁초를 한 개 끄집어내면서 씨익 웃었다. 소년 같은 어린 데가 가시지 못한 얼굴이다. 화랑 담배 빈 갑 찢어서 무릎에 펴고 꽁초를 까서 그 위에 조심스럽게 담은 후 또르르 말아서 침을 발라 입술 새에 꽂았다.

두꺼비는 엉덩이 뒤에 옆으로 얹은 M1 소총을 뒷손으로 의자 등걸이에 밀어붙이면서, 연기를 뿜을 때마다 마음껏 가느스름해지는 동료의 눈의 움직임을 멍청하게 쳐다보았다. 두꺼비의 그런 얼굴은 도무지 악인이 될 자격이 없는 생김새다. 담배 연기를 좇아 눈길이 천천히 올라갔다는 내려오곤 한다.

부시럭 탁.

난로는 잘 탄다.

그만했으면 그만했으면 싶은 두꺼비의 심정에는 아랑곳없이 꽁초의 길이는 자꾸 짧아져간다.

"야 그만도고."

참다 못해 두꺼비.

그래도 상대방은 얄밉도록 태연히 또다시 담배를 입술로 가져가서는 깊이 빨아들였다. 마지막 한 모금이었다. 말라깽이는 손가락을 데었는지 가벼운 비명을 지르면서 담배 낀 손을 내저었다. 벌겋게 단 난로 뚜껑 위에 떨어진 담배 꼬투리는 순간에 혹 타올라 이내 하얀 점이 되고 말았다. 그렇게밖에는 남지 않았던 것이다.
두꺼비의 얼굴은 보기에 약간 딱했다.
"하하하."
말라깽이는 갑자기 웃음을 터뜨리면서 왼손바닥을 펴 보였다. 거기 비슷한 크기의 꽁초가 또 하나 얹혀 있었다.
"이누무 짜석."
두꺼비가 손을 내밀어 꽁초를 잡으려 할 때였다.
"무슨 소리 나잖았어?"
말라깽이는 귀를 기울이며 한 손으로는 총을 당기면서 의자에서 일어섰다.
두꺼비는 그러나마나 꽁초를 빼앗듯 받아서 피워 문 다음에야 자기도 귀를 기울이는 시늉을 했으나 그것은 오랜만에 피우는 담배 때문에 아뜩해진 표정과 구별하기 어려웠다.
"차車야."
두꺼비의 말.
"응."
말라깽이는 도로 의자에 주저앉았다.
차 소리였다.
꿀벌의 날갯짓 소리처럼 닝닝 희미하지만 추켜세우듯 특징 있는 리듬은 엔진 소리가 분명했다.

그 소리는 꿀벌의 날개 젓는 소리에서 매미 소리만 해졌다가 끝내 끄르렁거리는 분명한 금속성의 둔한 음향이 되었다.

"야 참, 5초소에 엊그제 짜석들이 나왔다는 소리 들었나?"

"5초소에?"

"와 아이라. 들키자 내빼버렸다지만."

"누가 그래?"

"아까 교대한 아아덜이 그라던데."

말라깽이는 잠시 있다가

"패잔병인가?"

"어디에, 게릴라 아이가……"

"게릴라……"

또 말이 끊어졌다. 두꺼비는 손끝으로 오므라든 담배에서 마지막 모금을 빠느라고 뾰족한 입 끝을 갖다 대었다.

보초가 무얼 보고 한 소린지 알 수 없다. 사단 예비대 지역에 설마 게릴라가. 그렇다면 정식 통보가 있고 소대장이 배치신고 때 말했을 텐데 무얼. 말라깽이는 그쯤 생각했다.

차바퀴의 진동이 땅을 울리며 모퉁이를 돌아왔다. 말라깽이는 M1 소총 멜빵을 어깨에 끌어붙이며 문을 열고 나가면서 손전등을 탁 켜댔다.

그믐밤의 어둠이 그 부분만치 무너져갔다.

스몰라이트만 켠 GMC가 두 대, 얼어붙은 땅에 타이어를 끌면서 와 닿았다.

말라깽이는 초소 안을 향해 차 번호를 읽어주었다.
그러고는 운전대에 앉은 인솔 장교에게 받들어총을 한 다음 윈도 아래로 다가서면서 물었다.
"뭡니까?"
윈도가 아래로 슬슬 열리면서 빼끔히 열린 네모진 공간 속에서 소위 딱지가 번들 전짓불에 빛났다.
"일종(一種, 식품류를 뜻하는 군용어)이야."
"뒤차도 마찬가집니까?"
"마찬가지."
"좋습니다. 통과해주십시오."
"가만있어······"
운전석으로부터 화랑 담배 두 갑과 건빵 두 봉지가 말라깽이에게 건네어졌다.
"고맙습니다, 장교님."
"응. 여긴 헌병 초소 아냐?"
"헌병대 인원이 부족해서 우리가 맡고 있습니다."
"그래? 그리고······ 신문, 자, 휴전이 될 모양이야. 수고해."
트럭은 한참이나 실랑이하듯 한 끝에 발동을 걸고 떠나갔다.
끄르렁거리는 기계음이 매미 소리만 해지고 멀리서 오는 꿀벌 소리만 해지고 끝내 소리는 뚝 끊어져버렸다.
말라깽이는 자리에 돌아와 앉기가 무섭게 신문을 펼쳤다. 보름이나 지난 신문이었다. 즉 최신 뉴스였다.
건빵을 한 알씩 집어내어 난로 뚜껑에 얹고 있던 두꺼비가 기웃

하면서 물었다.

"뭐 좋은 소식 있노?"

"응."

"뭐꼬?"

대답은 한참 만에

"쌈이 끝난대."

"뭐라꼬, 참말이라?"

"누가……"

거짓말을 하겠느냐는 말은 입안에서 사라지고 말라깽이의 코끝은 신문지에 더 바싹 다가붙었다.

두꺼비는 건빵 봉지를 든 채 동료의 옆으로 다가와서 옆으로 신문을 들여다보았다.

휴전 협상 구체화 단계에

"우예 될 긴가 소리 내서 좀 읽어보래이."

"가만있어…… 읽어보고…… 저거!"

눈길은 신문에 준 채 한 손으로 난로 위를 가리켰다.

두꺼비는 황급히 연기를 내는 건빵을 손끝을 후후 불어가며 집어냈다.

밀가루 타는 고소한 냄새가 확 퍼진다.

"머라캤노?"

"자식들이 그만하재."

"그래서?"
"양키들은 솔깃해하고 영감은 안 된다는 거야."
"그라믄 우예 될 것 같노?"
"글쎄……."
말라깽이는 신문을 무릎에 내려놓고 두꺼비가 내미는 봉지에서 건빵을 한 움큼 집었다. 한 개를 입에 물고 씹는가 했더니 의자 등에 털썩 기대면서 멍한 표정이 되었다.
쏴아.
아까보다 바람이 세다.
휴전. 싸움이 끝난다.
아삭거리는 건빵 씹는 소리를 엇바꿔 낼 뿐 그들은 말이 없었다.
"……될 거야……."
"……."
두꺼비는 입으로 건빵을 나르면서 깊은 한숨을 쉬었다. 보기에는 꼭 건빵에다 콧김을 쏘이는 것 같았다. 말라깽이는 소리 내지 않고 웃었다. 니기미 씨발 한바탕 하는 게 좋다더니. 하하. 휴전. 이렇게 가깝게 그리고 갑자기 나타나는구나. 그래서 기적인가. 왜 그런지 거짓말 같았다. 그래서 더욱 믿고 싶었다. 될 거야. 영감이 뭐라면 소용 있나. 비행기 타고 먼저 내뺀 늙은이가.
"야."
"응."
"니 장가 안 들었지, 그쟈?"
"자식. 넌?"

"으응 난도."

"집에 가면 색시 얻어."

"어디……"

그는 건빵을 와지끈 씹으면서 눈을 끔쩍해 보였다.

"있다 말이다."

"있어?"

"이거 말이라."

그는 오른손 새끼손가락을 쳐들어 까딱했다. 말라깽이는 벌떡 고쳐 앉으며

"그래?"

"니는 왜 없나? 밤낮 보는 편지 그거 앙이라?"

"음."

그들의 눈길이 부딪쳤다.

그리고 그들은 서로 이해했다. 그리고 그들은 동등해졌다. 마치 경쟁할 필요가 없는 동업자끼리와 같은 친근한 감정이 그들 두 사람을 포근하게 감싸안았다. 말라깽이는 그것을 조금도 고깝게 여기지 않았다.

옛날이면 그렇지 못했을 것이다. 그 무렵 그는 자기의 사랑은 특별한 것이라고 생각하고 있었으니깐. 남들하고는 비할 수 없이 귀하다고 생각했었다. 지금은 그렇지 않다. 결코 그렇지 않다. 그러나 그녀는 아직도 그 버릇을 고치지 못했을 거야.

당신이 병정이라는 사실을 도저히 실감을 가지고 받아들일 수 없어요. 여기도 군인들이 넘치도록 있지만 당신이 그들 중의 한

사람이라는 일이 믿기지 않아요. 당신이 사람을 죽이고 전차를 부수고, 그래 정말 적병을 죽여봤어요? 생각 같아서는 당장 당신한테로 뛰어가고 싶어요. 조금만 참으세요. 효자동 아저씨한테 부탁했으니깐 조만간 잘될 거예요. 당신의 고독과 불안을 생각하면 제 살을 에는 듯이 괴로워요. 당신이 전쟁을 하다니. 제발 저를 생각해서라도 몸조심하시고 소식 기다려주세요……

몇 번이나 몇 번이나 읽은 편지. 창피한 소리를. 전쟁하고 병정 되는 종자가 따로 있는 줄 아는군. 당장 뛰어가고 싶어요. 핫하 텐트 치고 하모니카 부는 여름 학교 줄 아는 모양이지. 그래서 이 초소 속에서 같이 보초를 서구. 주여 그런 전쟁이라면 백년이나 계속하게 하시옵소서. 결국 사랑한다는 말이지? 나를. 좋아. 사랑이 어떤 것인지 내 돌아가서 가르쳐주지. 이젠 용기가 있어. 전쟁에서 돌아갈 때 남자들은 용기를 가지고 간다. 그것도 없다면 뭣 하러 전쟁을 할까 보냐. 사랑해드리겠습니다. 당신이 신음하고 자지러지고 까무러지도록 그렇게.

"야."
"응."
"느이는 그거 했나?"
"그거?"
"응, 와 안 있노?"
두꺼비는 건빵을 와삭 씹으면서 두번째 눈을 끔쩍했다.
"……"
그것은 하지 않았다.

부산에서 보낸 이때까지의 피난 생활은 어느 사람이나 다 그랬듯이 괴로운 것이었으나 그렇다고 그들에게 전혀 딴사람이 되도록 강요할 만치 가혹한 것은 아니었다. 그들이 그런 정도로 머무를 수 있은 것은 요행과 우연이었다.

부친은 피난지에서도 개업했고 그녀의 집안은, 그녀의 집안도 국제 시장에서 재미 보았다는 것은 자랑도 아니고 그렇다고 불행도 아니었다. 다만 그들이 막다른 심리의 골목에 서지 않아도 되도록 만들었다는 것뿐이었다. 그리고 처음이었다. 지금 이런 모든 일을 생각할 때 그녀의 태도는 이해되고도 남는 것이었다.

장소를 가리지 않고 뻗어가는 '하꼬방'의 번식 속에서도 송도 해수욕장을 오른편으로 하고 부산항의 전경이 거의 내려다보이는 산중턱에는 아직도 공지가 있었다. 그곳에서 만나곤 하던 그들의 정신도 아직 전쟁 전의 일상日常의 영토가 남아 있었듯이.

"안 돼요. 네, 제 심정 알아주세요. 인색한 게 아니에요. 네, 아시겠어요?"

그녀는 스커트를 끌어내리면서 말했던 것이다. 그는 무색해진 자기의 손이 꺼져 없어져주었으면 싶었다. 그는 그 손으로 담배를 뻐끔뻐끔 피웠다. 밤의 항구를 가득히 메운 등불이 몹시 아름다웠다.

"노하셨어요?"

그는 대답하지 않았다.

며칠 후 가두 검색에서 곧장 제주도 훈련소행 배를 탈 신수였다는 걸 만일 그때 알았다면 그녀는 어떻게 나왔을까를 상상해보는 것이 이래 그의 쉬임 없는 망상의 제목이 되었다.

전사戰史에서 23

그는 두꺼비를 건너다봤다.

"넌 했니?"

벌겋게 단 난로의 화기는 이럴 때 말라깽이를 위해서 좋은 위장을 제공했다. 두꺼비는 세번째 눈을 끔쩍했다.

"안 돼."

"괜찮아. 아무것도 안 해."

어느 시골에나 보리밭은 있기 때문에 그의 고장에도 역시 있었다. 물론 보리밭에만 책임이 있다는 것은 아니지만.

그녀는 남자의 손을 뿌리치고 밭머리로 달아나다가 신이 한 짝 벗어졌다. 그녀는 그 급한 판국에 돌아서서 신발을 집으려고 했다. 남자는 잡았다.

"안 돼."

"아니야."

"소리칠 테야."

"아니라니깐."

소담스럽게 흔들리는 보리 이삭은 들판을 건너오는 바람 때문이었다. 얼마 후 고무신을 한 짝씩 베고 가지런히 드러누운 그들의 머리 위 하늘에 솔개가 빙 빙 돌고 있었다.

소녀는 덕분에 별고 없사오며 가내도 무고하옵니다. 당신께서 주신 언약을 철석같이 믿으며 영광의 복무를 마치시고 금의환향할 날을 손꼽아 기다리겠나이다. 노래에도 있듯이 님께서 가신 길은 영광의 길이옵기에 소녀는 두 손 모아 멀리 무운장구를 비옵니다. 당신의 아내 올림……

두꺼비는 음, 하고 신음하다가 얼핏 말라깽이를 건너다봤다.
신문을 들여다보고 있던 그쪽은
"졸려?"
"아이다."
두꺼비는 나지막하게 콧노래를 시작했다. 아마 졸리지 않다는 증거를 보이자는 것이었다.

님께서 가신 길은
영광의 길이옵기에
이 몸은 돌아서서
눈물을 감추었소
떠나는 님의 뜻은
등불이 되어

그는 문득 노래를 그쳤다.
"왜?"
"무슨 소리가 안 났나?"
두 병사는 똑같이 귀를 기울였다.
쏴아.
바람 소리였다.
"더 해. 목소리가 좋아."
"놀리지 마래이."
"아니야 정말."

단순한 사람답게 두꺼비는 순순히 노래를 이었다.

바람 불고 비 오는
어두운 밤길에도
걸어가는 이 가슴엔
희망이 넘칩니다

희망, 영광의 길이옵기에……라. 희망, 영광, 사랑, 안 돼요. 제 심정 알아주세요. 인색한 게 아니에요. 네, 아시겠어요?
"자꾸 불러."
"듣기, 좋노."
"정말이야. 잘 부른다."
이처럼 아름다운 노래를 일찍이 들어본 적이 없는 것처럼 느꼈다. 휴전. 평화가 돼서 돌아가면 저 노래처럼 살아야지. 머리칼 한 오라기만 한 의심도 없이 순하게. 속을까 봐 바들바들 떨면서 사는 그런 표정을 집어던지고.
……모욕감을 안은 채 당신을 보내게 한 것이 죄송합니다. 사랑하지 않은 탓이 아니었습니다. 그것을 어떻게 설명하면 좋을까요. 얼마 전 스칼라십을 얻었어요. 물론 재작년부터 알아보던 것이에요. 저는 그것을 포기하기로 했어요. 이런 것도 제 마음을 증거할 수 있는 무엇이 될 수 있을는지요. 사랑하기 때문에 도사려야 하는 역설, 아아 그것을 모른다고 하시면 당신은 아직도 애기예요.
난로는 잘 타고 있었다.

허리께는 흡사히 활짝 핀 숯덩이처럼 고왔다.

병사는 오래 그것을 바라보았다.

그 따뜻한 빛깔처럼 환한 스커트. 그것을 자꾸만 끌어내리던 하얀 손. 그것들이 난로의 열기 속에서 엇갈렸다. 그 손이 하얀 종이를 찢고 있었다. 깨알같이 참한 가로글씨가 차곡하게 박힌 네모진 종이를. Scholarship 그것은 허술치 않은 종이였다. 이 땅 이 시간에 살고 있는 모든 사람에게 저마다의 이유로 귀중하고 그러면서 비슷하게 편리한 한 장의 종이. 종이를 찢고 있는 하얀 손이 어느새 스커트를 찢고 있었다. 그 종잇장처럼 갈기갈기.

병사는 눈을 감았다.

그의 감정이 빚어낸 환상. 두 개의 진실을 섞어서 만들어낸 감정의 몽타주. 그렇게 움직인 스스로의 마음이 불쌍하고 치사스러웠다. 육체가 가장 확실히 기억한다. 그녀에게 나를 가장 확실히 기억시키고 싶었다는 것은 나쁜 일이었을까? 그것은 나쁜 일이었을까?

병사는 담배를 꺼내 난로에 대어 불을 붙였다.

노래는 어느새 그쳐 있었다.

가수는 잠결에도 의자를 적당히 물리고 두 팔굽은 엉덩이에 깐 M1 소총에 걸쳐 자세의 안정을 취하고 잠들어 있었다. 병사는 신병 훈련소 교관의 말이 얼핏 떠올랐다. 대한민국에서 가장 편한 자세.

두꺼비의 잠든 얼굴이 씰룩하고 웃었다.

꿈속에서 그는 고향의 보리밭 이랑에 누워 있었다. 고무신 한

짝을 베고.

"이젠 괜찮지?"

"그래두……"

"괜찮아."

잠든 얼굴이 또 한 번 웃었다.

보고 있던 병사도 끌려 웃었다. 자식, 좋은 꿈을 꾸는 모양이지. 핫하. 전쟁이 끝난다. 꼭 끝난다. 제일 좋은 꿈. 그때 전쟁에서 돌아갈 우리는 대한민국에서 제일 편한 자세다. 그는 담배를 깊이 빨아들였다. 담배 맛이 좋았다. 그는 따뜻한 난로의 빛깔을 지루한 줄 모르고 들여다보면서 그 속에서 타는 불길을 생각했다. 인간의 가슴속에 희망이 꺼지지 않는 한 좋은 날은 반드시 오고야 말 테지. 인생이란 어차피 살고 싶어 하는 사람들의 몫이다. 살고 싶다. 아주 멋들어지게. 아무도 따를 수 없는 나만의 행복. 그런 것이 아니다. 누구라도 다 가져야 할 생명의 기쁨, 그 윤무輪舞 속에 나도 틀림없이 한몫 끼겠다는 것뿐이다. 돌아가면 우선 학교를 마쳐야지. 그다음에는 걸작을 쓰자. 위대한 전쟁소설을. 우리 세대가 거둔 이 검붉은 죽음과 삶의 몸부림을 표현한다. 인생에 대해서 아무것도 모르지만 엄청나도록 화려한 욕망을 가진 청년이 주인공이다. 그는 아름다운 소녀를 사랑한다. 소녀는 '아리사'를 닮은 센티멘털 퓨리턴이다. 사랑을 위해서 사랑을 부정한다는 사도 매저키스틱한 영혼의 곡예에 애인을 동반하는 그런 여자. 요새치고는 좀 낡은 형일지 몰라. 아니, 시대가 훨씬 올라가니깐. 전쟁 전이니깐. 그때 전쟁이 일어난다. 청년은 전쟁에 나간다. 전쟁의 의미도 모르고. 아니, 하긴 전쟁의 의미를 알고 싸움터에 나간 사람이 어디 있을까. 우리 시대에 전쟁은 옛 시절의 무사들이 시합장으로 나가는 그런 의미가 허용되지 않는다. 전쟁은 죽음이니깐. 죽음은 무의미하니깐. 그뿐이다. 아무튼 청년은 전장에서 자란다. 그의 버릇인 약간의 사색과 그보다도 포탄의 스산한 음향과 땀내 나는 슬리핑백 속에서. 한편 여자는 남자가 떠나간 다음에야 자기의 에고이즘을 깨닫는다.

그리고— 가만있자, 이건 제기랄 내 얘기 아냐?

그는 천장을 향해 후 연기를 뿜으며 가볍게 웃었다. 담배를 땅바닥에다 발로 비벼 껐다. 내 얘기면 어때. 다들 자기 얘길 하는 것이다. 가장 정직하게 자기 얘길 하는 사람이 이기는 것이다. 거짓말쟁이와 흉내꾼들은 언제나 망한다. 정직하게.

그는 신문을 두 손으로 쳐들고 그림 보듯이 한참이나 들여다보다가 기지개를 켜면서 일어섰다. 신문을 의자에 얹었다. 문을 열고 밖으로 나서는 순간이었다.

검은 그림자가 불쑥 나타나면서 그를 끌어안고 또 다른 그림자가 그의 옆구리에 번쩍하는 쇠붙이를 찔렀다. 마치 포옹하듯이 그림자는 한참이나 병사를 끌어안고 있다가 소리 없이 땅에 눕히고 방 안으로 들어섰다. 둘이었다.

두꺼비는 더 간단히 처치되어 마룻바닥에 뉘었다. 한쪽이 목쉰 소리로 '빨리. 동무는 저쪽 새끼를 벗기시오' 했다. 두 병사는 떨리는 손으로 그러나 빠르게 다른 병사들의 옷을 벗겨서 바꿔 입었다.

"이건?"

다른 쪽이 시체를 눈으로 가리켰다.

또 한쪽은 대답 대신에 두꺼비의 두 다리를 잡고 문간으로 끌고 나갔다. 그들은 시체를 끌어다 길 건너 낭떠러지 아래로 떨어뜨렸다. 미끄러져내리는 무딘 소리가 잠깐 들렸다.

그런 다음에 초소로 돌아와서 병사들의 M1 소총과 남은 건빵을 집어들고 어둠 속으로 사라졌다.

그대로 두고 간 석유등 심지가 바작바작 타는 소리를 내며 꺼먼 연기가 솟아오를 쯤해서 멀리서 차가 오는 기척이 들렸다.

꿀벌의 날개 젓는 소리가 차츰 매미 소리만 해지고 이윽고 추켜 세우듯 특징 있는 끄르렁거리는 기계음이 점점 가까워왔다.

소설가 구보씨丘甫氏의 일일一日 3

어느 여름날 구보씨는 다방 문 안으로 막 사라져가는 맨발 뒤꿈치를 보았다. 문이 닫혔다. 구보씨는 망막에 남아 있는 기억을 천천히 더듬어보았다. 소다를 넣어 약간 부풀린 듯이 보통보다는 유별나게 부은 큼지막한 뒤꿈치, 그것은 거지의 맨발이었다. 도시의 인파 속에서 문득 갈라진 애인의 머리칼이 휘날리는 뒤꼭지를 발견하고 우뚝 멈춰서는 순간의 사람 같은 그러한 충격을 구보씨는 받았다. 머리가 띵하고 다리가 휘청했다. 물론 구보씨는 거지가 된 애인도 없었고 동성애 상습자도 아니었다. 그런데도 그는 슬플 지경으로 어쩔했다. 어딘가 가고 싶었다.

버스 창문으로 내다보이는 들판은 호사스러워 보였다. 하늘에는 바람이 있는 듯 구름들이 모닥불 앞에서 움직이는 사람들처럼 노을을 비치며 움직인다. 구보씨는 아까부터 구름을 보고 있다. 말갈기 같은 모양의 구름, 금빛 말갈기다. 사람 얼굴처럼 생긴 것도 있다. 관운장같이 생긴 구름이 명성황후 민비와 마주 보고 있다. 조금 보고 있노라니 관운장은 한 마리 금닭이 되고 명성황후는 다리가 세 개뿐인 말이 된다. 그 옆 구름은 안중근이다. 안중근이 파이프를 물고 있다. 파이프 속에서 강아지가 한 마리 피어 나온다. 강아지는 민비 말을 타고 금닭을 쫓아간다.

거리에 닿았을 때는 해가 떨어졌다. 시골 도회의 턱없이 의젓한 덤덤함. 뒤떨어진 세력 없는 삶의 고장이 아니라 여기가 바다 밑이라는 듯이 가라앉은 거리. 보랏빛 초저녁 어둠과 아무래도 큰 도시 같지는 못한 듬성듬성한 불빛이 어울려서 그런 느낌을 주는가 보다. 검고 뾰족한 그림자는 교회당이다. 긴 유리창이 칼처럼 번쩍인다. 저 유리창 때문에 하느님을 섬기게 되는 사람도 있으리라. 어린 시절에 그 유리창 가까이에 서본 사람이면 더욱.

벗은 반가워한다. 여관이라니. 무슨 소린가 그게. 하루이틀 자네가 내 집에서 묵으면 못쓰는가. 저녁상을 마련할 동안 벗과 마당에 놓은 평상에 앉아 이야기한다. 이렇게 산다네. 학교라는 게 뭐 그렇지. 한번 서울로 간다는 게. 올 게 뭔가. 여기가 좋은데. 가끔은 답답하거든. 서울은 안 답답한 줄 아는가. 글쎄. 그런데 요즈음 세상 돌아가는 게 어떤가. 이 사람아 낸들 신문밖에 더 보나. 돌아가는 거야 돌리는 사람들이 알지. 반딧불. 부엌 쪽에서 도마 소리. 양념 냄새. 여름밤의 바람결. 대청마루에서 저녁을 먹는다.

반주를 벗과 나눈다. 그는 식사는 않고 술만 마신다.

평상으로 돌아온다. 자네는 좋아. 그런 소리 말게. 정말이야. 도시와 지방이 생긴 이래 서울 벗이 시골 벗에게 하여왔을 이 인사— 정말과 인사가 반쯤씩 섞인 인사말. 정말을 더 강조하고 싶은 억양이 되면서. 거리 구경하려나. 그럴까. 나가서 한잔 더 하지. 무슨. 벗의 아내에게 눈길을 돌린다. 찾아와서 친구만 뽑아 술집으로 데리고 가고 싶지 않다. 아내도 거들어서 대접할 수 있는 무관한 나그네 노릇이 하고 싶은데. 그래도 벗은 나가자 한다. 절에 왔으면 중 시키는 대로 하게.

절로 데리고 간다. 연지 찍고 입술 칠하고 치마 두른 비구니들과 술상을 놓고 어울린다. 비구니들은 유행가를 부른다. 젓가락으로 상 모서리를 치면서. 언제 들어도 슬픈 마도로스가 떠나고. 떠날 때는 말없이. 막걸리는 서울 것보다 나은 것 같지 않아도 비구니들은 한결 투박해 보인다. 취기 오른 목소리가 칡뿌리처럼 얽힌다. 이어짐. 세례 받듯이 이어받은 주막집의 이런 분위기. 저쪽 방에서는 싸움이 난 모양이다. 한 여자가 들어와서 앉아 있던 여자에게 귓속말. 일어선다. 어딜 가느냐고 벗이 붙든다. 잠깐 저. 안 돼 안 돼 이거 기분 나쁜데. 항용 있는 틀에 박힌 실랑이. 이런 법식. 오 법식法式. 끊어짐 없는 이 색色의 승단僧團.

다방에 들른다. 밤늦은 다방에 음악 소리도 없다. 나쁘지 않다.

벗에게는 반드시 좋지만 않을 분위기가 나쁘지 않은 게 미안하다. 미안하지 않은 즐거움이 있으리라고 생각하던 시절. 벗도 홀몸이던 시절이 어제 같은데. 피하고 싶은 화제를 벗은 자꾸 꺼낸다. 피하는 쪽에 선다는 괴로움. 사랑. 이겼다는 것이 그 사람 앞에서는 미안한 그러한 관계. 미안하지 않은 이김이 있다고 더불어 생각한 사람에게는 더욱.

술 취한 주인을 부축하면서 밤늦어 들어서는 나그네의 미안함. 내일은 일찍 가야지. 문득 보고 싶어 훌쩍 나선 길인데, 만나지 않고도 사는 세상살이의 묘한 지혜. 이루지 못할 만남이 왜 그토록 많은가.

벗을 들여보내고 마당에 홀로 앉는다. 보름 무렵의 달이 떴다. 이 달은 살아 있다. 여기서는 성성한 달이다. 벌레 소리. 반딧불. 이래서 좋은가 이렇게 여전해도 좋은가 싶게 여전한 이런 밤. 황토 언덕과 서낭당이 있는 소설과 처마를 맞대고 있는 이런 밤. 나그네는 인사人事도 달처럼 본다. 방으로 들어간다.

문득 잠에서 깨어 엎치락뒤치락하다가 다시 뜰로 나온다. 하늘 한가운데 맨발바닥이 둥그렇게 떠 있다. 달이었다. 그것은 나그네의 맨발 뒤꿈치였다. 그는 왜 이곳에 오고 싶었는지를 알았다. 한밤중 벗의 집 뜰에서 그는 그 벗과 아무 면식도 없는 한 사람의 거지가 되어 맨발 같은 마음을 보았다.

소설가 구보씨의 일일 4

새봄 새벽잠에 구보씨는 어수선한 이런 꿈을 꾸었다.
한옥 같기도 하고 양옥 같기도 한 집에서 구보씨는 기웃거리고 있었다. 어떤 방 앞에 이르니 두런두런 말소리가 들린다. 마침 문이 열려 있기에 들여다본다. 어른 남자 하나 아이 하나가 앉아서 TV를 구경하고 있다. 만화다. 아빠 저게 뭐야. 그게 사람 아니니. 사람이 뭐야. 사람이 뭐야? 사람이 사람이지. 아이 그러니까 사람이 뭐야. 만화에 나오는 주인공이란 말이야. 응. 알았어? 몰라. 허. 사람이 뭐라니 너 왜 갑자기 그런 생각이 들었니. 글쎄 갑자기 나도 몰라. 만화가가 만들어낸 건데 뭐야 어디 있겠니? 만화가가 만든 거야? 응. 그럼 거짓뿌렁야? 뭐? 거짓말이냐고. 이거 곤란한데. 교육상 함부로 대답할 순 없구. 그렇다고 거짓말할 수도. 거짓말. 가만있자, 과연 거짓말일까? 인간이 거짓말이라는 건 과연 사실일까? 아니야. 거짓뿌렁 아니야? 그럼 아니지. 그럼 정말 있는 거야? 있구말구. 방송국에 있는 거야. 응. 방송국에 가면 필름이 있지. 그 속에 있어. 필름 속에 있는 거야. 응. 누가 필름 속에 집어넣은 거야? 만화가가 넣었지. 만화가? 그럼. 만화가는 어디서 인간을 데려왔어? 머릿속에서. 머릿속. 응. 누구 머릿속. 만화가의 머릿속이지. 만화가 머릿속이 인간네 집이야? 그렇대두. 거기서 필름 속에 들어갔다가 여기까지 온 거야? 응. 인간은 맘대루 여기 갔다 저기 갔다 해? 그래. 아이 좋겠다. 나두 인간이램 좋겠다. 좋을 거 뭐 있니. 맘대루 돌아다니구 좋잖아? 그래두 인간은 신이 만든 거야. 나 신 싫어. 신으로 태어난 게 싫단 말이냐? 싫어. 난 인간이램 좋겠어. 너 몰라서 하는 소리다. 인간들이 우리를 얼마나 부러워하는지 아니? 우릴 부러워해, 왜? 인간들은 아주 가난하단다. 요샌 잘산다며. 웬걸, '일부' 인간들이나 그렇지. 너 배고픈 설움 몰라서 그런다. 아이 나도 배고팠으면. 쯧쯧 죄받을 소리. 그런 소리 하면 못쓴다. 왜? 그럼…… 그럼 우리도 배고파져? 거 참 요새…… 어른 얘기할 땐 들어야 해. 말 안 들으면 사람 돼? 그럼 사람 되지. 나 사람 됐음 좋겠다. 또. 아빠 저거 뭐야? 저건 말이야 사람들이 밭갈이하는 거야. 밭갈이가 뭐야? 씨를 뿌려서 곡식 키우는 거지. 씨가 뭐야? 씨? 곡식이 되는 씨 말이야, 아이구 미치겠다. 응 용서해주게. 그 곡식으루 뭐 하는 거야? 밥 지어 먹지. 밥? 응. 왜 먹어? 안 먹으면 죽으니까. 죽는 게 뭐야? 죽는다는 건 말이야, 가난한 사람들이 맥이 풀어지는 거야. 왜 맥이 풀어져? (에이 씨팔) 살다 지치니깐 그러지. 왜 지쳐? 저렇게 일하는 게 오죽 고되겠니? 재밌어 뵈는데? 재밌어?

허허. 저렇게 차를 타고 왔다 갔다 하면서 놀고 있는데 재밌잖아? 놀고 있어? 허허 너도 순수문학 같은 소릴 하고 있구나. 뭐? 아니다 혼잣소리다. 나두 저런 놀이 하구 싶어. 못쓴다. 왜? 그런 건 사람들이나 하는 거야. 난 하면 안 돼? 안 되지. 왜? 넌 신이 아니냐? 신은 저런 것 하면 안 돼? 그럼. 체통이 안 서서 안 돼. 체통? 그럼. 체통이 뭐야. 체통이란 건 말이다, 나는 신이다, 하는 마음이야. 난 그런 맘 없어. 너도 있게 될 거야. 저건 뭐야. 사람들이 사랑하는 거란다. 사랑? 그래. 사랑이 뭐야? 사랑이란 건 말이야 사람들이 아이 낳는 법이란다. 아이 낳는? 응. 그게 뭐야? 인간들은 신처럼 영생하지 못하니깐 그렇게 하는 거야. 어떻게? 저렇게지 어떻게니. 저건 또 뭐야? 기도하는 거야. 기도? 응. 인간들이 우리 신에게 잘 봐달라고 하는 거야. 봐달라구? 응. 알았다. '인간적'으로 쓱싹, 하는 그거 말이지. 얘 그런 말하면 못써. 야 아빠 빨개지는 것 봐라 아빠두 그거 좋아해. 그만. 버릇없이 굴면 난 안 논다. 저거 뭐야. 그건 자동차야. 인간들이 많이 탔어. 응. 왜 저 속에 저렇게 쑤셔박혀 있는 거야? 지금 출근하는 길이야. 출근이 뭐야? 일터로 가는 길이야. 일터? 응 인간들은 일을 해야 먹구산단다. 다 한군데루 가는 거야. 응 여기저기 가는 거지. 저건 뭐야? 저건 새야. 새? 응. 저 집은 뭐야? 사람들이 기도하는 집이야. 인간들은 기도 많이 해? 응. 잘 봐달라구. 그렇지. 잘 봐줘? 개인 사정을 그렇게 봐주면 어디 되겠니? 단체 행동에는 그렇게 하면 안 돼? 단체루 기도하면 어떡해? 응 그럴 땐 좀 다르지. 저건 뭐야. 전쟁하고 있는 거야. 야 신난다. 다리가 떨어지구 눈알이 빠지구 배 창자도 나오구 야 신난다. 또 기도하네. 저건 저희 편을 이기게 해달라는 거지. 누구 보구. 얘는 몇 번 말해야 알겠니? 누군 누구겠니 우리 신 보구 그러는 거지. 그럼 어떡해. 그것 두 마찬가지지. 아이들 싸움에 어른이 참견하면 되겠니? 가만 내버려둬야지. 그래두 공정한 심판 봐야잖아. 뭐? 유치한 소리 마라. 개미들 싸우는 데 심판 보겠니? 그래두 우린 봐주는걸. 개미들 말이냐? 아니 인간. 뭐 인간들 싸우는 데 심판 봤단 말이지? 응. 이거 큰일이구나. 너희들 장난이었구나. 다신 그러면 못쓴다. 왜 못써? 그런 건 가만 내버려두는 거야. 왜? 점잖은 사람은 그런 것 알은체 않는 거야. 왜? 그러다 다치면 어쩔려구 그러니. 그래두 약오르잖아. 뭐가? 미운 인간들이 이쁜 인간을 막 밟잖아? 괜찮어. 그런 건 못 본 체하는 거야. 왜. 미운 인간들이 우리 신에겐 더 소용되는 거야. 왜? 우리한테 세금을 더 많이 내니깐. 세금? 그럼. 세금이 뭐야? 바치는 거지. 바쳐? 인간들이 돈이랑 먹을 거랑 모아서 우리한테 가져오는 거야. 그걸 모아오는 게 미운 사람들이야. 그러니깐 미운 사람이 이쁜 사람이지. 아이 모르겠다. 모를 거다. 차차 알게 된다. 아이들이 너무 그런 것 알구 싶어 하면 귀신이 잡아가. 귀신이 뭐야. 귀신? 응. 귀신이란 건 말이야 인간이 저 필름 속에서 돌아다니는 거야. 필름 속에서. 그럼. 어떻게? 그러니까 귀신이지. TV에서 나오는 거야? 그럼. 나와서 여기저기 돌아다니지. 왜? 갑갑해서 그러지. 갑갑해서. 응. 저렇게 재미나게 노는데? 노는 게 아니라니깐. 답답한 아이로구나. 나와서 뭐 하는 거야. 말 안 듣는 너 같은 아이를 잡아가는 거야. 어디루?

인간 세상으루. 그래선 어떡하는 거야? 곡마단에 팔아먹지. 곡마단? 응. 그게 뭐야? 신들을 노리개로 구경시켜주는 데지. 노리개루? 응. 누가 노리개야. 잡혀간 신이래두. 때려? 암, 때리지. 밥 안 줘? 초만 먹이지. 초? 응 몸이 말 잘 들으라구 초만 먹이는 거야. 거짓말. 정말이야 그러니깐 너 말 잘 들어야 해. 나 안 들을래. 인간한테 붙잡혀가도 좋아. 나 좋아. 나 초 먹구 싶어. 철없는 소리 마라. 그런 소리하면 정말 인간 나온다. 피이 거짓말. 만화가 아저씨가 만든 필름인데 어떻게 나와. 그러니까 귀신 아니니. 필름에서 나와서 돌아다녀? 그럼. 어떻게 나와? 방송국에서 여기까지 오는 사이에 딴 길로 도망친단 말이야. 딴 길이 어딘데? 사방이지. 사방이 어디야. 여기저기지. 그래서 숨어 있다가 물건두 훔치구 아이들도 훔쳐가는 거야. 거짓말. 여보 당신 어린애 데리고 무슨 실없는 소리유. 엄마 아빠가 말이야 인간귀신이 나온대. 인간귀신? 응. 만화에 있는 인간이 어떻게 나와 거짓말이지? 당신 아이들한테 똑바루 가르쳐주지 않구 그런 소리 함부로 하면 어떡해요? 함부로가 무슨 함부로야. 나쁜 아이들은 인간귀신이 잡아간다는데. 인간귀신이 어디 있어요 있긴. 그렇지 엄마, 없지? 없구말구. 인간이란 건 만화가 아저씨가 너희들을 재밌게 하려구 지어낸 물건이란다. 그런 인간이 있긴 어디 있구, 귀신은 무슨 귀신이니? 아빠 말 들으면 못쓴다. 인간이란 건 없는 거야. 너희들 장난감으로 만들어낸 그림이야. 알겠니. 구보씨는 꿈속에서일망정 더 이상 참을 수 없었다. 인류적인 분노에 사시나무처럼 떨면서 구보씨는 문을 벌컥 열었다. 야 저것 봐라, 인간이다. 어머. 악

저놈이.

　여기서 구보씨는 꿈이 깨었다.

견례총 犬禮塚

 황해도 구벽군 상실리에 가면 견례총이라는 사당이 있다. 사당인데 총이라 부르고 한자로 쓰기는 '犬禮塚'이라 쓴다. 한 해 한 번 온 마을 개들을 이 사당 앞에 끌고 와서 사당에 절을 시키는 풍습이다. 이 풍습의 유래는 다음과 같다.
 옛날 이 마을에 바보 봉길이라고 하는 사람이 살고 있었다. 이 사람은 동네에 궂은일이 있으면 거들고 혹 약초도 캐고 작은 짐승을 사냥하기도 하면서 살았는데, 어디서 온 사람인지는 모른다. 바보라고 하지만 크게 모자란 데가 있는 것은 아니고 다만 동네 사람이면 누구나 코흘리개한테까지 어디서 만나거나 큰절을 하는 것과 아무하고도 말을 않는 것이 다른 점인데, 사람들은 그를 바보 봉길이라 불렀고, 그렇게 부르면 당자도 대답을 했다.
 그런데 바보 봉길이는 마을 어귀 야산 비탈에 다 허물어져가는 오막살이에 개 한 마리와 같이 살고 있었다. 이 개는 주인이 어디를 가나 꼭 따라갔다. 주인을 닮아서인지 이 개도 누구한테든 짖는다든가 그런 일이 없었다. 그래서 사람들은 꼭 형제 같다고 했다. 여보게 동생 어디 갔는가, 어쩌다 바보 봉길이 개 없이 혼자 다니는 것을 보면 사람들은 그렇게 물어보고, 그러면 봉길이는 대답을 않고 무작정 그 사람에게 냅다 절을 하는 것이었다.

어느 해 여름이었다.

한밤중에 하늘이 무너지는 벼락천둥이 치고 이어 억수 같은 비가 퍼붓더니 새벽에 걷혔다.

마을 뒷산에 있는 5백 년 묵은 소나무가 벼락을 맞아 장작개비 빠개지듯 넘어져 있었다. 간밤에 들은 천둥소리에 걸맞은 소행이기는 했다. 그 밖에는 퍼부은 비도 새벽까지는 그쳤던 터라 냇물이 불었을 뿐 별다른 해는 없었다.

그런데 그날 낮쯤해서 어떤 코흘리개가 바보 봉길이가 제 오막살이에서 죽어 있는 것을 보고 마을에 알렸다. 사람들이 몰려가 보니 봉길이는 방 한가운데 반듯이 누워 눈을 뜨고 죽어 있었다. 마을 사람들은 어제까지도 바보 봉길이가 동생과 같이 다니는 것을 보았는데 갑자기 죽은 까닭을 알 수 없었다. 한 사람이 말했다. 저것 보게. 잔뜩 겁을 집어먹은 얼굴이군. 옳지. 얼뜬 작자가 천둥소리에 놀라 기함한 모양이군. 그럴 법한 말일세. 누군가 혀를 찼다. 부실하기는 한 작자로군.

한동안 마을 사람들은 천둥소리에 놀라 죽은 바보 봉길이 얘기를 가끔씩 우스개로 하였지만, 빈 집이 된 봉길이 오막살이에 쑥

대가 무성해감에 따라 어느덧 잊히고 말았다. 한 가지 모를 일은 봉길이 동생 — 그가 기르던 개가 그날 오후 보이지 않는 것이었다. 그러나 그 일도 잊혀졌다.

그런데 어느 날 동네 늙은이 하나가 꿈을 꾸었다. 죽은 바보 봉길이가 나타나서 하는 말이, 자기는 천둥소리에 놀라 죽은 것이 아니라는 것이다. 그날 밤 줄벼락 소리가 하도 요란해서 잠에서 깬 제가 등잔에 불을 달고 일어나 앉는데 마침 또 한 번 뇌성벽력이 치는 것이었다. 그러자 윗목에서 자던 개가 벌떡 일어나면서 달려들더라 한다. 이빨을 하얗게 드러내고 달려드는가 싶더니 휙 밖으로 나가버리더라는 것이다. 어마지두에 개는 나가버리고 하얗게 드러나던 이빨이 선한데 그처럼 서럽고 서러울 수가 없더라 한다. 그 후에는 어떻게 됐는지 모르겠는데, 정신이 들어보니 저승에 와 있더라는 것이다. 마을 사람들이 말한, 제가 천둥소리에 놀라 죽었다는 소문이 저승에 들려서 망자들이 우스개로 삼고 놀리는데 제발 그런 말을 말아달라는 것이다.

노인 입으로 꿈 얘기를 전해들은 마을 사람들은 모두 측은해하고 언짢아했다. 그리고 저승에서까지 봉길이가 기를 펴지 못하게 한 소견머리 없는 자기들의 농담이 미안했다.

그래서 공론이 되어 바보 봉길이 넋을 위로하기 위해서 개 한 마리를 잡아 제사를 지냈다. 개만도 못한 개 때문에 죽었으니 원한이나 풀어주자는 것이었다. 그리고 해마다 개고기 추렴 겸해 봉길이 제사를 지내자는 말도 나왔다.

그런데 제사가 있은 날 저녁에 그 늙은이는 또 꿈을 꾸었다. 봉길이가 와서 하는 말이 비록 내가 개의 소행이 원통해서 죽었지만 제가 본마음에서 그랬을 리 없고, 미련한 짐승이 천둥소리에 놀라 경풍을 일으켰던 것이니 그것을 원수를 갚는다면 자기는 개만도 못해지니 제발 그러지 말아달라는 것이다.

늙은이의 꿈 얘기를 들은 마을 사람들은 또 한 번 뉘우쳤다.

그때까지 제사에 개고기도 기하지 않았는데 이후로 개고기는 쓰지 않게 되었으며, 언제부턴지 바보 봉길이 제삿날에는 마을 개들을 사당 마당에 끌고 와서 절을 시키는 풍습이 생겼다 한다. 지금도 상실리에서는 개고기를 먹지 않는다.

주석의 소리

─ 삼천리 금수강산 만세.
여기는 환상幻想의 상해임시정부上海臨時政府가 보내는 주석主席의 소리입니다.
주석 각하의 3·1절 담화를 보내드리겠습니다.
사랑하는 애국 동포 여러분. 3·1절의 국경을 맞이해 우리 동포에게 민족 문제에 관한 공동 인식을 드리고자 합니다. 본 정부는 광복 전야에 대략 다음과 같은 인식을 피력한 바 있습니다. ─ 어떤 흔 민족이 즈본주의 초기에 있어서 봉건 제도와 억읍을 투ㅍㅎ고 ㅅ봉에 분산 고립ㅎ는고로 광대흔 민족 국ㄱ로 통일 집중흘 것을 급히 꾀흔다. 어떤 흔 민족은 즈본주의 불전 단계에 있어서 ㅅ업 즈유에 의ㅎ여 세계 시중과 싱손 봉법의 통일 등으로 부득불 지방 민족적 고립과 쇄국주의를 투ㅍㅎ고 민족의 교역을 증ㄱ하고 아울러 ㅅ호 의존성을 더 ㄱㅎ게 ㅎ니 이로 인ㅎ여 민족적 봉위선을 돌푸히서 도리어 국제 연계를 확대했다. 이는 이른바 최고 단계의 독점자본주의로 이윤 증가를 위해 한 강대 제국주의 국가로서 반드시 다수의 약소국 민족을 유린하여 자기에게 예속시켜 식민지 또는 반식민지로 보는 것이다. 연이나 비록 이들 지역에서 능히 자본주의의 발전을 도한다 할지라도 동시에 그 식민지의 궁핍과 반항을 도발 조장한다. — 이 같은 근본적 의식을 이 시점에서 다시 확인하고 풀이하는 것이 이 방송의 목적이올시다.

보편이라는 말이 논리학적 류개념에 그치지 않고 구체적이고 싱싱한 삶의 실감을 지니게 된 시대 — 우리가 지금 살고 있는 시대는 그런 시댑니다. 보편이라는 이 말이 지니는 실감이 뜻하는 바는 무엇입니까. 그것은 지구라는 구체적인 상像입니다. '세계'라는 말조차도 다소간에 철학적인 냄새가 느껴져서 마땅치 않다 싶을 그런 시대 — 그것이 오늘의 우리가 사는 삶의 터올시다. 우리의 문제는 민족의 터를 고립시켜 본질을 찾는다는 분석적 방법으로는 해결되지 않습니다. 우리는 지구 위에 살고 있는 인류의 여러 집단의 한 성원으로서 살고 있습니다. 그리고 그것이 사변적 요청이나 시적 환상 아닌 사실로서 그러하다는 데 거꾸로 우리 시대의 유례없는 환상성幻想性이 있습니다. 이 말은 모순이 아닌가. 실감으로 이룩된 사실이라고 하면서 그것을 환상적이라고 하는 것은 무슨 말인가. 이것을 알아보기 위해서는 이 같은 사태를 가져온 변화의 내력을 살펴볼 필요가 있습니다.

15세기에서 16세기 사이에 일어난 이른바 르네상스를 기점으로, 유럽 사회에는 연달아 일련의 변화가 일어났습니다. 이 같은 변화는 마침내 유럽 사회를 역사상 특별한 뜻을 가진 사회로 만들었을 뿐 아니라, 지구 위에 있는 다른 여러 사회에 대해서 결정적인 영향을 주는 원동력이 되었습니다.

르네상스에서 시작해서 종교개혁, 정치혁명, 산업혁명 따위로 불리는 이들 변화는 중세기를 통하여 차츰 규모가 넓어지고 세력이 강해진 화폐 경제의 담당자였던 도시 상공업자라는 주체에 의해서 추진되고 완성되었는데, 그 결과로 이루어진 변화는 역사상에서의 어떤 다른 변화와도 다른 성격을 가지고 있습니다. 역사는 많은 변화나 사건을 기록하고 있습니다. 서양사에서 본다면 알렉산더의 인도 전쟁이라든지, 그리스—페르시아 전쟁이라든지, 프랑크 왕국의 성립, 로마 제국에서의 기독교의 인정 같은 것이 있습니다. 이런 변화들은 각기 중요한 것들이었지만, 모두 비슷한 점에서 제약을 가지고 있습니다. 그 제약이란 ①세계의 다른 지역에서도 있었던 유형의 사건이며, ②그 유형성이란 단순 재생산적이며, ③폐쇄적인 터에서의 변화— 라는 데 있습니다. 이런 성격은 곧 짐작할 수 있듯이 농업 사회의 여러 성격을 그대로 나타내고 있습니다. 그런데 르네상스에서 비롯된 변화는 근본적으로 다른 사회 계층인 상공업자가 그 주체라는 데서 뚜렷이 다른 성격을 가지고 있습니다. 화폐와 상업 그리고 가내 수공업이라고 번역되고 있는 매뉴팩처라는 생산 형태는, ①세계의 다른 지역에서는 일찍이 없었던 모양의 사건인데, ②물론 그것은 화폐가 유럽에만 있었다는 말이 아니고 화폐의 사회적 유대의 기능이 근대 유럽의 그것과 같은 강력한 자리를 가져본 때나 곳이 달리는 없었다는 말이며,

③ 상공업이 단순 재생산성과 폐쇄성을 극복했다는 말인데, 간단히 말해서 매뉴팩처에서 나타난 기술적 개량과 '외국' 무역에서 나타난 상업의 국제성입니다.

이런 변화들은 ① 질적으로 가중적인 고도화와 ② 양적으로 가중적인 확대화라는 성격으로 요약되는데, 이를 개방성 혹은 확대 재생산성이라 불러도 좋을 것입니다. 그것은 정교와 웅대를 더불어 원하는 욕망인데 오늘날 외계를 향해 발사되고 있는 그들의 우주 로켓에서 그 극치를 볼 수 있습니다. 아무튼 유럽은 르네상스에서 우주 로켓에 이르는 길을 정력적으로 너무 정력적일 정도로 달려서 오늘의 지구 사회를 성립시켰습니다. 그러므로 오늘 우리가 사는 터는 근대 유럽의 필연적 완성이라고 할 수 있습니다. 우리들의 안과 밖의 모든 것 — 정치·경제·문화의 모든 분야에서 한 국민이나 한 집단이, 한 개인이 자기 자리를 확인하고 그에 대응하는 행위를 하려 할 때, 그들은 지구 사회라는 틀과 그러한 틀의 중심이며 주류를 이루는 구조를 정당하게 알지 못하고서는, 효과 있는 결과를 바라지 못할 것입니다. 그런데 우리들의 행위와 판단의 근거인 이 지구 사회라는 현실 자체가 우리들의 판단을 그르치고 우리들의 행위를 빗나가게 하는 근거가 되기 쉬운 요소를 지니고 있습니다. 왜 그런가.

근대 유럽이 자기 자신을 성숙시키고 자기를 지구사地球史의 보편적 주체로까지 완성시키는 과정에서 유럽은 본질적으로 그 보편성이 제약되는 두 가지 조건에 얽매여 있었습니다. 그것은 '민족국가'와 '계층성'이었습니다. 근대 유럽은 로마 제국의 해체의 뒤를 이어 성립한 프랑크 왕국의 해체기에, 그 왕국의 정치적 판도를 유지할 만한 정치력을 발견하지 못한 채 동왕국의 각 지방에서 부르주아의 주동적 투쟁으로 민족 국가의 분립을 본 것으로서 말하자면, 프랑크 왕국의 유산이 자녀 사이에 분할 상속되었다는 형태로서 성립하였습니다. 이것은 근대 유럽의 보편적 성격, 우리가 앞서 말한바 그 개방성에 모순하는 역학적 구조를 가지게 만들었습니다. 근대 유럽 사회의 이 같은 구조적 모순을 그들은 해외로의 진출, 더 솔직히 말하면 식민지의 취득과 확대라는 방향으로 해결하였습니다. 역사는 민족 간의 교섭의 역사이며 그 교섭이란 구체적으로는 전쟁·무역·문화의 주고받음인데 근대 유럽의 세계 정책 이전의 어떤 경우에서도 그것은 한정된 것이었습니다. 우선 공간적으로 그것들은 한정돼 있었고 질적으로도 한계가 있습니다. 알렉산더 왕의 전쟁이나 칭기즈칸 제국의 전쟁에서도 그 지역적 규모에는 스스로 한계가 있었고, 한편 그와 같은 교섭의 질만 하더라도 상대방을 완전히 동화하거나 무화할 수 있는 그런 정도에는 이르지 못했습니다. 로마 제국의 법체계에 전형적으로 나타나 있는 듯이 대체로 정복자의 법과 토착법이 이원적으로 공존한다는 정도의 것이었습니다. 그러나 근대 유럽의 이념과 제도는 근본적으로 보편적인 것이었으며 질적 차이를 양화量化의 방향에서 극복하려는 충동을 가진 데 그 특색이 있습니다. 이것을 우리는 근대 과학과 화폐에서 전형적으로 볼 수 있습니다. 그러나 여기서 강조하고자 하는 바는 질적인 것의 양화의 한계라든지 그 양화의 방법론에서의 이견異見 같은 것이 아닙니다. 근대 유럽의 이념과 제도 및 그 충동의 보편성 혹은 개방성에도 불구하고 그것이 민족 국가라는— 그 이념의 인류사적인 진보성에 비교할 경우, 그에 어울릴 만한 높이에 이르지 못할 정치적 주체에 의해서 실천되었다고 하는 사실이 보다 중요하다는 것입니다. 그것은 막강한 무기가 막강할 수 없는 도덕적 자세의 주체에 의해서 소유되었다는 것을 뜻합니다. 뜻한다기보다 근대 유럽의 세계사에서의 행위 과정이 우리로 하여금 그와 같이 판단하게 합니다. 민주주의와 테크놀로지라 불리는 이 두 가지 인류적 달성이 유럽의 민주 국가에 의해서 세계에 적용된 결과가 오늘의 세계입니다.

다른 하나의 제약인 '계층성'의 문제는 이 민족 국가와 안팎을 이루고 있는 조건입니다. 역사적으로 그 민족 국가가 도시 상공업자라는 계층에 의해서 이루어졌다는 것을 말하는데, 이 계층은 원래 그 발생의 조건에서 볼 때 매우 보편적이며 진보적인 계층이었습니다. 그것은 화폐 자신이 지니는 유동성에 잘 나타나 있듯이 평등한 경쟁이라는 활동을 그 본질로 삼고 있습니다. 이 점에 대해서는 막스 베버의 고전적 연구를 비롯한 숱한 증언들을 듣고 있으며 그것들은 믿을 만하다고 생각합니다. 이 계층의 초심初心 단계에서의 그와 같은 건강함이 그러나 이후의 모든 과정에서 변함없이, 충분히 지켜진 것은 아니라는 것도 동시에 가릴 수 없는 것 같습니다. 애덤 스미스에 의해 표현된 경쟁에 의한 예정조화적인 경제 질서의 신념은 근대 유럽의 성장 과정에서 파탄에 직면하게 되었습니다. 경쟁이라고 하는 경우에 그것은 당연히 평등한 조건에서의 경쟁을 뜻한다는 것이 이념인데 그 평등은 법률 속에서는 영원히 보편적이고 청신한 것이지만 구체적인 생활 속에서는 그럴 수 없습니다. 왜냐하면 화폐는 그 유동성 때문에 어떤 개인에게 그의 자연인으로서의 활동력의 한계에 구애됨이 없이 그것을 축적할 수 있게 하여줍니다. 그런데 경쟁에서는 누군가는 이기고 누군가는 지지 않으면 안 되기 때문에 화폐의 위와 같은 성격의 혜택을 얻는 사람과 잃는 사람이 생깁니다. 평등은 깨어집니다. 다음부터의 경쟁은 불평등한 조건 아래서의 평등한 경쟁입니다. 이것이 자유라는 이름으로 법의 옹호를 받을 때 벌써 그것은 근대 유럽의 보편적인 이념에 대한 제약이 되지 않을 수 없습니다. 보편적이며, 이념적인 개방된 직업 형태였던 부르주아적 생활 형식이 이렇게 해서 불합리한 기득권에 얽매인 계층으로 굳어져버립니다. 경쟁에서 탈락한 계층과 원래 경쟁에도 끼어보지 못한 계층이 하나가 되어 승리자들과의 사이에 긴장이 생깁니다. 이 긴장의 쌍방의 명분은 모두 근대적 자유와 평등인데 기정사실로서는 벌써 중대한 해석의 차이가 생겨버립니다. 이렇게 해서 노동 문제가 발생합니다. 이 같은 평등의 불균형은 식민지라는 후진 지역의 희생으로 교정됩니다. 그러나 여기도 문제는 있습니다.

  서술의 편의상 유럽의 움직임을 단원적으로 기술해왔지만 이제 그것을 다시 나눌 단계에 온 것 같습니다.

  유럽이 위에서 말한 바와 같은 불균형을 식민지라는 방법으로 시정한다는 사정은 유럽의 여러 민족 국가에 있어서 그 정도를 달리했습니다. 영국이나 프랑스 같은 선진국에 비해서 독일이나 러시아, 이탈리아 같은 후진 유럽 국가들의 사정은 매우 급박한 것이었습니다. 독일에 뒤이어 러시아가 근대적 체제를 갖추었을 때는 세계는 이미 영국과 프랑스에 의해 분할된 다음이었습니다. 독일과 오스트리아라는 민족 국가가 국제 시장에서의 시장의 확대를 무력으로 추진하려고 한 전쟁, 그것이 제1차 세계대전입니다. 이 전쟁의 종결은 두 가지 숙제를 남겼는데 하나는 독일과 오스트리아 국가의 욕망이 무력으로 보류되었다는 것이며 또 하나는 러시아에 있어서의 공산 정권의 성립입니다.

제2차 세계대전은 욕망의 달성이 보류되었던 독일, 이탈리아와, 비유럽 세계에서 오직 하나의 경우로 민족 국가의 정치적 독립을 유지한 채 근대 유럽의 체제를 성립시킨 일본이 연합하여 선진 근대 민족 국가인 영국·미국·프랑스와의 사이에 벌인 전쟁입니다. 제2차 세계대전은 두 가지 점에서 중요한 뜻을 가집니다. ①그것은 1차전과 달리 일본까지가 본격적인 전쟁의 주체가 되었다는 점에서 당시까지 존재한 모든 유럽 체제적 국가 전부가 참가했다는 점에서 민족 국가 이념의 마지막이며 전면적인 자기주장의 기회였다는 것과, ②문자 그대로 세계의 모든 지역이 전지화함으로써 지구 시대의 시작을 위한 진통이라는 사회학적 뜻을 지녔기 때문입니다. 이 전쟁의 결과는 ①지구 규모에 있어서의 근대적 이념의 확산이 ②민족 국가 이념의 상당한 수정 아래에서 전개되는 국면을 가져왔습니다.

2차대전의 결과는 식민지의 독립과 세계의 방대한 지역이 공산화되었다는 사실로 요약할 수 있습니다. 더 정확히 말하면 과거에 식민지로 있던 지역들이 각기 자유, 공산 두 진영에 분할 편입되었습니다. 이것은 ①유럽의 식민지 소유 국가들이, 민족 국가의 이익 추구를 위한 제한 없는 타민족 국가의 수탈을 지양하는 대가로, 지난날의 피식민지 국가와의 공영 유대를 성립시키기로 작정했다는 것이며(이것이 영국의 후퇴와 미국의 계승의 정치적 의미입니다) ②근대 유럽의 다른 하나의 숙제였던 사회적 긴장의 해소를 공산주의 국가라는 형태의 정치적 강제를 통해서 이루려고 하는 시안이 역사에 대해서 제출되었다는 것을 의미합니다.

이 시안을 검토해보면 공산주의는 안팎으로 중대한 딜레마에 빠져 있다고 여겨집니다. 공산주의 자체를 안에서 관찰하건대 그들은 두 가지 점에서 근대 민족 국가의 숙제를 해결하지 못하고 있습니다. ①제2차대전 후에 동유럽과 아시아에서 새로운 공산 체제를 성립시키고 중요한 국제 정치적 주체가 되기에 이른 공산권은 그 정치권력의 단위가 여전히 민족 국가의 형태에 머물러 있습니다. 전후의 공산권 정치사는 공산주의적 보편 이념과 민족 국가의 이념 사이의 투쟁사라고 해도 무방합니다. 이미 스탈린의 생전에 유고슬라비아의 이탈을 시작으로 헝가리 폭동, 독일에서의 폭동, 폴란드의 정변, 중공의 이탈, 루마니아의 반란 그리고 최근 진행 중인 체코슬로바키아의 독자적 방향의 요구 등에 명백히 나타난 바는 공산주의가 그들이 표방한 국제주의에도 불구하고 결코 민족 국가의 한계를 벗어나지 못하고 있으며 공산주의의 이념인 국가의 부정과 계급의 국제적 연대성이라는 막강한 관념적 무기가 러시아 국가라는 주체의 국리를 기준으로 사용될 때 그것은 소국의 희생에 의한 러시아라는 후진 유럽 강국의 세계 정책의 도구로 떨어지고 말았다는 사실을 증명하였습니다. ②뿐만 아니라 공산 체제에 있어서의 보다 중요한 문제는 정치권력을 비롯한 모든 집단 조직에 있어서의 운영에서 나타난 관료주의적 해독인 것으로 알려지고 있었습니다. 관료주의는 민주주의 내용인 자유와 평등의 분배가 불균형하고 그것이 누군가에 의해 독점돼 있고 누군가는 거기서 소외당하고 있는 데서 옵니다. 그런데, 자유와 평등의 이 불균형은 바로 이 글의 앞부분에서 우리가 지적한 바 유럽 근대 국가의 내부적 관계였던 계층성에서 말미암은 것이며, 그 계층이 기능적 개방성을 잃고 고정화하고 비대화할 때 오는 형상이었습니다. 같은 결과에 대해서는 같은 원인이 있지 않으면 안 됩니다. 그 원인이란 공산국가에는 계급이 있고 그 계급은 고정화하고 비대화하고 있었다는 것입니다. 이에 대한 증언을 우리는 가장 전형적으로 밀로반 질라스로부터 듣고 있습니다. 관료주의는 우리들이 흔히 쓰는 말로 조직과 소외의 문제인데 이 점을 자유 진영과 공범 사항으로 가진다는 것은 공산주의의 자기 모순 이외에 아무것도 아닙니다.

한편 공산주의가 밖으로 직면하고 있는 딜레마란 무엇인가. 그것은 공산주의가 객체로서 투쟁의 목표로 삼고 있는 자본주의 체제에 있어서의 변질입니다. 지금까지의 얘기에서 우리는 역시 서술의 편의상 자본주의의 성장을 극히 정태적이며 원리 일관한 것으로 취급했지만, 사실은 그것은 자신 속에서 서서히 바뀌어져 왔다고 하는 것이 진실입니다. 자본주의는 두 가지 점에서 바뀌었습니다. ①자본주의는 자신의 안에서 야기된 계층 간의 긴장을 완화하는 조치를 취해왔습니다. 이와 같은 과정이 이루어진 요인은 물론 단순하지 않습니다. 그것은 여러 요인들의 작용인데, 아마 기업의 현명한 자제와, 국민의 부단한 권리 투쟁의 결과였다고 요약할 수 있습니다. 또 그 과정은 주체 쌍방에 있어서의 그와 같은 바람직한 주관적 행위에 의해서만 이루어지는 것도 아닙니다. 그것을 가능케 한 객관적 요인은 아마 역설적이고 아이로니컬하고 우리들로서는 감개무량한 일이지만 i) 식민지로부터의 수탈과 ii) 그사이의 시간적 여유에서 이루어진 계속적인 생산성의 발전에 있었다고 생각됩니다. 우리는 i)의 요인을 과대하게도 과소하게도 평가하려 하지 않으며 그것이 경제 순환의 동태적 측면에서 분명히 전기한 긴장 완화에 기여했다는 견해만을 진술할 따름입니다. ii)의 요인은 보다 중요한 의미를 갖습니다. 보다 중요하다는 것은 이 점에 마르크스의 한계와 그의 후계자들의 고의적인 자기기만이 있는 것 같기 때문입니다. 마르크스는 자본의 축적 과정을 설명하는 데서 상품의 분석과 잉여 노동의 수탈, 그 수탈 부분의 재투자 및 그 이윤의 금융화라는 전개를 통하여 자본가적 생산의 구조 분석이라는 논리적 방법에 의존하고 있습니다. 그 결과 그는 자본주의 사회의 모순의 극대화를 결론하고 혁명의 필지를 예언했습니다. 그러나 그는 자기 생전에 영국의 더욱 더한 번영과 독일과 프랑스에서의 사회주의의 좌절을 보아야 했으며, 러시아에 대해서는 난처한 예언을 했습니다. 이와 같은 사실을 설명하고 마르크스의 이론을 보완한 것이 레닌의 제국주의에 대한 견해인데, 그는 식민지 수탈이라는 점으로 난점을 극복하려 한 것입니다. 그러나 그의 방법도 역시 제국주의 단계에서의 자본주의라는 구조 분석이었습니다. 그러나 그들은 모두 빠뜨린 것들이 있습니다. 만일 유럽 자본주의가 그 초창기에서부터 오늘까지 줄곧 증기기관차와 넬슨의 군함, 나폴레옹의 대포밖에 갖지 못했다면 혹시 마르크스의 예언이나 레닌의 희망이 맞고 이루어졌을지 모릅니다. 생산성의 발전 — 이것이 마르크스에서는 그의 시대적 한계 때문에 고려될 수 없었고, 레닌에서는 전술적 주관성 때문에 고려할 수 없었던 요인입니다. 그들의 이론을 빌린다면, 양적 발전이 질적 발전을 가져왔다고 표현할 수도 있겠는데, 그들은 식민지라는 양적 발전은 계산했지만 생산성의 발전이라는 양을 계산하지 못했거나 않은 것입니다. 아마 이 두 가지 양의 증대가 상승하여 일으킨 질적 변화가 앞서 말한 기업의 자제와 국민의 권리 투쟁이라는 주관적 행위를 가능케 하고 성과 있게 한 객관적 조건입니다. 그 결과가 선진의 자본주의 사회에서의 부富의 균배, 기업의 공익성에 대한 조처, 복지적 제도의 발전 등으로 나타났으며, 이 사실은 영국의 오늘의 모습에 그대로 나타나 있습니다. ②자본주의 변질의 다른 모습은 국제 정책에서의 수탈에서 공영으로의 변화라고 할 수 있습니다. 공영이라고 해서 우리는 그것을 결코 과대평가할 생각은 없으나, 현실의 사물은 불가불 비교적으로 상대적으로 평가할 수밖에 없다면, 오늘날 자본주의 국가의 세계 정책이 옛날의 그것과 조금도 다름이 없다고 하는 것도 진실이 아닐 것입니다. 이것은 유럽의 고전적 민족 국가의 이익 추구 형태에 비하면 상당한 양보를 의미합니다. 이 양보의 단적인 표현이 피식민지 국가들의 정치적 독립의 취득이라는 현상입니다. 이것이 자본주의적 유럽의 변화이며 공산주의가 지칭하는 대상의 오늘의 모습입니다. 그 모습은 공산주의가 이론적으로 분석한 형태에서는 이동했으며, 전술적으로 선전하는 모습만큼은 음산한 것이 아닙니다. 만일 이 같은 변화를 인정하려 않는다면 다른 말은 그만두고라도 이런 변화를 가져오기 위한 광범한 국민 대중의 권리 투쟁의 역사적 노력과 그 전리품에 대한 모독이라는 평은 최소한 면할 수 없습니다.

공산주의가 안팎으로 겪고 있는 이 같은 딜레마는 그것의 근대 유럽의 숙제에 대한 해결 시안으로서의 의미를 무력화시키고 있습니다. 이것이 우리들의 판단입니다.

인제 겨우 우리들 자신의 얘기를 할 때가 왔습니다. 오늘 우리가 살고 있는 이 생활의 터를 오늘과 같은 모습으로 만든 주역들의 이야기는 끝났습니다. 그들의 그와 같은 주도적 행위의 결과로 오늘 우리는 이 자리에 이런 모습으로 있습니다. 세계는 분명히 하나가 되었고, 서로 연결되고, 이러한 상태로 존재합니다. 이것은 현실이자 결과입니다. 우리도 그 현실 그 결과 속에 있습니다. 그러나 이 현실 이 결과는 우리들의 발상, 우리들의 주도에 의해서 이렇게 된 것이 아닙니다. 더 구체적으로 말하면 우리는 근대 유럽에서 시작된 지구 시대의 길고 먼 과정에서 선진국·중진국 들이 중요하고 결정적인 행위가 끝난 다음에 겨우 지구 사회의 공민권을 얻게 된 것입니다. 이 같은 사정 때문에 우리에게는 특별한 난관이 있습니다. ①먼저, 아직도 민족 국가의 단위로 생존해야 되는 이 지구에서 우리들 후진국이라 불리는 지역은 가장 불리한 조건에서 경쟁하지 않으면 안 된다는 사실입니다. ②근대 유럽의 선진국·중진국들이 길게는 4세기, 짧게는 1~2세기에 걸쳐 이룬 과정을 우리는 겨우 어제오늘에 시작했다는 사실입니다. ③그것은 사회의 유기적인 발전이 거부된 것이기 때문에 부자연한 것이며, 그런 성장이 생물의 개체에 있어서 무리하듯이, 한 사회, 한 국가에 있어서도 생리적인 인내를 넘는 고통이며 ④그 고통은 유럽 근대 국가들이 오늘까지 오는 사이에 겪은 여러 단계를 동시에 겪어야 한다는 데서 오며 ⑤더욱 이런 과제를 해결하는 일이 지구 정부 아래서 이룩되는 복지 정책으로 수행되는 것이 아니라 여러 민족 국가 사이의 여전한 생존 경쟁의 형태로 이루어져야 한다는 것이며 ⑥경쟁은 경쟁이기 때문에 선진·중진 국가들에 의한 다양한 간섭도 존재하는데 ⑦그 간섭은 국제 정치의 힘의 원리와 특히 이데올로기적 전술 때문에, 근대 국가의 두 가지 제약인 민주 국가의 속성인 내셔널리즘과 그 계층성의 속성인 자본의 냉혹한 이윤 추구의 원리가, 보편성과 자유의 위장 아래 후진 여러 나라의 정치적 자립에 중대한 제약으로 작용하는 위험을 배제하기 어렵고 ⑧이런 위험에 대해서 자본이 약한 후진국의 기업이나, 정치적으로 미숙한 국민이나, 그런 조건에서 통치하는 정부가 효과적인 행동을 취할 힘이 부족하며 ⑨이 같은 사정은 정부의 부패, 기업의 매판성, 국민의 무력감의 요소를 지니고 있으며 ⑩이 무력감, 부패, 매판성이 바로 이 방송의 맨 처음에서 우리가 지적한 바, 우리 시대의 환상성이라고 표현한 것의 조건이자 동시에 주관적 위험입니다.

환상성이란, ①엄연한 우리가 그 속에 있는 현실에서 ②자신을 인식하는 현실 감각을 잃어버리고 ③자기를 현장에서 소외시키며 그렇게 해서 주체로서의 자신을 잃어버리는 것을 말합니다. 현실에 대한 이 같은 태도는 문학에서도 이미 유행이 지난 방법이며, 하물며 장난 아닌 생활의 터에서는 바로 '죽음에 이르는 병'입니다. 이 병을 앓지 말고 ①에서 ⑩에 이르는 과제를 슬기롭게 해결하는 것이 필요합니다. 어떻게 하면 되는가. 지금까지 말한 것이 상황의 구조라면 이 상황에 대한 주체의 반응이, 다시 말하면 상황과 주체 사이의 구체적인 교섭의 과정마다 결정되는 바람직한 궤적이 우리가 취해야 하고 바라는 바인데, 그것은 정책이며 역사입니다. 정책은 전문적이며 기술적인 것이고 역사는 예언하는 것이 아닙니다. 그런데 이 자리에서는 전문적이고 기술적인 입안(幻籍에 오른 본정부로서는 불가능하기도 하지만)이나 예언을 의도하지는 않겠습니다. ①상황의 구조와 ②정책과 ③주체 가운데서 ①은 이미 언급했고, ②를 배제한다면 남는 것은 ③ 주체입니다. 그러므로 여기서는 주체의 편에서의 바람직한 행위 방향이라는 점에 문제를 한정하기로 합니다. 주체는 어떻게 행동하는 것이 옳은가. 주체를 편의상 정부 · 기업인 · 지식인 · 국민으로 나누어 살펴보겠습니다.

정부—— 후진국에서 가장 큰 책임을 지고 있는 것이 정부입니다. 정부에 대해서는 우리는 헌법에 씌어져 있는 것에 좇아 권한을 행사하라고 말해야 하겠습니다. 우리가 헌법에, 라고 말할 때, 한국 사람이면 모두 어떤 감회를 느낄 것입니다. 왜냐하면 우리는 그

헌법에 대해서 그 힘을 번번이 의심할 수밖에 없는 괴롭고 환상적인 경험을 해왔기 때문입니다. 정부는 밖으로 국제 사회에서 민족 국가의 독립을 유지하는 것이 최대의 의무입니다. 그 독립을 유지하고 보다 나은 국제적 지위를 얻기 위하여 국민을 조직하고 지도할 책임이 있습니다. 우리는 반세기 전에 가장 악질의 정부에 의하여 민족 국가의 발전에 있어서 치명적으로 중요했던 시절을 적 치하에서 신음해야 하는 처지에 굴러떨어졌었습니다. 자기 국민을 적에게 파는 정부, 그것이 최악의 정부입니다. 그것은 최악의 전제 정치보다도 나쁜 것이었습니다. 우리는 개화기에 있어서 정부가 취한 이 병매적痴呆的인 반민족 행위에 대하여 좀더 주의와 분석이 여러 사람에 의해서 가해지기를 바랍니다. 우리가 지적하고 싶은 한 가지 문제점은 저 반역자들의 의심할 수 없는 도덕적 저열성과 악의는 논외로 치고, 그들이 언중유골 식으로 풍기고 있는 어떤 변명에 대해서입니다. 즉, 그들은 마치 주권의 희생하에서 개화를 하는 것이 불가피했던 것 같은 태도를 가지고 있었습니다. 이것은 객관적으로 허무맹랑한 것이었습니다. 객관적이란, 일본 제국주의는 우리를 개화시키기 위하여 그토록 안달을 한 것이 아니라 우리를 수탈하기 위하여 침략했다는 것을 말합니다. 그리고 또 주관적으로는 반역자들의 변명은 근거가 없습니다. 정권의 담당자로서 주관적 의도를 정당화하는 길은 국민의 뜻을 얼마나 반영했는가 하는 척도 말고는 아무 정당성도 없습니다. 우리 국민은 그들의 반역을 한 번도 지지한 적이 없습니다. 자명한 사실에 대해서 이 같은 말을 하는 것은 사회변혁이 급격하게 진행되는 시기에 있어서는 그 사회변혁의 진보성이라는 것과 민족 국가의 주권이라는 것이 마치 서로 양보할 수 있는 성질이거나 한 듯이 착각하고, 그 착각을 이기심의 위장으로 삼는 부류가 흔히 나타난다는 경험을 상기시키기 위해섭니다. 근대 유럽의 발전을 통해서, 그들의 세계 정책을 통해서, 일본 제국주의의 야만적 통치를 통해서, 우리는 이 같은 보편주의가 최악의 아편임을 확인하였습니다. 그것은 환상의 독소와 같은 것으로서, 정부의 최대 의무는 이 독의 늪에서 국가를 안전한 지대에 있게 하는 것입니다.

  정부는 그 권력을 헌법에 규정한 대로 사용하여야 합니다. 주권은 국민으로부터 나옵니다. 근대 유럽 국민들이 막강한 인습과 권력의 힘에 항거하여 정치권력을 손에 쥔 역사적 경험은 아마 우리들의 정서적 상상력을 넘는 것일지도 모릅니다. 그러나 우리도 인간인 이상, 그와 완전히 동일한 역사적 세부까지를 추체험하는 것은 불가능하더라도, 그와 동일한 형태의 생명의 경험은 가지고 있습니다. 그것은 가장 가까운 것으로만 보더라도 3·1운동과 4·19에서 나타난 국민의 주권 의사입니다. 정부는 자신이 행사하고 있는 권력이 국민의 주권 행사의 표현인 헌법에서 나온 것임을 매일같이 명심하여야 합니다. 권력의 행사에 있어서의 국민의 주도권을 우리는 민주주의라고 부르고 있으며, 이것은 오늘의 세계에서 민족 국가가 대외적으로 힘을 발휘할 수 있는 최대의 무기입니다. 스스로를 민주주의의 공인된 원리에 구속시키고 있는 정부가 가장 강한 정부이며, 그 구속을 벗어나 있는 정부가 가장 약한 정부입니다. 공산주의에 대해 가장 강한 정부는 민주적 정부이며, 가장 저항력이 약한 정부는 반민주적 정부입니다. 우리들의 상황은 어떤 정권의 민주성의 정도가 단지 내정에서의 민주주의의 기복을 나타낸다는 태평한 세월이 아닙니다. 그것은 밖으로 공산주의에 대한 방위력의 궁극적인 기초입니다. 민주주의는 민족 국가의 국방력의 안받침입니다. 이 안받침을 흔드는 자는 국방력을 흔드는 자이며 국방력을 흔드는 자는 반역자입니다. 정부 권력의 민주적 행사 여부의 표준은 정부가 자기 권력을 그 수임자인 국민에게 항상 개방하는 것, 권력의 원천에 의한 계속적인 추인의 기회를 유지하는 것입니다. 이 점에서도 우리는 쓰라린 경험과 앞으로도 계속될 난관을 가지고 있습니다. 그럴수록 정부는 국민에 의한 비판의 온갖 기회를 스스로 개방하여야 하며, 결과적으로 그것이 그 정권 자체의 득이기도 하다는 것을 알아야 합니다. 이러한 권력 행사에 대한 국민의 참여의 최대 기회가 선거입니다. 민주주의란 선거이다, 라고 해도 무방합니다. 자유로운 선거의 보장, 논리적으로는 정부의 모든 기능은 이 한마디에 그칩니다. 현재 정부가 수행하는 모든 행정 기능은 정부 외의 사회 집단에 이양할 수도 있지만 선거의 관리만은 사영화할 수 없습니다. 그것은 민주 국가의 가장 중대한 공적 행위입니다. 사회의 모든 성원이 자유로운 의사 표시를 할 수 있는 공정한 관리 기관이 정부이며, 우리는 아직도 이 점에서 찬양할 만한 도덕적 자제력을 가진 정부를 가진 적이 없기 때문에, 그리고 그 여부가 민족 국가의 독립과 직결돼 있기 때문에 이것이 우리의 버릴 수 없는 꿈이며 양보할 수 없는 요구라고 밝히고 싶습니다.

기업인 — 근대 유럽 민족 국가가 부르주아 민족 사회라고 불리듯이 민주주의의 주도적 담당자는 상공업자들이었습니다. 후진국에 있어서의 기업가 계층은 대부분 민족 국가의 주권이 박탈된 상태에서 자라났다는 점에 그 치명적 약점이 있습니다. 역사적인 이 같은 사정은 그들에게서 공익성에 대한 감각이 사실상 함양될 기회를 주지 않았습니다. 함양이라는 말을 쓴다고 해서 무슨 유별난 도덕적 심성을 표현하려는 것은 아닙니다. 오히려 반대로 건강한 이해 감각을 말하는 것입니다. 유럽 근대 국가에서의 기업의 이윤의 소장消長은 그들의 민족 국가의 국력의 소장과 걸음을 같이했습니다. 그럴 수밖에 없는 것이, 그 사회의 빵을 만들고 자유를 보장한 것이 그들이었기에 말입니다. 일본 제국주의의 통치가 우리들에게 국가와 사적 활동 사이에 있는 건전한 감각을 해체시키고 망국적인 이기주의의 심성을 배양한 것은 틀림없습니다. 그러나 지금은 다릅니다. 자기의 이익은 국가의 이익과 직결돼 있다는 것을 알아야 합니다. 기업은 자기가 처한 상황을 잘 인식할 필요가 있습니다. 그들은 자유 진영에 속해 있기 때문에 기업의 자유를 누릴 수 있으며, 유럽 국가들의 자본과 기술을 이용할 수 있다는 이점을 생각해야 합니다. 공산국가의 국민이 누리지 못하는 자유이며, 그들에게는 아직도 부족한 여건을 이용한다는 직업인으로서의 혜택 말입니다. 인간은 사회로부터 무엇인가를 받았으면 무엇인가를 내어줘야 하는 것이 도리입니다. 내어주기는 아무나 즐거워하지 않으나 그래도 내어주는 것이 바로 도리입니다. 기업은 스스로가 유능하기에 부를 이루었다고 생각하는 것도 자유지만, 그러한 형태의 유능함을 허용하는 사회이기 때문에 부의 축적이 가능했다고 생각할 줄도 알아야 합니다. 그렇다면 그러한 허용을 옹호하는 사회의 건강을 위해서 힘써야 합니다. 우리는 지금 자본주의를 창조하고 있는 것이 아니라 우여곡절을 거친 끝에 공산주의라는 무력화한 시안이 강제적인 채택을 강요하는 처지에서 수정되고 보완된 자유 기업의 원리하에 경제 생활을 하고 있습니다. 여기서 지적한 바 유럽 자본주의의 자기 수정 과정을 잘 명심할 필요가 있습니다. 그들은 그럴 필요가 있어서 그렇게 한 것입니다. 어려운 사정은 있습니다. 자본주의의 초기에서의 난점들을 완화할 힘이 후진 제국에는 없기가 쉽다는 사정이 그것입니다. 그런데 문제는 그런 사정을 고려하기를 인색해한다거나 안 한다거나 하는 것이 아니고, 그럼에도 불구하고 기업의 공익성에 대해 최대의 노력과 자제를 보이지 않으면 야단날 것이라는 점입니다. 식민지와 높은 생산성, 유럽 국가들에게 있었던 이 두 가지가 우리 기업가들에게는 모두 없습니다. 우리는 그들에게 자기 자신의 근면의 창의를 그들의 식민지로 삼으라고 권하고 싶습니다. 그렇지 않고 국민 대중을 자기들의 식민지로 삼을 때 그들은 가장 어리석은 짓을 했다는 심판을 받을 것입니다. 이 같은 공익성의 감시는 물론 정부에 그 책임이 있습니다. 그러나 이 항목에서는 경제의 능동적 주체로서의 기업의 합리적인 자기 개선에 한정해서 얘기하는 것입니다.

지식인 — 오늘날 지식을 전혀 상품의 형태로 거래하지 않을 수 있는 형태의 지식인이나 권력으로부터 완전히 자유로울 수 있는 지식인을 상상하기란 사실상 불가능한 일이나, 이런 제약을 너무 강조하는 것도 진실이 아니라고 믿습니다. 권력을 남용할 위험을 간직하면서도 역시 정부가 민주주의를 창달시킬 가장 큰 힘을 지녔듯이, 반사회적 이윤 추구에의 위험한 욕망을 간직하면서도 역시 기업이 사회적 부의 증대를 이룰 가장 큰 힘을 지녔듯이, 상품화와 어용화의 위험을 간직하면서도 역시 지식인이 진리를 밝힐 가장 큰 힘을 지닌 것이 사실입니다. 위험을 강조하기보다는 가능한 힘을 강조하는 것이 생산적입니다. 죄가 있는 곳에 구원도 있습니다. 진흙 속에서 연꽃이 핍니다. 구원과 연꽃을 강조하는 것이 좋으리라 생각합니다. 진리의 옹호, 그것이 지식인에게 맡겨진 주요한 노동입니다. 우리의 경우 진리를 옹호한다 함은 민족 국가의 독립을 지키고, 사회 정의를 실천하고, 사회적 부의 증대를 가져오기 위한 과학적인 방법을 연구하고, 이것을 사회에 보고하는 일입니다. 후진 사회에서의 지식인의 바람직한 입장은 기술적인 연구가의 능력만으로는 부족하며, 상품화와 어용화의 위험에 저항하는 윤리적 힘 또한 지식인의 능력으로 간주되어야 할 것입니다. 권력이 안정되고 부가 축적된 사회에서는 진리가 반드시 권력과 부의 적이라고만은 할 수 없습니다. 그러나 우리 사회의 권력과 부에는 그런 여유가 없습니다. 그렇다고 지식인이 그의 판단을 위험을 무릅쓰고 표명하는 용기를 갖지 않는다면 우리 사회는 끝장입니다. 그렇게 해서 다분히 순교자적인 일면을 지니게 될 것입니다. 순교자라는 말에 대해서 우리는 아무런 과장이나 감상을 섞고 싶지 않습니다. 이 상황에서 인간으로서의 감각을 관철시키다 보면, 그리고 인간으로서의 감각을 보편적 방법으로 유지하는 기술을 맡고 있는 지식인이라는 직업이 그렇게 시키는 직업의식입니다. 노동자가 일을 안 하면 팔이 근질거리듯이, 원래 지식인도 진리를 말하지 못하면 속이 끓습니다. 이것은 인간에게 보편적인 충동이지만, 지식인은 그것을 방법적으로 세련된 형태로 지니고 있습니다. 그것이 직업 감각입니다. 지식인은 이 직업 감각에 충실해야 합니다. 우리가 살고 있는 사회의 현재 형태가 우리 사회 자신의 힘에 의해 창설된 것이 아니기 때문에 지식인은 이 상황의 구조와 내력을 국민에게 알릴 의무가 있습니다. 그렇게 함으로써 상황에 유효하게 대처할 수 있는 행동의 양식을 교육해야 합니다. 지식인은 기술자인 동시에 윤리적 기술자이기도 하기 때문에 정부와 기업에 대한 비판자로서의 의무가 있습니다. 관권이나 금권이 윤리적 설교에 의해서 회개할 수 있다는 말이 아닙니다. 국민에게 공정한 정보를 제공함으로써 국민이 자기 권리의 옹호를 위해 필요한 판단을 하는 것을 돕는다는 말입니다. 말이 권력과 금력을 움직이는 것이 아니라 말을 들은 국민이 권력과 금력을 움직이는 것입니다. 그러므로 지식인의 무기는 말이며, 이 말의 자유스런 사용을 규정한 것이 우리 헌법에서의 학술과 언론 예술의 자유입니다. 이 자유는 최대한으로 지켜져야 합니다. 이 또한 공산주의에 대한 막강한 무기입니다. 최근의 체코슬로바키아의 사태가 언론의 자유를 그 중요한 쟁점으로 했던 것을 상기하기 바랍니다. 후진국 국민의 정치적 미숙성의 원인인 역사적 경험의 결여는 예술, 학술, 언론에 의한 교육으로 극복할 수밖에 없으며, 그러자면 그 교육의 자유가 선진국들과 후진국의 현실적 격차와 역비례로 더 많이 보장되어야 하는 것이 이치이나 사실은 그 반대입니다. 이것이 가장 심각한 문젭니다. 현실의 부족을 꿈으로 메우려는 충동을 인간은 가지고 있으며, 또 현실의 부족을 교육으로 메우려는 충동을 인간은 가지고 있습니다. 근대 국가 생활의 여러 요령을 경험을 통해 오랜 시간을 사용해서 얻는 것이 불가능하다면 그것은 교육에 의해서 빨리 얻어지지 않으면 안 됩니다. 학술, 예술, 언론은 교육의 기능을 수행하는데, 그 기능은 표현의 자유 없이는 이룩될 수 없습니다. 그런데 그 표현의 자유가 선진국보다 못하다고 하면 우리는 현실에서도 지고 교육에서도 진다는 결과가 됩니다. 이렇게 된다면 이 지구 사회에서의 불균형의 시정은 영원히 이룩되지 않을 것입니다. 지식인은 이 사회와 이 지구 위의 현재에서 가장 어울리는 인간상을 자유롭게 묘사하기 위해서 이 헌법적 자유를 부단히 행사해야 합니다. 이런 바람직한 인간상의 제시를 위해서는 ①국학의 개발과 발전에 의한 민족의 연속성의 유지와 특수성의 인식, ②지구인으로서의 보편적인 감각을 고려해야 하며, ③그러한 구체적인 매개 위에서 근대 유럽의 이념인 민주주의와 이성의 현실에 기여하는 인간상을 모색해야 합니다.

국민 — 위에서 정부, 기업인, 지식인 따위의 분류에 따라 우리는 상황에 대응하는 주체에게 요구되는 윤리적 기준을 묘사했습니다. 확실히 우리는 그와 같은 익명의 조직에 의해서만 사회에 참여할 수 있으나, 그 조직들을 과도하게 의인화하는 것은 매우 위험합니다. 그 조직에서 구체적으로 움직이는 것은 바로 개인입니다. 여기서 '국민'이라고 하는 것은 그러한 개인으로서의 국민입니다. 우리는 조직이 조직으로서의 생리와 그것이 흔히 그 속의 여러 개인적 의사와는 모순되게 움직인다는 것을 알고 있습니다. 그럼에도 불구하고 조직은 개인에 의해서 운영됩니다. 이것도 사실입니다. 인간은 동물과 달리 그의 사회생활에서 간접적 매개를 통해서 행동하며 그 매개의 회로를 더욱 복잡하게 만들어오고 있습니다. 여기서 조직에서의 개인의 소외라는 말을 하게 되는데, 이것은 조직의 운영에서 개인의 참여가 무력해지고 있다는 것을 말합니다. 그러나 이것을 너무 엄살스럽게 인정해서는 안 됩니다. 조직은 누군가의 조직인 바에는 소외가 있다면 누군가가 소외시키고 있으며 누군가는 소외당하고 있다는 말이지, 그런 주체 쌍방의 진정한 관계를 묻지 않고 소외라는 현상이 자연 현상처럼 우리 밖에서 진행되는 것처럼 생각하는 것은 바로 소외된 자의 환상입니다. 소외는 누군가가 소외시키고, 누군가는 소외당하고 있다는 것이며, 그것은 너와 나의 인격적 관계가 대상에(조직이라는) 투영된 모습 이외에 아무것도 아닙니다. 자기를 남이 때리고 있을 때 거울에 비친 그 모습을 보고 어떤 친구가 얻어맞고 있군, 하고 해석한다면 바로 그런 사람을 우리는 소외되었다고 말해야 합니다. 소외가 조직의 자동 현상이기나 하듯이 말하는 논의는 경계되어야 합니다. 그것은 사실은 너의 횡포이며, 나의 비굴입니다. 주체와 주체 사이의 인간적 관계를 객체 사이의 자연적 현상이기나 한 듯이 절대화하여 책임을 면함으로써 해탈하려는 발상은 문학에서도 이미 끝장이 난 낡은 유행입니다. 하물며 장난이 아닌, 단 한 번밖에 살 수 없는 삶의 터에서 이 같은 태도를 가진다는 것은 '죽음에 이르는 병매痴呆의 병病'입니다. 우리를 소외시키고 있는 그 누구를 찾아내고자 노력하십시오. 그와 투쟁하고 협상하고 거래하십시오. 그렇게 해서 우리의 몫을 늘리고 일단 손에 쥔 몫은 결코 놓치지 말고 다음 투쟁과 협상과 거래를 위한 조건으로 삼으십시오. 정치와 직장에서 소외로부터 스스로를 해방시키는 책임은 궁극적으로 개인에게 있습니다. 조직에서 개인의 책임을 과소평가한다면 그는 조직을 인간의 현상이 아니라 마술적 매임〔呪縛〕으로 생각하는 것입니다. 소외를 극복하는 책임이 개인에게 있듯이 그에게는 그럴 능력도 있습니다. 우리는 그 최근의 증거를 체코슬로바키아에서 보았습니다. 그것은 소외시키는 자의 횡포에 대한 소외당하는 자의 비굴을 소외당하는 자가 인간적으로 수치스럽게 느끼고 그 수치가 분노로써 표현된 것이 아니고 다른 무엇입니까. 이런 의미의 개인의 책임이 민주주의의 주체적 조건입니다. 우리는 이 방송에서 우리들의 상황의 어려움에 중점을 두고 말했고 그것은 그만한 타당성이 있다고 믿지만, 그러한 모든 것을 고려한 다음에 이 방송을 맺는 대목에서 우리가 인간일 수 있게 하라고 상황에 대해 요구할 권리를 가짐과 동시에 우리 자신이 인간임을 개인으로서 증명할 의무가 있음을 명심합시다. 사랑하는 애국 동포 여러분, 자중자애하고 행복하십시오.

— 여기는 환상의 상해임시정부가 보내드리는 주석의 소리입니다.
삼천리 비단강산 만세.

방송은 여기서 뚝 그쳤다. 시인은 창으로 걸어가서 밤을 내다보았다. 헛된 소망이 아닌가 하고 자기의 소망에 섞여 들었을지도 모르는 허영을 부끄러워하면서 그러나 자기에게 책임이 있을 리 없는 목숨의 씨앗의 운명을 용서하면서 까무러지는 편이 편한 것이 확실한 그 거대한 시간의 앙금들을 뚫고 무서워도 할 수 없는 그 빛나는 어둠의 글을 읽기를 원하며 거미줄의 매듭매듭마다에 맺힌 하늘과 별의 목소리와 카누와 부메랑과 돌도끼의 날카로운 번뜩임의 무게를 재어보면서 언제나 잠들지 않았던 저 부족의 파수병들을 생각하면서 그 육체를 이긴 육체, 마음을 이긴 마음, 눈을 이긴 눈의 힘을 부르면서 광장의 횃불과 밀실의 눈물을 이른 아침의 안개 낀 거리를 누벼간 은밀한 걸음걸이가 이른 장소를 생각하면서 바다에 잠긴 노예선의 탯줄에서 흘러나간 족보의 연면한 이음과 이음의 마디를 짚어보면서 자기가 볼 수 없는 태양을 위해서 왜 인간은 죽어야 할 때도 있는가에 절망하면서 너와 나의 사이에 걸린 테이프보다 서글픈 인연의 약함에 떨면서 거기에 불을 보고 싶은 곳에 어둠을 보고 꽃을 보고자 원하는 곳에 독약처럼 서린 뱀을 보게 될 때 너의 어둠에 부채질하고 너의 짐승에 기름을 부으면서 남들이 남들이라는 다만 그 사실에 화를 내면서 밑 빠진 독처럼 부어지는 시간의 흐름 속의 저 밑바닥에 떨어지는 거미만 한 기척도 내지 못하면서 떨어져가는 나와 많은 나들을 뒤따를 방법을 모른 채 어느 날 거리의 먼지 속에서 까닭 없이 거지처럼 웃어보며 가능하다는 것을 아무도 보장하지 않을 뿐 아니라 그것이 과연 한 알의 피임약보다 이 세상에 소용될 것인지조차 의심스러운 관념의 알을 품고 부끄러운 연습을 하면서 아편을 그리워하면서 지구의 무게만 한 졸음에 견디면서 그 무게를 이길 힘을 다시금 불가능한 연약한 육체에 요구하면서 아무것도 하지 않으면서 입으로만 붕어처럼 언어의 거품을 내면서 헛되이 시간을 담배처럼 태워 없애는 것이라고 생각하면서 그러나 대체 어느 누가 이 모든 것에 대해서 소리 높은 꾸지람의 목소리를 가질 수 있겠는가 하고 자기를 변호하면서 밤을 몰아내기 위해 횃불을 밝힌다는 것이 반딧불 흘러가는 여름밤의 냇가처럼 아무 일 없고 그저 아무 소용없는 언제나 쉬고 싶은 이마의 저편에서 교수대를 보면서 한동안 자신있게 거리를 지나다니고 담배를 사서 피우며 바둑도 두지만 자기처럼 아무 일 없는 남의 얼굴 때문에 문득 무서워지며 무서운 것을 들추는 나쁜 취미를 다른 사람에게 강요하지 않고도 서로를 알고 싶은 욕망을 불을 피우지 않고 고기를 굽자는 일처럼 어이없다고 자기에게 일러주면서 거리마다 골목마다 인간은 반드시 고매하지 않아도 건물은 제법 서 있다는 사실에 이것 봐라 하고 놀라면서 그런 골목에서는 좋은 일을 하고 싶다는 오한에 떨면서 부풀어 오른 떡반죽처럼 시큼하게 나를 울면서 식칼로 쌍둥 잘라버린 무 꽁댕이가 수북한 대폿집 앞을 지나면서 그들의 꿈과 한탄으로 새까맣게 타버린 마룻바닥에 놓인 드럼통을 바라보면서 많은 것들 사이에서 세균처럼 들락거리는 의식의 파편들을 넝마 줍고 가면서 슬픔의 무게 때문에 지구는 갈앉아버리리라는 어느 동료 시인의 말을 재채기처럼 되새기노라면, 낯선 건물의 계단을 올라가는 낯선 사람의 뒤꼭지가 마지막 가는 사람의 한숨처럼 안타까운데도 언제나 같은 굴레를 타고 실려오고 실려가는 아픔과 아픔의 사이에서 이를 악물고 견디는 새벽에 아무 소리조차 들리지 않고 어둠 속에 누워서 귀를 기울이고 보라 준비하라고 없는 귀에 속삭이면서 그런 날 문득 고타마 붓다와 스파르타쿠스의 야누스를 생각하고 낯을 붉히며 걸어가자 걸어가자 어디를 가건 걸어가는 것이 모두라고 수면제 같은 주문을 만들어보며 너무 짧다는 것이 삶의 불행이 아니라 복일 것인가 하고 긴치 않은 탄식을 하며 아아 하고 바다의 표류물 같은 마음을 들여다보며 출렁이는 출렁임의 저 멀리에 있는 항구와 선창과 불 밝힌 창들과 한 봄날의 아이들의 손뼉 소리와 풍선과 죽은 이들이 오랜 노동의 고달픔을 쉬는 묘지가 있는 아무렇지 않은 아무 일도 없는 해바라기처럼 해를 따라 익어만 가는 그런 항구의 꿈을 꾸면서 부러진 돛대에 매달려 도시를 표류하는 시인은 서로 머리칼을 쥐어뜯으며 거문고처럼 잡아 뜯으며 분뇨 속에서는 분뇨가 되어야 한다는 삶의 꾀를 방패 삼아 피차 내남이 날로 더욱 썩어가며 잃어버리고 다 잃어버리고 기침하는 법까지 다 잃어버리고 옆집에 가서 제 속곳 간 데를 물어보며 서로 주머니를 털어서 소매치기하며 실성한 듯이 온 도시가 옷토세이의 노래를 부르고 마치 오늘 처음 인간이 오르간을 가진 듯이 허둥지둥하고 어두운 그림자들은 환하게 웃으며 지나가고 구석마다 이름 모를 것들이 검은 눈자위 속에서 이쪽을 바라보고 아무 일도 없는 듯이 모든 일이 꾸며지고 사람들은 지구만 한 무게의 짐을 지고 간신히 기동을 하면서 차를 마시고 분뇨 속에 담을 둘러치고 꽃을 가꾸면서 고전에 대해서 얘기하며 모두 몰라서가 아니라 알면서일 것 같으면서 사실은 몰라서 그런가 싶으면서 버스를 타고 미친년처럼 택시를 집어타고 자신 있게 어디론지 바삐 오가면서 하기는 그러면 어쩌란 말이냐고 하면 실상 도리도 없는 일인 것이 더욱 딱해서 교수들은 실성한 듯이 논문을 쓰고 오락가락하며 종종걸음으로 다니는 아이들은 이 역시 어쩔 수도 없이 학제가 바뀔 때마다 경풍 들린 듯이 깜짝깜짝 놀라는 슬기가 있는지는 모르겠지만 그러지 않아도 옛날에는 다 애 낳고 살았는데 젊음을 반드시 '구가'하겠다는 아이들은 구가하고 마구 걸어다니며 또 앉기도 하며 하는데 여름이면 비가 오고 장마가 지며 헛되이 버린 정조를 잃어버린 패물처럼 아쉬워하면서 빗소리를 들으며 천지에 바늘같이 내리는 빗소리를 들으면서 야망에 불타는 청년은 하숙집 벽이 파이도록 졸리는 눈을 부릅뜨면서 웅대한 독서를 계속하고 살찐 사람들은 여윈 사람들을 청승맞다고 생각하고 여윈 사람들은 살찐 사람들을 주책없다고 생각하면서 제집 일에는 한 치를 다투지만 우리 일에는 한 발을 양보하고 나서면서 지친 마음을 넝마처럼 어깨에 메고 돌아가는 길을 재촉하며 고관대작이 뇌물 먹고 잡혀 가는 것을 조금도 미워하지 않으며 먹은 뇌물의 덩치가 작을 때는 한껏 경멸하며 신숙주의 아내를 실성한 년이라고 어이없어하며 남편들이 훔친 돈을 가지고 문지방을 넘어설 때 여자들의 가슴속에는 순정의 꽃다운 바람이 일며 아직도 아직도 알고 모르며 도둑질이 서툴고 무능한 남자들은 자기 여자들이 아무도 가르쳐주지 않은 족보에 없는 화류계 출신인 것을 발견하고 소스라쳐 놀라며 모두가 모두 실성한 듯이 집을 짓고 꽃을 가꾸고 물론 옛날부터 사람은 그래 왔다는 말이 아무 위안이 안 되는 것이 옛날의 그 일이 아직도 그 일이래서야 사람 살겠는가는 말인 것이며 이렇게 해서 어디에도 정말은 없으며 하루아침에 기쁨의 방석에서 절망의 하수구 속을 죽은 쥐처럼 흘러가며 아무 목소리도 없고 이 살벌한 도시를 통곡하는 아무 목소리도 없는 것은 아니며 다만 모두 통곡하는 소리가 입에서 나오는 순간에는 남을 잡고 보는 밀고가 되고 미어지는 가슴이 증오이며 허공을 거머쥐려는 기도의 손인즉 남의 목줄기를 움켜쥐고 절명한 다음에야 놓는다는 것이 슬프다면 슬픈 일이겠지만 그 밖에 무슨 방도가 있을 리는 절대로 없으며 한사코 용서치 않으리라는 속다짐만을 단단히 할 뿐 어떻게 해볼 도리는 없으며 병신을 만드는 자에게 짐짓 속는 체하면서 목구멍의 포도청에서는 풀려나야 할 것이며 그래 보았자 번연히 소용없는 말들을 쓰고 붙이고 두루 돌아다니면서 말해보고 하는 것이며 어리둥절하면서 죽어갈 생각에 때로 아득하지만 그때뿐 어두운 극장에서 갈팡질팡 자기 자리를 찾겠다고 오락가락하고 껌을 짝짝 씹으면서 여염집 여자들의 오르간도 상품으로 자유화시킨 건국 이래의 호경기를 노래하면서 사실은 노래도 아니겠지라고 생각하는 것은 공연한 염려고 사실 당자들은 나쁘지 않아 하는 것이 반드시 나쁘다는 말은 아니고 급기야 그렇게 되고 마는 것이겠지만 일은 순서와 앞뒤가 있어서 거짓말을 듣고 자란 사람들 생전에는 보고 싶지 않은 꼴도 많은데 그래도 호기 있게 제 오이 오뉴월에 거꾸로 먹든 제 복숭아 곶감 만들어 먹든 할 수 없는 것이 제일 큰일은 아닌데 큰일이 시큰둥한 일이 된 것이 큰일이랄 것도 없이 된 도시에서 삶은 기하학이 아니라는 것을 너무나 늦게 안 것을 통탄하면서 세균처럼 번식하고 암세포처럼 반란하는 법칙을 뒤쫓기에 허덕이면서 왜 혼자서 세계를 도맡아야 하는가에 의심을 품으면서 도대체 인간의 살과 뼈대가 그런 일을 하도록 되어 있을까가 의심스러워지면서 자기 속에 있는 자기를 떼어내면서 자기 눈알을 검사하기 위하여 빈 눈자위의 어둠 속에서 떼어낸 눈알을 볼 수 있는 눈알이 없는 것을 소스라쳐 놀라면서 어느 날 새벽에 꿈에서 깨면서 스스로를 끊임없이 기계화하면서 구식의 노력을 짐짓 쓰디써하면서 그러나 모든 기계가 그곳으로 돌아갈 목숨의 솜털의 맨 처음 떨림에까지 이르기 위하여 기계와 신문지의 밀림을 헤치고 들어가기를 원하면서 아무도 기록하지 않는 세계에서 반칙은 어떤 뜻을 가지는가를 생각하면서 아차 하는 실수가 돌이킬 수 없어지는 세계에서 사람이 사람다워질 수 있는 방법을 에디슨처럼 만들어내기를 원하면서 힘센 비관론자들과 부유한 신앙자들에게 속지 말고 발버둥치며 보상 없이 도착하고자 하는 것이 오기와 어떻게 다른지를 알아내기 위해서 필요한 시간의 엄청남 앞에서 기절하면서 혼자 깨어나야 하며 이웃들에게 굳세어라 금순아 할 수도 없고 약하여라 어머니여 할 수도 없고 이리도 저리도 할 수는 분명히 없는데 그러나 분명히 저절로 매일마다 무엇인가 할 수밖에 없고 그것들은 쌓여가고 쌓인 것들은 얽히고설켜서 발을 묶고 아무도 무슨 말을 할 권리를 잃어버리고 사람은 6백 년을 사는 것이 아니라는데 모든 사단에의 열쇠는 있는 것이 아닐까 하는 생각이 도적놈처럼 어디선가 들락날락하고 모든 사람들이 할 수 있는 일은 사적인 선의가 아니라 선의를 끊임없이 공적인 유가증권으로 바꾸어가는 일이지만 어느 날 갑자기 혁명이 일어나 그것들이 한 낱 휴지가 되는 것이 예사로운 세상이라면 선의의 주가가 착실하게 오르는 것을 낙으로 삼을 수 있는 삶의 방식이 허용되지 않는 것을 알기에 이른 소시민으로서의 자기를 발견하면서 피와 땀과 절단된 사지와 연막과 전차와 파헤쳐진 농토의 무너진 집들과 그보다도 더 막심한 상처의 앞날이 있어야 무엇인가가 이루어지고 이 둥근 땅의 덩어리 위에 모든 사람이 알아볼 수 있는 표말뚝이 간신히 세워지리라는 예감이 맞는다면 그 사이를 견뎌야 하는 사람들의 허망한 삶을 위해서 부를 이름조차 없는 이 정직하고 잔인한 세기가 슬퍼지면서 도저히 그것은 믿을 수 없고 믿을 수 없다는 이유밖에는 없다는 것이 그것을 믿어야 하는 까닭이라는 것을 믿을 수 없고 아무 준비도 없이 어둠만을 들여다보게 된 운명 앞에서 눈을 가리고 손바닥 두 개만 한 어둠의 평화 속에 혈거인처럼 퇴화하고만 싶은 거리의 태양 아래를 남들처럼 분주하게 오가면서 정신병원에 가지 않기 위해서 친구를 만나면 미소하고 신호등을 주의해서 보며 통행금지를 지키기 위해서 황급히 열한시 반의 거리를 질주하면서 아무것도 아니라고 아무것도 아니라고 내가 아무것도 아닌 것을 알기 때문에 나는 무섭다고 밀리고 당기면서 살다가 죽으면 되는 거리를 보기 위한 두 개의 눈에 또 하나의 눈이 열한 번째 손가락처럼 덧붙은 것을 저주하면서 그러나 기왕에 생긴 나머지 눈을 모체를 죽이지 말고 떼어내어 광장에 희사할 수 있는 길이 없을까를 연구하기 위하여 새벽닭도 있을 리 없는 도시의 새벽을 항상 마중 나가는 오늘과 내일을 보내면서도 그러나 여전히 서

마서마한 무서움은 어디서 오는가를 알 것 같은 무서움에 떨면서 삶이 두렵다는 느낌이 삶의 온 힘이 되어버린 인간이 누구에게 무슨 도움을 준다는 허영인가를 무서워하면서 아침에 일터로 나가 여러 가지 일을 보며 모서리마다 서린 모양할 수 없는 무서움의 그림자의 무서움이 어른거리는 속에서 시달리면서 무섭지 않은 체하면서 사람들이 무서워하지 않고 있다는 것이 얼마나 무서움에 질린 상태인가가 알아지는 무서움에 떨면서 아아 그토록 실성하도록 무서움에 얼이 빠져서 무섭지 않게 되기 위해서만 오늘과 내일과 모레와 모든 내일과 모레가 있다는 말인가 하고 아득해하면서

아이들을 이해할 수 없는 늙은이들은 이해하지 못한다는 것에 겁을 먹고 다만 선교사들의 흉내를 보다 쉽게 이룰 수 있는 부드러운 근육을 가졌다는 까닭만으로 기고만장한 젊은 야만인들은 손에 닿지 않는 욕망을 위해 날로 흉포해지고 삶이 큰 형벌 같으며 아무도 내일을 생각지 않고 내일을 생각하는 자는 오늘 죽으리라는 감을 자기 명치끝보다 더 아프게 느끼는 사람들이 허깨비 같은 너와 나의 흉기로 서로 찌르며 저미고 한 가지 거짓말을 위해 또 거짓말을 해야 하며 오늘의 거짓말을 참답게 하기 위하여 내일도 거짓말을 해야 하며 갈가리 찢긴 지구 위에서 무엇이 어디로 어떻게 흘러가는지 알 수 없고 사람들은 저마다 그들의 은닉처에서 도끼를 들고 남이 지나가는 것을 노리며 운전수는 손님을 관리는 청원자를 교사는 생도를 생도는 교사를 서로 노리며 뒤통수를 치고 앞통수를 치고 옆통수도 안 치지는 않으며 웃으면서 찌르고 울면서 사랑하고 다음 순간에 누가 이빨을 드러낼지 아무도 모르는 너와 나들

이 거리와 모퉁이를 숨바꼭질하며 밀려다니고 점점 닮아가는 서울이란 이름의 홍콩을 상하이를 마카오를 서로 이웃의 몸에서 물어뜯은 살점들을 들고 자기네 가족들에게로 달려가며 다친 자와 죽은 자가 자신이 아니었던 것만을 흐뭇해하면서 죄악이 신문지의 제3면에만 있는 것으로 치부하기로 하고 아이들에게는 좋은 사람이 되라고 가르치며 대문이 높은 창가에서 나어린 창녀를 찾고 고전의 캐리커처가 된 고급 호텔에서 젊은 화랑을 사타구니에 끼면서들도 자녀들에게는 엄한 교육을 원하고 썩은 늪에서 잉어가 나오는 법이라 희한하게 자기를 달래면서 삶이란 그렇고 그런 것이라면서도 누군가 자기 발등이라도 밟을라치면 미친 듯이 화를 내고 무슨 일이 있더라도 기정사실만 만들면 그것이 제일이라 생각하며 남의 착함에는 반드시 간계가 있다고 누가 어디서 무엇을 하는지는 알 것 없고 다만 그의 가진 돈만이 필요하며 이 좋은 세상에 못 먹는 놈이 병신이라 생각하면서 그러나 아무리 버둥거려도 송사리인 자기임을 알게 될 때 절망하면서 알지 못할 힘이 이리저리로 몰고 다니는 양떼들의 학살을 새벽꿈마다 보게 되며 밤에 지나가는 비행기 소리에 식은땀을 흘리면서 금붙이가 제일 안전할 것이라 생각하며 가끔 기어드는 약한 마음을 물리치기 위해서 서부 영화를 보러 가며 자기 아내는 정숙하기를 남의 아내는 음란하기를 간절히 희구하면서 돈이 많고 잘 생기고 유식한 남자가 순정이기를 바라면서 모든 사람이 자기는 있을 자리에 있지 않다고 생각하기 때문에 남의 실수를 용서하지 않으며 언제나 어디서나 배신할 준비를 가지고 모임에 참석해서 정보를 얻어들으면서 회심의 미소를 지으면서 교회에서 나온 사람들과 도둑놈과 창녀들이 누가 누군지를 알아보지 못하기 때문에 기묘한 부딪침과 오해와 미움이 맺히고 풀리며 권력에서 쫓겨나자 전 가족이 한자리에서 자살한 어느 집안의 이야기가 곧 수신 교과서에서 아름다운 영혼의 본보기로 실릴 지경에 이르렀는데도 율법이 없으므로 죄도 없으며 규칙이 없으므로 양심도 없으며 빛이 없으므로 어둠도 없으며 그러나 어두운 백치의 밝음 속에서 윤리의 중력을 잃어버린 것을 잊어버리고 풍선처럼 떠다니며 하루에도 몇 번씩 자기의 생일을 저주하고 들려오는 어지러운 발걸음과 너털웃음에 얼이 빠지고 어제저녁에 걸어온 길이 오늘 아침에 없어진 것을 보고 놀라는 사람처럼 남의 집이 들어선 자기 마음을 넋 나간 마음을 전세 내어 살기 위해서 빚을 내기 위해서 도둑질하지 않는 하루를 가지기를 원하며 모든 사단이 어디에서 오는지를 알 길 없고 남들은 모두 잘사는 줄로 알고 이를 갈며 발을 구르고 자녀들에게 기대할 수 없는 것을 기대하면서 이런 난장판에서 무사하게 지내게 해준 조상을 위해 제사를 지내며 꼬챙이로 헤집는 사람은 많아도 앞치마로 담아 안는 사람은 없고 좋은 몫을 차지한 사람들은 내일도 오늘 같은 태양이 제 시간에 동에서 뜨기만을 바라면서 건강하게 밝게 살아야 한다고 다른 사람들에게 권하는 도시의 불빛을 내다보았다.

 이맘때면 그러는 것이려니만 알고 봄 고양이들이 괜히 울어예는 어느 날 밤의 일이었다.

총독의 소리

1

충용한 제국帝國 신민臣民 여러분. 제국이 재기하여 반도半島에 다시 영광을 누릴 그날을 기다리면서 은인자중 맡은 바 고난의 항쟁을 이어가고 있는 모든 제국 군인과 경찰과 밀정과 낭인狼人 여러분. 제국의 불행한 패전이 있은 지 20유여 년. 그간 아시아를 비롯한 세계의 정세도 크게 바뀌었거니와 특히나 제국의 아시아에 있어서의 자리는 어둡고 몸서리쳐지던 패전의 그 무렵에 우려했던 것과는 전혀 다른 모습을 띠고 전개되어오고 있습니다. 그 당시 대본영大本營은 일조 패전의 날에는 귀축미영鬼畜米英은 본토에 상륙하는 즉시로 일대 학살을 감행하여 맹방 독일이 아우슈비츠에서 실험한 민족 말살 정책을 조직적으로 아국에 대하여 감행할 것이며 아 국민의 골육을 럭스 비누와 콜게이트 치약의 원료로 삼을 것이며 왕성한 성욕을 가진 그들 군대는 아 민족의 부녀자들을 신분 고하 없이 욕보임으로써 민족을 명실공히 쑥밭으로 만들 것으로 예측하고 차라리 일억전원옥쇄一億全員玉碎의 비장한 결심을 굳힌 바 있었으나 인류 사상 전대미문의 신병기 원자폭탄의 저 가공할 위협 아래 끝내 후일을 기약하고 작전을 포기하였던 것입니다. 패전의 그날 내지內地에 있었거나 식민지에 있었거나 남방 지역에 있었거나 마누라의 배꼽 위에 있었거나 그 위치 여하를 막론하고 제국 신민된 자로서 뜨거운 피눈물이 배시때기에서 솟구치지 않은 자 그 누가 있겠습니까. 그러나 천기는 거역할 수 없어 반도에 주둔한 병력과 거류민도 폐하의 명에 따라 철수하였거니와 무엇보다 다행한 것은 철수하는 내지인에 대하여 반도의 백성이 취한 공손한 송별 태도였습니다. 피해 입은 내지인은 거의 없었으며 이는 오로지 그동안 제국의 반도 경영에서 과시한 막강한 권위와 그로 인한 반도인의 가슴 깊이 새겨진 신뢰의 염과 아울러 방향 감각을 상실한 반도인의 얼빠진 무결단에서 온 것으로서 오랜 통치의 산 결실이었다고 하겠습니다. 이 점에서 볼 때 패전의 그날은 오히려 새로운 미래를 기대케 하는 희망의 날이었던 것을 본인은 지금도 흔쾌히 회상하는 바이며 이와 같은 대국적 판단 아래 본인이 반도에 남아서 장래를 도모케 된 결심도 바로 이 사실에 기인하는 바 절대적으로 중요한 것으로서 독일군이 프랑스에서 패주할 때 그들은 현지 주민으로부터 갖은 잔악한 습격을 받았던 것입니다. 불과 2년간의 점령에 대하여 그러하였거늘 40년의 통치에 대하여 웃으며 보내주었다는 사실을 보고 본인은 경악하면서 회심의 미소를 지은 바 있습니다. 희망은 있다고 본인은 생각하였습니다. 본인은 뜻을 같이하는 부하들과 민간인 결사대를 거느리고 이 땅에 남기로 한 것입니다. 이는 아국의 학자들에 의하여 밝혀진 바, 한국사의 타율성이란 관점에서 볼 때 당연 이상의 당연지사라고 하겠습니다. 반도의 역대 정권은 본질적으로 매판 정권으로서 민족의 유기적 독립체의 지도부 층이 아니라, 외국 세력의 한국에 대한 지배를 현지에서 대행해줌으로써 자신들의 지위를 보존해왔던 것입니다. 그들은 부족部族의 이익보다 외국 상전의 이익을 먼저 헤아렸으며 그렇게 함으로써 자신들의 위치를 유지할 수 있었던 것입니다. 삼국통일 시기의 저 온 지구상 역사에 유례없는 해괴망측한 사실이 그것을 말해줍니다. 당시 한족은 그 판도가 만주에까지 이르러 가위 중국과 더불어 중원을 다투어봄 직한 자연의 세를 얻고 있었습니다. 삼국통일이란, 이 민족의 미래로서의 북방을 민족의 판도에서 사양함으로써 협소한 독 안에 스스로 오므라든 사실을 두고 말하는 것입니다. 통일이라니 이 아니 지렁이가 웃을 노릇입니까. 유기체가 제 몸을 잘라버림으로써 개체를 보존하는 사례는 가장 열등한 경우인 것입니다. 이래로 반도의 지배층은 구령舊領에 대한 성지회부聖地回復의 기운을 북돋움으로써 민중의 피학 의식을 밖으로 돌린다는 권력의 가갸거겨도 실천해본 적이 없습니다. 이 조는 바로 이런 사고방식을 국시로 세워진 나라인즉 그 꼴이 어떠했겠습니까. 모처럼 만에 무슨 지랄병이 동했던지 그야말로 희한하고 궁금한 역사의 비밀입니다만 구령 회복의 길에 나선 군대의 사령관으로서 종족의 미래를 열라는 칼을 돌려 꾀죄죄한 매판 왕좌를 뺏는 데 돌린 자의 왕조의 말로가 어떠했습니까. 일한합방입니다. 구차한 목숨과 일가권속의 보신을 대가로 나라를 판 것입니다. 무릇 왕조란 천명이 다하면 깨끗한 마지막 싸움을 시도하여 피바다 속에서 망하는 것이 원칙입니다. 역사의 매듭에서는 운이 다한 왕조의 피가 제단에 바쳐져야 하며 그러함으로써 종족의 역사는 부정不淨을 벗고 다시 나는 권리를 가지는 것입니다. 이조의 망국의 형식은 그들이 매판 왕조였다는 것을 그 형식 면에서조차 뚜렷이 보여주었습니다. 민중으로부터 이같이 분리되었던 썩은 왕조가 무너지는 것을 보고 근대 국가의 의식을 알지 못했던 국민이 이를 자신의 운명으로 동화하는 느낌을 갖지 못하고 한 왕조의 몰락으로만 보았던 것을 의아해해야 할 아무 까닭이 없는 것입니다. 그들에게는 이 왕조가 망하고 일본 왕조가 들어섰다고 느껴졌던 것입니다. 민중의 진취적인 의욕이 국가의 원동력이 되지 못하고 국가의 생물학적 기초인 종족의 생명력이 문화와 정치에서 독립에까지 발전 못한 열등한 종족이 겪는 당연한 귀결입니다. 패전의 그날에 반도인들이 일본인 지배자를 대해준 태도는 실로 이같이 유구한 역사적 연혁을 가지고 있는 것입니다. 알뜰한 제 것을 짓밟혔던 종족이라면 될 뻔이나 한 일이겠습니까. 본인 등이 이 땅에 남아서 후일을 기약케 된 것도 반도인들의 이 뿌리 깊은 노예근성에 희망을 걸었기 때문입니다. 다행하게도 전후 정세는 아 측에 지극히 이롭게 전개하여 패전 전야에는 다가올 심판에 전전긍긍하던 아 측은 뜻밖의 관대한 처분으로써 부흥을 이룩하였습니다. 그에 반해 반도는 일본을 대신하여 전쟁의 배상을 치른 느낌이 없지 않습니다. 분단된 반도에 전란이 일어나서 막대한 병원兵員이 반도의 산하에서 기동 훈련을 시행하였으며 제국이 영위하여놓았던 주요한 시설은 잿더미가 되었습니다. 이는 바로 대본영이 패전 전야에 예상한 내지에 있어서의 본토전의 양상이 아니고 그 무엇입니까. 우리는 내지가 미·소에 의해 점령될 것으로만 알았고 그렇게 되는 경우 내란은 필지라고 보았던 것입니다. 다행히 거꾸로 되었음은 천우신조와 더불어 이 또한 반도인의 저열한 도덕적, 인간적 성격에서 말미암은 것입니다. 반도의 북쪽에서 적색 러시아의 비호 아래 무력을 준비하여 반도의 남쪽으로 진격한 공산당의 행위는 바로 반도인의 역대 정권의 매판성의 또 하나의 변명할 수 없는 증거인 것입니다. 본인은 힘과 권력의 신봉자로서 그들 공산당의 행동을 그르다고 보지 않습니다. 본인이 그들을 논란코자 하는 까닭은 그들의 행동이 본인의 그것과 다르다고 해서가 아니라 오히려 같은 양상을 나타내고 있기 때문입니다. 하물며 본인은 일한합방이 평화적 방법으로 이루어졌음에 비하여 반도의 전란이 동족상잔의 그것이었음은 이해할 수 없는 것이라고 보는 것입니다. 공산당은 그들이 진리를 지녔노라고 말합니다. 진리를 지닌 자는 초조하지 않는 법입니다. 공산당이 어떤 이론을 주장하는가에 본인은 관심이 없습니다. 그들이 어떤 일을 하는가만이 문제입니다. 공산당은 진리를 위한 폭력을 주장합니다. 여기에 그들의 자기기만이 있습니다. 진리는 그 자체로 존재하는 유령이 아니라 누군가를 위한 진리입니다. 반도인 공산당의 경우에 그 '누구'란 곧 반도인일 것입니다. 반도인을 위한 공산주의일 것입니다. 소련 공산당이 트로츠카이트를 추방하고 일국 공산주의를 전술로 채택한 이상 약소국의 공산당도 그것을 떳떳이 주장해 무방할 것이 논리적 정의인데도, 그들은 반도인을 위한 공산주의가 아니라 러시아인을 위한 공산주의라는 입장에서 행동하였습니다. 소련은 민족 공산주의, 위성국은 국제 공산주의라는 이원 정책으로서 결과적으로 또 다른 러시아 제국을 위해 봉사한 것이며 조선 공산당은 그 매판성을 여실히 드러낸 것입니다. 만일 조선 공산당이 정말 민중을 사랑하는 지혜 있는 자들이었다면 오래 외국 통치자들에게 시달린 국민을 전쟁 속으로 몰아넣지는 않았을 것입니다. 미국이 개입할 가능성을 짐작하면서 무책임한 모험을 하지는 않았을 것입니다. 승산 없는 싸움을 시작한 것은 그들이 반도인의 안녕보다 소련 공산당의 긴장 격화 정책에 충실했던 때문입니다. 그들은 반도인의 피를 아끼지 않은 것입니다. 제국이 전쟁 말기에 이르기까지 반도인의 대량 징병을 하지 않은 것과 비겨볼 때 하늘과 땅의 차이가 있습니다. 조선 공산당의 이론의 매판성과 관념성은 불가분하게 얽혀 있습니다. 관념적 진리의 이름 아래 코즈모폴리터니즘을 신봉하고 현실적으로는 매판적 자기 정권의 보전을 도모하는 것, 이것이 반도의 역대 정권의 기만적 가면이었습니다. 어떤 진리냐가 문제가 아니고 그 진리를 누가 누구를 위해서 누구를 통하여 실천하느냐가 문제인 것입니다. 꿩 잡는 게 매라고 하였습니다. 반도의 매판 정권들은 항상 제 백성들을 잡았던 것입니다. 진리는 하느님의 설계도가 아닙니다. 그것은 역사와 풍토라는 세계에 사는 인간이 자기 행위의 기준을 위해서 마련한 가설입니다. 진리는 인간의 도구이지 그 반대는 아닙니다. 역사의 주체는 민족입니다. 역사의 주체가 민족인 것이 옳으냐 그르냐가 아니라 현실적으로 그렇다는 것이 문제의 핵심입니다. 세계가 앞으로는 한 혼혈아가 될 것이라는 것이 문제가 아니라 그렇게 되는 사이에는 여전히 민족이 주체라는 데 문제가 있는 것입니다. 이것이 인간의 조건입니다. 인간은 관념이고 실존實存이 존재이듯이, 인류는 관념이고 민족이 존재이며, 역사는 관념이고 당대當代가 존재이며, 관념과 존재가 하나가 되는 날까지 그럴 것이며, 그럴 날은 오지 않을 것입니다. 사정이 이러한 인간의 조건에 대한 감각이 모자란 종족이란 것이 있는 모양이며 그들은 정치적政治的 음치音痴이며 풍문에 사는 자들이며 현장에 있으면서 없는 자들이며 이목구비가 있으면서 죽은 자들이며 다시 말하면 반도인들입니다. 자기의 실존을 사랑하는 자들은 용기 있는 자들입니다. 실존을 사랑하는 자들은 사실은 민족과 인류가 망하더라도 자신을 더 소중히 생각합니다. 그러나 모든 실존이 다 그러한 강한 독립심을 가졌을 때 여기에 타자他者가 등장합니다. 그들은 불가불 연합합니다. 그렇게 해서 집단은 밖을 노립니다. 바보 같은 집단을 찾아 먹이로 삼습니다. 그러면 그 바보들 가운데 꾀 있는 자가 그들의 앞잡이 노릇을 하게 됩니다. 조선 공산당은 바로 이러한 앞잡이들의 집단입니다. 반도인이 하는 노릇이 어느 하나인들 온전하겠습니까. 민중의 하정을 그렇게도 모르는 자들이 민중을 사랑한다 하니 가증할 노릇입니다. 조선 공산당은 또한 염치가 없습니다. 러시아인들 덕분에 난데없이 하루아침에 반도의 절반을 차지하게 되었으면 세상에 공짜는 없다는 생각을 하고 손에 든 떡을 굳힐 노릇이지 나머지 절반마저 손쉽게 차지하려는 그 투전꾼 근성이 전쟁을 가져온 것입니다. 반도인들은 염치도 없습니다. 제국이 반도에서 물러난 것은 그들의 힘이 아닙니다. 그들의 독립이 얼마나 위태로운 것인가를 깨닫지 못하고 있습니다. 어느 세상에 남을 제 몸같이 돌봐줄 사람이 있겠습니까. 대전이 끝난 후 그들은 못살고 내지가 잘살고 있는 것을 보고도 역사의 리얼리즘을 보지 못하는 자들에게 영원한 저주와 불행이 있을진저. 귀축미영은 알아보았던 것입니다. 누가 강자이며, 용기 있고 절제 있고 살려고 버둥거리며 염치도 있는가를 알아보았던 것입니다. 그들은 우리를 두려워한 것입니다. 영웅이 영웅을 압니다. 우리는 서로가 뱃속을 환히 짚고 있는 공범자인 것입니다. 귀축미영은 제국의 성전聖戰의 대의명분을 부인할 수 없었던 것입니다. 제국의 작전 수행의 목표였던 아시아의 참상에 대하여 반도의 한 시인은 이렇게 노래하고 있습니다.

아시아의 밤
오 아시아의 밤!
말없이 默默한 아시아의 밤의
虛空과도 같은 속 모를 어둠이여
帝王의 棺槨의 칠 빛보다 검고
廣墟의 祭壇에 엎드려 경건히 머리 숙여
祈禱드리는 白衣의 處女들의 흐느끼는
그 어깨와 등 위에 물결쳐 흐르는

머리털의 빛깔보다도 짙게 검은

아시아의 밤
오 아시아의 밤의 속 모를
어둠의 길이여
아시아의 땅!
오 아시아의 땅!
몇 번이고 靈魂의 太陽이 뜨고 沒한 이 땅
歷史의 樞軸을 잡아 돌리던
主人公들의 수많은 시체가
이 땅 밑에 누워 있음이여
오 그러나 이제 異端과 사탄에게 侵害되고
유린된 世紀末의 아시아의 땅
살육의 피로 물들인
끔찍한 아시아의 바다 빛이여
아시아의 사나이들의 힘찬 睾丸은
妖鬼의 어금니에 걸리고
아시아의 處女들의 神聖한 乳房은
毒蛇의 이빨에 내맡겨졌어라
오 아시아의 悲劇의 밤이여
오 아시아의 悲劇의 밤은
길기도 함이여
하늘은 限없이 높고 땅은 두껍고

隆隆한 山嶽 鬱蒼한 森林
바다는 깊고 湖水는 푸르고
들은 열리고 沙漠은 끝없고
太陽은 유달리 빛나고

山에는 山의 寶物
바다에는 바다의 寶物
裕豊하고 香氣로운 땅의 寶物
無窮無盡한 아시아의 天惠!
萬古의 秘密과 驚異와 奇蹟과 神秘와
陶醉와 冥想과 沈默의 具現體인
아시아!
哲學未踏의 秘境
頓悟未到의 聖地 大아시아!

毒酒와 阿片과 美와 禪과
無窮한 自尊과 無限한 汚辱
祈福과 저주와 相伴한
기나긴 아시아의 業이여

끝없는 준순과 미몽과 도회와
회의와 고민의 常闇이여
오 아시아의 運命의 밤이여

이제 우리들은 부르노니
새벽을!
이제 우리들은 외치노니
雨雷를!
이제 우리들은 비노니
이 밤을 粉碎할 벽력을!

오 기나긴 呻吟의 病床!
夢魔에 눌렸던 아시아의 獅子는
지금 잠 깨고
幽閉되었던 땅 밑의 太陽은 움직인다
오 太陽이 움직인다
오 먼동이 터온다

迷信과 魔術과 冥想과 陶醉와 享樂과
耽美에 蠢動하는 그대들이여
이제 그대들의 美女를 목 베고
毒酒의 잔을 땅에 쳐부수고
阿片대를 꺾어버리고
禪床을 박차고 일어서라
自業自得하고 自繩自縛한
繫縛의 쇠사슬을 끊고
幽閉의 땅 밑에서 일어서 나오라

이제 黎明의 瑞光은 서린다
地平線 저쪽에
힘차게 붉은 朝光은
아시아의 하늘에 거룩하게 비치어
오 새 世紀의 동이 튼다
아시아의 밤이 동 튼다
오 雄渾하고 莊嚴하고 永遠한
아시아의 길이
끝없이 높고 깊고 멀고 길고
아름다운 東方의 길이
다시 우리들을 부른다

이 시구의 절실한 가락을 보십시오. 그 위엄을 보십시오. 이 시가 반도인에 의해 씌어졌다는 것은 유감된 일입니다. 내지인 시인들도 숱한 성전 수행을 위한 시를 지었으되 그 가락이 이에 이르지 못한 것은 귀축미영의 썩은 사상이 아국 지식인들에게 감염되어 그들의 부족 시인으로서의 자세가 해체당하였기 때문입니다. 귀축미영은 불치의 병을 앓고 있습니다. 그것은 진보進步라는 사상입니다. 근대에 일어난 이 병에 의하면 인간의 역사는 무한히 발전하는 것인데 따라서 권력의 구조도 변하는 것이며 종교도 변하는 것이며 예술도 변하는 것으로서 자연 모든 값있는 일이란 이 변화를 알아보고 변화가 바람직한 곳으로 나가도록 유도하는 데 기여하는 것이라고 합니다. 그러므로 이 태도는 현실의 시시각각에 밀착할수록 좋다는 말이 됩니다. 바꾸어 말하면 어떤 현실에 대해서도 100% OK하여서는 안 된다는 말이 됩니다. 이 입장을 문학이 취할 때 문학은 대단한 위기에 서게 됩니다. 그 까닭은 문학도 예술의 말석을 더럽히고 있는 이상 그 값어치의 기준은 그 작품이 주는 감동의 지속 기간이 오래면 오랠수록 좋은 것입니다. 그러나 특히 소설의 경우에 전기한바 진보적 당대주의當代主義에 충실하려고 하는 한, 한 시점에서의 주인공이 다음 시점에서 반드시 바람직한 인물형이라고 할 수 없습니다. 물론 가로되 그 인물형은 다만 진보적 방향을 지향하는 것으로 족하지 완전할 필요는 없다고 할 것입니다. 그렇더라도 마찬가집니다. 근대 소설의 전통은 비범한 초인이 주인공이 아니고 평범한 인간이 주인공인 이상 그에게 그만한 지속적 가치를 부여하기란 지난한 일입니다. 여기에 근대 부르주아 리얼리즘의 위기가 있습니다. 이와 같은 위기를 해결하기 위하여 세 가지 돌파구 형성 작전이 시도되었습니다. 그 첫째는 주인공을 지식인으로 설정하는 길입니다. 그렇게 함으로써 주인공은 고대 문학의 영웅과 같은 힘을 가지게 됩니다. 현대에 있어서 강자의 표징標徵은 그의 지능이므로 이 같은 광범한 관심역關心域을 커버할 수 있으며 시대의 과제에 긴밀하게 접근한 행동과 사건을 병행할 수 있게 됩니다. 이것은 현대와 같이 생활의 회로가 기하급수적으로 간접화하여 어떤 개인이 자기의 삶을 전반적 상황에 좌표 지운다는 일이 지난하게 된 세계에서는 더욱 적절한 듯이 보입니다. 둘째는 혁명가를 주인공으로 삼는 일입니다. 이것은 앞서

든 지식인에게 행동력을 부여한 것입니다. 지식인이 주인공일 경우 특히 현대와 같은 미궁적迷宮的 세계에서 자신의 좌표를 확인한다는 것만으로도 개인에게는 구원이며 예술의 일차적 효용은 이룬 셈입니다만, 논리적으로 볼 때 상황을 알았으면 행동해야 할 것입니다. 상황에 대한 지식은 아무리 방대한 것일지라도 요컨대 그것은 행동을 위한 것이어야 할 것입니다. 고대의 영웅은 적의 소재를 알면 나아가 싸웠던 것입니다. 이것이 이른바 행동주의 문학 혹은 저항 문학이라는 것입니다. 셋째는 전혀 다른 탈출 작전입니다. 이 입장은 첫째도 둘째도 부정합니다. 첫째 것의 결점은 가령 그것이 정확하다 할지라도 그 번쇄함 때문에 윤곽의 선명을 결한다는 점입니다. 나무를 점검하는 데 지쳐 수풀을 볼 정력이 남아나지 못하리라는 것이며 또 근대의 세례를 받은 입장으로서 당대적 이미지에 충실해야 하므로 그것은 마치 작가는 백과사전을 매일 개정하는 작업을, 독자는 그 사전을 매일 읽어야 한다는 것을 뜻하므로 이것은 사람 환장할 일이며 도저히 만인의 벗이 될 수 없다는 것입니다. 둘째 것의 결점은 설령 정확한 상황 판단 아래 움직인다손 치더라도 그 정확은 어디까지나 상대적인 것이지 사람이 신이 아닌 이상 미래의 모든 가능성을 예견한 앎은 원리적으로 갖지 못하는 것이 사람의 팔자이기 때문입니다. 이 주인공처럼 행동하면 절대 안전하다든지 혹은 절대 옳다든지 하는 입장은 제시할 수 없다는 것입니다. 물론 인간은 보다 나은 것을 현시점에서 선택할 수밖에 없지 않느냐 할 것입니다. 물론 그렇습니다. 그러나 이 책임은 자기가 져야지 작자가 질 수는 없는 것입니다. 그렇다면 책임도 질 수 없는 주장을 사실주의의 수법으로 제시한다는 것은 얼마나 무책임한 생각인가, 하는 것입니다. 그러므로 그들은 사실주의寫實主義를 포기한다는 것입니다. 진보와 변화를 따르면서 사실주의의 입장에서 영원을 가시화可視化하는 길은 없다는 것입니다. 그들은 대상인 현실을 버리고 현실의 매체인 언어를 택합니다. 여포呂布, 관우關羽, 장비張飛, 조자룡趙子龍, 홍길동洪吉童, 이순신李舜臣, 안중근安重根 하는 식으로 영웅은 시세 따라 변하지만 '영웅'이라는 '말'은 영원하다는 것입니다. 영원은 밖에 있지 않고 '말'에 있다는 것입니다. 이것이 문학적 논리 실증주의로서 문학에서 윤리라는 이름의 형이상학을 쫓아내고 상징이라는 이름의 추상만을 남기자는 입장입니다. 이것으로써 귀축미영의 사상적 혼란을 충분히 이해하였을 것으로 믿으며 따라서 이들의 시인이 부족 시인으로서의 발상이 불가능한 것도 자명합니다. 왜냐하면 부족 시인이란, 부족이라는 현실의 집단이 곧 영원이라는 신념이 없는 곳에서는 존재할 수 없기 때문입니다. 그러나 귀축미영은 부족 시인을 믿고서 세계를 식민지화하는 것이 아닙니다. 그들은 자국 내에서는 이 같은 세 가지 입장을 다 허용해서 찧고 까부는 대로 두어 두고 밖으로 식민지에 대해서는 상징주의고 개나발이고 없이 '힘'으로 조진 것입니다. 즉, '말'은 시인에게, '힘'은 권력자에게, 라는 체제를 유지한 것입니다. 식민지를 유혹할 때는 '말'을 내세워 코즈모폴리턴이 되고 기름을 짜낼 때는 '힘'을 내세워 조졌던 것입니다. 이것이 서구적 이원론二元論입니다. 닭 잡아먹고 오리발 내미는 것입니다. 식민지의 우둔한 원주민들은 이 사쿠라 전술에 지극히 약했습니다. 그러나 제국帝國은 차한此限에 부재不在하였습니다. 제국의 이데올로기는 만세일계萬世一系의 황실과 그 아래로 충용한 적자赤子로서의 신민臣民이라는 요지부동한 체계이기 때문입니다. 제국은 귀축미영의 분열을 모르며 그 기만적 이원二元과는 영원히 무연無緣합니다. 다만 귀축미영과 제국은 국체國體는 다를 망정 한 가지 같은 점이 있으니 그것은 서로가 강자라는 점입니다. 귀축미영과 맞설 만한 토착적 이데올로기의 존재와 그것을 지킬 만한 힘과, 또 요소가 제국으로 하여금 식민지의 운명에서 벗어나게 한 것입니다. 강자가 통치하는 곳에는 여유가 있습니다. 여유가 있는 곳에 '말'장난하는 문학적 풍류가 허락되는 것은 당연합니다. 내지 시인들의 비국민성은 강자가 고소苦笑하면서 치러야 하는 자선세慈善稅인 것입니다. 이것은 강자의 나라에서만이 있을 수 있는 일입니다. 반도인이 이 흉내를 낸다면 그것은 분수를 모르는 웃음거리밖에 아무것도 아닙니다. 반도의 시인이 '아시아의 밤'을 노래한 태도는 그러므로 반도인으로서 당연한 지족안분知足安分이라 해야 하겠습니다. 그들에게는 이런 정도가 알맞은 것입니다. 요즈음 반도에서는,

　　아이깨나 낳을 년 양갈보 가고
　　글깨나 쓰는 놈 재판소 간다

는 노래가 유행하고 있는데 그들에게는 이런 정도의 부족적部族的 시사적時事的 심미감審美感이 과연 알맞은 것입니다. 이러한 부족적

발상에서 씌어진 시가 이 문명개화했다는 시절에 가장 정직한 마음을 움직일 수 있다는 그 사실이 바로 반도인들의 저주받을 운명을 말해주고 있습니다. 이것은 모두 반도가 제국의 품에서 벗어난 때문입니다. 제국은 아시아를 저들 귀축들로부터 해방시켜 제국의 보다 인자한 지배를 주고자 싸움을 일으켰던 것입니다. 말이사 바른 말이지 우리가 성공했더라면 그들은 훨씬 편한 노예 생활을 했을 것입니다. 대전 후 아시아의 식민지 국가들이 해방된 것은 바로 제국의 건곤일척한 전쟁의 결과였던 것입니다. 귀축미영은 더 이상 이 지역을 지배할 명분을 잃었던 것입니다. 반도의 독립도 바로 그에 연유합니다. 천시를 얻지 못하여 비록 싸움에는 졌으나 귀축미영은 아 제국의 힘을 알게 되었습니다. 그들은 제국을 달래기 위하여 온갖 편의를 보아주었습니다. 본토는 부흥하고 지난날에 황군皇軍의 무위武威로 차지했던 영예를 산업으로써 차지하고 있는 듯이 보입니다. 논자들은 그렇게 보고 있습니다. 여기서 본인은 이의가 있는 것입니다. 외견상의 번영에도 불구하고 내지內地는 병들어 있으며 제국의 정신적 상황은 누란의 위기에 처해 있습니다. 왜냐? 제국은 종교를 상실하였기 때문입니다. 제국의 종교는 무언가? 식민지인 것입니다. 식민지는 무언가? 반도인 것입니다. 반도야말로 제국의 종교였으며 신념이었으며 사랑이었으며 삶이었으며 비밀이었던 것입니다. 그렇습니다. 반도는 제국의 영혼의 비밀이었습니다. 오늘 내지가 드러내고 있는 허탈, 도덕적 부패, 허무주의는 영혼의 비밀을 잃은 집단의 절망인 것입니다. 본인은 노예 없는 자유인을 인정하지 않습니다. 식민지 없는 독립을 인정하지 않습니다. 무릇 국가는 비밀을 가져야 합니다. 그의 경륜의 가슴 깊이 사무친 비밀을 가져야 합니다. 반도의 영유領有는 제국의 비밀이었습니다. 영혼의 꿈이었습니다. 종족의 성감대였습니다. 건드리면 흐뭇하게 간지러운 깊은 비밀의 치부였습니다. 오늘날 제국은 이 비밀을 잃었습니다. 이것은 반드시 회복되어야 합니다. 어떠한 형태로든 이것은 회복되어야 합니다. 본인과 본인의 휘하에 있는 전원의 비원悲願도 바로 이곳에 그 목표가 있습니다. 실지회복失地回復, 반도의 재영유, 이것이 제국의 꿈입니다. 영토에 대한 원시적인 향수, 이것이야말로 참다운 강자의 활력의 기초입니다. 반도는 제국의 제단祭壇이었으며 반도인은 제물이었던 것입니다. 그들을 도살하여 그 살을 씹고 피를 마심으로써 이 부족의 활력은 건강할 수 있었던 것입니다. 제정祭政 일치론자인 본인은 그러므로 '정치와 경제의 영역에 있어서의 활력의 원천으로서의 식민지'라는 제목으로 이 방송에 앞서 이미 방송한 바도 있었던 것입니다. 근자에 와서 제국이 반도 경영에서 거둔 막대한 성과가 날로 수포로 돌아가고 있는 것을 볼 때 분만의 정 금할 길이 없습니다. 요즈음 반도의 신문에 빈번히 보도되는바 각종 문화 유적의 발굴, 수집은 가공한 바 있습니다. 총독부 당국이 힘써 인멸코자 했던 종족적 기억이 되살아나고 있으며 열등의식의 방향으로 유도했던 국학이 점차 자신을 회복해가고 있습니다. 대저 근대 국가의 국민적 연대 의식의 기초로 사용된 것은 국민사國民史였던 것입니다. 한민족이 연대하여 난관을 넘어서고 기념비를 세우면서 살아온 역사를 추체험追體驗함으로써 국민이 되었던 것입니다. 반도의 국학 붐은 바로 그러한 민족 독립의 정신적 기초 작업의 과정으로서 실로 위험천만한 불온한 사상인 것입니다. 또한 근래에 있었던 저 몇 해 전 4월에 반도인들이 선거의 부정을 항의하여 일어난 사건은 실로 당돌한 것이었습니다. 물론 그때에도 이 치사한 반도인들은 현지 미국 대사관의 동향을 살피면서 그 옹호에 용기백배한 흔적이 있습니다만 그렇다손 치더라도 반도인으로서는 과분할 만큼 그럴듯한 행동이었습니다. 그 까닭은 이러합니다. 대저 귀축미영의 족속들이 받드는 민주주의란 속은 어떻든 형식으로서는 선거라는 제사를 통하여 신탁神託을 묻고 그 신탁을 통하여 정치를 한다는 제정祭政 구조인 것입니다. 그러므로 이 제사에 부정不淨이 끼면 원천적인 하늘의 분노를 사게 되므로 제사 집행이 엄격, 단정, 엄숙, 청정하여야 함은, 무릇 고금동서의 제사祭事와 관련하여 예외가 될 수 없는 것입니다. 이 선거라는 제사의 특징은, 종래의 역사상의 제사가 대체로 포로의 모가지나, 돼지, 소 등 동물을 제상에 올렸다가 그것을 부족원部族員이 나누어 먹음으로써 공동체 의식을 재확인하고 권력 구조에 대한 참여 의식을 누린다든지, 또는 가톨릭의 경우처럼 신神의 상징적 피와 살을 회식한다든지, 아무튼 인간 이외의 대상을 제물로 삼거나, 인간이더라도 포로를 사용하였으므로 아무튼 운명과의 계약을 맺음에 있어, 또는 하늘의 뜻을 물음에 있어서 '자기 이외의 대상'을 사용했던 것과는 다른 방식이라는 것입니다. 상해 등지에서 준동하던 반도인 불순분자들이 제국의 고관들을 테러한 것이나 흉한兇漢 안중근이 이등 공을 살해한 것은 바로 앞에 든 타입 가운데서 포로나 적국인의 모가지를 제단에 바치는 것에 속합니다. 그런데 이른바 선거라는 형식은 '같은 동족' 중에서 깨끗한 자를, 혹은 먹음 직한 자를 제단에 올려놓고 부족원이 투표로써 품평을 한 결과 다수표를 얻은 자를 골라서 신전神殿을 지키게 하는 것입니다. 그렇게 함으로써 신에게 가장 훌륭한 볼모를 드린 대가로 대신 부족의 번영을 비는 형식입니다. 3·15라는 선거에서는 이 선택 과정에 부정이 있었던 것입니다. 이와 같은 체제에서는 이것은 중대사입니다. 왜냐하면 신에게 가짜 제물을 바친 경우에 부족에게 내릴 재앙은 떼어놓은 당상이기 때문입니다. 대전 후 신생국의 선거라는 제사에서는 제물로 들어가는 자들이 자기 희생이라는 본래의 종교적 목적 대신에 돈벌이하러 들어가는 자들이 태반이었습니다. 원래가 무리한 제도이므로 먹겠다는 놈 막는 길은 없지만 덜 먹을 만한 자를 뽑는 권리는 부족원에게 있는 것이므로 책임은 국민이 진다는 식으로 되어 있습니다. 그런데 3·15에서는 인기를 잃은 늙은 추장이 망측한 방법을 썼던 것입니다. 못난 것들이 농담하는 재주는 어디서 또 그리 유별나든지, 쌍가락지표, 피아노표, 올빼미표 따위 듣기에 화사한 방법으로 제사를 망쳤던 것입니다. 이런 사태에 반발하여 일어난 것이 몇 해 전 봄의 저 소동이었습니다. 대저 반도인들은 주기적으로 집단적 지랄병을 일으키는 버릇이 있어서 저 기미년 3월에도 그 발작이 있었던 것입니다. 잘 나가다가 이러는 속은 알다가도 모를 노릇입니다. 그 4월의 지랄병 무렵에 본인은 매우 우려했습니다. 썩은 반도인들이 이 새로운 형식의 제사에서 틀림없이 패가망신할 것을 신념해온 본인이었기 때문입니다. 이 같은 자각은 제국에 대한 노골적인 위협입니다. 이 같은 일이 있어서는 안 되었습니다. 제국이 절대한 이권을 주장해야 할 반도가 이같이 방자한 자유인이 될 때 반도의 재영유再領有는 물론이요 그 같은 이웃을 가진 제국은 질식할 것입니다. 그러나 안심하십시오. 오늘 본인은 유쾌합니다. 하늘에 둥실 떠오른 듯한 이 마음. 흡족합니다. 축배를 드십시오. 이번 선거를 예의 주시하여온 본인과 본인의 충용한 휘하 막료들은 대희大喜하였습니다. 그러면 그렇지요. 반도인들의 그 썩은 근성이 어디로 갔겠습니까. 막걸리는 흘러서 강을 이루고 부스럭 돈은 흩어져 낙엽을 이루었습니다. 또다시 피아노표, 쌍가락지표, 다리미표, 무더기표, 대리투표, 개표 부정의 난장판이었습니다. 민주주의가 난장 맞은 것입니다. 그들은 썩은 제사를 지낸 것입니다. 이 추악한 종족. 자존심도 지혜도 용기도 어느 것 하나 갖추지 못한 이 미물보다 못한 종족. 이들이 못나면 못날수록 제국의 이익임을 번연히 알면서도 슬그머니 화가 나도록 이 못나고 귀여운 나의 반도인들. 이들은 돈 몇 푼에 예수를 판 유다의 격세유전 집단입니다. 충용한 제국 신민 여러분. 제국이 재기하여 반도에 다시 영광이 돌아올 그날을 위하여 은인자중 맡은 바 고난의 항쟁을 계속하고 있는 모든 제국 군인과 경찰과 밀정 여러분. 사태가 이와 같으므로 제군은 희망을 가지십시오. 우려했던 바는 기우에 지나지 않았습니다. 그들은 지난날 일억전원옥쇄一億全員玉碎의 가르침을 고지식하게 명심하고 있다가 2천 만 전원 타락이라는 희한한 실천을 보여준 것입니다. 이들은 볼짱 다 봤습니다. 파장은 가깝습니다. 지하에 있는 나의 충용한 모든 제국 신민은 정권 수복의 그날을 준비하십시오. 고생 끝에 낙이 올 것을 믿으십시오. 이들이 자기 불행을 자기 손으로 넘어설 희망은 없습니다. 그들의 도덕적 수준은 이미 소상하게 밝혀졌습니다. 이들은 까마귀 고기를 주식으로 하지 않는데도 잊어버리기 일쑤이며 인간적 수치심과 인간적 분노가 눈곱만큼도 없으며 두려워할 것이 아무 것도 없는 자들입니다. 제사를 어지럽힌 그들의 앞날은 오욕과 암흑뿐입니다. 이자들은 지쳤습니다. 민주주의라는 힘에 겨운 제사에 지쳤습니다. 민주주의는 그들이 선택한 제사도 아니며 항차 그들이 싸워서 얻은 제사도 아닙니다. 반도의 시인은 노래하고 있습니다.

    이제 우리들은 부르노니
    새벽을!
    이제 우리들은 외치노니
    우뢰를!
    이제 우리들은 비노니
    이 밤을 분쇄할 벽력을!

반도인들의 부르는 이 소리. 이것이 누구를 부르는 소리입니까. 반도인들은 주제에 놓은 즐겨서 불러도 그럴싸하게 부르는 것입니다. 제물祭物 지망자들이 주는 돈으로 명승 구경을 다니는 반도인들의 무리. 옷고름 풀어헤친 취태. 이것이 그들의 부름입니다. 유세장에서 나누어지는 부스러기 돈닢들. 엽전 열닷 냥에 영혼을 파는 자들. 이 영세零細한 욕망들. 이것이 그들의 부름입니다. 이제는 내리막길입니다. 이들의 운명의 파멸로의 운동은 시작되었습니다. 그래서 이들은 부르고 있었습니다. 그렇습니다. 우리를 부르고 있습니다. 그들은 우리가 그리운 것입니다. 본인이 다스리던 그 옛날을 그리고 있는 것입니다. 민주주의네 무엇이네 하여 오뉴월 뙤약볕에 실어다 앉혀놓고 알 수도 없는 이야기를 들으라고 하는 이 현실을 그들은 원망하고 있습니다. 유세장에 쭈그리고 앉은 그들의 모습은 흡사히 부역에 동원된 노예들을 생각게 합니다. 노예를 다루는 데는 그대로의 방법이 있습니다. 노예들을 짜증나게 해서는 안 됩니다. 노예들에게는 먹고 자는 이외에 귀찮은 일로 들볶아서는 안 됩니다. 그들은 거짓 제사에 인제 진저리를 치고 있습니다. 없는 재주를 자꾸 보여달라는 것처럼 몸 다는 일이 또 있겠습니까. 반도인들에게 애당초 없는 도덕적 품성을 발휘하라는 선거라는 제사야말로 민망하기 짝이 없는 것입니다. 그들은 지금 자기들의 손으로 얻은 것이 아닌 자유의 무거운 멍에 아래 비틀거리고 있으며 비명을 지르고 있습니다. 그들은 본인을 부르고 있습니다. 40년의 경영에서 뿌려진 씨는 무럭무럭 자라고 있으며 이는 폐하의 유덕을 흠모하는 충성스런 반도인의 가슴속 깊이 간직되어 있는 희망의 꽃입니다. 그것이 그들의 비밀입니다. 해방된 노예의 꿈은 노예로 돌아가는 일입니다. 그들은 그리워하고 있습니다. 그들은 지난날의 그리웠던 발길질과 뺨맞기, 바가야로와 센징을, 그 그리운 낱말을 애타게 그리워하고 있습니다. 되게 굴던 서방을 여자는 못 잊는 법입니다. 오입깨나 한 사람이면 이 철리는 다 아는 일입니다. 그들은 미국 서방의 우유부단과 격화소양과 뜨뜻미지근과 번문치레와 눈 가리고 아옹하는 예절에 넌더리를 치고 있습니다. 그들은 단도직입, 우지끈뚝딱 눈두덩이 금시에 시퍼렇게 멍들기를 원하는 것입니다. 이것이 반도인의 생리입니다. 이 비밀. 이 비밀을 아는 것은 제국밖에 없습니다. 계집이란 그년의 비밀을 가장 잘 아는 사내의 품에 있어야 할 것입니다. 귀축미국을 설득시켜 반도의 경영권을 이양받을 공작이 진행되고 있다는 정보를 본인은 입수하고 있거니와 상기한 현 정세로 보아 이는 고무적인 기대를 걸어도 좋을 것으로 판단되며 그날이 오기까지 은인자중 동포의 꿈이 묻힌 반도의 산하를 유령처럼 순찰하고 관망하며 정보를 수집하며 불령선인을 기록해두는 일, 이것이 우리들의 영광스런 사명입니다. 반도에 그날이 오기까지 충용한 나의 장병과 유지 여러분과 낭인 여러분. 한말의 풍운 급박하던 시절에 절대하던 힘을 발휘하여 대사를 치른 낭인狼人 여러분. 시쳇말로 비밀 첩보원 여러분. 자중자애하고 권토중래를 신념하십시오. 반도는 갈데없는 제국의 꿈. 제국의 비밀입니다. 무엇과도 바꿀 수 없고 무엇과도 비길 수 없는 영원한 사랑입니다. 어디로 갈 것입니까. 못 갑니다. 못 가게 해야 합니다. 위대한 선인들의 노력으로 제국의 꿈의 판도 속에 들어온 이 땅. 삼한, 임진, 일청, 일로 이래 충용무쌍한 장병의 기도와 꿈이, 그리고 숱한 비밀이 얽힌 이 땅. 오늘도 조선 신궁朝鮮神宮의 성역性域에서 반도인 갈보년들의 성액은 흐르고, 아아 남산을 타고 넘는 밤구름은 어찌 그리도 무심하여 이역에서 구령舊領을 지키는 노병의 심사에 아랑곳없는가. 나의 장병이여 자중

하라. 자애하라. 제국의 반도 만세.

— 지금까지 여러분은 프랑스의 알제리아 전선의 자매단체이며 재한 지하 비밀 단체인 조선총독부지하부$_{朝鮮總督府}$ $_{地下部}$의 유령방송인 총독의 소리가 대한민국 제6대 대통령 선거 및 제7대 국회의원 선거 종료에 즈음하여 발표한 논평 방송을 들으셨습니다.

……지척지척 내리는 빗소리와 아울러 들려오던 방송은 여기서 뚝 그쳤다. 그는 어둠을 내다보았다. 그리고 창틀을 꽉 움켜잡으며 귀를 기울였다. 그 소리는 더는 들리지 않았다. 그 대신 더 어두운 소리들이 그 어둠 속에서 들려오는 것이었다. 피아노 치는 손마디 소리. 부스럭대는 엽전닢 소리. 올빼미의 목쉰 울음. 어딘가에서 다리미질하는 은밀한 소리. 니나노니나노. 창백한 손마디에 쌍가락지 끼는 소리. 눈구멍에 최루탄이 박힌 아이의 신음 소리. 유세장으로 실려가다가 객사한 늙은 아이들의 허기진 울음. 총독의 피 묻은 너털웃음. 시인의 흐느끼는 소리— 오 아시아의 비극의 밤은 길기도 함이여. 그리고 아주 가까이 아주아주 가깝게 들리는 소리. 아구구아구구아구구구아구구구구. 비명. 아구구아구구구아구구구구구. 빗소리와 범벅으로 어우러져 들려오는 그 많은 소리들 가운데서 제일 가깝게 들려오는 이 소리는 그의 목구멍 속에서 나오는 소리였다.

2

―― 여러분 안녕하십니까? 여기는 조선총독부지하부가 보내드리는 유령해적방송인 총독의 소리입니다.

총독 각하의 노변담화爐邊談話 시간입니다.

충용한 제국 신민 여러분. 제국이 재기하여 반도에 다시 영광을 누릴 그날을 기다리면서 은인자중 맡은 바 고난의 항쟁을 이어가고 있는 모든 제국 군인과 경찰과 밀정과 낭인 여러분. 새해 첫머리에 반도에는 커다란 일이 일어났소이다. 지난 1월 21일 밤 31명의 북조선 무장특무武裝特務가 대통령 관저에서 엎어지면 코 닿을 거리까지 뚫고 들어와 남조선 군경과 부딪쳐 승강이 끝에 물리쳐졌습니다. 이로부터 이틀 뒤 이번에는 일본 해상에서 귀축미국의 함정 '푸에블로'가 북조선 해군에게 붙잡혀 해당화 피는 명사십리의 항구 원산으로 끌려갔습니다. 60만을 자랑하는 반도인 육군과 게다가 귀축미국의 상징적 병력까지 합세하여 지키고 있는 휴전선을 31명이라는 병원兵員이 어떻게 말짱 빠져나왔으며 빠져나온 것까지는 좋다 하더라도 휴전선에서 서울 근교에 이르는 거리를 어떻게 행군할 수 있었는가. 현재, 침투했던 무장 특무는 수삼 명을 남기고 모두 사살되었다고 발표되었으나 그동안의 반도인들의 태도와 나라 안팎의 움직임은 반도에 있어서의 제국의 이권과 관련하여 매우 중요한 문제를 드러내주었습니다. 대저 반도에 대한 제국의 전통적인 정책은 이 지역에 풍족하고 자리 잡힌 국민 생활이 이루어지는 것을 막고 전란과 혁명으로 지새우게 하며 그러면서도 제삼국의 손아귀에 안전히 들어가게는 놓아두지 않음으로써 반도로 하여금 사는 것도 아니거니와 그렇다고 죽는 것도 아닌 반생반사半生半死의 지경에 머무르게 하여 제국의 번영을 위한 울타리로 삼는 것이었습니다. 그런 탓으로 반도에서 싸움이 멎은 지난 10년은, 이 노병老兵에게 있어서는 참으로 괴롭고 어두운 시기였습니다. 좁사와 두어르므르는. 비록 남과 북이 맞서고 있을망정 평화가 오래 끌면 각기 나름대로 살림의 실實을 거두게 될 위험이 있기 때문입니다. 굴러가는 돌에 이끼는 끼지 않는 법이며 싸움 즐기는 개, 상처 아물 날이 없는 법입니다. 반도의 평화가 이어감으로 해서 살림에 윤기의 이끼가 끼고 멍든 마음의 다친 자리가 가시는 것을 이 사람은 눈뜨고는 못 보는 것이외다. 이러한 처지에 이번 공산당 무장 특무가 들이닥친 일과 미 군함이 잡힌 사건은 본인의 묵은 체증을 쑤욱 내려가게 했습니다. 됐습니다. 그러면 그렇겠습니다. 안 이렇고 될 말입니까. 이독제독以毒制毒, 이독저독 해도 꿀독이 제일이더라고 반도인으로 하여금 반도인을 고달프게 만드는 것이 가장 좋은 방책임에 틀림없습니다. 이번 사건으로 말미암아 반도인들은 그들의 처지를 몸서리치도록 알아보았습니다. 그들은 바늘방석에 앉아 있다는 것을. 죽음의 검은 그림자는 반도의 산하에서 걷히지 않았다는 것을. 작년에 왔던 각설이는 금년에도 또 온다는 것을. 이런 사실들을 이들은 알아야 했던 것입니다. 이것은 반도인들이 앞으로도 군비軍備의 짐에서 헤어나지 못하리라는 것을 뜻합니다. 암마. 그들이 기르고 있는 엄청난 병력이야말로 반도인들의 발에 매달아놓은 쇠사슬입니다. 그들은 빈곤의 늪에서 쇠사슬에 묶여 철거덩 철버덕 허우적거리고 있습니다. 어느 쪽도 군비를 낮출 수 없을 것이외다. 더욱더 증강해야 될 것이외다. 아무리 벌어도 소용없을 것이외다. 대저 군식구가 많고서는 집안이 일어날 수 없는 법. 손마다 일손이라도 모르겠는데 허구한 날 쌀 한 톨 짓지 않는 방대한 군사력을 안고서 무슨 '경제 건설'인가요. 지난날을 돌이켜보십시오. 그들이 제국의 품 안에 있었을 때 제국은 국방의 전부를 도맡아주어 반도인들이 상해의 테러단들과 적색 무장 비적들의 위협으로부터 안전하게 생업에 당할 수 있게 해주었던 것입니다. 이 엄청난 군사력을 가지고 그들은 대체 무엇을 하고 있는 것입니까. 만주의 고토故土를 되찾으려는 것입니까. 아니면 일본을 치려는 것입니까. 아닙니다. 그들은 서로가 서로를 움직이지 못하게 하기 위하여 이 엄청난 병력을 가져야 하는 것입니다. 국경 경비대치고는 굉장히 호사스런 숫잡니다. 그 국경이라는 것이 제 나라 한복판에 있으니 잘된 일이지요. 생각해보십시오. 우리가 다스리던 시절에는 부산에서 특급을 타면 올리다지로 하얼빈까지 가서 러시아 갈보년들과 땀깨나 흘릴 수 있었습니다. 그만해야 사람 사는 맛이요 돈만 내면 반도인이라고 표 안 팔지는 않았습지요. 지금 반도인들은 제 땅도 그나마 반쪽씩 갈라붙은 속에서 무슨 놈의 흥부 집안인지 아이들만 늘어서 콩나물시루 속입니다. 종족의 온 힘을 들여서 불모의 '경비 임무'에 임하고 있는 것 — 이것이 반도의 오늘의 기본 골격입니다. 하기야, 한편으로 밖의 적을 막고 한편으로 안으로 삶을 이어나간다는 모양은 인간이 이 지구상에 나타난 이래로 취하고 있는 삶의 형식임에는 틀림이 없습니다. 그러나 일에는 경중이 있고 과부족이 있어서 정도의 문젭니다. 국방이 국민 생활에서 차지하는 현실적 비중과 심리적 비중이 너무 크면 그 국민은 보다 나은 삶을 위해 쓸 힘의 나머지가 없어집니다. 강대했던 역사상의 제국들은 그들의 방대한 군비를 결코 혼자 꾸리지는 않았던 것입니다. 그들의 다스림 아래 있는 민족들로부터 뽑은 민족군이 그들 제국의 부대 안에서 중한 몫을 차지했으며 그들의 병정은 혼성 부대였던 것입니다. 그렇게 함으로써 그들은 스스로의 온 힘을 국방에 써버리는 길을 막았습니다. 반도의 형편은 물론 그럴 처지가 아닙니다. 그들은 모두를 제 힘으로 하여야 하며 그렇게 하면 옴치고 뛸 수 없게 될 것입니다. 반도의 남북에 있는 백성들은 그 어느 편을 물을 것 없이 삶의 원시적인 멍에에 눌려서 그 이상의 일을 할 수가 없게 될 것입니다. 이번 사태에서 본국의 신문이 취한 태도에 대해서 여기서는 말썽이 콩 볶듯합니다. 이 사람은 물론 본국 신문의 태도를 가상할 만한 것으로 알며 흡족한 일로 여깁니다. 말할 것도 없이 그렇게 했어야 옳았습니다. 제국으로서는 반도의 남과 북을 일시동인一視同仁하는 길을 가는 것을 으뜸으로 삼습니다. 남이 승하면 북을 두둔하고 북이 승하면 남을 두둔하여 어느 한쪽이 쑥 솟아서 반도가 통일되는 일이 없게 하는 것이 근본이기 때문입니다. 반도인은 늙은 종족입니다. 그들은 그들이 옛날에 차지했던 땅을 잃어버리고 점차 좁은 삶의 테두리로 밀려와서 지금의 자리에 못 박히면서부터 그 종족의 기력이 폭삭 사그라진 것입니다. 이것이 좋은 일입니다. 임진년에 시작된 저 싸움에서 '가등청정加藤清正'은 두 가지 액막이를 한 점에서 높이 칭찬받아야 합니다. 그는 반도의 산악에 당시에만 해도 상당한 수로 살던 호랑이를 많이 잡았습니다. 알다시피 호랑이는 반도인들이 영물靈物로 받드는 짐승이올시다. 그 기상과 체력을 사랑한 것입니다. 맹호출림도猛虎出林圖는 서양미술의 예수 수난상만큼이나 굄 받는 그림 제목의 하나로 되어 있습니다. 그것은 반도인들의 늙은 속마음의 수풀 속 깊이 꿈틀거리는 원시적 욕망의 예술적 상징인 것입니다. 고런내 나는 발바닥을 쓸면서 이런 그림을 맛보고 즐긴 조선조 샌님들의 겉보기에 오종종한 정신 속에도 깊이 숨어 살아 있던 부적인 것입니다. 가등청정은 이 부적符籍을 닥치는 대로 사냥했던 것입니다. 인도에 가서 코끼리를 잡은 것이나 마찬가집니다. 그렇게 함으로써 그는 반도인들의 정기精氣를 상징적으로 주살呪殺한 것입니다. 또 다른 한 가지는 그는 반도의 땅 생김새를 살펴 명산대천의 맥을 찾아서 산줄기에 말뚝을 박는다든가 명당자리에 세운 건조물에 흠집을 입혀서 산천을 상징적으로 주살하였습니다. 반도에 전하는 설에 의하면 명산에서 장수가 나와 세상을 구한다고 하는데 이것을 막은 것입니다. 그는 명장이었던 것입니다. 이것은 귀축영국의 전통적인 유럽 정책과도 들어맞는 것이며 인도를 다스린 방식과도 한 본입니다. 제정신으로 사는 종족으로서는 당연 이상의 당연지사올시다. 양두양육羊頭羊肉해서 돈 모았다는 소리 들었습니까. 한말韓末에 우리는 반도의 맥을 또 한 번 끊어놓는 데 성공했습니다. 알다시피 종족의 목숨이란 불가사리 같은 것이어서 한번 맥을 끊었다고 그걸로 끊어지지는 않습니다. 세월이 지나면 상처는 아물고 새살이 돋아나고 정력은 쌓여 다시 꿈틀거리기 시작합니다. 서양의 귀축들이 동으로 밀려 나와서 개국開國을 강다짐한 시기를 당한 쪽인 여기서는 개화 開化라고 부릅니다만, 이 개화기가 어디서나 그러했겠지만 반도인 들의 경우에도 좋은 새 출발의 때였던 것입니다. 만일 이때에 반 도가 정치적 독립을 지키고 개화의 여러 가지 이점을 마음대로 받 아들였다면 매우 억울한 일이 생겼을 것입니다. 반도인은 오랫동 안 중앙 집권적인 고도의 문관文官 정부에 의해 다스려진 세월을 가지고 있고 그들의 머리는 퇴계나 율곡이 보여주듯이 높은 사변 력을 가지고 있습니다. 이 사고력이 저 불모不毛한 땅인 한문漢文에 서만 씌어졌을 뿐이므로 거기서는 쌀 한 톨, 파리 한 마리 생겨나 지 않았으나 그 뛰어난 사고력을 물질계에 돌리는 날에는 이 역시 눈뜨고 못 볼 일이 아니 일어나리라고 누가 장담할 수 있었겠습니 까. 제국은 이 같은 안 된 일을 참을 수 없었으므로 반도를 합쳐버 린 것입니다. 물론 그때 러시아의 남하를 원치 않고 그렇다고 대 국 중국의 부강을 바라지 않는 귀축미영의 속셈과 제국의 이해가 공교롭게 맞아 떨어진 것은 천우신조랄 밖에 없는 일이었습니다. 국민적 줏대를 잃은 반도의 '개화'는 제국이 이같이 마참하게 손쓴 탓으로 환골탈태換骨脫胎된 '개화'가 되었던 것입니다. 그것은 무국 적의 기술 개념으로 추상화되고 정치적 독립과 무관한 것으로 알 기에 이른 것입니다. 제국이 이 세기의 전반기에 반도를 차지한 시기는 반도에 대해서는 금싸라기 같은 시기였습니다. 그것은 유 럽이 치른 르네상스와, 산업혁명과, 민족주의와, 실증과학의 시기 와, 그리고 20세기, 이렇게 중요한 변화가 있었던 몇 세기를 한

몫으로 치르지 않으면 안 될 시기였습니다. 만일 인간 세상에 있어서의 이 같은 혁명적인 변화들이 종족 집단의 정치적 이해라는 현실적 구심점을 가지지 못하고 순수 관념의 체계로 각기 받아들여질 때는, 그곳에 벌어지는 모습은 걷잡을 수 없는 뒤죽박죽뿐이며 그 집단은 집단으로서의 갈피를 잃어버리고 마는 것입니다. 대체로 20세기의 지난 부분에서의 반도인들의 마음의 찬장 속은 그와 같은 모습이었다고 할 수 있습니다. 이런 까닭에 제국이 싸움에 져서 반도가 벗어난 일은 중대한 위기였으나 다행히 분할과 전쟁으로 반도인들은 설쳤던 개화를 다시 해볼 수 있는 처지를 잃어버렸던 것입니다만 휴전이 이루어져 다시 그러한 때가 찾아왔던 것입니다. 반도의 하늘 아래 영일寧日 없기를 바라는 이 사람으로서는 잠을 이룰 수 없는 일입니다. 즙사와 두어ㄹㅁㄹ는. 그러나 지금 본인은 매우 흐뭇합니다. 이번 일은 반도의 하늘에 덮인 전운戰雲의 짙음과 그 아래 있는 삶의 부평초 같은 덧없음을 다시 한 번 새겨주었기 때문입니다. 정초에 벌써 이번 일을 조짐하는 사건이 있기는 하였습니다. 임진전란에 장하게 싸운 반도의 수군제독 이순신의 난중일기가 도적맞은 일이 그것입니다. 반도인들이 철 있는 자들이었다면 이 일에서 깊은 뜻을 읽었어야 했을 것입니다. 이순신은 죽어서도 불초不肖의 동족들의 안위를 걱정하여 스스로의 마음을 적은 유품을 도적의 손에 맡겨 보임으로써 무엇인가 알리고자 한 것입니다. 바로 칠생보국七生報國이며 가위 충신입니다. 그의 충정에 적일망정 한 가닥 측은한 동정을 보냄에 본인은 인색치 않으려 합니다. 그러나 살아서 그를 몰라본 동족이 죽은 그를 알아보겠습니까. 하기야, 이 일기가 잃어졌을 때 반도인들이 보인 관심은 어지간한 것이었습니다. 그러나 이순신의 뜻이 어찌 흰 종이에 검은 자국을 찍은 종이 뭉치에 있었겠습니까. 마음을 잃지 말라 함이었을 것입니다. 이 같은 현 정세로 미루어 반도에서는 차후 다음과 같은 형국이 이루어질 것이 내다보입니다. 이번엔 사로잡힌 한 명의 공산 특무의 여러 언동을 보건대 북조선 공산당이 어떤 사회 형태와 인간형을 만들어내고 있는가를 알 수 있었습니다. 그들은 제국 신민답게 천황제 국가적 사회 형태와 권위 신봉적 인간형을 공산주의라는 이름 아래 온존하고 있음이 분명합니다. 거기에 제국이 전쟁 기간 동안 폈던 국가 총동원 체제까지 곁들여 김일성 천황을 우으로 일사불란한 군국 체제를 지키고 있는 것이 분명합니다. 그가 이런 권위를 참칭함은 대역大逆하고 불경不敬한 신성모독이며 마땅히 그 죄를 물을 것이나 지금은 그 시기가 아닙니다. 현 정세하에서 제국이 반도를 손수 다스리지 못하는 바에 그를 교조주의적으로 나무람은 꾀스럽지 못하며 그가 간접적으로 제국을 대신하여 제국의 이익에 기여하는 점을 알아주어야 옳을 것입니다. 비록 그 자신이 신자臣子로서 만승萬乘을 참칭함은 가증하되, 그렇게 함으로써 반도의 북반부에 제국의 근본적 통치 구조의 틀을 온존하고 있는 공은 아니랄 수 없는 것입니다. 그는 아황조皇祖의 건국 신화를 본떠 그가 삼수갑산 주재소를 쳤다는 시절의 제종신기諸種神器를 모시는 사당을 곳곳에 세우고 이에 참배시키며 대정익찬회大政翼贊會를 본받은 정당 운영과 문인보국대文人報國隊 정신을 이어받은 예술 조작과 신풍특공대神風特攻隊의 전술 개

넘에 선 전쟁 태세를 갖추고 있다 하니 이 아니 충실한 제국의 신민이며 폐하의 적자赤子입니까. 게다가 입에서 단내 나는 절약 운동의 전통까지 지키고 있음이 분명합니다. 이번에 투입된 무장 특무가 지니고 온 식량의 품목을 보고 본인은 일말의 애수와 한 가닥 눈물을 금할 수 없었습니다. 오징어, 엿, 미숫가루. 아으 경애하는 '수령'이여. 아직도 이것인가. 다롱디리. 이 고향 냄새 물씬한 음식. 이것이 그대의 자주 노선이었구나 하는 강개慷慨가 있었던 것입니다. 본인은 이 식량들의 영양가를 의심하는 것이 아닙니다. 문제는 그것들의 형국에 있습니다. 그 전혀 가공加工되지 않은 원시적 형태는 너무나 많은 것을 말해줍니다. 본인은 진보를 믿지 않고 인생의 영원한 모순과 인간 상호간의 상극을 인정하는 터이므로 이 같은 삶의 실상實相은 어찌할 수 없다 치더라도 같은 값이면 다홍치마, 심미적審美的 닦임은 있었어야 이 삶이 견딜 만한 것이 아니겠는가 마, 이렇게 사료하는 것이올시다. 그런데, 오징어, 엿, 미숫가루. 무연憮然한 바 있어 하늘을 우러러 탄식한 것이올시다. 죽음의 길로 보내는 병정들에게는 마지막 호사를 시키는 법입니다. 이 식량들을 지니고 이 강산의 산맥의 얼어붙은 밤등성이를 인간 적토마처럼 뛰어온 31명의 적자赤子들. 귀축미영과 적마赤魔, 호적胡賊이 밉지 이 모두 폐하의 유민遺民이 아니겠습니까. 본국에 있는 사람들과는 이 점에서만은 구령에 눌려 있는 본인과의 사이에 아리송한 다름이 있을 줄 압니다. 정에는 약한 성미여서 딴 얘기가 됐습니다만, 아무튼 제국이 패전시까지 지키고 있었던 사회 형태가 물심 양면으로 온존되고 있다는 것을 강조하려 한 것입니다. 다만 이 점과 관련하여 인정론만은 아닌 걱정을 말해보자면, 백만 적위대라 하여 민생을 고달픈 지경에 묶어두는 것은 옳은 일이나 민중에게 무기를 준다는 것은 까딱하면 위험천만한 일이 될 수도 있기 때문입니다. 즌 데롤 드드올세루. 총알이 사람 가리지 않습니다. 짓눌린 민중이 총부리를 에라 하고 돌리는 날에는 혁명이 성공할 가능성이 있습니다. 귀축미영의 제정祭政 형식인 민주주의가 말도 많으면서도 그렁저렁 버티는 것은 민중의 무력 혁명의 피바다 속에서 헤치고 나온 요물이기 때문에 그 탄생의 위력과 매력이 아직도 노기老妓의 잔향殘香처럼 늙은 오입쟁이들뿐 아니라 풋내기 선머슴들도 뒤숭숭하게 만드는 것입니다. 그렇게 해서 반도의 북쪽에 민중 혁명으로 민주 정권이 서는 날에는 제국으로서는 매우 난처한 입장이 될 것입니다. 선하면 아니 올세라. 이 점에 대한 과부족 없는 보살핌은 하고 있는지 그 점만이 근심일 따름입니다. 그것을 소홀히 하면 귀축들의 불온사상인 민주주의가 이 땅에 발붙이는 형세가 일어나기 때문입니다. 귀축들의 민주주의는 식민지의 등을 타고 앉은 배부른 노름이었으니 자랑도 아무것도 아닌 땅 짚고 헤엄치는 재주였습니다만 반도와 같이 식민지를 가지려야 가질 수 없는 입장에서의 민주주의라는 것은 그야말로 에누리 없는 것으로서 미친 놈 호랑이 잡을까 걱정입니다. 이 점을 충분히 고려에 넣기만 한다면 북반부에서의 사태 진전은 제국으로서는 마음 놓아도 좋으리라 여겨집니다. 요점은 너무 죽이지도 너무 살리지도 말 것 — 백성의 힘의 태반을 국방에 소모시킬 것. 비상 태세의 이름 아래 천황제적 피라미드를 유지하고 비판이네, 자유네, 인권이네, 진보네 하는 권력에 대하여 재수 없는 풍습이 숨 쉬지 못하게 내리누르고 죽어 지내는 노예 근성이 더욱 몸에 배게 지키고 있다가 그대로의 상태로 언젠가 그날 본인에게 고스란히 넘겨줄 것. 가시난닷 도셔 오쇼서. 이것입니다. 한편 반도의 남쪽에서도 볼만한 좋은 일이 일어날 것입니다. 현재까지 남쪽은 휴전 이후에 좀 철없이 굴고 있었습니다. 민주주의가 정말 약속된 줄 알고 4·19 같은 일을 일으킨다든가 작년 선거에서 사기가 있었다고 해서 언제부터 민주주의 아니면 그렇게 죽고 못 살았는지 생야단에 삼대독자나 몸져 누운 것처럼 떠들썩하던 판에 냉수를 끼얹은 효과를 낸 것입니다. 경제성장에, 민주주의 발달에, 소득 균형에, 구매력 증대에, 완전 고용에, 국학 창달에, 문예 부흥에, 종교 개혁에 하고 유럽 근세사에 나오는 반반한 이름은 다 들고 나와서 서둘러댔습니다. 이런 일이 말대로 술술 이루어진다면 이것 또한 큰일입니다. 그러나 그렇게 될 리가 없습니다. 구매욕에 자극될 대로 자극된 국민은 저소득과 실업으로 욕구 불만에 가득 차 있습니다. 외설 문학의 범람과 탐독으로 성욕은 이상 발달했는데 장가는 고사하고 한 달에 한 번 거리의 꽃을 살 돈도 마련할 길 없는 청년과 같습니다. 문학과 아울러 대중가요에 있어서의 일본풍의 휩쓸은 눈부신 바 있습니다. 이 가요들의 가사는 대체로, '해서는 안 될 사랑'이 거의 태반으로 대중의 욕구 불만이 치정痴情 세계에서의 성욕과 터부의 갈등이라는 자리로 옮겨져서 카타르시스되고 있습니다. 1년 내 발정發情만 하고 있는 미친개도 아니겠고 모두가 불륜의 사랑에만 우는 신세도 아니겠는데 이 같은 노래들이 휩쓰는 것은 아마 반도인들이 백백교 같은 유사 종교에 마음을 기대던 지난날의 심정이나 같은 것이라고 생각됩니다. 더욱 중요한 것은 그들이 일본풍의 선율과 음계에 익숙해짐으로써 가장 근본적인 뜻에서 정서적으로 내지와의 유대를 계속 지키고 있다는 일입니다. 음악이란 장르는 번역 불가능한 것으로 문학의 경우처럼 본질과 풍속의 분리가 안 되는 것입니다. 그러므로 반도인의 정서가 일본 선율이라는 벡터Vector로 길들여지고 있다는 것은 제국의 문화 정책의 일대 승리를 뜻하는 것으로 흡족한 마음 이루 다할 수 없습니다. 또렷한 종족 감각이 시퍼렇게 살아 있는 땅에서 외국 선율이 판을 치는 법은 없는 것입니다. 삶의 기쁨과 슬픔을 노래하는 틀이 외국제라는 것은 그들이 자기 삶을 살지 못하고 있다는 증거입니다. 이와 마찬가지로 그들의 경제적인 선율도 모두 외국제이며 삶의 모든 자리에서 그들은 남의 노래를 부르고 있습니다. 아무튼 노래는 노래니 그나마 다행인 것이 지금까지의 정세였고 본인이 철이 없다고 평한 것은 이 점이었던 것이올시다. 지금 이후로는 그러나 '노래 부르는 형태를 취하는 것'조차 어려울 것입니다. 노동과 삶의 괴로움을 누그러뜨리는 그만한 여유도 가지는 것이 허락되지 않을 공산이 큽니다. 가무음곡歌舞音曲에 대한 전시 태세의 확립이 요청될 것이외다. 모든 욕망이 방공防共의 이름으로 자숙을 요청당할 것이외다. 제국의 북방 정책의 원칙인 방공 이념이 이처럼 창달될 것임을 생각하면 마음 든든한 마음 가눌 길 없습니다. 이것은 일석이조의 이득을 제국에 가져오게 마련입니다. 우유부단한 귀축미영식 제정 구조인 민주주의가 후퇴되고 제국의 전통적

외교 이념인 방공이 전면으로 솟아올라서 반도인들의 환상적 유럽 추종의 꿈을 산산조각 낼 것이기 때문입니다. 이것은 반도의 남쪽이 줄곧 더욱더 무거운 군비를 가져야 한다는 것을 뜻합니다. 반도인들은 군사적 멍에의 짓누름 아래서 허덕일 것입니다. 불모의 싸움에 대비하기 위한 불모의 정력, 이것이 그들의 팔자입니다. 팔자 도망을 합니까요. 제국은 그래서 이득을 얻게 될 것입니다. 이번에 투입된 '무장 특무'들은 내지 제품의 농구화를 신고 있었다고 발표되었습니다. 이것입니다. 일제 농구화를 북의 무장 특무에게 신겨서 남쪽을 짓밟게 하는 것 — 이것이 요체입니다. 제국은 꾸준히 이 정책을 번갈아가며 추구해야 할 것입니다. 그 까닭은 누누이 설명했듯이 반도의 남과 북이 방공과 천황제天皇制를 각각 계승 발전시키고 있기 때문에 그 어느 쪽도 쓰다듬어 길러야 하기 때문입니다. 반도를 이데올로기적 극단화의 극한적 대립의 형태로 양극화하여 대립 갈등케 하여 피로곤비疲勞困憊케 하고 제국은 자유스러운 입장에서 이쪽저쪽 손보아주면서 실속을 차리는 것만이 반도에 영원한 이해 관계를 가지는 제국의 움직일 수 없는 정책이기 때문에 이번 일에 대한 본국 신문들의 태도는 나무랄 데 없는 것이었으며 현지의 총독은 지극히 만족한 뜻을 전하는 바입니다.

독일이 분할되어 있으며, 팔레스타인이 분할되어 있으며, 인도가 분할돼 있으며, 프랑스령 인도차이나가 분할돼 있으며, 중국이 분할돼 있으며, 조선반도가 분할돼 있습니다. 이 분할들은 모두 귀축미영과 적마赤魔 러시아가 못질해놓은 세계 지배의 손잡이들입니다. 제국만이 여기서 벗어났습니다. 그러나 지금도 고마워할 까닭은 없소이다. 우리는 값을 치렀던 것이외다. 광도와 장기의 하늘 밑에서 우리는 악마의 불을 치렀습니다. 이야말로 귀축의 만행이었습니다. 아국은 이미 힘이 다하고 판국은 명약관화했음에도 그들은 아 측의 강화 제의를 차버리고 천인공노할 과잉 공격을 가했던 것입니다. 아녀자, 노유, 비전투원도 섞여 있는 도시에 대해서 아무 귀띔 없이 그들은 비인도적 무기를 썼던 것입니다. 우리는 그 대가로 분할 점령을 면했던 것입니다. 이 쓰라린 희생에서 얻어진 조건에서 가능한 한 최대한의 이득을 얻어야 할 것입니다. 그것은 귀축미영과 적마 러시아의 세계 정책의 어느 쪽도 이루어지는 것을 방해하면서 동시에 어느 쪽으로부터라도 청부를 받아서 실리를 택하는 길입니다. 이것만이 지난 성전聖戰에서 산화散華한 군민 영령英靈에 대한 보답이며 권토중래를 위한 포석布石이 될 것입니다. 아시아의 태반의 나라들이 아직도 국민적 통일을 이루지 못하고 내란과 혁명의 엇바뀜 속에 영일寧日이 없는 그만큼 제국의 번영은 약속될 것입니다. 그와 같은 괴로움의 길을 거쳐서 그들은 제국의 대동아공영권大東亞共榮圈의 꿈과 제국이 국운을 걸고 무참히 패한 성전의 뜻이 어디 있었던가를 알게 될 것입니다. 그리고 그들의 오늘의 고통은 제국에 대한 그들의 비협조, 의심이 빚은 것이며 귀축미영의 간계와 적마 러시아의 감언에 속은 그들 스스로의 어리석음 때문임을 알 것입니다. 하늘이 당시에 제국에게 때를 주지 않고 그들에게 명明을 주지 않았으니 어찌할 수 없는 일입니다. 그러나 살고자 하는 종족, 모욕을 잊지 않는 종족, 꿋꿋한 용기를 가진 종족, 노예 되기를 원치 않는 종족에게는 역사의 지평선은 항상 열려 있고 기회의 태양은 사시 빛나고 있는 법입니다. 종전의 그날에 제국이 어찌 오늘의 이 평안을 꿈꿀 수 있었겠습니까. 그러나 역사는 공평하고 어김이 없습니다. 역사는 모든 국민에게 그 국민의 인간적 고매高邁함에 정확히 비례하는 만큼의 삶을 줍니다. 더도 덜도 아닙니다. 어김없이 그만한 보상을 주는 것입니다. 미국 군함 '푸에블로'의 나포에 관련한 귀축미국의 태도 때문에 반도인들은 구 우유부단과 격화소양과 뜨뜻미지근한 변문치레와 눈 가리고 아웅하는 야속함에 넌더리를 치고 있습니다. 그러나 귀축들이 하는 일을 그렇게 겉핥기로만 보아서는 안 될 것입니다. 이것은 아마도 반도의 북쪽에 있는 공산당에 대한 유화 정책이 아니라 남쪽의 반도인들에 대한 심리전인 것으로 사료됩니다. 그렇게 반도인들의 감정을 달뜨게 격앙시켜 반도인들의 입으로 군비 증강을 외치게 해서 스스로의 부담을 감소시키자는 것, 자유와 소득의 증대를 바라는 반도인들에게 찬물을 끼얹는 것, 군국軍國체제로의 개편을 종용하는 것, 일반적으로 반도의 남쪽 주민들이 고지식하게 귀축미영형 시민 사회로 조속히 옮겨가려는 욕구가 분에 넘치는 일이라는 것, 현재로서의 내지를 제외하고는 아시아의 어느 지역에서나 그와 같은 욕구는 승낙할 여유가 미국에는 없다는 것을 알려줄 심산인 것으로 보입니다.

 지난 성전에서 그들의 오열五列과 첩보전諜報戰 때문에 그들의 전의戰意를 오판하여 대전에 말려든 바 있는 제국의 쓰라린 경험에 비추어 만사를 곧이들을 수가 없는 것입니다. 이 같은 정세하에서 제국이 취할 이득은 반드시 어떤 모양으로든 돌아올 것이며 그날이 오기까지 은인자중 동포의 꿈이 묻힌 반도의 산하를 유령처럼 순찰하고 관망하며 정보를 수집하며 불령선인을 기록해두는 일, 이것이 우리들의 영광스런 사명입니다. 반도에 그날이 오기까지 충용한 나의 장병과 유지 여러분과 낭인 여러분. 자중자애하고 권토중래를 신념하십시오. 반도는 갈 데 없는 제국의 꿈, 제국의 비밀입니다. 무엇과도 바꿀 수 없고, 무엇과도 비길 수 없는 영원한 사랑입니다. 어디로 갈 것입니까. 못 갑니다. 못 가게 해야 합니다. 위대한 선인들의 노력으로 제국의 꿈의 판도 속에 들어온 이 땅. 삼한, 임진, 일청, 일로 이래 충용무쌍한 장병의 기도와 꿈이, 그리고 숱한 비밀이 얽힌 이 땅. 오늘도 조선신궁朝鮮神宮의 성역性域에서 반도인 갈보년들의 가난한 성액은 흐르고 아아, 돌ㅎ 높이 곰 도두샤 남산을 타고 넘는 구름이여 모란봉牧丹峰 하늘까지 흘러가서 굽이치는 대동강물에 노병老兵의 인사를 전해다오 머리곰 비치오시ㄹ. 나의 장병이여 자중하라. 자애하라. 제국의 반도 만세.

— 총독 각하의 노변담화였습니다.
　　　　　　여기는 총독의 소리입니다.

방송은 여기서 뚝 그쳤다. 시인은 어둠을 내다보았다. 그리고 창틀을 꽉 움켜잡으며 귀를 기울였다. 그 소리는 더는 들리지 않았다. 넝마를 입었으면서 의젓해 보이려고 안간힘하는 자기를 사랑하면서 거기에 엿보이는 허영을 부끄러워한다는 데 무슨 구원이 있는가고 물을 만한 힘을 가지고 있는 것을 저주하면서 진창에 떨어진 백조라고 자신을 꾸미고 싶어 하는 마음에 매일 날에 날마다

깊은 밤 피 흐르는 매질을 가하면서 방대한 헛소문이 엉킨 전선電
線들의 잡음처럼 뜻 없는 푸른 불꽃을 튀기는 속에서 갈피 있는 통
신을 가려내기 위해서 원시의 옛날의 울울한 숲에서 먼 천둥소리
를 가려듣던 원시인의 귀보다 더욱 가난한 초라한 장치를 조작하
면서 이 세상의 악의와 선의의 목소리를 알아들으려는 나를 죽이
려는 움직임과 나에게 따뜻한 지평선을 가리키는 손길 끝의 무지
개를 알아보려는 마음으로 영광이 없는 시대에 영광을 가지려는
발버둥이 나 혼자만의 힘으로 될 수는 없는 일이라고 해서 그것을
팽개쳐버리는 것은 용사의 길이 아니라는 것을 안다고 해서 그것
이 문제에 무슨 도움이 될 것인가고 쓰디쓰게 웃는 자기를 매번 죽
여가면서 자기에게 용기가 없다는 것이 이 세상에 정의가 존재하
지 않는다는 증명은 될 수 없다는 생각을 인색함이 없이 받아들이
려는 머릿속의 용기는 주장하면서 한 여자를 사랑하고 싶은 젊은
생명과 인간답게 살았다는 회상의 명예 사이에 가로놓인 수많은
강과 골짜기와 이끼 낀 늪과 독을 품은 뱀과 이빨과 밥통만을 위해
사는 커다란 짐승들의 딱 벌린 입속에서 흐르는 침을 바라보면서
그것들을 넘어서고 때려눕힐 힘과 지혜가 모자람에 절망하여 가슴
에서 피를 쏟으면서 쏟은 피의 번진 자국에서 집시의 여자가 구슬
들여다보듯 무당이 죽은 아이의 손목에 귀를 기울이듯 계시를 찾
아내려 애쓰면서 끊어진 다리를 이어놓기 위하여 돌을 나르며 역
사가 부숴놓은 마을을 말의 힘으로 불러내는 연금술을 발견하기
위하여 거짓 마술사들이 슬픈 밤의 외로움을 달래기 위하여 함부
로 적어놓은 미친 연구 기록과 악귀와 적들이 우리를 호리기 위하

여 우리들이 가는 길목과 생각의 갈피에 짐짓 떨어뜨려놓은 독이 든 먹이를 가려보기 위하여 굶주린 창자에게 염치를 가르쳐가면서 비 오는 날에 옷을 적시지 않으려는 사람처럼 슬픈 안간힘에 지치면서 사막에서 오는 빛과 벌판에서 오는 바람을 바라보면서 그것들이 담고 온 세균과 냄새를 맡아가면서 언제 올는지 알 수 없는 것이 안타까운 것이 아니라 어떻게 하면 올 수 있게 할 수 있는지를 몰라서 그것을 알려면 어느 날 아침에 일어나는 길로 꿇어앉아 기도문을 모르는 기도를 드려야 하는지를 알고 싶어서 가난한 돈으로 지탱하는 잠을 쪼개서 엄청나고 부끄러운 이데아의 꿈을 꾸면서 소스라쳐 깨면서 기억할 수 없는 꿈의 내용이 안타까워 끝내 밤을 밝힌 새벽에 대도시의 큰길을 자신 있게 지나가는 차량들의 소리에 절망하고 언제나와 다름없는 시간에 언제나 그 자리에 그렇게 있을 레일 위를 달려가는 새벽 기차의 기적 소리를 들으면서 사랑하고 싶지도 않은 사람들과 한 차에 탄 사람처럼 삭막한 생각에 구름까지 솟은 탑이 무너지는 것을 보면서 그러나 사랑한다는 말이 지닌 뜻을 지폐처럼 의심하지 말아야 할 아무 까닭도 없다고 다시 기운을 북돋우면서 관념을 부수고 깨뜨려서 맑은 피가 번지는 목숨의 파닥임의 그 끝에까지 이르려는 장한 마음에 살고 싶어 누가 무어라 해도 이 세상에 태어난 것이 태어나지 않은 것보다는 낫다는 생각을 믿고 나갈 생각으로 어떤 일이 있어도 바보가 되지 않겠다는 생각으로 비록 바보라 할지라도 바보인 것을 분명히 알면 그저 바보인 것보다는 왜 나은가를 알기만 한다면 속도 풀리려니와 혹시 더 좋은 세상에서는 덜 바보로 살 수도 있는 일이 아닐까 하는 반드시 치사하다고만은 할 수 없는 바람으로 멀리 사라지는 기적 소리에 밑천이 안 들었다고 반드시 값 없는 것이라고만은 할 수 없는 용서를 보내면서 그 모든 엇갈림과 망설임과 갈피 없음 속에서 스스로 갈기갈기 해부해놓은 청각 기관을 한사코 긁어 세워서 부서진 청진기로 천리 밖에 있는 함정을 알아보려는 사람처럼 귀를 곤두세운 — 시인은, 어두운 지붕 밑에서 아버지가 딸에게 매음을 권고하며 허물어진 하수도 속을 죽은 쥐가 낳은 쥐의 태아가 흘러가는 고달픈 잠 속에서 내일 속일 남자의 꿈을 꾸며 무엇이 무엇인지 알 수 없기 때문에 무엇이 무엇인지 더욱 알 수 없을 수밖에 없는 삶에 지쳐서 다만 나이가 어리기 때문에 진리를 배우기 위하여 아침마다 학교로 가는 아이들과 지금 장만한 자리와 돈을 그대로 유지하기 위하여 내일도 모레도 거짓말을 하고 사람을 죽이지 않을 수 없는 사람들이 거짓말에 취해서 제라서 시큰둥하게 서슬이 푸르지 않을 수 없는 삶을 오늘도 내일도 이어가야 하는 먼 나라에서 알 수 없는 전화와 전보와 편지들이 시계가 똑딱거리는 한 순간마다 쉴 새 없이 날아들어 와서 풍문의 시장을 이루면 그 속에 번개같이 달려들어 하다못해 기저귀감 하나라도 잡아 들어야 그것을 돈과 바꿀 수 있는 사람들이 고향을 잊어버리고 고향을 잊어버렸다는 넋두리도 지쳐버린 장타령꾼처럼 고단한 잠 속에서 첫사랑의 배신한 여자의 악몽에 소스라쳐 깨는 밀어닥치는 바람에 몸을 사릴 사이가 없기 때문에 가랑잎처럼 파삭한 몸무게에 팔자를 맡기고 먼지처럼 떠다니는 사람들의 자신 있듯이 오락가락하는 얼굴들이 아무 자신이 없을 수밖에 없다는 것을 몰라서 그러고 있는 것이 아니기 때문에 혼자만 똑똑한 체하는 자를 보면 살의를 느끼는 2천 년 전 팔레스타인의 자그마한 고장에서 광장에 모인 사람들의 가슴에서 어쩌면 뒤끓었을지도 모르는 썩은 소용돌이를 가슴마다 지었을지도 모르는 사람들이 전차를 타고 버스를 타면서 백 원 지폐에 대한 거스름을 차장이 잊어버리지 않기를 바라면서 어떤 일이 있어서도 살기는 하여야겠기에 눈을 부릅뜨고 지나가며 값만 물어보고 나가는 손님에게는 연지 바른 입술 사이로 상스러운 욕설을 퍼붓고 삼대까지 매독에 걸리라고 악담을 퍼부으면서 일류 학교에 입학한 간통한 밤의 씨앗을 위해서 교복과 등록금을 속으로 궁리하며 주삿바늘로 뽑아낸 자리에 물을 탄 양주병을 들고 누구를 쫓아내고 이놈을 써달라는 부탁을 하기 위하여 동행한 마누라의 옷매무새를 고쳐주고 신발을 탁탁 털고 긴장한 얼굴로 벨을 누르는 사람들과 사람은 자기 뒤통수를 볼 수 없다는 결론을 어떻게 하면 학문이라는 이름으로 출판사에 팔 수 있는가를 위하여 수많은 책을 뒤지는 사람들과 남을 위하여 살기 위한 방법을 연구하기 위하여는 남을 죽여도 좋은지 어쩐지를 누구에게 물어보아야 하는지를 물어볼 사람이 어디에 살고 있는지를 물어보기 위하여 새벽이 오기를 바라는 사람들과 만화를 즐기는 아이들과 동화책 속에서 다시는 오지 않을 꽃을 한 아름씩 꺾어 들고 싸움질에 지친 부모의 잠자리에 끼어드는 아이들과 살진 이국종 개들과 허영과 치레와 순정을 위하여 내일을 기다리는 꽃집의 식물들과 하룻밤에 스무 명씩 치러낸 노동 때문에 천사처럼 잠든 거리의 마돈나들과 도적질을 할 것인가 사기를 할 것인가 딸을 팔아먹을 것인가 어느 것이 양심적인가를 밤새껏 고민하는 가장과 이 크나큰 소용돌이 속에서 그들은 어떻게 돈을 버는 것인지 모든 남이 마술사처럼 보이는 오래 실직한 사람과 친구를 속이는 것을 예사롭게 알아야 살 수 있다는 귀띔을 해줄 단 한 사람의 친구가 없음을 괴로워하는 사람과 개처럼 사는 것이 정승처럼 죽는 것보다 과연 옳은지 그른지를 몰라서 아직도 족보를 붙들고 앉아 있는 양반의 후손과 형식이 중하냐 내용이 중하냐를 알지 못하여 걸작을 쓰지 못하는 것이라고 생각하고 있는 현상 소설 응모 지망생과 모든 아름다운 일은 출세할 때까지 보류하기로 작정한 시골에서 올라온 푸른 구름의 뜻을 품은 검은 청년들과 한 여자의 진실을 배반했기 때문에 시의 여신의 복수를 받아서 너절한 시밖에는 쓰지 못하게 된 시인과 자기도 감당하지 못할 너무나 좋은 말을 너무도 많이 했기 때문에 한평생을 거짓말만 하고 살아야 할 사람들과 이 세상에는 까닭과 갈피와 앞뒤끝이 있어야 한다는 병적 공상 때문에 정신병원의 어두운 창살 사이로 지나가는 사람들의 밝은 웃음을 수수께끼처럼 바라봐야 할 신세가 된 사람들과 이런 모든 것을 알기 때문에 그곳으로 가야 할 사람들과 그 자신이 살고 있는—이 도시를 바라보면서 오래오래 서 있었다.

3

— 제국의 반도 만세. 여기는 조선총독부지하부가 보내드리는 총독의 소리입니다.

총독 각하의 특별 담화를 보내드리겠습니다.

충용한 제국 신민 여러분. 제국이 재기하여 반도에 다시 영광을 누릴 그날을 기다리면서 은인자중 맡은 바 고난의 항쟁을 이어가고 있는 모든 제국 군인과 경찰과 밀정과 낭인 여러분. 흘러간 영화의 터에서 다시 밝아올 그 언젠가 기쁨의 날을 위해 청사靑史만이 알아줄 싸움의 세월을 보내고 있는 총독부 예하의 모든 군관민 여러분. 오늘 본인은 제국의 번영과 나라의 체통에 크게 유익한 소식을 여러분에게 전하게 되었음을 참말 기뻐하는 바입니다. 지난 18일 노벨상 심사위원회는 금년도 문학상 수상자로 우리 소설가 가와바다 야스나리 씨를 결정 발표하였습니다. 원래 문학은 경국經國의 대업으로서 그 종족의 힘을 반영하며 거꾸로 부추겨주는 사이에 있는 것입니다. 회고컨대 아 제국이 근세 말엽 아국 영해에 나타난 귀축미영의 군함들을 맞아 깊은 수심에 잠긴 이래 백여 년, 애오라지 한 줄기 국체보존國體保存의 대원리 아래 피나는 싸움을 이어온 지난날을 생각할 때 오늘의 이 성사盛事를 당하여 천만 가지 생각에 가슴은 그저 벅찰 뿐입니다.

패전의 그날 하늘이 무너지고 세상이 끝난 심사에 삶이 오직 욕인 양하여 한 목숨 초개같이 제국의 비운悲運에 한 가닥 분향으로 사르고 싶은 마음을 꾹 누르고, 죽은 듯이 살기로, ウチテシヤマム,

숙적의 간을 먹지 않고는 이 눈을 감지 말기로 한 결정이, 잘했지 잘했어, 역사는 살고 볼 일이라고 새삼 눈시울이 뜨거워지는 것입니다. 제국의 개화 백년은 자랑스럽고 떳떳한 것이었습니다. 귀축미영과 그 졸개들인 유럽의 침략에 대해서 오직 제국만이 온전히 독립을 유지할 수 있었고 그들의 기술을 재빨리 배워서 그들에 대항하는 무기로 삼을 수 있었던 것입니다. 이것이 제국의 자랑이며 선택받은 천우신조였습니다. 그에 머무르지 않고 제국은 귀축미영과 그 졸개들이 타고 앉은 동양 천지를 사슬에서 풀기 위하여 국운을 걸고 성전을 결행했던 것이며, 이에 이르러 제국에 대하여 한 가닥 의심을 버리지 못하고 있던 동양 각국의 독립지사들도 흔연히 제국과 협조하기에 이르렀던 것입니다. 그러나 천시를 얻지 못하고 일패도지한 제국은 잿더미 속에서 일어나 오늘날 세계가 부러워하는 부를 쌓기에 이르렀습니다. 이 모든 개화 이래의 노력은 오로지 보다 빨리 세계 경영의 길에 들어선 귀축미영과 겨루면서 국체를 보존하고 세계 사회에서 보다 나은 자리를 얻기 위한 싸움이었습니다.

  그러나 매도 먼저 맞아야 하고, 늙은 소가 콩밭을 안다는 반도의 속담과 같이 귀축미영은 세계 경영에 앞질러 나섰다는 이점을 가지고 있으며, 그 이점은 세월이 가면서 줄기는커녕 새끼를 치고 이자가 붙어서 세계의 여타 지역은 미운 대로 그들의 땅을 부쳐먹고 장리변을 얻어 쓰지 않고는 꾸려나갈 수 없는 처지에 있는 것입니다. 제국의 패전도 원 까닭을 멀리 거슬러 캐어보면 바로 여기에 닿는 것입니다. 세계 경영에 나중에야 참여한 제국은 마치 대지주 틈에 끼어 손바닥만 한 땅으로 자립하겠다는 모범 농민 같은 것이어서 아무리 노력해보아도 한정된 제 땅만 가지고는 대지주는 될 수 없는 것으로 불가불 기왕의 지주들의 땅을 뺏는 길밖에는 없었던 것입니다. 제국만 한 용기와 지혜를 가지지 못했던 다른 동양 민족들, 귀축미국의 소작인 노릇을 하고 있는 아시아 민족들도 귀축미영의 소작인 노릇보다는 제국의 소작인이 되는 것을 바랐던 것이나, 이들 여러 나라에서 귀축들의 마름 노릇을 하던 완매한 자들은 민중의 이 같은 심정을 내리누르고 거꾸로 소작인들을 끌어다 제국의 성전에 대항하는 전쟁에 사용하였던 것입니다. 믿는 도끼에 늘 발등을 찍히는 법입니다.

'민주주의'라는 선전과 '자치'라는 사탕발림에 그들은 눈이 어두웠던 것입니다. 이들 환장한 현지민들 때문에 제국은 작전 수행상에 있어서 막중한 고난을 치렀고 그사이 자원의 저장량에 있어 열세한 제국은 전기戰機를 놓치고 말아 내처 패전으로 밀려간 것입니다. 전후에 제국은 무武로 이루지 못한 바를 산업으로 이루었습니다. 무력을 버린 제국의 무역은 허심탄회한 상도商道의 본질에 오히려 어울리는 모습을 띠어서 적과도 장사하고 도적놈과도 장사하는 귀축미영식 상업의 알맹이를 비로소 터득한 것입니다. 이것은 장사는 인륜人倫에서 분리되어야 하며 '장사를 위한 장사'만이 가장 뛰어난 장사라고 하는 상업 탐미주의라는 것입니다. 제국은 그 정신주의 때문에 오래도록 이 물질적 유미주의唯美主義를 자가약롱지물로 삼는 데 서툴렀으나 얄궂은 하늘의 뜻은 패전이라는 대가로 귀축미영과 경쟁하는 데 필수의 조건인 이 장사의 이치를 깨달게 하였으며, 한 번 깨달으면 발명의 본가를 찜 쪄먹는 소질을 유감없이 나타내어 오늘날 보는 바와 같은 산업의 성황을 나타낸 것입니다. 이 같은 제국의 융성을 대견스레 보아온 우리 재在 반도 총독부 당국은 그러나 본국의 문화계에 널리 퍼진 귀축미영 색色에 대해서 항상 마땅찮게 보아왔습니다.

이들 경향은 개화 이래 줄곧 맥이 이어온 미망迷妄으로서 귀축미영의 관념적 사해동포주의와 정치적 실리주의를 분간하지 않고 유착된 채 받아들인 물신주의자들로서 이것은 국체國體에 대해 늘 위협적인 경향이었습니다. 제국의 국제 관념은 엄격한 사실주의이며, 어떤 방법가세方法假說의 실체화實體化도 용납하지 않으며 기정 사실의 존중과 천황에 의한 절대의 육화肉化만을 인정하며, 이 같은 신념에서 민주주의와 공산주의를 다 같이 배격할 수 있는 사실 감각을 유지할 수 있는 것입니다.

총독부 당국은 민주주의란 귀축미영의 세계 경영의 선전 문구에 지나지 않으며 공산주의란 적마 러시아의 세계 재편성의 아편에 지나지 않는다는 정통적인 견해를 다시 한 번 분명히 해둬야 한다고 믿는 바입니다. 근자에 본국의 일부 반역자들에 의해서 당지 총독부 당국의 활동에 통제를 가하려는 움직임이 있는바, 이는 성공하지 못할 것입니다. 알제리아에서의 프랑스 거류민단이 겪은 비극을 총독부 당국은 단호 거부하며, 이 같은 낭설 때문에 재在 반도 거류민 사이의 어떤 동요도 미연에 선처할 용의를 갖추고 있습니다. 본국의 유지들은 현재의 전세하에서 반도의 지하 당국이 맡고 있는 역할의 중함에 비추어 적절한 도움이 되는 일을 해줄 것을 기대합니다. 이런 사태가 일어나는 것도 본국 문화계에서 준동하는 귀축미영의 정신적 추종자들 탓입니다. 이들은 지금 그들이 누리고 있는 안락이 개화 이래 제국이 추구한 부국강병富國强兵과 황도皇道 정신의 실력과 바른 방향 감각 때문에 얻어진 것을 잊고 본말을 전도하여 방국邦國의 장래를 그르칠 난동을 자주 보이고 있습니다.

원래 사건의 바른 모습은 멀리 있는 자에게 더욱 환한 법이고 울분한 마음을 품고 은인자중 오직 심신의 온갖 힘을 관찰에 기울이는 자에게 더욱 밝게 드러나는 것입니다. 원래 총독부는 모국의 정치 정세에 관계없이 제국의 백년대계를 위한 국가적 입장에서 행동한 터라 가장 공정한 입장이며 더욱 오늘과 같이 제국의 정책이 안팎으로 직선적인 표현을 피하고 완곡하고 거슬림 없는 분장을 갖추어야 하는 시기에는 총독부 당국은 제국의 정책의 가장 정통적인 수호처守護處이자 상징의 뜻이 있으며, 그늘에서 울면서도 오직 자식의 출세만을 염원하는 화류계 출신 여자들의 심정을 본인은 알 만합니다. 이런 우려를 가져온 터이므로 이번에 국수國粹로 이름난 소설가가 상을 받게 된 것은 지극히 만족스러우며 본국의 귀축미영 추종자들에게 좋은 경종이 될 것입니다. 귀축미영이 두려워하는 것은 항상 국수입니다. 그러므로 그들은 지난번에 적마 러시아까지 포섭하여 우리들 국수 국가의 동맹을 쳐부수기에 광분한 것입니다.

그들은 공산주의보다 국수주의를 더 두려워한 것입니다. 국수주의야말로 이 세계의 역사의 원동력임을 알고 있기 때문입니다. 이것은 역사가 증명하고 있습니다. 국수와 가장 멀리 있다고 헛소리 하던 공산주의자들은 그들이 간단히 치부한 요소 때문에 지금 세상에 추태를 보이고 있습니다.

  중국과 러시아가 싸우더니 지난여름에는 러시아와 체코가 싸웠습니다. 참으로 격세지감이 있습니다. 이 세상에 공산국가라고는 러시아밖에 없었을 때 미친 자들은 소련을 온 세계 가난뱅이들의 조국이라고 부르고 공산주의자는 종족으로서의 조국은 없다고 신선神仙 같은 소리들을 했습니다. 그때는 그럴 수 있었습니다. 혼자서 경주하면 앉은뱅이도 1등을 할 수 있습니다. 전쟁이 끝나고 공산국가가 복수複數가 되자 그들의 희떠운 소리는 곧 탄로가 났습니다. 뜀뛰기 실력을 알려면 여럿이 달려보아야 합니다. 혼자서 늘 일등하던 버릇이 있어서 전후에도 적마 러시아는 의당히 일등만 하려고 했습니다. 그것도 우격다짐으로입니다. 그래서 유고가, 중공이, 체코가 심통이 난 것입니다. 심통의 주체—그것이 종족입니다. 전후의 공산권은 정치적으로는 유치원 아동들이었습니다. 적마 러시아는 1917년부터 1944년까지 '국가' 생활을 했다고 착각했을지 몰라도 그것은 국가가 아니었습니다. 그것은 '혁명 단체'였습니다. 치안상의 용법으로 공비共匪였던 것입니다. 이 뛰어난 우리들의 조어造語 감각을 보십시오. 적마 러시아는 실력으로 일정한 영토를 확보하기는 했을망정 귀축미영의 질서 감각이 지배적이던 전쟁 전 세계에 있어서는 귀축미영적 사회의 저 변두리에 있는 산새山塞에 지나지 않았으며 그들은 국제적인 양산박梁山泊이었던 것입니다. 그러므로 그곳의 논리는 의리와 인정이었습니다. 그것은 매정스런 속세의 바람에서 숨어 사는, 꿈을 먹고 사는 동네였습니다. 나쁜 것도 좋게 보아 달랄 수 있고 좋은 것도 좋게 보아 달랄 수 있는 환상의 도원경桃源境이었습니다. 천하를 얻을 때까지는 참고 지내자는 시대였습니다.

전쟁이 끝나고 그들은 천하를 얻었습니다. 천하삼분지계天下三分之計는 이루어진 것입니다. 인제 그들은 우는소리를 할 수 없습니다. 출세하고도 우는소리하는 것처럼 얄미운 소리는 없습니다. 우는소리란 다름이 아닙니다. 이제 채점은 핸디캡을 요구할 수 없는데 자꾸 봐달라는 것입니다. 공산주의가 훌륭하다는 것은 이제 어두운 등불 밑에서, 비밀 독서회에서 간통의 유혹처럼 속삭여질 것이 아니라 버젓하게 일용품으로 증명되어야 합니다. 공산국가 간의 외교 관계가 바로 그런 일용품의 하납니다. 전후에 러시아가 신생 국가에 강요한 외교 관계의 모습은 참으로 구역질 납니다. 스탈린은 천황의 신성불가침을 참칭하고 소련사는 제국의 신주사神州史를 참칭하더니, 흐루시초프 이후에는 귀축미영의 본을 따라 장사꾼이 되어가고 있습니다. 작자들에게서 하도 희떠운 소리들을 들어온 터라 슬그머니 화가 납니다. 이따위 짓을 기껏 하겠으면서 그런 개나발들을 불어놓아서, 가난뱅이들은 그렇다 치고라도 양가良家의 귀한 자제들을 숱해 망쳐놓아 불효자의 패거리를 만들어낸 일을 생각하면 어찌 괘씸하지 않습니까. 이것은 황국皇國과 귀축미영의 흉내가 아니고 도대체 무어란 말입니까. 그걸 가지고 공산이네 명월明月이네 하고, 신비주의면 신비주의, 대국주의면 대국주의, 장삿속이면 장삿속— 이렇게 터놓을 것이지 순정이네, 영원이네, 집안 안 보네, 당자면 고만이지 해서 불쌍한 빈민 출신의 처녀들 가슴만 울렁거렸을까. 산전수전 다 겪은 축들도 행여나 하고 팔자에 노래 실어 살아온 인생이 문득 허무해진 때가 없다고만 못할 것입니다. 무슨 죄 무슨 죄 해도 꿈을 줬다 뺏는 죄처럼 큰 것이 없습니다. 현실과 꿈, 국가와 혁명의 유착이 분리된 전후의 세계에서 적마 러시아는 이 분리를 인식하지 못하고 현실을 꿈이라, 권력을 혁명이라, 소련을 조선이라, 이반을 삼룡이라 강변하다 실패를 본 것입니다. 그들은 혁명의 순간에만 불꽃처럼 나타나는 백열白熱의 상태인 절대의 시간과, 삶이 그것으로 이루어지는 차가운 상대의 시간을 연결하는 변압變壓 기술— 즉 정치를 몰랐던 것입니다.

여기까지는 그래도 좋습니다. 좋다는 것은 공산당이 제가 무슨 진골이라고 존재의 대원리를 벗어날 수 없는즉, 당연한 일이 당연한 때에 일어난 데 지나지 않다고 볼 수 있기 때문입니다. 문제는 그러므로 공산당이 이런 삶의 근본 모순에 대해서 제국이나 귀축미영 따위보다 얼마나 잘난 해결을 애써봤는가에 있습니다. 본인은 그동안 공산권의 국경 문제와 출입국 문제에 대해서 관심을 가지고 지켜보아왔습니다. 그들에게 있어서 주권 문제와 인구의 이동이 어떤 형식으로 이루어지는가를 알고자 한 것입니다. 주권과 국적의 문제는 근대 국가의 본질의 안팎을 이루는 것으로서 완전히 같은 사실을 하나는 통치권으로서, 하나는 개인의 권리로서 본 것입니다. 현재까지 그들은 이 문제에서 아무 진보적 발전도 보여주지 않았습니다. 러시아는 자기 영토를 위성국들에 할양한 바가 없습니다. 위성국의 영토를 합병하지 않는다는 정도의 단계는 이미 귀축미영의 세계 정책에서 달성된 경지인 만큼 그보다 잘나겠다는 러시아라면 한술 더 떠서 자신의 영토를 위성국에 할양해야 할 것입니다. 왜냐하면 천연의 국토의 광협이 어떤 국가의 생활에 운명적 조건이 된다면 극성스런 합리주의자인 공산당으로서는 이런 비합리적 요소의 평균화를 이루는 것은 당연한 일이기 때문입니다. 대국이니 소국이니 하는 밀림의 풍속, 이 덩치놀음은 간단히 끝장날 것입니다. 그러나 러시아나 중공이나 그들이 영토를 인접 '형제국'에 할양했다는 아무 정보도 없습니다. 그들은 비합리적 기득권을 포기하는 심정의 고귀함을 모르는 것입니다. 반도인이 독립하여 충분한 삶을 누리려면 그들에게는 지금보다 좀더 큰 영토가 필요하며 만주는 바로 그런 적격지이며 역사적으로도 반도인들이 합병을 주장할 수 있는 곳입니다. 중국 공산당이 만일 정치적 윤리주의자들이라면 북조선 당국에 만주의 적어도 일부를 할양하는 것, 이것이 그들의 정치적 순수의 증거가 될 것입니다. 그렇게 해서 중공은 상당한 손실이랄 것도 아무것도 없으나 북조선으로서는 상당하고 중대한 혜택이 됩니다. 왜냐하면 이 지구상 인간의 어떤 역사에도 없는 희한한 일이기 때문입니다. 그것은 아시아에 있어서 공산국가 사이의 평등을 이룩하는 잡담 제하고의 요순행堯舜行이 될 것입니다. '형제'끼리 왜 재산을 나누어 갖지 않습니까. 봉건 유습인 장자 상속권은 움켜쥐면서 그다음엔 자력 독립이라니 구린내 나고 더러운 자식들입니다. 월맹越盟에 대해서는 인접 성省 하나쯤 떼어줘보십시오. 아무리 일해도 워낙 부치는 땅이 좁아서 고생만 했으니 그럼직한 일입니다. 이런 것이 '형제'라는 것입니다. 그래 봐야 중공으로서는 아홉 마리 소에게 털 한 오라깁니다. 그런 일이 일어난다면 그야말로 달나라에 관광 로켓이 다니게 되는 것의 천만하고 두 배쯤도 더 뜻있는 일입니다.

  이보다 더 쉬운 일도 있습니다. 러시아에게 순정만 있다면 동유럽의 공산 위성국을 하나로 묶어 마땅히 하나의 연방 국가를 만들어 소국小國의 분립에서 러시아와의 격차가 보다 좁은, 따라서 비합리적 요소가 한 단계 극복되는, 중국 하나를 만들어야 합니다. 이것은 서유럽이 모색하고 있는 유럽 공동체를 앞지르는 영광을 가질 것이며 국가의 소멸과 자연으로부터의 인간의 해방을 노래하는 그들의 말이 정말인지 거짓인지 증명할 것입니다.

  반대로 러시아는 이들의 분립을 조장하고 기껏 러시아의 지령과 생각을 한자리에서 들려주는 효용만을 가진 기관만을 운영하고 있습니다. 이것이 국가의 소멸입니까. 분열시켜 통치한다는 것은 이것 말고 어떤 것입니까. 이것까지도 양보합시다. 그래도 또 방법이 있습니다. 현재의 국경을 변화시키지 않고도 영토의 할양이나, 동유럽 공동체에 해당하는 실효를 거둘 길이 있는 것입니다. 그 길이란, 그들 공산국가 사이에서의 출입국 절차를 무한히 자유롭게 만들어 아무 증명서도 없이 국경을 넘나들 뿐 아니라 공산권 안에서는 어디서나 살 수 있는 자유, 즉 거주와 이전의 자유를 초국경 수준에서 실시해보라는 것입니다. 그들은 이것도 하고 있지 않습니다. 공산권은 이와 같은 이동의 자유가 지극히 불량한 상태에 있으며, 사회학적으로 이 사회의 침체감, 눌린 느낌, 나갈 길 없는 느낌, 갇힌 느낌은 여기서 옵니다. 헌병대의 보고에 의하면 공산권에서 탈출해오는 피난민들은 이구동성으로 숨 쉬는 것 같아서 살 것 같다, 고 탈출 소감을 말한다는 것입니다. 이것은 대저 민중이라는 동물들의 본능적 욕구를 단 한마디에 나타낸 말로 이 한마디의 진국 같은 뜻을 모르는 한 공산 두목들은 정치가로서는 항상 제2류에 머무를 것입니다. 이 점에 있어서 귀축미국은 괄목할 진보를 나타내고 있습니다. 그들의 대담한 이민 정책은 미국의 활력의 기초입니다. 그들은 종족적 순결성이라는 어린애 같은 환상에 가장 둔감한, 따라서 가장 어른스러운 생활인들입니다. 혼혈을 두려워하지 않는 것, 이것이야말로 귀축미국의 가장 힘찬 감각입니다.

그러나 그들에게도 한계는 있어서 흑인 문제가 저 지경인 것입니다. 그러나 흑인 이외의 종족에 대해 그들은 비교적 관대한 것입니다. 러시아나 중국이 이 정도의 국제 감각을 가지게 될 날은 요원합니다. 아마 귀축들은 일찍이 해양 종자들로 세계의 항구마다 여자는 있더라는 실감을 축적하여 낯가림을 덜하는 뱃놈 근성을 익혀온 탓일 것입니다만, 흑인에 대한 태도를 보면 그들도 별수 없는 것입니다. 영토, 국경, 국적 — 이런 중대한 문제에서 공산주의자들이, 반종족주의자며 반국가주의자인 그들이 그들 공산권 내부에서조차 이론과 실천이 상반하는 태도를 취하는 것은 무슨 까닭입니까. 그것은 다름 아닌 종족의 영원성 때문입니다. 이데올로기는 짧고 종족은 영원하다, 본인은 감히 이렇게 말하는 것입니다. 종족의 영광과 편애偏愛에 무관심한 자들이라면 마땅히 실천해야 할 위에 든 정책들을 그들은 실천하지 않고 있습니다. 그들이 매도하는 몽매한 인류 전사前史가 빚어놓은 풍문들—영토, 국경, 국적이라는 이 너절한 옷들을 훨훨 벗지 못하는 그들입니다. 본인은 그들에게 그들의 영토를 제국에 할양하라고 요구하지 않았습니다. 제국의 헌병들을 검문 없이 소련 국경을 넘게 하라고도 하지 않았습니다. 본인이 소련에 귀화하고 싶다고도 하지 않았습니다. 공산권 안에서 자기들 사이에서만은 그것을 해보라는 것입니다. 그들은 이러저러한 이유와 변명을 댈 것입니다. 바로 내 말이 그 말입니다. 그것은 불가능합니다. 왜냐하면 종족은 이데올로기보다 영원하기 때문입니다. 공산당이라고 이 벽을 뛰어넘지는 못하기 때문입니다. 그렇기 때문에 그들은 거짓말쟁입니다. 그들의 공산주의 선전은 이 세상에서 가장 좋은 것을 다 늘어놓은 것입니다. 이것이 '말'하는 공산주의입니다. 공산권의 실태는 귀축미영의 그것과 아무 다름없는 권력 정칩니다. 이것이 '실재'하는 공산주의입니다. 그런데 그들은 '말'한 공산주의가 '실재'한 듯이 속입니다. '말'의 허무를 '행동'으로 극복하지도 않고서 '말'했으니 '실재'한다는 것입니다.

  태초에 말씀이 있었느니라, 이것이 공산주의자의 말인 것입니다. 언행言行의 불일칩니다. 이런 무당들이 어디 있습니까. 이보다 더한 야만인들이 어디 있습니까. 이보다 더한 물신주의자들이 어디 있습니까. 있습니다. 귀축미영입니다. 그들도 민주주의라는 '말'을 하고 있으니 그들의 세계는 '실재'하는 민주 사회라는 것입니다. 이들은 모두 언어 실재론의 탈을 쓴 해적과 산적들입니다. 그들에게 있어서의 관념과 실재의 유착의 부당성은 어디 있는가.

그 유착이 합리주의라는 근거밖에 갖지 못했기 때문입니다. 그들의 민주주의와 공산주의를 보장하는 권위는 '인간'밖에 없기 때문입니다. 그러나 제국에 있어서 관념과 실재는 황실에 육화肉化되어 있으며 황실은 신에서 나왔으므로 제국에 있어서의 관념과 실재는 유착은 유착이로되 그 권위가 '인간'적인 것이 아니라 '신'적인 것입니다. 관념을 행동으로 극복하여 실재에 유착시키는 것은 원래 인간에게는 불가능한 것이며, 그러므로 이 육화를 이루기 위하여 2천 년 전에 그리스도가 이 세상에 온 것입니다. 그것은 신만이 할 수 있는 일입니다. 오늘날 세계에서 이 종교적 원리가 국체로서 보존되고 있는 것은 오직 제국뿐입니다. 비록 귀축들에 의해 강요된 이른바 '평화 헌법' 아래서 은인자중하고 있을지언정 국체의 비할 바 없는 본체는 더하지도 줄지도 않고 엄연히 살아 있습니다. 환상의 '말'인 평화 헌법이 실재하는 국체를 범하지 못하며 이 은인자중하는 시기에 총독부는 국체보지國體保持의 간성干城의 역할을 맡고 있는 것입니다. 본인은 노벨상 위원회가 '국수國粹'라는 명목으로 일본 작가에게 상을 준 이 계제를 당하여, 적선지가積善之家 필유여경必有餘慶임과 아울러 개화 백년의 오늘 제국의 신역神域에 숱한 관념의 잡귀들이 넘나들어 백귀야행한 가운데 오직 한 줄기 '국수'의 맑은 등불을 지켜 꺼짐이 없도록 하고 이를 자손만대에 보다 안전하게 전할 수 있도록 재를 털고 심지를 솎아낸 당자에게 심심한 경의를 표함과 아울러 동시에 방국邦國에 오늘의 이 성사盛事가 당자에게만 속한 영광이 아니라 제국의 이데올로기와 국체의 승리이며 그를 있게 한 제국의 막강한 국력과 천신들의 가

호였음을 강조하는 바입니다. 아시아 여러 나라들이 그들의 종족적 기억과 종족적 버릇, 감정의 곡절의 투, 특이한 기침 소리, 허리짓, 헐떡임, 허위적거림질, 자지러지는 탯거리 — 이런 모든 '국수'의 기억을 귀축들의 몰아침과 장광설, 넉살 좋은 구변과 헛손질에 얼떨결에 모두 잊어버리고 차버리고 만 가운데 유독 지조를 지킬 수 있었던 제국에 삶을 받은 행복을 폐하에게 충성한 반도의 민초民草와 더불어 다시 한 번 감사하는 바입니다.

이런 꽃을 피우기 위하여 타향의 적지敵地에서 철조망의 이슬로 사라진 충용한 장병이 무릇 기하幾何이며 웅지를 품고 대륙의 산천을 헤매면서 나라를 위하다가 불령 현지인의 손에 목숨을 잃은 자 무릇 기하이며 어두운 지하실 선혈과 고름이 유화油畵의 무늬처럼 마를락 말락 얼락 녹을락하는 실존 연습장에서 마늘 내 나는 육체 속에서 진리를 이끌어내기 위하여 고된 노동에 종사한 우리 헌병들이 무릇 기하이며 그들을 기다리면서 보낸 아녀자들의 독수공방의 밤들이 무릇 기하이며 그러한 밤의 바람 소리와 대륙의 하늘을 울고 가는 기러기 소리를 이겨내기 위하여 비운 정종술의 양은 무릇 기하이며 술 배달하러 온 현지인 소년의 마늘 내 나는 육체를 문득 발견한 순간의 놀라움의 수는 무릇 기하이며 깊은 밤 돌아가는 길에 창을 내린 군용 열차의 검은 운동을 사춘기의 눈으로 바라본 현지인 소년들은 무릇 기하이며 그들의 생애에 끼친 재류 일본인 부녀자들의 밤의 문간에서의 찰나의 시선의 양量은 무릇 기하이며 별과 고문실 사이를 잇는 우주와 역사의 신비를 위하여 헛되게 잠을 설친 식민지 대학생의 귀성한 밤의 시간의 총량은 무릇 기

하이며 자욱한 안개 속 シナノキル 속에서 민중의 종교에 불을 붙여 물고 바이칼의 바람이 스산한 고향의 하늘 밑에서 고량 이삭처럼 멋쩍었던 첫사랑의 밤을 회상하는 상하이의 소녀는 무릇 기하이며 좋으면서도 싫어야 할 것 같은 지식인의 허영을 하이칼라 넥타이처럼 우울하고 비딱하게 매고 쿠냥의 앙티로망적 아름다움을 감상하면서 도회의 감미로운 モリナガ 캐러멜 같은 썩은 기쁨의 밤을 산보한 시인들이 무릇 기하이며 참모회의실의 전등불 아래 펼쳐진 대 중국 지도 위에서 피 흘리며 카키 빛 상상 속에서 잘린 불령 현지민들의 모가지가 무릇 기하이며 방화放火의 트집을 뒤집어씌워 보복과 추방의 유송幽送 정책을 생각해낸 선배들의 천재가 가져온 이득은 무릇 기하이며 조선인 노동자들의 초라한 몰골 속에서 일본인의 긍지를 발견하고 불온사상에 대한 해독제를 빚어낸 지혜의 순간들은 무릇 기하이며 현해탄의 파도 위에서 운명한 희망과 절망은 무릇 기하이며 태평양 파도 깊이 누워서 제국의 미래의 시간을 지키는 눈자위에 게들이 집을 지은 백골들은 무릇 기하이며 국수國粹의 알맹이를 온존溫存하기 위하여 열린 세계에의 지평선을 폭파하고 종種의 버릇 속에서 종노비가 되면서 꺼질 수 없는 신화의 목소리를 지켜온 농촌의 딸들의 유곽의 밤은 무릇 기하이며 죽는 것이 사는 것이며 잊는 것이 사랑하는 것이라는 깨끗한 한탄을 실천한 보살들의 원願과 원怨은 무릇 기하이며 그래도 옛날이 좋았다는 민간 신앙의 뿌리를 깊이 내리기 위하여 순교한 관리와 헌병과 구舊귀족들과 아편 꽃과 입도선매와 노가다와 메밀꽃 필 무렵이 무릇 기하이며 침략을 개화라고 먹인 교육자들과 가난

을 부국富國이라고 먹인 교육자들의 뛰어난 충성은 무릇 기하이며 귀축들의 거짓말 문국文國에 맞서서 군국軍國의 성벽을 지킨 젊은 무사들의 쿠데타의 밤에 두들긴 계집들의 무르팍에 찍힌 멍은 무릇 기하이며 문득 유신 시절에 지사들의 밤의 계집들의 무르팍에 찍힌 멍이 되살아나며 연면한 왕당王黨의 문장紋章을 터득한 기쁨은 무릇 기하이며 일세를 도도히 흐르는 귀축들을 흉내 낸 하이칼라 바람으로부터 제국의 향기를 지키기 위하여 스스로의 실존을 쇄국鎖國하여 국수國粹를 잃은 자의적 병자와 가난한 것이 곧 국수였던 타의적 병자는 무릇 기하이며 그것은 가난한 자를 더욱 가난하게 하여 그것이 서러워서 더욱 쇄국의 길을 달려간 사람들은 무릇 기하이며 달려간 사람들의 선봉에 서서 타향의 적지敵地에서 철조망의 이슬로 사라진 충용한 장병이 무릇 기하인지. 본인은 다만 가슴 벅찰 뿐입니다.

충용한 군관민 여러분, 오늘을 당하여 권토중래의 믿음을 더욱 굳게 하는 것만이 반도에서 구령을 지키는 우리들의 본분이라고 알아야 하겠습니다. 제국의 반도 만세.

　　　　── 여기는 조선총독부지하부가 보내드리는
　　총독의 소리입니다. 총독 각하의 특별 담화를 마칩니다.
　　　　　　　　　　　　제국의 반도 만세.

4

　　― 제국의 반도 만세.
　여기는 조선총독부지하부가 보내드리는 총독의 소리입니다.
　　총독 각하의 특별 말씀을 보내드리겠습니다.
　충용한 제국 신민 여러분. 오늘 31년 전, 제국이 피눈물을 삼키고, 개화 이래 겨레의 슬기와 힘을 모아 가꾸어오던 대제국 건설의 빛나는 걸음을 멈추고, 영용한 신민 장병의 거룩한 피와 꿈도 땅 밑에서 흐느끼는 모든 구령과 싸움터에서 성전의 칼을 놓았던 그때를 생각하면 이 노병의 가슴은 폐하에 대한 죄스러움이 어제 같이 되살아납니다. 그날의 종전終戰은 우리 민족에게 끝없을 상처를 입혔습니다. 인류사상에 다시 없는 무기인 원자탄을 우리 겨레에 대하여 마침내 썼다는 것은 귀축들이 그들의 세계 지배의 야욕이 얼마나 끔찍한 것인가를 말해줍니다. 그때에 귀축들은 아 제국의 남은 힘에 대한 넉넉한 정보를 가지고 있었습니다. 우리 함대의 주력은 이미 없고, 공군은 기지에서 떠나지 못하고, 넓은 전구戰區에 벌여놓은 지상군은 끈 떨어진 구슬 목걸이와 같았습니다. 본토의 도시들은 적기敵機의 마음 놓은 공격으로 불타고 있었습니다. 신풍神風은 끝내 불지 않고, 적의 함대는 우리 앞바다에까지 기어들고 있었습니다. 한마디로 제국은 통상전쟁通常戰爭의 방식으로도 이미 대세의 골짜기에 있던 것은 누구의 눈에나 뚜렷하였습니다. 그럼에도 귀축들은 아 제국에 대하여 원자 무기를 썼습니다. 광도廣島와 장기長崎는 악마의 불속에서 지옥을 이루었습니다. 어쩌면 인간의 역사에서 다시는 씌어지지 않을지도 모르는 이 무기로 공격 받았다는 일은, 우리 겨레의 집단의식에 대하여 씻지 못할 한을 안겨주었습니다. 오늘날 번영하는 제국의 마음 깊은 저 밑에는, 그러나 그날의 지옥의 불이 더 황황 소리 내고 타고 있습니다. 기억의 골짜기에서 타는 이 불은, 이 누리에서 타는 모든 불 가운데서 가장 세찬 불 — 굴욕의 원한이라는 불입니다. 이스라엘 족이 신을 죽였다는 죄 때문에 짊어진 굴욕과, 자기들을 그와 같은 하수인으로 골라놓은 신에 대한 원한을 지고 살 듯이, 아 제국도, 인류의 문명사상에서 가장 잔인한 도살시험의 도마에 오른 굴욕과, 우리를 감으로 고른 자들에 대한 원한을 다시 지울 수 없는 집단의식의 비의秘儀로 간직하게 되고 만 것입니다.

　제국이 다시 군국軍國으로 일어나, 대륙에 대하여 안팎이 모두 갖추어진 영광을 누릴 그날을 위하여, 참지 못할 것을 참고, 눈 뜨고 못 볼 것을 보아가며, 귀신도 울고 갈 서슬찬 공작을 이어 나가고 있는 모든 제국 군인과 경찰과 밀정과 낭인 여러분. 흘러간 영화의 터에서 다시 밝아올 그 언젠가 기쁨의 날을 위해 청사靑史만이 알아줄 싸움의 세월을 보내고 있는 총독부 예하의 모든 군관민 여러분.

　종전終戰의 그날을 생각하면, 마음의 저 밑바닥에서 타는 굴욕의 불을 보면서도, 본인은 그에 못지않은 또 하나의 너무나 운명적인 사실에 대하여 역시 눈길을 돌리지 않을 수 없는 것입니다. 그것은 다름이 아닙니다. 만일 운명의 가장 정직한 걸음걸이대로 일이 되어 나갔더라면, 오늘날 반도와 아 열도는 그 형국을 그대로 바

총독의 소리　143

뀌 가질 뻔했다는, 바로 그 사실입니다. 천우신조인저. 신풍神風은 분 것입니다. 우리는 이번의 신풍도 저 몽고군 때와 같은 모양으로 불리라고 짐작했으나, 그렇지 않았던 것입니다. 황조皇祖의 조화도 좋을시고, 신풍은 바로 악마의 불을 던진 그 손바람에 곁들어 있었던 것입니다. 귀축들은 난데없이 반도를 동강내고 아 열도를 통합 점령한 것입니다. 귀축들이 반도를 통합 점령하고, 아 열도를 적마 러시아와 분할 점령하였더라면, 오늘날 제국이 반도의 신세를 울고, 반도가 제국의 행운을 노래 부를 뻔한 것입니다. 두려운지고. 몸서리치는지고. 사위스러운지고. 그려보기만 해도 이 가슴 떨리는지고. 반도는 축복 속에 번영하고, 아 제국은 적마와 귀축 사이에서 실속 없는 이데올로기 싸움에 한 피가 한 피를 마시고, 그 뼈가 그 뼈를 짓부술 뻔한 것입니다. 그리고 31년이 지난 이날 이때까지, 군비에 허덕이면서 오른손과 왼손이 싸울 뻔한 것입니다. 이렇게 되었더라면, 아 제국의 국체는 넘어지고, 가꾸고 길러온 슬기는 흙 속에 묻히며, 스스로 저주하면서 꿈 없는 내일을 울 뻔한 것입니다. 그러나 그렇게는 되지 않았습니다. 분단은 반도에, 통일은 제국에. 반도는 제국의 운명의 마지막 고비에서 또 한 번 제국의 복된 땅이며, 제국을 위한 순하디 순한 속죄양임을 밝힌 것입니다. 이 아니 신풍입니까. 그렇습니다. 황조의 무궁한 성총聖寵은 버림 없이 이 적자赤子들의 땅을 건져낸 것입니다. 이 사실을 생각할 때, 본인은 비로소, 저 지옥의 불, 기억의 골짜기를 태우는 불에 맞불을 지른 한 가닥 균형의 느낌을 갖는 것입니다.

8월 15일, 이날을 맞이하면서 본인의 마음은 자못 어지럽습니다. 아 제국의 발전을 새 국면에서 생각하고, 반도 경영의 비책을 헤아려보는 본인의 전의는 다름없이 높은 바 있으나, 본인이 가장 걱정하는 일들이 눈에 띄는 것도 사실입니다. 그것은 다름 아닌, 세대의 문젭니다. 본 총독부 예하 군관민의 세대 구성을 보면, 싸움이 끝나던 그때, 귀여운 코흘리개들이 장년의 마루턱에 들어서 있습니다. 옛터를 지키면서, 흔들림 없는 국체 교육에도 불구하고, 이들의 의식에는 아 제국의 둘도 없는 비의체험秘儀體驗── 아 제국의 신국神國임과, 아 민족의 신민神民임에 대한 종족적 환상이 때에 따라 모자라 보일 때가 문득문득 느껴지는 일입니다. 본인은 결코 일이 중대한 지경에 이르렀다고 보지 않습니다. 그러나 이곳에 있는 우리 군관민의 임무의 크고 깊음에 비추어, 비록 적은 싹이나마, 본인으로서는 크게 보고 싶어진다는 말입니다.

오늘 본인은, 이른바 데탕트라고 불리는 귀축미영과 적마 러시아 사이의 더러운 야합 놀음에 대하여, 본 총독부의 공식 견해를 밝히고자 합니다. 본인이 이때에 세계정세에 대한 이 같은 인식을 밝히는 것은, 데탕트의 알속을 밝히는 것이 곧 전후 30년의 뼈대를 찾는 길이며 군관민의 앞으로 할 일에 대한 등불이 되겠기 때문입니다.

1960년대에 접어들면서 귀축미영과 적마 러시아는, 세계 정책에서 눈에 띄는 움직임을 나타내기 시작했습니다. 그들은 서로의 힘이 미치는 테두리에서 멈춰 서서, 서로의 울타리를 서로 눈감아주면서, 전쟁 없이 20세기의 남은 날을 넘기기로 뜻을 모았다는 것입니다. 이것이 평화 공존이라는 이름으로 불리고 있습니다. 본인의 견해는, 이러한 움직임을 현상적 차원에서는 아니라는 것이 아닙니다. 그런 것이 아니라, 오늘날 귀축미영과 적마 러시아를 비롯하여, 세계의 주요 나라들의 우두머리 자리를 맡고 있는 자들이 모두, 성전이 끝나던 1945년 무렵에는, 이 또한 코흘리개들이었던지라, 오늘 일을 풀이함에 있어서, 싸움이 끝나던 그때 진짜 느낌에서 멀리 벗어난 표현들을 철없이 뇌까리고 있기 때문에, 특히 본 총독부처럼, 외교사령의 허울에 속지 말고, 일의 벌거숭이의 본질에 바짝 다가서 있음으로써만 흔들림 없는 전의를 지켜나갈 수 있는 무리에게, 자칫 정세를 잘못 짚어 권토중래의 날이 어려워지거나 한 듯이 아는 환상을 가지게 하기 때문입니다. 정무총감과 학무국장이 말하는 바를 듣건대, 군관민 일부에서, 반도와 나아가서 대륙 수복의 앞길에 대하여 지극히 비관적인 헛말이 돌고 있다고 합니다. 이것은 잘못입니다. 그들의 마음눈에는 안 보일지 모르나, 본인은 잘라 말합니다. 30년의 때는 줄곧 제국에 대해 유리하게 흘렀습니다. 반도 경영을 두고 말하더라도 마찬가집니다. 왜 그런가?

본 총독이 보는 바에 의하면, 데탕트는 포츠담 선언 체제에로의 돌아감입니다. 이것이 본인의 인식의 출발점이며, 귀착점이자, 모든 현상에 대한 분석 기준입니다. 포츠담 선언은 유럽에서의 전쟁이 끝남과 전후 질서와 아울러 아 제국에게 강복降服을 권유하고 조건을 내놓은 의사 표시였습니다. 이 선언에는 먼저 가진 얄타 회담의 내용이 겹쳐 있습니다. 그러므로, 본인이 포츠담 체제라고 하는 것은 실은 포츠담·얄타 체제를 뜻하는 것이지만, 말한 바와 같이 앞선 얄타 합의는 포츠담 선언의 밑바탕으로써 놓이고, 포츠담 회담은 싸움이 실속으로 끝난 자리에서 이루어진 만큼, 포괄적이고 결정적이라는 데서, 귀축 적마의 전후 처리 원칙을 포츠담 체제라고 부르는 것입니다.

  1945년 7월에 맹방 독일이 마침내 영웅적 저항을 끝마치고 히틀러 총통이 땅속으로 들어간 다음에, 아직도 피비린내 가시지 않은 베를린 교외 포츠담에서 스탈린, 처칠, 트루먼의 세 귀축들이 모여 눈앞에 다가선 2차대전의 끝남을 맞아 그들 사이에서 세계 분할에 대한 흥정을 만들어냈습니다. 이것이 포츠담 선언입니다. 여기서 그들은 ① 동유럽은 러시아가 차지하기로 했습니다. 물론 이 '차지'한다는 결정에는 '민주적 절차'에 따른다느니 '국민적 희망에 충실'하게 정체를 만든다느니 하는 겉치레가 붙어 있습니다만, 그러한 과정을 러시아의 책임 밑에 한다는 것이고, 러시아가 그 책임을 다하지 못했을 때는 어떻게 한다는 마련이 없고 보면, 러시아가 하고 싶은 대로 주물러서 차지한다는 말에 다름 아니며, 그 후에 일어난 일에 비추어 보더라도, 동유럽을 적마의 전리품으로 내어준 것은 뚜렷한 일입니다. 그리고 이것은 풀이하는 것부터가 새삼스럽고 우스운 일입니다. 싸움에 이겼으면 전리품을 얻는 것이지, 싸움은 무엇 하러 하는 것이겠습니까? ② 동유럽을 차지하는 값으로 러시아는 짐을 떠맡았습니다. 전후에 일어날 서유럽에서의 공산 세력의 공세를 누그러뜨리고 그릇 끌고 가는 책임을 진 것입니다. 공산국가로서 러시아가 처음으로 자기 나라 밖에서 얻은 큰 승리에 부추김을 받아 권력 탈취를 위한 과정이 크게 유리해졌다고 판단한 서유럽의 공산 계열이 전쟁을 통해 물질적으로 약해지고 정신적인 권위에 금이 간 지배 세력을 몰아붙이리라는 전망은 서방의 부르주아들에게는 1930년대의 악몽을 다시 겪어야 한다는 공포였던 것입니다. 동유럽을 밥으로 내주는 값으로 서방 측은 러시아에 대하여 이 악몽의 재판再版을 막아줄 것을 내놓았습니다. 스탈린은 받아들였습니다. 스탈린으로 말하면 이것은 식은 죽 먹기보다 쉬운 일이었습니다. 1930년대에 한 번 한 일을, 또 한 번 하면 되는 것이기 때문입니다. 1930년대에 숱한 순진한 동조자들을 바지저고리로 만든 러시아의 대스페인 내란 정책, 대파시즘 정책 말입니다. 러시아의 국경을 지키기 위해서 외국의 친구들을 적의 제물로 바치고, 그러면서도 친구들 당자에게는 감쪽같이 '위대한 벗'으로 남아 있는다는 요술 말입니다. 이때에 당한 많은 친구들은, 나머지 생애를, 신학적 비의보다도 어질머리 나는 '위대한 벗'의 신비한 처사를 곰곰이 생각해보는 것으로 거의 소모해버렸던 것입니다만, 아무튼 이번에도 스탈린은 또 한 번 그렇게 하기로 약속했습니다. ③은 아 제국 일본은 일청 전쟁 전의 영토로 돌아간다는 것입니다. 이것이 포츠담 체제가 아 제국에 대해서 기본적으로 설정한 울타립니다. 그리고 이것은, 개화 이래 아 제국이 쌓아온 대동아공영권을 헐어버리는 것을 말합니다. 이 선언이 나온 다음에 제국은 종전 조건을 유리하게 하기 위하여, 이 선언을 무시하기로 하고 적마 러시아를 통하여 교섭을 바랐습니다만, 적마는 대일선전對日宣戰으로 대답하고, 귀축미영은 원자탄 공격으로 이에 대답했습니다. ④는 독일과 제국이 물러난 자리는 옛 식민지 소유국으로 돌아가며, 그 밖의 지역은 대일독전對日獨戰의 전리품으로서, 아메리카와 러시아 사이에서 분할한다—이런 합의에 이르렀습니다.

이것이 포츠담 체제입니다. 포츠담 체제는 전리품 분할을 위한 모임이었고, 그에 대한 합의였습니다. 클라우제비츠는 말하기를, 전쟁은, 다른 수단을 가지고 하는 정치의 연장이라고 했습니다만, 이것은 아직도 소승적小乘的인, 덜 떨어진 말이고, 정치는, 다른 수단을 가지고 하는 전쟁의 연장이라 함이 논리 일관한 것입니다. 왜냐하면, 논리는 간단한 것을 가지고 복잡한 것을 설명해야 하기 때문입니다. 전쟁—전리품의 향락—전쟁—전리품의 향락, 이것이 삶의 가락입니다. 그 밖의 온갖 것은 이 근본 현상을 둘러싼 허울이요, 군더더기입니다. 본인은 항재전장恒在戰場의 마음으로 구령舊領에서 지난 30년을 바라보면서 한때나마 이 감각을 잊은 적이 없습니다. 1945년에서 오늘까지의 세계사는 귀축미영과 적마 러시아 사이의 전리품의 소화 과정이다, 하는 것이 본인의 전후사 인식입니다. 이 전리품의 생김새는 여러분이 지도를 보면 잘 알 수 있듯이, 발틱해로부터, 독일을 가로질러, 유고슬라비아로, 터키를 에돌아서 인도로, 노중국경露中國境을 지나, 38도선에서 끝나 경치도 좋을시고 해금강 물 속에서 끝납니다. 이 북쪽이 적마의 전리품이며, 이 남쪽이 귀축의 전리품입니다.

이렇게 마련된 전리품 식상食床의 소화 과정에서 탈이 나기 시작했습니다. 2차전에서의 아메리카와 러시아의 동맹은 오월동단吳越同丹에 동상이몽同床異夢, 호랑마귀虎狼魔鬼가 어울린 것이므로 풍파가 없을 수 없었습니다. 그들은 합의 사항을 더 유리하게 실천하기 위해서 모든 힘을 다한 것입니다. 먼저 귀축미영은 이런 움직임을 시작하기 위해서, 늦게나마, 강력한 새 수단을 가지게 되었습니다. 그들은 원자 무기를 가지게 된 것입니다. 이 무기의 제작에서 맹방 독일에서 망명한 과학자들이 큰 힘을 보탰다는 것은, 독일의 전쟁수행 정책상에서 크게 뉘우쳐야 할 일로 보입니다. 그들이 모두 국내에 있었더라면 운명은 다른 노래를 불렀을지도 모르는 일이 아닙니까? 아 제국의 신민 가운데서 망명 독일인 과학자와 같은 예를 볼 수 없었던 일은, 국체의 뛰어남을 밝혀주는 좋은 본보기라고 하겠습니다. 이 점에서 아 제국의 지식층은 신자臣子로서 더없는 거울이었음은 알아줘야 할 일입니다. 전쟁이 일기 전까지는, 개화 과정에서 전염된 귀축미영식의 망집에 사로잡혔던 자들조차도, 한번 싸움이 나자 개화 풍조를 헌신짝처럼 내던지고 폐하의 적자로서 오직 성전聖戰의 도구로 산화하기를 바랐으며, 미영식 합리사상의 극약 형태인 공산주의조차도, 아 일본의 경우에는 당수가 솔선하여 전비前非를 뉘우치고 황국 정신 체현의 대열에 백의종군한 것입니다. 그뿐 아니라 반도에서도 그에 못지않은 국민 정신의 꽃을 피웠음은, 현지를 맡고 있는 본인으로서는 참으로 흔쾌한 일이었습니다. 반도인 작가 가야마 미쓰로香山光郎는 내지에 보낸 편지에서 쓰기를, "나는 지금 경성 대화숙大和塾의 한 방에서 이 글을 씁니다. 대화숙이란 것은, 조선인에게 일본 정신의 훈련을 주기 위해 생긴 법무국 관계의 기관으로, 사상보국연맹을 개칭한 것입니다. 사상보국연맹은 아시겠지만, 민족주의자나 공산주자들로서 출옥자라든지, 기소 유예된 자들에게 일본 정신을 주입하는 곳입니다. 수행이란 일본 정신의 수행입니다. 그저 일본 정신의 수행이라 해서는 처음부터 일본인인 당신에게는 잘 깨달아지지 않을지 모릅니다. 그러나 구한국인舊韓國人이었던 조선인이, 일본인이 되기 위해서는 커다란 수행이 필요함을 통감하였습니다. 그저 법적인 일본 신민일 뿐 아니라, 혼의 밑바닥으로부터 일본인이 되기에는 웬간한 수행가지고는 안 됩니다. 자, 나가자, 자발적으로 모든 조선적인 것을 벗어던지고 일본인이 되자, 이렇게 말하는 사람이 있습니다. 저의 젊은 친구들 가운데는 점점 이렇게 생각하는 사람들이 불어갑니다. 그들의 이러한 일본인 수행 운동은 결코 정치적인, 써먹자는 소행이 아닙니다. 그들은 첫째, 일본의 크낙한 아름다움과, 그리고 고마움을 인식한 것입니다. 그리고 둘째로 조선인을 일본인에까지 끌어올리는 길 말고는, 조선인이 살 길이 없음을 간파한 것입니다. 그리고 셋째로, 조선인은 일본인이 될 수 있다고 믿게 된 것입니다. 그래서 그들은 먼저 자기부터 일본인이 되는 수행을 하기로 결심한 것입니다. 이들 젊은이들 가운데 한 사람은 이런 말을 합니다. '내지인 어린이만 해도 우리 조선인의 선생이다. 왜냐하면, 이 어린 아이들조차 우리들보다 일본인이기 때문이다.' 그리고 이런 말도 합니다. '우리는 구한인舊韓人으로서의, 우리 선조한테서 물려받은 모든 것을 잊자, 그리해서 일본인으로서 다시 나자.' 얼마나 하면 완전한 일본인이 된 것일까요? 주관적으로는 '나는 일본인이다. 천황 폐하를 위해 살고 죽으리라' 하는 감정을 이뤘을 때 나는 일본인이 될 것입니다. 2천3

백만 조선인이 한결같이 이런 마음을 지니게 되면 이른바 내선일체는 완성될 것입니다. 그들은 지금 이 수행을 하고 있는 것입니다. 그야말로 정신 차리고 필사적으로 밤낮으로 이 수행을 하고 있는 것입니다. 우리는 조소나 박해 속에서도 꿋꿋하게 나갈 것입니다. 우리는 폐하의 마음을 믿고 있기 때문입니다. 그렇습니다. 폐하의 마음입니다. 그들이 매달릴 수 있는 것은, 오직 폐하의 마음뿐입니다. 그들이 일본인이 되자, 일본인이 되자고 줄기차게 나갈 때 그들의 보람인즉 폐하의 마음의 따뜻한 어광御光을 몸에 느끼는 일입니다." — 어떻습니까? 이만해야만 대제국의 건설을 위한 정신적 기반이 다져졌다 할 것입니다. 불행하게도 맹방 독일은 이러한 점에서 원리상 미흡할 수밖에 없었습니다. 히틀러 총통은 불세출의 영웅이었으나, 초야에서 일어선 몸이었습니다. 비교함도 두려우나, 우리 폐하께서 천손天孫이심과는 사정이 다른 것입니다. 히틀러 총통의 가르침은 사람의 말이었으나, 제국의 가르침은 가르침이 아니라 사실인 것입니다. 황국皇國은 신국神國이라는 사실에의 개안, 체득 — 이러한 종교적 비의입니다. 어진 신민에게는 비의도 아무것도 아닌 그저 사실이요, 생활이지만, 한번 미망의 길에 들어선 자나, 외지인에게는, 필사적으로 수행해서 자기화해야 하는 비의라는 것뿐입니다. 이러한 국체상의 약점 때문에 맹방 독일은 그들이 이용할 수 있었던 기술 자원을 해외에 흘려버린 것입니다. 그 기술이 귀축들에게 강력 무기를 안겨주고, 그 무기가 제국의 패퇴를 재촉하고, 같은 흉기가 제국의 분단을 막아준 것을 생각하면, 현실이란, 감자 덩굴처럼 야릇한 괴물입니다. 이런 절대 무기를 손에 넣은 귀축들은 러시아에게 겁을 주기 위해서 이미 종전을 결심하고 화평교섭和平交涉을 진행시키고 있는 아국에게 이 무기를 시범한 것입니다. 2차대전이 끝나고 나면, 포츠담 회담에서의 약속을 헌신짝처럼 집어던지고 서유럽에 대하여, 옛날에 동지들을 숙청해가면서 보류한 혁명 내란 공세를 부활하여 청사에 이름을 남기려던 스탈린은, 식음을 잊고 한때 자리에 드러누운 것으로 첩보기록은 말하고 있습니다. 그럴 수밖에 없는 것이, 1천만의 목숨과 바꾼 전리품을 지켜내기가 미상불 어려워졌기 때문입니다. 부르주아 국가들을 위해서 그들의 다른 부르주아 경쟁자를 몰아내는 데 동원된 것뿐 아니라, 잘못하면 러시아 국경 안에서 영미 체제의 부활을 위한 움직임이 일어나고 혁명 당시의 내란이 재연되지 말라는 법이 없었기 때문입니다. 이 시기는 스탈린의 생애에서 가장 어려운 고비였을 것입니다. 적들과 결탁해서 동지들을 숙청하기는 승리가 떼어놓은 일이지만, 그 적들과 약해진 국력과, 오래 눌러온 국민을 이끌고 싸우기는 무서운 모험이기 때문입니다. 스탈린은, 나중에 미주리 함상에서의 아국과의 강복문서조인 降伏文書調印이 끝난 다음 포고문에서 러시아의 대일 참전은 제정 러시아가 노일 전쟁에서 겪은 패배에 대한 보복이라고 하면서, "이때의 패배는 국민의 의식 속에 비통한 기억을 남겼다. 그것은 우리나라에 오염을 남겼다. 우리 국민은 일본이 격파되어 오점이 씻길 날이 오기를 믿고 기다렸다. 40년 동안, 우리 구세대는 그날을 기다렸다. 마침내 그날이 왔다"고 한 스탈린이고 보면, 원자 무기가 무엇을 뜻하는가를 잘 알았을 것입니다. 승리는 40년은커녕 하루 사이에 패배의 문을 열어놓은 것입니다. 그러나 악운은 다하지 않았던지, 스탈린은 마침내 그 자신도 원자 무기를 가지기에 이르렀습니다. 사실, 적마가 이 절대 무기를 그렇게 빨리 가지게 되리라고는 본 총독은 짐작지 못했습니다. 우리가 가진 러시아에 대한 군사 정보에 의하면, 러시아는 로켓 무기의 발전을 진행시키고 있고, 그 방면이 가장 큰 관심사였던 것으로 알고 있었습니다만, 모든 예상을 뒤엎고 러시아는 뒤를 밟듯 원자핵의 분열에 성공했습니다. 이렇게 해서 노력 균형은 다시 포츠담의 그 저녁, 술잔을 기울이면서 세계 지도에 개칠을 하던 그 자리로 돌아가고 말았습니다. 이때에 숨을 내쉰 스탈린의 얼굴이 보이는 듯합니다. 귀축과 적마는 서로 절대적 우위의 자리에 서지 못하고, 포츠담 체제에 대한 상대방의 배짱을 한 걸음 한 걸음 눈여겨봐가면서, 금 밖으로 저쪽 발톱이 나오는가 싶으면 으르렁거리고 이빨을 갈아 보이면서, 저쪽에게, 나는 알고 있다, 그런 수작은 가만두지 않겠다는 것을 알리게 된 것입니다. 이때의 그들의 의식은 많이 연구해볼 만합니다. 귀축들로 말하면 근대 과학의 축적 위에 피어난 마화魔花 같은 무기를 손에 쥐고, 바야흐로 사상 일찍이 보지 못한 우세한 힘으로 세계를 지배하려던 그 꿈은, 비록 적마도 똑같은 것을 가지게 된 것을 알았다고 해서 그 순간에 마음이 기계처럼 돌아서지는 못하는 것입니다. 그것이 걸었던 꿈이 현실에서 물거품이 된 다음에도 꿈은 여전히 어떤 타성을 멈추지 못하고 얼마 동안 미끄러져가는 시공이 필요합니다. 그래서 이런 상황은 그 힘을 처음 생각처럼 마구 휘두르지는 못해도, 그 비슷한 움직임을 하자는 성질을 가집니다. 적마 쪽에도 같은 원리가 미칩니다. 절대 무기 때문에 새 대전이 이미 불가능해진 것을 비록 이성으로 깨달았다 치더라도, 전후에 벌어지리라고 믿었던 좌파 세력의 대공세라는 꿈은 쉽사리 가시지 않습니다. 스탈린으로서는, 그것이 정적이 옛 날에 인기를 모은 그 정책임을 생각하면 더욱 그렇습니다. 그래서 적마의 세계 정책도 포츠담 체제를 소학생처럼 지키는 길을 걷지 못하게 됩니다. 이른바, 베를린 위기, 서유럽에서의 좌파 공세, 그리스의 내란, 반도의 6·25사변은 모두 포츠담 체제의 변화— 합의 사항보다 더 많은 전리품을 얻기 위한 탐색, 모험, 음모, 기득권을 지키기 위한 양동 작전들입니다. 합의 사항의 ①과 ②— 즉 동서 유럽의 분할을 위해서 맺은 합의를 어긴 것은 바로 이런 역학적인 필연성이 작용한 것입니다. 적마는 서유럽의 좌파에게 막대한 자금을 보냈습니다. 혁명이 눈앞에 다가섰다는 인식을 좌파 제 조직의 공식 견해로 채택하고, 양식에 바탕한 모든 합리적인 전술을 주장하는 분자를 자파自派에서 몰아냈습니다. 언제나 그렇지만 이렇게 몰려난 자들이 늘 제일 불쌍한 자들입니다. 하나만 알고 둘은 모르는 자들이므로, 필연의 법칙에 의해서 복수를 당합니다. 그러나 조직은 아랑곳없이 비리의 현실을 쌓고 맙니다. 그렇게 해서 서유럽에서 숱한 신구 좌파 세력이, 정작 끝까지 싸울 뜻은 없는 모스크바의 조종자의 지령에 따라, 이쪽은 끝까지 싸웠습니다. 한편 귀축미영은 미영대로, 동유럽에 내란을 조직하기에 미쳐 날뛰었습니다. 세계에서 처음 공산제를 창업한 러시아와 달리, 동유럽에서의 전후 공산제는 환상의 여지도 없었으며, 점령군에 의해서 조직된 현지 정권이 어디서나, 언제나 그러했던 바와 마찬가지 모든 흠점과 위선을 드러냈습니다. 참으로 제국이 개항하던 무렵을 생각하고, 동유럽의 모습을 비겨보면 모골이 스산해집니다. 모름지기 민족의 자주 세력이 무너지고, 갖은 이름으로 군림하는 외세의 주구走狗들이 정치를 맡는 고장이란 것은 어디나 마찬가지여서 뚫고 들어갈 틈은 얼마든지 있는 것입니다. 이렇게 해서 이른바, 냉전이라는 것이 발전해나갔습니다. 냉전이란, 귀축들의 코흘리개 평론가들이 말하듯, 열전 아닌 차가운 전쟁도 아니요, 이름만 들어도 정떨어지는 술주정뱅이 처칠이 말한 것처럼 무슨 무쇠의 장막의 이쪽저쪽에서 벌인 독재와 자유라든가 하는 사이에서 일어난 이데올로기 싸움도 아닙니다. 역사란 말싸움 때문에 피가 흐른 적은 없습니다. 언제나 재물을 다툴 뿐입니다. 말이라 생각하는 것은 허울을 몸뚱어리로 생각하는 데서 오는 헛갈림이올시다. 냉전은 포츠담 체제를 말 그대로 지킬 생각이 없었던 귀축과 적마에 의한 전리품의 재분배를 위한 싸움으로서, 포츠담 체제와 관련시켜서 논할 때에만, 그 뚜렷한 모습이 드러나는 것입니다. 베를린 위기는 그 당시에는 심각한 위기감을 자아냈던 사태였습니다. 그러나 결국 베를린에서 전쟁은 일으키지 않았습니다. 동유럽에서 일어난 내란들은 어느 하나도 주어진 체제를 바꾸지 못했을 뿐 아니라 그 이상의 영향을 미치지 못하는, 컵 속의 풍랑으로 그쳤습니다. 그리스는 끝내 공산화되지 않았고, 터키, 이란 모두 낡은 체제의 모순을 지닌 채 근본적인 변화가 없었습니다. 이처럼 냉전의 결과는 우리가 보았듯이, 이기고 짐이 없이, 가라앉았습니다. 이러한 사태 발전의 근본 요인은, 무엇보다도 먼저, 귀축과 적마 사이의 군사력의 균형의 반영입니다. 귀축들이 아국의 평화스런 도시에 악마의 불—원자탄을 떨어뜨리던 순간에 지니는가 싶던, 세계 정책을 위한 절대 무기가 적마의 손에도 들리고 보면, 귀축미영이 몇 세기에 걸쳐 그들의 좋은 세월에 비축했던 통상 전력 면에서의 우위는 상대적으로 그 위력이 줄어든 것입니다. 귀축미영의 잠재 전력은 지난 태평양 전쟁을 통해서 전술적인 수준을 넘어서 문명론의 견지에서 본 총독부의 심심한 관심을 끌었습니다. 속견으로 어떤 나라의 힘을 그 나라 자체의 민족성이라든가 내셔널리즘의 견지에서 본질을 찾으려 합니다. 지난날 제국의 개화 과정을 통해 코흘리개 미영 숭배자들에 의해 떠들어진 '영국 신사'니, '개척 정신'이니 하는 따위 논들이 설정한 바, 영제국, 미제국의 힘을 앵글로 색슨의 민족성에 돌리려는 형이상학적 사고입니다. 본인은 이와 관찰을 달리합니다. 아 제국을 제외한 그 어느 국가도, 종족 자체의 우월성에 의한 힘이라는 것을 가지고 있지 않으며, 어떤 국가의 제국적 역량은 그 민족 자체에 찾을 것이 아니라 역사적 문맥에서 보아야 할 것입니다. 역사적 문맥이란 다름이 아닙니다. 제국의 창업자가 된 어떤 민족이 그 제국 창건에 성공한 다음에 나타내는 힘은, 그 민족 자신의 힘에다가 어떤 x를 더한 것이지, 전량이 그 민족 스스로에게서 실체적으로 나오는 것은 아니라는 말입니다. 이 x란 무엇인가 하면, 그 당시까지의 전 문명의 축적입니다. 전 문명의 축적을 자국에 우선적으로 유리하게 사용할 수 있는 관리권이 힘에 의해서 그 민족에게 넘어

갑니다. 이 구조를 깨닫지 못하면, 제국 창업국의 힘은 초수준의 신비한 실체적 힘, 민족성의 우수함 따위 말이 나오게 됩니다. 그렇지 않습니다. 어떤 제국이 자기 지배권을 확립하면 그는 전 문명의 축적을 손아귀에 쥐게 됩니다. 그것은 그 제국이 만들어낸 것이 아닙니다. 계승한 것입니다. 전前 제국으로부터 직접 뺏을 수도 있고, 난세기를 거쳐 격세계승隔世繼承할 수도 있습니다만, 아무튼 그것은, 당자가 창조한 것이 아니라 '제국'이라는 자리에 취임함으로써 그의 손에 쥐어진 직분상의 권한— 즉 직권, 이 경우에는 '제국이라는 직분에서 얻어진 직권'인 것입니다. 이 직권은 그가 자기 경쟁자를 물리치기 위해 증명한 능력에 비해 엄청나게 큰 힘입니다. 제국 창업자는, 한 적을 넘어뜨리기에 성공만 하면 그 적까지 포함한 열 적을 다스리는 힘을 가지게 되는 것입니다. 이러한 법칙은 그들 자신도 반드시 자각하지 못하기 때문에 자기 환상의 유인이 되는 것이며, 약자에 의한 신비화의 함정이 됩니다. 이것이 이른바 '제국'의 본질입니다. 역사가 위대한 개인을 만드느냐 위대한 개인이 역사를 만드느냐는 질문의 방법이 잘못된 것이고, 여기서 문제의 본질은 위대한 개인이 행사하는 힘은 직권으로서의 힘이며 그에게서 발출론적發出論的으로 나오는 것으로 보이는 힘은, 사실은 조직의 힘인 것처럼, 이 원리는 '제국'과, '제국'을 경영하는 민족의 관계에도 그대로 적용되는 것입니다. 지난 세월에 귀축들이 누린 힘은 이러한 문명적 축적의 빙의력憑依力이었던 것입니다. 그러나 원자 무기는 지중해 문명의 계승자로서의 영미 세력의 힘의, 이러한 이점을 무력화시켰습니다. 국력의 비군사적

분야에서 크게 떨어지는 러시아는 1천만의 목숨을 잃고, 잿더미가 된 국토를 가지고 냉전을 겪었으나, 이 절대 무기를 함께 가짐으로써, 동계문명同系文明의 정통 계승자와의 배짱놀음에서 끝까지 버틸 수 있었던 것이 그것을 증명합니다. 냉전의 전 과정을 통해서, 어디까지가 전리품의 재분배 — 즉 포츠담 체제를 바꾸기 위한 움직임이고, 어디까지가 전리품의 유지를 위한 양동 작전 — 즉 포츠담 체제를 지키기 위한 움직임이냐를 밝히기는 어렵거니와, 허허실실, 서로 안팎을 이루는 것으로써, 갈라놓기 어려운 것입니다. 전쟁에서는 거짓이 진실이 되고 진실이 거짓이 되기도 하는 것입니다. 그 본보기가 바로 반도에서 일어난 전란입니다. 이 전란은 분명히 전란이었음에도 불구하고, 맥아더의 해임이 나타내듯이, 즉, 전쟁인 줄 알고 이기자고 나선 직업 군인이 바지저고리가 된 데서 뚜렷해진 바와 같이, 전쟁이 아니었던 것입니다. 얄타와 포츠담에서 귀축과 적마赤魔가 자로 대고 그었던 38도선이 휴전이 되면서 비딱하게 틀어졌다고 해서, 그 선의 본질이 바뀌어진 것이 아닙니다. 귀축과 적마의 눈에는, 휴전선이란 것은 없고, 복원된 38도선인 것입니다. 그들은 반도에서, 서로 저쪽이 포츠담 체제를 바꾸고자 하는 뜻을 과연 어디까지 밀고 갈 속셈인가를 짚어본 것입니다. 국운을 걸고 싸울 뜻은 없었고, 싸울 수도 없었습니다. 이것이 고비였습니다. 평화 공존이란 말은 스탈린의 입에서 처음 나온 말이었습니다. 그는 포츠담 체제를 재확인한다는 뜻을 다른 쪽에 알린 것입니다. 지금까지 말한 지역들은, 지난 전쟁의, 말 그대로의 전리품에 드는 곳입니다. 이 지역은 직접 작전 지역들로서, 귀축미영군과 아방我邦과 독이獨伊가 피 흘려 다툰 땅입니다. 전리품임이 뚜렷하고, 따라서 포츠담에서도 쉽게 주고받고 한 곳입니다. 그러나, 이들 지역의 뒤에는, 전리품이라는 성격으로써 다룰 수 없는 곳들이 펼쳐져 있습니다. 서유럽의 스페인 · 아프리카 · 중동 · 인도 · 중국 · 베트남이 그러한 지역입니다. 이러한 지역이 전리품이 아니라는 것은 미국과 러시아에 대해서 그렇다는 것입니다. 그렇다고 해서, 미국의 등에 업혀서 싸운 영국이나 프랑스의 전리품이라기에는, 그들의 전후에 여기서 행사한 힘의 약체성에 비추어 전리품이라는 말이 어울리지 않는 것입니다. 소화력이 없는 밥주머니에게 음식이 무슨 소용이겠습니까? 먼저 스페인은 지난 대전에서 중립이었습니다. 어떤 뜻으로도 형식적으로는 어느 쪽의 전리품이 될 수 없습니다. 그러나 귀축미영은 스페인을 봉쇄해야 합니다. 스페인이 대서양의 강국이 되는 것을 막는 것 — 이것이, 트라팔가 해전에서 넬슨 함대가 스페인 함대를 바다 속에 묻은 다음에 영국의 대스페인 정책이었고, 나중에는 미영의 공동 정책이 되었습니다. 전쟁은 불장난이 아닙니다. 스페인 본국과 남아메리카의 스페인계 제국의 연합에 의한 the Spanish Commonwealth of Nations이라는 것이 이루어지는 것은, 대서양 국가로서의 귀축미영이 온갖 힘을 다해서 막아야 할 일입니다. 스페인이 트라팔가에서 바다 속에 묻은 것은 목조 군함과, 구식 대포와, 숱한 칼멘과 이사벨라들의 서방님들만이 아니라, 스페인의 미래였던 것입니다. 스페인은 영원히 앵글로 색슨의 수인囚人이 되어야 했던 것입니다. 피레네 산맥과 대서양이라는 벽에 싸인, 스페인이라는 감방에 갇힌, 말입니다. 이런 스페인. 한번 운명의 걸음을 헛디디면 한 종족이 어떻게 되는가를 보여주는 나라가 스페인입니다. 근대에서의 해외 식민 싸움에서 프랑스 또한 머저리 놀음을 한 나랍니다. 그리고 그 주역은 나폴레옹이라고 하는 머저립니다. 이자는 북미에 있는 프랑스 식민지 루이지애나를 미국에 팔아준 돈으로 손바닥만 한 유럽 대륙에서 쓸 데 없는 전쟁 놀음을 벌인 머저립니다. 그렇게 해서 프랑스는 삼류 식민국이 되었지요. 나폴레옹은 낡은 '제국'주의자였습니다. 사람은 태어난 곳을 떠나지 못하는지 그에게는 '제국'의 현실적 공간은 지중해 연안이었습니다. 같은 식민지 경영의 낙제꾼이라도, 스페인 사람들은 대단한 일을 했습니다. 그들은 남미 땅에만 식민한 것이 아니라, 현지의 원주민 계집들의 자궁 속에다 식민한 것입니다. 제일 확실한 식민법입니다. 스페인 사람다운 방법입니다. 그러나 이렇게 생물학적으로 뛰어난 식민법도 본국의 군사적 보호를 벗어나고 보면 대양 너머 버려진 고아일 뿐입니다. 남미의 스페인 식민지는 스페인의 고아원이요, 본토 스페인은 스페인의 감옥입니다. 스페인 노랫가락마따나, '나의 조국은/나의 감옥'이지요. 이 고아원과 감옥의 관리인이 귀축미영입니다. 이런 스페인에 대하여, 스탈린은, 포츠담 회담에서 시비를 걸었다고 기록은 말하고 있군요. 스탈린이 스페인에 대한 귀축미영의 기득권 — 트라팔가 해전의 전리품으로서의 스페인을 건드릴 생각이 정말 있었는지, 이 피레네 산맥 저쪽의 유럽의 수인에 대해 기사 노릇을 할 마음이 진짜였는지는 의심스럽습니다. 그는 스페인 내란 때, 좌파군左派軍을 귀축들에게 팔아먹은 자이기 때문입니다. 스페인 내란은 좌우군左右軍의 혁명, 반혁명 싸움이 아닙니다. 트라팔가에서 묻힌 '제국'에의 꿈이, 때마침 좌파 이데올로기에 집단빙의集團憑依되어 민중을 반체제의 광기에 몰아넣은 것입니다. '제국'이라는 것은, 늘 문명의 전 축적의 육화라는 구조를 가지기 때문에 본질적으로 종교적 권위와 같은 기능을 가집니다. 그래서 옛날 '제국'의 의식적 무당의 후예인 시인들은 '제국'적인 것에는 근원적 기억을 환기당하는 것이며 스페인 내란에 외국에서 글쟁이 노래꾼들이 달려간 것은 그 때문입니다. 이런 '제국' 부흥 광신 운동이던 스페인 내란을 팔아먹은 스탈린이, 이번에는 좌파를 부추기겠다는 듯한 뜻을 비칠 형식상의 권리는 있었던 것입니다. 왜냐하면 트라팔가의 전리품이지, 2차 대전의 전리품은 아니었고, 스페인이 말이지요, 포츠담 체제에서는 배타적인 귀속을 주장할 수 없는 곳이었습니다. 그 후의 일을 보건대, 스탈린은 스페인에 대해서 살뜰한 관심이 없었고, 있었다 해도 그 관심을 나타내고 밀고 갈 만한 시간을 못 가지고 말았습니다.

 그러면 아프리카는 어떤가? 아프리카와 중근동中近東은 귀축미영의 역사 감각으로서는, 그들이 로마 제국으로부터 격세상속隔世相續한 유산입니다. 2차대전 후, 귀축미영의 근친상간적 모순이 이 지역에 대한 처리를 둘러싸고 일어났습니다. 포츠담에서의 처칠의 온갖 노력은 이 지역에 가지고 있는 영국의 기득권을 지키는 데 쏠렸습니다. 미국은 이 지역에서 먼저 영국의 지배력을 해체시키기로 했습니다. 전쟁 기간, 물론 2차전입니다. 이 전쟁 기간에 영국은 이 지역의 독립 운동 세력에게 자치를 약속함으로써, 대독작전 對獨作戰에서의 현지민의 협력을 얻어냈습니다. 대동아 전구에서의 수법과 마찬가지지요. 이것은 물론 발등에 떨어진 불을 끄자는 속임수였지요. 귀축미국은 이 약속을 지키라고 미친 척하고 졸라댔습니다. 참 야속한 맹방盟邦이지요. 적마의 침투를 막으려면 그 길밖에 없다는 대의명분은 귀축영국으로서는 물리칠 힘이, 말주변이 아니라, 군사력이 없었지요. 무력화해가는 독립운동 세력과, 그들에게 자금을 주는 미국에 대해서 말입니다. 이렇게 해서 이 지역에 구더기처럼 숱한 독립국 — 즉 자치국이 생긴 것입니다. 케임브리지와 옥스퍼드에서 남의 말로 마음의 잔뼈가 굵은 한 줌쯤 되는 사람들이, 옛 상전들의 걸음걸이며 기침걸이며, 어깨를 으쓱하는 법이며를 떠올려가면서 빈 의자들을 차지한 것입니다. 이 지역에서 영국은 저 트로이 전쟁에서 그리스 사람들이 목마 속에 군병軍兵을 감춰놓고 짐짓 물러난 고지故智를 따랐습니다. 이스라엘이라는 나라를 심어놓고 떠난 것입니다. 1~2백 년 '제국' 직에 있다보면, 이런 수법은 우체국 직원이 도장 찍는 솜씨처럼 절로 익혀지게 마련입니다. 이 목마가 오늘날, 그야말로 옛날의 그 목마 못지않은 효험을 내고 있지요. 이 사정은 인도에서도 마찬가지였습니다. 아 제국은 대동아전쟁에서 이 지역 사람들에게 복음을 퍼뜨렸습니다. 제국은 백색제국을 무너뜨리고 아 국체의 빛을 이 지역 사람들에게 누리게 하기 위해서 그들의 상전인 미영과 싸웠고, 인도에서도 그러했습니다. 그러나 귀축들은 아국의 동지였던 '찬드라 보스' 대신에 간디파에게 자치권을 넘겨주었고, 여기서도 목마를 남겨놓고 갔습니다. 파키스탄의 분리입니다. 이 목마가 얼마나 피비린내 나는 흉물이었던가는 그 후의 역사가 잘 말해주고 있습니다. 방글라데시에서 흐른 피는 누가 그렇게 만들었는가를 역사는 잘 알고 있습니다. 이렇게 해서 영국은 인도라는 코끼리 등에서 내려왔습니다. 그러기에, 인도를 잃을망정 셰익스피어는 어쩌느니, 하는 그런 방정맞은 소리는 안 하는 법입니다. 셰익스피어야 잃으려야 잃을 수 없는 이친즉, 셰익스피어는 잃을망정 인도는 어림없다쯤 돼야지, 그따위 사위스런 소리를 무슨 멋인 줄 알고 뇌까리면, 역사의 터줏대감이 화내는 것입니다. 본 총독부를 보십시오. 일부단견자一部短見者들이 뭐라 하건, 길 없는 데서 길을 보고 빛 없는 데서 빛을 만들어왔고, 만들어가고 있지 않습니까? 이쯤은 돼야 하는 것입니다. 그러기에, 아시아에서의 신생국들의 개화 과정에서 중공과 인도는 두 개의 좋은 대조라느니, 전체주의적 방법과 자유식 방법을 대표하는 것이라느니, 보기에는 중공이 시원스럽게 근대화되는 것 같지만, 영국이라는 좋은 상류 가정에서 자유 예절을 익힌 인도가 결국 천천히겠지만 팔자가 좋을 것이라는 등 아전인수의 헛소리를 하더니 적마의 본을 따라, 태고연한 이 고장 법대로 모후母后와 옥자玉子가 정치하기로 되지 않았습니까? 조선인들 말마따나 구관이 명관이에요. 이제 보니 알겠어요. 우리처럼 불교가 들어온 지 오랜 나라는 인도에 대해 알지 못하는 사이에 높이 본뜰까 하는 심정이 있어요. 인정 아닙니까. 내려오면서 실체는 저 멀리 가보지도 못할 나라고, 거기서 머리 좋은 사람들이 지어낸 말씀만 건너와놓고 보니, 마치 그 나라도 그 말씀

같은 줄만 알기 쉽지요. 아무튼 그래서 우리도 인도라는 나라를 그렇게 무지개로 감싸기 쉬운데, 본인이 불경을 가끔 뒤적이다가 문득문득 심두에 스치는 게 있었어요. 무엇인고 하니, 붓다라는 사람의 가르침인즉, 삶이란 게 괴롭다, 삼계三界가 불붙는 집이다, 하는데 그 까닭은 사람의 욕심이다, 이렇지 않습니까. 붓다의 고향 사람들이 얼마나 욕심이 많으면, 세계 종교가 될 만한 종교를 만들었겠는가. 다시 말하면, 붓다의 고향 사람들의 욕심이란 게 그야말로 세 계급이었다는 말이 아닌가? 이런 생각이 드는 적이 있었다는 말입니다만, 지난 대동아전쟁에서 그들이 해묵은 상전에게 매달리면서 아 제국의 광명정대한 성전聖戰을 끝내 깨닫지 못하고 자파自派의 당리를 위해서 국가 대사를 그르치던 것을 아울러 생각하면 무언가 짚이는 구석이 없지도 않습니다.

러시아는 이 모든 영령해체英領解體 움직임을 환영하고, 귀축미국과 더불어 영국이 내놓고 물러간 옛 전리품을 다투었습니다. 이 다툼은 포츠담에서의 합의 사항에는, 적어도 형식상으로는 어느 편도 어긋나지 않는 일이었습니다. 지금까지의 되어온 모양은, 영국이 아메리카의 편을 들어, 배 주고 속 빌어먹는 정책을 택한 탓으로, 적마는 이 지역에서 큰 재미를 못 보고 있습니다. 얼마 전에, 러시아가 인도를 세력권에 넣음으로써, 이 지역에서의 세력 분배는 한 고비가 끝난 것으로 보입니다. 포츠담 체제에서 명시적으로 분할된 지역 — 서유럽 · 동유럽 · 조선반도 · 아열도와, 제2의 지역 — 스페인 · 아프리카 · 중동 · 인도 사이의 차이 — 즉 종전 후 정세의 차이는 명백합니다. 전리품 지역에서는 최초 분할 상황이 요지부동으로 30년간 하루같이 바뀌지 않은 데 비하여, 제 2지역에서는, 엎치락뒤치락이 있었는데, 이집트・콩고・알제리아・인도네시아・인도가 적마의 손에 붙었다, 귀축의 손에 붙었다, 한 것입니다. 이것이 뜻하는 바는, 그 자체가 뜻하는 대롭니다. 포츠담 체제는 절대로 움직일 수 없고, 그 밖의 지역에서는 융통성을 가지고 평화적인 쟁탈 경쟁을 한다, 하는 것입니다. 이 제 2지역은 영국과 프랑스가 내던진 곳이기 때문에 포츠담에서는 점잖게 주인에게로 돌아간다고만 했지, 주인들이 내놓은 다음에 미로 사이에서 어떻게 한다는 약정은 할 수 없었습니다. 그렇기 때문에, 이 지역에 대한 그러한 행동 방식의 정립이라는 것도, 포츠담 체제에 대해서는 부정도 긍정도 아닌 사항인 셈이어서, 등식의 양변에서 약분해도 좋은 부분입니다. 이렇게 해서 여전히 제1지역에 대한 합의가 흔들리지 않는 한, 포츠담 체제는 귀축, 적마 관계의 기본 골격으로 남습니다.

아마, 유고슬라비아의 예를 들어, 이런 정식화에 이론異論코자 하는 사람이 있겠지요. 좋은 착안입니다. 그러나, 유고슬라비아는 외려 이 공식을 뒷받쳐줍니다.

제1지역의 다른 나라들과 달리, 유고슬라비아는 점령국의, 이 경우는 러시아의 완전한 전리품일 수 없었습니다. 티토가 이끈 현지인 군사력이 상대적으로 우수하게 조직되고, 독일군에 준정규적 타격을 주는 상태에서 종전이 된 데다가, 이러한 무력 저항이 영국에 의한 군사적 지원 아래 이루어졌기 때문에, 동유럽에서 티토는 유일하게 자기가 거느린 군대를 가지고 정권을 맡았었지요. 동유럽의 모든 공산소두령共産小頭領들이, 오랫동안 제 몸 하나 겨우 적도赤都로 피해가서, 찬 밥술이나 얻어먹다가, 진주하는 적마군赤魔軍을 따라 고향에 돌아온 사정과는 다른 것입니다. 이 경우에 티토 세력이 공산당이라는 간판을 달고 있었다는 것은, 군사적으로는 아무래도 좋은 우연적 요소에 지나지 않습니다. 그 간판 때문에 도매금으로 포츠담에서 동유럽권에 넘겨졌지만, 끝내 오리는 제 물로, 전리품이 아닌 유고슬라비아는 동유럽권에서 벗어난 것입니다. 이것은 마치, 중동과 아프리카의 식민지들이 옛 주인인 프랑스, 영국에 명목상 전리품으로 돌아갔지만, 지킬 힘이 없었기 때문에 지키지 못한 것과 같은 사정입니다. 프랑스나 영국이 옛 식민지들을 자기 손으로 되찾은 것이 아니기 때문에, 전후에 현지에다가 자기들 마음대로의 현지 정권을 세울 수가 없었던 것입니다.

중국에 대해서 이야기할 차례가 되었습니다. 중국 대륙에서의 모비毛匪의 승리와 장蔣의 패퇴는, 전후에 일어난, 포츠담 체제에 대한 최대의 복병이었습니다. 중국은 물론 제1지역도, 제2지역도 아닙니다. 형식상으로 카이로 선언의 서명자이며, 전승국이었습니다. 종전 당시, 귀축과 적마는 중국의 장래에 대해서, 대체로 일정 기간에 걸쳐서는 같은 견해를 가지고 있었습니다. 모비의 세력이 점점 커지고, 큰 위협이 될 수는 있겠지만, 그것은 오늘내일은 아니고, 승전함으로써 장蔣의 정치적 지위는 강화될 것이며, 대일 전쟁에서 훈련되고, 귀축미국의 장비를 풍부하게 갖춘 중경군重慶軍은 모비에 대해 치안유지력을 가지고 있다고 본 것입니다. 총독부 당국이 가지고 있던 정보도 그와 다름이 없는 것이었습니다. 총독부는 아시다시피 대륙 정책의 실질적 본부였으며, 이런저런 제약이 많은 동경보다도, 과감하게 행동하려는 제국 육군의 혁신파들에게는 더 홀가분하게 움직일 수 있는 본부였고, 만주 사변 때만 해도 직접 야전판단野戰判斷으로 압록강을 넘어 조선 주둔병을 출병시킨 일까지 있는 만큼 대륙 내에서의 전전전후戰前戰後 사태는 관할의 문제를 떠난 원칙적 관심사였고, 관동군 사령부라는 객원 기구까지도 거느리게 된 8·15 후에는 더욱 그러한 탓으로, 대륙에 대한 정보활동은 계속하고 있었던 것입니다. 그러나 뜻밖에도 모비는 실성한 놈들처럼 지나 대륙을 쓸어 삼키고 말았습니다. 포츠담 체제에 대한 전리품이기는커녕, 형식상으로는 공동 전승국인 중국이 이 같은 내란에 대하여 귀축들과 적마는 모두 손을 쓸 수가 없었습니다. 모비는 러시아가 관동군에게서 뺏어서 넘겨준 무기를 가지고 어부지리를 거두었습니다. 귀축과 적마는 2차대전이 끝난 다음, 저마다, 장개석蔣介石과 모비를 빨대 삼아, 중국의 부를 빨아들일 셈이었습니다. 장비蔣匪와 모비는 어느 한쪽도 다른 쪽을 위해서는 없어서는 안 되었습니다. 미로米露는 지나 대륙이 통일된 강력한 국가이기를 바라지 않습니다. 서로 외국 상전을 섬기는 매판세력들이 분열하는 가운데 그 상전 노릇을 하면서 상해나 대운의 조계租界에서 소강주蘇江酒에 대취하면서 지나 미인을 끼고 앉아서 아편장수를 하기를 바란 것입니다. 이것이 임칙서林則徐와 싸운 후부터의 변함없는 그들의 방법입니다. 모비의 실성한 자 같은 대륙 석권은 이들에게 큰 실망을 안겨주었습니다. 누구보다도, 스탈린이 가장 많이 놀란 것으로 보입니다. 공산 이론의 원전에도 없는 방법으로 승리했다는 방식도 그를 불쾌하게 만들었습니다. 사람이란 우스운 것이어서, 자기는 콩팔칠팔 아무렇게나 뇌까리고 얼렁뚱땅 지내면서도, 남이 조금만 그러는 시늉을 보이면 거슬리는 것입니다. 이때까지 스탈린은 모비를 진짜로 이데올로기적 동류라든가, 그것은 어쨌건 지나 대륙의 주인이 되리라든가 하는 생각은 전혀 가지지 않았습니다. 러시아 말고는 유럽의 모든 공산당이 주저앉아버린 것을 본 스탈린은, 지나 같은 후진 지역에서 지금 그 시대에 공산주의의 자생적 승리가 이루어지리라고는 믿지 않았습니다. 그러나 이런 현학적인 허울이야 어찌 됐든, 눈앞에 벌어진 사실이 더 큰일이었습니다. 늘 사실이 무서운 법이지요. 일청 전쟁에서 아 제국이 지나를 망신시키기까지만 해도 귀축들과 적마赤魔(—그때는 백마白魔올시다만)는, 지나의 전력戰力과 지난날의 영광을 분간하지 못하고, 긴가민가하는 형편이다가, 아국의 승리를 보고서야 마음 놓고 지나를 깔보기 시작했는데, 이제 모비에 의해서 통일이 되고 보면 누구보다도 러시아에게는 큰 위협이었습니다. 모비가 본토를 차지하자 스탈린은, 모비를 구슬러서 수하로 삼아보려고 하였으나, 아마 그것이 오래가지 못할 것을 재빨리 판단한 것으로 보입니다. 조선 반도에서 전쟁을 일으키기로 한 스탈린의 목표는 장개석군의 개입을 유발하여, 장군을 본토에 상륙시키고, 상당한 지역을 되찾게 한 다음 휴전을 성립시킨다는 것이었음을 본 총독부가 모은 정보는 뚜렷이 하고 있습니다. 모비의 불필요한 승리를 원장原狀으로 되돌려놓은 일이었습니다. 전쟁이 일어나자 재빨리 열린 UN 안보이사회에서 러시아 대표는 일부러 흠석欠席함으로써 사보타주를 하여, 귀축미국이 반도에 파병할 수 있는 길을 비켜주었습니다. 불가사의한 러시아 대표의 행동의 비밀은 이것이었습니다. 총독부는 당시에 이 사실을 알아내고 본국에 알려주었습니다. 총독부는 이 사태가 제국군의 재편성과 지나 본토 개입에까지 나아가도록 모든 힘을 기울였습니다. 그렇게 되었더라면, 반도를 다시 찾는 가장 빠른 길이 되었을 테지요. 그러나 그렇게는 되지 않았습니다. 반도에서의 싸움 동안에 모비는 두 가지 일을 한 것으로 보입니다. 첫째는, 스탈린의 반도 개입 권고를 받아들여 힘껏 싸움으로써 모비가 중국 본토를 조직하고 동원할 능력을 증명하는 일이었습니다. 다른 하나는, 스탈린에 대해서 행한 일인데, 만일 스탈린이 계속해서 모비 일당의 출혈을 강요한다면, 귀축미국과 단독 강화할 뜻을 강력히 비쳤습니다. 이 같은 조치는 모두 들어맞았습니다. 귀축미국은 장에 의한 대륙반공大陸反攻이 불가능함을 판단하였고, 스탈린 역시 모비의 동원력을 알아보고 제2의 티토화를 재촉하게 될 것을 걱정했습니다. 이렇게 하여 반도에서 전화戰火는 멎었습니다. 그리고 맥아더의 해임에서 보이듯이 38도선은 존중될 것이, 즉 포츠담 체제는 다시 확인된 것입니다. 전리품으로서의 반도의 본질은 더욱 굳어졌습니다. 그런데 이런 분석에서 한 군데 흐릿한 데가 남습니다. 반도전란半島戰亂의 시작에 앞서서 귀축들은 과연 스탈린으로부터 아무런 통보도 받지 않았는가 하는 점입니다. 중국 대륙을 분할하여 경영하는 대사업에서 이들 양자의 합작 여부는 충분히 두고두고 밝혀볼 만한 여러 가지 흔적들을 남기고 있기는 합니다. 말하자면 전쟁 직전의 애치슨 선언 같은 것입니다. 러시아 대표의 안보리흠석건安保理欠席件과 더불어 이 역시 불가사의한 일입니다. 그러나 총독부는 지금 시점에서는 이 문제에 이렇다고 잘라 말할 만한 정보는 아직 가지고 있지 못합니다.

러시아의 모비출혈정책의 가장 큰 출혈자는 그러나, 북조선 공비일당입니다. 이 싸움에서, 북조선 일당은, 혁명 세력이란 이름으로 남부 민중에 대하여 누릴 수 있었던 신비의 가리개를 잃어버리고 말았습니다. 뿐만 아니라 전전戰前까지 남선南鮮에 대하여 본 총독부의 정책에 의하여 우위에 놓여 있던 총독부 치적인 공업자산工業資産을 잃어버림으로써 남선적화南鮮赤化를 위한 유리한 조건을 모두 놓치고 말았습니다. 이것은 자기들이 만든 것이 아니었으니 억울할 것도 없기는 하지만, 그것의 정치적 의미는 큰 것입니다. 그리고 북조선처럼 업혀들어온 공산 체제에게 대해서 치명적이었던 것은, 그들의 체제에 대한 유토피아적 환상을 해독시켜준 꼴이 되었으며, 점령 기간이라는 가장 바람직하지 못한 생활을 통해서 민중에게 채점할 기회를 주었다는 것입니다. 혁명 세력은 이기기 위해서는 이런 기회를 민중에게 주지 말아야 합니다. 환상적 얼굴만을 먼빛으로 보여주고 실무적 비속성은 내놓지 말아야 하는 것입니다. 강요된 전쟁을, 자기들이 선택하지 않는 시점에서 일으킨 북조선 일당은 어쩔 수 없이, 혁명이 일상의 차원에 내려왔을 때의 모습과 함께, 대국大國의 앞잡이 노릇을 해야 하는 소국小國의 초라함까지를 내보이고 만 것입니다.

다음은 베트남입니다. 지난해에 베트남이 적화되었을 때 여러 말이 많았습니다. 그러나 총독부의 관찰에 의하면 이것은 놀라울 것이 하나도 없습니다. 베트남은 포츠담 체제에서는 일지역一地域이었습니다. 그러나 영국이 아프리카와 중동에서 그러했던 것처럼, 프랑스는 이 지역의 치안을 다룰 힘이 2차대전 전후에는 없었습니다. 프랑스는 냉전에 의한 본국에서의 좌파 공세를 맞아 부르주아 체제를 살려내는 데 모든 힘을 기울여야 했습니다. 디엔 비엔 푸에서 패하자 프랑스는 호군胡軍과 휴전하고 이 지역에서 손을 뗐습니다. 이때부터 이 지역은, 포츠담 체제의 기준에서 본다면 제2지역 — 즉 러시아와 미국의 기준으로 보면 어느 쪽의 전리품도 아닌 지역이 된 것입니다, 라고 하는 것은 이 지역에 개입할 때는 어느 편이나 상대방에게 합의에 의한 합법성의 주장을 할 수 없다는 말이 됩니다. 이것이 러시아나, 미국의 조선 반도 개입과 본질적으로 다른 조건입니다. 내 땅에 왜 손대느냐는 소리를 못하는 것입니다. 이 지역을 다툰 싸움에서 결정적인 힘은, 현지 세력의 실력과, 프랑스의 향배向背였습니다. 호비胡匪는, 한마디로 줄여서 말하자면 티토 모비형毛匪型의 토착실력집단이었기 때문에, 내부의 권력 구조도 비교적 외부 간섭이 없는 순수한 경쟁과 합리적 개인 역량의 상호평가에 의해 정착되었고, 점령자인 프랑스에 대한 반란사에 있어서 전력이 분명하고, 구체적인 국민적 기반 위에서 공작하였고, 반란두령反亂頭領에 대한 신뢰가 섞인 심리적 위광을 쌓아왔습니다. 하루아침에 나타난 '장군'이나 '위대한 동지'가 아니었던 것입니다. 그리고 무엇보다 중요한 것은 점령자인 프랑스와 정규전의 규모에까지 이른 전투를 했다는 사실입니다. 조선 반도의 어느 반일 세력도 이것을 하지 못했습니다. 그들의 저항은 소규모로 곧 끝난 소저항이었습니다. 베트남의 호비는 운이 좋았습니다. 그들은 약해진 적에게 점점 큰 규모의 저항을 조직하였고 마침내 적으로 하여금 전의를 잃게 하는 데 성공한 것입니다. 이 모든 것을 그들은 혼자 힘으로 하였습니다. 호비는 종족이 받은 굴욕을, 종족의 적이 물러가기 전에 갚을 수 있었던 것입니다. 이 것은 큽니다. 만사는 정신이 결판냅니다. 식민지 통치를 받은 것이 굴욕이라면 그것을 씻는 길은 적에게 굴욕을 주는 것뿐입니다. 디엔 비엔 푸에서 호비는 적에게 굴욕을 주고, 그것을 국민에게 선물로 바친다고 하면서 협력을 구한 것입니다. 이것은 큽니다. 본인의 철학으로는, 이것이면 다라고 하고 싶은 것입니다. 이와 같은 정신을 불어넣는 것이야말로 대동아전쟁에서 아군이 힘쓴 선무공작宣撫工作의 원칙이었습니다. 말하자면 아 제국의 개항 시기에 느낀 위기의식을 불어넣은 것이었습니다. 2차대전의 전리품 아닌 땅에서 현지의 내란에 개입한 미국으로서는, 호비의 이 같은 토착 기반은, 그들의 물량을 가지고도 뒤바꿔놓을 수 없는 우세한 전력으로 작용하였으며, 그렇다고 핵무기를 쓸 수 없다는 제한이 있고 보면 상황은 몹시 어려운 것이었습니다. 이와 같은 사태의 반면을 이루는 것입니다만 사이공 정부의 부패는 사태의 악화를 재촉하였습니다. 국가를 사유물로 생각한 이들은 사회의 모든 공공 재산을 가산家産으로서 다루었으며, 가산으로 보고 처리하였습니다. 대개 정권의 청렴은 어느 정권에게나 사활 문젭니다만, 모든 일이 그런 것처럼, 그 현상現象하는 유형은 다양합니다. 사회

전체로 보아 모든 구성원이 청렴하면 제일 좋은 일입니다. 지배자가 피지배자에게 책임을 지는 형식입니다. 차선은 지배자 내부에 어느 정도의 기강이 서 있는 경웁니다. 먹어도 알아서 먹는다는 것입니다. 부패에 있어서의 양식이랄까요. 지배자 집단이 아직 미래 의식과 자신이 있어서 공사公私의 균형의 어떤 위험 수위를 넘지 않을 만한 내부 질서가 있을 땝니다. 그런데 이런 모든 구별과 유형은 동적인 상황과 연결시켜서야만 평가할 수 있습니다. 이만하면 그래도 되지 않았는가고 위선과 자기합리화를 해보아도, 적의 도덕적 수준이 이쪽보다 높으면 대결에서 지는 것입니다. 1점 차로 져도 지기는 마찬가지며, 전쟁이란, 그 1점이 사활에 직결된다는 데에 본질이 있습니다. 사이공 정권은 이런 조건에서 모두 뒤져 있었습니다. 그들은 부패의 조직이었지, 공공의 책임을 다하는 지도 집단이 아니었던 것으로 보입니다. 이런 세력을 가지고는 어느 누군들 해보는 도리가 없습니다. 이 같은 현지 지배층의 부패는 그들을 국민으로부터 고립시키고, 전쟁 수행을 위해서 국민의 전 역량을 동원할 수 없이 만듭니다. 충용한 신민 여러분. 지난 대동아전쟁에서의 아 제국에 있어서의 전쟁 수행 태세를 돌이켜보십시오. 우리가 보인 거국일치擧國一致의 자세는 그렇게 아무 데서나 찾아볼 수 있는 것은 아닙니다. 이것은 사회 성원이 지금 벌어지고 있는 일이 어느 누구를 위한 것도 아니고, 그럴 수밖에 없는 타당한 행동이라는 것, 즉 전쟁 목적에 대한 마음속에 짚이는 공감이 있어야만 나오는 행동입니다. 프랑스 또한 미국의 다리를 잡아당겼습니다. 자기가 못 먹은 감을 남이 차지하는 것을 보고 있을 수가 없었던 것입니다. 그보다는 적화된 베트남에서 녹고권綠故權을 내세워 전후복구를 위한 입찰에서 좋은 자리를 얻기를 바란 것입니다. 이것은 어느 모로나 프랑스로서는 합리적인 정책이었습니다. 반도인들처럼 오랫동안 정치 감각이 망가져온 자들에게는 얼른 곧이들리지 않겠지만, 근세 이후의 식민지 쟁탈전에서 연이어 패해온 프랑스로서는, 자기가 못나게도 내놓은 지역까지를 앵글로 색슨이 집어삼키는 것은, 정말 새벽에 삼대독자 죽는 꼴은 보아도, 그것만은 눈뜨고 볼 수 없었습니다. 귀축영국 역시 중동에서와는 달리 미국의 베트남 개입을 좋아하지 않았습니다. 향항香港에 대한 권리를 지키기 위해서 영국은 모비의 비위를 맞춰야 했고, 모비의 코앞에서 벌어지는 불장난을 막아주는 데 공을 세워야 했던 것입니다. 그야말로 사면초가 속에서 귀축미국은 베트남에서 허우적거린 것입니다. 적마赤魔 러시아는, 포츠담 체제의 합의를 내세워, 이 지역에 대한 미국의 군사 행동에 대해서는 동등한 자격으로 대응 행동을 폈습니다. 그들은 호비에게 군사 원조를 주었습니다. 아군의 중국 작전 때, 싸움에서는 이기면서도, '버마 루트'를 통한 귀축들의 군사 원조 때문에 작전을 종결할 수 없었던 바와 똑같은 국면이 인도차이나 반도에서 벌어진 것입니다. 참으로 운명이란 야릇한 것이어서, 남을 괴롭힌 무기가 자기를 괴롭히게 되는 일이 흔합니다. 적마의 전리품이 아닌 곳에서 귀축이 용병해도 포츠담 체제에 대한 어긋남이 아닌 것처럼, 귀축의 2차전 전리품이 아닌 곳에다 적마가 군사 원조를 해도 포츠담 선언에 어긋나지는 않는 것입니다. 귀축은 조선 반도에서처럼 UN기를 빌려

오지도 못했을뿐더러, 선전포고라는 헌법 절차에 의한 승인도 없는 전쟁을 해야 했던 것입니다. 이 같은 국제법, 국내법상에서의 약한 처지는 그들이 베트남에서 움직인 용병 자체를 약하게 만들었습니다. 이 싸움에 나가지 않겠다고 징병을 기피한 젊은 놈들이 큰소리치고 그들을 잡아내는 쪽이 떳떳치 못해하는 판이 된 것입니다. 한때 베트남 싸움이 한창일 때, 이런 기피자를 도와 국외로 보내는 조직이 전국에 걸쳐 있었고, 이 조직은 광범한 헌금에 의해 운용되고, 이에 종사하는 사람들은 양심적 애국 행위를 한다는 심리적 우위에서 행동하였습니다. 마치 대동아전쟁에서 애국부인회가 응소자應召者들을 빼돌려 국외 탈출을 도와줬다고 상상해보면 사태의 기괴함을 알 것입니다. 귀축 사회에는 기독교네, 청교도 찌꺼기네, 하는 것이 아직 남아 있어서 다른 때는 남보다 악착스레 돈벌이를 하다가도 그들 생각에 무슨 혼이 씌웠다 싶으면 이런 엉뚱한 짓을 하는 것입니다. 이런 사회에서는 일이 이쯤 되면 적은 일이 아닙니다. 국방상 유리한 땅에서 본토 안에 적병을 보지 못하고 2백 년이나 살다 보면, 좀 사치해져서 세상에 자기들만 잘나고 비리는 있어서는 안 되기나 한 것처럼 생각하는 버릇이 붙게 됩니다. 이런 사람들의 세금과 피를 거둬서 속여먹자면 여간 꾀가 있지 않고는 시끄러워서 못 배기는 것입니다. 베트남 문제 때문에 시어미 역정에 개 옆구리라고 갖은 투정을 여기다 얽어 넣어서, 사회가 크게 분열되었습니다. 이런 싸움에서 이기기란 어렵습니다. 베트남에서 귀축들이 이기지 말란 법은 없었습니다. 만일에, 그들이 전력全力을 들였더라면, 그들은 더 버틸 수도 있었을 것입니다. 그러나 그들은 전력을 기울일 수가 없었습니다. 싸우고 싶어 하지 않는 병사를 가지고는 해보는 길이 없었던 것입니다. 한때 그 좁은 반도에 50만의 병력이 우글댔습니다만, 말을 물가까지 끌고는 가도 억지로 물을 마시게는 못 합니다. 안 될 일은 뻔한 것이어서, 싸움이란 것도 싸우는 군대 안에서의 사기라고 하는 것은 근본적으로는 자율적인 것이지, 사령관이나 장교의 힘으로 유지되는 것이 아닙니다. 그 자율성이란, 전쟁 목적에 대한 국민적 합의에서 나오는 것입니다. 지난 싸움에서 젊디젊은 꽃다운 나이에, 정종 한 잔 깨끗하게 비우고는 빵긋 웃고 비행기에 오른 '특공대' 원들을 어떻게 그렇게 시킬 수 있었겠습니까. 자율성이 우러나오는 합의란, 무슨 유식한 판단을 말하는 것이 아닙니다. 한 사회에 그런 판단을 할 수 있는 사람이 몇이나 됩니까. 그저 주먹구구의, 막 잡은 짐작 말입니다. 그 짐작에 맞으면 사기는 저절로 이루어집니다. 노동자들은 받는 돈만큼 힘을 냅니다. 병사들도 마찬가집니다. 그럴 만한 자리면 죽을 줄 알면서도 갑니다. 가지 않으면 안 됩니다. 전우들이 보고 있기 때문입니다. 향리鄕里의 부모형제 처자식이 보고 있기 때문입니다. 그래서 한 번밖에 없는 목숨을 술 한잔에 빵긋 웃고 버리러 가는 것입니다. 제국이 용병한 개화 이래의 모든 싸움에서 병사들은 기꺼이 죽었습니다. 그들은 성전聖戰의 대의를 옳게 여겼기 때문입니다. 전후에 와서 이러쿵저러쿵하는 전쟁 비판을 본인은 믿지 않습니다. 진주만의 승복에 목 메인 국민감정을 본인은 믿습니다. 싸워서 이기자는 뜻이었습니다. 이것을 믿지 않는 자들이야말로 제국의 패전의 책임자들입니다. 그러한 비국민 때문에 제국은 웅도雄圖를 못다 편 것입니다. 일부의, 미영의 아편에 취한 자들의 잘난 척하는 전쟁 비판 증언은, 그들의 민족에 대한 죄를 자백하는 것밖에 뜻이 없습니다. 이렇게 해서 프랑스령 인도차이나 반도는 공비들의 손에 넘어갔습니다. 인도차이나 반도와 조선반도는 그러나 그 성격이 다릅니다. 38도선은 포츠담 체제에 의한 분할선인 데 대하여, 17도선은, 호비와 프랑스 간의 휴전선입니다. 프랑스가 인도차이나 반도에서 물러남으로써 17도선은 포츠담 체제와 간접으로도 끊어졌습니다. 포츠담 체제의 수익자인 프랑스가 스스로 전리품을 내놓았기 때문에, 그것을 실력으로 차지하려고 하는 자에게 대해서, 아무도 포츠담 체제의 이름으로 비난할 수가 없는 것입니다. 즉, 17도선 이남은 우리가 피 흘려 얻은 땅이라는 소리를 할 수 없는 것이, 귀축미영의 입장이었습니다. 남이 내던진 전리품을 주워담으려고 슬몃슬몃 대어들었다가, 깊이 빠져든 싸움이 베트남 전쟁이었습니다. 그것도, 귀축들은, 직접 귀여운 새끼들을 보내 싸우는 데 대하여, 적마, 모비는 저희들 피는 한 방울도 흘리지 않고, 호비 혼자서 당해냈습니다. 38도선과 17도선은, 포츠담에서 제네바까지 가는 교통비가 싸다고 해서 가까울 수는 없습니다. 38도선은 귀축들이 아 제국으로부터 강탈한 전리품의 분할선이며, 적마 러시아가 아 제국에게서 강탈한 전리품의 분할선입니다. 총독부 예하의 일부 군관민 가운데는 이 점을 알지 못하고 본총독부가 베트남에서의 프랑스 총독부가 취한 정책이나 알제리아에서 '프랑스의 알제리아 전선'이 취한 정책으로 옮겨가는 문제를 생각할 때가 되지 않았는가 하는 이야기가 나도는 모양이지만, 이것이 잘못인 것은 뚜렷합니다. 총독부는 귀축과 적마들의 손으로부터 조선 반도를 다시 뺏어내기 위해서는 환상은 금물임을 뚜렷이 하고자 합니다. 본인은 현재의 반도의 휴전선을 38도선의 복원으로 인식하며, 1950년에 일어난 반도 사변은 반도에서의 포츠담 체제의 변혁을 위해 일어난 것이 아니라, 지나 본토에서의 모비의 일방적 패권을 후퇴시키기 위해서 꾸며진 국제 음모로서 보고 있으며, 만일에 그 음모가 이루어졌더라면, 귀축들은 장개석 군의 본토 상륙의 대가로 남조선을 적마에게 내주었을지 모르나, 귀축들이 그 길을 택하지 않고 모비의 티토화 쪽에 걸기로 하고, 장개석 군을 움직이지 않은 이상, 귀축미국은 조선 반도에서는 소심하게 포츠담 체제의 테두리에서 벗어나지 않은 결과가 되는 것입니다. 반도의 전란에서 제일 많은 피를 흘린 것은 반도인이었으나, 그것은 그들의 전쟁이 아니었던 것입니다. 그들의 피를 가지고 남이 일으켜서, 남이 마무리한, 남의 전쟁이었던 것입니다. 남의 전쟁이란 것은 그들이 전쟁으로 말미암아 그들의 팔자를 고치지도 못했고, 앞으로도 고칠 수 있는 길도 못 열고, 남의 장단에 춤이라면 몰라도 피를 흘린 것이기 때문입니다. 길을 열지 못했다는 말은, 비록 남의 전쟁으로 일어났을망정 하다못해, 김일성 일당이 제 힘만으로도 38선 이북으로 복귀하기만 했더라도, 적마 러시아에게 전리품으로서의 값을 치르고 북조선의 주인이 될 수 있었겠으나, 그들은 그럴 힘도 없었고, 모비의 힘을 빌렸기 때문에 또 다른 나라의 전리품이 된 것입니다. 그렇다고 해서 적마의 전리품으로서의 본질이 없어진 것이 아니고 보면, 반도는 포츠담의 전리품임과 동시에 모비의 전리품이라는 이중의 전리품이 된 것입니다. 김일성은 호지명胡志明처럼 식민지 총독부 당국으로부터 실력으로써 현 북조선 지역을 인수한 것이 아닙니다. 총독부는, 그러므로 현존하는 반도의 토착 세력에 대해서 아무런 법적 의무가 없을 뿐만 아니라, 그 실력도 인정하지 않습니다. 총독부는 또한 모비에 대해서도 반도에서의 기득권을 인정하지 않습니다. 포츠담 체제의 당사자인 귀축과 적마에 대해서만 교섭의 상대로서 나가고 있습니다. 이것이 반도 정세의 본질입니다. 인도차이나 반도에 대한 현상론적 인식은 포츠담 체제라고 하는 현 정세의 출발점을 논의에서 잊어버린 데서 오는 삼류 정치인들과 사류 평론가들의 잘못이겠으나, 귀축과 적마의 세계 정책의 담당자들은 물론 포츠담 원본을 가지고 있을 것이므로, 본 총독부의 인식과 일치할 것으로 믿습니다.

데탕트란, 그렇기 때문에, '포츠담 체제,' '포츠담 체제에 대한 변혁의 시도(냉전),' '포츠담 체제에로의 복귀'라는 전후사의 운동에서의 제3단계에 붙여진 이름입니다. 발틱해에서 일본해에 이르는 이 체제에서의 귀축미영과 적마 러시아가 접경하는 어느 고리도 달라진 것이 없으며, 앞으로도 그럴 것입니다. 지난번 귀축들은 존넨펠트 발언을 통해서 이 사실을 확인했습니다. 유럽에서의 포츠담 체제의 확인 신호입니다. 아시아에서의 존넨펠트 선언은 베트남에서의 철수가 바로 그것에 해당합니다. 인도네시아와 인도에서의 세력 교체가 그것에 해당합니다. 즉, 조선 반도에서의 38도선에서의 분할 상황은 줄곧 움직이지 않았으나, 영국·프랑스·폴란드 등, 이류, 삼류 식민지 소유국들의 구 점령지역인 인도·인도차이나·인도네시아에서는 융통성 있는 게임이 벌어져왔으며 앞으로도 그러리라는 것입니다.

특히 주목할 일은, 귀축미국과 적마 러시아가 포츠담 체제의 제1지역에서의 원칙을 그 밖의 지역에 대해서도 확대하려는 경향입니다. 모비의 패권이 이루어지는가 싶던 인도네시아에서 귀축미국과 적마 러시아는 연합하여 모비를 몰아내고 난 후에, 인도와 인도네시아를 사이좋게 나누어 가졌습니다. 아프리카와 중동에서의 그들의 협력도 이와 같은 방식입니다. 이렇게 해서 그들은 냉전이라는 이름으로 시작된 포츠담 체제에 대한 변화를 시험해본 기간을 지나 대체로 지난 10년 동안에 데탕트라는 이름 아래 포츠담 체제로 돌아왔습니다.

이 같은 정세 위에서 총독부는 다음과 같이 두 가지 시안을 마련하고 있습니다. 첫째는 반도에서 전쟁이 일어나도록 유도하는 것입니다. 여러분이 아시다시피 가로 갔건 모로 갔던, 지난 30년 동안 반도는 평화를 누렸습니다. 남북을 통하여 이 기간에 과중한 군비 부담에도 불구하고 생산력은 이미, 총독부 통치시대의 수준을 마침내 넘어서고 말았습니다. 본인은 눈 뜨고는 이런 꼴을 보지 못합니다. 본인은 요즈음 소화가 나빠졌습니다. 평화라고 하는 것은 어떤 기간에 걸쳐서 계속될 때에는 반드시 살림을 살찌웁니다. 반도의 경우에도 마찬가지였습니다. 지금쯤 다시 이 반도에 전쟁이 일어나게 해서, 지난 30년의 성과를 깨끗이 잿더미로 만들고, 굶주림을 불러들이는 것, 이것이 가장 좋은 길입니다. 이 같은 전쟁을 통해서 아 제국은 1950년대와 같은 전쟁 경기를 다시 한 번 맛볼 수 있을 것이며 국수 세력의 힘을 강하게 할 수 있고, 잘 하면, 군사적 개입의 길을 열어놓을 수 있을 것입니다. 총독부 당국은 온 힘을 기울여, 이 정책이 실현되도록 애써오고 있습니다. 그러나 이것은, 우리로서는 으뜸가는 정책임에도 불구하고, 귀축과 적마 사이의 포츠담 체제 복귀의 정책과는 정면으로 마주치는 것임이 사실입니다. 그런 까닭에, 총독부 당국은 차선의 길로서 비전비화非戰非和의 방략方略을 아울러 펴나가고 있습니다. 이 길은, 처음 것보다는 못하지만, 반도인의 힘을 지치게 하고 자립할 수 있는 틈을 주지 않는 효력은 넉넉합니다. 이 일을 위해서는 총독부는, 남북의 어느 한쪽에도 사랑이 치우치지 않도록 하고 있습니다. 더욱, 김일성 체제는 아 제국의 국체를 작은 규모에서 본뜨고 있는 상징적 천황제로서의 내실을 더욱 굳혀가고 있으므로, 제국으로서는 행여 김 체제에 변화가 오는 일이 없도록 깊은 배려가 있어야 할 것입니다. 만일에 필요하다면, 김의 위신을 높여주기 위해서, 제국은 거짓 양보조차도 해 보여야 할 것입니다. 김 체제가 건재하는 동안은, 그것이 아 제국의 국체 이데올로기의 반도에서의 건재임을 믿어도 좋을 것입니다. 김일성 체제가 뒤집어쓰고 있는 이데올로기적 허울에 대해서 걱정할 것은 없습니다. 그는 반도인들이 가지고 있던 유럽 추종에 대해서, 그 유럽에서 건너온 이데올로기를 남김 없이 희화화해 보임으로써, 개화 이래의 커다란 환상을 밝혀 보였으며, 천황제만이 반도인이 따라야 할 통치 구조임을 뚜렷하게 나타내 보인 것입니다. 반도인들의 마음을 이처럼 굳혀놓은 공로는 무엇으로도 갚을 수 없는 큰 것입니다. 반도인들이, 인간으로서 머리를 쓰고, 꿈을 꾸어보는 버릇을 가지게 하는 것은, 있어서는 안 될 일입니다. 김일성은 반도인들에게 오직 천황 폐하의 뜻을 받들어, 천황을 위해 살고, 천황을 위해 죽고, 천황을 위해 거듭나서 '봉공奉公'할 참다운 반도적 심성을 만들어냈습니다. 이러한 심성의 상징구조만 있으면 언제든지 그 허울은 갈아넣을 수 있습니다. 권력이 부지깽이를 들고 하느님이라고 부르면 그것을 하느님이라고 믿게 하는 것, 이것이 중요합니다. 이런 심성을 만들어냄에 있어서 김일성은, 더할 수 없이 충실한 아 일본제국의 국체의 선양자였습니다. 이 같은 공로에 비추어볼 때 상황 탓으로 그가 보위寶位를 모독하고 있는 듯이 생각하는 것은 소승적인 생각입니다. 김일성 체제는 반도인의 개화놀음의 우매성과 절망을 끊임없이 온존시키고 있기 때문입니다. 그들은 제국의 국체 개념 밖으로 오늘, 지금까지는 벗어나가지 못하고 있습니다. 반도인들이 만일에 꿈과 현실의 분리라는, 의식에 있어서의 방법적 조작 기술을 깨우치고, 꿈을 도구 삼아, 현실을 개선하는 요령을 터득한다면, 이것이 가장 불령不逞한 일이 될 것입니다. 꿈과 현실의 분리나 추출을 허락하지 않고, 토속적 실감의 지면에서 일어서지 못하는 파충류에 머무르게 하는 것이 무엇보다 힘을 들여야 할 방향입니다. 왜냐하면 '꿈'을 가진다는 것은 '꿈의 육화로서의 제국'이라는 아 국체로부터의 절도 행위이기 때문입니다. 제국의 행동은 그대로 꿈이며, 꿈이 즉 행위입니다. 반도는 제국의 꿈입니다. 반도인들이 꿈을 가진다는 것은 그러므로 제국의 영토를 절도하는 일이 됩니다. 총독부는 이런 선인鮮人을 모두 불령 선인으로 봅니다. 김일성이 하고 있는 일은 이러한 아 국책의 원칙에 더할 수 없이 충실합니다. 적은 일을 가지고 시끄럽게 해서는 안 될 것입니다. 믿고서 맡겼으면, 맡은 일을 마음껏 하게 놓아주어야 할 것입니다. 도리어 본국의 정치 정세를 본인은 걱정하고 있습니다. 마치 1930년대의 정객政客들의 탈선을 떠올리게 하는 일들이 일어나고 있습니다. 이것은 분명히 국체의 원리에 어긋나는 정치가 어떻게 되는가를 보여주는 좋은 본보기입니다. 어떤 사람들은 지금이야말로 총독부의 주도로 군이 지하에서 나와 정권을 잡아야 한다고 말합니다. 총독부는, 이 같은 말을 여러 모로 생각한 끝에 지금은 그때가 아닌 것으로 믿고 있습니다. 대세가 데탕트로 기울어지고 있는 지금으로서는, 제국은, 귀축과 적마에게 지레 겁을 줘서는 안 됩니다. 쉬지 않고 기다리면서 힘을 기르는 자에게는 역사는 반드시 자리를 만들어줄 것입니다. 반도를 지하에서 경영하는 일은 지금 조건에서 제국이 할 수 있는, 가장 큰, 국체의 전면 부활을 위한 준비입니다. 더욱, 반도는 지난날과 달라 적들이 전리품으로서 분할 지배하는 형편이기 때문에 이 조건 아래에서 총독부의 공작을 펴나가는 일은 몇 배나 어려워졌습니다. 이와 같은 사정에서, 반도의 경영의 두번째 목표는, 남북 사이에 데탕트의 여택余澤이 긍정적으로 미치는 것을, 적극 가로막아야 할 것입니다. 반도에서의 데탕트는 총독부의 입장에서는 두 가지 면에서 다루어져야 합니다. 첫째는 포츠담 체제의 확인으로서의 데탕트입니다. 이것은 반도의 영구 분단을 뜻합니다. 우리는 이 면을 환영합니다. 왜냐하면 그것은 반도가 강력한 국가로 통일되는 것을, 막아주기 때문입니다. 다른 면이란, 이 같은 데탕트가, 반도가 비록 분단된 채로나마, 양쪽에 군비 축소를 가져오는 방향으로 나가는 가능성입니다. 미국과 러시아는 38도선의 상호 존중의 약속 아래 원조 부담을 벗고자 움직여왔습니다. 반도의 남북의 현지치안피임당국現地治安被任當局에 대한 원조를 귀축과 적마의 양쪽이 모두 끊어버리기 위한 방향으로 공동보조를 취하고, 치안을 전면으로 현지병에게 담당케 하려는 것입니다. 남북의 현지 치안 당사자들이 취할 길은 두 가집니다. 하나는 앞으로도 군비 겨룸을 혀가 빠지게 이어가는 길입니다. 다른 하나는 귀축과 적마가 약게 구는 것처럼, 자기들도 약게 굴어서 군비를 줄이는 길입니다. 총독부는 앞의 것이 실현되도록 움직이고 있습니다. 이른바 남북회담은 지금 같아서는 잘될 것 같지 않습니다. 이것은 좋은 일입니다. 통일의 가장 쉬운 길은 남북이 군비 경쟁을 버리고 각기의 체제의 합리성을 높여가는 길입니다. 통일＝체제의 합리화／전쟁×민족력입니다. 이 공식은, 통일은 민족의 힘의 합리화에 비례하고, 전쟁에 반비례한다, 혹은 민족의 힘을 합리적으로 쓰면 통일에 가까워지고, 그것을 전쟁에 쓰면 통일은 멀어진다, 하는 것입니다. 혹 반대하는 사람이 있을 것입니다. 모든 국민사에서 무력에 의하지 않은 통일이 어디 있었는가 할 것입니다. 일반론으로서는 옳습니다. 그러나 반도에서의 이 법칙의 적용을 한번 살펴봅시다. 남북이 무력을 사용한다는 것은 동족만을 상대한다는 말이 아닙니다. 어느 쪽이든 일방이 단독 승리하자면 반도를 전리품으로 알고 있는 귀축 혹은 적마를 상대로 해야 합니다. 그런데 그 귀축과 적마는 포츠담 체제의 영속을 바랍니다. 통일=체제의 합리화/전쟁×민족력의 공식에서 전쟁은 민족력을 파괴할 뿐 외력外力을 파괴할 수 없다는 말입니다. 이것이 반도인들에게 데탕트가 뜻하는 바입니다. 통일에 대한 이 같은 불모의 길을 버리고, 만일에 민족력을 합리화하는 길을 택한다면, 그것은 먼 것처럼 보이되 가까운 길이 될 것입니다. 아 국체 이외의 이데올로기가 모두 관념적 허구라고 믿고 있는 본인으로서는, 통일=체제의 합리화/전쟁×민족력의 공식에서의 '체제의 합리화'라는 항은 간단한 것입니다. 어느 체제든 합리성을 극대화하면 그것들은 같아집니다. 이것은 데카르트의 '코기토 에르고 숨'처럼 순수 공식입니다. 요순지치堯舜之治=합리성이 극대화된 탕걸지치湯傑之治 —— 입니다. 즉, 성정聖政=극대極大로 합리화된 악정惡政입니다. 반도의 남북이 그들의 내정을 성정까지 밀어 올리면 통일은 그것으로 된 것입니다. 왜냐하면 성정聖政=악정惡政이기 때문입니다. S=무한대로 적분된 무한소입니다. 이것이 라이프니츠의 뜻입니다. 데카르트와 라이프니츠는 모두 신을 잃어버리고 만, 따라서 신과의 관계에서만 좌표치를 받았던 전근대前近代가 무너진 자리에서, '나'가 누구인가를 정립해야 할 사명을 느낀 사람들입니다. 'Cogito ergo sum'은 신의 아들로서의 '나'가 불가능한 자리에서 '나'에게 현실성을 주기 위한 천재적 설정입니다. 이것은 천문학에서의 코페르니쿠스의 지동설에 맞먹습니다. 근대인에게는 사실로서의 성성聖性은 불가능하며, 그것은 무한대로 개선된 비성성非聖性 —— 이라는 방법으로써만 가능한 것입니다. 반도인들이 왕조의 사직에서 풀려난 다음의 의식은, 오늘까지 비참하리만큼 방향을 찾지 못하고 있습니다. 그들은 아직, 데카르트와 라이프니츠와 코페르니쿠스와 마키아벨리가 겪은 저 무한심無限深의 심연을 뛰어넘지 못했습니다. 겁쟁이이기도 하거니와 뛰어넘든 뭐든, 그 심연이 어디 있는지도 모릅니다. 어느 체제든 합리성을 극대화하면 같아진다―이것이 오늘의 반도인들이, 귀축미영과 적마 러시아라는 그들의 스핑크스들이 던져 놓은 피 묻은 수수께끼에 대한 대답입니다. 이것은 순수 명제이기 때문에 증명을 필요로 하지 않습니다. 총독부는 반도인들이 이 같은 해답에 다가서는 길을 막아야 합니다. 통일=체제의 합리화/전쟁×민족력에서, 분자를 극소화시키고 분모를 극대화시키는 것, 이것이 총독부의 꾸준한 정책입니다. 이 정책이 성공할 많은 조건이 있습니다. 무엇보다 데탕트입니다. 데탕트를 위의 공식에 넣어 봅시다. 데탕트는 평화/분단이므로, 대입하면, 통일=체제의 합리화/전쟁×민족력×평화/분단입니다. 즉 총독부가 택할 길은 역시 분모계를 크게 하고 분자계를 줄이는 일입니다.

충용한 군관민 여러분, 무릇 모든 제국은 영토를, 그에 어울리는 영토를 가져야 합니다. 반도는 제국이 결코 내놓을 수 없는 영토입니다. 제국이 대륙의 구령舊領을 다시 찾기 위한 발판으로서도 반도는 결코 놓을 수 없는 땅입니다. 귀축미국의 반도 정책은 앞에서 분석한 바와 같이, ①돈 안 들이고, ②피 안 흘리고, ③포츠담의 전리품을 유지하는 일입니다. 군사 원조를 줄이고, 지상 병력을 감축하고, 그러나 반도의 절반 부분에 대한 권리는 결코 버리지 않는다는 것입니다. 이것은 당연합니다. 피 흘려 얻은 땅을 뺏기지는 않겠다는 것입니다. 이것은 적마호비赤魔胡匪의 입장에서도 마찬가지입니다. 총독부의 관찰에 의하면 미국은 이 같은 정책의 실현을 위해서는 반도에서의 제국의 발언권을 더욱 높이고 따라서 안보 책임을 분담케 하려고 할 것입니다. 제국의 권익은, 이같은 미국의 사정을 이용하면서 추구되어야 할 것입니다. 그 어느 때보다도 총독부의 입장은 강화되었고, 전망은 밝습니다.

31년 전 오늘을 돌이켜보고 본인의 마음은 천 갈래 만 갈래 흩어집니다. 오늘 반도의 상황을 이와 같이 분석해볼 때 이것은 잘못했으면 그대로 아 열도列島의 이야기일 뻔했기 때문입니다. 한쪽에 동경이, 그 이북의 어느 도시가 분단 일본의 북쪽 수도가 되고, 1950년쯤 열도에서 동족 사이에 전쟁이 나고, 한쪽은 귀축미국, 다른 쪽은 적마의 장비를 가지고 3년 동안 싸우다가 겨우 휴전이 이루어지고, 한편 반도에서는 미소공위米蘇共委가 순조롭게 진행되어 남북 각파各派가 참여한 통일정부가 서고, 독립운동 각파各派는 동일 헌법 아래에서의 정견을 달리하는 정당으로 탈바꿈하고, 바뀌가면서 정권을 맡는 가운데, 일본 열도에서의 내란통에 크게 돈벌이를 하고, 그것을 발판으로 비약적인 경제성장을 이룩하고, 미소와의 협의로 비무장 중립국이 되어 남아돌아가는 자금을 아 열도의 전후 복구에 꾸어준다— 한번 이렇게 생각해보십시오. 참으로 소름 끼치는 악몽입니다. 그러나 이것은 천우신조로 현실이 되지 않았습니다. 현실은 그와 거꾸로 된 길을 걸어왔습니다. 맹방盟邦 독일의 오늘을 생각해볼 때 이 느낌은 더욱 사무치는 바 있습니다. 독일은 같은 패전이면서도 1차대전 때만 해도 분할을 당하지 않았습니다. 세계 질서의 책임자가 단일하고 보면, 한 민족 속에 두 개의 지배 구조를 만드는 것은 불가능했기 때문입니다. 이번 전쟁에서 분단된 독일은 아마 가까운 장래에 통일되기는 바랄 수 없게 되었습니다. 오래갈 것입니다. 모든 형편은 유럽의 중심에 또 하나의 제국 후보자를 만드는 데 반대하는 쪽으로 흘러가고 있었습니다. 이 같은 힘을 거스를 힘을 독일이 만들어내는 것은 불가능합니다. 제국들의 행동은 잔인합니다. 미영이 스페인을 수인으로 매어두는, 그 일관성과 잔인함을 보십시오. 그들은 독일 또한 사슬에 묶어두게 된 것입니다. 이번에는 적마라는 새 간수를 얻기까지 했습니다. 주변의 모든 나라가 독일의 분단 영구화에 찬성입니다. 역발산力拔山하는 독일 민족도 이 사슬을 벗어나기는 힘듭니다. 지그프리트. 사슬에 묶인 지그프리트입니다. 사슬이란 분단입니다. 만일 이 운명이 아 제국에도 닥쳤더라면, 하고 생각하면. 러시아는 일주일의 대일참전으로 차마 균등 분단까지 요구할 수 없었다 치고라도, 부분 점령은 가능했을지도 몰랐던 것입니다. 실지로 스탈린은 8월 16일 미국에 대하여 북해도의 북반의 점령을 요구하였습니다. 스탈린은 '북해도 점령은 소련의 역사의식에 대해서 특별한 뜻이 있다. 잘 알려진 바와 같이, 일본은 1919년부터 1921년에 걸쳐 소련의 극동 전역을 점령했다. 소련이 일본 본토에 얼마쯤의 점령 지역을 갖지 않는다면 우리나라 여론은 들끓을 것'이라 통고했습니다. 이 요구는 미국에 의해서 거부되었습니다. 그것은 얄타에서도, 포츠담에서도 합의된 바 없기 때문입니다. 러시

아는 그 짧은 작전 기간 때문에 더 우길 입장이 못 되었다 하더라
도, 중국이야말로 그것을 요구할 수 있었을 것입니다. '구주九州'
라든지, '사국四國'이라든지 어느 한 섬을 중국이 분할 점령한다는
것은 당연한 일이었을 것입니다. 그러나 장蔣은 이 일을 이루지 못
했습니다. 이 순간에, 장의 정치적 장래는 결정된 것입니다. 패전
국의 본토에 그 주요 교전국의 하나가 발도 들여놓지 못한다면,
그 정부는 자기들 국민에 대해 무슨 위신으로 군림할 것이며, 그
들에게 동원되어 죽어간 사자들에게 무슨 낯으로 지하에서 상면하
겠다는 것입니까? 장개석이 중국 방면의 아 제국군 사령관을 문책
없이 돌려보낸 처사는, 참으로 경멸에 값하는 것입니다. 그는 민
중의 소박한 정의감을 외면한 것입니다. 국부 측이 아 본토의 '사
국四國' 섬이나 '구주九州' 섬에, 주일駐日 중국군 총사령부를 가질
수 있었더라면, 장개석의 정치적 운명은 달라졌을 것임을 본인은
의심치 않습니다. 미국이 방해했을 것입니다. 그것을 해결하는 것
이 정치력일 것입니다. 뗏목에다 실어서라도, 중국군 제복을 입은
인원을 아 본토에 올려놓았어야 할 것입니다. 장蔣은 그것을 하지
못했습니다. 자기 민족이 적에게서 받은 굴욕을 갚기 위해서 국민
을 조직할 힘이 없는 정부는, 정부가 아닙니다. 오랜 전란 끝에 그
난의 책임을 적에게 물을 힘이 없는 정부에 대한 불신과, 허공에
명분 없는 망령으로 방황하게 된 전사자들의 원한이, 장蔣을 본토
에서 몰아낸 것입니다. 이 또한 아 제국에게는 천우신조였습니다.
여기도 신풍神風은 불었던 것입니다. 이렇게 해서 우리는 맹방盟邦
독일의 운명에서 벗어난 것입니다. 이 끔찍한 분할 점령의 악몽을

반도가 현실로 짊어지게 된 것입니다. 반도는 제국의 비운의 순간에도 제국을 위한 살길을, 몸으로 마련한 것입니다. 참으로 제국의 복지福地가 아니고 무엇입니까. 참으로 제국을 위한 속죄양이 아니고 무엇입니까? 그러나 본인도 사람입니다. 더구나 폐하를 위해 반도의 경영을 맡는 몸으로서, 반도 신민에 대한 한 가닥 측은한 마음을 느끼지 않는 것은 아닙니다. 그러나 이것은 어디까지나 한 가닥 느낌에 지나지 않습니다. 내지와 반도의 운명을 그렇다고 바꿔줄 수는 없는 것입니다. 더욱 조심할 것은 정세는 비상한 주의를 가지고 지켜봐야 할 위험한 요소를 가지고 있다는 것입니다. 그 요소란 다름이 아닙니다.

맹방 독일은 분단되었으나, 오스트리아의 처리 방식은 이와 완전히 상반된 것이었다는 점입니다. 대국의 분단은 영구화시키지만, 소국의 분단은 각 점령 당사국의 기득권이 보장된다면 해소시켜도 좋다는 것입니다. 제국의 내셔널리즘과 소국의 내셔널리즘의 조화가 실현된 것입니다. 조선 반도에서 총독부가 가장 걱정하는 것이 이 오스트리아식 해결입니다. 체제의 합리화/전쟁×민족력×평화/분단,이라는 공식이, 오스트리아에서는 분자계를 극대화시키는 방향에서 마침내 현실화된 것입니다. 이것이야말로 반도 문제의 핵심입니다. 현상적 유사성 때문에 베트남과 반도를 대비시키는 론이 많습니다만, 이것은 법적으로 아무 관련이 없으며, 현실의 본질, 즉 힘의 관계에서도 아무 닮은 데가 없습니다. 반도가 닮은 형은 바로 오스트리아입니다. ①법적으로 독일 영토였으나 실질적으로는 강제 합방이었고, 따라서 ②엄연한 타국이며,

③ 분단된 오스트리아는 아무에게도 위험한 존재가 아니며, ④ 독일의 전쟁 책임도 나누어 질 것을 추구하는 채권자가 아무도 없으며, ⑤ 그 자체로서는 대단치 않으나 주변국의 어느 하나에 또 합병되는 경우에는 세력 균형에 큰 혼란을 준다는 점, 그리고 ⑥ 분할 점령되었다는 점, ⑦ 따라서 민족 안에 국가 장래에 대해 이질적인 전망을 가진 복수의 정치 집단이 조직되었다는 것입니다. 조선 반도는 구프랑스령 인도차이나가 아니고 구조적으로 구독령舊獨領 오스트리아인 것입니다. 따라서 반도의 통일은 베트남 방식으로는 불가능하고, 오스트리아의 건국을 이룬 조건들이 이루어진다면, 반도 또한 통일될 수 있는 것입니다. 그러면 그 조건이란 무엇인가. 오스트리아는 적마와 귀축들의 점령을 통하여, 독일이나 반도에서와 같이 좌우 정치 세력이 각기 보호자의 그늘에서 조직되었습니다. 이 조직 세력을 한 민족 속의 두 개의 권력으로 기능시키지 않고, 한 국가 속의 두 개의 정치 당파로 기능시킨다는 조건입니다. 이 조건에 점령자들이 합의하고 현지 정치 당파들이 또한 합의한 것입니다. 일방적 패권의 추구 대신에 합법적인 이해 경쟁을 택한 것입니다. 오스트리아는 지금은 소국小國입니다마는, 역사의 어떤 기간에는, 유럽의 문명 중심의 하나였고, 무엇보다 권모의 대가 메테르니히의 나랍니다. 권모란 문명계산文明計算입니다. 힘의 합리적 운용입니다. 그들은 좌우 이데올로기에 대한 관념적 환상을 가질 만큼 야만하지도 않았고, 주변 여러 나라를 동맹국으로서 과신할 만큼 어리지도 않았습니다. 그래서 그들은 자기 밖의 이리와 안의 이리, 즉 타국과 타당他黨을 모두 무해화시키는 길을

가기로 뜻을 모은 것입니다. 이 뜻은 합리적인 것이었으므로, 통한 것입니다. 반도의 여러 정파들의 경우에도 이 법칙은 그대롭니다. 그들이 오스트리아의 길을 가면, 즉 체제의 합리화/전쟁×민족력×평화/분단에서 분자계의 수치를 증대시키는 길을 간다면, 어느 지점에서 통일이라는 현상을 얻는다는 것은 자명한 일입니다.

그러므로 총독부는 반도의 정치력이 이 곬으로 흐르는 것을 막아야 합니다. 다행히, 반도의 공론이, 그들에게는 타산지석도 아닌 구프랑스령 인도차이나에 눈이 팔려 있거나, 팔려 있는 체하는 동안은, 의식의 면에서도 오스트리아의 모습은 떠오르지 않을 것입니다. 그들은 늘 현상에 끌려 본질에 색맹입니다. 눈에 잘 보이는 것이 제일 그럴듯하다는 것입니다. 총독부의 학무국은 이러한 경향을 더욱 심화하기에 게을리함이 없어야 하겠습니다. 당장 입에 단 것이 좋고 혓바닥에 쓴 것은 몸에도 해롭다고 그들은 생각하고 있습니다. 이 또한 좋은 일입니다. 풍속과 이념을 분리할 줄 아는 길만이, 겉보기에 속지 않는 길만이, 제국처럼 신국神國 아닌 모든 국가나 집단이 따라야 할 슬기인데도, 이들은 완강하게 현상에 눌어붙습니다. 이것은 아마 누대에 걸친 무사주의無事主義에다가, 제국이 통합 기간 중에 베푼 국체 사상의 교육에 의한 효과인 것으로 보입니다. 반도인들은 자신들을 분단 독일에 비유하면서 통일을 논하고, 구프랑스령 인도차이나에 비겨 내란의 전국戰局을 말하려 합니다. 염치없고도 눈 없는 자들입니다. 반도는 강국이 아니었고, 반도는 아 제국의 점령군과 교전한 적이 없습니다. 반도는 독일도, 베트남도 아니며, 가능적可能的 오스트리아입니다.

데탕트는 포츠담 체제의 재확인이기 때문에 포츠담 체제에 의해 이루어졌고, 유지되고 있는 반도 문제 해결의 열쇠 또한 포츠담 체제에, 즉 데탕트 속에 있습니다. 이와 똑같은 구조를 가지는 오스트리아식 해결 방식이, 그 열쇠의 구체적 모습조차도 밝혀놓았습니다. 현지에 형성된 복수의 권력 추구 집단의 절대성의 추구를 상대화시키고, 절대적 관념 밑에서 통제되는 상대적 경쟁 집단으로 전환시키는 것이 그것입니다. 총독부는 이러한 방향으로 사태가 움직이는 것을 전력을 다해서 막아야 합니다. 본인이 위험한 요소라 함은 이런 방향으로 흐르고자 하는 힘입니다. 본인은 이 힘을 불령한 힘이라 부르며, 그렇게 움직이는 선인鮮人을 불령선인 不逞鮮人이라 부릅니다. 이러한 움직임은 사실상 중요한 고비를 넘겼습니다. 지난 1972년의 남북이 합의한 7·4성명이 그것입니다. 7·4성명은 반도인들의 자주적 건국을 위한 초석을 놓은 것입니다. 이것은 데탕트에서 얻을 수 있었던 최대의 과실입니다. 여기에는 오스트리아식 해결로 갈 수 있는 모든 포석이 마련돼 있습니다. 이 길로 가는 데서 제일 큰 장애물은, 정통성의 주장입니다. 혁명적 정통성, 민족적 정통성 따위입니다. 아 제국의 국체 말고는 어떤 사회에도 정통성이라는 것은 없습니다. 그러나 7·4성명의 이념이 현실화되는 것을 막기 위해서는 반도 안에 이러한 정통성을 고집하는 세력이 있는 것이 필요합니다. 김일성 일당의 혁명적 정통성 주장은 우리에게 크게 도움되는 것임을 알아야 합니다. 물론 그에게는 아무 정통성도 없습니다만, 그가 그렇게 주장하면 할수록 기존 권력의 상대화는 어려워지며, 따라서 반도의 남북이 평화 공존하기는 어려워지고 분단이 경화되게 됩니다. 문화민족이란 것은, 금속활자를 만들었다거나, 불경을 나무토막에 파가지고 축수했다거나, 항아리를 구워낸다는 말이 아닙니다. 문화민족이란 누가 나의 적이며, 그 적을 몰아내자면 어떤 방책을 어떻게 힘을 모아서 실현시킬 것이냐를 아는 집단 슬기라고나 할까요, 그런 재주를 부릴 줄 아는 민족을 말합니다. 이런 슬기는 사회의 어떤 일각에서 일어나더라도 그것이 공용으로 유통되고 성원 모두의 상식이 되어 권력에 대한 압력으로 작용하여야 합니다. 반도에서 7·4성명이 이런 넓은 저변에까지 스며들고 구체적인 상식이 되기는 매우 어렵습니다. 그러나 대세라고 하는 것은 막기 어려운 것도 사실입니다. 대세란 사실은 여러 갈래 흐름이 어우러진 움직임입니다. 7·4성명에서 빛을 찾고, 그것을 국민 자신의 기득권으로 삼으려는 움직임은 이르는 곳마다에 있다고 봐야 하며, 한 개인 속에도 저도 모르게 숨어 있는 요소라고 보아야 합니다. 그러나 총독부의 방침에 대한 호응자를 우리는 많이 가지고 있습니다. 제국의 유덕遺德과 치적은 맥맥히 이 산하와 인심 속에 살아 있어서 이 노병의 지난한 임무를 가능하게 하고 있습니다. 반도의 전운戰雲이여. 때맞춰 일어나고, 때맞춰 스러지라. 나는 너희에게 이르노니, 이 산하山河 생영生靈을 맡고 있는 본인의 뜻을 어기지 말라. 나의 마하장병摩下將兵이여. 관민 여러분. 식민지의 모든 밀정, 낭인 여러분. 불발不拔의 믿음으로 매진하라. 제국의 반도 만세.

— 총독 각하의 말씀을 마칩니다. 제국의 반도 만세. 여기는 조선총독부지하부가 보내드리는

총독의 소리 방송입니다.

방송은 여기서 그쳤다.
고요함이 일시에 귀로 몰려든다. 작은 구멍으로 쏠리는 홍수처럼. 크낙한 홍수의 밑바닥에 누워서 아우성치는 큰 물소리를 듣는다. 불모의 조류처럼 길 잃은 정충들의 소용돌이는 하수도를 흘러간다. 죽은 쥐들의 자궁을 엿보면서. 아홉 구멍 속에 죽은 시간을 가득 채우고 구공탄은 헛된 성곽의 꿈을 꾼다. 아무도 모른다. 역사는 억년億年. 인생은 70년. 이 세상이 내가 쓴 소설이 아닌 바에야 내 죌까 보냐고. 실성한 고단한 대뇌피질들의 피라미드 위에서 검은 사보텐은 일식日蝕처럼 웃는다. 지쳐라 지쳐라. 삶은 지치는 것. 오른손이 왼손을 할퀴고 왼손이 오른손을 비틀게 하라. 숱한 오리발을 만리장성처럼 둘러놓고 푸짐하게 장닭을 잡는다. 민들레 씨앗처럼 흩어지는 깃털 속에서. 낮닭의 울음도 없는 한낮의 명함 속에서. 정의를 위해서도 시샘하는 사람들도 꿈길에서 미인 콘테스트의 계단을 올라간다. 수영복을 입고서. 휴머니즘의 아이섀도를 짙게 칠하고. 리얼리즘의 살진 유방을 내밀면서. 내가 제일 이쁘죠. 겨울의 계단의 시멘트 틈바구니에 말라붙은 잡풀은 봄을 단념하였다. 슬픔의 옛 시간에도 내리던 비. 어린 아기의 잠 깸처럼. 목숨들이 새로웠을 때 보았던. 기약 없는 싸움터로 내보내기 위해서 중얼거리는 헛소리의 전수를 하는 학교들에는 빈 교실에 그나마 위엄이 있다. 욕됨. 돈 없고 무식하다고 덮어 누르는 거짓말의 덩어리. 거짓말의 꽃동산. 썩은 거름보다도 추한 독초를 피우기 위해서 세상은 미쳐야 한다. 슬픔의 무게 때문에 두레 빠지지도 않는 지구를 위하여. 냄비보다도 못한. 참으라고 하는가. 두레 빠짐의 종말의 날을 위하여. 그러나 60년. 그대의 시계는 너무 크다. 우리는 밑천이 짧은 사람. 이제 태양도 지쳤다. 오랜 홍역을 앓으면서 신열을 뿌려온 투명한 창가에서 기침을 한다. 밤을 질주하는 자동차 소리. 어둠을 금 그으면서 검은 상어의 귓속으로 들어간다. 피 흐르는 속삭임을 위해서. 무당들과 간신들과 종돼지처럼 살진 왕과 왕비들을 위해서만 있었던 순라꾼들의 밤은 질기기도 하여라. 인경은 겉멋으로 치는 것은 아닌 것. 꿈속의 대뇌피질의 꿈의 자리에서도 뚜렷한 슬기 속에서 치는 터질 듯한 종소리가 있어야 하는 것. 밤이여 깊어라. 밤이여 익어라. 땅이 썩고 눈이 먹물처럼 흐리도록 밤아 익어라. 마지막 한마디를 어느 시인이 쓰는 순간에도 지구는 가라앉지 않는다. 밤은 더 익기를 원한다. 봄잠을 즐기는 새아씨처럼. 도둑놈의 팔베개 위에서. 명령받은 단두대처럼 밟히는 작두처럼 지구는 시간의 골차滑車를 끼고 시간을 여물 썬다. 독버섯과 민들레를 가림 없이. 눈 뜨고 있는 눈은 단두대에 가장 가까운 눈. 아무도 변호하지 못할 시간을 위해서 재심 청구서를 끄적이며 망명 보따리를 되만져보며 어둠 속에서 담배를 피우면서 어두운 전화 연락을 한다. 밤의 전화기에 매달리는 손들은 얌체스러운 흥정을 주고받는다. 하수도가 하수도를 구하기 위해서는 어찌하면 좋은가. 도장 찍힌 달은 순결을 잃은 처녀처럼 다리를 벌리고 허공 속에 누워 있다. 도시의 하늘 위에. 모두 자기만은 죽지 않으리라고 생각하는 꿈속에서 검은 쥐들이 낟알섬 헐 듯 희망을 헐어낸다. 까먹은 조개무덤처럼 집들은 웅크리고 거미줄처럼 다만 실성한 말만을 위해 있는 전깃줄에 묶인 채 도시는 잠잔다. 병원의 시체실에서 시체가 일어난다. 서무과에 가서 계산을 맞춰보기 위해서. 그러나 다시 눕는다. 그만한 일은 산 사람들이 해주리라 믿으면서. 적십자의 모양을 한 피 묻은 거즈를 배에 두른 채. 거짓말 찬송가도 없이 죽은 자기의 죽음을 서운해하면서. 간호부들은 내일의 데이트를 위해 콜드크림을 바르고 꼬부라진 당직의 밤을 밝힌다. 레지던트는 논문을 쓰면서 하품을 한다. 더 많은 재앙을. 풍성한 재앙을. 햇빛처럼 우박처럼 원자의 재처럼 푸짐한 재앙의 시간 속에서 아이들은 잉태되고 죄의 첫 공기를 숨 쉰다. 죄악의 목마 위에서 착함을 배운다. 밤의 바다 물결에 헤엄치는 것들. 집과 길과 찻집과 호텔과 시험공부와 얼어터진 손과 실성한 머리와. 초상난 집에서도 밥을 짓듯이 빼앗긴 들에도 봄은 온다. 거짓말을 지키기 위한 전차戰車들이 장갑을 끼고 밤 속에 웅크리고 있다. 깡패처럼. 카포네의 기관총수들처럼. 포탄의 시가를 물고. 민중을 깔보는 자들이 민중을 대변한다. 달에서 지구를 본 육체의 눈만 한 의식의 눈이 있다면. 지구는 한 줄의 시가 되리라. 지구는 말이 되리라. 지구의 말을 알아들을 수 있으리라. 눈이 있다면 둥근 슬픔의 그림자의 메시지를 읽을 수 있으리라. 말을 건설하기 위해서 시인은 오늘도 불면제를 먹는다. 컴퍼스와 세모자와 함께 말을 존경하는 마음을 해소기침처럼 앓으면서.

옹고집뎐

옹고집은 고집스럽지도 아무렇지도 않은 사람이다. 그날 골목에 들어설 때도 그러니까 유별나게 고집스러웠을 리도 없는 일이다. 자기 집 — 전셋집이지만 벌써 3년째 살고 있는 집이니 자기 집이라고 쉽게 부르는 것이고 그날따라 그 점이 마음에 걸렸던 것도 물론 아니다. 그래서 자기 집 대문 앞에 와서 대문에 손을 얹었을 때까지도 아무 일도 없었다. 다음에 그는 "여보" 하고 불렀다. 이 집은 서울 변두리에 있는 후진 지역에 있다. 변두리라고 하지만 오래지 않아서 변두리란 말은 여태껏 우리가 써온 뜻과는 아주 반대가 될 것이 분명한 것은 좀 생각해보면 아마 누구나 알 수 있으리라. 변두리라면, 으레 치우치고 멀다는 것일 게고, 그것은 요긴하고 으리으리한 데서 멀고 치우쳤다는 말로서 치부되어온 것이 틀림없다. 그러나 근래 몇 해 안쪽에 이런 사정은 아주 바뀌었다. 만나는 사람마다, 문안에 집을 가진 사람을 보면 빨리 처분하고 변두리로 나가라는 권고를 많이 듣게 된다. 이런 추세는 서울이 점점 부대해지면서 구舊 서울은 관청이니, 상점이니 하는 것들이 차지하고, 가족이 먹고 자는 장소는 자꾸 밖으로 밀려나오는 흐름을 너나없이 알고 있는 터에서 하는 말이다. 그래서 이런 사정에서는 변두리보다 교외라고 하는 말이 체모가 있어 보인다. 그러나 옹고집이 사는 집이 있는 일대는 역시 변두리라고 하는 편이 옳은 그런 지역이었다. 원래 변두리도 교외도 아닌 그저 벌판인 지가 그리 오래되지도 않은 지역으로 산비탈에 빼곡히 들어찬 후진 교외였다. 옹고집은 이 지역 — 그러니까 자기 집이 있는 이 지역에, 들어설 때마다 한번 고개를 들어 주욱 산을 메운 집들을 훑어보는 것이 언제부턴가 버릇이 되었다. 그때마다 그는 부산 염주동 판자촌을 떠올린다. 염주동이 생각나는 것은 별로 당돌한 일도 아닌 것이, 피난 시절에 거기 살았기 때문이다. 지금 생각해보면 피시시 우스워지는 것이, 무슨 알량한 신분이라고 그 고생을 하면서 부산 한끝까지 기어내려가서 피난살이를 했는지 알 수가 없다. 옹고집의 부친은 청량리에서 채소 가게를 보면서 산 지가 옹고집이 철들어서부터니깐 꽤 오랜 토박이요, 장사치였다. 전쟁이 터졌을 때만 해도 그럭저럭 흉하지는 않게 살던 것이 환도를 한 다음부터는 아주 망해버린 집안이 되고 말았다. 집이 불타버렸던 것이다. 그러나 집은 없어도 워낙 환도한 다음의 살림이란 것이 너나없이 한데에서 다시 시작하는 몰골이라 결정적인 타격이랄 것은 못 되었다. 환도한 가을부터 앓기 시작하다가 이듬해 봄에 부친이 돌아가자 그때부터가 옹고집한테는 정말 피난살이 같은 살림의 출발이었다.

식구는 어머니와 누이 (위로) 둘이었는데, 옹고집은 누이들 덕도 보지 못했다. 맏누이는 그럭저럭 시집을 간 것이 이름을 댈 것도 없는 조무래기 무슨 회사의 월급쟁이였고, 그나마 어머니를 모시게 된 것만도 다행이었으나 옹고집의 진학 같은 것은 아예 문제가 되지 않았다. 둘째누이는 처녀티가 나면서 나일론 손수건을 목에 매고는 청량리 앞 불탄 자리에 여기저기 들어선 빵집 같은 데 남자애들하구 들락날락하더니 아주 어느새 종적을 감추고 말았다. 아무도 돌보아줄 사람이 없다고 해서 사람의 팔자가 반드시 나쁘랄 법은 없지만, 그렇다고 그런 환경이 반드시 좋은 팔자로 미끄러지랄 법 역시 없는 법이다. 옹고집의 경우는 이 나중 법이었다. 그는 신신찮은 위인으로서 그런 경우에 당한 모든 사람들이 나타내는 생명력의 강도 가운데서도 가장 용렬한 정도의 길을 걸었다. 이것저것 돌아가는 대로 일을 했다. 특징이 있다면 꼭 한 가지, 아무 특징이 없다는 특징밖에는 없는 사람인지라 이렇다 하게 쓸 것이 없다. 그가 지금 아내와 결혼한 것은 환도 후의 일이었다. 장인이 부친과 같은 바닥에서 오래 지내온 터여서 그렇게 된 것이었다. 그런데 그 처가가 환도 후에는 부쩍 피어서 지금은 서너 군데에다 대중음식점을 차리고 있는데—그렇다, 인제 보니 옹고집의 이력에 단 한 가지, '문제'랄 만한 것이 있긴 있다. 처가와 사이가 좋지 않은 것이다. 부친의 생전에 장인이 어지간한 액수의 돈을 꾸었는데 그 후에 소식이 없었다. 옹고집은 그렇다고 해서 그 일이 화가 난다거나 그런 사람은 아니었다. 다만 늘 그 일이 꺼림칙해서 처가 쪽으로 발길이 뜸해졌던 것이다. 저쪽에서 오죽 거북하랴

하는 생각에서였다. 결코 꽁해서 마음에 두는 탓은 아니었다. 장인 사위 사이에 이제 와서, 자 자네 부친한테서 빌려갔던 돈일세, 할 수도 없을 터이고, 그렇다고 아주 잊은 것은 아닐 테니 오죽 난감한 것이 장인의 처지이랴, 장인의 개기름이 번드르르한 얼굴을 떠올릴 때마다 옹고집은 아주 송구스러웠던 것이다. 될 수만 있으면 그 일이 머리에서 어떻게, 말하자면 담배 연기처럼 흐지부지 흩어져서 잊어버려지거나 했으면 좋으련만, 딱하게도 기억력이 특별히 뛰어난 것은 아니지만 그렇다고 돌아서면 잊어버리는 시라소니도 아니어서 아무리 애써보아야 그렇게는 안 되는 것이었다. 그렇다고 장인의 마음을 편하게 하기 위해서 자살해드린다는 일도 어려운 일이었다. 장인을 친부모처럼 섬길 아량이 없어서가 아니라 사실 그렇게까지 하기는 옹고집이 아니라도 어려운 일이었다. 그래서 그는 벌써 그러니깐 결혼 이후로 그는 장인을 만난 적이 없다. 그런데 이 일이 아내에게는 큰 불만이었다. 아버지한테 귀염성스럽게 굴면 편한 벌이를 할 수 있는데 당신이 옹고집이기 때문에 이 고생을 한다는 것이었다. 그렇다고 또, 옹고집의 아내가 아주 무슨 고약한 악처인 것은 아니었다. 간간이 친정에 가서 이것저것 얻어 오고, 세 아이들—맨 위가 사내로 중학교 1학년, 다음이 역시 사내인 국민학교 4학년, 끝이 올해 국민학교에 들어간 계집아이인 세 남매를 사는 형편보다는 깔끔하게 입히고 먹이는 아내인즉 악처가 아니라기보다는 오히려 현처인지도 모르겠다. 옹고집은 그런 아내를 현처니 뭐니 하고 생각할 사람도 아니다. 아내란 것이 그런 일 말고 할 일이 달리 있으랴, 하고 생각하는 것도 아니고, 그저 그렇게 사는 사람이다. 하기는, 요 몇 달째 그들 부부 사이에는 다툼이랄 만한 상태가 있긴 있어왔다. 옹고집은 그동안 다녀오던 일자리를 잃어버리고 새 일자리가 아직 마련되지 못하고 있었다. 그래서 몹시 어려운 고비였다. 아내 말인즉 아버지를 찾아보라는 것이었다. 아버지 말이, 고분고분했으면 얼마든지 도와주겠는데 제가 옹고집이고 가까이 오지 않으니 자기도 감정의 동물이라 도와줄 것도 도와주고 싶지 않으며 고생하겠으면 해보라고 하더라는 것이었다. 그러니 아무 때건 늦을 수 없는 것이 부모 자식 사이니, 내일이라도 아버지한테 들러보라고 해온다. 옹고집은 아내가 이런 말을 할 때마다 어리둥절하는 것이었다. 누구 얘기를 하는 것인지 알 수 없다. 여태껏 시답잖은 일이지만, 그리고 이번처럼 때때로 일자리가 바뀌어서 쉬는 사이도 있기는 했지만 제 손으로 벌어먹고 살아온 것이 혹 죄가 될지는 모를망정 장인에게 불손한 일을 한 기억이 없다. 도무지 만나지를 못하니 불손이고 무엇이고 할 나위가 없는데, 따라서 고분고분이건 나긋나긋이건 할 거리가 없지 않은가, 이렇게 생각한다. 그러나 아내에게 그렇게 말하지는 않는다. 무슨 일이건 찬동을 하는 일이면 몰라도 조금치라도 다른 말을 해야 할 경우에는 먼저 혀부터 굳어지는 그런 버릇이 있는지라, 그럴 때면 꿀 먹은 벙어리처럼 가만히 앉아 있는다. 그러면 아내는 저 옹고집, 당신 정말 옹고집이라고 한다. 이것도 옹고집은 가장 알 수 없는 일인데 옹고집이라는 이름이 나쁘다는 말인지, 당신이 당신이란 말을 욕으로 할 리야 없는데 그럴 때 아내의 얼굴이 꼭 발끈 화낸 얼굴을 하고 있으니 참으로 기괴하달밖에는 없다. 오늘도 그는 처가에 들르지는 않았다. 여기저기 갈 만한 데로 돌아다녔으나 옹고집이란 사람이 무슨 기술이 좋은 사람이어서 어느 곳이건 한 모 단단히 막을 만한 사람도 아니요, 아무 일이건, 노동이건, 사무 보는 것이건 — 사실 사무인 경우에는 지극히 얌전한 일, 말하자면 전표를 묶어두었다가 나중에 세어본다든지 그런 일인데, 아무튼 아무 일이건 누구나 하는 일을 시키면 하는 그런 사람이었으므로, 어디에나 그런 사람은 있었고 더군다나 꼭 그가 찾아가기 한걸음 전에들 찾아와서는 그의 몫을 차지해놓고 있는 것이었다. 그가 오늘 자기 집 대문에 손을 얹기까지 대충 그는 위와 같은 시간을 보내온 사람이다. 그러나 보다시피 그런 것은 대단치도 않은 이력이거니와, 그 후에 일어난 일과도 꼭 상관이 있다고는 할 수가 없다. "여보" 하고 불렀을 때 그는 문간방의 세대주로서 자기 아내를 불렀던 것이다. 이 집은 한 채를 세 세대가 빌려 살고 있었는데, 옹고집네는 문간방과 달린 부엌을 쓰고 있다. 옹고집은 아내가 대문 저편에서 이쪽으로 오는 기척을 들었다. "누구세요?" 하는 소리가 났다. 아내였다. 옹고집은 "나야" 하고 말했다. "내가 누구세요?" 옹고집은 얼른 대꾸가 나가지 않았다. 대꾸를 않으려고 한 것이 아니라 흔히 있는 일로 약간 사이를 둔 것뿐이었다. 그런데 그 대꾸는 나오다가 어디선가 막혀버리고 말았다. 그는 놀라서 소리를 내려 하였으나 목소리는 영 나와지지 않았다. 그는 화가 났다. 그리고 다음 순간에는 아주 슬퍼졌다. 그러자 그는 휘청 돌아서서 골목을 도로 나오고 있는 것이었다. 방금 내린 자동차 정거장에서 차를 타고 시내로 들어왔다. 그는 서울역에서 내려 지하도를 빠져 광장으로 나왔다. 해가 막 저물 무렵의 광장은 하루의 어느 때보다 어수선해 보였다. 낮이라는 손님도 여기서 차를 타고 밤으로 가는 듯이. 옹고집이 그렇게 생각했다는 것은 아니고 그런 어수선함 속에 옹고집은 도착했다는 말이다. 그는 벤치에 앉았다. 그런 다음에야 그는 자기가 여기까지 온 사실에 약간 놀랐다. 그의 아내가 옹고집더러 누구냐고 물었을 때 그는 당황했던 것이다. 나요 나, 라고 했는데도 나요 나가 누구요, 라고 재차 묻는 데는 세상에 대답할 말이 옹고집에게는 없었고, 그래서 그는 말문이 막혔고, 문득 무섭고 허둥거려지면서 여기까지 와버린 것이다. 빈집인 줄 알고 들어서다가 주인이 마주 나오는 경우를 당한 도적놈의 사정이 아마 그럴 것이었다. 아마 옹고집의 아내가 어쩌다 농담을 한 것이었다. 그녀는 그렇다고 농을 즐기는 괄괄한 성미는 아니었지만, 어쩌다 어마지두에 말하자면 재채기를 하는 것처럼 그런 농 비슷한 애교를 실수한 것임에 틀림없었다. 사람이 실수란 것이 있으니까. 한편 옹고집으로 말하더라도 역시 대활스럽고 농담 즐기는 편은 아니지만, 아내가 실수로 그런 것이지 정말 그런 것이 아닌 것쯤은 알고 있었다. 그런데도 휘청 돌아서 나온 것도 순전히 당황한 김에 그런 것이었다. 벤치에 앉는 순간부터 그는 가슴이 덜컥 내려앉았다. 돌이킬 수 없는 걸음을 내디딘 것 같은 심정이 들었던 것이다. 안 보려 해도 광장에 오가는 사람들이 자연 보인다. 두 개의 열이 바깥 여기까지 뻗쳐 있는 것은 아마 호남선과 중앙선 3등 줄일 것이었다. 지하도에서 꾸역꾸역 밀려나온 사람들과 그 속으로 들어가려는 사람들. 한참 보고 있자니 그 두 종류의 흐름을 알아볼 수 있었다. 광장을 그저 지나만 가는 이 흐름 위로 좌우사방 오락가락하는 사람들, 잠깐 멈춰 선 사람들, 돌아서는 사람들, 이런 부동표들이 맴돌고 있는 것이었다. "불 있습니까?" 그의 옆에 앉은 남자가 그에게 말을 걸었다. 그는 성냥을 꺼내서 그에게 주었다. 남자는 성냥 한 개비를 위해서는 좀 과하게 비굴한 머릿짓을 해 보이면서 불을 댕겼다. 옹고집은 제풀에 그 남자만 한 고갯짓을 하면서 성냥을 받아 자기도 백조 한 대를 피워 물었다. 담배를 피우면서 연기 속으로 저무는 광장의 소란함을 보고 있자니, 왜 그런지 푹 안심이 되는 것이었다. 맛있게 담배 한 대를 피우고 나니 언제까지나 이러구 있을 수 없다는 생각이 든다. 돌아가야 하겠지만 이렇게 앉아 있는 것도 나쁘지 않았다. 서울역은 언제 보아도 촌스러웠다. 아마 다른 이유는 없고 기차라는 것이 촌스러워졌기 때문인지도 모른다. 해방 전만 해도 그가 어렸을 때 기억으로는 여기는 으리으리한 곳이었는데, 지금은 그때보다 더 커지고 앞마당도 트인 분수하고는 해마다 늙어가는 것 같다. 그런 생각을 하는 것은 물론 아니고 옹고집이 그런 풍경 속에 앉아 있는 것이다. 한 시간 가까이 앉아 있다가 그는 겨우 일어나서 아까 타고 온 길을 되잡아 집으로 돌아갔다. 그런데 그가 집 앞에 이르렀을 때 문간방인 그의 방 한길로 난 창문으로 떠들썩한 방 안의 이야기 소리가 흘러나왔다. "여보 내가 뭐랬어요. 어제 돼지꿈을 꿨다지 않았어요?" "응, 당신 정성이지." 가만있자, 하고 옹고집은 귀를 기울였다. 어딘가 이상한 일이었다. 그는 대문 틈으로 들여다보았다. 방문이 활짝 열렸는데 식구들한테 둘러싸여서 자기가 앉아 있다. 옹고집은 막내를 무릎에 앉히고 큰 소리로 이야기하고 있었다. 다른 두 아이를 보고 옹고집은 놀랐다. 새 옷으로 말끔히 갈아입고 있다. 막내가 가슴에 끌어안고 있는 것은 과자 상자인 듯싶었다. 옹고집은 얼굴이 불콰한 것이 한잔한 모양이었다. 그는 이렇게 말하고 있었다. "당신도 그만큼 고생했으니 인제 좀 편해야지." "잘됐어요. 그래 언제부터 나가시는 거요?" "내일 당장이지." "그럼 좀 준비도 있어야겠는데." "준비? 뭐 여름이니깐 간단하게 뭐 한 벌 해 입으면 되지. 그리구 이건 당분간 생활비." 옹고집은 안주머니에서 봉투 하나를 꺼내 아내에게 건네준다. 그러면서 그는 대문 쪽을 보는 것 같았다. 문틈으로 들여다보고 있던 옹고집은 얼른 비켜섰다. 그는 들키지 않게 처마밑에 바싹 들어섰다. 자연히 방 안에서 식구들이 하는 말소리가 바로 머리 위에서 들리는 것이었다. 자기가 취직이 된 모양이었다. 일자리가 금방 정해졌다고 한다. 식사가 시작되었는지 웃음꽃이 핀 식구들의 수저 놀리는 소리가 활기 있게 들린다. 옹고집은 도무지 모르는 일이었다. 잘못 보지는 않았나 싶어서 다시 대문간으로 가서 틈새로 들여다본다. 틀림없이 자기가 앉아서, 이번에는 옷까지 갈아입고는, 마루 끝에서 푸푸 하고 세수를 하고 있는데 아내가 그 옆에 수건을 들고 서 있다. 틀림없는 자기였다. 제 얼굴을 몰라볼 리는 만무한 일이니 그 이상 틀림없을 수가 없다. 그는 더 봐야 보나 마나인 것이 확연하다고 생각하면서 도로 어둠 속에 들어서서 하릴없이 서 있었다. 어딘가 잘못된 데가 있는데 생각하면 할수록 어디가 잘못된 것인지 몰라지는 일이 이상했다. 가끔 골목을 사람이 지나갈 적마다 간이 콩알만 해지면서 숨을 죽인다. 아는 사람 눈에 띄어 그 사람이 말이나 걸어오는 날에는 야단이 나고 말 것을 생각해서였다. 다행히 그런 일이 일어나지 않았으나 언제까지 이러구 있을 수는 없는 일이었다. 그렇다고 해서 또 어쩌면 되겠는지도 미상불 알 도리가 없다. 그때 대문이 비꺽 열리더니 안에서 사람이 나오는데 자기가 아닌가. 자기는 곧장 자기한테로 오더니 옹고집은 자기의 곁에 와 서는 것이었다. 대략 이런 말을 주고받는다. "어쩌자구 이러고 있소?" "실례합니다." "실례구 자시구. 여보 임자. 불만이 있소?" "아니올시다." "그럼 뭐요?" "네 지나는 길이라—" "지나는 길?" "아니 저 늘 살던 집이라—" "그래도 그런 게 아닌 것쯤 모른단 말이오." "글쎄 그런 게 아니라니깐요." "안이 아니면 겉이지. 아무튼 그런 게 아니란 말씀야." "알고 있습니다. 저도." "내 나쁘게는 하지 않으리다. 피차에 같이 늙는 처지에 이러쿵저러쿵 옛날 얘기를 끄집어내자는 것도 아니겠고, 이제 와서 왈가왈부하는 말도 천만에 아니지만, 어디까지나 공은 공, 사는 사라는 말로, 말이야 바른말로 내가 임자더러 못할 소리 한 적이 한 번 있었다면 내가 당신 아들이오." "오햅니다. 아니 제가—" "알아요, 알아요. 왜 모르겠소. 이래도 나도 세상 물정 쓴맛 단맛 아는 놈이란 말이오. 임자가 순진해서 그래요. 세상은 그런 게 아니란 말씀이오. 좋은 말로 할 때 알아들을 건 알아들어야지." "알고 있습니다." "알 만하겠소?" "네, 그런데—" "허, 또 답답한 소리를 하는군. 왜 그리 옹고집이요. 옹고집이? 옹고집만 버려요, 옹고집을." "네." "모르겠소?" "아, 그." "그게 못쓴단 말이요. 아 그 옹고집을 버리라니깐." "옹고집을요?" "암마." "옹고집을 버리라, 나를 버려라, 이런 말씀이지요?" "그렇대두요. 아 이 딱한 양반아. 그래 임자가 꼭 옹고집이어야 할 게 뭐란 말이요. 그 옹고집만 싹 버리고 나면 만사는 끝나는 일이 아니겠소. 그래 당신이 부득부득 옹고집일 필요가 어디 있단 말이요?" "알겠습니다. 선생." 옹고집은 자기의 손을 덥석 잡았다. "자, 가보슈. 뒤도 돌아보지 말고 가보슈. 여기서 보고 있을 테니." "알겠대두요. 그럼 수고하십시오." 옹고집은 이렇게 말하고는 원래가 고집스럽지도 아무렇지도 않은 사람이라 선선하게 골목을 걸어나왔다. 그는 다시 서울역으로 나와서 광장의 의자에 앉았더니 그동안 공연한 걸음을 한 것이 우스웠다. 아까처럼 해질 무렵이 아니고 어두운 속에 앉아 있으니 한결 편했다. 오가는 사람들은 여전했다. 아까 밖으로 뻗쳐나왔던 줄은 이제 없었다. 한곳에 앉아서 보는 구경이니 아무리 오래 앉아 있어야 같은 모양인데 그게 싫증이 안 나니 이상한 노릇이다. 불을 밝힌 넓은 마당에 사람들이 여기저기 서 있기도 하고 다니기도 하는데, 그저 그뿐인 모습이 별스러울 것도 없이, 물리지 않는 것이다. 어떤 아낙네는 지나는 사람을 붙들고 몇 마디 하다가는 샐쭉해서 돌아선다. 옹고집이 앉은 바로 앞에서 그러는데 꽤 싱거운 여자다. 또 그런다. 별 사람도 다 있다. 오른쪽으로 냉차 장수의 수레가 있다. 커다란 유리통 안에서 얼음물이 부글부글 끓고 있다. 마음이 이렇게 편할 수가 없다. 같은 의자에 앉은 사람들도 저마다 꼼짝 않고 광장을 보고 있다. 어디서 차가 들어왔는지 파출

소 옆쪽에서 사람들이 밀려 나온다. 쇠 울타리를 친 안에 서 있는 택시들이 들락날락한다. 보고 있자니 택시들이 들고나는 것과 그 차들을 이리저리 정리하고 있는 사람 몇이 움직이는 것이 꼭 기계처럼 일정한 움직임을 되풀이하는 것을 알린다. 낮이나 마찬가지로 지나가는 사람은 지나가고 서성거리는 사람은 서성거린다. 한 가지 달라진 것은 정거장 문 앞에 이쪽을 향하고 늘어선 사람들이 불빛 아래에서 좀 돋보이는 점이다. 손에 짐을 들었거나 빈 손인 사람들이 우두커니 있다. 어디선가 구세군 사람들이 나타나더니 구경꾼이 모여든다. 노랫소리가 일어난다. 군병들아, 어쩌구, 그런 노래를 부른다. 가끔 딸랑딸랑하는 요령 소리 같은 것이 울린다. 지나는 사람들이 대개 잠깐 멈췄다가 간다. 지나면서도 볼 수 있겠는데 잠깐 기웃하다가 가는 것이 대개 한결같다. 수학여행을 온 학생들인지 열을 지어서 지나간다. 옆사람이 말한다. "세월은 낙화유수 인정은 포구가 아니겠습니까." 인정. 집에서 인정스레 충고하던 내 생각이 불현듯 떠오른다. 생각할수록 그럴 듯하다. 옹고집을 버리라니. 그는 머리를 끄덕거렸다. 하기야, 어느 남이 그런 살뜰한 말을 해주겠는가. 자기니깐 역시 허물없는 소리를 들려준 것이 괴이한 일은 아니다. 옹고집은 진작 그런 생각이 떠오르지 않았던 일이 이상스럽다. 조금도 유감이라거나, 그런 마음은 없다. 지금쯤 그 아까 고마운 자기가 식구들과 재미있게 살림 얘기를 할 것을 상상하니 대견스러웠다. 암, 잘돼야지. 내가 하던 말을 옹고집은 떠올려본다. 옹고집을 버리란 말씀이오, 알겠소? 참 그 생각을 못하고 있다가 나한테 그런 실수를 하다니 내가 얼마나 딱했으면 보다 못해 자기가 와주었을까. 불콰한 낯빛이 근래에 없이 건강하게 보이던 것도 흐뭇한 일이었다. 건강해야지. 식구들을 위해서라도 내가 튼튼해야지. 옹고집을 버리고 나니 사리가 이렇게 환한 것을. 하기는, 옹고집을 버리라고 하기는 내가 처음은 아니었다. 늘 하는 아내의 말이 그것이 아니던가. 아내가 맞는 말을 해온 것인데 옹고집은 그것을 몰랐던 것이다. 당신이 당신이라던 말이 이제는 알 수 있을 것 같다,고 생각하다가도 문득 정신이 헛갈리면서 가만있자, 하고 옹고집은 또 고집스러워진다. 왜 그런지 그저 막연히 이상한 생각이 든다. 어떤 이상한 생각인고 하니, 버스를 잘못 탔을 때, 십 원짜리와 백 원짜리를 헛갈렸을 때 같은 생각이 든다. 그런가 하면 집에 가야 한다는 생각이 생퉁같이 들면서 의자에서 일어서다가는 만다. 술도 마시지 않았는데 왜 이런지 모르겠다. 그래도 그런 생각이 미친 생각이란 생각은 할 수 있으니, 온전한 정신인 것만은 틀림없다. 대문간에서 내가 하던 말이 또렷이 생각나는 것으로 봐서 정신은 말짱한데, 퍼뜩 집에 돌아갈 사람처럼, 아직 집에 들어가지 않은 사람처럼 생각하는 것이 별일은 별일이다. 고집을 버리기로 하지 않았나. 내가 하던 말이 꼭 맞는 말이지, 좀 요 며칠 고단했던 탓으로 머리가 헛갈리는 모양이었다. 나는 아까 집에 돌아가서 세수까지 하고, 문간에서 나한테 좋은 말로 타이르기까지 하고는 지금쯤 아내와 아이들과 함께 자리에 들었을 텐데 내가 웬 망령인지 모르겠다고 생각하면서 옹고집은 이런 쓸데없는 생각이 아내가 말하던 옹고집이라고 생각하면서 정신이 번쩍 들었다.

낙타섬에서

    1961년 여름의 어느 날 나는 시청 앞 광장으로 걸어갔다. 광장 복판 주차장에는 해군 버스가 한 대 서 있었다.
    버스 창문으로 시인 S씨의 얼굴이 보였다. 나는 버스에 올라서 그의 옆자리에 앉았다. 훌륭한 체격에 잘 어울리는, 여행하기 편한 점퍼 차림의 S씨는 이렇게 말했다.
    "괜찮지요?"
    무더운 여름에 어찌어찌 휴가도 내지 못하였고, 그저 덥다는 소리만 하면서 지낼 뻔한 여름에 약간은 기분을 풀어보는 기회를 가져서 다행이 아니냐 하는 뜻일 것이었다.
    "네"
하고 나는 대답하였다. 물론 해군에서 문인과 기자 몇 사람을 초대해서 어느 배를 타게 해주는 것은 우리들 기분을 위해서는 아닐 것이었다. 그러나 해군이 바라는 의도에 순응하면서 약간의 개인적 기분의 자유를 누리는 것까지 해군이 간섭할 리는 없는 일이었다. 그래서 S씨는 그렇게 말했고 나는 그렇게 대답했던 것이다.
"우리 말고 누가 또 있습니까?"
하고 내가 물었다.
"O선생과 K선생이지요."
소설가 O선생과 시인 K씨가 나머지 일행이라는 것이었다. 우리는 해가 들지 않는 창가에 앉아서 바캉스에 대해 얘기했다. 모두 바캉스에 환장했다는 얘기, 가지 못하는 것은 조금도 서운할 것 없는데 어쩐지 안 가면 죄나 지은 것 같아서 안됐다는 것, 아내나 아이들이 용서치 않는다는 것, 아내나 아이들은 바캉스의 여신의 스파이에 틀림없다는 것 — 이런 얘기를 우리는 주고받았다. 아내와 자식이 없는 나로서는 그들이 과연 스파이인지 아닌지는 알 수가 딱히 없으나, S씨의 깊은 문학적 통찰력으로 미루어 그럴 것 같은 생각이 들었다. 나는 약간 선배인 S씨의 데뷔 당시의 화려하던 분위기를 생각했다. 밤하늘에 쏘아올린 예광탄 같은 시구의 빛을 생각했다. 그리고 그가 좀더 젊고 좀더 마른 몸매로 걸어다니고 말하고 차 마시던 한 10년 전을 생각해보았다. 그리고 지금 처자에 대한 사랑을 스파이라는 전위적 말로 표현하고 있는 그가 조금 더 나이 먹고 조금 더 살이 쪘지만 같은 그 사람이라는 사실이 거짓말 같았다. 그런 생각 — 지금 눈앞에 보는 사람이 시간 속에서 수수께끼처럼 보이는 순간은 번쩍, 하고는 사라졌다.
"O선생님이 오시는군."
먼 데서 돌아온 사람의 목소리처럼 S씨의 소리가 울렸다. O선생이 버스에 들어서고 있었다. 선생은 늘 그러한 인자한 웃음과 함께 손을 들어 보이면서 앞자리에 앉았다. 나는 일어설까 말까 하다가 주저앉아버렸다. 일어나 O선생 앞에 가서 인사를 하고 돌아와 앉는 것이 옳을 것 같아서 그렇게 하려고 하다가 그만둔 것이었다. 늘 그런 모양이었다. 무엇인가를 하려고 망설이다가 결국 안 하는 것으로 끝나는 것이었다. 그러나 말할 것도 없이 나의 이러한 무능은 스스로 불쌍한 운명으로 알고 지내는 지가 오랜 터이므로 별스럽게 후회는 되지 않는다. 도대체, 하고 나는 생각하였다. 삶이란 것이 나쁘단 말이야. 처음 살아보는 삶에서 시계처럼 정확할 수는 없단 말이야. 나와 삶이 처음 만나게 한 설계 방법이 나쁘단 말이지, 하고 나는 생각하였다. 시인 K씨와 세 사람의 신문기자가 도착하고 버스는 떠났다.

해군 본부에서 우리는 브리핑을 받았다. 깨끗한 슬라이드로 해군의 현황이 설명되는 동안 나는 담배를 피웠다. 그러면서 브리핑이란 것이 갖는 유사성에 대해서 생각했다. 농작물 현황에 대한 설명이든 해군에 대한 설명이든 브리핑이라는 틀에 넣으면 모두 비슷해진다. 사물이 단순화되는 것을 두려워하는 사람은 훌륭한 군인이 되지 못한다. 사물이 보내는 눈짓 몸짓의 모두에 답하려고 하면 아무 행동도 하지 못한다. 그저 손에 잡히는 것부터 처리해 나가면 된다. 눈에 보이는 것만으로 사물의 윤곽을 정하면 된다. 그러면 미처 알지 못한 것까지도 그물에 따라 온다. ─ 브리핑이 끝나고 점심을 먹었다. 참모총장은 대학의 총장처럼 부드러운 말로 식당 음식의 맛에 대한 의견을 말했다. 금방 전투 함정의 톤 수며 성능에 대한 얘기가 있은 후에 냉면이며 떡국의 분량이며 맛에 대한 얘기를 듣는 것이 조금 이상했다. 평양냉면, 함흥냉면에 대한 성능 비교가 있었다. 모두 한두 마디씩 의견을 말했다. 나는 모든 사람이 생활의 구체적인 세부에 대해서 뚜렷한 의견을 가지고 있다는 사실을 새삼 느꼈다. 마땅히 그래야 할 일이었다.

우리는 다시 버스를 타고 인천으로 향했다. 거기서 우리는 한국 함대의 한 함정을 타기로 된 것이었다. 창문으로 들어오는 바람이 꽤 시원하다. 이 길을 달리면 건물이 자꾸만 서는 중이라는 느낌이 든다. 어디를 보나 새 공사가 진행 중이다. 이 땅에 다시는 전쟁이 없기를, 하고 나는 생각하였다. 전쟁. 아마 전쟁의 공포가 없다면 여러 가지 일이 달라지지 않을까. 내일 어떻게 될지 모른다는 생각으로 사는 것과, 내일도 모레도 아무 일이 없으리라는 짐작으로 사는 것과는 엄청나게 다르다.
"돈이 돌기는 도는 모양이지요?"
하고 내가 말했다.
"응"
하고 S씨가 대꾸한다.
"아무튼 좋은 일이지요?"
하고 나.
"그럼요. 그렇게 되는 거죠."
"네?"

"살아 있는 사람에게 피가 돌 듯이 마찬가지죠."
"그렇습니까?"
"안 그래요? 피라는 건 돌게 마련입니다."
"그래도."
"피차에 좋은 일이지요."
"그렇군요."

우리가 말한 내용은 물론 돈에 대해서였는데, 나중에는 무슨 말인지 나 자신 잘 모를 소리로 말이 달아나버린다.

O선생은 앞자리에서 K씨와 무슨 얘기를 하면서 간간이 웃는 소리가 난다.

인천에서 우리는 잠깐 쉬었다. 부두에 버스를 대놓고 배와 연락할 사이에 시간의 틈이 있었다. 여름 해가 그대로 남아 있는 오후의 부두는 괜찮았다. 바닷바람이 알맞게 불어서 버스에 앉아 있어도 덥지 않았다. 외국 배들이 여러 척 닻을 내리고 있다. 인천 상륙의 싸움 때 유명해진 고지를 보면서 얘기가 오갔다. 동행한 장교가 싸움의 모습을 얘기해준다. 사람들이 싸운 자리에 지금은 연상해볼 아무것도 남지 않고 다만 기억으로만 되살릴 수 있다는 것은 확실히 불편한 일이다. 그러나 역시 잘된 일이다. 만일 땅과 하늘에 역사의 자국이 어떤 모양으로 남아 있다면 아마 발 디딜 데가 이 땅 위에 한 치도 없을 테니까.

"전쟁이라"

하고 S씨가 말했다. 나는 그의 전쟁 시를 생각했다. 시대의 어둠과 젊음의 회의가 어울린 무겁고 숨찬 이미지를.

"전쟁"

하고 내가 웃었다. S씨도 웃었다. 달리 무슨 할 말이 떠오르지 않았던 것이다.

"고생했어"

하고 S씨가 말했다.

"그때 어디 계셨습니까?"

"여기저기."

S씨는 '여기저기'를 설명해주었다.

"나는 말이오"

하고 그가 말했다.

"시대마다 세례를 주는 방법이 다르다고 생각해."

"세례요?"

"네. 저마다 다른 세례법을."

"세례요?"

"그렇지요. 그 뭐랄까, 우리가 사람으로 태어나서 이 세계를 발견하는 방법이 말이오."

"네."

"우리, 옛날처럼 무슨 신앙은 없지 않소?"

"그렇지요."

"그래도, 무슨 짐작은 있지 않소?"

"짐작이?"

"이 삶의 낌새 말이오. 산다는 게 이렇구나 하는 직관 말이오."

"저마다 있겠지요?"

"있다마다. 우리 세대에는 그 형식이, 인생 개안開眼의 형식이 전쟁이었단 말이지."

피난,이다 하고 나는 생각하였다. 내 경우에는 그렇다면 전쟁이 기보다 피난이었다 하고 나는 생각하였다.

"참호 속에서 삶의 계시를 받았단 얘기군요."

"그렇지요. 철조망이 우리 세대의 성상聖像이었죠."

그의 시 속에서 반복되는 꽃피는 철조망, 오한에 떠는 철조망, 피 흘리며 달아나는 철조망들을 나는 생각하였다.

우리는 보트를 타고 앞바다에 정박하고 있는 본선으로 갔다. 이 군함은 서해안을 맡고 있는 여러 군함 가운데 하나로 우리는 이 배에서 하룻밤과 내일 하루를 보낼 예정이다. 우리는 선장실에서 이 배를 소개받고 이어 선실을 지정받았다. S씨와 나는 파이프와 전깃줄이 노출된 다락의 아래 위 칸을 차지하게 되었다. 더 나은 방은 연상인 O선생과 K선생에게 할당되었던 것이다. 우리는 다시 함장실에서 차를 마신 다음 배 구경에 나섰다. 기관실, 취사실, 지휘탑, 탄약고. — 가는 데마다 수병들은 친절하게 설명해주었다. 나는 문득 배의 내부가 고기의 내장을 닮은 사실을 발견했다. 쇠로 지은 고래. 그 속에 사람들이 들어가서 몰고 가는 것이었다.

"이 사람들한테 미안하군."

"네?"

S씨가 무슨 뜻으로 한 말인지 몰라서 나는 되물었다. S씨는 어

려운 말만 한다.

"손님들이 오면 귀찮은 것이지요."

"아, 네."

나도 알아들었다. 사실일 것이었다. 순간에 나는 배를 더 구경할 흥미를 잃었다. 구경할 만한 것도 없지만, 남이 일하는데 기웃거리고 다니는 것이 미안하고 멋쩍어졌던 것이다. S씨와 나는 갑판으로 나왔다. 바다는 잔잔하였다.

"내무 사열이다 뭐다, 우리도 경험 있지."

"그렇군요."

"결과적으로는" 하고 S씨는 말했다. "군 복무는 나한텐 유익했어요."

"나도 그래요"

하고 내가 말했다.

"그렇지요?"

"아까 말씀대로 세례를 받은 셈이니깐요."

"그렇지요. 시대가 주는 통과 의례 같은 거죠."

이 군함은 그렇다면 커다란 세례반盤 같은 것이다.

"바다는 좋군요" 하고 내가 말했다.

"좋습니다."

마치 결재라도 하듯이 S씨가 말했다. 우리는 바다에 대해서 얘기했다. 여러 가지 바다. 시 속의 바다에 대해서. 현실의 바다에 대해서. 모양 없는 생명의 형식에 대해서. 지구의 호흡에 대해서.

침대에 돌아가서 잠깐 잠을 청한다. 나는 그 풋잠 속에서 LST를 타고 있었다. 움직이는 마을. 바다에 뜬 촌락. 흔들리는 땅. 동네가 바다 위에서 흔들리면서 어디론가 흘러간다는 경험은 좋지 않은 것이다. 나무가 자라고 농사를 짓는 땅이 움직인다는 것은. 이 지동설. 눈을 뜬다. 이마 위에 파이프와 동력선이 얽혀 뻗어 있다. 전기와 증기와 기름이 그 속을 흐르고 있다. 혈관과 신경. 이 배의 내장이다. 나는 큰 고래의 내장 속에 누워 있는 기분이 들었다. 내장의 냄새. 세계의 내장. 우주라는 큰 고래. 삼라만상은 우주의 내장이다. 우주라는 고래 속에서 작은 고래를 만들어 몰고 가는 사람들. 고래 속의 고래. 새우만 한 고래.

저녁 식사는 함장실에서 베풀어졌다.
"우리 때문에 폐가 많습니다."
O선생이 식사 전에 간단한 인사말을 하였다. 맛있는 찬거리를 한꺼번에 써버리게 하는 것 같아서 미안하다는 요지의 얘기를 한다. 함장은 천만의 말씀이라고 한다. 심심하지 않아서 좋다고 한다. 다만 배에서는 술을 대접할 수 없어서 유감이라고 한다. 영국 해군에서는 술을 허가하는 모양인데 대부분 어느 해군에서나 배에서는 금주라고 한다. 식사 후에 우리는 브리지로 올라가서 야간 경계의 현장을 구경하였다. 간첩선에 대한 얘기를 듣는다. 서해의 여러 섬에 산재해 있는 육상 레이더와 함정에 장치된 레이더가 서해를 싸고 있는 경계의 그물이다. 간첩선은 이 그물코를 빠져 들어오려는 것이고 그것을 막는 것이 이 배의 임무다. 수상한 선박이 발견되면 인접 감시소와 함정들에게 연락해서 붙들거나 감시한

다고 한다. 민간 선박과 간첩선 사이에 겉보기에 다름이 있는 것이 아니니깐 여간 어려운 일이 아니라 한다. 간첩선을 잡던 얘기가 벌어진다. 농꾼이 김매는 얘기, 포수가 짐승 잡는 얘기처럼. 노동. 노동의 현장에 있는 사람들에게는 위엄이 있다. 가치를 초월한 어떤 엄숙함이. 있을 곳에 있는 사물의 확실함. 문간에 선 거지처럼. 해군에 와서 보고 들으면 우리 사회의 가장 중요한 문제는 해군이라는 인상을 받는다. 모두 자기가 하는 일이 제일 중대한 일인 줄 생각하게 마련이다. 배가 더 많아야 하고, 더 좋은 배이어야 하고, 적과의 세력 비교, 일본 해군의 현황, 평화선이 있던 때의 일, 해운 입국론―― 이렇게 바다는 무진장한 문제를 내놓는다. 함장실로 내려와서 우리는 얘기를 계속한다. 술대접을 못 해서 미안하다는 얘기를 또 한 번 되풀이한다. 천만의 말씀이다. 하루쯤 술 못 마셔 탈이 있을 게 없다. 함장은 가끔씩 나갔다 들어온다. K씨는 지난 전쟁 때 얘기를 꺼낸다. 우리는 듣는다. K씨 얘기 속에도 시간의 층을 느끼게 하는 대목이 많다. 요컨대 이만한 규모의 해군도 금석지감이 있다는 얘기다. 혼자서 함장실을 나선다. 계단을 내려가서 난간을 붙잡고 바다를 들여다본다.

  달밤이다.

  S씨가 옆에 와 선다.

  "날씨가 좋아서."

  "네."

  "우리가 운수가 좋다는군."

  "그렇군요."

"배멀미 안 하시오?"

"왜요, 약합니다."

나는 LST를 탔을 때 배멀미가 괴롭던 일을 생각했다. 그러자 문득 속이 이상해진다. 그러나 물론 진짜 멀미는 아니었다.

"피난 올 때 LST에서 겪었는데 그런 큰 배도 굉장하던데요."

"멀미 말입니까?"

하고 S씨가 묻는다.

"네."

"파도가 거칠었던 모양이군요."

"네."

"LST에다 참호에다—"

하고 말하면서 S씨는 고개를 끄덕였다.

"아직도 멀미를 앓고 있는 셈일까요?"

하고 그는 말했다.

"글쎄올시다. 그런 것 같군요."

"그러나"

하고 S씨가 말한다.

"그러나 이건 LST가 아니잖아요. LST의 시대는 지난 거 아닙니까?"

"글쎄요. 그러나."

"네, 하긴 아직 계속이란 말도 되지요. 그쪽이 옳겠군요."

우리는 난간을 따라 갑판을 한 바퀴 돌았다.

"생각하는 일이 귀찮아질 때가 있어"

하고 S씨가 말한다.

"그럴 때면 참호다 LST다 하는 게 다 허깨비 같아져요."

"옳습니다"

하고 나는 대꾸했다.

"LST 위에서도 멀미만 안 하면 땅이나 다름 없으니깐요."

"참호 속에서도 태연한 사람이 많더군."

"비슷하군요."

"음. 비상시에 강한 사람들이 있더군. 그런데 그것도 확실치는 않아요."

"왜요?"

"남 보기에는 그래도 사실은 안 그럴 수도 있을 겁니다."

"태연한 체한단 말입니까?"

"체보다두, 모두 참고 있으니까 겉보기만으로는 모른다는 얘기지요."

"그렇군요."

"우린 직업상 남들이 잊고 싶어 하는 일을 자꾸 쳐들어야 하지 않아요? 옛 상처를 건드리는 거지요."

"옳습니다."

"신경질 나는 일이지요. 모른 체하구 살고 싶은데 깨우쳐주면 짜증이 나는 법이지요."

"그럼 어떻게 하면 좋습니까."

"모르겠어요."

우리는 허허 하고 웃었다.

야식이 나온다. 닭고기가 든 국수다. 저녁밥 먹은 지가 방금인데 또 당기는 걸 보면 과연 이렇게 여러 번 먹어야 할 이치를 알 만하다. 야식을 먹고 S씨와 나는 또 배 안을 구경하고 다닌다.
"그, 뭡니까—" 하고 S씨가 말한다. "다윈이 군함을 타고 수집 여행을 하지 않았습니까?"
나도 그렇게 읽었던 기억이 난다.
"네"
하고 내가 대답한다.
"그랬던 것 같아요?"
"그렇지요?"
"아마 그럴 겁니다. 우리가 다윈 같습니까?"
"아니. 그게 아니라. 군함에는 학자도 타고 피난민도 타는구나, 하는 생각이 들어서요."
"네."
나는 S씨가 갑자기 다윈 얘기를 꺼낸 뜻을 알 수 없었다.
"아프리카를 끼고 돌아서 오스트레일리아 쪽으로 가지 않았던가요?"
"글쎄, 그건 모르겠어요."
"저 뭡니까. 군함에 탄 학자, 군함을 탄 신부, 군함을 탄 시인, 그런 생각이 들어서."
"왜요?"
"육지에서는 서로 떨어져 있는 사람들이 한배를 타고 있는 게 좀 재미있지 않아요?"

"육지에서요?"

"국가라는 배를."

"그렇군요. 사회라는 배를 타고 있단 말이지요?"

"네. 우린 '마을'이라는 이미지가 흐릿해진 다음에는 그에 갈음할 무슨 모습을 안 갖고 있지 않아요?"

"맞습니다."

"지구의地球儀란 건."

"좀 허황한 것 같지요?"

"허황하진 않겠지만, 지구인이 타고 있는 배가 지구니깐."

"너무."

" '마을'처럼 눈으로 볼 수 없으니까 우리가 소속하고 있는 공간을 종잡을 수 없단 말이지요."

"그렇습니다."

"그러니까 머릿속에다 '마을'을 만들 수밖에 ─ "

"머릿속에다요?"

"그렇지요."

"어떻게 말입니까?"

" '말의 마을'을 만들어야지요."

" '말의 마을'이라뇨?"

"신념 같은 것 말입니다."

"믿음 말입니까?"

"어떤 비전 말입니다."

"세계상 말입니까?"

"그렇지요. 머릿속에 가지고 있는 '마을' 말입니다."

"지구란 말인가요."

"아니지요. '말의 지구地球' 말입니다."

"'말의 지구'요?"

"'말의 배' 말입니다. 어떤 '말의 배'를 타고 있는가에 따라 다르지요. 가장 넓고 튼튼한 '말의 배'를 만드는 것."

"네."

"그게 시인입니다."

"'말의 배'를 만든단 말이지요?"

"그렇습니다. '말의 배'는 말의 항구에 정박해 있습니다. 그 배를 타려면 말의 바다를 항행하는 기술이 있어야죠."

"멀미가 나는군요."

"멀미에 견뎌야죠. 말의 바다를 두려워하고 땅에 매달리면 우린 집니다. 말 멀미에 센 사람들이 늘 이깁니다. 말의 바다에서 말의 폭풍과 싸우면서 말의 항구로 찾아가는 말의 배."

"알 만합니다."

"땅의 확실함만큼 말의 확실함을 아는 동안에는 멀미가 안 나지요. 자기가 탄 말의 배는 늘 자기가 함장입니다. 한눈을 팔면 말의 배는 난파하지요. 그리고 —"

"그리고 남의 배에 구조받아서 잔심부름이나 하게 되면 배 없는 선장, 배 없는 배꾼이지요."

"S형의 배는 참호인가요?"

"네, 참호 모양의 배지요."

"모두 한 척씩 배를 가진 셈인가요?"

"그렇지요. 그러나 시인은 그들이 모두 한배를 타고 있는 것을 가르쳐야 하겠지요."

"한배를요?"

"안 그렇습니까?"

"그러나 각기 다른 배를 가진 게—"

"그러면서도 한배라는 것을."

자리에 든다. S씨의 위 칸이 내 침대다. 나는 기어 올라가서 담요를 끌어당겨서 덮었다. 바로 위로 굵은 쇠파이프와 전깃줄의 묶음이 지나간다. 기름과 전기가 그 속을 흘러가고 있다. 고래. 쇠로 만든 큰 고기. 그 뼐과 혈관과 심줄이다. 말의 뼐. 말의 핏줄. 말의 힘줄— 말의 고래. 말의 사람. 말의 나. 파이프에는 마디마디 쇠못으로 죄었고, 전깃줄은 군데군데 머릿단 묶듯이 묶었다. 그 마디마디가 악보의 소절처럼 보인다. 또는 시대 구분처럼 보인다. 생명의, 노래의, 사건의 흐름을 묶고 있는 마디. 생명 자신은 아랑곳없이 흐른다. 그러나 그 마디의 이쪽저쪽을 사는 사람들에게는 그 소절은 절대한, 옴치고 뛰지 못할 공간이다. 역사의 누수. 누전. 개인은, 모든 '나'들은 거기서 역사가 새는— 누전되고 누수되는 구멍이다. 허무의 공간 속으로. 수많은 길을 거쳐 이 파이프와 전깃줄의 회로에 다시 들어올 때까지. 생명의 파이프. 생명의 전깃줄. 사회라는 고래. 역사라는 고래. 우주라는 고래. 시대라는 고래. 고래 속에 또 고래가 들어 있는 이 구조. 말 속에 말이 들어 있는. 상자 속에 상자가 들어 있는. 바람 속에 바람이 들어 있는 LST. 여름 하늘을 날아가던 강철의 배. 폭격. 사람들이 사는 마을을 부숴버리기 위한 그토록 힘든 노동. 커다란 고기의 배 속에 든 작은 고기의 배 속에 든 작은 고기의 배 속에 든 작은 고기의. 이러한 어질머리의 구조. 멀미의 내장. 구절양장이 배도곤 어려왜라. 이 미궁. 너무나 하찮은 것을 지키기 위한 너무나 고된 노력. 그나마 알면서도 그러는 길밖에는 없는 삶의 씁쓸한 뒷맛. 가난함을 알기 위한 풍부한 고생. 삶의 두려움을 안 사람들이 그 앎을 숨기고 남을 해치는 데 그 지혜를 써먹을 때 생겨나는 지옥. 오 뱀처럼. 뱀처럼 영악하기를. 모든 사람이 뱀처럼 되기를. 댕기를 맨 구렁이가 머리 위로 지나간다. 높은 Volt에 전율하면서. 진한 Galon에 헐떡이면서. 기름투성이가 된 번쩍이는 전기의 뱀.

  밤중에 눈이 깬다. S씨를 내려다보니 저쪽으로 향한 등만 보인다. 불러본다. 대답이 없다. 소리. 배 전체에서 나는 소리. 저녁때보다 약간 파도가 센 듯하다. 일어나서 다락침대에서 내려간다. 다들 자고 있다. 사닥다리를 타고 밖으로 나가는 문을 연다. 비. 얼른 문을 닫는다. 그래서 배가 흔들리고 있었구나. 함장실로 간다. 아무도 없다. 옆방을 열어보니 당번 수병이 졸고 있다가 문소리에 놀라 나를 본다. 손짓으로 아무것도 아님을 알리고 도로 문을 닫는다. 테이블 앞에 와 앉아서 담배를 피운다. 함장이 들어온다. 비가 오는 속을 배는 가고 있다. 이럴 때 레이더가 얼마나 편리한지 알 만하다. 지금 배는 담당 구역을 순찰 중이라고 한다. 이럴 때에 적의 침투가 쉽기 때문에 더 긴장이 된다고 한다.

"좀 주무시지 않고"

하고 내가 말했다.

"낮에나 조금 눈을 붙이죠. 밤에는 맡겨놓고 자게 되지 않습니다."

"그래서 몸이 견딥니까?"

"습관이 돼서 괜찮습니다."

"휴가는."

"네, 1년에 두 번 있습니다만, 집에서도 배 걱정만 하지요."

"수병들은."

"네, 공평하게 휴가를 보내도록 하고 있습니다. 그들도 돌아와서 마찬가지 말을 합니다. 한배에서 지내면 계급 차이는 있을망정 기분은 마찬가집니다."

"전우애겠군요."

"그렇지요. 육군이나 공군이면 자기 책임의 한계가 좁지 않습니까? 배에서는 그렇지 못하죠. 아무리 하찮은 부분을 맡고 있어도 전체에 기계적으로 연결돼 있습니다. 또 위험률도 모든 부서가 같구요."

"사실이군요."

"저는 생각하기를 영국은 아마 해군을 통해서 국민 교육의 제일 효과적인 성적을 올리지 않았나 생각합니다. 배에서 살아보면 사람의 무리라는 것이 어떻게 움직여야 하는가를 잘 알게 되니깐요. 영국 같은 나라는 오랫동안 많은 해군을 유지하면서 지구 위의 여러 곳을 순찰하고 감시하지 않았습니까? 우선 단체 훈련이 되고 다음에는 견문을 넓히는 것이 되지요. 이 지구 위에 자기네 고향 말고도 여러 나라가 살고 있다는 것을 눈으로 보게 되니깐요. 그런 견문이 실지로 어떻게 국민 생활에 나타나는가는 너무 복잡한 일이어서 재어볼 수는 없겠지만, 아주 유익할 것은 틀림없지 않습니까?"

"옳습니다."

정말 옳은 말이었다. 문명과 야만의 차이는 그 인간의 눈동자가 자기 고향 마을의 영상밖에는 맺지 못했는가, 혹은 여러 항구의 부두를 담아보았는가의 차이이기도 하다. 어질지만 완고한 눈과 교활하지만 속이 트인 눈빛의 차이.

"그런 국민 생활을 몇 세기씩이나 했다는 것은."

"그렇습니다. 그러니까 해군과 국민 생활은 서로 잘 조화되고 관련이 깊은 모양이에요."

나는 문득 S씨가 다윈 얘기를 꺼내던 말이 생각났다.

"그것도 국민의 인구가 지금보다 훨씬 적을 때 일이니까 총인구에서 바다에 관계하는 인구의 율이 높은 것이지요. 또, 다른 나라보다 앞서서 그렇게 했다는 이점이 있고."

"그런 점이 아마 보통 문명론에서 잘 계수화(係數化)할 수 없는 사회적 실력의 요인이겠지요?"

"그렇습니다. 시간이 걸려서 이루어진 식물의 종자 같은 것이지요. 옮겨 심으면 새 풍토에 맞게 될 때까지는 아무래도 시간이 걸리지요."

역사라는 선생의 훈련 방법은 그만한 이점이 있을 것이라는 말이다. 국민이라는 배. 국민이라는 고래. 고래 속에 또 고래가 있기 때문에 항로는 더욱 어렵다. 함장은 다시 나간다. 혼자 남은 방. 방금 함장이 앉았던 빈 자리. 빈 자리와 내 몸 사이에도 에어 포켓 같은 말의 빈 자리가 생긴다. 방금 두 사람 사이에 존재했던 말의 자리. 국민이니, 문명이니 하는. 나는 그 추상적인 말의 넓이에서 물러나서 나의 일상 감각의 달팽이 껍질 속으로 정신의 촉각을 끌어들인다. 나는 일어선다. 달팽이처럼 사닥다리를 타고 선실로 내려간다. 다시 침대로 기어올라간다. 나뭇가지 위로 기어가는 달팽이. 담요 속으로 들어간다. 잎사귀 속으로 들어가는 달팽이.

이튿날 아침. 밤사이 내린 비는 새벽쯤에 그치고 우리가 갑판에서 본 아침의 얼굴은 맑은 하늘과 잔잔한 바다였다. 낙타섬 앞이다. 한 개짜리 혹을 치켜 보이며 낙타 한 마리가 바다 위에 앉아 있었다. 그래서 낙타섬이라고 한다. 상륙용 보트를 타고 낙타섬에 상륙한다. 이 섬에 레이더 기지가 있다. 레이더를 운용하는 병력과 경비 병력이 머무르고 있다. 그들은 상륙 지점에 줄을 서서 함장과 우리 일행을 맞아주었다. 우리는 낙타섬의 높은 봉우리 — 즉 혹에 이르는 길을 올라간다. 바위산이다. 민간인들의 초가집이 여기저기 보인다. 산길 중간에 막사가 있다. 거기를 둘러보고 또 교실을 본다. 이 교실은 섬의 어린이들을 위해 해군이 운영하고 있다 한다. 나머지 길을 걸어 올라가서 레이더 초소에 이른다. 커다란 반사경 밑에 레이더가 장치된 건물이 있다. 병사들이 설명을 해준다. 섬 그림자와 배의 모습이 모두 그림자로 나타난다. 이 레이더의 사정거리 안에 있는 모든 물체의 움직임이 실루엣으로 보이는 것이다. 24시간 그림자만을 들여다보고 있는 생활이다. 창문으로 멀리 우리가 타고 온 배가 보인다. 그 창문이 토치카의 총구멍으로 보이면서 옛날에 내가 근무한 휴전선 초소가 떠올랐다. 산 그리고 산. 그런 말이 거기서는 정말 어울렸다. 금렵구이자 귀농선에서도 앞으로 나와 있기 때문에 보통 인간의 생활과는 완전히 떨어진 곳. 30리쯤 남쪽으로 나가서 부대 사령부가 있는 읍 소재지는 여기 사는 사람들에게는 대도회지다. 일주일에 한 번 정도 그곳으로 가는데, 처음에는 귀영 시간이 되면 좀 초조했으나, 이윽고 빨리 귀대해서 내무반에 눕고 싶다는 생각으로 일찌감치 볼일을 끝내고 들어오게끔 되고. 생활하는 장소에 대한 사람의 애착은 동물과 같다. 돌아오는 길에서 늘 느낀다. 수풀이 이만큼 보존돼 있는 곳은 여기뿐일 것이라고. 우리 강산에서. 군대에서 쓰는 땔감은 모두 무연탄이기 때문에 나무를 다칠 필요가 없다. 식목일마다 나무를 심기는 할망정. 외금강의 맥이 뻗은 곳이라 산 모양이 미끈하다. 나무는 역시 소나무가 대부분이고. 한여름에 보급로 산길에는 꿩이 슬금슬금 기어다니는 것을 보는데, 그것만으로는 틀림없이 한가한 풍경이다. 꿩 말고도 토끼, 노루가 많고 어쩌다 멧돼지가 덫에 걸리게 되면 성찬을 즐기게 된다.

24시간 빈틈없는 경계. 이곳의 보초는 모든 보초의 보초인 셈이다. 가끔 신문기자나 높은 양반들이 찾아와 보고는 모두 깊은 감명을 받았다면서 돌아간다. 왕년에 신문을 화려하게 수놓던 요란한 이름이 붙은 옛 싸움터가 이 일대지만, 머리 위를 흘러가는 구름은 아랑곳없이 미끄러져간다. 레이더 병들의 모습에서 나는 그 시절의 나를 보았다. 나는 레이더를 들여다보았다. 움직이지 않는 섬들과 그 사이를 이동하는 배 그림자들. 그림자의 마을. 만일 온 세계를 담는 레이더가 있다면. 아마 그런 레이더가 있을 것이다. 미국과 소련에는. 그들은 이 지구 위의 움직임을 감시한다. 대륙의 그림자들과 배와 차량의 그림자들. 밤의 도시를 찍은 사진에 헤드라이트 빛이 줄처럼 보이는 것처럼, 모든 나라들의 가장 교통량이 많은 지역의 움직임은 어떤 일정한 형태로 보일 것이다. 모든 사람과 차량이 늘 같은 길로, 같은 순서로 다닐 테니깐. 그것이 그 나라의 실루엣이다. 움직이는 팽이처럼. 새나 고기들이 무리를 지어 움직이는 그림자가 가끔 소동을 일으킨다는 것이다. 그림자만으로는 그게 비행긴지 배인지 알 수 없기 때문이다. 그림자라는 공통 인자만으로 단순화된 세계 — 그림자의 음악이다. 모든 사물이 평등한, 모든 사물이 단 하나의 질서만으로 구성된 세계. 그 그림자를 해석해서 구체적인 세계로 번역하는 일. 말의 레이더에 세계를 비치는 일. 말은 레이더보다 훨씬 많은 정보를 담는다. 그림자에서부터 시작해서 '뜻'에 이르는. 존재하는 사물의 모든 특징을 담을 수 있는 '말'이라는 레이더. O선생과 K선생이 이런 말을 주고받고 있다.

"적과 우리를 구별하는 레이더를 발명할 수 있다면 좋겠군."
"있지요, 없습니까?"
"있다니요?"

"사람이 아닙니까?"
"사람, 응 그렇군. 사람이 제일 정확한 레이더군."
"아니지요, 정확해서가 아니지요."
"그럼?"
"적이냐 친구냐 하는 구별은 사람에게만 있는 것이니깐."
"레이더에는 적이 없다?"
"그렇지요. 레이더에게는 모든 사물이 그저 실루엣일 뿐이죠."
"레이더는 휴머니스트군."
"과학자지요."

우리는 바위 위에 걸터앉는다. 이 섬의 봉우리 — 혹 위에 앉아서 바다를 본다. 내려가면서 함장은 섬의 민간인들에게 대한 얘기를 들려준다. 이 마을은 술이 없는 마을이라 한다. 섬의 아낙네들이 공론을 일으켜서 술을 빚지도 못하고, 들여오지 못하게 해온다는 것이다.

"그거 참 좋은 일이군요. 뉴스가 됩니다"
하고 C일보의 기자가 말한다.
"재미있지요"
하고 함장은 기자를 돌아본다.
"네, 마을 사람들하고 좀 만나볼 시간이 있겠습니까?"
"네, 좋습니다."

마을에 내려가서 기자들은 부인들을 만나보러 가고 O선생과 K선생은 바닷가에 앉아서 주둔병들과 얘기를 한다. 나와 S씨는 해변을 따라 걸어간다. 모래사장은 얼마 안 된다. 배 댈 곳이라고는 이곳뿐이다. 나머지 변죽은 모두 바위가 들쑹날쑹한 벼랑이다.
"낙타섬이라고 들은 적 있어요?"
"없습니다" 하고 내가 대답했다.
나는 걸음을 멈췄다.
"뭐요." 하고 S씨가 가까이 온다.
"저기" 하고 나는 물 밑에 가라앉아 있는 하얀 두개골을 가리켰다.
"뭐?"
"저거."
나는 바위와 바위 사이의 한 길 정도 되는 웅덩이에 가라앉은 그 두개골을 가리켜 보였다.
"아무것도 없잖아?"
나는 몸을 구부리고 자세히 보았다. 그것은 바위에 붙은 굴딱지였다.
"굴 말이요?"
"네" 하고 나는 가장 태연한 태도로 끄덕였다. 그러면서 사람의 마음이 레이더가 아닌 것을 나는 다행하게 여겼다.
"참" 하고 S씨가 말하면서 걸음을 멈춘다.
"이 섬에서 김이 난다는군."
"김이요?"
"응. 함장한테 선물하는 게 좋겠지?"
나도 찬성이어서 두 사람은 걸음을 돌이켜서 마을로 들어갔다. 거기서 S씨는 김을 샀다. 다갈색의 엷은 질의 김은 물론 상품은 아닐 것이지만, 수병들의 말에 의하면 맛은 괜찮다고 한다. 신문기자들도 김을 사들고 바닷가로 왔다. 우리는 아까처럼 줄을 선 주둔병들의 환송을 받으면서 보트에 올라서 본선으로 향했다. 배는 곧 섬을 떠났다. 함장은 현재 우리 배의 위치를 알려주었다. 인천으로 돌아가면서 우리는 함장에게 신세졌다는 인사와 우리가 그를 도와줄 수 있는 방법을 물어보았다. 그는 불편이 많았겠다고 하면서 기회 있는 대로 해군의 존재를 알리는 데 협력해주었으면 좋겠다고 한다. 신문기자들은 특집을 꾸밀 것을 약속했지만, 우리는 당장 그런 약속을 할 수 없었다. 다만 기회가 있으면 언제든지 보고 들은 것을 알리겠다는 말을 했다. 나는 이 배에 타고 있는 병사를 주인공으로 한 소설을 쓸 수 있다면 좋겠다고 생각했지만, 그렇게 될 것 같지는 않았다. 수병 얘기를 쓰자면 수병의 생활을 알아야 한다. 그들의 내무반과 식당을 한 바퀴 돌아본 것만으로는 아무것도 안 된다. 나는 오래전부터 가지고 있는 욕심이 하나 있다. 잠수함의 승무원 얘기다. 그것은 별다른 이유 없이 언제부턴가 마음속에 떠오른 잠수함이었다. 그러나 나의 잠수함은 마치 레이더에 비친 잠수함의 그림자 같은 것이어서 그 속에 타고 있는 사람들의 얼굴은 하나도 떠오르지 않았다. 나는 이런 철없는 생각을 하면서 함장과 O선생의 말에 귀를 기울였다.

"이렇게 수고하시는 줄은 처음 알았습니다."

"고맙습니다."

"이건 변변치 않지만"

하고 O선생은 여러 사람이 산 김을 함장에게 전했다.

"위문품도 받았는데, 뭘 또."
함장은 사양하면서 집으로 가져가라고 한다. O선생은
"아닙니다. 아닙니다"
하면서 김 보따리를 밀어 보낸다.
점심을 먹는다. 여기서 하는 마지막 식사다. O선생께서 또 반찬 칭찬을 하신다. 끼니때마다 O선생은 빼놓지 않고 이게 맛있다 저게 구수하다 해오는 터이다. 나는 그때 퍼뜩 선생의 그 말들이 줄곧 선생 혼자의 의사 표시가 아니라 우리 모두를 대신한 말이었던 것을 깨달았다. 상식을 무시하는 사람은 늘 누군가에게 폐를 끼치고 사는 것이다. 자기는 아무 사람 신세도 안 지는 것 같아도 다 남에게 의지하고 산다. 자기 귀찮다고 하지 않은 인사치레를 누군가 다른 사람이 해주기 때문에 일행이 지탱해나간다. 나는 부끄러운 생각을 금할 수 없었다. 그래서 좀 늦기는 했지만 게 요리를 칭찬했더니 그것은 게가 아니라 새우라는 것이었다. 미안해서 히히 하고 웃었더니 O선생이 허허 하고 웃었다. 식사를 마치고 우리는 브리지로, 다른 패는 갑판으로 나갔다. 배는 곧장 인천으로 돌아가는 것이 아니고 구역 해상에서 좀더 근무한 다음에 인천으로 가리라 한다.
"고단하시지 않습니까?"
하고 나는 O선생에게 물었다.
"괜찮아요"
하고 선생은 대답한다.
"일기가 좋아서 다행이었습니다"

하고 K씨가 말한다.

"그렇습니다."

함장이 쌍안경을 들여다보면서 말했다.

"가족들이 좀 적적하시겠지요?" 하고 O선생.

"네, 할 수 있습니까?" 하고 함장.

"지금 인천으로 가면 집에 들릅니까?"

"아닙니다. 가족은 진해에 있습니다."

"네."

"육상 근무를 얼마 하면 또 바다에 나오고 싶으니 팔자지요."

"당자는 그렇다 하고 부인이라든지."

"그 사람도 좀 해방이 되고 좋겠지요."

"허, 그럴 리가 있습니까?"

"정말입니다. 오랜만에 보면 더 반갑다는군요."

"그렇다면야."

사람이 철들기까지는 나중에 생각하면 우스꽝스러운 생각을 많이 하는 법이다. 군인은 전쟁 얘기만 하고, 비행사는 변소에 갈 때도 비행기를 타고 가는 줄로 아는 시절이 누구에게나 있다. 그것까지는 과장이겠지만, 직업과 제복이라는 그림자 이상의 인간이 보이지 않는 경우는 많다. 직업이나 제복이 높거나 무거운 것일수록 그런 착각이 들게 된다. O선생과 함장의 얘기를 들으면서 그런 생각을 한다. O선생은 그저 이웃에 사는 회사원이나 노동자를 대하듯 함장과 얘기하고 있다. 함장도 또 그렇게 대한다. 이 요령이 오랫동안 나에게는 잡히지 않았었다. 20대의 어느 시절까지도. 그래서 사람들이 그 사람의 전공 이외의 화제를 주고받는 것을 보면 마치 음담을 듣는 기분이 들었었다. 그 시절의 내 마음은 미상불 그 성능에 있어서 레이더 이상의 것이 아니었던 모양이다. 인간과 사물이 갖는 여러 갈래의 갈피. 껍질 속에 든 껍질. 그런 것을 몰라봤던 것이다. 그러나 지금은 그것을 너무 알아보게 되니 이 또한 고통이다. 얼음이 녹아서 김이 되었다고나 할까. 보얗게 서린 윤곽은 알겠는데 아무래도 굳건한 맛이 없는. 상식常識의 단단함. 그 중용의 확실함이 온데간데없어진 것이다. 생경함에서 애매함으로. 극에서 극으로. 응고하라 응고하라. 중용을 향하여 응고하라. 혹은 부드러워지라. 부드러워지라. 중용을 향하여 부드러워지라. LST의 뱃멀미 같은 삶의 느낌. 생경함이 깨어지는 상태의 느낌일 것이었다. 아직도 아무 균형에도 이르지 못한 삶을—나의 삶을 슬퍼한다. 멀어져가는 낙타의 혹을 바라본다. 다리를 꺾고 앉은 청흑색의 낙타. 그 발굽 사이에 내가 떨어뜨리고 온 헛본 두개골.

인천에 닿는다. 버스를 타고 서울로 온다. 아직 스케줄은 다 끝나지 않았다. 시내에 들어와서 이른 저녁식사를 한다. 해군 본부의 여러분에게 고맙다는 인사를 O선생께서 간곡히 연설한다. 그리고 끝났다. 모두 뿔뿔이 갈라진다. S씨와 나만 남는다. 시청 광장 쪽으로 나온다.
"어디 갈 데 있어요?"
없다고 나는 대답한다. S씨는 바둑집으로 갈 작정이라 한다. 그를 따라 바둑집으로 간다. S씨는 곧 적수를 만나서 판을 벌인다.

한참 만에 나는 일어서서 밖으로 나온다. 어디로 갈까. 아무 데도 생각나지 않는다. 아무도 생각나지 않는다. 광장 한복판 주차장에 서 있는 해군 버스가 보인다. 버스 창문으로 시인 S씨의 얼굴이 보인다. 그러나 그것은 어제의 버스였다. 어제의 S씨였다. 그것은 탈 수 없는 버스였고 옆에 가 앉을 수 없는 S씨였다. 조금 있더니 어제의 내가 와서 S씨 옆에 가 앉는다. 그리고 나머지 사람들도 한 사람씩 올라간다. 그들을 태우고 해군 버스는 떠나갔다. 나는 돌아서서 무교동 쪽으로 걸어갔다.

무서움

　염치없이 종일 노닥거리던 여름 해가 바야흐로 뉘엿거리기 시작할 무렵이다. 시민회관에서 광화문 지하도 쪽으로 걸어가던 구영웅 씨는 맞은편에서 걸어오는 어떤 사람을 보고 쭈뼛해졌다. 그 순간 구영웅 씨는 얼른 고개를 수그리고 말았다. 그리고 여전히 걸어갔다. 그러나 구영웅 씨는 이번에는 뒤에서 그를 따라갔다. 분명히 그 사람이었다. 별다를 것 없는 셔츠 차림의 뒷모습을 지켜보면서 구영웅 씨는, 저 옛날 분명히 죽은 예수 그리스도란 이름의 선생님이 버젓이 살아서 나타났을 때의 제자들의 심정을 알 만했다.

　군에 근무해본 사람이면 알겠지만, 병참 부대 소속으로 정비 중대라는 것이 있다. 정비라고 하면 병기라든지 차량을 연상하기 쉽지만, 육군에서는 그런 정비는 병기병과에서 하고 있다. 병참 정비 중대는 피복과 군화 수리 및 세탁을 하는 곳이다. 그러니까 군대 안의 세탁소와 구두 수선을 하는 부대다. 그것을 '정비整備'라고 하는 것이 여간 현학적인 게 아니라고 생각한 사람도 많았을 게다. 서부 전선에서 가장 왼쪽을 달리는 국토 연변에 그때 이러한 정비 부대가 있었다. 이 부대 안에는 세탁 중대와 정비 중대가 있었는데, 영내에 들어서면 중대급의 빨랫비누 냄새와 역시 중대급의 헌 가죽 냄새가 난다. 구영웅 씨가 통역 장교로 임관되어 처음 배속된 곳이 이 부대였다. 지금 생각하면 그 무렵 20대의 구영웅 중위는 캄캄한 철부지 — 거의 천사였다. 벼락치기 간부 후보생 교육으로 갑자기 그놈의 군인 정신이 투철해졌을 리도 없는 데다, 엊그제 학교문을 나왔을 뿐이니 사회 물정을 아는 것도 아니다. 또 병참 병과 교육은 받은 일이 없으니 군대에 구두 수선 부대와 빨래 부대가 있다는 것도 알 리 없었고, 그렇다고 무슨 영어에 능통해서 통역 장교가 된 것도 아니다. 초임 계급이 중위니 소위보다는 고생이 덜할 것 같아서 응모한 결과 어떻게 채택됐다는 것뿐이다. 한마디로 누구나가 그런 것처럼 엉망진창인 20대의 그 무렵에 구영웅 중위는 국가의 엄중한 명령으로 관하 1개 군단 장병의 빨래와 신 깁기에 종사하게 되었던 것이다. 장교니까 노동은 하지 않는다. 빨래와 구두 수선의 십장 노릇을 하는 것이다. 세탁 중대는 미제 세탁기를 장비로 가지고 있고 정비 중대는 역시 미제 수선기를 가지고 있다. 구영웅 씨 세대만 해도 기계를 업수이 보는 낡은 감각을 지닌 세대여서, 당시의 구영웅 중위는 이 빨래 기계와 구두 기계를 심히 치사스럽게 보았다. 요즈음 말로 활자 문화가 곧 '교양'이요, '교양'이 곧 인간의 질이라고 생각한 탓일 터인즉, 개인적으로 어쩔 수 없는 취미였으리라. 아무려나 구영웅 중위의 군대 생활은 여기서 시작되었다. 구 중위의 직책은 정비 소대장이자, 대대 통역 장교다. 전자는 하루 8시간, 구두 수선 미싱이 포진된 천막 공장에서 담배를 피우고 앉아 있는 일이고, 후자는 담당 고문관인 미국인 상사가 나타나면 지극히 불확실한 영어로 지극히 불확실한 상황 설명을 함을 말한다.

하루 일이 끝나면 중대장실이나 대대장실에 모여서 잡담을 하게 마련이다. 때에 따라서 회의가 있기 때문에 장교들은 일단 거기에 모이게 된다. 선임 장교들 틈에 끼어서 구영웅 중위는 대개 듣기만 한다. 처음에는 상급자 앞에서의 위축 때문이었고, 나중에는 화제의 빈곤 때문이었다. 군대 생활을 10년 가까이 하고 보면 군대가 곧 세계가 되는 모양이다. 어느 장군의 일화, 그 장군을 '모시고' 있었을 때의 날리던 일, 군대 안의 파벌에 대한 이야기. 몇 기생이 어떻고 몇 기생이 저렇고. 좋은 자리에 대한 이야기. 월급쟁이들이 직장에서 나누는 그러한 이야기들이다. 구영웅 중위는 이런 자리에서는 늘 할 말이 없었다. 가장 알 수 없는 일은 그들이 자기와 관계없는 일에 그토록 흥미를 가지는 일이었다. 초급 장교들에게 장군들의 세계가 무슨 상관이란 말인가. 소작인들이 모여 앉아서 지주 영감네 살림 자랑을 하는 광경을 보는 것 같아서 역겨웠던 것이다. 왜 그런지 자존심에 어긋나는 소행같이 보였다. 가령 이런 식이다.

"김○○ 장군 있잖아. 이 양반 장교들 때리기로 유명하잖소?

내가 그 양반 사단에 있을 땐데 걸렸다 이거야. 이 양반, 한시도 가만있지 않거든. 순시가 취미니깐. 중대장실에 있는데 인사계가 헐레벌떡 나타나더니 각하가 중대 창고에 나타났다 이거야. 갔지. 다짜고짜 이 새끼야 네가 중대장이야, 이거야. 별수 있어. 차렷자 세만 자꾸 고치면서 발발 떨고 섰지. 이종 창고 정리를 왜 규정대로 안 했느냐 이거야. 관리 규정이 바뀔 때 말이오. 내가, 창고 개축을 할 자재를 신청 중이라고 하니깐, 이 새끼 신청 좋아하네, 자체 해결할 머리를 써야 할 게 아니냐, 이러면서 한 발 다가서는 거야. 이 양반 별명이 축구 선수 아니오. 꼭 구둣발로 앞정강이를 걸어찬다 이거야. 더럭 겁이 나더군. 병신 되면 나만 손해지. 나중에야 삼수갑산, 삼십육계가 으뜸이라, 후닥닥 튀었지. 내가 도망치니깐 어이없었던 모양이야. 달아나면서 돌아다보니 지휘봉을 들었다 놓았다 하면서 뻔히 쳐다만 보더군. 이튿날 사단장실에서 호출이야. 갔지. 나를 보더니 이 양반 하는 소리가, 인마, 도망가면 어쩌자는 거야, 짜식. 이러더니 담배를 피우라더군. 그러면서 앞으로 애로 사항이 있으면 직접 말하라는 거야. 그다음부터는 순시를 나와도 중대장실에 와 앉아서 농담이나 하다 가는 거야. 사람 심사 묘하더군."

장교들은 너도 나도 김○○ 장군의 다른 일화를 질세라 내놓는다. 구영웅 중위는 그 얘기가 어딘지 못마땅했다. 세상이라는 게 자로 잰 것 같은 게 아니라는, 이야기의 낌새가 불안했던 것이다. 멋대로가 아닌가, 기분대로가 아닌가, 그러면 기준이란 건 뭔가, 이런 심사였으리라. 아무튼 모든 얘기가 이런 식이다. 좁은(구영웅 중위는 불행하게도 활자로 겪은 자기 세계를 요량해서, 실지로는 더 좁은 자기 세계를 몰랐던 것이다) 세계 안에서 일어나는 구질구질한 곰팡이, 늙수그레한 요령, 세상 별게 아니라는 코웃음, 꾀죄죄한 부러움, 이런 것이 기분 나빴고, 요컨대 구영웅 중위는 젊었던 것이다. 구 중위는 군대 생활의 병아리여서 자리를 흥겹게 할 경험도 없거니와 말한 대로 기분인즉 개운치 않아서 이런 좌담이 오가는 속에서 어리둥절하게 앉아서 남들이 웃을 때면 화를 내면서 조금 웃는 체했는데, 모름지기 그럴 때 몰골은 신병이 기워놓은 군화짝 같았을 것임이 분명하다. 돌이켜 생각하면 옹졸한 장면이지만, 그러나 그 사람이 성숙하는 과정에서의 이런 단계를 면할 수 있는 사람이 몇이나 될지. 있다손 치더라도 별나게 총명한 사람의 경우일 터인즉 일반론에는 지장을 주지 않는다. 하루 종일 넝마와 헌 구두 먼지를 뒤집어쓰고 앉았다가 저녁이면 이런 이야기를 듣고 앉아 있어야 할 때, 아무렇지도 않았다면 오히려 우스웠을지도 모른다. 지금 돌이켜봐서 내리는 판단은 판단이고 감정의 역사에서도 소급 입법은 금물인 것이다.

  이런 속에서 구영웅 중위 말고 또 한 사람의 구영웅 중위가 있었다. 그 사람이 황 대위였다. 보기에 황 대위는 성공한 양화점 주인같이 희멀끔하고 몸도 부대한 편이었다. 까다로워 보이지 않았다. 다만 그는 언제나 듣는 사람이었다. 오래가지 않아 구 중위는 그러한 황 대위를 눈여겨보게 되었다. 학교 밖에서 남과 어울리는 처음이자 상급자이기도 하기 때문에 구 중위는 황 대위에게 이쪽에서 가까이 갈 엄두는 나지 않았다. 그리고 다른 장교들은 황 대위에게는 주의하지 않았다. 말대꾸를 청거나, 향하여 말하거나 하지도 않았다. 구 중위에게는 얼굴도 돌리고, 약간 후배 앞에서 허세 부리는 기미까지도 보이는 사람들도 황 대위만은 피하는 눈치였다. 말하면서 좌중을 둘러보는 시선이 황 대위 자리에서는 돌아가고, 공중에서도 헛갈리기 싫어하는 항로처럼 황 대위의 시선과 마주치는 시선은 없었다. 구 중위는 이런 사실만은 알아보았으나 어쩐 영문인지 알 수는 없었다. 두고 보아도 황 대위가 기가 세어서 다른 사람들이 조심할 만한 성격도 아닌 것 같았으므로 더욱 종잡을 수 없었다. 종잡자고까지 하도록 뚜렷하게 이상하다고 생각한 것은 아니고 그저 그렇다는 것을 불식간에 느끼고 있었던 것이다.

부임한 지도 한 달쯤 됐을 때 일이다. 그럭저럭 부대 일에도 자리가 잡히고 처음 같은 따분함도 가라앉을 만하게 되었다. 부대가 있기 전만 해도 좌우에 아무것도 없는 서부 국도의 산골 연변이다. 부대가 생기고 나서 생긴, 어디나 있는 부락이 있다. 역시 어디나 마찬가지로 부락의 구성을 볼 것 같으면, 다방이 하나, 일용 잡화를 파는 가게가 네댓, 색시집이 대여섯, 나머지는 정체 불명의 생계를 꾸며가는 여염집인지 하숙집인지 두루뭉술한 뜨내기 가구가 10여 호에다 고장 사람들인 농가가 10여 호다.

구 중위는 처음에 영내에서 기거하다가 얼마 안 가 밖에다 하숙을 정했다. 일과가 끝난 후에도 철조망 안에서 돌아가는 것도 무료하거니와 귀찮은 일이 생겼던 것이다. 주번 근무를 대신 해달라든지 잠깐만 자리를 비운 사이를 보아달라고 하는 부탁이 거의 매일같이 생기는 것이다. 가장 신출내기 장교로서 선임 장교들의 부탁을 마다할 수도 없거니와 기왕 영내에 있는 바에야 헛간 같은 창고 안에 마련된 침대에서 뒹구는 대신에 주번 장교실 의자에 앉아서 잠이나 자고 있으면 된다는 부탁을 양담배 한 갑을 쥐어주면서 청해오는 데야 도리가 없었던 것이다. 모면하는 길은 다른 장교들처럼 밖에다 하숙을 정하는 길밖에는 없었다. 밖이래야 초저녁부터 하숙집 방구석에 죽치고 있을 수는 없다. 일선 지방의 소부대 주둔지의 밤의 기분을 아는 사람은 알 것이다. 겉으로는 조용하다. 부대의 기계 소리도 멎고 가끔 트럭이 지나갈 뿐 소리도 없고 움직임도 없다. 그러나 그런 거리에도 생활은 있다. 밤의 거리에 나서면 먼저 들리는 것이 다방에서 흘러나오는 레코드 음악 소리다. 도시에서 현재 유행하고 있는 유행곡 가락을 그러한 벽지에서 듣는 기분이란 야릇하고 까다롭다. 무언가 울적하고, 심사가 틀리고 자기가 바보 같고, 그리고 가끔 진짜로 허전한 것이다. 그래서 발길은 다방문을 들어서게 된다. 다방에는 열 개쯤의 자리가 있다. 대폿집 조리대같이 마련된 카운터 옆에 전축이 있다. 그리고 카운터 안에는 레지가 앉아 있다. 20대의 그 나이에 여자애들과 어지간히 놀아볼 기회를 가진 사람도 많겠지만 누나도 아니고 누이동생도 아니고 동급생도 아닌 그저 '여자'란 자격의 여자를 이런 장소에서야 정작 처음 부딪치게 되는 사람들도 적다고는 할 수 없을 것이다. 구 중위도 그러한 사람의 하나였다. 그렇기로서니 어떤 레지라도 이뻐 보일 만큼 벽지 생활이 오래된 것도 아니었기 때문에 여자의 기억을 잊어버리지 않기 위해서 그곳에 가는 것은 아니었다. 갈 데가 없으니 가는 것이다. 여기서는 단골손님이 있다. 연내의 장교 휴게실에서 늘 제일 입이 걸쭉한 사람들은 여기서도 단골이다. 그리고 영외 거주 하사관들. 다음에는 고참 병사들이다. 용케 영내를 빠져나오고도 상사들에게 욕도 먹지 않는 요령 좋은 친구들이다. 시시한 농담이 오간다. 레지는 말참견도 하고, 등줄기를 때리기도 하고, 얻어먹기도 하면서 여기저기 자리를 옮긴다. 다방 말고 제일 활기 있는 곳은 술집이다. 젓가락 두들기는 소리에 맞춰서 유행가 가락이 흘러나오는 곳이다. 여기는 부임 환영연 때 가본 후로는 가지 않았다. 그 앞을 지나면 중대 인사계나 소대 선임하사가 병사 두서너 명을 데리고 참외를 깎아 먹으며 앉아 있거나 마루에 걸터앉아 소주를 마시고 있는 가겟방들이다. 어슷비슷한 가게를 대여섯 집 지나면 이 마을의 메인 스트리트는 끝난다. 미안한 이야기다. 그래서 구 중위의 생활도 미안한 생활이었다. 그의 젊음에 대하여. 다방에 앉았다가는 가게 앞을 서성거리고 다시 다방에 와서 조금 앉았다가 하숙집으로 들어가서 한쪽 벽에 매달아놓은 씨앗 옥수수를 바라보면서 트랜지스터를 귀에 갖다 댄다. 비현실적인 먼 넋두리를 듣고 있는 기분이다. 생각은 어느덧 후방으로 무단이탈한다. 무단이탈한 마음은 정작 대단치도 않게 여기면서 살아온 옛날의 시간 속에 헤맨다. 손에 잡히지 않던, 삶이라는 소용돌이, 그 골목, 친구들, 안개 낀 낯선 거리 같던 그 시간들이 — 마치, 확실하게 소유하고 있던 물건들처럼 아쉬워진다. 터무니없는 탈주병의 착각이다. 탈주병의 눈은 과장한다. 없는 것을 본다. 있는 것을 보지 않는다. 마음대로 뜯어 맞춘다. 마음대로 분해한다. 헤매는 마음을 현실이 체포한다. 현실이란 저 앞 국도를 달려가는 트럭의 엔진 소리다. 마음은 근무지로 연행되어온다. 체포당한 탈주병처럼. 이것이 일개 소대의 병사들의 생명과 복지를 책임진 장교의 정신 상태다. 미안한 일이다. — 군대에 대해서. 이렇게 미안한 거리, 미안한 마음. 요컨대, 모두 미안하다. 어느새 잠이 들어 있다. 켜둔 채로 놓아둔 트랜지스터 소리에 귀가 깬다. 얼마 동안 흘러나오는 소리에 귀를 기울인다. 심야 프로그램이 흘러나온다. 이것도 화가 난다. 사람을 동정하지 말라, 그렇게 말하고 싶은 기분이다. 꺼버린다. 잠든다. 신통하게 꿈 하나 없는 시간이 흐르고 아침이다. 옷을 주워 입고 세수를 하고 부대로 들어간다. 이런 생활이 한 달쯤 지났을 때 일이다. 그날도 일과 후에 모여 앉아서 잡담이 벌어졌다. 그러는데 구 중위는 문득 자기에게 향해지고 있는 눈길을 느꼈다. 맞은편에 앉아 있는 황 대위가 뚫어지게 노려보고 있는 것이다. 지금 생각해봐도 이상한 일이지만 그 눈길에 접하는 순간 구 중위는 무조건 가슴에서 무엇인가 철렁 내려앉았다. 그러자 황 대위가 입을 열었다.

"구 중위, 당신 나한테 할 말 없어?"

자리가 조용해졌다.

"네?"

아닌 밤의 홍두깨란 이를 두고 말하는 것일 터이므로 구 중위는 얼결에 되물었다.

"나한테 할 말 없느냐 말이야?"

"할 말이라뇨?"

"정 그렇게 나오겠어?"
"황 대위님 무슨 말씀이십니까?"
"무슨 말씀? 이 작자 봐."
'작자'가 구 중위의 뒤통수에서 쾅 울렸다. 좌중은 더 조용해졌다.
"황 대위님, 아무리 하급자라두 말씀이 너무 심하지 않습니까? 무슨 얘긴지 똑바로 말씀해주십시오."
가장 노한 듯이 할 말을 하기는 하면서도 구 중위는 사실 허겁지겁하고 있었다. 전혀 뜻밖의 일이 제일 무서운 것이다.
"몰라? 왜 고자질하고 댕기는 거야?"
"고자질이라뇨?"
"대대장한테 나를 모함한 걸 모를 줄 알아?"
"아니, 그게, 무슨, 말입니까?"
완전히 넋이 빠진 구 중위는 생사람 잡지 말라든가 하는 이런 경우에 쓰는 말조차 얼른 생각나지 않아서 꺽꺽 막혔다.
"그게 무슨 말입니까?"
이렇게 되풀이만 하였다.
"무슨 말? 요 작자 한번 뻔뻔스럽군. 며칠 전에 회의가 끝나구 대대장하구 둘이 있을 때 무슨 말 했어?"
구 중위는 자꾸 답답해지기만 한다.
"황 대위님 그건 오햅니다. 그때 얘기는 중대 업무에 대한 얘기였어요."
"그렇다면,"

황 대위는 밉살스럽다는 듯이 입을 비쭉거렸다.
"왜 대대장실을 나오면서 나를 피했어?"
"피하다뇨?"
"나하구 눈을 맞추지 못하고 피해 갔잖아?"
"아니, 정말 이건."
"그리구, 지난번 내가 서울 외출을 나갔을 때 왜 따라왔어?"
"따라와요?"
"안 나왔어?"
"저는 저대로 외출을 나간 것 아닙니까?"
"외출을 나와서 왜 나를 미행하고 다녔느냐 말이야?"
"미행이라니?"
"이치가 내가 중앙우체국 앞을 지나가다가 기분이 이상해서 획 돌아봤더니(여기서 황 대위는 고개를 획 돌리는 시늉을 했다) 당신이 사람 속으로 싹 숨었잖아. 모른 체하고 가다가 명동 입구에서 또 획 돌아보니 따라오다가 금은방 안으로 쑥 들어가는 걸 똑똑히 봤단 말이야. 어때, 할 말 있어."

해야 할 말이 너무 많을 때는 사람은 말을 뛰어넘는 모양이다. 이때 구영웅 씨도 그렇게 움직였다. 구 중위는 벌떡 일어났다. 사실 지금까지 벼락을 맞으면서도 구 중위에게는 두 가지 제한이 있었다. 첫째는 상대가 윗사람이라는 것이고, 다음에는 그렇기 때문에 아무리 어떻기로서니 윗사람이 지킬 도리는 지킬 것인즉 아주 무법하지는 않으리라는 생각이었다. 사회를 은연중 가정 같은 줄로 치부한 셈이다. 그런데 황 대위의 이 말은 구 중위의 그런 신념

무서움 251

이 장난감 같은 것임을 이 순간, 본능적으로 따라서 확실하게 알려주었다. 이것은 폭력이었던 것이다. 무언가 무조건의, 잡담 제한, 커다란 위험이 눈앞에 다가선 것을 느끼자 구 중위는 벌떡 일어섰다. 그러자 황 대위도 일어섰다. 그들은 가까워지고 서로 팔을 붙들었다. 이치가. 당신은 날 모욕했어, 상급자도 뭣도 아니야. 너 이럴 테야. 이건 변명이고 상급자고 할 것 없어. 당신은 깡패야. 결백한 사람의 부끄럼 없는 자신과 누명을 벗어야겠다는 목적에 의한 과장까지 섞여서 구 중위는 어지간히 설쳤다. 다른 장교들이 우우 일어나서 뜯어말렸다.

이야기를 간추리면 황 대위는 며칠 후 후송되었다. 정신이상으로 진단이 되었던 것이다. 황 대위가 좀 이상하다는 것은 벌써부터 여러 사람이 눈치 챘지만, 아직 뚜렷한 실수는 없었기 때문에 그럭저럭 지내는 참이었던 것이다. 구 중위만 모르고 있었는데 그도 그럴 것이, 누가 알려줄 수도 없는 일이었다. 알고 보면 어처구니없는 일이었다. 교통사고나 마찬가지요 미친개한테 물린 셈이다. 황 대위가 후송된 당시에는 잠깐 기분이 풀렸다. 그러나 곧 구 중위는 자신이 만만치 않은 멍이 든 것을 느꼈다. 왜 교통사고를 하필이면 내가 당했는가. 뭇사람을 다 지내놓고 미친개는 왜 하필 나를 물었는가. 이것은 해답 없는 물음이요 재수 없는 일이었다. 그런 종류의 사람 눈에 유독 만만하게 보일 만한 무슨 적성適性이 나한테 있어서 그 고장 난 정신이 알아봤단 말인가. 그것은 암의 소질이 있다고 전문가한테서 확언당한 것처럼 섬뜩한 일이었다. 내가 가장 하급자니까? 장교 가운데서 그렇다뿐이지 미친 사람이 장교 사병을 가린단 말인가. 구 중위는 자꾸 마음이 무거워졌다. 미쳤다는, 그렇기 때문에 어떤 특수한 정신의 능력이 생긴 사람의 눈에 의해 무엇인가를 들키고 말았다는 생각이 자꾸 드는 것이었다. 이것은 정신 병자를 신비화하는 생각이겠지만, 구 중위는 그렇게 생각이 되는 것을 막을 수 없었다. 자기 비밀이 누군가 악의 있는 사람의 손에 들어가서 구 중위는 그 이후 미행을 당하고 있는— 어느 보이지 않는 시선이 자기를 밤낮없이 보고 있다는 실감을 가지게 되고 말았다. 누구를 미행했다고 무고당한 사람이 실은 미행을 당하는 사람이라는. 미친개한테 물린 셈 치라고 하지만, 실은 당자로서는 미친개한테이기 때문에 영 기분 잡치는 것이다. 성한 개한테라면 까닭이라도 있지 않겠는가? 미친개가 아무나 문 것이 아니라 유독 아무개를 물었다면 무얼 보고 물었을까. 무엇을?

10년 후의 광화문으로 구 중위의 마음은 다시 돌아왔다. 구영웅 씨는 별다른 것 없는 셔츠 차림의 뒷모습— 황 대위를 따라가다가 혹, 놀라면서 우뚝 걸음을 멈췄다. 이번에 잡히면 구영웅 중위는 꼼짝없이 현행범이었다. 황 대위가 '휙' 돌아다보기 전에 구영웅 씨는 군중 속으로 '싹' 숨어버렸다. 구영웅 중위는 무서웠다.

하늘의 소

옛날 옛적, 호랑이가 담배 피우다 말고 사람이 담배 피우던 때의 일입니다. 그 무렵 서울에 구보라고 하는 시인이 살고 있었습니다. 구보는 훌륭한 시를 쓰고 싶다는 것이 소원이었습니다. 시인이니깐 으레 그럴 일이지요. 그러나 웬일인지 구보는 훌륭한 시를 쓸 수 없었습니다. 그런데도 구보는 훌륭한 시를 짓고 싶다는 생각을 버릴 수가 없었습니다. 구보가 살던 시대는 험한 때였는데도 그런 생각을 버릴 수 없었던 것을 보면 시란 것이 아마 대단한 것인 모양이지요.

어느 날, 밤도 깊은 시각에 구보는 잠을 이루지 못하고 엎치락뒤치락하고 있었습니다. 무슨 좋은 시 궁리가 날까 해서였지요. 그러나 언제나처럼 졸음만 쏟아질 뿐 가련한 구보의 머리에는 뾰족한 생각이 떠오르지 않았습니다. 그때였습니다. 구보는 이상한 소리를 들었습니다. 음매, 분명 그런 소리가 들린 듯했습니다. 어라? 하고 구보는 두 귀를 쭝긋 세웠습니다. 어디서 소가 우는 소리가 들리는 것이 아닙니까. 큰 도회지 한복판에서 소가 울 리가 없었던 것입니다. 그러나 울음소리는 연거푸 들렸습니다. 그것도 여러 마리의 소가 받아가며 우는 것이 아닙니까. 구보는 하도 이상해서 문을 열고 마루에 나섰습니다. 좀더 분명히 들립니다. 그러나 이 근처에 소 시장이 갑자기 생겼을 리도 없는 일이었습니다. 구보는 점점 이상한 생각이 들었습니다.

그런데 끝내 구보는 그 소리가 나는 곳을 찾아냈습니다. 소리는 하늘에서 울려온 것이었습니다. 이런 희한한 일이 어디 있을까요? 하늘 한가운데 숱한 소들이 — 그렇습니다. 하늘 복판에 소장이 선 모양으로 — 소들이 우글거리고 있지 않겠습니까? 그런데 더욱 이상스러운 일을 구보는 보았습니다. 그 숱한 소들은 저마다 괴로운 시늉으로 토하고 있었습니다. 그런데 입에서 나오는 것은 말간 물뿐입니다. 자세히 본즉 소들은 비 오듯 땀도 흘립니다. 그런데 땀이라고 하면 안 되겠군요. 온 몸에서 샘이 솟듯 좔좔좔, 입에서도 좔좔좔, 물이 흐르는 것이 아닙니까. 구보는 너무나 이상한 구경에 그만 얼이 빠진 듯 하늘을 쳐다보고 있었습니다. 그러나 얼마 있더니 소들은 온데간데없고 도회지의 늦은 밤하늘에 어디서 오는 것인지 꼬리에 빨강 파랑 불을 켠 비행기 한 대가 날아갈 뿐이었습니다. 구보는 제가 본 것이 과연 생시인지 꿈인지 다시 눈을 비비고 보아도 소들은 온데간데없었습니다.

구보는 이 얘기를 아무한테도 하지 않았습니다. 믿어줄 사람이 있을 것 같지 않았기 때문입니다. 그런데 그 다음 날입니다. 어제 그맘때가 되자 구보는 소스라치게 놀랐습니다. 음매. 또 들리는 것이 아닙니까, 소 우는 소리가. 구보는 얼른 마루에 나서면서 하늘을 보았습니다. 있었습니다. 어제보다 더 많은 소들이 은하수처럼 밀려서 물을 토하고 있는 것이 아닙니까. 이 너무나 이상한 광경에 구보는 숨을 죽이고 바라만 볼 뿐입니다. 소들은 목을 우그리고 연거푸 말간 물을 토합니다. 하늘의 은하수를 모두 들이켜기라도 한 듯이 자꾸자꾸 토합니다. 등에서도, 배에서도, 사지에서도, 꼬리에서도 좔좔좔 좔좔좔 샘솟듯 물이 번져나옵니다. 그러면서 소들은 음매 하고 우는 것입니다. 온 세상에, 소 밥주머니가 아무리 크기로서니, 저 숱한 물이 어떻게 들어갈 수가 있었단 말입니까. 구보는 이상스럽게 끔찍한 광경에 어찌할 바를 몰랐습니다. 이윽고 소들은 온데간데없어졌습니다. 쟁쟁한 울음소리만 구보의 귓전에 남기고.

그 다음 날도, 또 다음 날도 구보는 매일같이 이상스러운 광경을 보게 되었습니다. 구보는 그래도 아무한테도 그 얘기를 하지 않았습니다. 왜냐하면 아무도 그런 광경을 봤다는 사람이 없었기 때문입니다. 더구나 신문에도 그런 이야기는 나지 않았기 때문입니다. 이 무렵에는 신문이란 것이 있어서 세상에 일어난 일은 빠짐없이 알려주었기 때문입니다. 어디서 전쟁이 났다든가, 달나라에 사람이 간다든가 하는 일을 모두 알려주는 것이 신문이었으니까요. 그런 이상한 일이 신문에 안 날 리가 있었겠습니까. 구보는 괴로웠습니다. 그러니 멀쩡한 제 눈으로 본 광경을 꿈으로 돌릴 수도 없는 일이었기에 말입니다. 이날부터 구보의 괴로운 나날이 시작되었습니다. 밤마다 하늘에 벌어지는 이상한 소 떼 때문에 구보는 미칠 지경이었기 때문입니다. 구보는 사람들의 눈치를 보기 시작했습니다. 그러자 무심한 사람들의 얼굴이 한없이 의미심장해 보입니다. 그들인들 모를 리가 없습니다.

그들도 구보처럼 밤마다 하늘의 소들을 보고 있음에 틀림없을 것입니다. 그러나 구보와 마찬가지로 그들도 미친 사람이 되는 것이 두려운 것입니다. 그래서 입 밖에 내지 않는 것입니다. 이렇게 구보는 생각해보는 것입니다.

그러나 어디까지나 이것은 구보의 생각일 뿐입니다. 정말은 어떤지 여전히 알 길이 없습니다. 구보는 점점 사람들이 무서워졌습니다. 사람들이 웃는 것도 무섭고, 밥 먹는 것도 무섭고, 모두모두 무섭습니다. 저토록 태연한 것이 한없이 무섭습니다. 훌륭한 시를 지어보겠다던 생각은 간데온데없어졌습니다.

밤마다 나타나는 도깨비 소들 때문에 구보는 속으로 실성한 사람이 되고 만 것입니다.

어느 날 구보는 아, 하고 소리를 질렀습니다. 구보는 신문을 읽고 있었습니다. 있습니다. 있습니다. 드디어 소들의 뉴스가 난 것입니다. 뉴스는 이러했습니다. 요즈음 푸줏간에 나오는 쇠고기는 모두 물첨벙이라는 것입니다. 소를 잡기 전에 소에게 물을 먹인다는 것입니다.

물 먹이는 데는 여러 가지 방법이 있다는 것입니다. 소한테 소금물을 먹입니다. 갈증이 나니 소가 물을 켜지요. 그러나 그만한 양으로는 안 됩니다. 이번에는 달아매고 억지로 물을 먹입니다.

이렇게 물을 먹인 다음에 소를 잡는다는 것입니다. 물 먹인 만큼 무게가 더 나가게 하기 위해서 그런다는 것입니다. 물론 돈을 더 받기 위해서지요. 도살장 언저리에는 물 먹이기를 업으로 하는 사람이 있다는 것입니다.

구보는 이제야 알았습니다. 하늘의 소들은 물 먹은 소들의 혼백들이었던 것입니다. 이날부터 구보의 새로운 괴로움이 시작되었습니다. 사람들은 왜 돈을 그렇게 가지고 싶어 하는가 하는 문제를 생각하기 시작한 것입니다.

이것은 쉬운 문제가 아닙니다. 돈이 있으면 이러저러한 일을 할 수 있으니까, 하고 대답하겠지요. 왜 그러저러한 일을 하고 싶어 하는가. 사람은 그러저러한 일을 좋아하니까, 하고 대답하겠지요. 왜 사람들은 그러저러한 일을 좋아하는가, 질문은 이렇게 끝이 없었던 것입니다. 그런데 구보는 이 문제 역시 누구에게도 말하지 않았습니다. 사람들은 왜 돈을 가지고 싶어 하는가, 하는 말은 한밤중 하늘에 소 떼들을 보았다는 말보다 더 위험한 미치광이로 의심받기에 더 알맞은 말이었기 때문입니다. 구보는 혼자서만 속을 태웠습니다. 그러나 그가 이 문제를 풀었다는 기록은 역사에 전혀 있지 않습니다.

오늘날에도 이 문제에 대해서는 여러 학설이 있습니다. 화폐설, 마음심보설, 영양설, 계시설 따위입니다. 이 문제는 아마 두고두고 연구할 문제임에 틀림없습니다만, 가장 근래 학설을 하나 소개하지요. 구보가 살던 바로 앞 시대에 이 나라는 나파유라고 하는 나라의 식민지살이를 한 삼사십 년 했는데 그때 문제가 생겼다는 설입니다. 그때 나파유 관헌들이 애국자들을 붙들어다가 물을 많이 먹였다는 것입니다. 맹물도 먹이고 가끔은 양념을 탄 물도 먹였다는 것입니다. 원한이 뼈에 맺히지 않을 리 있습니까. 그런데 나파유 나라의 사슬에서 풀린 다음에 이 나라 사람들은 큰 괴로움이 생겼습니다. 워낙 세상없이 착한 사람들이라 나파유 사람들에게 앙갚음할 생각은 꿈에도 없었지요. 신수 사나워서 피차 못할 일을 겪었는데 앙갚음한대서야 되느냐는 것이지요. 그야 옳지요.

그런데 원한은 원한대로 뼈에 사무쳐서 풀리지를 않으니 어쩌면 좋으냐는 것이지요. 그래서 생각해낸 것이 그렇다면 아무 작자에게나 물만 먹이면 되지 않느냐는 데서 소가 골라 잡혔다는 것이지요. 이 학설도 확정된 것은 아니고 가장 근래의 것이라는 데서 소개한 것뿐입니다.

옛날얘기 한자리였습니다.

감사합니다.

서유기

소설의 주인공에 대해서 그것이 작가의 분신이라는 말을 한다. 손오공孫悟空도 자기 문제를 풀기 위해서 분신을 만들어낸다. 그들은 서로 닮은 일을 하고 있다. 다르다면 손오공은 현실에서 그렇게 하고 소설가는 상상想像 속에서 그렇게 한다는 점이다. 손오공의 작자는 자기가 하는 일의 거울로서 손오공을 창조한 것이다. 「서유기西遊記」는 소설로 쓴 소설론이다.

서유기西遊記

1

동해신주東海神州의 바다 저편에 오래傲來라는 나라가 있어 가까이에 큰 바다를 끼고 있었다.

그 바다 속에 한 명산이 있어 화과산花果山이라 불렀는데, 이 산이야말로 세상 모든 땅덩어리의 한가운데였다.

그 꼭대기에 한 선석仙石이 있었다. 높이는 3장丈 6척尺 5촌寸이며, 천주天周의 365도度에 따르고, 둘레는 2장 4척, 역서曆書의 24기氣에 따르고, 바위 위의 구멍은 천신天神들의 9궁宮 8봉封을 본뜬 것이었다. 천지가 열린 이후 이 돌은 밤마다 날마다 천지의 기운과 일월의 정기에 젖어 있었는데 오랜 세월이 지남에 따라 이윽고 영기靈氣를 머금어 안으로 선태仙胎를 뱄다.

어느 날 이 돌이 쪼개지면서 공만 한 크기의 돌달걀이 나오고 달

갈은 또 바람에 바래어 한 마리 원숭이가 태어났다. 돌원숭이는 오관 모두 갖추어지고 수족도 제대로다. 대뜸 기는 법, 걸음걸이를 익혀 사방에 합장 인사하는 것이었다.

그랬더니, 그 눈에서 두 줄기의 금빛이 뻗쳐나가 천계天界에까지 이르러, 천제天帝를 놀라게 했다. 천제는 영소보전에 나와 여러 신하들을 모으고, 번쩍이는 금빛을 보자, 천리안天理眼과 순풍이順風耳의 두 장수를 불러, 남천문南天門을 열고 알아보도록 일렀다. 이윽고 두 장수,

"금빛이 나는 곳은, 동해신주하고도 오래국 화과산이올습니다. 그 산 위에, 한 개 돌덩이가 있었는데 그것이 달걀을 낳았고 바람에 바래어 돌원숭이가 태어났습니다. 이 원숭이가 사방배례四方拜禮하고 그 눈에서 금빛을 뿜어 천계를 비춘 것입니다. 지금 물을 마시고 먹이를 먹고 있으므로 이윽고 금빛도 없어질 것입니다"

하고 아뢰었더니, 천제,

"하계下界의 것은 천지天地의 정화精華로 태어나는 것. 별일이 아니로군" 하고 인자한 말씀.

이 원숭이는 산속에서 걷고 뛰어다닌다. 초목을 갉아보고 골짜기 샘을 마시며 꽃을 꺾고 나무 열매를 뒤적이는 한편, 원숭이, 학들을 벗 삼고 사슴과 어울리며 밤에는 낭떠러지 밑에 잠자고, 아침에 봉우리 굴속에서 노닐었다.

바로, 산중에 세월 없고, 겨울이 가도 해가 바뀜을 모른다는 팔자였다. 어느, 지질 듯 더운 아침나절이었다.

돌원숭이는, 무리의 원숭이들과 함께, 소나무 그늘에서 땀을 들

이고 있다가 골짜기 냇물로 미역 감으러 갔다. 솟구쳐 흐르는 냇물은 참말 다함없어 보였다. 원숭이들이 말하기를,

"이 물은 대체, 어디서 오는 것일까. 우리 오늘 할 일도 없으니, 어디, 냇물을 거슬러 물구멍을 찾아가지 않으련."

그래서 왁자하게 떠들며 한꺼번에 내달려 흐름을 따라 산을 타 올라, 물 나오는 데로 와보니 한 줄기 폭포가 걸려 있다. 그들은 손뼉을 치며 감탄하는 말이,

"야 굉장 굉장하다아. 누가 저 속에 들어가 물구멍을 찾아내고 다치지도 않고 나오기만 한다면 우리 임금을 삼자꾸나."

이렇게 세 번 부르짖자, 갑자기 무리 원숭이 속에서 저 돌원숭이가 뛰어나와 큰 소리로 외쳤다.

"내가 한다, 내가 하지."

장하게도 돌원숭이는 눈을 감고 몸을 사렸는가 싶더니, 휙 폭포 속으로 뛰어들었다.

문득 눈을 떠 고개를 드니, 거기는 물도 파도도 없이, 쇠판대기 다리가 넌짓 걸려 있다. 다리 밑을 흐르는 물은, 돌구멍을 빠져나가 거꾸로 떨어지는 폭포가 되어 다리 어귀를 막고 있는 것이었다. 또 다리에서 보자니, 미상불 사람 사는 집 같기도 해서 안성맞춤한 곳이다.

한참 바라보다가 다리를 뛰어넘어 사방을 보니 한가운데 돌 비碑가 있고 거기에, "花果山福地 水簾洞洞天"이라 새겨져 있다. 돌원숭이는 되게 기뻐서 다시 눈을 감고 몸을 굽혀 물 밖으로 뛰어나가서는 하하하, 하고 웃고,

"됐다, 됐다."

원숭이들이 그를 둘러 물었다.

"속은 어떻던가? 물은 얼마나 깊던가?"

"물이 있긴 뭐가 있어. 거기는 쇠다리 하나가 있는데 그 저쪽은 안성맞춤의 아파트란 말씀이야."

"아파트인 줄 어떻게 알았나?"

원숭이는 싱글벙글,

"이 물은 말씀이야, 그 다리 밑 돌 틈에서 나와 다리 어귀를 막고 있는 거야. 다리 근처에는 꽃도 있고 나무도 있는가 하면 석실石室이 있어. 이 돌집 안에는 돌냄비, 돌부뚜막, 돌사발, 돌침대, 돌의자가 다 있어. 안에는 돌비석 하나가 있는데, 거기다 화과산 복지花果山福地 수렴동동천水簾洞洞天이라 파놓았단 말이야. 아주 우리가 들어 살 좋은 자리지. 자 모두 가서 살자구, 저기면 비바람 걱정이 없어."

듣자 원숭이들은 모두 좋아라 입을 모아,

"그럼 네가 앞장서 데려다줘."

돌원숭이는 또 눈을 감고 몸을 굽혀 휙, 속으로 뛰니, 원숭이들도 이어서 뛰어든다.

다리를 뛰어넘기 바쁘게 그들은 저마다 사발을 낚아챈다, 부뚜막을 차지한다, 침대를 다툰다, 이리 뛰고 저리 옮기고 참말 싸가지 없는 원숭이 본성을 그대로 드러내 한시를 가만있지 않는다. 이때 돌원숭이가 윗자리에 올라가 말했다.

"여러분. 제가 한 말을 잊는 자는 쓸모없는 법이오. 아까 여러분은 폭포에 뛰어들었다 다시 나와 상처 없는 자가 있으면 임금을 삼겠다고 했지. 나는 지금 이 굴을 찾아내 여러분이 베개를 돋우어 잠자고 족속 모두가 살 수 있는 행복을 주었는데 어찌하여 나를 임금으로 삼지 않는가?"

원숭이들은 말을 듣자 공손히 돌원숭이에게 절을 하고 입을 모아 천세대왕千歲大王이라 불렀다. 이리하여 돌원숭이는 임금의 자리에 오르고 미후왕美候王이라 자기를 불렀다.

미후왕은 여러 원숭이들에게 자리를 정해주고, 안팎 벼슬을 나누고, 아침에는 화과산에서 놀고, 저녁에는 수렴동에서 자고, 새들과도 어울리지 않고, 짐승과도 상종 않고, 홀로 임금으로 삶을 누리기를 2~3백 년쯤ㅡ. 하루는, 원숭이들을 모아 술잔치를 베풀고 있었는데, 갑자기 뚝뚝, 눈물을 흘렸다. 원숭이들은 놀라서 물었다.

"대왕께서는 왜 상심하십니까?"

미후왕,

"나는 이러고 있는 중에도 좀, 앞일이 마음에 걸려 슬퍼지는군."

원숭이들이 웃고,

"대왕님, 우리들은 날마다 이렇듯, 선산복지仙山福地, 고동신주古洞神州에 살며, 하고 싶은 대로 멋대로 사는데, 이보다 더한 복이 있겠습니까? 대왕께서는 뭘 언짢아하십니까?"

"지금 당장에야 인간의 임금이 만든 법法도 따르지 않고, 다른 짐승들 세력에도 눌림이 없지만, 이윽고 나이를 먹고 혈기가 약해지면 어느새 염마閻魔란 놈이 엿보게 되지. 한 번 죽으면 이 세상에 태어나봤달 뿐 길이 천적天籍에 이름을 올려보지도 못하지 않는가."

이 말을 듣자 원숭이들, 낯을 가리고 슬피 울며 모두 한세상 무상無常을 탄식하였다. 그러자 무리 속에서 한 마리의 원숭이 뛰어나와 말하기를,

"대왕님이 그렇게 앞일을 걱정하시는 것은 그야말로 이른바 도심道心이라는가 하는 것이 싹튼 것이옵니다. 헌데 이 세상 다섯 가지 목숨붙이 가운데 염라왕도 어찌할 수 없는 것이 셋 있습니다. 즉 불佛과 선仙과 성聖의 삼자三者로서 윤회輪廻를 넘어서고 불생불멸不生不滅, 천지天地와 나이를 같이하는 바올시다."

"그 삼자는 대체 어디 있는가?"

"염부세계閻浮世界의 고동선산古洞仙山에 살고 있습니다."

듣자 미후왕, 크게 기뻐하여,

"좋다. 나는 내일, 너희와 헤어져 산을 내려가서 바다 끝, 하늘 가까지 발 닿는 대로 두루 살펴, 반드시 그 삼자를 찾아내리라. 그래서 불로장생의 법을 배워 염라왕의 화를 면하겠다."

아아, 이 한마디가 꼬투리가 되어 드디어 윤회의 그물에서 벗어난 성천聖天, 대성大聖의 생애가 열리게 되는 것이다. 원숭이들은 손뼉 치며 기뻐하되,

"경사로다 경사로다. 저희들 내일은 산을 타고 고개를 넘어, 열매를 찾아 큰 잔치를 베풀어 대왕을 떠나 보내오리다."

다음 날 그들은 말대로 선도仙挑를 따고 별난 열매를 갖고 감자

를 캐어 돌밥상 돌의자를 알뜰히 벌여놓고 술에 안주를 곁들여 미후왕을 윗자리에 모시고 번갈아 술을 따르어, 과일을 권하는 것이었다. 이리하여 그들은 해종일 크게 마시며 보냈다.

다음 날 미후왕은 일찍부터 일어나, 마른 소나무를 꺾어 뗏목을 짜고, 대나무 막대로 노를 만들었다. 그러고는 오직 홀로 뗏목에 올라 힘껏 뻗치니, 훨훨 시원시원, 큰 바다의 파도를 향해 내달아, 바람을 타고 남담부주南贍部州에 이르렀다.

이 여행에는 운수 좋게, 뗏목을 내고 이후로, 날마다 동남 바람이 불어 그를 서북西北의 해변으로 몰아갔는데 그곳이 남담부주의 변두리였던 것이다.

미후왕은 뗏목을 버리고 물에 뛰어올랐다. 바닷가에서는, 사람들이 고기 잡고, 기러기를 잡으며, 조개를 잡고, 소금을 건지고 있다. 그는 어슬렁어슬렁 다가가서, 장난스럽게,

"도깨비야!"

사람들은 혼비백산하여, 그물을 내던지고, 개미새끼처럼 흩어져 달아났다. 어정거리는 한 사람을 붙잡아, 옷을 빼앗아 눈대중으로 몸에 걸치고는, 뽐내면서 마을을 지나고 도회지를 지나면서 사람의 범절이며 말을 익혔다.

길을 내쳐 걸어 오로지 불선성佛仙聖의 도道를 찾아, 불로장생不老長生의 법法을 구해봤지만, 세간世間 사람이란 누구랄 것 없이 명리名利를 좇는 작자들뿐, 신명身命을 돌이켜보는 자는 도시 없다. 이야말로

언제나 그제나 명리를 위한 다툼질
아침저녁 늦잠으로 틈이 없어
당나귀를 타면 좋은 말이 생각나고 대신大臣이 되면 왕후王候를 바란다
입는 일, 먹는 일에 그저 아득바득 염마閻魔의 부름인들 들릴까 보냐
바라기는 자손의 부귀영화富貴榮華뿐
제 영혼靈魂 건질 생각 꿈에도 않네

미후왕이 길을 찾아 좋은 스승을 만나지 못한 채, 어느덧 9년이 지났을 무렵, 어쩌다 서양대해西洋大海의 바닷가에 이르렀다. 그는 이 바다의 저편에야말로 신선神仙이 틀림없이 있으리라 싶었다. 그래서 전에 한 대로, 뗏목을 지어 홀로 서해西海를 건너 서우화주西牛貨州에 이르렀다.

뭍에 올라, 사뭇 나그넷길을 보낸 어느 날, 문득 눈앞에 한 높은 산이 빼어난 모습을 나타냈다. 기슭 언저리는 울창하게 우거졌다. 뭍짐승도 두려워하지 않고 막바로 꼭대기에 올라 바라보고 있는데, 문득 수풀 속에서 사람 목소리가 들린다.

급히 속에 들어가 귀를 기울였더니, 그것은 노랫소린데,

신선놀음에 도낏자루 썩는 줄 모르네. 산에서 나무하여 저자에 팔아, 술 사서 마시고는 크게 웃으며 홀로 즐기다. 낡은 길에 가을이 높이 걸리니, 달을 우러러 소나무 뿌리를 베개하고, 잠 깨니 새

벽이고야. 깊은 숲으로 들어 마른 칡덩굴을 잘라, 한 짐 만들어 저자를 외치고 다녀 쌀 석 되와 바꾸노니. 다투는 일 전혀 없이 시가時價는 고루고루. 꾀부림 내 모르고 뽐내고 서러움도 없이 덤덤히 평생을 보내네. 마음이 가는 곳은 선仙이 아니면 도道. 조용히 앉아 경經을 읽네.

미후왕은 듣자 기뻐하며,
"어렵소, 신선이 여기 있었구나"
하고 부랴부랴 수풀 속으로 달려가 보니, 이는 한 나무꾼이었다. 도끼를 휘둘러 나무를 하고 있다. 그는 다가가,
"신선님, 처음 뵙습니다."
나무꾼은 도끼를 허겁지겁 놓으며, 마주 인사했다.
"웬 말씀을, 나는 끼니도 달랑거리는 산머슴인데, 신선이라니."
"신선도 아닌 분이 왜 신선의 말을 하십니까?"
"지가 무슨 신선의 말을 했소?"
"방금, 당신이, 선仙이 아니면 곧 도道, 조용히 앉아 경經을 읽는다지 않았습니까? 신선 아니면 뭐란 말씀인가요."
나무꾼은 웃으며,
"터놓고 말하면, 이 노래는 어떤 신선한테 배웠소. 그 신선은 나와 이웃 간인데, 답답할 때면 이걸 불러 속이 개운해진다, 이러더군. 오늘 좀 언짢은 일이 있어서 불렀더니 당신이 들었군."
"당신 신선과 이웃 간이면서, 왜 그분을 따라 불로장생不老長生의 법을 배우지 않았습니까?"

"난 팔자가 나쁘다네. 어려서 아버지를 잃고, 어머니는 과부 살림이요. 산에서 나무를 해서 어머니를 살리는 몸이오. 법을 배울 겨를이 있겠소?"

"들어보니, 당신은 효자구려. 훗날 꼭 신선이 되리라. 헌데 그 신선 계시는 곳을 알려주십시오. 찾아보렵니다."

"고대요. 이 산은 영태방촌산靈台方寸山이라 하는데, 산속에 사월삼성동斜月三星洞이란 굴이 있어서 한 신선이 사시오. 이 조사한테 배운 제자는 수없는데 지금도 삼사십 명이 모시고 수업修業하고 계시오. 저 오솔길을 남南으로 70리 가면 거기가 집이오."

미후왕은 집 앞에 이르렀다. 나무 위에 올라 기다리고 있자니 문이 열리며 한 아이가 나와 소리쳤다.

"누구야, 장난하는 게."

미후왕은 훌쩍 뛰어내려 허리를 굽혀,

"저는 도를 닦고 선을 통하려는 자인데 장난이라니 웬 말씀을."

아이는 웃으며,

"당신은 수행자시요?"

"네."

"우리 선생께서 밖에 행자가 와 기다리니 나가보라 하셨소. 당신이군."

"그렇소 그렇소."

"따라와요."

미후왕은 신선을 보자 엎드리면서,

"스승님, 스승님. 안녕하셨습니까"

하고 머리를 조아렸다.

조사祖師가 묻는다.

"그대는 어디 사는 누구인가. 먼저 고을과 이름을 대어라."

"저는 동해신주하고도 오래국 화과산 수렴동에 사는 자로서―"

이러는데, 조사가 소리쳤다.

"이놈을 쫓아내라! 허풍꾼이야. 길을 닦는다구?"

미후왕은 크게 놀라 머리를 조아리며,

"제가 말씀드린 것은 참말입니다. 감히 거짓을 아뢰리까?"

"그러면 왜 동해신주니 하는가. 거기서 예까지는 큰 바다가 둘, 그리고 동해부주가 있는데 어찌 예까지 온단 말이냐?"

미후왕은 또 조아리며,

"저는 10년 걸려 이리로 왔습니다."

"음, 그렇다면 괴이치 않군. 그래 네 성姓은 무엇인고?"

"네 저는 성내는 일이 없습니다."

"아니 네 양친의 성은 무엇인고?"

"저는 양친이 없습니다."

"양친이 없다니?"

태어난 내력을 말하니, 조사는 웃으면서,

"그러면 천지天地가 낳은 아들이군. 그러면 내가 이름을 지어주지. 성은 손孫, 자子는 양陽, 계系는 음陰이니 천지를 나타내며, 이름은 오공悟空으로 하라."

미후왕은 입이 찢어지면서,

"좋구말구요 좋구말구요. 이제부터 손오공이라 하겠습니다."

이름의 뜻은 천지의 아들이여 공空을 깨달아 천지로 돌아가라는 뜻이니 대단한 이름이다.

2

자, 미후왕은 이름을 얻은 게 좋아서 껑충껑충 뛰면서 조사께 고마워했다.
조사는 오공더러 마루 훔치기며, 인사, 접대하는 법 따위, 예의 범절을 배우게 했다. 오공은 또 많은 형님 제자들에게 인사드리고 마루 한구석에 제 잠자리를 마련했다. 그리고 이튿날 아침부터 형님 제자들과 더불어 경經을 읽고 길을 배우고 글자를 익히며 향을 올리면서 나날을 보냈다. 또 틈이 나면 마당을 쓸고 밭을 갈며 나무며 꽃을 가꾸었다. 이렇게 하며 육칠 년이 잠깐 지났다.
어느 날 조사는 단壇 위에 올라, 여러 신선을 모아놓고 설법說法을 했다. 이 모습이란,

　　삼승三乘의 가르침을 묘연妙演하고, 만법萬法을 자상하게 풀이하며,
도道를 말하다가는 선禪을 풀이하다.
　　삼가三家를 팥고물 주무르듯 하는구나. 일자一字를 밝혀 성誠을 알게 하고, 무생無生을 이끌어 성性의 현묘玄妙에 통함을 알게 한다.

이런 모습. 오공은 곁에서 듣다가, 신이 나서, 귀를 당겼다, 볼

때기를 꼬집었다, 눈꼬리 실죽샐죽, 마침내 못 견디더니 손장단 발장단에 맞춰 덩실덩실 춤을 추기 시작했다.

조사가 보고,

"이애 오공아, 웬일로 발광이냐."

오공이,

"정신을 모아 듣던 중, 스승의 묘음妙音이 들려서 그만— 죄송하옵니다."

"네가 묘음을 알아. 예 온 지 얼마던고?"

"모르겠습니다. 뒷산에 나무 하러 가면 복숭아 나무가 많습죠, 저는 거기서 복숭아를 일곱 번 배불리 먹었습죠."

"그 산山은 난도산爛桃山이니라. 일곱 번 먹었다면 7년이겠지. 헌데 나한테서 어떤 도道를 배우겠단 말인고?"

"스승께서 내키시는 대로 합쇼. 뭐 도道 기운이 있는 것이면 무어든."

"이것 봐. 도의 문에는 360의 방문傍門이 있느니. 어느 것으로나 정과正果를 얻을 수 있어. 너는 어느 문이 소원인고?"

"마음대로 하사이다."

"내 너에게 술자문術字門의 도道를 가르쳐주지."

"그게 무엇이오니까?"

"길흉吉兇을 아는 법이니라."

"장수長壽할 수 있습니까?"

"안 돼."

"싫습니다."

"그러면 유자문流字門을 가르쳐줄까?"
"그건 무엇인가요?"
"문학文學이란 것으로써, 글 속에서 보제菩提를 깨닫는 게야."
"장수불로長壽不老할 수 있습니까?"
"아니야, 상상력 속에서만이야."
"싫습니다."
"그럼 정자문靜字門은?"
"그건 또 무슨 지랄인가요?"
"이놈. 이것은 삼선타좌參禪打座하는 법이야."
"불로장수不老長壽는?"
"안 되지."
"싫습니다."
"그럼 동자문動字門은?"
"무엇이오니까?"
"약물법藥物法이란 게지."
"불로장수는?"
"부작용투성이야."
"싫습니다."
　조사는,
"네 이놈!"
하고 대갈大喝, 자리에서 뛰어내려, 손에 든 참대 막대기로,
"이놈, 원숭이 주제에 이것도 싫다, 저것도 싫다. 그럼 어쩌겠다는 거냐?"

하면서 오공의 머리를 세 번 때리고 방으로 들어가 문을 닫아버렸다. 설법을 듣던 사람들은 모두 놀라고 오공을 원망하는데, 당자는 전혀 화내는 기색 없이 싱글벙글이다. 까닭인즉, 그는 수수께끼의 뜻이 짐작이 갔기 때문이다. 즉 조사가 세 번 때린 것은 삼경三更 무렵에 보자는 뜻. 뒷짐 지고 방으로 들어가 문을 닫은 것은 사람이 안 보는 데서 도道를 가르쳐주마 하는 뜻.

이날, 오공은 해 떨어지기를 기다리다가 땅거미 질 무렵 남과 같이 자리에 들어 자는 체하면서 숨결을 고르고 있었다. 대강 자시子時쯤 해서 몰래 일어나 옷을 걸치고 살며시 앞문을 열고 뒷문으로 와보니 문이 반쯤 열려 있다. 오공은 안으로 들어가 보니 조사는 저쪽을 향해 잠자는 눈치다. 깨울 수는 없어서 침상 앞에 꿇어앉아 있었다. 그랬더니 조사는 이윽고 눈을 뜨고 다리를 쭉 뻗치면서 읊었다.

어려운지고, 어려운지고. 도道는 가장 어려운 것.
뛰어난 선학先覺을 만나지 못하면 모든 게 헛고생이라.

오공이 얼른,
"스승님, 아까부터 기다립니다."
조사는 일어나 앉으며,
"이 잔나비야, 거기서 자지 않고 왜 왔어?"
"스승께서 저더러, 삼경 무렵에 오너라 도를 가르쳐주마 하셨기에 왔습니다."

조사는 이 말을 듣자, 흠, 천지天地가 낡은 놈이라 내 수수께끼를 풀었군, 하고 생각했다.
오공은 이어,
"여기는 저밖에 없습니다. 불쌍히 여기시어 불로장생하는 법을 가르쳐주십시오. 은혜는 잊지 않겠습니다."
그러자 조사는,
"너는 연緣이 땅에 닿는 모양이니, 내 가르쳐주지, 잘 들어."
오공은 머리를 조아려 숨을 가다듬었다. 그러자 조사가 읊기를……

오른손과 왼손이 한몸에 있으며, 달 없는 달빛은 말하지 말라. 만나면 있고 헤어지면 없는 것이니 남편 있는 과부가 어디 있는가. 잘난 사람을 찾아 울지 말고, 나면서 절친한, 네 속을 바라보라.

오공은 근원을 설파당하자, 마음에 문득 짚이는 바 있어, 거듭거듭 구결口訣을 외우며 조사에게 감사했다. 그러고는 이튿날부터 구결을 지켜 홀로 마음을 닦았다. 이렇게 세 해가 지났다.
어느 날 조사는 또 자리에 올라 대중에게 설법했다. 공안公案을 토론하고 외상포피外相包皮를 말하던 중 갑자기,
"오공이 어디 있는가"
하고 물었다. 오공은 가까이 나가 꿇어앉아,
"여기 있습니다." 조사,
"너는 이즈음 어찌 수행하는고?"

"저는 요즈음, 법성法性도 웬만큼 통하고, 근원도 날마다 실해졌습니다."

"뭐, 법성이 통하고 근원에 들어섰다면, 이윽고 무서운 시련을 겪게 될 것이야."

오공은 잠깐 생각하고,

"듣자니 도가 높고 덕이 두터우면, 하늘과 수壽를 같이하고 수화水火가 염려 없고 온갖 병病도 생기지 않는다 합니다. 어찌 삼재三災가 있으리까."

"아니야. 5백 년 후에 너는 벼락을 맞게 돼. 견성見性하여 이것을 피해야 돼. 피하면 하늘과 목숨이 같게 되나 못 피하면 끝장이야. 다시 5백 년 후 너는 불속에 들게 된다. 다시 5백 년 후 너는 바람의 재앙을 맞게 돼. 너는 풍비박산이 나는 거야. 이걸 다 피해야 돼."

오공은 소름이 끼쳐, 머리를 조아리며 애걸하기를,

"조사님, 부디 불쌍타 여기셔 삼재를 피하는 법을 가르쳐주세요. 결단코 은혜는 잊지 않으리다."

"어려운 일이 아니야."

"가르쳐주십시오."

"가까이 오라, 구결을 주리라."

조사는 이렇게 말하면서, 오공의 귀에 대고 소곤소곤 묘법妙法을 전했다. 오공은 영리한 터라 구전을 열심히 익혀서 여러 가지 요술을 모두 익혔다.

어느 날 조사가 문인門人들과 삼성동三星洞 앞에서 저녁 경치를

즐기다가 문득 오공을 향하여,

"어때, 인제 할 수 있겠는가?"

하고 물었다.

"네, 덕분으로 저도 공과功果를 얻어 구름을 탈 수 있게 되었습니다."

이렇게 대답했다.

"그럼 어디 날아보아라."

오공은 본때를 보일 셈으로 몸을 움찔 솟구치면서, 연거푸 공중 넘기를 하여 대여섯 길 되는 높이에 이르자 구름 위에 뛰어올라가 밥 한 사발 먹을 사이에 10리쯤 되는 데를 갔다 왔다.

이윽고 조사 앞에 내려와 팔짱을 끼고는,

"이것이 구름 타는 재주올습니다."

조사는 웃고,

"그런 걸 가지고 구름을 탔달 수는 없어. 기껏 구름에 기어올랐다는 게야. 옛부터 신선은 아침에 북해北海에 노닐고, 저녁에는 창오蒼梧에 머문다고 했어. 무릇 구름을 타는 이는, 그만은 해야지."

"그건 좀 어렵습니다."

"맘만 먹으면 무엇을 못 하겠는가."

오공은 듣자, 머리를 땅에 조아리며,

"스승님, 사람을 건지겠거든 아주 건지라지 않습니까. 대자비大慈悲를 베푸시어 구름 타는 재주를 가르쳐주세요."

"무릇 선자仙者가 구름을 탈 때는 결가부좌結跏趺坐한 채로 오르는 게야. 너는 공중제비로 올라. 나는 네 꼴대로 근두운을 가르쳐주지."

오공은 머리를 조아렸다. 조사는 구결을 일러주고 말했다.

"이 구름은 인印을 지어 진언眞言을 왼 다음 주먹을 불끈 쥐고 몸을 날려 뛰어오르면 한 번 몸을 공중 회전할 때마다 10만 8천 리里를 가느니라."

날이 저물자 모두 동洞에 돌아갔다.

그날 밤, 오공은 곧 정성들여 법法을 익혀, 근두운의 법을 깨달아, 이후로 날마다 자유자임으로 소요하고 있었다.

어떤 날, 제자들이 소나무 밑에서 함께 공부하고 있다가, 모두 오공에게,

"이것 봐, 자넨 무슨 연인지 모르지만, 전날 스승께서 변화變化의 법을 가르치시지 않았나. 인제 다 익혔는가."

오공은 웃고,

"실은 여러분, 다 익혔지."

"그럼, 한번 해봐."

오공은 자랑하고 싶은 마음이 부쩍 일어,

"그럼 문제를 내게. 뭐가 되라는가."

"응, 소나무가 한번 돼보려나."

오공은 손으로 인印을 만들고 진언眞言을 외우고, 몸을 한 번 흔들자, 눈 깜짝할 사이 한 그루 소나무로 바뀌었다. 이야말로,

이 몸이 바뀌어서 무엇이 될꼬 하니
봉래산逢來山 제일봉第一峯에 낙락장송落落長松 되었다가

그대로였다.

모두 손뼉을 치고 떠들썩했더니, 조사는 웬일인가 싶어, 지팡이를 끌고 나와,

"이여 누구냐, 떠드는 게."

모두 황급히 몸을 바로잡고 조사를 맞이했다.

오공은 본모습으로 돌아와,

"스승님, 저희들은 여기서 공부하고 있었지, 결코 떠들지 않았사옵니다."

조사는 크게 화를 내어,

"너희들 시끌시끌한 꼴이 공부하던 사람 같지 않아. 수행하는 사람은 입을 열면 기氣가 흩어지고, 혀가 움직이면 재앙이 생겨. 왜 떠들어."

모두,

"실은 지금 오공이 재미 삼아 변화의 재주를 부리던 참입니다. 소나무가 되라고 했더니 그대로 소나무가 되길래, 우리가 박수를 쳤사옵니다. 스승님을 놀라게 해드려 죄송합니다. 용서해주십시오."

그러자 조사,

"너희들 저리 가 있어라."

그러고는 오공을 불러,

"뭐가 잘났다고 소나무가 돼 뵈었단 말이냐. 그 재주를 남 앞에 자랑하라고 누가 그랬어. 가령 남이 그 재주를 가졌으면 너도 가

지고 싶겠지. 그러니 남도 네 재주를 보면 반드시 가지려 할 것이야. 네가 화禍를 두려워하거든, 가르쳐주지 않을 수 없겠지. 만일 가르쳐주지 않으면 반드시 해害가 미쳐 목숨조차 어찌될지 모르게 된다."

오공은 머리로 땅을 찧으며,

"부디 용서를……"

"나는 너를 나무라고 싶지는 않으나, 여기서 떠나야겠다."

오공은 두 눈에서 좔좔 눈물을 흘리며,

"스승님, 저더러 어디로 가라는 말씀이십니까."

"너는 어디서 왔느냐. 원 곳으로 가거라."

오공은 문득 깨닫고,

"저는 동해신주 오래국 화과산 수렴동에서 왔었지요."

"빨리 돌아가 목숨을 지킬지어다. 여기는 결코 둘 수 없다."

오공은 할 수 없이 이르는 대로 조사를 하직하고, 대중大衆과도 작별을 나누었다. 조사는,

"지금 네가 여기서 떠나면 반드시 좋지 않은 마음이 생기리라. 네가 어떤 화를 일으키고 장난을 하건 내 제자弟子라고 해서는 안 돼. 만일 한마디라도 그런 말을 하면 나는 곧 알아차리고 네 껍질을 바르고 뼈를 부수어 영혼을 구유九幽(땅속) 깊이 파묻어 만겁萬劫 후에라도 다시 나지 못하게 하리라."

"결코 입 밖에 내지 않으렵니다. 혼자 깨달은 양으로 하겠습니다."

오공은 인사하고, 그 자리를 떠나, 인印을 맺어 근두운을 일으켜

동해 쪽으로 돌아갔다. 그러자 얼마 안 가 벌써 화과산 수렴동이 보인다. 오공은 기뻐서 읊었다.

이 몸 떠나올 제
범골범태凡骨凡胎 무거웠더니
도道를 얻어 오는 길 몸도 가벼워
세상의 벗님네야 허송세월하는고야
뜻을 세워 현玄을 깨달으면
현이 곧 내 안이노라

오공은 구름을 낮추어 곧바로 화과산에 내리자 새 짐승들이 구슬피 우는 소리가 난다.
그래서,
"여봐라, 돌아왔다"
하자, 낭떠러지 밑, 돌담 모퉁이, 풀숲 속, 수풀 속 따위에서 원숭이들이 몇천 몇만 우쭐우쭐 나타나서 오공을 둘러, 인사를 하면서 말했다.
"대왕님, 어찌하여 가신 후 이렇게 오래 걸리셨습니까?"
"그래, 그래, 잘 있었느냐?"
"잘 있은 게 뭡니까?"
"왜, 무슨 일이라도 있었더냐?"
"대왕을 기다리고 있었습니다. 실은 요즈음 마귀 한 마리가 이 동부洞府를 차지하려 하고 있습니다. 우리는 힘껏 그놈과 싸웠습니다만, 숱한 새끼들이 포로로 잡혔습니다. 대왕께서 더 늦으셨더면 동洞째 그놈 것이 될 뻔했습니다."

오공은 듣자 크게 화를 내어,

"그따위 못된 짓을 하는 놈은 대체 어떤 도깨비란 말이냐. 내가 꼭 갚아줄 테니."

"그놈은 스스로 혼세마왕混世魔王이라 부르며, 여기서 바로 북쪽에 살고 있습니다."

"여기서 얼마나 되느냐?"

"그놈은 바람결에 왔다가 안개에 묻혀 가는 놈이라 얼마나 먼지는 모르겠습니다."

"그럼 내가 찾아가겠다."

오공은 불쑥 뛰어오르자 한번 공중제비를 했더니 북쪽에 와 있었다.

잘 본즉 험한 산이 아래에 내려다보인다.

　　에헤 금강산 일만이천
　　봉마다 기암奇岩이요
　　한라산 높아 높아
　　속세를 떠났구나

하는 경치였다. 오공이 경치를 보고 있자니 어디선가 사람 소리가 들린다.

그래, 산에 내려가 찾아보았더니 험한 벼랑 밑에 수장동水臟洞이라는 게 있고, 문밖에서 꼬마 괴물들이 뛰어놀다가 오공을 보자 달아나려고 했다.

오공은,

"달아나지 마라. 나는 여기서 바로 남쪽 화과산 수렴동의 임자다. 너희 혼세混世 똥바가진가 하는 놈이, 몇 번씩 내 졸개들을 못살게 굴었다니, 내가 갚아주려 온 거야."

꼬마 괴물들은 급히 동 속으로 달려 들어가서,

"대왕님, 큰일 났습니다. 동 밖에 원숭이 왕초가 와서 화과산 수렴동 임자라고 하면서, 졸개들이 욕을 보았다니 갚아주려 왔노라고 버티고 있습니다"

하고 알렸다.

마왕魔王은 웃고,

"그 원숭이들한테, 출가해서 수행하러 간 왕이 있다더니 지금 온 놈이 그놈일 테지. 놈은 차림이 어떠하고, 연장은 무얼 가졌느냐."

꼬마들이,

"연장은 가진 게 없습니다."

"없어?"

"네."

"그러면 차림은?"

"머리를 깎고, 붉은 옷을 입고, 누런 띠를 매고, 검은 장화를 신었으며, 승僧인지 속俗인지 분명치 않고, 또 도사道士 같지도 않고 맨손으로, 문밖에서 고함을 지르고 있사옵니다."

마왕은 이 말을 듣자 갑옷, 투구를 차리고 칼을 움켜쥐고 졸개 요괴들을 거느리고 밖에 나오면서 크게 외쳐대는 것이다.

"수렴동 임자가 어느 놈이냐?"

오공이 눈을 가려 잘 본 즉 그 마왕은,

머리에 금빛 투구 높이 쓰고

몸에는 비단 겉옷을 걸친

밑에, 거멍쇠 갑옷 입고

발에는 먹빛 가죽신이라

허리둘레가 열 아름쯤

키는 세 길쯤

손에 한 자루 칼인데

날이 번들번들

오공도 큰 소리로,

"이 망나니 도깨비야. 눈깔이 그리 큰데 이내 님이 안 보이느냐?"

하자 마왕이 웃으며,

"뭐야 너는. 키는 4척도 못 되고, 나이도 서른 전이겠군. 게다가 손에는 연장도 없이, 건방지게시리 감히 내 님과 겨루자는 것이냐."

오공이 꾸짖으며,

"이놈 봐라. 눈뜬장님이로군. 너는 나를 작다고 지껄이지만, 커지자면 마음대로야. 연장이 없는 줄 알아? 내 손은 달까지 닿아. 자, 이리 온. 내 꿀밤 하나 줄게시니."

오공은 달려들어 낯짝을 쥐어박자, 마왕은 팔을 들어 막으며,

"너는 꼬마에, 나는 장승. 게다가, 너는 주먹을 쓰고, 나는 칼을 썼대서는 너를 죽여도 남이 웃겠다. 그럼, 칼은 그만두고 나도 주먹을 쓰지."

마왕은 겨냥해서 달려들었다.

오공은 가슴팍으로 뛰어들며 마주 친다. 둘은 서로 치고받는데, 긴 팔보다는 짧은 편이 강해서 마왕은 여러 번 오공에게 급소를 얻어맞았다. 마왕은 몸을 피하며, 칼판 같은 칼을 집어들어 오공을 향하여 쳐들어갔다.

오공이 훌쩍 몸을 피하니, 마왕은 허탕을 친다.

오공은 재빨리 신외신身外身의 법을 써서 한 줌 털을 뽑아 들고, 입속에 넣어 씹어서는 위를 향해 뱉어내며,

"바꿔어라!"

하자마자 2~3백 마리 원숭이가 되어 둘레에 담을 쳤다.

이것은 오공이 도를 얻은 다음, 신체의 8만4천 본本의 털이 한 대 빠짐없이, 물건따라, 마음따라, 무엇이든지 되는 것이다.

자, 이 원숭이들은, 눈치 빠르고 날래어서, 좌우에서 달려드는데, 베려 해도 칼이 미치지 않고 미쳐도 상처가 안 나며, 앞뒤로 마왕을 싸고 들어 끌어안고 밀어당기고 사타구니에 기어들고, 다리를 잡아끌고, 눈알을 후빈다. 마구 짓이긴다.

오공이 비로소 마왕의 칼을 뺏자, 원숭이들을 헤치고, 정수리에 한 칼 먹여 두 동강을 냈다.

그러고는 욱, 동중洞中에 쳐들어가 대소의 요괴를 해치우고, 아

까 털을 모두 거둬들였다.

그런데 몸에 와 붙지 않은 놈들이 있기에 본즉, 그것은 마왕이 수렴동에서 잡아 온 원숭이 새끼들로, 대충 사오십 마리나 된다.

오공은,

"모두 밖으로 나와"

하고 곧 동에 불을 질러 그 수렴동을 깨끗이 태워 없앴다.

그러고는 원숭이들더러,

"너희들은 나를 따라와. 자 모두 눈을 감아."

오공은 주문을 외운다.

광풍에 몸을 싣고 구름에서 내리자 오공은,

"자 눈을 떠"

하고 외쳤다.

원숭이들은 눈을 떴다.

고향에 온 줄 알자, 크게 좋아 날뛰며 동문洞門으로 달려갔다.

동에 있던 원숭이들도 마중 나와 안으로 들어와서 오공을 둘러 인사했다. 그러고는 술, 안주를 장만해서, 대왕의 나들이의 고달픔을 위로하고, 싸움에 이겼음을 기렸다. 원숭이들은 오공에게, 마왕과의 싸움을 물었다.

오공이 자세히 얘기해줬더니, 원숭이들은 칭찬해 마지않으면서,

"대왕께서는 어디서 그런 대단한 솜씨를 닦으셨습니까?"

하고 묻는다.

오공은,

"나는 그때 너희들과 헤어져, 동양의 대해大海를 지나, 곧 남섬

부주에 이르러, 인간을 본받아 이 옷이며 구두를 신고, 마음대로 운유雲遊했는데, 좀체 도를 얻을 수 없어. 그래, 또 서양의 대해를 건너 서우화주西牛貨州 땅에 이르러, 오래 찾아다니던 중, 운수 좋게 한 노 조사를 만나, 천天과 수壽를 같이하는 진실한 공과功果, 불로장수의 대법문大法門을 받은 것이야."

원숭이들은 서로 축하를 드리며,

"참으로, 몇만 년 걸려도 그러한 노사老師를 만나기는 힘들겠지요" 하고 말하니 오공은,

"너희들, 또 하나 기쁜 일이 있다."

"무엇이오니까?"

"우리 문중에 성이 생겼어."

"대왕께서는 어떤 성을 받아오셨습니까?"

"나는 지금, 성은 손, 법명을 오공이라고 해."

원숭이들은 이 말을 듣고 더욱 기뻐 날뛰며,

"대왕께서 노손老孫이면, 우리는 모두 이손二孫, 삼손三孫, 세손細孫, 소손小孫, 뺑손, 조막손, 아니 이건 아니고 일가도 손이요, 일국一國도 손이요 수렴동중水簾洞中이 모두 손이란 성이 되는 셈이군요."

서로 다투어 노손에게 치하하며, 대소 갖가지 접시며, 종지며, 사발이며 양푼이며 그릇마다 야자술, 포도술, 꽃, 과일을 담아놓고 성대로 일가一家 단란을 즐겼다. 이것이야말로,

일성一姓을 꿰뚫어

몸은 종種의 본本에 돌아가고
오직 바람은
마음을 닦고
법法을 익혀
집착을 떠난
선적仙籍에 오름일러라

하는 모습이었다.

3

한편 오공은, 금의환향 이후, 혼세마왕을 없애고 한 자루의 칼을 뺏은 다음부터는, 날로 무술을 닦기를 게을리하지 않았다. 꼬마 원숭이들은, 대를 잘라 창을, 나무를 깎아 칼을 만들게 하고, 기旗를 갖추고, 호루라기를 불면서, 둔영공성屯營攻城의 훈련에 힘쓰면서 여러 날이 지났는데, 하루는, 조용히 앉아 생각에 잠겨서,

"우리가 여기서 이런 일을 하고 있으면, 혹시 인간의 왕王을 놀라게 하고, 혹은 새 짐승의 왕의 오해를 살지 모르겠다. 그들은 우리의 자주 국방을 침략 준비라 하면서 쳐들어올지도 모르겠다. 그리 되면, 너희들이 가진 대창, 나무칼로는 이길 수 없어. 아무래도 날카로운 무기로 장비 현대화를 해야겠는데 어쩌면 좋을까."

이렇게 말한다. 이 말을 들은 원숭이들은 모두 소름이 끼쳤다.

그러자, 네 마리의 늙은 원숭이가 앞으로 기어나왔다.

오공 앞에 이르러 말하는데,

"대왕께서 좋은 무기를 얻고 싶으시다면 어렵지 않습니다. 여기서 바다를 동으로 2백 리를 가면, 거기는 오래국, 거리에는 사람이 많으니 대장장이는 있을 겝니다. 대왕께서 그리 가셔서 무기를 사시든 주문하시든 해서 저희들을 훈련하여 산채를 지키시면 그야말로 장구한 계획이 될 것입니다."

오공은 듣고 크게 기뻐하며 곧 근두운을 타고 단박 2백 리 바다를 건넜다. 보니 과연 거기는 성곽이 있다.

거리는 번듯하고 대소大小의 집이 추녀를 연이어 흥청거린다.

오공이 생각하기를 — 여기면 필시, 알맞은 무기가 있으리라. 내려가서 조금 사느니, 신통력으로 손에 넣는 게 좋겠다.

그래서 그는 인印을 맺고 주문을 외자, 숨을 크게 들이마셨다가 힘껏 뿜었다.

그러자 대번, 일진광풍一陣狂風이 되어, 모래를 날리고 돌을 굴렸다. 바람을 맞은 오래 사람들은 혼비백산 달아나고, 거리는 문을 닫고 길에는 인적이 끊어졌다.

오공은 구름을 멈추고 병기고로 갔다. 문을 열고 엿본즉 무예십팔기武藝十八技의 연장이 모두 갖춰 있다.

오공은 속으로 좋아라,

—이건 나 혼자 힘으론 안 되겠군. 역시 분신법分身法으로 날라야겠군.

털을 한 줌 뽑아, 입에 넣었다가 뿜어내며 "바뀌어라!" 하고 외치자, 털은 백천百千의 작은 원숭이가 되어, 닥치는 대로 무기를 들어낸다. 모두 들어내자, 구름에 태워 제집으로 돌아왔다.

오공은 구름을 땅에 내려 몸을 한 번 흔들어 털을 되붙이고는, 연장을 산 앞에 높이 쌓아놓고,

"애들아, 다들 연장 가지러 오너라."

원숭이들은 와, 달려들어, 칼이며, 창이며, 도끼며, 활이며, 돌팔매틀이며를 낚아챈다. 떠들썩하면서 하루를 흥겹게 지냈다.

이튿날, 전처럼 정렬을 시켜, 원숭이를 모아보니 4만7천 마리 남짓 된다. 이 일은 삽시간에 온 산의 괴수, 즉 모든 요왕妖王들을 떨게 했다. 그들 72동의 요왕은 모두 이르러 오공에게 절하고 대왕이라 받들었다.

그리고 해마다 물건을 바치고 사철마다 점호를 받기로 되었다. 산에는 대隊마다 방위 훈련을 하는가 하면, 식량을 얻어들이는 것도 있고 각기 맡은 자리가 질서가 반듯. 이래서 화과산은 금성철벽金城鐵壁이 됐다.

오공은 흡족한 모양이었는데 하루는 말하기를,

"너희들은 쏘는 법도 능해지고 치는 법도 익혔는데, 내 이 칼이 신통치 않구나. 어쩌면 좋은가?"

그러자 전의 네 마리 늙은 원숭이가 나와,

"대왕은 선성仙聖이시니, 세상 범연한 무기 가지고는 못 쓰시지요. 헌데 대왕께서는 물속으로 들어가실 수 있습니까?"

"나는 도道를 안 이후, 72반의 지地살 변화의 법에 통하고, 근두운이라는 신통력을 얻고 몸 숨기기, 몸 피하기, 높이뛰기, 어느 것

이든 하고, 하늘에 오르고 싶으면 길이 나고 땅에 들어가고 싶으면 문이 열린다. 일월日月 아래를 걸어도 그림자가 없고, 금석金石 속에도 드나들고, 물에도 빠지지 않고 불에도 타지 않는다. 못 가는 데가 있겠느냐?"

"대왕에게 그런 힘이 있으시다면, 우리가 있는 이 쇠다리 밑 물은 동해 용궁에 통해 있사오니, 원하신다면 용왕龍王을 찾아, 무기를 물으시면, 마음에 드실 게 없을까요."

오공은 듣자 기뻐하며,

"그럼 다녀오마"

하고 말하기 무섭게, 다리 위에 뛰어 나가 폐수법閉水法을 써서 인을 맺고, 풍덩 물결에 잠겨 물길을 열고 곧바로 동해 바닥으로 내려왔다. 그러자 대뜸 순찰하는 야차夜叉에게 잡혔다.

"물을 가르고 오신 이는 어디 신선인가. 성함을 이르시면, 마중하는 사람을 부르리라."

"이 사람이야말로, 화과산에 사는 천생의 성인 손오공이다. 그대 주인인 용왕과는 이웃 간, 모를 리가 없으리라."

야차는 이 말을 듣고는 허둥지둥 수정궁으로 가서 아뢰었다.

"대왕님, 밖에 화과산의 천생대성天生大聖 손오공이라나 하는 자가 와 있습니다. 대왕의 이웃이라고 합니다. 곧 이리로 올 것입니다."

동해 용왕 오광敖廣은 급히 궁전 밖에 나와 맞으며,

"상선上仙, 자, 자 어서"

하고 안으로 맞아들여, 처음 보는 인사를 하고는 윗자리에 모시고

차를 권한다. 용왕,

"상선은 언제 도道를 얻어 어떤 선술仙術을 얻으셨나요?"

"저는, 나온 후 출가 수업하여 불생불멸의 몸이 되었소이다. 요즈음, 자손들을 훈련시켜 산동山洞을 지키고자 하나, 어찌하랴 무기가 있어야지요. 전부터 듣자니 주인께서는 훌륭한 궁전에 사신다니, 그 아니 숱한 신기神器를 가지셨습니까. 오늘은 벼르던 끝에 그걸 소망하러 왔소이다."

용왕은 그것을 듣자, 싫다 할 수도 없어 병기사령兵器司令에 일러 한 자루 칼을 가져다 놓았다. 오공,

"이 사람은 칼은 별로. 부디 다른 걸로."

용왕은 또 백 태위太尉(武官)와 선 역사力士(近衛士)에게 구고차九股叉(앞이 아홉 갈래 난 창)을 가져오게 했다. 오공은 뛰어가 받아, 잠깐 다루어보고는,

"가벼워, 가벼워, 다른 걸로."

용왕은 웃으며,

"상선은 모르실 테지만, 이 구고차는 3천6백 근이 나갑니다."

"가벼워, 가벼워."

용왕은 속으로 간이 서늘하다. 또 이제독鯉提督, 이총병鯉總兵에게 일러, 손잡이에 색임이 든 방천극方天戟을 내오게 했다. 무게는 7천2백 근. 오공은 그것을 손에 들자 대여섯 번 돌려보고는,

"아직 가벼워 가벼워."

용왕은 더욱 두려워,

"상선, 내 궁宮에서 제일 무겁기는 이 극戟이오. 달리는 이렇다

할 무기가 없는데."

오공은 웃으며,

"옛사람이 말했지요. 용궁에 없는 것은 없다고. 한 번 더 알아보시오. 만일 그럴 만한 게 있으면 돈은 치를 테니."

이러는데 용왕의 아내와 딸이 지나가면서 말하기를,

"대왕님, 저 손님은 보통 분이 아니신 것 같아요. 우리 곳간에 있는 은하수 바닥을 다지는 데 쓰는 신진철神珍鐵이 며칠 번쩍번쩍 빛을 내며 서기瑞氣가 이어 피어나고 있습니다. 혹 이분을 따라 세상에 나갈 조짐인지도……"

용왕,

"그것은 대우大禹가 홍수를 다스릴 때, 강해江海의 바닥을 다진 땅 다지기 쇠야. 그게 무슨 소용이 되려구."

용왕의 아내,

"소용, 무용은 저 사람의 뜻. 아무튼 이 사람에게 줘버리고, 자기 좋게 고치면 되지요. 아무튼 저자를 용궁에서 내보내면 되잖아요. 양반두 융통성이 없으셔."

노老 용왕은 아내 말을 따라 오공에게 말하니,

"여기 가져다 보여주시오" 한다.

용왕은 손을 내저으며,

"멜 수도 없고 들지도 못합니다. 상선 손수 가보십시오."

"그럼 안내해주십시오."

용왕이 안내해 해고海庫에 와보니, 금색이 두루 비친다. 용왕은 가리키며,

"저 빛이 나는 게 그겁니다."

오공은 소매를 거두고, 다가서서 한 번 쓸어보니 그것은 쇠기둥인데, 굵기는 한 말들이 되쯤, 길이 두 길. 오공은 두 손으로 힘껏 쳐보고,

"이건 좀 굵은 데다, 너무 길군. 좀더 가늘고 짧으면 씀 직하련만."

그랬더니, 그 쇠기둥은 몇 자 짧아지고 가늘어졌다. 오공 좀 흔들어보고는,

"좀더 가늘어지면 좋으련만"

하고 말하니, 진짜로 좀 가늘어진다.

오공은 크게 신이 나서 곳간에서 꺼내보니, 그것은 양쪽 끝에 두 개 금의 테가 둘린 시커먼 쇠몽둥이. 테 바로 옆에는 한 줄 글자가 새겨져 있다. 여의금고봉如意金箍捧 무게 1만 3천5백 근.

―흠, 말하는 대로 되는 모양이군. 오공은 속으로 크게 기뻐하며 끄덕였다. 그는 걸어가면서 또 손으로 흔들며 말했다.

"좀더 짧으면 더 좋으련만"

하자, 쇠몽둥이는 길이 1장 1척쯤, 굵기는 종지만 해졌다. 그는 신통력을 내어 봉술棒術 체조를 하면서 수정궁으로 돌아왔다. 노老용왕은 놀라 떨며, 소小용왕은 혼비백산, 거북, 자라, 악어는 목을 움츠리고, 고기, 새우, 게들은 모두 머리를 꼬나박았다.

오공은 쇠몽둥이를 가지고 수정궁에 와 앉자, 용왕을 보고 싱글벙글하며,

"고맙습니다. 헌데 하나 더 부탁이 있습니다. 이 쇠몽둥이를 얻

기 전에는 괜찮았는데, 지금 이놈이 손에 들어오고 보니, 그에 어울리는 갑옷이 없음이 한. 만일 갑옷을 가지셨으면, 내친김에 그것도 한 벌 얻고 싶소이다. 사례는 함께하지요."

"갑옷은 없는데요."

"속말에 일객一客은 이주二主를 번거롭게 않는다 했습니다. 없다면 여기서 안 움직이겠소이다."

"다른 바다를 한 바퀴 돌아보시면 혹 있을지 모르지요."

"세 집을 다니느니 한 집에서 떼를 쓰랬소이다. 기어이 한 벌 얻어야겠소."

"정말 없소이다. 있으면 당장 드리지요."

"정말 없다! 그럼 이 쇠몽둥이를 좀 써볼까요."

용왕은 황급히,

"그건 좀 참으세요. 동생한테라도 있으면 드릴 테니."

"현제賢弟께서는 어디 사시는데요?"

"사제舍弟란 남해의 용왕 오흠敖欽, 북해의 용왕 오순敖順, 서해의 용왕 오윤敖閏이외다."

"나는 안 가. 속담에도 어음으로 삼량보다 맞돈으로 이량이랬소. 고분고분 한 벌 내놓으시오."

"당신이 갈 필요는 없어요. 나한테 금종과 철고鐵鼓가 있어요. 모든 급한 경우에 북을 치고 종을 울리면 동생들은 곧 옵니다."

"그렇다면 곧 북과 종을 치고 울려주소."

정말, 북과 종이 울리자, 삼해三海의 용왕들이 허겁지겁 들어섰다.

오흠,

"형님 웬일입니까? 북과 종을 울리시니?"

"동생, 거북한 말인데, 화과산 천생 성인이란 자가, 아침결에 와서 말이야, 이웃사촌이라는 등하며, 무기를 달라지 않나. 쇠사스랑을 내니 작다 하고, 가닥창을 내니 가볍다대. 마침내, 은하수 강바닥을 다지는 신진철을 제가 꺼내서는, 조금 흔들어본 다음, 이번에는 들어앉아 갑옷을 내라지. 여기는 그런 게 없으니 종을 울려 너희들을 불렀어. 너희들한테 갑옷붙이가 있으면, 한 벌 주어 내어 쫓으면 끝나는데."

오흠은 듣자 크게 화를 내어,

"우리 형제가 군대를 보내 잡아 족치는 게 어떨까요?"

용왕,

"안 돼. 저 쇠몽둥이에 스치기라도 하면, 끝장이야."

오윤,

"형님, 저 놈에게 손대는 건 안 좋아요. 이번에는 갑옷 한 벌 줘서 쫓는 게 좋습니다. 나중에 천제께 상소하면, 천제께서 토벌해 주십니다."

오순,

"옳은 말씀. 나는 여기 연실로 짠 보운화步雲靴를 가져왔습니다."

오윤,

"나는 황금사슬 갑옷이 있습니다."

오흠,

"저는 붕새 깃이 달린 자금관紫金冠이 있습니다."

노 용왕은 크게 기뻐 세 사람을 수정궁에 데리고 가서, 오공을 만나게 하고, 물건을 내놓았다. 오공은 금의관, 금투구, 보운화를 각기 몸에 붙이자, 여의봉을 쓰면서, 가는 걸음에 용왕을 보고 말했다.

"폐 많았습니다."

사해의 용왕들은 잔뜩 볼이 메어 이마를 모아 상소문 짓는 데 들어갔다.

한편 오공은 물속에 길을 내어 집으로 돌아오니 수다 원숭이들이 마중한다. 그는 파도 속에서 불쑥 튀어나갔다. 허나 몸에는 물한 방울 묻지 않고 금빛 눈부신 모습이 다리를 건너오니, 부하들은 놀라 자빠지며,

"대왕님, 훌륭하십니다"

하고 한꺼번에 엎드린다. 오공은 기분이 좋아 보좌寶座에 올라 방한가운데 여의봉을 꽂았다. 원숭이들은 다가와서 함부로 쇠몽둥이를 들어보려 하지만 잠자리가 쇠기둥을 흔들 듯 꿈쩍 않는다.

입을 모아,

"대왕님, 이리 무거운 놈을 용케 가져오셨습니다"

하고 입이 벌어진다.

오공은 다가서서 두 손을 벌여 업, 하고 들어올리며,

"물유각주物有各主라지 않느냐. 이 보배는 용왕의 해고에서 몇천 년 잠자던 것인데 올해 들어 번쩍번쩍하더란 말이야. 용왕은 여느 거멍쇤 줄 알고 은하수 바닥을 다지던 신진철이니 하더군. 작자들

은 짊어지지도 못하니 나더러 가지고 가래. 그때는 이놈은 길이가 두 길, 한 말들이 뒷박만 한 굵기였는데, 내가 너무 굵군 했더니 이놈은 쑥 작아져. 좀더 작아지라 한즉 또 쑥쑥 작아지는 거야. 게다가 글씨가 새겨져 있는데 여의금고봉 1만 3천5백 근이라 했어. 너희들 비켜라. 내가 이놈을 바꿀 테니."

오공은 그 보물 몽둥이를 손에서 흔들면서,

"작아져라, 작아져라"

하고 외치니 대뜸 바늘만 해져서 귓구멍에 넣게 돼버린다.

원숭이들은 놀라며,

"대왕님, 꺼내서 한 번 더 해보세요."

오공은 귓구멍에서 꺼내 손바닥 위에 놓고 외쳤다.

"커져라, 커져라!"

하자, 대뜸 한 말들이 뒷박만 한 굵기, 길이 두 길이 됐다. 그는 으쓱해서 동洞 밖으로 나가, 몽둥이를 잡고 신통력을 부려,

"커져라"

외치자 그의 몸은 쑥쑥 커져서 1만 장이 되었다. 머리는 태산 같고, 허리는 험한 산마루 같고, 눈은 번개, 입은 피 같은 접시, 이빨은 창과 같다. 손에 든 쇠몽둥이로 말하면, 위는 33천天에 이르고 아래는 18층 지옥에까지 이르렀다.

72동의 마왕들은 간이 떨어져, 땅에 머리를 조아려 절하며 와들와들 떨고 있다. 오공은 곧 모습을 돌이키고, 몽둥이를 도로 귓구멍에 집어넣고 동에 돌아왔다. 각 동의 마왕들은 허겁지겁 문안드리러 몰려왔다. 이날은 기고당당 전처럼 훈련을 폈다. 오공은 늙

은 네 마리 원숭이를 건장健將 벼슬을 주고, 두 마리 빨강밑구멍 원숭이를 각기 마馬, 유流 이원사二元師, 두 마리 긴손 원숭이를 붕崩, 파芭 이장군二將軍이라 불렀다. 그리고 둔영공성屯營攻城 상벌 따위 뭇 일은, 네 마리 건장에게 맡겨버리고, 그 자신은 마음의 짐을 벗고 매일 구름을 날려 사해를 유행하며 멀리 호걸과의 교우를 일삼았다.

하루는 수렴동에 연석을 차리고 여섯 왕과 같이 술을 마신 끝에 오공은 크게 취해서, 왕들을 내보내고 무쇠다리 근처 소나무 밑둥 아리에 기대자 단박 드르렁 잠이 들었다.

오공이 자고 있자니, 두 작자가 '손오공' 석 자를 적은 영장 한 통을 들고 다가와서 다짜고짜로 오라를 지워 끌고 간다.

오공은 이리 비틀 저리 비틀하면서, 그 어떤 성곽 언저리까지 끌려왔다. 겨우 취기가 가시면서 무심코 눈을 들어본즉, 성 위에 무쇠팻말이 있는데 큰 글씨 셋이 눈에 들어온다.

유명계幽冥界

문득 정신이 들면서 혼잣소리를,

"유명계라면 염라왕이 있는 덴데, 어떻게 여기까지 왔을까?"
하자 두 작자가,

"너의 이 세상 수명이 끝난 게야. 우리는 영장을 가지고 너를 잡아온 게야."

오공,

"이 손 어른께서는, 삼계三界를 넘어서고 오행五行 속에 살지 않는 몸. 염라왕이 이래라 저래라 할 몸이 아닐 텐데, 나를 잡으러 오다니."

이렇게 말했으나, 명사冥使들은 아랑곳없이 끌고 성으로 들어가려고만 한다. 오공은 버럭 부아가 치밀어서, 귓구멍에서 그 물건을 꺼내서, 한두 번 흔들어 팔뚝만 하게 만들어가지고는, 슬쩍 건드렸는가 싶더니, 두 작자를 떡을 만들어버렸다.

제 손으로 밧줄을 풀고, 두 손이 거침없어지자, 여의봉을 휘두르면서 성중에 뛰어들었다. 귀졸들은 삼라전森羅殿에 올라가 염라왕에게 급히 아뢰었다.

"큰일 났습니다. 어떤 털보승이 녀석이 쳐들어왔습니다."

명왕冥王 열 사람이 급히 달려왔으나, 흉악한 상대의 모습을 보자 각기,

"상선上仙, 뉘신지 성함을, 성함을" 하고 외친다.

"내가 누군지 모르면서 어떻게 끌어왔단 말인가. 나는 화과산 수렴동의 천생성선天生聖仙 손오공이다. 자네들 직함은 뭔가. 빨리 안 대면 두들겨 죽일 테다."

십왕十王은 허리를 굽혀,

"저희들은 명부의 시왕이올시다."

"자네들이 왕위를 가진 것을 보면, 영현감응靈顯感應의 힘을 가졌을 게 아닌가. 시비곡직是非曲直도 모르다니 웬말인가. 이 어른은 말이야. 선仙을 닦고 도를 깨달아, 목숨은 하늘과 같고, 삼계三界를 넘어서서, 오행五行 밖에 살고 있다. 왜 사람을 보내 끌고 왔는가?"

"상선, 제발 진정하십시오. 세상에는 동성동본도 많습니다. 아

마 사자가 사람을 잘못 안 모양입니다."

"어리석은 소리. 윗사람은 몰라도 아랫사람이 틀렸을 리 없지. 빨리 염라장帳을 가져와."

십왕은 장부를 보이려고 정전으로 모셨다. 오공은 여의봉을 가지고 삼라전 한가운데 남으로 향해 앉고, 문서지기더러 장부를 내오게 했다. 십류十類를 모두 알아보았지만, 인류人類, 수류獸類, 조류鳥類, 충류虫類, 어류魚類 속에는 이름이 없다. 그래서 원류猿類를 찾아봤다. 그러자 손오공의 이름이 있는데,

'천산天産의 석원石猿, 수명 342세'라 적혀 있다. 오공은,

"이름만 지워놓으면 되겠지"

하고, 붓을 들어 원속猿屬 가운데 이름 있는 것을 모두 지워버리고, 책을 내던지며,

"됐다. 이젠 자네들 신세를 안 져도 되겠다"

하면서 유명계에서 나가버렸다.

오공은 성을 나가자, 풀숲에 발이 걸려 넘어지는 찰나에 문득 눈이 떠졌다. ─하자 그것은 남가南柯의 일몽一夢.

허리를 펴려는데 사건장四健將이며 원숭이들이 말하는 소리가 들린다.

"대왕께서는 퍽이나 잡수신 모양이군. 밤새 주무시고 아직 안 깨시는군."

오공은 이 말을 듣고 말했다.

"잔 것까지는 좋은데 꿈에 두 녀석이 날 잡으러 와서 말이야. 유명계에 잡혀간 데서 겨우 잠이 깼어. 내가 신통력을 내서 삼라전

에 뛰어들어 염라장을 뒤져서 우리 패 이름들을 모두 지워놓고 왔어. 인제 놈들 신세 안 지게 됐느니라."

원숭이들은 모두 절을 하며 고마워했다. 이때부터 산 원숭이 중에 불로자不老者가 많아진 것은 이 탓이다.

한편 옥황상제는—

어느 날, 영소보전靈霄寶殿에 나와 문무선경文武仙卿을 모아 조례朝禮를 하는데 갑자기 구홍제진인邱弘濟眞人이 아뢰었다.

"폐하, 통명전 밖에 동해 용왕 오광傲廣이 상표문上表文을 들고 분부를 기다리고 있습니다."

옥제가 들어와도 좋다고 한즉, 오광은, 영소전의 계단 아래 나와 뵙는다. 내관內官이 상표문을 받아 족하足下에 올렸다. 표表에 가로되—

동해 소룡小龍 신오광臣敖廣, 고상제군高上帝君에게 삼가 아뢰나이다. 요즈음 화과산 수렴동의 요선妖仙 손오공이란 자가 소룡을 속여, 저희 집에 들어와, 병기를 구하고, 갑옷을 청했습니다. 신 오광 등이 신진神珍의 무쇠몽둥이와, 금관, 갑옷, 구두를 주어 예를 다해 내보냈더니, 무예를 장난하고, 서슬을 떨쳐, 다스리기 어렵게 되었습니다. 원컨대 천병天兵을 보내 길들이소서.

옥제가 다 보고,

"용신龍神은 바다로 돌아가라. 짐은 곧 장수를 보내 조처하겠다"

하고 말했다. 그러나, 이번에는 다른 신하가,

"폐하, 명부의 광진왕이 유명교주幽冥教主 지장왕보살의 상표上表를 가져왔습니다."

이 표에는—

요즈음 화과산 수렴동의 천산天産 요후 손오공은 흉악한 짓을 골라 하며, 부름에 따르지 않고, 사자를 때려 죽이고, 시왕을 협박하고, 억지로 이름을 지워버리고, 자기 근속들의 윤회를 적멸寂滅해 버렸습니다. 빈승貧僧은 상제께서 천병을 보내시어 음양陰陽을 바로잡으시기를 비나이다.

옥제는 이것을 보자,

"명왕은 지부地府로 돌아가라. 짐은 곧 장수를 보내 잡으리라"

하고 말한다. 옥제는,

"이 도깨비 원숭이 놈은 나서 몇 해며, 어찌하여 이런 재주를 얻었는가?"

하고 물으셨다.

그러자 천리안과 순풍이順風耳가 나서서 말하기를,

"이 원숭이는, 3백 년, 천지의 정기를 받아 나온 돌원숭입니다. 그 즈음은 별일 없었는데 어디서 선술仙術을 익혔는지, 큰 힘을 가지게 된 모양입니다."

"그러면 어느 신장神將을 보내 무찌르는 게 좋겠는가?"

옥제의 말이 끝나기 전에 자리에서 태백장경성太白長庚星이 나오며 아뢰기를,

"놈을 천상에 불러 벼슬을 주어 여기 있게 함이 좋은 듯합니다. 만일 거역하면 그때 잡아도 늦지 않으리다."

옥제는 크게 기뻐하며,

"그대 말이 옳다"

하고, 곧 태백금성太白金星에게 심부름을 가라고 일렀다. 금성은 남천문 밖에서 구름을 타고 수렴동에 와서 오공을 만났다.

"나는 서방西方의 태백금성이다. 옥제가 그대를 부르시니 하늘에 올라 벼슬을 받으라."

오공은 싱글벙글하면서,

"노성老星께서 잘 오셨습니다"

하고, 곧 잔치 자리를 마련하려 하자, 금성은,

"성지를 받들고 온 몸이니, 오래 머물 수 없소. 곧 같이 갑시다"

하고 말한다. 오공은 사건장四健將을 불러 말하기를,

"잘 자손을 교련하라. 나는 하늘에 가서 살피고 오겠다. 나중에 와서 너희들을 데려가지."

사건장이 알았다고 대답한다.

오공은 금성과 같이 구름을 일으켜 하늘 높이 올라간다.

4

태백금성이 구름을 타고 오공과 같이 떠났으나, 오공의 근두운은 워낙 빠르기 때문에 금성을 뒤로한 채 먼저 남천문 밖에 와버렸다. 구름을 거두어 들어가려 하는데 수문장이 들여놓지 않는다.

"금성 늙다리가 날 속였단 말인가. 불러놓고 창칼로 길을 막다니" 하면서 옥신각신하는데 금성이 왔다.

오공은,

"여보, 영감. 왜 나를 속여. 당신은 옥제의 말을 따라 부르러 왔다고 했지. 헌데 이 작자들이 나를 안 들이니 웬일인가?"

금성은 웃으며,

"대왕, 너무 화내지 마시오. 당신은 아직 하늘에 온 적이 없으니 이 사람들이 알아보지 못해서 그렇소. 지금 옥제를 만나 벼슬을 받으면 그때부터는 무상출입이오."

"아무튼 난 이젠 들어갈 마음이 없소."

금성은 오공을 잡으면서,

"그리 마시고 자, 들어갑시다."

달래면서 수문장병에게,

"길을 내시오. 이분은 하계下界의 선인仙人인데 옥제 말씀으로 모셔온 분일세"

하고 외쳤다. 문이 열리고, 두 사람은 들어갔다. 태백금성은 오공을 이끌고 영소전 앞에 와서는 옥제에게 절을 하는데, 오공은 뻗청다리로 서서 머리도 숙이지 않고 그저 귀만 쭝긋 세우고 있다. 금성이 말했다.

"신臣, 뜻을 받들어, 여기 요선妖仙을 데려왔나이다."

옥제는 발 건너 묻기를,

"요선은 어디 있는가?"

그러자 오공은 굽실하면서 말했다.

"내가 그렇습니다."

신하들이 모두 놀라면서,

"이 원숭이 놈이, 꿇어엎드리지도 않고, 내가 그렇다니. 이런

버릇없는 놈이" 하고 수군거린다. 옥제는,

"그 손오공이란 자는 하계의 요선으로 조정의 예의를 모를 것이다. 이번만은 허물치 말라"

하고 말한다. 오공은 그 말을 듣고 비로소 꿇어엎드려 절을 했다. 옥제는 신하들에게 비어 있는 벼슬이 있으면 오공을 주라는 말씀. 한 신하가,

"천궁에는 지금 빈자리가 없습니다만 한 군데 마감馬監에 자리가 있습니다" 하고 아뢰니,

"그럼 그자를 필마온弼馬溫을 시켜라"

하는 말씀이다. 여러 신하가 절을 하고, 오공 역시 옥좌를 향해 엎드렸다. 옥제는 목덕성군木德聖君에게 오공을 마감에 데리고 가서 자리에 앉히도록 명한다.

오공이 크게 기뻐서 목덕성군을 따라 착임했다.

오공은 장부를 살펴보고, 말이 몇 마리 있는지를 알아봤다. 그러고는 밤낮으로 힘써 말을 길렀다. 말들은 그가 나타나면 귀를 쫑긋거리고, 굽을 올려 좋아하며, 나날이 살쪄갔다.

이렇게 어느덧 반달이 지났다.

어느 날, 감監의 벼슬아치들은 틈을 보아 술잔치를 벌였다. 오공의 착임을 위로하고 나아가 축하하려는 것이다. 잔치가 한창일 무렵, 오공은 문득 술잔 든 손을 멈추고,

"헌데 내 이 필마온이란 어떤 벼슬인가?"

하고 물었다. 그러자 모두,

"이름대로지요"

한다. 그래, 거듭,

"이 벼슬이 몇 등인가?"

"관등이 없습니다."

"관등이 없다? 없을수록 높은가?"

"이 벼슬은 제일 낮고 하찮은 것으로 그저 옥제의 말 지킴이지요. 당신이 오신 이후 이렇게 말을 살찌웠지만, 그래도 그저, 장하다 한마디로 끝나는 게 고작이지요. 만일 말이 조금이라도 시원치 못하거나 하면 꾸중을 듣게 되고, 상처라도 내게 하는 날이면 변상이나 벌을 각오해야 합니다."

오공이 이 소리를 듣자 화가 머리끝까지 치밀어 이빨을 갈면서,

"이다지 내 님을 얕잡아보다니! 나는 화과산에서는 대왕이라 불리고 지내지 않는가. 그런 나를 속여 말을 기르게 하다니. 이게 날 대접하는 법인가. 그만둘란다. 난 간다."

말이 끝나기 전에, 벌컥 상을 뒤집었다. 그러고는 귓속에서 그 물건을 꺼내, 한 번, 또 한 번 흔들어 팔뚝만 하게 만들어가지고는 마감을 뛰어나와 곧장 남천문으로 왔다. 문지기들은 그가 필마온인 줄 알기에 문을 열었다.

순식간에 화과산에 이르러 구름을 낮추니, 사건장이 각동의 마왕들과 군사 훈련을 하고 있다. 오공은 크게 외쳤다.

"여봐라, 돌아왔다."

원숭이들이 모두 와서 맞으며, 동내洞內로 모셔 윗자리에 앉히고, 술을 갖춰 위로하면서 다투어 말했다.

"축하합니다. 대왕께서는 하늘에 가신 지 벌써 열몇 해째 되니,

필시 벼슬이 높아지셨겠지요?"

오공은,

"나는 불과 반달을 있었는데 열몇 해라니?"

"대왕은 하늘에 계셨기 때문에 때를 모르시는군요. 하늘의 하루는 땅의 한 햅지요.—헌데 무슨 벼슬을 하셨습니까?"

오공이 손을 저으면서,

"그게 창피하단 말이야. 말도 못 하겠어. 그 소임이란 게 그저 남의 말을 기르는 것뿐으로 관등도 없는 아랫자리가 아닌가. 가자마자는 몰랐는데 오늘 동료한테 들어 비로소 알았군. 그래 상을 뒤엎고 돌아왔지."

원숭이들이,

"대왕은 이 편한 고장에서 임금으로 계시면, 위함받고 즐거우십니다. 뭣 때문에 남의 말 지킴을 하십니까.—여봐라, 술을 가져다 임금님께 권해드려라."

이래서, 술을 권커니 받거니 하는데,

"대왕님, 밖에 두 사람의 외뿔 귀왕鬼王이 뵙자고 왔습니다" 하고 아뢰는 자가 있다.

"이리 모셔라."

귀왕은 옷깃을 여미고 동내에 들어와 엎드려,

"대왕이 온 세상 뛰어난 자를 부르심은 일찍이 들어왔는데 오늘 하늘 벼슬을 받으시고 돌아오셨다니 축하하는 마음으로 비단옷 한 벌을 가지고 왔습니다"

한다. 오공은 기꺼이 옷을 받아 입고 귀왕에게 그 자리에서 벼슬

서유기西遊記 311

을 주었다. 귀왕은 고맙다고 인사하고 거듭 물었다.

"대왕께서는 오래 하늘에 계셨는데 무슨 벼슬을 하셨습니까?"

오공,

"옥제는 사람 보는 눈이 없어서 나를 필마온을 삼았네."

"대왕께서는 그토록 신통력을 가지셨는데 남의 말 지킴을 하시다니. 제천(齊天, 天과 같이 되는 것) 대성이 되셔도 안 될 게 없지요."

오공은 이 말을 듣자, 기쁨을 참지 못하며 말했다.

"아무렴, 아무렴, 내 말이 그 말이."

이러면서 사건장에게,

"곧 내 깃발을 만들어, 제천대성의 넉 자를 크게 써서 막대에 꽂아라. 지금 이후로는 나를 제천대성이라 불러야 해. 대왕이라 해선 안 돼. 각동 마왕들에게도 한결같이 일러라."

한편, 이튿날.

옥제가 아침 모임에 나오니, 마감의 부감副監이 나와 아뢰었다.

"폐하. 새로 온 필마온 손오공은 벼슬이 마땅찮다 하며 어제 도망해버렸습니다"

하고 그 말이 끝나기도 전에, 또 남천문 밖 장수가 들어와 아뢰었다.

"필마온이 무슨 까닭인지 천문天門으로부터 나갔습니다."

옥제는, 곧,

"두 사람은 곧 제자리로 돌아가라. 내가 하늘 군사를 이끌고 그 요물을 잡으리라"

한다. 그러자 늘어선 벼슬아치 속에서 탁탑이천왕托塔李天王과 나타삼태자那吒三太子가 일어나 옥제 앞에 엎드려,

"폐하, 신들이 재주 없사오나, 부디 요괴 치는 일을 맡겨주시옵소서"

하고 아뢰었다. 옥제는 곧 이천왕을 강마원수降魔元帥로 나타삼태자를 삼단해회대신三壇海會大神을 삼고, 곧 병兵을 일으켜 하계로 가라고 명했다.

이천왕과 나타는 삼군을 갖추어 거영신巨靈神을 앞장세우고 어토魚吐 야차를 거느리고, 곧바로 남천문을 나와, 바람같이 화과산에 이르러서는 진을 치고, 먼저 거영신을 시켜 싸움을 돋우었다. 거영신은 명을 받들어 차림을 갖추고는 선화부宣花斧를 휘두르며 수렴동에 달려들었다. 본즉 동문 밖에서는, 숱한 요괴가 창칼을 휘두르며 날뛰고 있다. 거영신이 고함치기를,

"이 망나니 짐승들아, 빨리 필마온에게 알려라. 나는 하늘의 장수다. 옥제 말씀을 받들고 너희를 치러 왔다. 냉큼 나와 항복하라. 하면 너희 목숨만은 살리겠다."

괴물들은 동 속에 뛰어들어, 이 말을 알렸다.

"큰일 났습니다. 문밖에 한 하늘 장수가 와서, 대성을 필마온이라 부르며 옥제의 뜻으로 치러 왔다, 냉큼 나와 항복하라, 하면 목숨은 살리겠다고 합니다."

오공이 듣자,

"내 차림을 가져와"

하고 일러, 재빨리 갑옷, 투구로 몸을 싸고 여의금봉을 꼬나들고

는, 부하를 이끌고 동문을 나와 진을 쳤다.
거영신, 쩌르렁 소리로,
"원숭이 놈아! 내가 누군 줄 아느냐?"
하자 오공이 대뜸 물었다.
"너는 어디서 굴러온 말뼉다귀 신이냐. 알게 뭐야. 관등성명을 대봐."
"이런, 하늘 높은 줄 모르는! 날 몰라? 내가 바로 탁탑천왕의 부하로 앞장 맡은 거령천장이다. 지금 옥지玉旨를 받들어 너를 치러 왔느니라. 너 순순히 무장을 풀고, 하늘 은혜를 받들어, 죽음을 피하라. 만일 싫을 '싫' 자라도 뇌까려봐라, 선 자리에 가루를 내 버리겠다."
이것을 들은 오공은 크게 화를 내어,
"뼉다귀 신아, 큰소리 마라. 단매에 쳐 죽일 것이다. 그러면 알릴 사람이 없어지겠지. 잠깐 목숨을 맡아놓겠으니 냉큼 하늘로 가서 천제에게 일러라. 옥제란 놈은 선비를 쓸 줄 몰라. 이 손 나으리는 희한한 솜씨를 가진 어른이어늘 어찌하여 말지기를 시켰느냐고. 봐, 저 깃발에 쓴 글씨를. 만일 저 글씨대로 했더라면 나도 군사를 움직일 리 없고, 천지는 평안했을 터. 만일 못 하겠으면, 곧바로 영소전에 쳐들어가, 옥제를 내쫓아줄 테다."
듣고서야 거영신이 급히 쳐다보니, 과연 문밖 높은 막대기에 깃발이 걸려 있고, 거기에 제천대성 ― 하고, 넉 자가 크게 씌어져 있다.
거영신은 비웃으면서,

"요 망종 원숭이야, 이런 장난질을 하다니. 정녕 제천대성 소원이면 이 도끼를 받아라"
하고 내리치니, 오공은 손에 익은 여의봉으로 맞선다. 거영신이 약간 비칠거리는데, 오공의 한 대가 들어왔다. 놀라 도끼로 받는 찰나 뚝, 소리가 나면서 자루가 뎅겅 두 동강. 거영신 이내 못 당해 허둥지둥 도망간다. 오공,
"반편 같으니, 목숨만은 살릴 테니 냉큼 가서 일러라"
하며 웃고 있다.
거영신은 영營으로 돌아가자, 그 길로 이대왕李天王 앞에 나가, 헐떡헐떡 숨을 몰아쉬며, 엎드렸다.
"필마온은 소문대로 신통광대神通廣大, 견디지 못해 패하고 왔습니다. 군법을 기다립니다."
이천왕은 화가 나서,
"이놈, 우리 기세를 꺾다니 곧 베리라"
하고 서두른다. 옆에서 나타태자가 나오며,
"아버님, 지금은 화를 가라앉히시고 잠깐 거령의 죄를 용서하십시오. 제가 한번 겨뤄보면 제 놈의 솜씨를 알 수 있으리다"
하길래, 이천왕은 말을 받아 거영신은 영에 가서 죄를 기다리기로 되었다.
나타천자는 갑옷투구로 몸을 감고, 진영에서 뛰어나와 수렴동으로 달려왔다. 오공은 마침 군사를 거두려다가 나타가 등등하게 달려온 것을 보자 다가가서 말했다.
"자네는 어느 집 애숭인가. 나한테 뭐 하러 왔노?"

나타가 꾸짖었다.

"이 귀신 원숭이야. 나야말로 탁탑천왕의 셋째 나타이다. 옥제의 명으로 방금 너를 잡으러 왔느니라."

오공은 비웃었다.

"이 젖먹이 아들아. 젖니도 안 빠지고 배내털도 아직 안 마른 주제에 왜 그리 헛소리하는가. 목숨을 살려줄 테니 돌아가. 다만, 내 깃발에 뭐라 썼는가 잘 보고 옥제에게 일러라. 날 저 벼슬에 앉히면 떠들썩 않아도 귀순하지만, 만일 내 뜻대로 안 하면 꼭 영소전을 치겠다."

나타가 쳐다보니 과연 '제천대성齊天大聖' 넉 자가 보인다. 나타, "이 도깨비 원숭이야. 얼마만 한 신통력이 있다고 이런 이름을 함부로 쓰는가. 잔말 말고 이 칼 받아라."

오공,

"난 이대로 꼼짝 않겠으니, 말대로 해보라구."

나타는 화가 나서, "바뀌어라!" 하고 외치자, 세 머리, 여섯 팔뚝의 무서운 모습이 되어 여섯 연장—참요검斬妖劍, 파요도破妖刀, 박요색縛妖索, 강요저降妖杵, 수구綉毬, 화륜火輪—을 잡고 이리저리 휘두르며 달려든다. 오공이 이것을 보고 적이 놀라며,

— 요놈의 아이놈이 꽤 어지간하군. 어디 내 힘을 봐라.

오공도 "바뀌어라!" 하고 외치자, 이 또한, 세 머리 여섯 팔이 되었다. 여의봉을 휘둘러 세 개로 만들어 그것을 여섯 손으로 다루며 맞선다. 이 싸움으로 땅과 메가 흔들릴 지경, 서로 부딪치기 30합. 태자가 여섯 가지 연장을 천변만화시키면 오공도 막대기를

바꾸면서 겨루었으나 결판이 나지 않는다. 원래 오공은 손과 눈이 날쌔다.

이 싸움 가운데서, 털 하나를 뽑아 "바뀌어라!" 하고 제 모습을 만들어 나타와 싸우게 하고, 진짜 자기는 훌쩍 빠져나와 나타의 등 뒤에 와서 왼팔을 내리쳤다. 나타는 황급히 몸을 피하려 했으나 미처 맞추지 못해 팔을 한 대 맞고, 상처를 입고는 달아났다. 이천왕은 놀라서 낯이 흙빛이 되었다.

"놈에게 그만한 신통력이 있다면 어떻게 깨뜨릴 것인가."

나타,

"놈은 동문 밖에 깃발을 세워 거기다 제천대성이라 쓰고, 옥제가 자기를 이 벼슬에 앉히면 만사 무사할 것이나 아니면 영소전에 쳐들어간다,고 큰소리치고 있습니다."

"그렇다면, 놈과의 싸움을 잠깐 그치고, 먼저 하늘에 돌아가 알리고, 더욱 많은 천병天兵을 데리고 와서 잡아도 늦지 않겠지."

이렇게 해서 천군天軍은 돌아갔다.

한편 오공은 이기고 화과산에 돌아오니, 72동의 마왕과 여섯 형제가 함께 축하를 와서 동 안에서 술잔치가 벌어졌다. 오공은 형제들에게,

"내가 제천대성을 했으니, 당신들도 대성을 하게."

그러자 우마왕이,

"옳은 말씀. 나는 평천대성平天大聖이라 부르겠소"

하고 교마왕은,

"나는 복해대성覆海大聖이오."

붕마왕,
"저는 혼천대성混天大聖이오."
사타왕,
"저는 이산대성移山大聖."
미후왕,
"나는 통풍대성通風大聖."
우융왕,
"나는 구신대성驅神大聖이오."
혼자 멋대로 부르며 기분 좋게들 놀고는 각기 돌아갔다.
한편, 이천왕은 나타와 함께 영소전에 들어가 아뢰었다.
"신들이 말씀에 따라, 군사를 몰고 가서 요선妖仙 손오공을 사로잡으려 하였사오나, 뜻밖에 놈은 신통광대하여 이길 수 없었습니다. 부디 폐하께서는 병력을 늘여 토벌케 하소서."
옥제,
"기껏 원숭이 한 마린데 병력을 늘릴 것은 없지 않은가."
나타가 거듭,
"폐하, 제 죄를 용서하소서. 그 도깨비 원숭이는 몽둥이를 휘둘러 거령신을 달아나게 하고 또 신의 팔에 상처를 입혔습니다. 그리고 동문 밖에 한 대의 막대를 세우고는, 거기다 제천대성이라 써놓고는 만일 이 벼슬을 안 주면 영소보전에 쳐들어간다고 말하고 있습니다."
옥제는 놀라면서,
"괘씸하고 망측하다. 여러 장수에 일러 곧 토벌하겠다"

하고 말했다.

그러자 신하들 가운데서 태백금성이 나와 아뢰었다.

"그 도깨비 원숭이는 수월히 잡을 수 없을 것 같으니, 제천대성을 주시는 것이 좋을 듯합니다. 그것도 빈 이름뿐으로 말씀입니다."

"빈 이름이라니?"

"이름은 제천대성이라도, 일도 시키지 않고, 봉급도 주지 않고, 그저 천상에 두어두는 것이올시다."

옥제는 금성의 말을 옳이 여겨,

"그대의 말대로 하리라."

이렇게 되어 오공은 정식으로 제천대성 벼슬을 받았다. 그런데 벼슬이라고는 하나 이름이 장부에 올라 있을 뿐으로 할일이 없다.

제천부齊天府의 관리가 아침저녁 시중을 듦으로 제 할일이라고는 하루 세 끼를 치우고 밤이면 침대에서 자는 것뿐, 간섭할 일도 없고 마음대로 사는 나날이다. 그런 어느 날 옥제의 아침 모임에서 정양진인旌陽眞人이 나서며 하는 말이,

"제천대성이 날마다 하는 일 없이 빈둥빈둥 놀고 지내는데 장차 답답한 끝에 일을 저지를지도 모릅니다. 무슨 일을 하나 주어서, 사고를 미리 막음이 좋을까 합니다."

옥제는 곧 오공을 불렀다. 오공은 싱글벙글 나타났다.

"폐하, 저를 불러 무슨 상을 주시렵니까?"

"내가 보기에 그대가 심심한 것 같으니, 일을 하나 주지. 그대는 얼마동안 반도원蟠桃園을 돌보아라. 아침저녁 조심 잘 살피거라."

오공은 기꺼이 인사하고 물러갔다. 곧 반도원에 들어가 알아보려 하니, 지신地神이 막는다.

"대성, 어디 가십니까?"

"나는 뜻을 받아 여기를 돌보게 됐다. 지금 살피러 온 길이야."

토지신은 곧 역사들을 불러 안내시켰다. 오공은 한참 돌아보더니 이윽고 토지신에게 물었다.

"몇 그루나 되는가?"

토지신,

"3천6백 그루 있습니다. 맨 앞줄 1천2백 그루는 꽃, 열매 모두 작아 3천 년에 한 번 익습니다만 이것을 먹으면 신선이 되어, 몸은 튼튼하고 가벼워집니다. 가운뎃줄 1천2백 그루는 꽃이 여덟 잎이며 열매는 달고, 6천 년에 한 번 달립니다만, 이것을 먹으면, 안개를 타고 다니며 불로장생할 수 있습니다. 맨 속줄 1천2백 그루는 9천 년에 한 번 달리는데 이것을 먹으면 천지일월과 목숨을 같이 할 수 있습니다."

오공은 이 말을 듣고 기뻤다. 그날은 보기만 하고 돌아왔으나 그로부터는 매일 와 돌아보면서 밖에 놀러 나가지도 않는다. 어느 날이다. 늙은 나무의 가지에 달린 복숭아가 거의 익은 것을 보자, 오공은 하나 맛보고 싶어졌다. 허나 토지신이며 역사力士들이 딱 붙어 있어서 불편하다. 문득 꾀를 냈다.

"자네들은 문밖에서 기다려. 나는 이 정자에서 좀 쉴 테니."

그들이 물러가자, 오공은 나무에 올라가 잘 익은 놈을 골라서는 따내어 나뭇가지에 걸터앉아 먹어댔다. 이윽고 배가 부르자 나무에서 내려와, 부하들을 불러들인 다음 부府로 돌아갔다. 이삼 일 지나자 또 나가 꾀를 내어 복숭아를 훔쳐 먹었다.

하루는 서왕모西王母가 복숭아 잔치를 열게 됐다. 일곱 선녀가 바구니를 이고 복숭아밭으로 와 본즉, 토지신이며, 역사들이 문을 지키고 있다. 선녀들이 다가가서,

"우리는 왕모王母님 분부로 잔치에 쓸 복숭아를 따러 왔습니다" 하고 말했더니, 토지신이 말하기를,

"잠깐 기다리시오. 올해는 지금까지와는 달리, 옥제玉帝께서 제천대성을 보내셔서, 여기를 돌보게 하시고 있습니다. 대성께 알리지 않고는 문을 못 엽니다."

"대성은 어디 계셔요?"

"밭 속의 정자에서 주무시고 계시오."

"그럼 찾으러 갑시다."

토지신은 선녀들과 함께 밭에 들어가 찾아보았으나, 오공이 보이지 않는다.

다만, 옷과 감투만 정자 안에 벗어놓았는데 임자는 간 곳 없다. 실은 오공은 복숭아를 몇 개 먹고는 두어 치 되는 난장이로 바뀌어서 나뭇가지의 틈새에서 잠이 들어 있었다. 선녀들은,

"우린 왕모王母의 심부름으로 왔으니, 대성이 없다고 빈손으로 갈 순 없어요."

그러자 한 벼슬아치가,

"당신들은 왕모의 심부름을 왔으니, 염려할 것 없어요. 대성은 잘 나다니니, 필시 친구네로 간 게지요. 먼저 복숭아를 따가요. 우

리가 나중에 말씀드릴 테니."

선녀들은, 그렇다면, 하고 밭에 들어가 복숭아를 땄다. 먼저 앞줄에서 세 바구니, 다음 줄에서 세 바구니, 마지막에 또 세 바구니 딸 작정을 했는데 근처 나무에는 열매가 통 보이지 않는다. 찌그러진 것이 두어 서너 개 대롱거릴 뿐. 원숭이 작자가 모두 먹어치운 것이다. 칠선녀가 여기저기 찾아다녀보니 남쪽 가지에 단 한 개, 반쯤 익은 게 달려 있다. 선녀 한 사람이 손으로 가지를 휘어 복숭아를 따고는 그 가지를 휙 놓았다. 헌데 오공이 변해서 잠들어 있던 가지가 이것이었기 때문에 깜짝 놀라 눈을 떴다. 그는 제 모습을 드러내고는,

"누구얏" 하고 외쳤다.

"너희는 어디서 온 도깨비들이냐. 왜 내 복숭아를 훔쳐!"

깜짝 놀란 선녀들이 한결같이 꿇어 엎드리면서,

"대성님, 화내지 마십시오. 우린 수상한 사람이 아니에요. 왕모님 분부로 온 칠선녀입니다. 왕모님이 복숭아 잔치를 열게 되어 복숭아 따러 온 것입니다. 아까 여기 와서 토지신을 뵙고 대성님을 찾았으나 계시지 않더군요. 저흰 왕모님 분부를 어길 수 없어, 먼저 여기서 복숭아를 땄습니다. 부디 용서하십시오."

오공이 낯빛을 바꾸면서,

"아가씨들. 일어나시게. 왕모가 잔치를 한다니 누굴 부른단 말인가?"

"네, 서천西天의 석가 노자 보살 성승聖僧 나한羅漢을 비롯한 오방오노五方五老에다 그 밖의 여러분들입니다."

오공이 싱글벙글하며,

"나는 안 부르나?"

"듣지 못했습니다."

"나는 제천대성이야. 이 손 나으리를 손님으로 불러 안 될 것도 없을 텐데."

"지금 말씀드린 건 지금까지 모임에서의 일입니다. 이번 모임은 모르겠습니다."

"흠. 그렇겠군. 당신들한테야 허물이 있겠는가. 아무튼 잠깐 여기 있어주게나. 내가 가서 살피고 올 테니."

오공은 인印을 지으며, 주문을 외우고는, 선녀들을 향해,

"움직이지 마"

하고 외쳤다. 칠선녀는 눈을 번히 뜬 채로 복숭아 나무 아래 발이 묶였다. 오공은 구름을 날려 복숭아밭을 나와 서왕모西王母가 있는 요지瑤池로 달려갔다. 그런데, 길에서 적각대선赤脚大仙을 만났다. 오공은 한 꾀가 떠올라,

"노인께서 어디 가시오?"

"왕모의 초대로 복숭아 잔치에 가는 길이오."

"당신은 아직 모르는 모양이군. 실은 내가 옥제 심부름으로 지금 뛰어다니는 길인데, 올해는 통명전에서 먼저 모임이 있은 다음, 잔치에 나가게 되었어요."

대선이 그 말을 곧이듣고, 구름을 돌려 통명전 쪽으로 가버렸다. 오공은 구름을 날리면서 한마디 주문을 외우더니, 적각대선으로 변해서 요지로 향했다. 순식간에 이르러 안에 들어가 보니 잔치

준비가 상에 즐비하다.

 손님은 하나도 없다. 문득 술 냄새가 코를 톡 찌른다. 급히 그 쪽을 본즉, 오른쪽 복도에 대여섯 항아리 감주가 놓여 있다. 입에서 군침이 돌면서, 단박 가서 마시고 싶었으나, 어찌 하랴, 거기에는 술 지킴이 붙어 있다. 그래서 그는 털을 몇 오라기 뽑아내자 입에 품었다 뱉으며 "바뀌어라!" 하고 외쳤다. 하자, 털은 잠자는 벌레가 되어 술 지킴들의 얼굴에 가 들러붙었다.

 그들은 손발이 느른하고 눈이 게슴츠레해지더니 곯아떨어졌다. 오공은 안주를 들고 술독에서 끝없이 퍼 마셨다. 속으로는 — 이거 안 되겠다, 손님이라도 들어서면 재미 적은데 빨리 돌아가 자기로 하자, 이렇게 생각하면서 비틀걸음을 옮기던 끝에 길을 잘못 들어서 도솔천궁에 와버렸다.

5

 오공은 문득 깨닫기를,

 두율천궁兜率天宮이라면 삼십삼천三十三天에서도 맨 꼭대기에 있는 이한천離恨天인데, 태상노군太上老君이 있는 데가 아닌가. 어쩌다 이런 데를 왔을까, 아무튼 좋아, 벌써 여기 영감님을 보고 싶던 참인데 잘됐다, 한번 만나보는 것도 나쁘잖겠군, 하고 안으로 들어갔는데 아무도 없다.

 노군은 연등고선燃燈古仙과 함께 3층 누樓의 주주능태朱舟陵台에서 강의를 하고 있었는데 많은 사람들이 몰려서서 듣고 있는 참이었다. 오공은 단丹을 만드는 방에 들어가 보았으나 아무도 없다. 문득 단을 빚는 아궁이 한옆에 다섯 개의 표주박이 있는 것이 눈에 띄었다. 표주박 안에는 빛은 금단金丹이 가득 들어 있다. 오공은 기뻤다.

―이건 선가의 지보至寶라는 물건 아닌가. 이 손 나으리께서 길을 닦은 이래 금단 따위도 만들어서 급한 사람을 살리고 싶었는데, 틈이 없더니 잘됐군. 영감 없는 틈에 좀 잡숴보실까.

그는 냉큼 표주박을 쳐들어 모두 떨어내서는 볶은 콩 주워먹듯 모두 먹어버렸다.

그럭저럭하는 사이에 술이 깨자, 그는 생각했다.

―큰일 났군. 만일 옥제가 이 일을 안다면 목이 달아날 판이군. 하계下界에 가서 왕 노릇하는 편이 낫겠다.

그래서 도솔궁을 뛰쳐나오자 오던 길로 가지 않고 서천문西天門으로부터 '은신법隱身法'을 써서 달아났다. 얼마 안 가 화과산에 내려섰다.

"애들아 돌아왔다."

그가 큰 소리로 외치자, 원숭이들은 꿇어앉으며,

"대성께서는 팔자도 좋으십니다. 저희들을 이렇게 내버리십니까."

오공,

"잠깐 사인데 뭘 그러나"

하면서 동굴 안으로 들어가니, 사건장이 인사한다.

마치고는,

"대성께서는 하늘에 대략 1백 년쯤 계셨는데 어떤 벼슬을 하셨습니까?"

한다. 오공은 싱글벙글하면서,

"나는 반년쯤인가 했는데 1백 년이라니?"

"하늘의 하루는 이 세상 1년입니다."

"이번엔 옥제가 알아주더군. 내 말대로 제천대성을 주고, 제천부를 세운 데다가, 시중드는 벼슬아치도 붙여주더군. 그런 후에 내가 심심할까 봐서 반도원의 관리를 시키더군. 그런 요즈음 복숭아 잔치가 있었는데 날 안 부른단 말씀이야. 내가 선수를 써서 요지로 가서 술이며 진탕 먹어주고, 그다음에는 태상노군의 집에 갔다가 금단을 모두 자셔주었지. 옥제가 시끄러운 소리할 게 귀찮아서 도망해오는 길이야."

모두 이 말을 듣고 좋아라, 술을 가져다 한잔 권하는 것이었다. 오공은 한 모금 마셔보고는 얼굴을 찡그리며,

"글렀어, 글렀어. 내가 오늘 아침 요지에서 술을 마셨을 때 좋은 술이 진탕 있었는데 말이야. 너희들 아직 맛을 모를 테니, 내가 한 번 더 가서 몇 병 훔쳐다주지. 반 잔쯤씩 마시면 모두 불로장생할 테니 말이야."

원숭이들이 좋아했다. 오공은 동문을 나오자, 한 번 물구나무를 서서 '은신법'을 써서 복숭아 잔치하는 자리로 올라갔다. 본즉, 작자들은 아직 쿨쿨 자고 있다. 그는 큰 독을 골라서 겨드랑에 두 개씩 끼고서는 곧바로 구름을 돌려 동에 돌아와서 술잔치를 벌였다.

한편, 일곱 선녀는 오공에게서 요술을 받은 지 꼭 하루가 지나서야 술이 풀려서 각기 바구니를 끼고 돌아가, 왕모에게 보고했다. 왕모가,

"복숭아는 얼마나 땄는가?"

"작은 복숭아 두 바구니, 중간 복숭아 세 바구니온데 큰 복숭아는 한 개도 없더이다. 갑자기 대성이 뛰어나와서 잔치에 누굴 부르느냐기에, 대강 얘기했더니 갑자기 술을 써서 우리를 묶어버렸습니다. 지금 막 술이 풀려 돌아왔습니다."

왕모는 이 말을 듣자, 곧 옥제를 뵙고 이러저러하다고 아뢰었다. 하자, 이 말이 끝나기 전에 술 지킴들이 들어왔다.

"누군지는 모르겠사오나, 복숭아 잔치에 뛰어들어 술을 훔쳐 마시고, 안주도 모두 훔쳐 먹었습니다"

하자, 이번에는 한 신하가,

"태상노군이 오셨습니다"

하므로 옥제는 왕모와 함께 맞이했다. 태상노군은 인사를 마치고는 아뢰기를,

"제집에서는 금단을 빚어 폐하를 모시고 잔치를 베풀 참이었는데, 도적이 들어 모두 없어졌습니다."

옥제는 이 말을 듣고 더욱 불안해졌다.

한참 있더니, 이번에는 제천부齊天府 벼슬아치가 와서,

"손대성孫大聖께서는 일을 게을리하시고 어제 놀러 나가신 이후 아직 돌아오시지 않았습니다. 어디 가셨는지 종적을 알 수 없습니다."

옥제가 더욱 의심을 품고 있는데, 적각대선이 또 아뢰었다.

"제가, 왕모의 부름을 받고 어제 잔치에 오는 길에 제천대성을 만났더니, 우리 손님들은 먼저 통명전에 가서 인사를 드리고 난 다음에 잔치에 오도록 폐하께서 말씀하셨다고 합니다. 그래서 저는 곧 통명전으로 갔으나 폐하의 수레를 보지 못하였습니다. 그래서 곧 여기 와서 기다렸습니다."

옥제는 더욱 놀라면서,

"이놈이 거짓말로 그대를 속였군. 곧 알아봐야겠다."

이렇게 돼서 모조리 수소문해본 끝에,

"소란을 피운 자는 제천대성입니다"

하는 기별이 돌아왔다. 옥제는 크게 화가 나서, 곧 사대천왕을 보내 이천왕과 나타태자를 돕게 하여 화과산을 에워싸서 놈을 잡아 없애라고 명하였다. 여러 신神들은 곧 차비를 갖추어 천궁을 떠났다. 이천왕은 천병들에게 일러 화과산을 에워싸고 물샐틈없는 진을 쳤다. 장수 구요성은 병정을 이끌고 동 밖에 이르러 크게 외쳤다.

"대성은 어디 있느냐. 우리는 그대를 잡기 위해 하늘에서 내려온 천신이다. 어서 빨리 항복해라. 만일에 싫을 싫 자라도 뇌까리는 날에는 모두 없애버리겠다."

망보던 원숭이가 급히 아뢰었다.

"밖에 아홉 흉신兇神이 우리는 하늘에서 온 천신으로 대성을 치러 왔다고 합니다."

오공은 마왕이며 건장健將들과 마침 술을 마시고 있다가 이 말을 듣고도 노래만 부르고 있었다.

그런데 이때 또 한 마리가 급히 들어서며,

"저 아홉 악신惡神들이 마구 욕을 하면서 싸우기를 재촉합니다"
하고 아뢴다. 오공이 웃으면서,

"놔둬, 놔둬"
하고 노래만 한다. 그런데, 다시 여러 원숭이들이 뛰어들더니,

"대왕님, 아홉 악신들이 문을 부수고 쳐들어옵니다."

오공은 화가 나서 독각마왕獨角魔王에게 일흔두 동의 마왕을 거느리고 나가게 하고, 자기는 사건장을 데리고 잇달아 나갔다.

귀왕鬼王은 동 밖에서 적을 맞아 싸웠으나 아홉 악신에게 밀려서 무쇠다리 근처에서 겨우 지탱할 뿐 조금치도 나가지 못하고 있다. 이러는 참에 오공이 왔다.

맹렬한 싸움 끝에 독각마왕과 72동의 왕은 모두 잡혔으나, 오공의 힘으로 천병은 끝내 물러가서, 다시 화과산을 첩첩 둘러쌌다.

6

한편 남해보타락가산南海普陀落伽山의 관세음보살은 왕모王母로부터 복숭아 잔치에 부름을 받고 수제자인 혜안행자惠岸行者와 함께 보각요지寶閣搖池에 왔으나, 보니 잔치 자리는 뒤죽박죽이 되어 천선天仙 몇이 있기는 하나 자리에 앉으려고도 않고 왁자지껄 떠들고 있다. 천선들은 보살에게 까닭을 얘기해주었다.

보살은 끄덕이면서,

"잔치가 없다면, 함께 가서 천제天帝를 만나봅시다."

선인들이 보살을 따라 통명전 앞에 온즉, 벌써 사대천사四大天師, 적각대선赤脚大仙 등이 마중을 나온다.

보살이,

"옥제를 좀 뵙고저 합니다. 알려주시겠습니까?"

한 천사天師가 가서 알렸다. 보살은 인사를 마치고는 곧 물었다.

"복숭아 잔치는 어찌 되었습니까?"

옥제,

"해마다 오셔서 즐거운 잔치였는데, 올해는 도깨비 원숭이가 난동을 부려 이렇게 되었습니다. 그래 천병 십만을 보내 놈을 치고 있는데, 아직 보고가 없어 어찌 됐는지 모르겠군요."

보살은 이 말을 듣자 혜안에게,

"그대는 곧 화과산에 가서 군정軍情을 살피고 오라"

하고 말했다. 혜안은 차비를 갖추고 쇠지팡이를 들고는 구름을 타고 화과산 앞까지 왔다. 혜안은 천병들에게,

"나는 이천왕의 둘째아들인 목차木叉, 남해관세음南海觀世音의 제자 혜안이다. 싸움 되어가는 것을 보러 왔다"

고 알렸다. 이천왕은 들어오라는 전령기를 내보냈다. 혜안은 사대천왕과 이천왕을 만나 인사를 드렸다. 이천왕은 묻기를,

"그대는 어디서 오는 길인가?"

"저는 보살을 따라 복숭아 잔치에 갔었는데, 보살은 잔치 자리가 뒤범벅인 것을 보고 옥제를 만났더니 사정을 듣고는 싸움 되어가는 것을 알기 위해 저더러 이곳에 다녀오라 하였습니다."

그래서 이천왕이 어제 싸움 이야기를 하고 있는데, 말을 맺기 전에,

"대성이 밖에 와서 싸움을 돋웁니다"
하는 보고가 들어왔다. 혜안이 이 소리를 듣고 부왕을 향했다.

"아버님, 저는 보살의 심부름으로 사정을 알아보러 왔습니다. 때에 따라서는 싸움을 거들어도 좋다는 허락을 받았습니다. 변변치 않으나 나가서 대성의 솜씨를 알아볼까 합니다."

이천왕이 다짐을 두었다.

"아들아, 조심해야 한다."

혜안은 쇠지팡이를 내저으면서 뛰어나가서는 큰 소리로 외쳤다.

"제천대성이란 어떤 놈이냐?"

오공이 곧 대꾸했다.

"이 손 나으리가 그 사람인데, 나를 찾는 너는 누구냐?"

"나야말로 이천왕의 둘째아들 목차, 관세음보살의 제자인 혜안이다."

"너는 남해에서의 공부를 팽개치고 여기 뭣 하러 왔나?"

"나는 스승 분부로 사정을 알려고 왔으나 너의 무도함을 듣고 잡으러 온 것이다."

"말만은 제법이다. 이거나 받아라."

두 사람은 오륙십 번이나 어울렸는데 혜안은 끝내 당해내지 못해 달아나고, 오공은 군사를 거두어 동문 밖에서 쉬고 있었다. 혜안은 영문營門에 뛰어들어 헐떡거리면서 이천왕에게 알렸다.

"굉장굉장한 녀석입니다. 소자, 끝내 지탱치 못하고 달아나 오

는 길입니다."

이천왕은 놀라서 곧 더 많은 군사를 보내달라는 편지를 써서 대력귀왕大力鬼王을 시켜 혜안을 따라 하늘에 올려보냈다.

옥제는 편지를 받아보고 쓴 얼굴을 지었다.

"도깨비 원숭이 같으니라구. 십만 군사를 대하고 굽히지 않는다니, 웬만한 솜씨인 모양이군. 이천왕이 원군을 보내라는데 대체 누굴 보낼 것인가?"

이 말이 끝나자 관세음보살이 말했다.

"마음 놓으십시오. 내가 그 원숭이 잡을 신장神將을 천거하지요."

"그게 누굽니까?"

"폐하의 조카이신, 현성이랑진군顯聖二郎眞君입니다. 지금 관주灌州의 관강구灌江口에 있는데, 그분은 옛날, 육괴六怪를 토벌한 적이 있고, 또 그의 아래에는 매산형제梅山兄弟며 숱한 장수들이 있습니다. 부르시면 올 겁니다."

옥제는 곧 대력귀왕을 보냈다.

이랑진 장군은 매산 형제와 함께 문밖에 나와 향을 피우고 명령을 들었다.

"화과산의 도깨비 원숭이 제천대성이 반란하여 복숭아 잔치를 망쳤으므로, 십만의 천병을 보내 잡으려 하였으나, 아직 이기지 못하여, 지금 그대와 그대의 의형제를 불러, 곧 화과산으로 나가, 힘을 도와 적을 없애기를 명하노라. 성공하면 벼슬을 올리고 상을 후히 하리라."

진군眞君은 크게 기뻐하여,

"곧 가겠사오니, 그리 알고 돌아가십시오"

하고 대뜸 응한다. 이랑진군二郎眞君은 군사를 이끌고 바람을 일으켜 화과산 싸움터에 이르렀다. 진군眞君은 이천왕에게,

"이천왕은 이 거울을 가지고 공중에서 있어주십시오. 놈이 달아날 때, 이 거울로 비치면 알 수 있게 말입니다"

하고 조마경照魔鏡을 건네주고는 수렴동 앞에 이르렀다. 보고를 받고 오공이 나와보니, 과연 그럴듯하게 차린 장수가 와 있다. 오공은 크게 외쳤다.

"당신은 어디서 온 젊은이인가. 그래, 나하고 싸우러 왔나?"

진군이 버럭 소리를 질렀다.

"이놈이 눈뜬장님인가 보군. 나를 모르다니. 나야말로 천제의 조카 현성왕 이랑이니라. 지금 명을 받들어 너를 잡으러 왔다. 아직 뉘우치지 못하느냐?"

"옛날 옥제의 누이동생이 속기俗氣가 생겨 하계下界에게 내려가 양楊 서방인가 하는 자의 마누라가 되어 사내새끼 하나를 깠다던가 하더니 그게 네로구나. 그대는 아직 어린애야. 용서해줄 테니 돌아가서 사대천왕을 불러오라구."

진군은 이 말을 듣자, 화가 머리끝까지 치밀어,

"무례한 원숭이 놈아, 내 칼을 받아라"

하면서 벼락같이 내리쳤다. 오공은 여의봉으로 쟁그렁 받아 넘겼다. 두 장수는 3백여 합을 서로 어울렸으나 결판이 나지 않았다.

그러자 진군이 술을 부려, 몸을 한 번 흔들자, 키가 산더미만 해

지고 두 손에 삼첨양인三尖兩刃의 창을 쳐들었다. 그 모습은 꼭 산이 움직이는 듯하다. 검푸른 얼굴에서 삐어져 나온 이빨, 시뻘건 머리털이며 흉악한 모습이 되어 오공에게 달려든다. 오공이 또한 지지 않는다. 진군과 똑같은 모양과 얼굴을 만들어가지고는 여의봉을 휘두르며 맞선다.

한편 진군의 진에서는 수렴동에 달려들어 개, 매를 풀어놓고 활을 쏘면서 원숭이들을 공격했다. 원숭이들은 당하지 못하고 모두 달아났다. 오공은 문득 제 진陣의 원숭이들이 도망치는 것을 보고 속으로 당황해서 술을 풀고 몽둥이를 거둬들이면서, 후닥닥 내빼기 시작했다. 진군이 따라오면서,

"어디로 가느냐. 항복하면 목숨만은 살려주리라"

하고 외친다. 오공은 벌써 싸울 흥이 없어서 그저 달려서 동 어귀까지 와 보니, 진군의 부하들이 달려들며,

"이놈 원숭이야 어딜 가느냐?"

하고 막아선다. 오공은 어쩔 바를 몰라서 몽둥이를 줄여 귓구멍 속에 넣고는 몸을 흔들어 참새로 변해서 나뭇가지에 앉아서 숨을 죽였다. 부하들이 아무리 찾아도 알아낼 수가 없다.

"원숭이가 도망쳤다. 원숭이가 도망쳤다"

하고 떠들고 있자니, 진군이 달려왔다.

"어딜 갔느냐?"

"여기서 에워쌌는데 갑자기 사라졌습니다."

진군이 살펴보니, 오공이 참새가 돼서 나뭇가지에 앉아 있다. 진군은 매가 되어 오공에게 달려들었다. 오공은 곧 메추리가 되어

날아갔다. 진군은 커다란 독수리가 되어 따라가서 덮치려 한다. 오공은 하늘에서 내려와 고기가 되어 물 밑에 숨었다. 진군은 강기슭까지 와서 찾아보았으나 보이지 않는다.

―이놈 원숭이가 필시 물속에 숨었지. 아마 고기나 새우가 되어 있을 테지. 그럼 나도 어디.

하고 오리가 돼서 떠 있다. 물고기가 된 오공은 이리저리 헤엄치다가 문득, 수상한 오리 한 마리를 봤다. 흠, 진군 녀석이군, 하고 알아챈 그는 얼른 도망쳤다. 진군이 이것을 보고는, 저놈이 나를 보고 왜 도망칠까, 필시 원숭이로구나.

그래서 쫓아가서 쿡 쪼아 올리려고 하자, 오공은 물 위로 뛰어올라오면서 뱀이 되어 강변으로 헤엄쳐 가서 풀숲 속에 들어가 숨었다. 진군은 달려들어 주둥이로 쪼려 하자, 오공은 언덕 저편의 낭떠러지로 미끄러져 내려가서 서낭당으로 변했다.

입을 크게 벌려 문을 만들고, 이빨은 문창살이 되게 하고 혓바닥은 부처님을 만들고, 눈은 창문을 만들고 꼬리는 번쩍 세워서 깃발을 만들었다. 진군이 따라와 보고는,

"이 녀석 봐라. 옳지, 주먹으로 창문을 부수고 들어가야지"

한다. 오공은 깜짝 놀라서 다시 하늘로 치솟아오르자 사라져버렸다. 이번에는 아무리 둘러봐도 알 수 없자 진군은 하늘로 뛰어올랐다. 거기는 이천왕이 약속대로 조마경을 들고 서 있었다. 이천왕은 거울로 이리저리 비추더니,

"진군, 빨리 빨리! 원숭이 놈이 당신의 본집이 있는 관강구灌江口에 가 있어요"

하는 것이었다. 이 말을 듣자, 진군은 관강구를 향해 달려갔다.

한편 오공은 관강구에 이르자, 몸을 흔들어 진군의 모습이 되어, 구름을 낮춰 동 속으로 들어갔다. 문지기를 비롯 모두 속아서 마중한다. 그는 방 한가운데 앉아서 부하들의 보고를 듣고 있었다.

그러자, 주인어른 한 사람이 또 나타났다는 보고가 들어왔다. 나가서 본 부하들이 깜짝 놀랐다.

진군은,

"제천대성이란 놈이 왔지?"

"대성이란 분은 오지 않았습니다. 또 한 분의 주인께서 오셔서 안에 계십니다."

진군이 안으로 들어가자 오공은 본모습을 드러내고,

"진군, 이 집은 이제 내 것이다"

한다. 진군이 연장을 들어 쳤다. 오공도 맞받아쳤다. 둘은 방에서 나와 서로 싸우면서 이리저리 달리다가 다시 화과산에 이르렀다.

한편 대력귀왕은 진군이 명을 받들어 출동하는 것을 보자, 곧 하늘로 돌아가 보고했다. 옥제는 관세음보살이며, 왕모, 신하들과 앉아 있다가,

"진군이 싸우러 나갔다는데 하루 종일 소식이 없군"

하고 말했다. 관세음보살이,

"그러면 남천문 밖에 나가 친히 보는 것이 어떻겠습니까?"

"그것이 좋겠군"

하고 옥제는 남천문 밖으로 나왔다. 보니, 숱한 천병이 첩첩히 에워싸고, 이천왕과 나타태자는 거울을 들고 공중에 섰고, 진군과

대성이 그 한복판에서 싸우고 있다. 보살이 노군老君에게,
"아직 잡지 못하고 있군요. 그럼 좀 도와줘야 하겠습니다."
노군이,
"무얼 가지고 도우렵니까?"
"내 병과 버들가지를 떨어뜨려 저 원숭이 머리를 맞힙시다. 죽이지는 못하겠지마는 넘어뜨리기는 하겠지요. 그러면 진군이 사로잡기 쉬울 게 아닙니까?"
"당신의 그 병은 만일 녀석의 쇠막대기에 맞으면 부서질 게 아닙니까. 가만계시오. 내가 도울 테니."
"당신은 연장을 가지셨습니까?"
"가지다마다."
노군은 소매를 걷고, 쇠고리 하나를 꺼냈다.
"이 연장은 무쇠로 만든 것인데, 내가 구선원九選圓을 씌워놓은 후로는 무엇으로든지 변하게 됐지요. 이것을 던져서 녀석을 맞힙시다."
말을 맺자, 노군은 그것을 내리던졌다. 고리는 윙윙 소리 내며 화과산 싸움터로 떨어져 내려가서는 어김없이 오공의 머리를 맞혔다. 오공은 고된 싸움을 하는 중에 정수리를 얻어맞아 비틀거리다가 탁 고꾸라졌다. 일어나서 달아나려는 참에 진군의 개가 달려들어 허벅다리를 무는 틈에 다시 고꾸라졌다.
"이놈의 강아지야. 속없는 짐승아"
하고 뿌리치려 하지만 개는 떨어지지 않는다.
진군과 부하들이 달려들어 밧줄로 묶어버렸다. 이것을 본 노군

은 고리를 거둬들이고 옥제를 비롯 구경하던 사람들은 영소전으로 돌아갔다. 한편 사대천왕과 이천왕과 여러 장수들이 진군 앞에 와서,

"큰 공을 세우셨소"

하고 축하했다. 진군은,

"아니올시다. 이는 노군과 여러분의 힘을 입은 것이지 나한테 무슨 공이 있겠소"

하고 겸손해한다. 그러고는,

"이 녀석은 천병에게 호송시키고, 나는 이천왕과 더불어 하늘에 가서 보고할 테니, 너희들 장병은 남은 자들을 토벌해달라. 그 일이 끝나거든 관강구에 가서 기다려라. 내가 상을 받고 돌아오면 곧 잔치를 하자"

하고 이른 다음, 여러 장수들과 같이 구름을 타고, 승전고를 울리면서 하늘로 올라갔다. 곧 통명전에 이르러 보고했다.

"제천대성을 묶어왔습니다."

옥제는 곧 대력귀왕에게, 오공을 끌어내어 찢어 죽이라고 명을 내렸다.

7

마침내 오공은 천병들에게 끌려 나와 기둥에 묶여 처형이 시작됐는데, 그의 몸에는 칼이건 창이건 도끼건 들어가지 않는다. 불

태워 죽이려 해보았으나 허사였다.

대력귀왕은,

"폐하, 대성이란 녀석이 그런 술법을 어디서 배웠는지, 저희들이 칼로 치고, 도끼로 찍고, 지져도 허물 하나 생기지 않습니다. 어찌하면 좋겠습니까"

하고 보고했다. 옥제는 이 말을 듣고,

"그놈이 그런 힘을 써? 어쩌면 좋다?"

하고 생각에 잠겼다. 그러자 태상노군이,

"이 원숭이는 하늘복숭아를 먹고, 하늘술을 마시고 게다가 금단까지 훔쳐 먹었습니다. 제가 다섯 항아리에 담아둔 것 중에는 이미 다 된 것도 있고 덜 된 것도 있었습니다만, 모두 녀석의 배 속으로 들어갔습니다. 그래서 무쇠 같은 몸이 돼버린 것입니다. 그러나 저에게 맡겨주시면 팔괘로八卦爐 속에 집어넣어 불태우는 것이 좋겠습니다. 제 단약이 될 즈음이면 놈도 저절로 재가 되겠습니다."

옥제는 이 말을 듣고, 곧 허락하여, 오공을 노군에게 맡겼다. 노군은 오공을 받아 가지고 도솔궁에 돌아오자, 오공을 팔괘로에 집어넣고 불을 붙였다. 원래 이 노라고 하는 것은 건乾, 감坎, 간艮, 진震, 손巽, 곤坤, 이離, 태兌의 8괘로 되어 있다. 그래서 오공은 얼른 손궁巽宮에 자리를 잡았다. 바람이 있으면 불은 오지 않기 때문이다. 그러나 연기 때문에 눈이 빨갛게 문질러져버린 것만은 피할 수 없었다.

세월이 화살같이 흘러서 어느덧 7천7백49일이 지나, 노군의 선단이 겨우 익어오는 것이었다. 하루는, 노를 열고 선단을 꺼내게 됐다. 오공은 노 속에서 두 눈을 손으로 비비며 눈물을 흘리고 있었는데 위에서 소리가 났다. 문득 눈을 떠 보니 빛이 새어든다. 그는 정신없이 훌쩍 뛰어서는 아궁이 밖으로 뛰어나갔다. 그러고는 아궁이를 짓밟으며 내달렸다. 불 때던 사람들이 달려들어 잡으려 했으나 선불 맞은 호랑이처럼 당해낼 수가 없다.

노군도 쫓아가서 붙잡기는 했으나, 털려버렸다. 오공은 귓구멍에서 여의봉을 꺼내 닥치는 대로 짓부숴나갔다. 천궁은 또다시 난장판이 됐다. 통명전을 지나 영소전까지 오자, 마침 숙직을 하던 장수 둘이 앞을 가로막고 달려들었다. 그들이 어울려 싸운 지 얼마 되지 않아서 다른 장수들이 달려와 오공을 둘러싸고 대어들었으나, 오공은 여의봉을 세 개로 만들고, 손을 여섯 개로 늘여가지고는 물방아 돌리듯 내젓는 바람에 아무도 가까이 다가서지 못한다.

이 소동은 곧 옥제에게 알려졌다. 옥제는 겁을 내어, 서방의 석가여래에게 심부름꾼을 보냈다.

두 사람의 심부름꾼은 영취산靈鷲山 뇌음사雷音寺에 이르러 사금강신四金剛神과 십이十二 보살에게 인사하고 문안을 드렸다. 여러 부처가 여래에게 이 일을 아뢰니 여래는 심부름꾼을 들이라는 말씀이었다. 두 사람은 세 번 돌아 절하고 멈춰 섰다.

여래는,

"그대들은 무슨 일로 왔는가?"

하고 물었다. 심부름꾼은 제천대성의 일을 낱낱이 여쭙고, 바야흐로 일이 심상치 않게 되었으므로, 옥제는 여래의 도우심을 바란다는 뜻을 아뢰었다. 여래는 이 말을 듣고는 여러 보살을 둘러보며, "그대들은 이 법당에서 기다리고 있으라. 내가 가서 알아보겠다" 하고 일러놓고는, 아난·가섭의 두 존자尊者를 데리고 뇌음사를 떠났다. 영소전 문밖에 이르자 갑자기 고함 소리가 들렸다. 아직도 싸움이 멎지 않고 있었던 것이었다.

여래는 장수들에게 싸움을 멈추고 물러날 것과 친히 오공과 얘기하겠다고 알렸다. 장수들이 말씀을 따라 물러났다. 오공도 본모습으로 돌아와 투덜거리면서 여래에게 다가오면서 거칠게 말하기를, "임자는 어디서 온 행자인가? 싸움을 말려서는 어쩌자는 건가?" 한다. 여래는 싱글벙글하면서, 말했다.

"나는 서방극락세계西方極樂世界의 석가모니 존자, 그대가 소란을 피워 천궁天宮 사람들을 어지럽힌다는 말을 들었는데 너는 어디서 자랐으며, 언제 득도得道했는가. 어찌하여 이런 소란을 피우는가?"

그러자 오공,

"나로 말할 것 같으면, 천지가 낳은 바로서, 영靈은 선仙과 같고 화과산 속에 사는 어른 원숭이시라. 수렴동을 집으로 삼고 벗을 즐기며, 스승을 찾아 큰 원리를 깨달았노라. 갖추어 가졌나니 한없이 사는 영특한 기술, 몸에 익혀 변화의 법을 어찌 다 헤아리랴. 세상이 좁음을 일찍이 싫어하여 큰 뜻을 품고 하늘에 살고저 하노라. 영소보전은 옥제가 배 속에서 낳은 것도 아니오, 1년 열두 달 가꾸어 거둬들인 낱알도 아니니 예로부터 잘난 호걸이 뺏고 넘겨주는 자리임을 알지라. 강자는 스스로 높일지니, 영웅은 물러섬을 모르노라."

여래는 이 말을 듣고, 속으로 놀랐으나, 짐짓 말하기를,

"그대는 기껏 도깨비 원숭이가 아닌가. 옥황상제로 말하면 어려서부터 수행하여 1천5백10겁의 고생을 쌓았느니라. 1겁이라면 12만 9천6백 년. 일절공一切空의 길을 깨닫기 위해 얼마나 많은 세월을 지냈는지 생각해보라. 빨리 항복하고 너의 마음을 편안케 하라. 만일 여기서 목숨을 잃으면 네 본마음을 찾을 길이 그만큼 멀어지지 않겠는가."

"옥제가 제아무리 수행했기로서니 한없이 살란 법은 없지 않은가. 속담에도 왕위는 천하의 것. 다음 차례는 내 차지라잖는가. 녀석이 딴 데 가고 내게 내주면 되는 거야. 만일 말을 안 들으면 또 소동을 피울 작정이다."

"그대는 장생변화長生變化 말고 어떤 재주가 있기에 이 자리를 원하는가?"

"많지. 72개 변화술을 알고 있고, 만겁萬劫에 걸쳐 불로장생이야. 근두운을 타면 10만8천 리는 한숨에 뛰지. 이만하면 오르지 못할 게 뭔가?"

"그럼 내기를 하자. 그대가 내 이 오른손바닥에서 뛰어나갈 재주가 있으면, 그대가 이긴 것으로 하지. 그러면 굳이 군사를 내어 힘든 싸움을 할 것 없이 옥제더러 서방으로 옮기라 권고해서 천궁을 그대가 차지하게 함세. 만일 내 손바닥을 벗어나지 못하면, 그대는 하계下界에 돌아가 그저 도깨비 짐승이 되어서, 몇 겁 수행을 더한 다음에, 다시 재주 겨루기를 하도록 하자."

오공은 속으로 웬 떡이냐 싶었다.

—여래如來 양반, 순 얼간이군. 이 손 나으리께서 한번 공중에 솟으면 10만 8천 리를 나는데 그따위 손바닥 같은 건 한 척 네 치도 안 되지 않나. 왜 못 벗어난단 말인가.

이렇게 생각이 든 오공은 곧,

"그럼 여래 선생 책임진단 말이지?"

"지고말고, 지고말고."

여래가 오른손바닥을 벌리는데 연잎사귀만 한 크기다. 오공은 여의봉을 집어넣고, 힘을 나타내서 여래의 손바닥 위에 뛰어올랐다.

"자, 간다아."

한줄기 구름이 비끼는가 싶더니 벌써 오공은 온데간데없다. 여래가 본즉, 오공은 바람개비처럼 돌면서 줄곧 내달리고 있다.

가노라니, 문득 기둥 다섯이 서 있다. 싱싱한 복숭앗빛 기둥이다. 그는 생각했다.

—이쯤이 막다른 곳인 모양이군. 이제 돌아가면 여래의 보증으로 영소전에는 내가 살 판이군.

그러고는 이어,

—가만있자, 표적을 하나 남겨야지. 그래 놓으면 여래 선생과 말하기도 쉽지.

그는 터럭 한 오리를 뽑아 입김을 불면서 "바꾸어라" 하고 외쳤더니, 듬뿍 먹에 잠긴 붓이 되었다. 그걸 가지고 맨 가운데 기둥에 크게 글씨를 썼다.

—제천대성, 여기서 노닐다.

쓰기를 마치자, 터럭을 도로 거두고, 첫째 번 기둥 밑둥에다가 소변을 보고는, 근두운을 돌려 타고 곧장 돌아와서, 여래의 손바닥 위에 서서,

"난 손바닥을 벗어났다가 지금 돌아왔다. 자, 천궁을 내놓아라."

여래가 꾸짖었다.

"오줌싸개야. 너는 졌다. 미안하지만, 너는 내 손바닥을 벗어나지 못했어."

"이것 보소. 소식이 깡통이군. 나는 하늘 끝까지 가서 시금털털한 냄새로 복숭앗빛 기둥이 다섯 개 서 있길래 게다가 표적까지 해놓고 왔단 말이야. 뭣하거든 보러 가자."

"갈 것 없어. 아래를 봐요."

오공이 눈을 도사려 뜨고 내려다보니, 이런, 여래의 오른손 가운데 손가락에 '제천대성, 여기서 노닐다'라 씌어져 있고, 어마나 손가락 사이에는 오줌 냄새가 풍긴다. 오공은 놀랐다.

"이럴 수가 있나. 이럴 수가 있나. 내가 이 글씨를 하늘의 기둥에 써놓고 왔는데 여래의 손가락에 적혀 있다니. 사기다! 속임수다! 난 한 번 더 갔다 오겠다."

오공은 횡설수설하면서, 다시 뛰어나가려 하자, 여래가 손바닥으로 한 번 치자, 오공은 서천문西天門 밖으로 튕겨져나갔다. 그러고는 다섯 손가락을 금金 · 목木 · 화火 · 수水 · 토土의 다섯 산山으로 하여 그것으로 오공을 눌렀다.

여래는 오공을 눌러놓자 아난 · 가섭을 불러 서방으로 돌아가려

했다. 그랬더니, 천봉天逢 · 천우天祐의 두 장수가 급히 영소전에서 나오면서,

"여래시여, 잠깐. 지금 옥제가 나오십니다"
하는 것이었다. 여래가 기다리고 있자니, 곧 옥제가 나왔다.

"큰 법력으로 원숭이를 잡을 수 있었습니다. 부디 하루 묵어가십시오. 여러 천선을 불러 자그마한 잔치를 베풀어 고마운 뜻을 나타낼까 합니다."

여래는,

"별말씀을 하십니다, 그럼"
하고 따라나섰다. 하늘의 모든 맛난 음식이 갖춰지고 모든 신선들이 모여 왔다. 모두 값진 구슬이며 과일, 꽃 따위를 들고 왔다.

그들은 가지고 온 물건들을 여래 앞에 바치면서,

"여래의 무량한 법력으로 원숭이를 눌렀습니다. 헌데 이 모임에 이름을 하나 붙여주십시오"
하였다. 여래가,

"안천대회安天大會라 하면 좋지 않겠습니까?"
하니 모두,

"안천대회, 좋습니다"
하고 서로 칭찬해 마지않는다.

곧, 술잔이 돌아가고, 거문고가 울리면서 잔치가 무르익어갈 무렵, 서왕모가 선녀들을 데리고 들어와 춤을 날아갈 듯이 추면서 여래 앞에 와서 절을 하면서,

"지난번에는 원숭이 때문에 복숭아 잔치가 파장이 되었는데, 지

금 여래의 큰 법으로 원숭이를 잡아놓았으니 고마운 말씀 어찌 다 하겠습니까. 정성의 표시로 제가 손수 딴 복숭아 몇 개 올립니다."

그러고는 선녀들에게 춤과 노래를 더욱 돋우게 한다. 한참 있더니, 남극수성南極壽星이 도착해서 또 여래에게 인사를 드렸다.

"여기 선초仙草와 금단을 가져왔습니다. 적은 것이오나 받아주십시오."

여래는 치하하면서 물건을 받았다. 남극수성이 자리에 앉자, 이번에는 적각대선이 도착했다. 또한 여래 앞에 와서,

"저는 배 두 개와 귤 몇 개를 가져왔습니다. 하찮은 것이오나 부디 받아주시기를"

하면서 올렸다. 여래는 인사를 받고 아난·가섭 두 사람에게 물건을 받게 하고 있는데, 이때 순찰하는 선관仙官이 들어와서 아뢰었다.

"대성大聖이 머리를 내밀었습니다."

여래는 이 말을 듣고 소매 속에서 종이 한 장을 꺼냈다. 거기에는 주문이 씌어져 있었다. 그것을 아난에게 주면서 오공이 눌려 있는 산꼭대기에 붙여놓고 오라고 일렀다.

아난은 종이를 받아 들고 천문을 나와 오행산五行山에 가서 산꼭대기의 네모난 돌에 붙여놓았다. 그러자 산에 뿌리가 생겨서 땅과 어울려 붙는 것이었다. 그러나 오공은 숨쉬기에는 불편이 없었고 손도 내놓고 조금쯤 움직일 수까지 있었다. 아난은 돌아와서 보고했다.

"종이를 붙이고 왔습니다."

여래는 옥제를 비롯, 제신諸神에게 하직하고 아난·가섭의 두 행

자를 거느리고 천문을 나오다가, 자비의 마음을 일으켜, 토지신土地神 한 사람을 불러내어, 이 산에 머무르면서 오공을 지켜보라, 그러면서 오공이 배고파 하면 무쇠덩어리를 먹이고, 목말라 하면 구리 녹인 물을 마시게 하라고 일렀다. 그렇게 하면서 기다리고 있노라면 인연 있는 사람을 만나 구함을 얻으리라는 것이었다.

8

하루는 여래가 뇌음사의 대중에게 말하기를,
"내가 사대주四大州를 돌아보건대, 중생의 선악이 곳에 따라 다르다. 동부신주東部神州에서는 사람의 마음이 조용하고 아름답다. 북부주北部州는 살생을 즐기나, 먹기 위해서이며, 성질은 원래 착하다. 우리 서우화주西牛貨州로 말하면 욕심을 내지 않고 살생을 않으며 마음을 닦기를 게을리 않는다. 그런데 남부주南部州로 말하면 음란하고 사람을 죽이고 구설口舌의 흉장兇場, 시비의 악해惡海가 이곳이다. 그러나 나는 여기에 삼장三藏의 진경眞經을 가지고 있으니 그들을 선善으로 이끌 수 있겠다."
뭇 보살은 그것을 듣자, 손을 모으며 물었다.
"여래의 삼장의 진경이란 어떤 것이옵니까?"
"법장法藏은 곧 하늘을 풀이한 것이요, 논장論藏은 땅을 풀이한 것이요, 경장經藏은 곧 영귀靈鬼를 구하는 말이다. 삼장은 모두 25부部 1만5천 1백44부가 되리라. 이야말로 바른 까닭을 알고 착함으로 돌아가는 길잡이가 된다. 나는 이것을 동토東土에 보내려 하는데, 지금 그곳에서는 이 참다운 말을 업수이 여기고, 우리 법문法門의 뜻을 모른다. 동토에서 선지식善知識을 찾아내어, 그 자더러 천산만수千山萬水를 건너 내게로 오게 하고 싶다. 여기서 진경을 받아 길이 동토에 전하여 중생을 권화勸化하면 그것은 산만 한 복덕이요, 바다만 한 기쁨이 될 것이다. 누구든지 동토에 가줄 사람이 없겠는가?"

그러자 관음보살이 연꽃 방석에 다가서며 여래를 세 바퀴 돌고 말했다.

"제가 보잘것없습니다만 동토에서 경을 가져갈 사람을 찾아오겠습니다."

여래가 보고 마음속으로 크게 기뻐하며,

"다른 사람 아닌 관음존자라면 틀림없겠지."

보살이,

"동토로 가는데 일러주실 말씀이 계시면 ─"

"이번 길에는 길목을 잘 살펴야 하니, 하늘을 가서는 안 된다. 산천의 있음새를 몸소 보고, 잘 외워두었다가, 경 가지러 오는 사람에게 잘 전하지 않으면 안 된다. 그러나 선지식이라도 나그네 길은 고달픈 터인즉 그대에게 다섯 가지 보배를 맡기겠다."

그래서 아난에게 가사 한 벌, 석장錫杖 한 개를 내오게 하여 보살에게,

"이 가사와 석장은 가지러 오는 자에게 줘라. 이 가사를 입으면 윤회에 들지 않을 것이요, 이 석장을 짚으면 해害를 면할 것이다."

보살이 인사하고 받아들자, 여래는 또 세 개의 테를 꺼내주면서,
"이 보배들은 모양은 같지만, 쓰는 법은 다르다. 만일 길에서 힘센 도깨비를 만나거든, 경經 받으러 오는 자의 제자가 되게 하되, 그가 말을 듣지 않을 때 소용되리라. 이 테를 머리에 얹으면 저절로 살 속에 뿌리를 내린다. 연후에 주문을 외우면 머리가 부서지듯 아플 테니 그자는 반드시 말을 듣고야 말 것이다."

보살은 그것을 듣고 기뻐하며 물러나와, 곧 혜안 행자에게 따라오라 일렀다. 혜안은 무게 천 근짜리 무쇠몽둥이를 짚고, 보살 곁을 한시도 떠나지 않고, 강마대력사降魔大力士의 몫을 맡게 된 것이다.

보살은 비단 가사를 보자기에 싸서 혜안에게 지우고, 요술 테를 품에 지니고, 석장을 짚으며 영취산을 내려갔다.

보살이 산기슭까지 내려왔을 때 옥직관玉直觀이라는 도교道敎의 절에서 금정대선金頂大仙이 나와 마중하면서 차茶를 올렸다.

보살이,

"나는 여래의 말씀을 듣고 동토로 경 받을 사람을 구하러 가는 길이오."

대선이 물었다.

"경 받을 사람은 언제 옵니까?"

"딱히 알 수는 없으나 두서너 해 안에는 여기를 들르게 될 것입니다."

보살은 대선과 작별하고 구름을 타고 가면서 길목을 찬찬히 머리에 담기를 힘썼다. 이렇게 스승과 제자가 길을 가다가 갑자기

강 너비가 굉장한 강에 이르렀다. 이것이 유사하流沙河였다.

"혜안아, 여기가 험한 대목이구나. 경 가지러 오는 자는 범골범태凡骨凡胎라 어떻게 건널지 —"

하면서 보살이 걸음을 멈추고 바라보고 있자, 물속에서 첨벙하는 소리가 나면서 도깨비가 뛰어나왔다. 험상궂은 낯짝이다. 괴물지팡이를 들고 언덕에 오르자 보살을 낚아채려 들었다.

"게 섰거라!"

소리와 함께 혜안의 무쇠몽둥이가 막는 것이었다. 괴물도 지팡이를 들어 맞받아치면서, 유사하 기슭을 쫓거니 쫓기거니 하기를 여남은 번을 넘기도록 지고 이김이 결판나지 않았다. 그러자 도깨비가 혜안의 쇠몽둥이를 지탱하면서,

"너는 어디 사는 화상和尙이냐, 나한테 대들다니 담 한번 크다."

혜안이,

"나는 탁탑이천왕의 제2태자 목차혜안이다. 그러는 너는 도대체 웬 도깨비냐. 우리 길을 막다니 몰라도 분수가 있지."

도깨비는 그때야 알았다는 듯이,

"당신은 남해관음에게 가서 부처님의 가르침을 배우고 있다고 들었더니 웬일로 예까지 왔는가?"

"저 언덕에 계시는 분이 우리 스승 아닌가?"

도깨비는 이 말을 듣자 연거푸 신음 소리를 내면서 지팡이를 버렸다. 혜안에게 끌려 보살 앞으로 나오자 머리를 숙여 절을 하면서,

"보살님, 이놈 죄를 용서하시고, 제 말씀 들어주시오. 저는 도

깨비가 아닙니다. 본디 영소전에서 권렴대장捲簾大將을 지낸 몸이 온데 복숭아 잔칫날에 실수로 그릇을 깨었습니다. 옥제는 저에게 볼기 8백 대를 때려 하계에 떨어뜨려 이런 모습을 만든 위에다 한 해에 한 번 날카로운 칼을 날려 제 옆구리를 찌른답니다. 그래 저는 이렇게 괴로워하고 있는 것입니다. 그런데 굶주림과 추위를 견딜 수 없어서 이삼일에 한 번은 강물에서 나와서 나그네를 잡아먹었는데, 오늘은 그만 대비하신 보살님께 이렇듯 몹쓸 죄를 지었습니다"

하는 말을 듣고 보살은,

"그대는 하늘에서 죄를 지어 하계로 쫓겼다 하는데 또다시 그런 살생을 하다니 죄를 거듭하는 게 아닌가. 나는 지금 여래의 말씀으로 동토로 경을 받을 사람을 찾아가는 길인데, 그대는 불문佛門에 들어와 선과善果에 귀의하여 경 받을 사람을 따라 서천西天에 와서 부처님을 뵈올 마음은 없는가. 차후로 칼은 날아오지 않게 내가 해주지. 공을 세워 죄를 벗으면 원직原職으로 돌아갈 수도 있을 것이다. 어떤가?"

도깨비가,

"저는 좋은 과보果報를 얻고 싶습니다"

하면서 말을 이어,

"허나 보살님, 저는 여기서 헤아릴 수도 없이 사람을 먹었습니다. 지금까지 몇 번씩 경 가지러 가는 사람이 왔으나, 모두 제가 먹어버린 것입니다. 이 강물은 새털도 가라앉는데 오직 경 가지러 가던 사람의 탈바가지 아홉 개만은 물에 뜬 채 가라앉지 않더군요.

저는 신기해서 노끈으로 꿰어 심심하면 꺼내 봅니다. 그러니 경 가지러 가는 사람은 이제 안 올지 모릅니다."
관음觀音이 이 말을 듣고,
"아니, 꼭 온다. 그 탈바가지는 목에 걸고 있으라. 경 받으러 가는 사람이 오면 쓸모가 있으리라."
"그렇다면 수계受戒하겠습니다."
보살은 곧 머리 깎고 수계하게 한 다음, 유사하를 따라 성을 사沙라 짓고, 법명을 오정悟淨이라 지었다. 그는 곧 보살을 도와 강을 건너게 한 다음, 마음을 바로잡아 두 번 다시 살생을 않고 오로지 경 받으러 가는 사람이 오기만 기다리기로 했다. 보살은 오정을 남겨놓고 혜안과 더불어 동토에로의 길을 재촉해갔다.
한참 가는데, 앞에 높은 산이 나타났다. 구름을 타고 산을 넘으려 할 즈음 갑자기 회오리바람이 일면서 또다시 도깨비가 뛰어나왔다. 이놈도 낯짝이 흉측하기 그지없고, 손에 갈쿠리를 들고 있는데 보살을 보자 연장을 들어 마구 후려친다. 혜안이 가로막으면서,
"이놈 도깨비야 물렀거라. 내 몽둥이 맛을 보려느냐"
하고 대갈하니 도깨비도 질세라,
"이놈의 화상 겁도 없다. 갈쿠리를 받아라"
하고 대꾸한다. 두 사람은 산기슭에서 서로 싸웠다. 싸움이 한창 익어갈 무렵 보살은 하늘에서 갈쿠리와 몽둥이 사이에 연꽃을 떨어뜨렸다. 도깨비는 놀라면서,
"너는 어느 절 화상이냐. 이따위 속임수를 써서 나를 어지럽히

려 들다니!"

혜안이 대뜸,

"이 도깨비야, 눈이 없느냐. 나는 남해관음의 제자다. 이는 우리 스승께서 떨어뜨린 연꽃이야. 너는 그것도 모르느냐?"

"남해관음이라구! 화수풍火水風의 삼재를 물리치고 팔난八難을 건지시는 저, 관세음보살 말인가?"

"그분 아니구 뉘시란 말이냐."

도깨비는 갈쿠리를 내던지고 머리를 조아리면서 꿇어앉았다.

"형님, 보살이 어디 계시오. 제발 뵙게 해주."

혜안이 쳐다보면서,

"저기 계시지 않는가."

도깨비는 위를 향해 머리를 조아리면서 큰 소리로,

"보살님, 부디 용서를, 부디 용서를."

외쳤다. 보살이 구름을 낮춰 다가와서 물었다.

"너는 어찌 된 도깨비 돼지냐. 이런 데서 훼방을 놓다니!"

"저는 돼지도 도깨비도 아닙니다. 원래 은하수에 있던 천봉원사天逢元師였습니다만, 술에 취해서 직녀織女에게 희롱을 한 죄로 옥제는 저를 망치로 2천 번 때려, 하계로 떨어뜨린 것입니다. 이 세상에서 깨끗한 사람으로 태어나려고 태胎 속에 들어가기까지는 잘 했는데, 길을 잘못 들어 암돼지의 배 속으로 들어갔기에 암돼지를 물어 죽이고 다른 돼지들을 죽여 없애고 이 산을 차지해서 사람을 잡아먹으며 살아오다가 뜻밖에 보살을 뵙게 됐습니다. 제발 살려 주십시오."

"이 산 이름을 뭐라 하는가?"

"복릉산福凌山이라 하옵고 산속에 운잔동이라 하는 굴이 있습니다. 굴속에는 원래 묘이저卯二姐라 하는 여자가 살고 있었는데 제가 무예를 약간 부리는 것을 보고 저를 맞아 남편을 삼았습니다. 데릴사위 같은 것입죠. 한 해가 지나고 여자가 죽었는데 굴속 재물은 자연 제 것이 됐습니다. 여기서 벌써 오래 살아왔는데 달리 살길이 없어 사람을 잡아먹으면서 살았습니다. 제발 제 지은 죄를 용서해주십시오."

"옛사람이 말하지 않았는가. 앞날을 생각하거든 함부로 처신하지 말라구. 그대는 하늘에서 죄를 짓고도 마음을 가다듬지 않고 또 살생을 하다니!"

"앞날이라! 앞날이라! 당신 말대로 살다가는 바람이라도 마시고 살 수밖에 없군. 나으리를 따르면 볼기를 맞고 부처를 따르면 배가 고프다더니 참말이군. 관두시오, 다 집어치우겠소. 길가는 나그네며, 살찐 여편네들을 먹고 사는 게 낫지."

"사람의 바라는 바가 좋은 일이기만 하면, 하늘은 반드시 들어주는 법이야. 그대가 정과正果로 돌아오면 먹고살 길은 저절로 열릴 것을. 이 세상에서는 오곡五穀이란 것이 있어서 굶주림을 면할 수 있는데, 어째서 사람을 잡아먹고 산단 말인가?"

도깨비는 그 말을 듣자,

"나는 바로 살고 싶어도 한번 하늘에 죄를 지었으니, 이제는 빌 곳이 없지 않소."

"나는 여래의 말씀을 받아 동토로 취경取經할 사람을 구하러 가는 길이야. 너는 그 사람의 제자가 되어 서천에 다녀오는 게 좋을 거야. 그리하면 그 공功으로 죄는 사해지고 재앙에서 벗어날 수 있을 거야."

듣자 도깨비는,

"제자가 되겠습니다. 되겠습니다"

하고 마음으로부터 우러나는 대답을 했다. 그래서 보살은 도깨비에게 계를 주고 머리를 깎고 모양에 따라 성을 저猪라 하고 법명을 오능悟能이라 지었다. 오능은 보살의 가르침대로 경 받으러 가는 사람을 기다렸다.

이리하여 보살은 혜안과 더불어 다시 길을 갔다. 그러자 이번에는 하늘 한가운데서 용 한 마리가 울부짖고 있다. 보살이 다가가서,

"그대는 누군가. 왜 벌을 받았는가?"

하고 묻자 용이,

"나는 서해용왕 오윤敖潤의 아들입니다. 실수로 불을 내어 전殿에 있는 구슬을 태워버렸더니 부왕이 나를 불효자라고 하늘에 일렀습니다. 옥제는 나를 공중에 달아매고 3백 대를 친 다음 곧 죽인다 합니다. 보살님, 제발 구해주십시오"

한다. 보살은 곧 혜안과 더불어 남천문으로 달려가서 천제를 만나,

"나는 여래의 말씀을 받아 동토에 경 받을 사람을 찾으러 가는 길입니다. 길에서 죄를 지은 용이 하늘에 매달려 있는 것을 보았습니다. 그래서 특히 부탁드리러 왔는데, 그 용을 살려 저에게 주시면 어떻겠습니까. 경 가지러 갈 사람이 타고 가게 하렵니다"

하고 말했다. 옥제가 좋다 하여 곧 사람을 보내 용을 풀어 보살에게 주었다. 보살은 인사를 하고 나왔다. 용은 보살에게 은혜입음을 치하했다. 보살은 용을 깊은 골짜기에 있는 늪에 풀어놓으며, 오로지 경 받으러 갈 사람을 기다리고 있다가 그 사람이 오거든 흰 말이 되어 서방에 가서 공덕을 쌓으라고 일렀다. 용은 이르는 대로 깊은 늪에 몸을 잠갔다.

보살은 혜안을 데리고 산을 넘고 더욱 동쪽으로 향했다. 이윽고 서기瑞氣가 비치고 부드러운 기운이 어리는 곳에 이르렀다.

"저게 오행산五行山입니다. 저기 여래의 글이 보이는군요"

하고 말하니 보살도,

"그것은 복숭아 잔치를 어지럽히고 천궁에서 소란을 피운 제천대성이 갇혀 있는 곳이군"

하고 끄덕인다. 두 사람이 같이 산에 올라 종이를 본즉 여래의 글이 분명하다. 보살과 제자의 목소리를 듣자 오공이 큰 소리로 외쳤다.

"누구야, 거기서 내 험담을 늘어놓는 게?"

보살이 그 앞으로 가서,

"그대는 나를 아는가?"

오공이 쳐다보며,

"왜 몰라요? 관음보살이시죠. 잘 오셨습니다. 날 살려주세요."

"만일 살려주었다가 또 소동을 부리면 큰일 아닌가?"

"아닙니다. 내가 살 수 있는 길을 열어주세요. 다시는 폐를 끼치지 않을 테니."

"그렇다면 내가 동쪽에 있는 당唐 나라에 가서 경 받을 사람을 하나 구해 올 터인즉, 그 사람의 제자가 되어 정과正果를 얻음이 어떤가?"

"그리하겠습니다, 그리하겠습니다."

오공과 헤어진 보살과 혜안은 이윽고 당나라 장안에 이르러 어느 성황당을 잠깐 빌려 호텔로 삼기로 했다.

9

이때 장안성長安城은 주周·태泰·한漢 이후로 서울이 된 곳으로 당唐에 들어와서는 더욱 번창한 서울이다. 당의 태종太宗이 자리에 오른 지 13년째 되는 해였다. 천하는 태평하고 장안에는 외국 사람도 많이 왕래하는 국제 도시였다.

그런 어느 날―.

태종이 문무의 백관을 모아 조례朝禮를 하는 자리에서 재상宰相인 위징魏徵이 나와서 아뢰었다.

"지금 천하는 태평하고 사해四海는 모두 무사합니다. 옛법에 따라 과거 시험을 행하고 어진 선비를 뽑아 정치에 참여시킴이 옳을까 합니다."

태종은,

"경의 말하는 바가 옳다"

하고 곧 어진 선비를 부르는 방을 써서 온 나라에 알리게 했다. 가

로되,

명부주현名府洲縣 군민軍民을 묻지 않고, 학문을 한 자로서 글을 잘 아는 자는 장안에 와서 시험에 응하라.

이 포고는 강소서江蘇署 해주海州 땅에도 널리 퍼졌다.
여기에 성이 진蔯 이요, 이름이 악, 자를 광예光蕊라 하는 자가 있었다. 이 포고를 보자 곧 집에 돌아가 어머니 장 씨에게,
"나라에서 방을 써붙여 상서성尙書省에 선장選場을 차려 어진 저 사람을 가려 뽑는다 하오니 가볼까 합니다. 만일 웬만한 벼슬이라도 할 수 있다면, 어버이 이름을 높이고 아내와 자식에게 이롭고 집안에 자랑이 되겠으니, 이야말로 제가 바라는 바입니다. 부디 가게 해주십시요."
어머니 장 씨가 말했다.
"너는 글 읽는 사람이다. 젊어서 배우고 나이 들어 행한다고 했으니(孟子), 아무럼 그래야지. 그러나 길에 조심하고 일이 끝나거든 곧 돌아오너라."
광예는 종에게 짐을 갖추게 하고, 어머니에게 작별을 고한 다음, 길을 떠났다.
장안에 이르니 마침 시험 당일이었다. 광예는 곧 시험장에 들어갔다. 시험이 끝나고 광예는 합격했다. 전시殿試에도 합격하여 왕은 손수 장원壯元을 제수했다. 광예는 말을 타고 거리를 사흘 휘돌았다. 마침 재상 은개산殷開山의 문 앞에 이르렀다. 재상에게는 딸

이 하나 있었다. 이름은 온교溫嬌 또는 만당교滿堂嬌라 하고 아직 사위를 정하지 못하고 있었다. 그래서 높은 자리를 마련하여 풍습대로 거기서 공을 던져서 사위를 고르려는 참이었다.

이 딸이 광예를 보고는 첫눈에 마음에 들어서 공을 내려 던졌더니, 바로 광예의 모자를 맞혔다. 하자, 풍악 소리가 일어나고 수십 명의 여자 종들이 나와 광예의 말고삐를 잡아 안으로 끌어들였다. 재상은 손님을 청해서 식을 올려 광예를 사위로 삼았다. 이튿날 아침, 태종이 조례 자리에서,

"올해 장원 진광예에게는 무슨 자리를 줌이 좋겠는가?"

재상 위징이 대답하기를,

"제가 알아본즉 강주江州에 자리가 있습니다. 여기로 하심이 좋을까 합니다."

태종은 곧 광예를 강주의 장관長官으로 명하고 부임할 때를 어기지 말라고 일렀다. 광예는 처갓집에 돌아와 아내를 데리고 장인 장모를 하직한 다음, 벼슬한 고을 강주를 향해 바닷길을 떠났다. 장안을 벗어나 길을 가는데, 때마침 봄 저녁이다. 산들바람이 버드나무 떡잎에 하늘거리고, 가랑비가 붉은 꽃을 적시고 있다. 광예는 가는 길에 고향에 들러 아내와 함께 어머니 장 씨에게 인사를 드렸다. 어머니가 말했다.

"아들아, 정말 기쁘다. 게다가 며늘아기까지 데려오다니."

"어머님 염려하신 덕으로, 장원 하고 거리를 돌다가 재상댁 앞을 지나다가 공교롭게 사위 고르는 공에 맞아 재상께서는 저를 따님의 배필로 삼았습니다. 나라에서는 저를 강주의 장관으로 임명

하길래 함께 가시자고 어머니 모시러 왔습니다."

장 씨는 기뻐하면서 짐을 꾸려 따라나섰다.

길을 가기 며칠 만에, 만화점萬花店이란 곳 유소이劉小二란 사람 집에 묵게 되었는데 장 씨가 몸이 불편해서,

"몸이 편치 않으니 여기서 며칠 쉬어 가자"

고 함으로, 그대로 하게 되었다.

이튿날 아침, 객줏집 앞에서 한 사내가 금붕어를 팔고 있었다. 광예는 어머니를 대접하려고 그 붕어를 샀다. 그러자 붕어는 눈을 몇 번 깜짝거렸다. 광예는 놀라며 — 고기나 뱀이 눈을 깜짝거리는 것은 예사 짐승이 아니라는데 — 하고 생각하고는 어부에게 물었다.

"이 고기는 어디서 잡아왔는가?"

어부,

"여기서 시오 리쯤 되는 홍강洪江에서 잡았소."

광예는 그 붕어를 홍강에 가서 놓아주었다. 객줏집에 돌아와 어머니에게 알렸더니,

"목숨붙이를 살려주다니 잘한 일이군, 나도 기쁘다."

광예가,

"이 주막에 온 지 벌써 사흘째입니다. 나라에서 정한 기한도 있고 해서 내일은 떠났으면 합니다만 어머님 몸은 어떠십니까?"

"아직 개운치 않구나, 지금은 한창 더운 때니 이대로 떠나면 길에서 또 고생할 것 같다. 나를 여기서 좀 묵어가게 해다오. 돈만 조금 남겨놓고 가렴. 너희 두 사람은 먼저 임지로 가거라. 가을에

선선해지면 데려가주려무나."

그래서 광예는 아내와 의논한 끝에 방을 빌리고, 노잣돈을 어머니한테 드린 다음, 아내를 데리고 길을 떠났다.

길은 수월치 않았으나, 묵어가면서 더듬는 길이 어느덧 홍강 나루터에 이르렀다. 본즉 사공 둘이 배를 저어 온다. 내외는 이 배를 탔다. 이 배는 유홍劉洪과 이표李彪라는 사공의 배였다.

유홍이 온교를 보니, 둥근 달 같은 얼굴, 애교 띤 눈매, 앵두 같은 입술, 버들 같은 허리, 참으로 고기도 숨고 기러기도 숨을 자태요, 달도 숨고 꽃도 부끄러울 모습이다. 유홍이 숯불 타듯 이글이글 나쁜 마음을 먹고, 이표와 짜고 배를 으슥한 데로 몰고 가서 밤을 기다려 먼저 종을 죽이고, 이어 광예를 죽여 물속에 처넣었다. 온교는 남편이 죽는 것을 보고 강물에 뛰어들려는 것을 유홍이 홱 나꿔 안으면서,

"내 말 안 들으면 너도 처넣을 테다."

온교는 생각 끝에 할 수 없이 잠깐 유홍의 뜻에 따르기로 승낙했다. 도적은, 배가 언덕에 닿자, 배는 이표에게 주어버리고 자기는 광예의 옷을 입고 관官의 증서證書를 지니고 온교를 이끌고 강주로 부임해갔다.

한편 유홍에게 맞아 죽은 종의 주검은 흘러가버렸으나, 진광예의 주검은 물 밑에 가라앉은 채 움직이지 않는다. 그것을 홍강의 순해야차巡海夜叉가 보고는 용궁에 급히 알렸다. 용궁에서는 용왕이 막 아침 조회에 나온 참이었다. 야차가,

"지금 홍강에서 어떤 자가 선비 하나를 때려죽여 강물에 던졌습

니다."

용왕은 주검을 가져오게 하여 자세히 살펴보았다.

용왕은 주검을 찬찬히 들여다보더니,

"이분은 틀림없는 내 은인이야. 어쩌다 이런 변을 당했을까? 은혜는 은혜로 갚으라 했으니 이번에는 내가 이분의 목숨을 살려드릴 차례다"

하고서는, 곧 편지 한 장을 써서 홍주 땅 성황신城隍神과 토지신土地神에게 광예의 영혼을 자기가 돌려받아 목숨을 살리고 싶노라고 썼다.

성황, 토지신이 이 말을 받아들여 영혼을 내주었다. 야차가 영혼을 데리고 용왕궁으로 와서 용왕과 대면시켰다. 용왕이,

"댁의 이름은 뉘시며 어디 분이십니까. 그리고 어찌하여 이런 화를 당하셨습니까?"

광예가 절을 하고,

"나는 이름이 광악, 자는 광예라 하며, 해주 사람입니다. 올해 장원에 급제해서 홍주의 수령守令이 되어 아내와 함께 부임하는 길에 홍주에 이르러 배를 탔더니 뱃사공 유홍이 내 아내를 탐내어 나를 쳐 죽이고 주검을 내버린 것입니다. 부디 대왕께서 저를 살려주십시오."

용왕,

"그랬던가요. 당신이 전일에 놓아준 붕어는 저였던 것입니다. 당신은 내 목숨을 살려주신 분, 당신이 화를 당했는데 가만있을 수가 있겠습니까?"

이렇게 말하면서 주검을 고이 모시어두고 나중에 영혼을 다시 돌려주어 원수 갚을 때를 기다리게 했다.

그러고는,

"당신의 영혼은 잠깐 이곳에 계시면서 쉬십시오."

광예는 머리를 조아려 고마워했다.

한편 온교는 유劉란 놈을 한없이 원망하면서 그 살을 먹고 가죽을 깔고 눕고 싶되 이미 홀몸이 아니므로 참고 지냈다. 이윽고 두 사람은 강주에 이르러 그곳 벼슬아치들의 마중을 받았다. 유홍은 능청스럽게,

"내가 이곳에 오게 된 것도 모두 여러분의 덕분입니다"

하고 인사를 하자 부하 관리들이 모두,

"장관께서는 장원에 오르신 분인데 그게 웬 말씀입니까. 잘 가르치면서 써주십시오"

하고 서로 아첨하였다. 이튿날부터 유는 관청에 나가 일을 보았다. 어느 날 유홍이 벼슬 일로 멀리 길을 떠났다. 혼자 남은 온교는 어머니며 남편 신세를 생각하고 시름에 잠겨 있었다. 그러자 갑자기 나른해지면서 배가 아프더니 그대로 정신이 희미해지면서 아이를 낳았다. 그러자 귓전에 들리는 소리가 있다.

"만당교여, 내 말을 잘 들어라. 나는 남극성군南極星君인데 관세음보살의 말씀을 따라 이 아이를 너에게 준다. 훗날 이름이 밖에 드러날 아이니라. 유 가 놈이 돌아오면 틀림없이 이 아이를 죽이려 할 테니 정신 차려서 지켜줘야 한다. 네 남편은 용왕의 구함을 받아 있으니 훗날 부부가 다시 만나 누명을 벗고 원수를 갚을 날이

있으리니 잊지 말라!"

여기서 문득 제정신이 들었는데 말소리는 귓전에 쟁쟁하다.

유홍이 며칠 만에 돌아와 아이를 보자 아니나 다를까 대뜸 물속에 처넣으려 했다.

온교는 말했다.

"인제 해도 저물었으니 내일 아침에 좋은 자리를 봐서 버립시다."

이튿날 다행히도 유홍은 급한 일이 생겨서 또 멀리 가게 됐다. 온교가 생각하니 — 저놈이 돌아오면 이 애 목숨은 끝장난다. 그러기 전에 강물에 띄워 죽고 살기를 하늘에 맡기는 게 좋지 않겠는가. 만일 하늘이 불쌍히 여겨 건져주는 이가 있으면 훗날 만날 수도 있겠지 —

이렇게 생각하고는 부모 이름 자초지종을 피로 써서 품에 넣고 또 애기의 왼쪽 새끼발가락을 이빨로 끊어 표시로 삼았다.

그러고는 집을 나섰다. 다행히 강물은 멀지 않았다. 강기슭에 나무 판대기가 하나 떠 있는 것을 보자 온교는 아이를 판대기에 비끄러매고 강물에 띄웠다.

한편 애기는 판대기에 실린 채 흘러흘러 금산사金山寺 기슭에 와서 머물렀다. 금산사의 주지스님은 법명法明 화상이라고 하였는데, 이때 좌선을 하고 있노라니 문득 애기 울음소리가 들렸다. 얼른 강가에 나와 보니 낭떠러지 기슭에 판대기가 밀려나와 있는데 애기가 위에서 잠들어 있었다. 안아 올리다 품속에서 나온 혈서를 보고 비로소 까닭을 알게 됐다. 주지는 이름을 강류江流라 짓고 사람을 시켜 기르게 했다.

　세월은 화살같이 지나서 어느덧 강류의 나이 열여덟이 되었다. 스님은 강류의 머리를 깎아 현장玄奘이라는 이름을 주었다.

　늦은 봄 어느 날, 중 여럿이 소나무 그늘에서 경經을 얘기하고 선禪을 말하면서 보내고 있다가 그중 하나가 현장하고 말씨름을 하다가 꿀리게 됐다. 중이 화가 나는 김에,

　"이놈아, 어디서 굴러온 뼉다귄지도 모를 녀석이 무슨 잘난 체를 하느냐!"

하고 말해버렸다. 현장은 안으로 들어가 스승 앞에 꿇어앉아 눈물을 흘리면서,

　"사람이 하늘 땅 사이에 부모 없이 태어날 수 있습니까?"

하면서 제 부모의 이름을 물었다. 스님이 이 말을 듣고는,

　"네 정 부모를 밝히고 싶으면 따라오너라"

하고 일어서서 다른 방으로 건너갔다. 스님은 작은 함을 꺼내더니 안에서 혈서 한 통과 옷 한 벌을 꺼내놓았다. 현장은 혈서를 읽고 비로소 부모의 내력을 알았다. 읽기를 마치자 그는 울면서,

　"부모 원수를 갚지 못해서야 사람이랄 수 있겠습니까. 열여덟 해를 모르고 지내다가 오늘에야 어미가 살아 있는 줄 알았습니다. 어머니를 찾은 다음 다시 부처님을 모시고 싶습니다."

　"네가 어미를 찾아가려거든 이 혈서와 옷을 가지고 가거라. 탁발하면서 강주江州 관사로 가면 만날 수 있으리라."

　현장은 스승의 말을 따라 탁발승이 되어 강주로 왔다. 마침 유홍은 집에 없었다. 현장은 관사에 이르자 문 앞에서 희사를 청했다.

온교는 간밤에 꿈 하나를 꿨다. 달이 이지러졌다가 다시 둥그레지던 것이다.

그래서 혼자 생각하기를,

—어머니 소식은 알 길이 없고 남편은 저승 사람이 되고 아이는 강물에 띄웠지만, 만일 누군가 건져서 길렀으면 벌써 열여덟 살이구나. 혹 오늘쯤 그 애를 만난다는 꿈인지.

하고 이런저런 궁리를 하는 참에, 문득 집 앞에서 경 읽는 소리가 들리므로 몸소 문간으로 나갔다.

"어디서 오신 스님이오?"

"소승은 금산사 법명法明 스승의 제잡니다."

"잠깐 들어오시오."

청해 들여서 공양을 드리면서 살펴보니, 몸짓이며 말투며 세상 버린 남편을 영락없이 닮았다. 그래서 시중드는 아이를 물리고는 물었다.

"스님, 출가하시기를 어려서입니까? 성장하고입니까? 속명은 무엇이며, 부모님은 생존해 계십니까?"

"제가 출가하기는 어려서도 아니오, 성장해서도 아닙니다. 제 아비는 남의 손에 죽고, 어미는 그자가 차지했습니다. 저는 스승께서 강주 관사에 가서 어미를 찾으라는 말씀을 듣고 찾아왔습니다."

"어머니 성은 무엇입니까?"

"어머니는 성이 은, 이름은 온교라 합니다. 아버지 성은 진, 이름은 광예. 저는 어릴 적 이름이 강류. 법명은 현장玄奘이라 합니다."

"온교는 내 이름인데 그대는 무슨 증거 될 물건을 가졌는가?"
현장은 어미라는 말을 듣자 울면서,
"네, 혈서와 속옷이 있습니다."
온교가 받아 보니 틀림없는 물건들이다. 비로소 모자가 부둥켜 안고 울었다.
"아들아 인제 돌아가거라."
"열여덟 해를 못 보던 어머니를 지금 만났는데 그저 돌아갈 수 있겠습니까?"
"빨리 떠나라. 유 가 놈이 돌아오면 너를 필히 죽일 게다. 나중에 내가 구실을 만들어 절로 치성드리러 갈 테니 그때 얘기하도록 하자."
현장은 어머니 뜻을 따라 작별하고 나왔다.
온교는 그날부터 자리에 누웠다. 유홍이 돌아와서 까닭을 물었다. 그녀 말이,
"저는 어릴 적에 스님 신발 백 켤레를 바치겠다고 맹세한 일이 있습니다. 며칠 전 스님 한 분이 칼을 들고 신발을 받으러 온 꿈을 꿨어요. 그 후부터 이렇군요."
"그게 무슨 어려운 일인가."
유홍은 곧 강주 성안 백성들에게 닷새 안으로 한 집에 구두 한 켤레씩 바치라고 영을 내렸다. 백성들은 어김없이 신발을 바쳤다. 온교는 유홍더러,
"구두는 이걸로 족하지만 근처에 절이 있습니까?"
"금산사와 초산사焦山寺라는 절이 있다. 좋은 데로 가지."

"금산사가 소문에도 좋다 하니 그리로 가지요."
이튿날 온교는 금산사에서 재를 올린 다음 아들을 만났다. 그리고 귀고리 하나와 편지를 주면서,
"여기서 서북쪽으로 가면 만화점萬花店이란 곳이 있다. 거기 주막집에 할머니가 계시니 찾아보아라. 그리고 이 편지는 서울에 가서 은개산殷開山 정승댁을 찾아가서 드려라. 그분이 내 아버지다."
현장은 곧 만화점의 할머니를 찾아갔다. 노인은 아직 살아 있었다. 그 사이 일어난 기구한 얘기를 듣고 놀라면서도 손자를 만나보게 된 것을 기뻐했다. 현장은 할머니를 작별하고는 바로 서울로 올라가서 외할아버지에게 편지를 전했다. 다음 날 은정승은 황제의 허락을 받고 군사를 이끌고 강주로 향했다. 해질녘에 군사는 강주에 이르렀다.
새벽에 정승의 군사는 유홍의 관사를 에워싸고 쳐들어갔다. 유홍은 잠자고 있다가 꼼짝없이 잡히고 말았다. 정승은 죄인을 형장으로 끌어 보내고 관사에 들어가 온교에게 나와서 대면하기를 명했다. 온교는 대면하고 싶은 마음과 면목 없는 생각의 사이에서 괴로워하다가 목을 매어 죽으려고 했다. 마침 현장이 이것을 보고 어머니를 자리에 앉힌 다음 꿇어앉아서,
"조부께서 여기까지 온 것은 원수를 갚기 위함이요. 오늘 도적을 잡았는데 왜 죽으려 하십니까? 어머니가 돌아가신다면 저도 살지 못하겠습니다."
정승도 나타나서 잘못을 꾸짖었다. 온교는,
"여자는 두 남편을 섬기지 않는다고 들었습니다. 남편이 도적의

손에 죽었는데 저는 도적에게 몸을 맡겼습니다. 그것은 자식을 배고 있었던 탓이었습니다. 이제 다행스럽게 아이는 자랐고, 아버님께서 원수를 갚아주셨습니다. 이제 죽어서 남편에게 사과하는 일만 남았습니다."

이 말을 들은 정승은,

"네 말대로 어찌할 수 없는 사정이었으니, 너는 허물이 없다"

하고 이른 다음 형장으로 나갔다. 마침 짝패 도적이었던 이표도 잡혀 와 있었다. 정승은 두 도적으로부터 자백하는 글을 받은 다음, 곤장 백 대를 치고, 나무 말에 태워서 홍강 나루터까지 끌고 와서 도적들의 간을 뽑아놓고 광예의 영혼을 위로하는 제사를 올렸다. 제사드리는 사람들의 통곡하는 소리가 용궁에까지 들렸다. 순라를 돌던 야차가 제문을 용왕에게 갖다 바쳤다. 용왕은 제문을 본 다음 광예를 불렀다.

"선생님, 축하합니다. 지금 선생님의 부인과 아드님 그리고 장인께서 강가에 와서 당신을 제사하고 있습니다. 저는 지금 당신의 영혼을 돌려드리겠습니다. 나가서 만나보십시오."

광예는 치사하면서 머리를 조아렸다. 용왕은 광예의 주검을 나루터에 보내라고 명을 내렸다.

한편 온교는 나루터에 와보니 옛날 일이 더욱 애처로워서 강물에 몸을 던지려고 했다. 사람들이 달려들어 말리고 있는데 갑자기 물 위에 주검 하나가 떠올라 강변에 흘러왔다. 온교가 다가가서 본즉 틀림없는 남편의 주검이다. 그녀는 더욱 애처롭게 목 놓아 울었다. 사람들이 보고 있자니 주검이 움찍움찍하더니 불쑥 일어

나 앉는다. 광예가 눈을 떠보니 아내와 장인에다 젊은 스님이 울고 있다. 그래서 묻기를,

"이게 어찌된 일인가?"

온교의 설명을 들은 광예는 그제야 자기가 살아나게 된 까닭을 알았다. 모든 사람이 기뻐 웃으면서 길을 떠나 서울로 향했다. 도중에 만화점에 들러 어머니까지 일행에 합친 다음 무사히 서울로 올라왔다.

황제는 광예의 고생을 불쌍히 여겨서 그의 벼슬을 학사로, 현장은 속세의 일을 마친 다음 홍복사로 들어가 다시 부처를 섬기는 몸이 되었다.

10

장안성 밖 경하 강변에 두 사람의 현자가 살고 있었다. 한 사람은 고기잡이꾼으로 장초張稍라 하고 다른 한 사람은 나무꾼으로 이정李定이다. 둘 다 과거를 보지 않은 진사進士였다.

어떤 날, 두 사람은 성안에서 나무와 고기를 각기 팔고 난 후, 주막에서 한잔한 다음 어슬렁어슬렁 돌아오는 길이었다. 장초가 하는 말,

"이 형, 생각건대 이름을 탐내는 사람은 이름 때문에 목숨을 잃고 이利를 다투는 자가 이利 때문에 몸을 망치지 않는가. 벼슬을 한 자는 호랑이를 품고 자는 것이요, 은총 받는 이는 뱀을 소매에 넣

고 있는 격이지. 그러고 보면 우리처럼 산 좋고 물 맑은 데서 홀로 가난을 탓하지 않고 사는 것이 제일이 아닌가?"

"그렇구말구."

이렇게 다정한 얘기를 나누면서 이윽고 갈라지는 데까지 왔을 때 장초가 말했다.

"이 형, 조심하게. 산길에서 호랑이를 조심하게. 만일 사고라도 있으면 큰일이지."

이정은 이 말을 듣자 화가 났다.

"자네는 왜 그런 사위스런 말을 하는가. 내가 호랑이밥이 된다면 자네가 고기밥이 되지 말란 법이 있겠나."

"내가 파선한다? 그럴 리야 없지."

"하늘에 구름이 일고, 사람에게 재앙이 있단 말을 모르는가? 무슨 보장이 있겠나?"

"이 형, 나는 달라."

"물에서 사는 자네가 무슨 장담을 할 수 있나?"

"모르는 소리. 장안 성안에 점쟁이 한 사람이 있는데 매일 점을 쳐준단 말일세. 그 사람이 가르치는 대로 하면 틀림없더군. 오늘도 점을 쳤더니 동쪽 기슭에 그물을 치고 서쪽 기슭에서 낚시를 하라더군. 오늘 고기잡이는 틀림없으니 내일 장에 내다 팔아서 자네하고 한잔하기로 하세."

두 사람은 여기서 헤어졌다. 이때 이 경하를 순라하는 야차가 이 말을 들었다. 급히 용궁에 돌아가 아뢰었다.

"큰일 났습니다."

용왕,

"뭐가 큰일이란 말인가?"

"제가 순라를 돌면서 강변에 이르렀는데 나무꾼과 고기잡이꾼이 얘기를 하는 것을 들었는데 고기잡이꾼 말이, 장안 성안에 점쟁이가 하나가 있는데 귀신같아서 매일 고기 한 마리씩 주고 점을 치는데 말대로 그물을 내리면 영락없다— 이러지 않습니까? 정말 그렇다면 용궁은 어찌되겠습니까?"

용왕은 이 말을 듣자 크게 화를 내며 곧 칼을 들고 성안으로 달려가서 점쟁이를 죽여버리려고 했다. 그러자 곁에 있던 신하들이 말렸다.

"대왕님, 잠깐 진정하십시오. 대왕께서 거동하시면 비구름도 합세할 것은 틀림없습니다. 그렇게 되면 장안의 백성을 괴롭혔다 해서 하늘의 벌을 받을 것입니다. 대왕께서는 변신술이 능하시니 먼저 장안에 가셔서 정말 그런 자가 있는지를 알아보신 다음 그때 처치하셔도 늦지 않으리다. 만일 사실이 아니면 그보다 다행이 없지 않겠습니까?"

용왕은 옳게 여기고 칼을 놓고 강변에 올라가 한 번 몸을 떨쳐 선비 모습으로 변해가지고는 장안으로 들어갔다. 본즉 사람들이 몰려선 속에서 큰 소리로 떠드는 자가 있다.

"호랑이띠끼리는 궁합이 맞지 않고 호랑이와 용은 궁합이 맞지만 해가 목성木星을 범할 염려가 있다."

용왕은 이 말을 듣자 점치는 데가 여기구나 하고 사람을 헤치고 들어갔다. 이 사람은 당대의 이름난 원수성袁守誠이란 사람이다.

용왕은 문으로 들어가 점쟁이를 대면했다. 인사를 마치자 차가 나왔다.

선생이,

"당신은 무얼 알려 하시오?"

"날씨를 알고자 합니다."

선생이 괘卦를 지어보더니,

"구름이 산꼭대기에 헤매고 안개는 나무 끝에 서린다. 비가 올진대 내일 아침이로다"

하고 말한다.

"내일 언제쯤이 되겠습니까? 또 얼마나 오겠습니까?"

"내일 진시에 구름이 퍼져 사시에 번개가 치겠고 오시에 비가 되어 미시에 그치리라. 비는 석 자 세 치가 오겠다."

용왕이 웃으면서 말했다.

"만일 내일 비가 오고, 당신 말대로 때와 부피가 틀리면 당신 가게를 때려부수고, 다시는 사람을 호리지 못하게 하겠소."

"좋구말구."

용왕이 용궁으로 돌아오자 신하들이 마중 나오며,

"대왕大王 점쟁이가 있습디까?"

"암, 있더군. 헌데 어림없는 작자더군"

하면서 자초지종을 얘기하니, 모두 웃었다.

"대왕은 여덟 강江의 어른이며 사우대용신司雨大龍神입니다. 비가 오고 안 오는 건 대왕의 뜻대로가 아닙니까. 점쟁이가 진 게 뻔하지요."

이런 얘기를 주고받는데 하늘에서,

"용왕아 어명이다"

하고 외치는 자가 있다.

올려다보니, 금옷 입은 장사가 손에 천제의 글을 들고 찾아왔다. 용왕은 옷을 바로 하고 향을 피운 다음 글을 받았다. 금옷 입은 장사는 하늘로 돌아간다. 용왕이 글을 열어본즉, '글을 보내 여덟 강의 총독에 이르노라. 우뢰와 번개를 가지고 가, 내일 아침 비를 내려 장안을 적실지어다'라고 씌어져 있는 데다 때와 부피가 점쟁이가 맞춘 그대로였다. 놀란 용왕은 얼빠진 것 같았다. 신하들을 향해,

"속계에 그런 신선이 있을 줄이야. 실로 하늘과 땅의 이理를 꿰뚫은 사람이로다. 내가 졌다."

그러자 한 신하가,

"대왕 염려 마십시오. 그자를 이기기 어렵지 않습니다. 신에게 계략이 있으니 필시 그자를 물리치리다"

함으로 용왕이 그 꾀를 물으니,

"비를 내리는 때와 부피를 약간만 바꾸는 것입니다. 그러면 놈이 지은 괘는 틀리는 게 되지 않습니까?"

용왕은 이 말을 따르기로 했다.

다음 날, 용왕은 풍백風伯, 뇌공雷公, 운동雲童, 전모電母를 데리고 장안성 하늘 위로 왔다. 그리고 사시에 구름을 펴고 오시에 우레를 울리고, 미시에 비를 내려 신시에 그쳤다. 부피는 석 자, 점쟁이 시간보다 한 시를 늦추고 부피는 세 치를 줄인 것이다.

용왕은 여러 장수를 돌려보낸 다음 구름을 낮춰 저번처럼 선비로 변해서 원수성의 가게로 왔다. 그러고는 두말없이 간판이며 붓 벼루를 때려부수기 시작했다. 헌데 점쟁이 선생은 의자에 앉은 채 끄덕도 않는다. 용왕은 가게 문을 떼어 들고 달려들면서,

"사람의 길흉吉凶을 함부로 지껄이며, 사람을 호리는 요물아, 네 점은 모두 틀리지 않느냐. 그런데 아직 뻔뻔스레 앉아 있어? 빨리 꺼져, 목숨만은 살려줄 테니"

하고 고함질렀다. 수성은 조금도 움직이지 않고 하늘을 우러러 비웃으며,

"나는 끄떡없다. 목숨 염려도 없고, 되레 네가 목숨이 경각에 달렸느니라. 내 눈은 못 속여. 나는 네가 누군지를 안다. 너는 선비가 아냐. 경하經河의 용왕이다. 너는 천제의 명을 어겨 비 오는 때를 바꾸고, 부피를 줄여 하늘의 법을 어겼다. 아마 형용태刑龍台 위에서 목이 날아갈 텐데 여기서 나한테 고함칠 겨를이 있는가."

말을 듣자 용왕은 소름이 끼치면서 놀라며, 문짝을 내던지고 꿇어앉았다.

"선생님 용서하십시오. 그만 하늘의 법을 어겼습니다. 살길을 가르쳐주십시오"

하고 애걸복걸한다. 수성은,

"내 힘으로 너를 살리지는 못 해. 다만 너한테 한 가지 가르쳐주지."

"제발 부탁합니다."

"너는 내일 낮 3시에 이 나라 정승 위징의 손으로 처단받게 돼

있다. 그러니 빨리 가서 황제에게 청원하라. 위징은 황제의 신하니 황제에게 청을 드려놓으면 살 수 있지 않겠는가.”
그날 밤 태종 황제가 꿈길을 걷고 있자니 어떤 자가 앞에 와 꿇어 엎드리며 살려달라 한다.
"누구냐."
"저는 용왕이온데, 하늘의 법을 어겨, 위 정승 손에 목을 잘리게 되었습니다. 폐하 살려주십시오."
"위징 손에 죽는다면 내가 살려주지. 안심하고 돌아가라."
그러자 꿈이 깨었다.
이튿날 태종은 위징을 불렀다.
"나하고 바둑을 한판 두자."
두 사람은 바둑판을 대하고 흑백을 다투기 시작했다. 이윽고 석점이 되자, 위징은 갑자기 책상에 엎드려 코를 골면서 잠이 들었다. 원래 이 바둑은 오늘 하루 위 정승이 정사를 보지 못하게 하려는 것이었으므로 태종은 그대로 놓아뒀다. 이윽고 위징은 잠에서 깨어나더니 마루에 엎드리면서,
"죄송합니다. 깜박 잠이 들어 큰 죄를 지었습니다. 폐하 원컨대 신을 벌하소서."
"자네에겐 죄가 없어. 자 한판 더 두지."
위징이 은혜를 감사하며 바둑돌을 잡았을 때였다. 왁자지껄 소리가 나더니, 여러 장수가 피 흘리는 용머리를 들고 들어와 앞에 놓으면서 말하는 것이었다.
"구름 속에서 이것이 떨어져 내렸습니다. 하도 큰 변이라 이렇

게 아룁니다."

태종이 놀라 위징을 보고,

"이게 어찌된 일인가?"

"네, 제가 아까 꿈속에서 베었습니다."

"아까 잠든 사이 자네는 손발도 움직이지 않았고 또 칼도 없으면서 어떻게 베었단 말인가?"

"실은 폐하, 지난밤 오늘 낮 오시에 용을 목 베라는 천제의 명을 받았습니다. 그런데 오늘 폐하께서 바둑 상대를 명하시므로 몸을 움직이지 못했습니다. 그래서 꿈속에서 혼백을 날려 형용대에 가서 용을 목 베었습니다. 용머리가 구름 속에서 떨어진 것은 그 때문입니다."

태종은 듣고 보니 기쁘기도 하거니와 괴롭기도 하다. 자기 신하가 이렇듯 호걸이면 나라를 위해 마음 든든한 일이로되! 꿈에 용왕을 살려주기로 했으면서 이렇듯 처형당하게 했으니 말이었다.

태종은 그날 밤, 마음이 편치 못하고 몸도 찌뿌듯했다. 그러자 밤 10시쯤 되자 궁문 밖에서 울음소리가 난다. 태종이 겁을 내고 있노라니 꿈결같이 용왕이 나타났다. 손에 피 흐르는 머리를 들었다. 용왕은 큰 소리로,

"황제여, 내 목숨을 돌려달라. 자 돌려달라. 당신은 어젯밤에 살려준다고 하고서는 왜 내 목을 잘랐는가? 자, 나하고 같이 염라왕에게 가서 결판을 내달라"

하면서 태종을 붙잡아 흔들었다. 태종은 뿌리치느라 애를 쓰다가 잠이 깨었다.

이날 아침 여러 신하들이 궁문 앞에 나와 황제가 나오시기를 기
다렸으나 해가 높도록 소식이 없다. 이윽고, '나는 몸이 편치 않
으니 아침 인사를 그만두노라'는 분부가 내렸다.

며칠이 지났다.

황제를 뵙자는 신하들의 청을 듣고 태후로부터 전갈이 오기를,
"의원이 약을 드리고 있다. 신하들은 궁문 앞에서 기다리라."

이윽고 전의典醫가 나왔다.

"병은 어떠신가?"

"목숨이 며칠을 못 가실 것입니다."

신하들이 모두 놀라 어찌할 바를 모르는데,

"세 정승을 들라 하십니다"

하는 분부가 나왔다.

태종은 정승들에게 유언을 남겼다. 이때 위징이,

"폐하 마음 놓으십시오. 신에게 한 꾀가 있사옵니다."

"내 병은 이미 글렀다."

"여기 가져온 이 편지 한 통을 폐하께 올립니다. 명부冥府로 가
지고 가셔서 염라왕의 서기 최각崔珏이란 자에게 주십시오."

"최각이란 어떤 자인가?"

"선왕의 근위장近衛將이었사오며 나중에 예부시랑禮部侍郞이 된
자이옵니다. 그는 이 세상에 있을 때 신과는 의형제 간이었습니다.
지극히 친한 사이옵니다. 이 사람이 이미 저승에 가서 지금은 명
부에서 서기 노릇을 하고 있습니다. 신과는 꿈속에서 자주 만납니
다. 만일 이 편지를 그에게 주신다면 신과의 정의를 생각하여 반

드시 폐하의 목숨을 돌려줄 것입니다."

태종은 편지를 받고 소매 끝에 넣자 눈을 감고 이내 목숨을 거뒀다.

11

태종의 영혼은 오서五棲를 지나 어떤 벌판으로 나가게 되었다. 그랬더니 한 떼 군마軍馬가 그를 기다리고 있다가 그를 태우고는 길을 떠나는 것이었다. 한참 가더니 문득 군마는 온데간데없고 태종은 홀로 인적 없는 벌판을 헤매고 있었다. 허둥지둥하는 참에 누군지 부르는 소리가 있다.

"당나라 황제시여, 어서 오십시오."

소리 나는 쪽을 보니, 머리에 갓을 쓰고 허리에 뿔소뿔을 박은 띠를 둘렀으며 손에 코끼리 이빨 홀을 들고 능라주단 옷을 입은 남자 하나가 꿇어앉아,

"폐하, 마중 나가지도 못하고 실례가 많습니다"

한다.

"그대는 누군가?"

"저는 생전에는 선제先帝에게 벼슬하여 자주령磁州令이 되었다가 나중에 예부시랑이 된 최각이올습니다. 지금은 명부에서 서기 노릇을 하고 있습니다. 폐하께서 오늘 오실 것을 알고 여기서 기다리던 참입니다."

태종은 매우 기뻐하면서 얼른 부축해 일으키며,
"고맙군그래. 내 신하 위징이 그대에게 보내는 글을 가지고 왔는데 잘됐군"
하면서 편지를 꺼내주었다. 최각이 펴보니,
─제弟 위징은 삼가 최崔 노형老兄에게 문안드리옵니다. 지난 일을 떠올리면 아직 모습을 보는 듯합니다. 높으신 가르침을 받지 못함이 벌써 몇 해가 되오나 그 후 때때로 꿈속에서 이끌어주옴을 입고 비로소 형의 영전榮轉을 알고 있습니다. 하오나 명명冥明을 달리하는 터라 직접 뵈옵지 못함이 서러울 뿐입니다. 다름 아니옵고, 이번에 우리 주상主上께서 그리로 가시게 되옵는바, 바라건대 옛 정의를 살피시어 우리 주상을 사파 세상으로 도로 보내주시면 백골난망으로 여기겠나이다. 사례는 후일 올리겠나이다. 삼가 올리나이다─

보아달라는 이런 편지였다. 최 서기가 읽기를 마치고,
"위 군은 늘 내 가족을 잘 돌봐줍니다. 폐하, 마음 놓으십시오. 제가 기필코 폐하를 돌려보내겠습니다"
하는 것이었다. 태종이 고맙다고 치하하였다. 그러는데 이때 검은 옷을 입은 아이들이 깃발을 들고 다가와서 큰 소리로,
"염라왕이 부르시오"
하고 외쳤다. 태종은 최 서기와 아이를 따라갔다. 한참 가자, 앞에 성 하나가 나타났다. 성문에는,

幽明地府魂門關

일곱 자 금박 글씨로 큼지막하게 씌어져 있다. 아이는 깃발을 들고 앞서 성으로 들어갔다. 그러자, 선왕인 이연李淵, 죽은 형 건성建成, 동생 원길元吉이,

"세민世民이 왔다, 세민이 왔다"

하면서 나타났다. 건성, 원길 두 사람은 태종에게 달려들어 해치려고 한다.

마침 염라부의 졸개들이 두 형제를 쫓아주었다. 한참 가자 누가 이 나타난다. 휘황찬란하다. 태종이 기다리고 있자, 저쪽에 구슬소리가 울리고, 향기가 풍기면서, 이윽고 염라왕이 누각 계단을 내려, 이리로 오는 것이었다. 수인사를 나누고 삼라전森羅殿에 와서 자리를 잡고 앉았다. 이윽고 명부십왕冥部十王의 한 사람인 태광왕泰廣王이 태종에게 물었다.

"폐하께서는 구해준다고 하시고서 도리어 죽였다고 경하의 용왕이 고소를 했는데, 이건 어찌된 일입니까?"

태종은 그 일이면 겁날 것 없었다.

"나는 꿈에 늙은 용이 살려달라고 했을 때 분명 약속했소이다. 그런데 그 용은 내 신하인 위징의 손에 죽게 돼 있었소. 나는 위징을 불러 바둑을 두고 있는데 그는 꿈속에서 용을 베어버린 것이오. 이는 오로지 내 신하가 재주가 뛰어난 탓이었으니 낸들 할 수 있었겠소?"

십왕十王은 이를 듣자,

"그 용은 나기 전부터 남두성南斗星의 망자첩亡者帖에 위징 손에

죽기로 돼 있었습니다. 저희들도 잘 압니다. 이 용이 굳이 폐하를 재판해달라기에 이렇게 걸음을 시켜드렸습니다"
하면서 장부를 맡은 최 서기에게,
"곧 장부를 가져다 폐하의 사파 세상 목숨을 알아보라"
고 일렀다. 최 서기가 급히 사무실에 돌아가 '천하만국국왕천록첩 天下萬國國王天祿帖'을 꺼내 살펴보니 일정관십삼一貞觀十三 년이라 돼 있다. 최 서기는 얼른 붓을 들어 삼三 자를 위에다 그었다. 염라왕이 장부를 받아 보니 태종 이름 밑에 33년이라 적혀 있다. 깜짝 놀라면서 물었다.
"폐하는 자리에 오르신 지 몇 해가 되십니까?"
"13년이 되오."
"마음 놓으십시오. 아직 스무 해가 남았습니다. 이제 다 되었습니다. 사파로 돌아가주십시오."
태종은 그지없이 반가웠다. 염라왕은 최 서기에게 태종을 모셔 가라고 이른다. 태종은 염라왕에게,
"지금 우리 궁宮 사람들 안부를 알고 싶습니다."
"모두 평안하십니다. 헌데 누이동생께서 얼마 남지 않으셨습니다."
"그렇습니까? 아무튼 이런 폐를 끼치고 돌아가도 인정으로 보내드릴 만한 것이라곤 호박 같은 것밖에는 없습니다."
"좋습니다. 마침 이곳에는 호박이 귀합니다."
"그럼 돌아가면 보내드리지요."
그래서 서로 인사를 나누고 헤어졌다. 최 판관을 따라 길을 가

는데 오던 길과 다르다.

"길이 다르구먼."

"예, 폐하께 좀 구경을 시켜드리려고요."

태종은 할 수 없이 두 사람을 따라갔다. 그러자 앞에 높은 산이 나타났다. 먹구름이 드리우고 안개가 자욱이 서렸다.

"저건 웬 산인가?"

"저건 옹달산이라 합니다."

"험해 보이는군."

"저희들이 있으니 염려 마십시오."

태종은 두근두근하면서 산을 넘어갔다. 산을 넘어 조금 가니 관청이 여럿 있는데 어디서나 울부짖는 소리가 소름이 끼치게 한다.

"여긴 어딘가?"

"여기는 옹달산 뒤에 있는 18층 지옥이올습니다."

"18층 지옥이라니?"

최 서기가 걸어가면서 하나씩 일러주었다.

이윽고 다리가 나타나는데, 찬바람이 회오리치고 피거품이 다리 아래로 흐르는데 울부짖는 소리가 끊임없이 들린다. 태종은 궁금해서 물었다.

"이 다리는 웬 다린가?"

"네, 이 다리는 내하교奈何橋라고 합니다. 사파에 돌아가시거든 잘 전해주십시오. 이 다리는 길이가 몇 리가 되고 깊이는 천 길입니다. 손잡이도 없는 다리 밑에는 도깨비가 우글우글합니다. 보세요. 밑에 있는 죄인들은 이 다리를 건너가다가 떨어진 나쁜 인간들입니다. 날마다 밤마다 저 도깨비들이 달려들어 괴롭히지요."

태종은 더욱 겁을 내면서 최 서기를 따라 간신히 이 다리를 건너가자 이번에는 어떤 성곽이 나타났다.

그 성문을 들어서자,

"세민이 왔다. 세민이 왔다"

하는 소리가 난다. 태종은 간이 콩알만 해졌다. 본즉 허리가 부러진 사람, 팔이 부러진 사람, 머리가 없고 다리만 남은 죽은 자들이 가로막으며,

"내 목숨 내놔라. 내 목숨 내놔라"

하고 외치고 있다. 태종은,

"최 서기 살려주게, 살려주게"

하고 다급하게 외치고 있다. 최 서기는,

"폐하, 저들은 모두 지난 예순네 번의 싸움과 일흔두 번의 난리 때 한을 품고 죽은 자들로서 제사 지낼 사람도 없이 저렇게 헤매고 있습니다. 또한 용돈이나 노자도 없기 때문에 모두 외롭고 가난한 굶주린 귀신이 돼 있습니다. 폐하께서 얼마쯤의 돈을 베푸시면 큰 도움이 될 것입니다."

"빈손으로 왔는데 어떻게 돕겠는가?"

"폐하, 사파에 한 사람이 우리 명부에 얼마간 돈을 저금하고 있는 사람이 있습니다. 폐하 이름으로 돈을 빌리고, 여기서 이 사람에게 나눠주면, 폐하를 보내드릴 것입니다."

"그게 누군가?"

"하남댁 개봉부開封府에 사는 사람으로 성을 상相, 이름을 양良이

라 하며, 사파에 가셔서 돌려주시면 됩니다."

태종은 여부없이 차용증을 써서 최 서기를 주었다. 최 서기는 혼백들에게,

"이 돈은 너희끼리 고루 나눠가져라. 그리고 이 사람을 보내줘야 한다. 이 사람은 아직 목숨이 남은 사람이다. 나는 염라왕 분부로 이분을 사파에 보내드리는 길인데 돌아가시면 수륙대회水陸大會를 베푸시게 할 테니 더 말썽 부리지 마라."

혼령들은 이 말을 듣고서야 겨우 물러났다.

이윽고 위수渭水 강가에 이르렀다. 물속에 금붕어 한 쌍이 놀고 있는 것이 보였다. 태종이 그것을 들여다보고 서 있었다. 최 서기는 뒤에서 태종의 등을 밀었다. 첨벙하는 물소리와 더불어 태종은 물속에 빠졌다.

한편 당唐 나라 궁정에서는 신하들과 태자, 왕비, 궁녀들이 태종의 관을 지키고 앉아 있었다. 신하들은 태종이 죽었다는 발표를 하고 태자를 자리에 앉힐 의논들을 시작했다. 마침 이때 관 속에서 소리가 났다. 신하들이 놀라 관의 뚜껑을 열자 태종이 일어나 앉으면서,

"아아 이제 살았군, 명부에서 지금 오는 길이다"

하면서, 어떤 까닭으로 사파에 돌아오게 되었는지를 얘기해주었다. 신하들은 축하하며 물러갔다. 신하들이 모두 만세를 부른다. 태종은,

"염라왕에게 호박을 보내주기로 했으니 호박을 가지고 명부에 갈 사람을 구해보라"

고 이르면서 대사령大赦令을 발표했다. 옥중에 있는 죄인을 모두 풀어주고 호남湖南 개봉 사는 상양相良에게 빚을 갚아주었다.

　방을 붙인 지 며칠 되자 명부에 호박을 가져가겠다는 사람이 나타났다. 균주均州 사람으로 성을 유劉, 이름을 전全이라 하는 부자였다.

　처 이취련李翠蓮이 하루는 찾아온 중에게 문간에 나가 꽂고 있던 금비녀를 뽑아준 것을 알고 유 씨가 몹시 꾸짖었다. 아내 이 씨는 이를 분히 여겨서 목을 매어 죽고 말았다. 남은 아이 둘은 밤낮으로 울어댄다. 유전은 견디다 못해 이럴 바에는 자기도 죽는 게 낫겠다 싶어서 기왕이면 나라의 일을 맡아가지고 저승으로 가기로 한 것이다. 그는 서울로 가서 관청에 고했다.

　태종은 이 말을 듣고 곧 유를 불러 본 다음 그를 금정관金亭館으로 보냈다. 그런 다음에 머리에 호박 두 개를 얹고, 소매 속에 종이 돈을 넣어주고 약을 마시게 했다. 이렇게 해서 유전은 이승을 떠났다. 그는 혼백을 머리에 얹고 혼문관魂門關에 이르렀다. 문지기에게 온 뜻을 알렸다.

　유전은 곧바로 삼라전森羅殿으로 불려갔다.

　유전은 염라왕에게 호박을 바치면서,

　"태종 황제의 심부름으로 멀리 호박을 가지고 왔습니다. 염라왕의 만수무강을 비나이다"

하고 말했다.

　염라왕은 크게 기뻐하면서,

　"약속을 지켜주었군"

하고 칭찬한다.

　호박을 받고 난 염라왕은 유전에게 이름과 고향을 묻는다.

　유전은,

　"균주성에 사는 평민으로 성을 유, 이름을 전이라 합니다. 제 아내 이 씨가 아이들을 남겨놓은 채 목을 매어 죽었으므로 저는 집과 아이들을 버리고 나라의 도움이 되려고 염라왕에게 보내는 호박을 맡아가지고 이승으로 온 것입니다."

　염라왕은 이 말을 듣고 곧 부하를 시켜 아내 이 씨의 혼백을 불러다 유 씨를 만나보게 하는 한편 염라 장부를 뒤져보니 이 두 사람은 아직 목숨이 많이 남아 있다.

　염라왕은 화가 나서,

　"이게 어찌 된 일이냐?"

하고 부하들을 꾸짖었다. 그러나 어찌할 수 없어서 다시 사파로 돌려보내게 됐다. 그런데,

　"유 씨 아내 이취련은 명부에 온 지 오래되어 몸이 이미 없어졌습니다. 혼백을 어디다 돌려주어야 좋겠습니까?"

하고 맡은 부하가 물었다. 염라대왕은,

　"태종의 누이동생 이옥영李玉英은 이제 목숨이 다했다. 그리 몸을 빌려 혼백을 돌려주라"

하고 일렀다. 부하는 곧 유전 부부를 데리고 명부를 떠났다.

12

 명부의 사자는 유전 내외를 데리고 장안에 오자, 먼저 유전의 혼백을 금정관에 있는 그의 몸에 집어넣고 취련의 혼백을 가지고 왕궁 안뜰로 들어갔다. 이때 옥영 공주가 뜰을 거닐고 있는 모습이 보였다. 사자는 공주의 가슴을 밀어 넘어뜨린 다음 그 혼백을 들어내고 취련의 혼백을 옥영의 몸에 집어넣었다.
 뒤따르던 시녀들은 공주가 넘어지면서 숨이 넘어가자 황급히 왕후에게 가서 일렀다.
 "공주께서 넘어지시면서 돌아가셨습니다."
 왕후는 놀라 곧 태종에게 알렸다. 태종은 끄덕이면서,
 "사실이었군, 내가 염라대왕에게 일가친척의 안부를 물었더니, 여동생이 곧 저승으로 가리라 하더니 그 말대로군"
 하고 한숨지었다. 태종이 신하들을 데리고 공주가 누워 있는 데로 갔다. 그러자 공주가 움직이기 시작했다.
 태종은 가까이 가서 공주의 머리를 짚으면서,
 "정신 차려, 정신 차려"
 하고 불렀다. 공주가 벌떡 일어나면서,
 "여보 같이 가요"
 한다. 태종이,
 "누이야, 우리가 여기 있는 걸 알겠느냐."
 공주는 뚫어지듯 쳐다보면서,
 "댁은 누구요?"

"네 오라비야. 언니도 여기 있지 않느냐?"

"내 오빠, 언니가 어디 있단 말이요. 내 성은 이 씨, 이름은 취련, 남편은 성이 유 씨, 이름이 전이고 균주 사람이오. 내가 석 달 전 문간에서 스님에게 시주를 했더니 우리 남편이 함부로 문간에 나간다고 꾸짖기에 내가 목을 맸단 말씀이오. 이번에 남편이 임금의 명령으로 명부에 호박을 가지고 왔더니, 염라대왕이 동정해서 우리 내외를 사파 세상에 돌려보내줬어요. 우리 집 사람을 따라오다가 넘어졌더니, 당신들이 와 있잖아요. 당신들 왜 이러는 거요?"

태종은 이 말을 듣자 신하들에게,

"누이는 아마 넘어지면서 머리를 상한 모양이야. 알 수 없는 소리만 하는군"

하고 의사를 시켜 약을 준비하게 하고 방으로 데려가라고 일렀다. 태종이 자기 방에 돌아와 앉아 있노라니, 숙직하는 신하가 와서,

"아룁니다. 호박을 가지고 간 유전이란 자가 지금 소생하여 문밖에 와 있습니다."

태종은 크게 놀라 곧 유전을 불러들여 까닭을 물었다.

유전이 말하는데,

"제가 호박을 이고 곧바로 혼문관魂門關에 이르러 삼라전森羅殿에 가서 염라왕을 뵙고 호박을 드렸더니 염라대왕께서는 매우 기뻐하시면서 폐하께 치하를 하였습니다. 그리고 이름, 고향을 묻기에 제가 아내가 목 맨 일에서부터 호박을 가져오게 된 까닭을 여쭈었더니, 염라왕은 곧 제 아내를 불러 만나보게 해주시고, 장부를 보

시더니 우리는 아직 목숨이 있다고 하시면서 돌려보내주셨습니다. 제가 앞서고 아내가 따라왔는데, 지금 어디 와 있는지 모르겠습니다."

태종은 놀라면서,

"염라왕이 그대 아내에 대해 한 말이 없는가?"

"없습니다. 그저 부하가 이취련은 명부에 온 지 오래어 주검이 없노라니까 염라왕이 이옥영이 이제 목숨이 다했으니 옥영의 유해를 빌려 취련을 되살리기로 하자고 하더군요. 저는 이옥영이 누군지 모릅니다."

태종은 이 말을 듣자 기뻐하며 신하들에게,

"내가 염라왕과 헤어질 때 염라왕이 누이 목숨이 오래지 않다더니 옥영은 아까 나무 밑에서 넘어져 죽었다. 다시 깨어난 후에 하던 말이 이 유 가가 하는 말과 틀림이 없다"

하니 위징이,

"주검을 빌려 혼백을 보낸 것입니다. 공주를 이 자리에 불러 만나보게 함이 어떨까요?"

태종이,

"지금 올 수 있을는지"

하고 사람을 시켜 오게 했다.

공주는 이때 안에서 소리를 고래고래 지르고 있었다.

"우리 집? 우리 집은 더 깔끔하지. 황달 걸린 것처럼 이런 누렁투성이 집이 아니란 말이야. 날 내보내줘요, 제발."

거기에 마침 심부름꾼들이 이르러 억지로 태종 앞으로 데려왔

다. 태종이,

"그대는 남편을 보면 알겠는가?"

"아니 제 남편 모를 여편네가 어디 있겠어요. 우린 어려서 결혼하고 자식까지 있는데, 알고 모르고가 어디 있단 말이오."

태종은 시녀들에게 공주를 부축해서 내려가게 했다. 계단을 내려서자 유전이 서 있다. 공주는 유전에게 달려들며,

"당신은 왜 여기 와 있소? 대체 어찌된 영문이오?"

유전은 말투는 아낸데 얼굴은 딴사람이니 어쩔 줄 몰라 할 뿐이다. 태종이,

"이야말로 하늘의 조화로다"

하고는 곧 시집보내는 살림을 마련하여주고, 유전에게 부역하는 일을 면제해주면서 공주를 데리고 고향에 가라고 일렀다. 내외는 수없이 절을 하고는 기쁨에 넘쳐 고향으로 돌아갔다.

한편, 왕의 명으로 위지공尉遲公은 돈을 가지고 하남 땅 개봉開封으로 상양相良이라는 사람을 찾아갔다. 그는 물장수가 일이고, 아내 장張 씨는 처마 밑에 옹기 따위를 놓고 장사를 하며 산다. 먹는 일 말고는 돈이 조금이라도 남으면 중에게 시주를 하거나 지전을 사다가 가난한 장례를 지내는 사람에게 나눠주는 것이었다. 그러니 이 행실에서 선과善果를 얻어, 이승에서는 가난꾼이지만 저승에서는 황제도 돈을 꾸어 쓰는 부자였던 것이다.

위지공은 금은을 이 상양네 가게에 실어 들였다. 깜짝 놀란 내외가 얼이 빠져 있는데 고을의 군졸들이 나와 가게를 첩첩 둘러싸고 들어선다. 내외는 땅바닥에 엎드려 그저 머리를 조아릴 뿐이다.

위지공은,

"노인네, 자 일어서시오. 나는 황제의 심부름꾼으로 당신에게 돈 갚으러 온 사람이오"

하니 상양은 기어드는 목소리로—

"저는 아무한테도 돈을 꾸어준 적이 없습니다."

"당신은 이승에서는 가난한 사람이오. 허나 저승에는 곳간에 그득 가진 부자라오. 우리 황제가 살아오실 때 최 서기를 보증 세우고 저승에서 당신의 금은 한 곳간어치를 빌려 쓴 것입니다. 여기 어김없이 가져왔으니 받으시오. 그래야 내 일을 마치겠소."

허나 상양 부부는 그저 손만 싹싹 비비면서 받으려 하지 않았다.

"그런 것을 받으면 우리 목숨이 온전치 못할 것입니다. 지전紙錢을 태웠기로서니, 그건 저승에 가서 받을 돈이 아니겠습니까? 황제께서 제 돈을 꾸었다는 증거도 없습니다. 그러니 죽을망정 못 받겠습니다"

하고 굳이 사양하므로 위지공은 할 수 없이 황제에게 글을 보냈다. 태종은 이를 보고,

"참으로 보기 드문 사람이군"

하고 즉시 상량을 위해 절을 짓고 묘를 만들어주고 스님을 불러 경을 읽게 하여 돈에 맞먹는 보답을 하라고 일렀다. 이 글을 받은 위지공은 곧 땅을 사서 공사를 시작하여 절을 짓고 '칙건勅建 상국사相國寺'라 이름 붙이고 내외의 묘를 짓고 비를 세웠다. 이것이 즉, 대상국사大相國寺의 내력이다.

한편, 태종은 신하들과 더불어 스님을 불러 수륙대회水陸大會를

열고 외로운 혼백을 위로하기로 했다. 모든 고을의 수령 장관들은 각기 이 대회에 참가할 덕 높은 스님을 천거했다. 이렇게 해서 한 달쯤 될 무렵 세상의 이름 높은 스님들이 모두 장안으로 모여들었다. 태종은 위징을 비롯, 세 신하에게 불사佛事를 맡겼다. 위징은 모여든 스님들 가운데서 가장 뛰어난 스님 한 사람을 뽑아냈다.

이 스님은 누구였을까?

다름 아닌, 서방西方 김선장노金禪長老의 전생轉生이며, 어릴 적 이름을 강유江流, 법명을 현장 선사라 하는 스님이다.

현장은 들어가 황제와 만났다.

황제는,

"그대는 대학사大學士 진광예의 아들이 아닌가?"

현장은 머리를 조아리며,

"그러합니다."

태종은 기뻐하며,

"잘 골랐군. 그대에게 천하대천도승강(天下大闡都僧綱, 천하의 모든 뛰어난 스님을 다스리는 자리) 벼슬을 주노라"

하고 말했다. 그리고 날을 잡아, 화생사化生寺에 가서 경經을 개연開演하라고 일렀다.

현장이 설법하는 날이 오자, 여래의 뜻을 받아 서방으로 경을 가지러 갈 사람을 찾고 있던 관세음보살은 이 자리에 제자 혜안을 데리고 나타났다.

보살이 살펴보니 틀림없는 명지금선明智金禪이다. 현장이 한자리 설법을 마치자, 보살은 큰 소리로 외쳤다.

"여보시오 스님. 당신은 소승법小乘法만 풀고 있는데 대승법大乘法은 모르시오……"
현장은 이 말을 듣자, 앉은자리에서 내려오면서,
"노사老師, 부끄럽습니다. 저는 대승법은 모릅니다."
"내게는 대승의 불법삼장佛法三藏이 있어, 괴로워하는 자를 괴로움에서 풀어주며, 무량수無量壽를 닦아 오지도 가지도 않는 공空을 이루게 할 수 있소."
이때 경비를 보던 관원이 이들을 보고 방해꾼인 줄 알고 태종 앞으로 끌고 갔다.
"그대들은 왜 내 스님의 설법을 방해하는가?"
"저 스님의 설법은 소승의 법으로 이 세상 괴로움을 풀 수 없소이다. 빈승은 대승불법삼장大乘佛法三藏을 가지고 있소. 이 법은 모든 괴로움을 벗고 무량수신無量壽身을 얻게 할 수 있소."
태종은 크게 기뻐하면서,
"그대가 말하는 대승불법은 어디 가면 구할 수 있는가?"
"서방, 천축天竺의 대뇌음사大雷音寺에 계시는 여래불이 가지고 계시오."
"그대는 그것을 외우고 있는가?"
"그러하오."
태종은 크게 기뻐하면서, 설법하기를 청했다. 보살은 단상에 오르자 구름을 일으켜 혜안과 같이 하늘 높이 솟아올랐다. 관세음이 본모습대로 손에 정병淨瓶과 수양버들 가지를 들고, 제자인 목차木叉 혜안은 손에 입발拉拔을 짚고 시봉侍奉하고 서 있는 것이었다.

모든 사람이 '나무관세음보살'을 외면서 합장한다. 보살은 차츰 멀어지고 이윽고 사라진 다음에 하늘에서 종이 한 조각이 떨어져 내리는데 그곳에 씌어져 있기를,

— 당나라 황제에게 주노라. 서쪽에 높은 글이 있느니라. 길은 10만8천 리. 이 경을 가져오면 그대 나라에 크게 이로울 것이다. 가서 가져오기를 소원하는 자 있으면 정과正果를 얻어 부처가 되리라 —

태종은 이를 보자, 신하들과 중들에게 이 대회를 여기서 끝맺을 것과, 사람을 보내 대승경을 가져온 후 다시 모임을 가지겠다고 발표했다. 그러고는 곧 모인 스님들에게,

"서쪽에 가서 부처를 만나고 경을 가져올 사람이 없는가?"
고 물었다. 현장이 곧 나오면서,

"제가 덕이 없사오나, 가기를 바랍니다."

태종은 현장을 일으키면서,

"나는 그대와 형제의 의를 맺겠다"
하고 말했다. 현장은,

"만일 경을 가져오지 못하면 결코 돌아오지 않겠습니다"
하고 불전에 나가 맹세했다.

날을 잡아 떠나기로 하고, 황제는 궁전으로 현장은 홍복사洪福寺로 돌아왔다. 그러자 제자들이 모여 와서 서로 말했다.

"스승님, 듣자 하니 서쪽으로 가는 길에는 사나운 짐승이며 귀신들이 많다고 합니다. 걱정이 됩니다."

"나는 경을 얻지 못하면 돌아오지 않으리라고 맹세했다. 내가

떠나고 난 후 산문山門의 소나무가 동쪽을 향하면 내가 올 것이다."

이튿날 태종은 여러 신하를 모아놓고 현장에게 줄 통행 허가에 도장을 찍었다. 그때 신하가 들어와 아뢰었다.

"문밖에서 현장법사가 분부를 기다리고 있습니다."

태종은 곧 현장을 불러들여,

"오늘 떠남이 좋겠다. 오늘은 길일吉日이라 한다. 이것은 통관通關하는 허가장이다. 또한 내가 가지고 있던 자금紫金의 밥그릇을 주리라. 탁발하는 데 쓰라. 그리고 종을 둘, 타고 갈 말 한 필, 그리고 관세음보살이 남기고 간 가사를 그대에게 주리라."

현장은 모두 고맙게 받았다.

태종은 수레를 타고 신하들과 더불어 관문 밖까지 전송을 나왔다. 홍복사 대중도 모두 와서 기다린다. 이렇게 해서 여러 사람이 송별하는 가운데 현장은 서쪽으로 가는 길을 떠났다.

13

삼장三藏의 일행은 길 떠난 지 며칠 만에 하주위河州衛라는 고을에 닿았다. 여기는 당나라 국경이다. 고을 벼슬아치며 스님들이 나와 길잡이를 해주면서 복원사福原寺에 머물게 하는 것이었다. 이튿날 닭이 우는 소리와 함께 일어나서 종을 깨우고 말을 끌어내어 길을 떠나, 국경을 넘어섰다.

일행 세 사람은 길을 재촉해 가는 중에 산 하나에 이르렀다. 수풀을 헤치며 가는데 매우 험하다. 한참 고생하고 있자니 갑자기 발밑 땅이 꺼지면서 세 사람은 구덩이 속으로 떨어졌다.

삼장이 어쩔 줄 모르고 있는데,

"붙잡아라"

하는 소리가 나고 바람이 일어나더니 오륙십 마리 요괴들이 나와서 삼장과 종들을 끌어간다. 삼장이 떨면서 살펴보니 흉악한 마귀가 앉아 있다. 마귀가,

"묶어라"

하고 외치니 요괴들이 달려들어 세 사람을 묶어버렸다. 이때 웅성거리는 소리가 나더니 전갈이 온다.

"곰 나으리와 소 선비가 오셨습니다."

먼저 들어오는 놈은 시커먼 놈이고 뒤따르는 자는 뚱뚱보다. 마왕魔王이 얼른 마중한다. 시커먼 놈이 묻기를,

"이 세 마리는 어떤 것들이오?"

마왕이,

"절로 굴러들어왔군."

뚱뚱보가 웃으며,

"한턱 쓰려우?"

"아무렴."

검둥이가,

"한 마리는 남겨놓고 두 마리만 먹지."

마왕은 졸개들을 불러 두 종의 배를 가르고 심장을 들어내더니

서유기西遊記 397

몸뚱이를 잘게 썰게 하는 것이었다. 그리고 머리와 심장을 손님에게 내놓고 손발을 제가 먹고 남은 살과 뼈를 졸개들에게 내줬다. 순식간에 해치우는 것이었다. 삼장은 하마터면 까무러칠 뻔했다.

날이 새자 손님 마귀들은 돌아갔다. 삼장이 정신없이 떨고 있는데 문득 한 노인이 지팡이를 짚고 나타났다. 다가와서 지팡이를 한 번 휘두르니 밧줄이 모두 끊긴다.

"노인 고맙습니다."

"일어서시오. 잃어버린 것 없소?"

"종 두 사람은 요괴들이 먹어버렸습니다. 말과 짐은 어찌 됐는지?"

노인은 지팡이로 가리키며,

"저기 말 한 필에 짐 둘이 있군."

삼장이 돌아보니 제 물건이다. 달리 없어진 것은 없는 모양이다.

"노인, 여기는 어디고 또 저 요괴들은 웬 것들입니까?"

"여기는 쌍차령雙叉嶺이란 곳으로 호랑이 굴에 빠졌소. 검정 요물은 곰이 변한 것이구 뚱뚱한 것은 들소가 변한 요물이오. 졸개들도 모두 산짐승들이 변한 것들이구. 따라오시오. 길을 알려드릴 테니."

삼장은 보따리를 말에 싣고 고삐를 끌면서 노인을 따라 굴을 빠져나와 길로 나왔다. 말을 길가에 세우고 돌아보니 노인은 한 마리 학을 타고 멀리 날아가버린다. 종이 한 장이 바람결에 떨어져 오는데 거기에,

―나는 태백성太白星이오. 당신을 구하러 온 길이었소. 굽힘 없

이 나가면, 돕는 이가 많을 것이오. 어렵다 하여 경을 원망치 말라—

삼장은 태백성을 향해 인사를 드리고 말고삐를 잡고 혼자 터벅터벅 다시 길을 떠났다. 반나절쯤 가도 마을이 보이지 않는다. 시장기는 더해오고 산길은 험하다. 이때 앞에서 호랑이 두 마리가 길을 막아선다. 삼장은 이제 죽었구나 싶었다. 이때 마침 사냥꾼 한 사람이 호랑이를 쫓아버렸다. 그러고는 다가와서,

"저는 이 산에 사는 백흠伯欽이라는 사냥꾼입니다."
하면서 삼장을 이끌어 산을 내려갔다. 고개에 접어들자 바람 소리가 들린다.

백흠은,
"저 호랑이 놈이 또 나타나는군요. 여기서 잠깐 기다리십시오."
백흠은 한참 만에 송아지만 한 호랑이 한 마리를 끌고 나타났다.
"자 가십시다."
고개를 넘자, 백흠의 집이 나타났다. 백흠은 들어서면서 제 어머니에게,
"이분은 서쪽으로 경을 가지러 가는 스님입니다"
하고 알려주었다.
"잘됐군. 내일이 네 아버지 제삿날인데 스님에게 경을 부탁드리자꾸나"
하면서 늙은 여자는 기뻐한다. 저녁밥을 먹고 잠이 들었다. 이튿날 아침이 되자 온 집안이 함께 제사상을 마련하고 삼장에게 경을 부탁하는 것이었다. 정성스레 경을 읽어주었다.

이렇게 해서 하루가 또 지나가고 다음 날이 됐다. 백흠의 아내가 남편더러 하는 말이,

"여보, 엊저녁 꿈에 아버님이 오셔서 말씀이, 나는 명부에서 지옥에 떨어져 고생하다가 귀한 스님이 경을 읽어주신 덕분에 구함을 받았다, 그런데 염라왕이 나를 중국 땅 어느 부잣집에 다시 태어나게 해주었어. 스님을 잘 공양해드려라 하시더니 깨었는데 꿈이 아니겠어요?"

백흠이 이 말을 듣고,

"나도 당신과 같은 꿈을 꾸었소. 일어나 어머니한테 말씀드립시다."

어머니한테 가서 여쭈었더니, 어머니 역시 같은 꿈을 꾸었다 한다. 노모는 삼장에게,

"스님 고맙습니다. 경을 읽어주신 덕분에 제 남편이 구함을 받았습니다."

삼장이,

"모두 경의 힘입니다."

세 사람은 꿈 이야기를 삼장에게 하면서 돈을 내놓았다. 삼장은 받지 않고,

"정 그러시다면 잠깐 나를 바래다주면 고맙겠소."

백흠은 곧 길 떠날 차비를 하고 양식을 갖춰 말에 실은 다음 종 몇을 데리고 길잡이로 나섰다. 반나절쯤 가자 앞길에 높은 산이 또 나선다. 중허리쯤 오니 백흠은 물러서면서,

"스님, 여기서부터는 혼자 가십시오."

"미안하지만 좀더 가줄 수 없겠는가?"
"모르시는 말씀. 이 산 너머 짐승은 제가 다스리지 못합니다. 그러니 제가 가도 소용이 없습니다."
삼장은 더욱 놀랐으나 할 수 없이 백흠에게 작별 인사를 했다. 서로 인사를 나누고 있는데 산기슭 쪽에서 천둥치듯 하는 소리가 들려왔다.
"내 스님이 오셨다. 내 스님이 오셨다!"
삼장과 백흠은 얼이 빠져 서 있었다.

14

삼장과 백흠이 어리둥절하고 있자니 또다시,
"스님, 잘 오셨습니다"
하는 소리. 종들이,
"저건 필시 산 밑에 있는 원숭이임에 틀림없습니다."
백흠도 그제서야,
"응, 그 작자가 틀림없어, 그 작자야."
삼장이,
"원숭이라니?"
"이 산은 원래 오행산五行山이라 했는데, 중국 황제가 양계산兩界山이라 고쳤습니다. 예전에 하늘에서 산이 떨어져내리면서, 그 밑에 원숭이 한 마리를 눌러뒀다 합니다. 추위도 더위도 타는 일 없고, 토지신土地神이 지키고 있는데, 배고프면 쇳덩이를 먹이고, 목이 마르다면 쇠 끓인 물을 마시게 합니다. 그래도 굶어 죽지도 않고 살아왔사옵니다. 저 소리는 필시 그놈입니다. 가서 봅시다."

삼장이 백흠을 따라 내려가니 과연 원숭이 한 마리가 산에 깔려 있다. 원숭이는 머리와 손을 내저으면서 말한다.

"스님, 얼마나 기다렸다고요. 잘 오셨습니다. 제발 저를 꺼내주세요. 당신을 모시고 서천西天으로 갈 테니까요."

삼장이 다가서서 보니 삐죽 나온 입에 움푹한 볼, 눈알은 붉게 번쩍인다. 머리에는 이끼가 앉았고 귓구멍은 칡덩굴이 덮였다.

머리털은 풀숲 같고, 턱수염 아닌 쑥대가 자랐다.

백흠은 다가서면서, 머리카락이며 턱 언저리의 풀을 쳐주면서 물었다.

"무슨 할 말이 있는 모양이군."

원숭이는,

"저 스님을 이리 오시라고 해주구려. 좀 여쭐 일이 있어서."

삼장이,

"나한테 물을 일이라니?"

"당신은 당나라 황제의 청으로 서천으로 경을 가지러 가는 길 아닙니까?"

"그렇다."

"나는 5백 년 전 천궁天宮에서 좀 솜씨를 보여준 제천대성齊天大聖이란 자인데, 여래님이 나를 여기 가둬버렸습니다. 그분 말씀으로 보살께서 경 가지러 갈 스님을 구하러 당나라로 가는 길에 제가 제발 살려달라고 말씀드렸더니, 보살님 말씀이—너는 불법佛法에 들어와 경 가지러 가는 사람을 거둬 서천에 가서 부처님을 뵈어라, 그리하면 반드시 좋게 되리라, 이러시는군요. 그래서 스님께서 오시면 살려달라자고, 이렇게 기다려왔습니다. 저는 스님 제자가 되어 경 가지러 가시는 길을 모시고 가겠습니다."

삼장이 말을 듣고 기뻐하면서도,

"그대에게 그런 착한 마음이 있어도 나는 도끼도 없고, 끌도 없으니 어찌 그대를 살려내겠는가?"

한즉 원숭이는,

"없어도 됩니다. 이 산꼭대기에 여래님이 붙여놓은 종이쪽지가 있으니 가서 그걸 뜯어주시면 됩니다. 그러면 제가 여기를 나갈 수 있습니다."

삼장이 백흠에게,

"산꼭대기로 안내해주시겠소?"

부탁하니 백흠은,

"정말인지 알 게 뭡니까?"

"정말입니다. 결코 거짓말 안 합니다."

원숭이가 버럭 소리를 지른다. 백흠이 삼장을 이끌어 산을 올라갔다. 꼭대기에 와보니, 말대로 네모난 바위에 종이 한 장이 붙어 있다.

삼장은,

"제자 현장이 지금 경 가지러 갑니다. 과연 저 원숭이와 사제될 인연이 있으면 종이가 떨어져 원숭이를 구하여 영산靈山에 같이 가서 증과證果를 얻게 하고, 만일 저자가 흉한 괴물이면 종이가 떨어지지 말게 하사이다"

하면서 바위에 다가서 종이에 손을 댔다. 하자, 향기로운 바람이 슬며시 일면서 종잇장이 하늘로 떠오르면서 소리가 나기를,

"나는 대성大聖을 지키던 자로다. 오늘 그의 벌이 끝났으니, 나는 돌아가니 종이를 여래께 돌리리로다."

삼장과 백흠은 깜짝 놀라 합장한다. 두 사람은 산을 내려가, 원숭이에게로 가서 말했다.

"종이가 떨어졌다. 나올 수 있겠느냐?"

원숭이는 기쁜 나머지 고함을 지르면서,

"스님, 잠깐 비켜주세요. 놀라지 마시고."

백흠은 삼장과 종들을 데리고 오던 길을 돌아갔다. 예닐곱 리쯤 갔을 때 또 원숭이 소리가 들린다.

"좀더 떨어져주십시오!"

일행은 꽤 걸어서 산기슭까지 왔을 때 쿵 하는 소리가 났다. 산이 무너지는 소리 같다.

본즉, 원숭이는 벌써 삼장 앞에 와 있다. 맨몸뚱이로 무릎을 꿇고,

"스님, 나왔습니다"

하고 삼장에게 사배四拜하고는, 이번에는 백흠에게,

"여보, 우리 스님을 모셔오느라 수고했소. 내 얼굴 덩굴까지 뽑아주고."

깍듯이 인사치레를 하고는 잽싸게 짐을 말에 메우고 있다. 말은

절에 간 색시처럼 고분고분하다. 원래 하늘에서 벼슬이 필마온弼馬溫이라, 천상天上의 용마龍馬들을 다루던 솜씨니 그럴 만하다.

삼장이 원숭이를 지켜보니, 마음 씀씀이가 시원하고 착하다. 그래서,

"제자야, 그대 이름은 무엇인가?"

"손이라 합니다."

"그러면 내가 법명法名을 지어주지."

"저는 본디부터 법명이 있습니다. 오공이라 합니다."

삼장이 기뻐한다.

"그건 내 가르침에서 보더라도 더없는 이름이군. 그런데 그대 모습은 아주 귀염성스러우니 행자行者라 덧붙이면 어떤가?"

"좋구말구요, 좋구말구요."

이때부터 오공은 손행자孫行者라고도 불리게 된다.

백흠은 삼장에게,

"스님 마침 좋은 제자가 생겨서 다행입니다. 이분이면 모시고 가겠지요. 그럼 저는 여기서 돌아가렵니다."

삼장은 다시 치하하고 백흠을 보냈다.

오공은 삼장을 말에 태우고 자기는 말고삐를 잡고 벌거벗은 알몸으로 우쭐우쭐 걸어갔다.

한 많은 양계산兩界山을 거의 넘어갈 무렵, 갑자기 호랑이 한 마리가 으르렁거리면서 뛰어나왔다. 삼장이 말 위에서 혼비백산해 있는데 오공은 싱글벙글한다.

"스님, 겁내지 마십시오. 놈은 저한테 옷을 가져왔군요."

오공은 짐을 내려놓고, 귓구멍에서 바늘 한 개를 꺼내더니 휙휙 저었다. 그러자 팔뚝만 한 쇠몽둥이가 된다. 그것을 꼬나잡으면서,

"이 보물도 한 5백 년 묵혔는데, 어디 한 번 옷 한 벌 입어보실까?"

그는 성큼성큼 호랑이 앞에 다가서더니,

"이놈아! 움직이지 맛!"

하고 버럭 소리 질렀다. 하자, 호랑이는 엎드린 채 꼼짝을 못 한다. 머리통을 단번에 내리치니 골이 튀어나오고 이빨이 부서져나간다.

삼장이 깜짝 놀라 말안장에서 굴러떨어지면서,

"아니, 어제 백흠이 호랑이와 싸울 때도 한참은 걸렸는데, 싸우지도 않고 단번에 박살을 내다니"

하고 그저 기막혀한다.

오공이 호랑이를 끌고 와서

"스님, 잠깐 기다려주십시오. 놈의 옷을 벗겨서 입고 갈 테니깐요" 한다.

어쩌는가 보고 있자니, 제 털 한 오라기를 뽑아 훅 입김을 쐬면서, "바꾸어라."

외쳐서 식칼을 만들어가지고는 호랑이 껍질을 벗겼다. 대가리며 다리 쪽은 잘라버리고 네모지게 해서는, 그걸 또 두 동강을 내어 한 장을 집어넣고 다른 한 장을 허리에 두른 다음, 칡덩굴을 끊어다 단단히 잡아맨 다음 호기 있게 말했다.

"스님, 자 갑시다. 인가를 만나면 바늘과 실을 빌려 꿰매지요."

그는 쇠몽둥이를 바늘만 하게 줄여 귓구멍에 집어넣었다. 그러고는 짐을 지고 스님을 말에 태워놓고 앞장을 선다.

"오공아, 아까 호랑이를 잡은 쇠몽둥이는 어디다 됐느냐?"

오공이 웃으면서,

"스님께선 모르실 테지요마는, 제가 쓰던 몽둥이는 동해 용궁에서 가져온 물건입죠. 천하진저신진철天河鎭底神珍鐵, 혹은 여의금봉如意金棒이라고도 합지요. 옛날 천궁에서 설쳤을 때는 이놈을 가지고 단단히 한몫 봤습니다. 크게 하고 싶으면 크게, 작게 하고 싶으면 작게, 이쪽 몸에 맞게 바뀐답니다. 아까 바늘만 하게 줄여가지고 귓속에 넣어뒀는데 쓸 때는 또 꺼냅니다."

삼장이 마음 든든해지면서 또 물었다.

"아까 호랑이가 너를 보더니 움직이지 않은 까닭은 무엇이냐?"

"호랑이건 용이건 저한텐 함부로 못 합니다. 이 손 선생은 용을 꿇어앉히고 호랑이를 마음대로 부리며, 강물을 뒤엎고 바다를 휘젓는 솜씨를 가졌습죠. 크자면 누리를 저울질하고, 작자면 털오라기가 됩니다. 바뀜이 수없고 들고 남이 짐작 밖이라 이따위 호랑이쯤."

삼장이 이 말을 듣고 더욱 마음이 놓이면서 홀가분하게 말을 재촉했다. 어느덧 저녁놀도 스러지고, 갈고리 같은 초승달이 땅거미 진 하늘에 환하다. 오공이 하늘을 쳐다본다.

"날이 저물었어요. 저기 나무 우거진 데가 집인가 봅니다. 어서 가서 하룻밤 묵어갑시다."

삼장은 그 집 뜰 앞에 말을 세우고 내려섰다. 오공은 짐을 부리고 문간으로 가서,
"여보세요, 여보세요"
하고 외친다. 안에서 노인 한 사람이 지팡이를 짚고 나와 문을 열었다. 그러자, 오공의 형상인즉, 허리에 호랑이 가죽을 두르고 두억시니 같은지라, 엉덩방아를 쿵덩 찧으면서,
"도깨비야, 도깨비야!"
정신없이 소리친다. 삼장이 다가가서 노인을 붙들며,
"노인장, 겁내지 마세요. 소승의 제자올시다. 괴이한 사람이 아니외다."
노인이 낯을 들어보니 훤한 스님 한 분이다. 그제서야,
"어디서 온 스님이시오. 이런 흉물을 데리고 오시게"
하는 것이었다. 삼장이,
"이 중은 당나라에서 온 사람으로 서천에 경 가지러 가는 길입니다. 우연히 이곳을 지나다가 날이 저물어 하룻밤 묵어가려 합니다. 내일 새벽에 떠나겠으니, 부디 거둬주십시오."
"당신은 당나라 사람이겠지만, 저 험한 작자는 아니겠지요."
이 말을 듣자, 오공이 버럭 소리를 질렀다.
"이 늙은이가 눈뜬장님이구나. 이분은 내 스님이구, 나는 제자야. 내 이름은 제천대성, 본시 이 양계산에 눌려 있던 몸, 잘 봐."
그제서야 노인이,
"그러고 보니 그렇군. 헌데 어찌 풀려났소?"
오공이 일러주자, 그제서야 노인은 그들을 안으로 청해 들였다.

노인이 차를 내놓으면서 물었다.

"대성大聖 나으리, 당신도 연세가 많으시겠소."

"당신은 몇 살이오?"

"백서른 살이오."

"내 증증손자군. 내 태어난 적은 알지도 못하겠고, 산 밑에 깔려 지낸 지도 5백 년쯤 되네."

"그럴 터요. 내 할아버지가, 이 산은 하늘에서 떨어졌는데 한 마리 불가사리 원숭이를 누르고 있다 하셨지. 이제야 풀려났군. 내가 아이 적에 당신을 봤을 때는 머리에 풀이 나고 얼굴이 흙투성이더니, 그래도 무섭지는 않았다오. 지금 보니 좀 마른 것 같구 호랑이 가죽을 두른 꼴이 꼭 도깨비 같군."

함께 웃었다. 곧 밥이 지어 들여졌다. 오공이,

"당신 성은 무엇이오?"

"진陳이요."

삼장이 이 말을 듣고,

"내 본관도 진이요. 집안이로군."

노인이 동성을 만나 무척 좋은 모양이다. 오공이 또,

"진 영감, 이거 신세지는 김에 부탁인데, 난 이 5백 년을 목욕을 못 했소. 물 좀 덥혀줄 수 없겠소. 스님하고 나하고 몸 좀 씻게시리. 그리고 한 가지만 더. 바늘하구 실하구 좀."

노인이 바늘과 실을 가져다 오공을 주었다. 오공은 삼장이 벗은 광목 저고리를 걸치고는, 호랑이 가죽을 벗어 바지를 만들었다.

"자, 어떻습니까?"

"좋아, 좋아. 겨우 행자 비스름해졌군. 그 저고리는 자네가 입게."

"고맙습니다."

이튿날 아침, 스님과 제자가 일어나니 노인은 벌써 공양을 마련하고 기다리고 있었다. 두 사람은 공양을 들고 길을 떠났다. 가고 쉬고 하는 가운데 어언 초겨울 무렵이 됐다.

길 한옆에서 호루라기 소리가 나는가 싶더니 장정 여섯이 뛰어나온다. 손마다 창이며 칼, 팔을 휘두르며 버럭,

"거기 가는 중대가리야, 짐을 놓고 빨리 꺼져. 목숨만은 갖고 가고!"

놀란 삼장이 말에서 굴러떨어졌다. 오공이 부축해 일으키며,

"괜찮습니다. 이놈들은 저희들한테 옷과 노자를 가져온 놈들입죠."

"오공아, 네가 귀가 좀 부실하구나. 이 사람들은 짐을 놓고 가라지 않느냐. 옷과 노자를 가져오다니?"

"당신은 짐과 말을 보고 계세요. 이 손 나으리가 맡을 테니까요."

그는 한 걸음을 나서면서 말했다.

"형씨들은 어쩐 까닭으로 소승들 길을 막으시오?"

남자들이,

"우리는 산적들이야. 빨리 짐을 놓고 없어져. 목숨은 살려준다니까."

"좀도적이로군. 이 나으리께선 너희들 대장어른쯤 되는 분이야.

네놈들 훔친 보화를 가져와. 나한테 톡톡히 몫을 내놓으면 용서해 줄 테니."

이 말을 듣고 도적들이 욱 달려든다.

"이 중놈이 자긴 한푼 안 보태고 우리 걸 나누자고!"

창칼을 휘둘러 오공의 머리를 한 칠팔십 번이나 족쳤는데 끄떡 없다.

도적들이 깜짝 놀라,

"아니 이게 대체?"

오공이 웃으면서,

"자, 너희들 손도 아프겠지. 이번엔 손 나으리께서 바늘을 꺼내 보실까?"

도적들이,

"이 중대가리는 침술 퇴물인가보군. 우린 아픈 데도 없는데 바늘이 어쩌구 하는 것 좀 봐."

오공은 귓속에서 바늘을 꺼내자, 한 번 휘두르니 팔뚝만 해진다.

"이놈들, 꼼짝 말고 게 섰거라. 이번엔 이 손 나으리께서 손봐 줄 테니"

하자, 여섯 도적은 쏜살같이 달아난다. 따라가서 오공은 남김 없이 죽여버렸다. 그러고는 도적들 옷을 벗기고, 가진 돈을 빼앗아 가지고 신이 나서 돌아왔다.

"스님, 자, 갑시다. 도적은 모두 잡았습니다."

그러자 삼장이,

"너는 대단한 죄를 지었어. 비록 도적이되, 사로잡아 관가에 보내면 혹 살 자도 있을 터. 그저 쫓으면 될 것을 왜 죽이는가. 이는 사랑이 전혀 없는 마음이니, 어찌 중이 되겠느냐?"

"허지만 스님, 제가 놈들을 안 죽이면, 놈들이 스님을 죽이는데두요?"

"우리들 출가한 자는 비록 죽을망정 험한 일은 않는 법이야."

"지금이니 말씀이지만, 옛날 제가 임금 노릇할 때는 얼마나 사람을 죽였는지 헤아리지도 못합니다. 스님 말씀대로 하는 날에는 제천대성을 어느 겨를에 합니까?"

"그대가 그처럼 사랑에 메말랐으니 5백 년 고생을 하지 않았는가? 이미 사문沙門이 된 지금 옛날과 다름없이 난폭한 짓을 하면 서천에도 못 가고 중도 못 될 것이다. 형편없는 놈이군."

원래 이 원숭이는 잔소리를 참고 들을 작자가 아니다. 삼장이 이렇게 중언부언 꾸중하자 마음의 속불이 이글이글 타올라 그만,

"내가 서천에도 못 가, 중도 못 된다면 별수 없지. 돌아갈 돌 자만 남았군."

삼장이 가만있자, 오공은 울화가 치밀어 훌쩍 뛰어오르며,

"손 선생 가시오!"

소리를 듣고 삼장이 쳐다보니 벌써 그림자도 없다. 남은 삼장이 탄식하기를,

"참 벽창호 같은 놈이로군. 한두 마디 꾸중했다고 가버리다니. ─할 수 없지. 시봉 거느릴 팔자가 못 되는가 보군."

삼장은 짐을 꾸려 말께 싣고, 타지 않은 채 한 손에 지팡이, 다른 손에 고삐를 잡고 터벅터벅 길을 떠난다. 하자 저 산길에 할미

하나가 보인다. 손에는 광목 옷 한 벌에 중이 쓰는 두건 하나를 들었다.

마주치면서 할미가 묻는다.

"당신은 어디 스님이시오? 이런 데를 혼자 가다니."

"나는 당나라 중으로 서천의 부처한테 경 얻으러 가는 길입니다."

"여기서 10만 8천 리나 되는 데를 당신이 말 한 필, 제자 한 사람 없이 가낼 것 같소?"

"나는 얼마 전 제자 한 사람을 만났는데, 성미가 거칠고 우둔해서 내가 꾸중을 좀 했더니 가버렸습니다."

"여기 옷 한 벌과 쇠고리 하나가 있습니다. 원래 내 아들이 쓰던 물건인데, 당신 제자가 쓰게 하는 게 어떻겠습니까?"

"뜻은 고마우나, 나한테는 인제 제자가 없으니, 받아도 쓸 데가 없지요."

"어느 쪽으로 갔나요?"

"동쪽으로 갔소이다."

"동쪽이면 내 집 있는 데. 내가 주문을 하나 일러드릴 테니 외워두소. 내가 얼핏 가서 제자 양반을 돌려보낼 테니. 그러거든 이 옷과 쇠고리를 쓰게 하시오. 제자가 만일에 이르는 말을 거스르거든 그 주문을 외워요. 그리하면 나쁜 일도 못 하고 달아나지도 못 할 테니."

삼장이 고맙다고 머리를 숙이자, 할미는 한 줄기 빛줄기가 되어 동쪽으로 사라져버린다. 삼장은 필시 관음보살이라 짐작하고 손 모아 인사한다. 예를 마치고는 옷과 머리고리를 보자기에 싸고 길 옆에 앉아 보살이 가르쳐준 주문을 외워두었다.

한편 오공은 스승과 작별하자 동해용궁에 들렀다. 용왕은 오공을 보자,

"요즈음 듣자니, 대성은 고행을 마치셨다니, 옛집으로 가시는 길인가요?"

"그러려다가, 사정이 있어 중이 됐소이다."

"중이라니요?"

"보살이 선과善果를 쌓으라시기에 당나라 중을 따라 서천에 가서 부처를 뵙기로 했다네."

"그거 잘됐군요. 헌데 서천 가시는 분이 동해에 오시다니?"

쓴웃음으로 오공이 말했다.

15

"그 당나라 중이란 양반이 도무지 벽창호란 말씀이오. 좀도적 대여섯이 튀어나오길래 때려죽였다, 이런 말씀이오. 이 중이 그걸 가지고 이러쿵저러쿵하는군. 손 나으리 뱉이 꼴려 참겠는가 말일세. 당나라 중을 팽개치고 지금 옛집으로 가는 길이오. 그래 차나 한잔 마실까 해서 들렀지."

용왕은 곧 좋은 차를 대접하면서,

"대성, 만일 당신이 당나라 중을 지켜서 선과를 쌓지 않으면 뉘

우칠 날이 있으리라."
찜찜하던 터라 마음에 걸려서 오공은 말이 없다. 용왕이 이어,
"대성, 잘 헤아리시오. 고집을 부리다 앞길을 망치지 마시오."
"알았소. 내 돌아가지."
오공은 곧장 삼장이 앉아 있는 데로 돌아왔다.
"어디 갔었나?"
"네 잠깐, 변소에 좀."
"그래. 나는 배가 고프다. 저 보자기에서 떡을 좀 내오너라."
오공이 보자기를 헤치다가,
"좋은 옷이군요?"
"좋거든 네가 입으렴."
"고맙습니다."
오공이 옷을 입고 모자를 쓰는 것을 기다려, 삼장은 주문을 외웠다.
"아야얏!"
오공이 아파하건 말건 삼장은 이어 주문을 외운다. 오공은 너무 아파서 몸을 땅에 굴리며 모자를 잡아 찢어버렸으나 모자의 테만은 그대로 남았다.
아무리 애써도 벗겨지지 않는다. 오공은 귓속에서 몽둥이를 꺼내, 고리와 머리짬에 넣어 뻗쳐본다. 삼장이 겁이 나서 또 주문을 외니, 전처럼 뒹굴면서 아파한다. 얼굴이 시뻘게지고, 눈이 퉁퉁 부어오른다. 보다 못해 주문을 그치니 아픔이 멎는다. 오공이,
"스님이 하시는 일이군요."

"나는 경을 외는 것뿐이야."

"한번 해보세요."

삼장이 또 외자 역시 아파진다.

"그만그만."

"이제부턴 내 말을 듣겠지."

"그럼요. 정말 다시는 딴 맘 안 먹습니다."

"따라오너라."

이렇게 해서 두 사람은 다시 길을 떠난다. 오공이 삼장을 따라 다시 길을 떠난 지 며칠째 되는 날이었다. 때마침 을씨년스런 날씨. 삼장은 오공에게,

"저 물소리 나는 데가 어딜까?"

"이 근처는 분명히, 사반산蛇盤山 웅추간이라는 덴데, 아마 그 골짜기 물소리겠지요"

하는데, 말은 벌써 골짜기에서 흘러내리는 냇물가에 섰다. 삼장은 고삐를 당기면서 근처를 살펴보고 있었다. 그러자, 강물 한가운데쯤에서 사르르 하는 소리가 나더니, 용이 한 마리 뛰어나와 물결을 거슬러 강변에 뛰어올라 삼장을 낚아채려 한다. 오공이 놀라서 스승을 말에서 내려 안고 도망쳤다. 용은 이번에는 말을 안장째 한입에 삼키고는 나왔던 강물 깊이 잠겨버렸다.

오공은 삼장을 높은 언덕 위에 데려다 앉혀놓고 돌아와보니, 짐만 남고 말이 보이지 않는다. 그래서 짐을 가지고 스승한테 와서,

"용은 사라졌는데, 말이 보이지 않으니 좀 찾아보겠습니다"

하고는 하늘로 올라가 눈썹 위에 손을 얹고, 대추눈알을 번쩍이면

서 사방 두루 살펴도 말 간 데를 알 수 없다. 다시 구름을 낮춰,

"스님, 우리 말은 놈이 먹은 모양입니다."

"놈이 아무리 입이 크기로서니 그런 말을 안장째 먹을 수야 있느냐. 어디 골짜기에 숨어 있을 테니 한번 더 찾아봐라."

"모르시는 말씀, 제 눈은 천리 안쪽이면 잠자리도 봅니다. 그런 말이 안 보이겠습니까?"

"먹어버렸으면 어찌한단 말이냐. 앞길이 막막한데 이를 어쩌는가."

삼장은 비 오듯 눈물을 흘린다. 오공은 스승이 우는 것을 보자, 부아가 난다.

"스님, 울지 마세요. 제가 놈을 찾아내 말을 찾아올 테니깐요."

삼장이 펄쩍 뛰면서,

"네가 없는 새, 그놈이 나타나면 어쩌느냐. 나까지 먹혀버리면 끝장이 아니냐?"

오공은 더욱 부아가 치밀어 우레같이,

"정말 못해먹겠다. 말은 있어야겠다, 나는 못 놓겠다. 그럼 거기 앉아서 백발이 될 때까지 기다리시구려."

이러고 있는 참에 하늘에서,

"손 대성, 너무 화내지 말라. 삼장 스님 걱정하지 말라. 우리는 관음보살이 보내신 신神들이오, 도우러 왔소이다"

하는 소리가 들려왔다. 오공은,

"당신들 이름자들이나 대보시오."

"우리는 육정신장六丁神將, 오방게체五方揭諦, 사치공조四値功曹,

호가가람護駕伽藍이오."

"그러면 우리 스님을 좀 맡아주시오. 이 손 주사는 용 놈을 찾아볼 테니."

오공은 스승을 맡겨놓고 냇가에 와서,

"썩은 미꾸라지야, 말을 내놔라. 말을 내놔라!"

한편 용은 말 한 마리를 먹고 식곤증으로 강바닥에 누워 있었다. 그러자 누군가 자기를 욕하는 소리가 들렸다. 불끈해서 몸을 솟구쳐 물 위로 뛰어오르면서,

"어디 놈이냐, 큰소리치면서 남을 욕하는 게?"

오공이 이를 보고 맞받아 큰 소리로,

"꼼짝 마라. 내 말 내놓아!"

하고 쇠몽둥이를 휘둘러 내리친다.

용도 이빨을 드러내고 발톱을 일으켜 달려든다. 두 편이 싸우기를 한참—

용이 이윽고 지치면서, 당해내지 못하고, 휙 몸을 돌려 물에 숨더니 다시는 나오려 않는다. 오공이 뭐라고 욕하건 못 들은 체할 뿐. 이러는 데는 오공도 어찌할 길이 없다. 할 수 없이 삼장에게 알렸다.

그러자 삼장의 말이,

"전날, 호랑이를 잡았을 때, 용을 꿇리고 호랑이를 잡는다지 않았느냐. 오늘은 왜 못 한단 말이냐?"

원래 오공은 무슨 말을 들으면 팩하는 성미라,

"가만계세요, 한 번 더 가볼 테니깐요."

다시 물가로 와서 잔잔한 물결을 술을 써서 휘저어 흩뜨려놓았다. 용은 견디다 못해 뛰어나오며,

"네놈은 어디서 굴러온 망나니냐, 나를 이토록 못살게 굴다니."

"어디서 온 건 알 바 아니다. 말만 내놔라."

"말은 벌써 배 속에 들어갔어. 안 내놓으면 어쩔 테냐?"

"안 내놓으면 네놈을 때려죽이고 말겠다."

또다시 싸움이 붙었는데, 몇 번 겨루지도 않고 용은 지탱할 수 없어 물뱀으로 변해서 물속에 숨었다. 오공은 몽둥이로 풀숲을 헤쳐봐도 찾을 수가 없다. 주문으로 근처 토지신土地神과 산신山神을 불러내자, 그들이 곧 나타나서 꿇어앉아 절을 한다.

"매를 좀 맞아야겠다."

"대성, 제발 용서를. 대성께서 오래 옥살이하시는 바람에 나오신 줄 모르고 마중을 못 나왔습니다. 용서하십시오."

"그렇다면 용서하지. 헌데 이 골짜기에 사는 용 놈은 어디 사는 작자냐? 우리 스승의 말을 먹어버렸어."

"대성께서 원래 천지간에 독야청청하시는 분인데 언제부터 스승을 섬기십니까?"

"그것도 아직 모르는구나. 선근善根을 쌓고자 당나라 스님의 제자가 돼서 서천西天으로 경을 가지러 가는 길이야. 헌데 여기를 지나다 망종 용 놈에게 우리 스님 말을 먹혀버렸단 말이야."

"그렇군요. 이 강에는 원래 나쁜 것이 살지 않았고 물이 넓고 깊으며 맑았지요. 새들이 제 그림자를 보고 친군 줄 알고 물에 날아드는 까닭에 응수간鷹愁澗이라 불렸지요. 헌데 작년에 관세음보살

께서 죄 지은 용 한 마리를 구해 여기다 놓으시고 경 가지러 가는 사람을 기다리게 하신 것입니다."

"놈이 아까 물뱀이 되어 풀숲에 숨었는데 왜 안 보일까?"

"이 강에는 몇천 몇만 되는 구멍이 뚫려 있어서, 아마 그 속에 숨은 모양입니다. 관음보살만 모셔 오면 어쩌지 않아도 나옵니다."

오공이 삼장에게 이 말을 하자 삼장은,

"언제쯤 돌아오느냐?"

그러자, 하늘에 금두게체金頭揭諦의 목소리가,

"내가 가서 모셔 오리다."

금두게체는 남해, 낙가산落伽山 자죽림紫竹林에 가서 보살을 만나 자초지종을 아뢰었다. 보살은 곧 연蓮 자리에서 내려 바다를 건너 왔다. 이윽고 사반산蛇盤山에 와서 내려다보니, 오공이 강변에서 고함을 지르고 있다. 보살이 오공을 부르자, 그는 곧 하늘로 뛰어오르면서 고함을 쳤다.

"자비를 팔아먹는 당신이 왜 나를 죽이려 했소?"

"이런 배은망덕한 원숭이가. 나는 너를 위해 삼장을 시켜 너를 구하게 했는데 인사는커녕 고함을 치다니."

"하기야 나한테 잘해줬지요. 헌데 왜 그따위 모자를 줘가지고는 나를 속였느냐 말이야? 이놈은 내 머리에 박혀버린 데다 저 양반이 경을 읽기만 하면 머리가 쪼개질 지경이니, 이래도 잘했단 말이오?"

보살이 싱글거리면서,

"이 원숭이야. 너는 가르침도 마다하고, 마음을 잡지 못해. 만일에 그렇게 묶어두지 않으면 또 소란을 부리겠지. 그러니 아픈 데를 만들어줘야 비로소 부처의 길에 들어서게 되지."

"그건 그렇다 합시다. 헌데 왜 나쁜 용 놈을 여기 두어서는 스님 말을 먹게 했습니까?"

"그 용은 내가 천제天帝의 마구간에서 얻어내어 여기 둔 용이야. 너는 보통 말을 가지고 앞길의 험한 길을 갈 성싶은가? 이 용마가 아니면 그 일은 못 해."

"헌데 놈이 내가 무서워 나오지 않으니 어쩝니까?"

보살은 금두게체를 불러 말했다.

"그대는 강변에 가서, 오윤敖閏 용왕, 옥용玉龍 태자 나오너라, 남해보살께서 오셨다, 하고 외치게. 용이 곧 나올 테니."

금두게체가 강변에 서서 한두 번 부르니 용은 파도를 거스르면서 뛰어나왔다. 그러고는 곧 사람 모습으로 변해서 하늘로 올라와 보살을 예배하고,

"전번에 보살님께 구함을 받고는 여기서 오랜 동안 기다리고 있습니다만, 경 가지러 가는 사람에 대한 얘기를 듣지 못했습니다."

보살은 오공을 가리키며,

"이게 그분의 제일 제자야."

보살이 말하자 용은,

"보살님, 이놈은 제 원수입니다. 어제 시장해서 이놈 말을 먹어 버렸습니다. 그랬더니 이놈은 힘센 턱을 대고 나한테 달려들 뿐, 경의 경 자도 없습니다."

오공이,
"네놈이 내 이름도 안 묻는데 어떻게 알려줘."
용,
"내가 어디서 온 망나니냐고 물었더니, 네가 어디서 오건 웬 상관이냐고 말만 내놓으라고 하지 않았느냐. 당나라 스님의 당 자도 말 안 했어."
보살,
"이 원숭이야. 혼자만 잘난 체하지 마라. 앞으로도 항복해올 사람이 많으니, 상대가 묻거든 경 가지러 간단 말을 먼저 해요. 그러면 저쪽에서 먼저 머리를 숙이고 들어올 테니."
오공은 그러겠노라고 말했다.
보살은 용에게 다가가 목에 있는 진주를 잡아 뗐다. 그리고 버들가지에 물을 묻혀 용의 몸을 탁 치면서,
"바뀌어라!"
하고 외쳤다. 그러자, 용은 먼젓번 같은 말이 되었다.
보살은 사람에게 말하듯,
"부지런히 죄업을 갚아야지. 공과功果를 얻은 다음에는 부처가 되게 할 테니"
하고 타일렀다. 용은 몇 번이나 머리를 끄덕였다. 보살은 또 오공에게 말했다.
"그대는 말을 데리고 스승에게 가서 인사하라. 나는 남해南海로 돌아가겠다."
그러자 오공은 보살을 붙잡으며,

"난 그만두겠소. 안 갈 테요. 서방西方 길이 험하기도 하려니와, 저따위 서푼짜리 돌중을 모시고는 가기가 틀렸소. 게다가 이런 일이 자꾸 생기고 보면 손 서방 목숨도 기약이 없는 것이고 정과正果고 나발이구 그만두려우."

보살이,

"불문佛門에서 적멸하려면 부처의 길을 따라야 해. 위급할 때는 하늘과 땅의 신神을 불러. 곧 나가보도록 할 테니. 그래도 안 될 때는 내가 나가 도와주지. 자 이리 와, 그대에게 한 가지 힘을 주지."

보살은 버드나무 잎사귀 세 개를 따서 오공의 목줄기에 붙이고 "바뀌어라!" 하니, 세 개의 생 털이 됐다.

"만일 어찌할 수 없는 처지가 되면 그 털이 임기응변 그대의 위험을 벗겨주리라."

오공은 이렇게까지 말하는 데는 다시 마음이 돌아섰다. 보살은 보타락가산普陀落迦山으로 돌아갔다. 오공이 용마를 끌고 가서,

"스님, 말을 얻었습니다."

삼장이 손뼉을 치면서,

"웬걸, 더 좋은 말인데. 어디서 났느냐?"

"이건 아까 그 용입니다. 관음보살이 백마로 바꾸어놓고 가셨어요."

삼장이 보살이 사라진 쪽에 대고 손을 모았다.

다시 길을 가는데 어느덧 해는 떨어지고, 길옆에 서낭당 하나가 보인다. 옆문으로 들어가니 노인 한 사람이 목에 염주를 걸고 맞

이하면서,
"스님, 자, 걸터앉으세요"
한다. 삼장은 황급히 인사하며,
"이 서낭당은 웬 것입니까?"
"네. 매년, 봄철 씨 뿌리기, 여름 김매기, 가을 거두기, 겨울 곳 간들이에 제사를 드리며, 그 밖에 집짐승 잘되기를 비는 뎁니다. 헌데 스님은 어디서 오십니까?"
"나는 당나라에서 오는 중으로 서천으로 경 가지러 가는 길입니다. 여기를 지나는 길에, 하룻밤 묵어갈까 합니다."
노인이 무척 기뻐하면서 일하는 아이한테 공양을 갖추게 했다.
노인이 마당에 나갔다가 말 한 필이 매어 있는 것을 보고 말은 좋은데 안장이 없다, 어쩐 일이냐고 물으니, 오공이 앞뒷일을 말했다. 노인이,
"그거 잘됐군. 나한테 마침 안장이 있으니 내일 아침 내드리지요" 하기에 삼장은 고맙다고 한다.
이튿날 두 사람이 일어나 보니, 노인은 과연 안장, 고삐를 갖춰 가져왔다. 삼장이 말을 타고 작별 인사를 하니, 노인은 소매 속에서 채찍을 하나 꺼내주었다. 삼장은 받아들면서,
"여러 가지로 폐가 많았습니다" 하고 합장한다.
몇 걸음 가다가 돌아보니, 벌써 노인은 간데없고 서낭당 있던 자리도 그저 빈 터다. 하자, 하늘에서 소리가 나기를,
"스님, 간밤에는 대접이 변변치 못했습니다. 나는 보타락가산의 산신인데, 보살의 뜻을 받아 스님에게 안장과 고삐를 드리러 왔던

것입니다."

삼장이 급히 말에서 내려,

"제가 미처 알아보지 못했습니다. 널리 용서하십시오. 또 보살님께도 부디 고마운 말씀을 전해주십시오"

하고 하늘에 대고 수없이 절한다.

오공이 옆에서 낄낄 웃길래,

"오공아, 나는 이처럼 절을 하는데 너는 머리 한번 안 숙이고 옆에서 웃기만 하느냐."

"아니, 그 자식이 심부름 왔으면 왔지, 왜 처음부터 말을 않는가 말이에요. 아니꼬운 녀석한테 절은 무슨 절입니까?"

"너는 참 고집이."

삼장은 혀를 차면서 일어섰다.

한참 가니, 강이 또 나온다.

위에서 늙은 사공 하나가 뗏목을 저어 내려오는 것이 보인다.

오공이 손을 내저으며,

"좀 건너갈 수 없겠는가?"

하니 사공이 얼른 저어 온다.

오공은 스승과 말을 옮겨 실었다. 사공이 노를 한번 저으니 뗏목은 살같이 미끄러져 순식간에 맞은편 언덕에 닿았다. 삼장이 사례금을 쥐여줘도 사공은 마다하고 강을 따라 저어갔다. 삼장이 뒷모습에 대고 손을 모아 인사하니 오공이 말하기를,

"스님 저 친구는 이 강 수신水神입니다. 알아보고 나와서 거들어 준 겁니다."

삼장과 오공은 다시 길을 재촉한다.
한 두어 달 별 탈 없이 길을 갔다.
그동안 만난 것은 산짐승뿐이다.
이렇게 세월이 흘러 다시 봄이 되었다.
산과 들은 보얗게 안개가 끼는데 새움이 푸릇푸릇 돋아나고 매화는 져버리고 버들잎이 뾰족하게 피기 시작한다.
스승과 제자는 봄빛을 즐기면서 한결 한가로운 나그넷길이다.
해가 서산에 뉘엿거릴 무렵이다.
삼장이 말을 멈추고 멀리 골짜기를 바라보니 지붕들이 어른거린다.
오공을 보고,
"저기가 어딜까?"
오공이 쳐다보며,
"네. 무슨 큰 부잣집 아니면, 절간이겠지요. 저기서 묵어갑시다."
삼장도 옳다 하고, 고삐를 늦춰주면서 말을 그리로 몰아갔다.
가까이 가본즉, 그것은 절간이었다.
말에서 내려 산문山門을 들어서니, 안에서 한 무리의 중이 우르르 나온다. 삼장이 인사를 하니 마주 합장하면서 어디서 오느냐고 묻는 것이었다. 내력을 듣자,
"그렇습니까? 자, 안으로, 어서"
하고 권해 들인다. 그래서 삼장은 오공을 불러 말을 끌어가게 했다.
주지가 오공을 보고,

"저자는 웬 작잔가요?"

"쉬, 저 친구는 성미가 급해요. 잘못하면 화를 내게 합니다. 내 제자올시다."

"아니, 왜 저런 꼴불견을 데리고 다니시오?"

"보기는 저래도 아주 쓸모 있답니다."

삼장과 오공이 주지를 따라 들어가니 본당本堂에 크게 '관음선원觀音禪院'이라 써 붙였다. 삼장은 기뻐하며 곧 당에 올라 부처에 인사를 드리니 원주와 오공도 옆에서 같이 예배한다.

삼장이 예배를 마치자 원주도 멈춘다. 그런데 오공은 여전히 종 치기를 그치지 않는다. 주지가,

"예불이 끝났는데 왜 자꾸 종을 치는가?"

오공이 웃으면서,

"많이 칠수록 좋지 않겠수?"

헌데, 절에 있는 중들이 요란한 종소리를 듣고 달려와서는,

"누구야, 종을 마구 치는 게?"

오공이,

"내 님이다, 손 할아버지야"

하고 뛰어나갔다. 중들이 깜짝 놀라며 엎어지고 자빠지면서,

"귀신이야!"

"귀신은 내 손자놈들이지. 자 일어서게. 우리는 당나라에서 온 당신네 동행일세."

중들은 삼장을 보자 겨우 잠잠해진다. 원주 스님이,

"이리 오셔서 차를 드십시다"

하고 안내한다.

차를 다 마시고 나니, 안에서 기척이 나면서 여러 상좌의 부축을 받으며 한 늙은 스님이 나온다. 사람들이 말했다.

"조사님 오신다."

삼장이 인사하자 늙은 스님도 인사하면서,

"방금 당나라에서 오셨다는 말을 들었습니다. 인사가 늦었습니다."

"지나던 길에 들렀습니다. 폐가 많습니다."

"별말씀을. 헌데 당나라에서 여기까지 얼마나 됩니까?"

"장안에서 양계산兩界山까지 5천 리, 양계산에서 예까지 5~6천 립니다."

16

"과연 만 리 먼 길이군요. 저 같은 것은 산문조차 나가지 못했습니다. 참으로 우물 안 개구리지요."

"스님께서 연세가 몇이십니까?"

"2백70입니다."

오공이 옆에서,

"이 양반도 내 까마득한 손자군."

삼장이 노려보자, 오공은 움찔하고 입을 다물었다. 곧 옥으로 만든 받침과 칠보 찻잔에 백동 주전자에서 차를 따른다. 삼장이,

"좋은 그릇이군요."

칭찬한다. 늙은 스님이,

"뭘요. 대단한 게 아닙니다. 헌데 당나라에서 오셨으니 무슨 별난 보물을 가지셨을 텐데 보여주시렵니까?"

"먼 길이라 아무것도 가져오지 못했습니다"

하자 오공이 갑갑한 듯이,

"스님, 언젠가 보자기 속에서 본 가사가 있지 않습니까? 그걸 보여드리지요."

중들이 가사란 말을 듣고 모두 코웃음을 친다.

오공이,

"왜들 웃으시오?"

그러자 원주 스님이 말했다.

"가사가 보물이라는 말에 그만. 가사로 말한다면 저희들도 23벌, 조사 스님께서는 7~8백 벌을 가지고 계시지요."

"그럼 좀 보여주시오."

늙은 스님도 문득 자랑이 하고 싶어져, 중들에게 가사를 넣은 의롱을 뜰 한가운데 날라 오게 했다. 옷걸이를 양편에 세워놓고 사방에 줄을 맨 다음 가사를 한 벌 한 벌 보여준다. 오공이 가까이 가서 살펴보니 모두 비단을 두르고 금박을 붙인 훌륭한 것들이다.

다 보고 나서 오공이.

"괜찮군. 자, 다 봤으니, 그만 치우시오. 우리 것도 보여주지"

하기에 삼장은 오공의 소매를 당기면서, 은근하게,

"오공아, 남과 가진 것 자랑을 해서는 안 돼. 피차에 중한 일을 가진 길이 아닌가. 말썽이나 생기면 어쩌려고 그러느냐. 속담에도 보물을 욕심꾸러기한테 보이지 말라잖느냐. 한번 보면 마음이 움직여, 마음이 움직이면 갖고 싶어. 생각잖은 탈이 거기서 생기는 법이야."
"괜찮아요. 저한테 맡겨두세요. 원, 스님은 왜 그리 소심하세요, 참."
오공은 남의 말은 듣지도 않고, 급하게 보자기를 끄르니, 벌써 빛이 찬란하다. 두 겹으로 싼 기름종이를 치우고 가사를 펼친즉, 휘황한 빛이 언저리에 가득 찬다. 중들이 이를 보고 놀라 마지않는다. 늙은 주지는 이 기막힌 보물을 보자 아니나 다르랴, 안된 마음을 일으켰다. 그는 다가서면서,
"참, 스님 한스럽습니다."
삼장이,
"웬 말씀이십니까?"
"당신의 이 보물을 보고 싶어도 해가 저물었으니 이 늙은 눈이 보지 못하는구려. 이걸 하룻밤만 빌려주시면, 밤새 실컷 보고 밝은 날 돌려드리겠는데, 되겠습니까?"
삼장은 가슴이 철렁하면서 오공을 탓한다.
"모두 네 탓이다."
오공이 웃으며,
"겁날 것 있습니까? 주어보세요. 여차직하면 이 손 주사가 알아서 할 테니깐요"
하면서 가사를 늙은 주지에게 주었다. 주지는 좋아라 가지고 간다.

그리고 선당禪堂을 깨끗이 치우고 두 나그네를 머물게 했다.

한편 늙은 주지는 가사를 방에 가지고 들어오자, 등불 밑에 가사를 놓고, 엉엉 우는 것이었다.

중들이 곁에서,

"조사님 무엇 때문에 우십니까?"

하고 물으니,

"나는 인연이 없어 저 당나라 중이 가져온 이 보물을 보지 못하는 게 슬프구나."

"아니, 가사는 여기 있지 않습니까?"

"그러나 언제까지나 볼 수는 없지 않느냐. 나는 나이 2백70이 되기까지 몇백 벌이나 가사를 봤지만 이런 건 처음이야. 하루라도 이걸 걸쳐봤으면 한이 없으련만."

"스님께서 걸치고 싶으시면 어렵지 않습니다. 저희들이 당나라 중을 하루 묵게 하면 스님은 하루 걸칠 수 있고, 열흘 잡아두면 열흘 걸치실 게 아닙니까? 왜 우십니까?"

그러나 늙은 주지는 고개를 젓는 것이었다.

"설령 한 해를 잡아둔들, 언젠가는 갈 게 아니냐?"

이때 광지廣智라는 어린 상좌가 나앉으며,

"스님, 아주 가지자면 못 가질 것도 없습니다."

주지는 이 말이 반가워서,

"어떻게?"

"저 두 사람은 지금쯤 고단해서, 업어가도 모를 것입니다. 힘센 사람 몇이 창칼을 가지고 가서 없애버리면 되지 않겠습니까? 그리하면 놈들의 말이며 짐까지도 우리 것이 될 게 아닙니까?"

주지가 기뻐하면서,

"좋은 생각이야."

곧 움직이려는데, 또한 광모廣謀라는 어린 상좌가,

"아니올시다. 그 꾀는 안 좋습니다. 만일 그들을 없애려면 먼저 가서 살펴보는 게 좋습니다. 그 해사므레한 중은 아무것도 아닐 것 같지만, 털보 녀석은 만만찮을 것입니다. 잘못하면 탈이 아닙니까. 창칼 쓰지 말고 하는 법이 좋은 듯합니다."

"어떻게 하자구?"

"우리 모두 마른 짚이며 나뭇가지를 가지고 가서 선당째 태워버리는 게 제일일까 합니다. 남이 봐도 그 작자들이 실수로 불을 냈다면 되지 않습니까?"

"그게 좋아, 그게 좋아."

중들이 모두 끄덕였다.

삼장이네 두 사람은 깊이 잠들어 있었다. 허나 오공은 영물이라, 몸은 잘망정 마음은 깨어 있다. 문득 밖에서 짚이 탁탁 튕겨지는 소리가 난다. 바람도 이는 모양이다. 이상한 생각에 일어나 앉았다. 문을 열면 스님이 깰까 봐 꿀벌이 되어 문틈으로 나가 보니, 그 모양이었다.

중들이 선당을 둘러싸고 불을 붙이고 있는 것이었다. 오공이 우스워서 — 스님 말씀대로군. 놈들은 우리 가사가 탐나서 이러는 게 틀림없다. 모두 짓이겨버릴까? 아니 그러면 스님이 또 욕하시겠지. 가만있자.

오공은 그 길로 하늘의 남천문으로 뛰어올라갔다. 하늘의 군사들이 깜짝 놀라,

"큰일 났다. 천궁에서 설치던 대장이 또 왔다."

오공은 손을 내저었다.

"여러분, 놀라지 마시오. 나는 광목목천왕廣木目天王을 찾아온 것이오" 하자 천왕이 벌써 나타나서 오공을 맞이한다. 오공이,

"긴 인사는 접어두세. 지금 우리 스님이 타 죽게 생겼어. 자네 그 불막이 바구니를 빌려주게나. 그걸로 스님을 가리게. 곧 돌려주지."

"나쁜 놈이 불을 질렀으면, 물을 길어다 뿌리면 될 게 아닌가. 불막이 바구니를 쓸 것 없이."

"아니야, 그럴 사정이 있어. 빨리 빌려주게나."

"무슨 소린지 모르겠군."

웃으면서 바구니를 빌려준다.

오공은 받아 들고, 구름을 타고 내려가 선당에 가서 스님과, 말과, 짐을 바구니로 덮었다. 그리고 자기는, 뒤꼍에 있는 스님의 방 지붕 위에 앉아 있었다.

오공은 주문을 외우면서 선당의 불길에 대고 숨을 내쉬었다. 그러자 바람이 일면서 불길은 더욱 거세어진다. 그리고 불티가 사방에 튀는 바람에 절간의 건물이란 건물이 모두 불길에 싸였다. 중들은 궤짝을 나른다, 책상을 나르랴, 부엌세간을 나르랴 정신없이 뛰어다닌다.

이 관음원觀音院 남쪽에 흑풍산黑風山이라는 산이 있고, 그 산속에

흑풍동黑風洞이라는 굴이 있었는데, 그 속에 도깨비 한 마리가 살고 있었다. 밤중에 문득 깨어나는 참에 창문이 훤한 것이 보였다. 일어나 본즉 북쪽에 불길이 하늘에 닿았다. 도깨비가 놀라면서,
"아이구. 필시 관음원에 불이 났군. 주지를 도와줘야지."
구름을 타고 급히 달려와보니, 주지 방이 있는 건물만이 무사한데 웬 자가 지붕을 타고 앉아서 바람을 내고 있다. 급히 안으로 들어가 본즉 책상 위에 금빛 나는 보자기에 싼 물건이 있는데 언저리가 환하다.
열어 보니 찬란한 가사—도깨비는 도와주러 온 생각을 까맣게 잊고는 가사를 움켜쥐고 제 굴로 돌아와버렸다. 불은 새벽에야 겨우 가라앉았다.
오공은 불막이 바구니를 벗겨가지고 남천문으로 올라가 임자에게 돌려주고는 다시 내려왔다. 꿀벌이 되어 문틈으로 들어가서 다시 제 모습이 되어 스승을 깨웠다. 삼장이 옷을 입고 문을 열어보니 고스란히 불탄 자리만 남고 어젯밤 절간이 간 곳 없다.
"이게 어쩐 일인가?"
삼장이 깜짝 놀라 물었다.
"밤사이 불이 났어요."
"왜 내가 몰랐을까?"
"스님께서 놀라시지 않게 제가 선당을 지켰지요."
"네가 선당 지킬 힘이 있으면 왜 다른 데 불을 안 껐느냐?"
"스님이 어제 말씀하신 대로 녀석들이 가사가 탐나서 우리를 태워 죽이려 했습니다. 제가 알아채지 않았다면 지금쯤 우리는 재가

돼 있었겠지요. 그래서 바람을 만들어줬습니다."

"아니 불난 데 부채질했단 말이냐?"

"오는 말이 고와야 가는 말이 곱지 않겠습니까?"

"가사는 어찌 됐느냐?"

"염려 없습니다. 주지 방은 무사합니다. 가서 찾아오지요."

삼장이 말고삐를 잡고, 오공이 짐을 메고 뒤꼍 주지 방 앞으로 왔다. 중들이 보니 두 사람이 탈 없이 걸어온다.

너무 놀라서,

"도깨비다!"

하면서 땅바닥에 꿇어앉으며,

"제발 저희들은 죄가 없습니다. 광모와 주지스님이 한 일입니다."

애걸복걸한다. 오공이,

"이놈들. 빨리 가사나 내놓아라. 우린 갈 길이 바쁘다."

무리 가운데서 어떤 중이,

"당신은 선당에서 타 죽었는데, 대체 당신은 산 사람이요 도깨비요?"

오공이 웃으며,

"불이 웬 불이야. 어디 가서 보고 와."

중들이 선당에 가서 들여다보니 어디 한 군데 그을린 데도 없다. 그제서야 이 중들이 보통이 아님을 깨닫고는 모두 한데로 달려가서,

"스님, 저 당나라 중은 보통이 아닙니다. 빨리 가사를 돌려주

세요."

늙은 주지는 가사는 없어지고, 절간은 타버리고 눈앞이 캄캄하다. 어찌할 수 없이 되었음을 깨닫자, 일어나더니 걸어가서 허리에 힘을 주어 벽에다 힘껏 머리를 부딪쳤다. 골이 부서지면서 그 자리에서 죽었다. 중들이 울면서,

"스님은 돌아가시고 가사는 없어졌으니 어찌하면 좋은가?"
"너희들이 감췄지 갈 데 있느냐?"
"아니올시다."

오공이 중들을 몸수색하고 주지 방 안팎을 샅샅이 뒤져봐도 나오지 않는다. 오래 궁리하던 끝에,

"이 근처에 도깨비붙이가 없느냐?"

하자, 한 중이,

"있어요, 있어요. 남쪽에 흑풍산이라는 데가 있고, 거기 흑풍동에 흑대왕黑大王이란 자가 있습니다. 죽은 주지가 늘 그자에게 경을 읽어주었습죠. 도깨비라면 그놈이지요."

"그 산이 여기서 얼마나 되느냐?"
"고작 20리쯤이지요. 저 꼭대기가 보이는 게 그겁니다."

오공이 웃으며 삼장에게,

"스님, 마음 놓으세요. 훔친 놈이 그 녀석입니다. 제가 찾아오겠습니다."

그러고는 중들에게,

"너희들, 우리 스님 잘 모시고 있거라. 탈이라도 있으면 알지."

쇠몽둥이로 타다 남은 돌담을 갈기니 모래성처럼 부서진다. 중

들이 질겁하며,

"마음 놓고 다녀오세요. 정성껏 모시고 있겠습니다."

오공이 그제야 급히 근두운을 잡아 타고 흑풍산으로 향한다.

오공이 재주를 넘더니 하늘로 솟아오르는 것을 보자, 관음원의 중들이 모두 놀라면서, 저마다 하늘을 우러러 절을 하면서,

"당신께서는 구름을 탈 수 있는 분이셨군요. 그러니 불에도 타지 않았지요. 우리 늙은 욕심쟁이 때문에 큰 실수를 했군요."

삼장이,

"여러분네들, 자, 그만하시오. 원망할 것 없소. 가사만 나오면 모두 다 흘려버리면 그만 아니겠소. 헌데 나오지 않는 날이면 저 제자가 성미 급한 터라, 당신네 일이 걱정이요."

중들이 이 말을 듣고 제발 가사가 나와지이다, 손마다 싹싹 비빈다.

한편 오공은 하늘로 올라가 한 번 발을 구르자 벌써 흑풍산 위에 와 있었다. 여기서 구름을 멈추고 눈여겨 살펴본즉, 정말 그럴듯한 경치다.

오공이 경치를 바라보고 있자니 언덕 숲 속에서 사람 소리가 난다. 다가가서 엿본즉 세 요물이 앉아서 얘기하고 있다. 윗자리에는 낯빛이 검은 사내, 왼편에 도사道士 같은 사내, 바른편에는 흰 옷 입은 사나이다. 검둥이가,

"모레가 내 생일인데 두 분께서 그날 오시오."

흰옷 입은 선비인 양한 사내가,

"해마다 대왕의 생일에 와 뵈었으니 올해라고 거르겠습니까?"

"실은 어젯밤, 비단 가사를 얻었는데 기막힌 물건이외다. 해서 내일 그것도 보여드릴 겸 청하는 것이오."
도사가 웃으면서,
"그것 참 재미있군요. 그럼 꼭 와야겠구먼."
오공이 이 말을 듣자 더 참지 못하고, 바위 뒤에서 달려 나오면서 몽둥이를 치켜들며, 큰 소리로,
"도적놈들아, 남의 가사를 훔쳐다 잔치를 해. 자 빨리 내놓아라" 하면서 후려때렸다. 검둥이는 재빨리 달아나버리고 도사도 구름을 타고 가버리고 흰옷 입은 작자만 남았다. 오공이 그놈을 단매에 쳐죽여놓고 본즉 이것이 흰 뱀이 변한 물건이었다. 오공은 뱀을 땅바닥에 태기를 치고, 갈기갈기 찢어버린 다음 검둥이 뒤를 쫓았다. 산속을 뒤지다가 바위 벼랑에 가서 굴 문이 보였다.
문이 굳게 잠기고, 문 위에 돌판대기에다, 흑풍산 흑풍동이라 써 붙였다. 오공이 몽둥이를 흔들면서 큰 소리로,
"이놈아, 빨리 가사를 내놓아라."
이것을 들은 부하 도깨비가 얼른 검둥이에게 가서 일렀다.
"대왕님, 문밖에 털부숭이 녀석이 와서 가사를 내놓으랍니다."
검은 마왕이 갑옷 투구를 가져오라 하여 치장을 하고는 검은 술이 달린 창을 움켜쥐고 문으로 나왔다. 괴물은 큰 소리로,
"네놈이 어디서 굴러온 중녀석이냐. 가사는 어디다 잃어버리고 여기 와서 내놓으라느냐?"
"내 가사는 관음원觀音院 뒤겻 주지 방에 있었지. 어제 불난 틈에 네놈이 훔쳐다가 아까 그 작자들에게 자랑하지 않았느냐. 잔말 말

고 내놔라. 그러면 목숨만은 살려줄 테니."

괴물은 그것을 듣자 비웃으면서,

"오냐, 어젯밤 불은 네놈 장난이군. 네놈이 지붕 위에서 바람을 내는 사이에 내가 가사를 가져왔다. 그게 어쨌단 말이냐. 네놈은 대체 누구냐?"

"나를 몰라? 나는 당나라 삼장 스님의 제자 손 행자다."

"오라 천궁에서 법석 떤 필마온이로군."

오공은 필마온이라 불린 게 화가 나서 몽둥이를 휘두르면서 달려들자 검둥이 괴물은 창을 겨누어 맞붙는다. 어느덧 승부가 나지 않은 채 해는 중천에 떠서 점심때가 되었다. 괴물은,

"손 행자, 점심 먹고 또 하자"

하고는 몸을 날려 동문 안으로 들어가 돌문을 굳게 잠가버렸다. 그러고는 잔치 준비를 서둘러 졸개들을 시켜 사방 괴물들을 잔치에 불렀다.

오공은 할 수 없이 관음원에 돌아가 삼장에게 검둥이 괴물 얘기를 고했다. 점심을 한술 뜨고는 다시 구름을 타고 산으로 돌아왔다. 오는 길에 보니 꼬마 괴물 하나가 편지함을 들고 오는 것이었다.

오공이 몽둥이로 내려치자 형체가 없어진다. 주검을 끌어당겨 편지함을 열어보니 속에는 초대장이 들어 있다. 오공이 웃으면서,

"옳지, 내가 이놈이 돼서 가면 되겠군."

오공이 주문을 외고 몸을 흔드니, 초대를 받은 주지가 됐다. 동문에 다가서서 여봐라, 하고 외친즉, 부하가 빠끔 내다보고는 들

어가서,

"대왕님, 금지金池 장로께서 오셨습니다."

괴물이 갸우뚱하면서,

"방금 부하를 보냈는데 벌써 와? 이봐 가사를 감춰라."

오공이 들어오는 것을 보자 괴물은,

"장로님! 오래 뵙지 못했습니다. 실은 모레 옵시라고 아까 편지를 보냈는데 오늘 오실 줄은 몰랐습니다."

"마침 뵙고 싶어서 오던 길에, 편지를 가진 자를 만나 좋은 물건을 보여주신다기에 급히 왔지요. 어디 좀 봅시다."

이러고 있는데 요괴 하나가 들어오면서,

"대왕님, 편지 가져간 자가 손 행자에게 맞아 죽었습니다. 이것은 손 행자가 장로로 변한 자일 것입니다."

괴물이 이 말을 듣자, 창으로 찔러왔다. 오공도 얼른 모습을 나타내어 몽둥이로 받아친다. 싸우면서 마당으로 나오고, 산 위로 올라와 구름까지 타고 겨루면서 저녁 무렵이 됐는데 결판이 안 난다. 괴물이,

"잠깐, 이제 날도 저물었다. 내일 또 하자"

하고는 쏜살같이 굴로 들어가 문을 닫아버린다. 오공은 매일 이러다가는 언제 결판이 날지 몰라서 그 길로 남해의 관세음보살을 찾으러 갔다.

"무슨 일로 왔느냐?"

"우리가 가는 선원이 있는데 당신은 거기서 공양을 받으면서 왜 근처에 요물이 사는 것을 그냥 놔두시오?"

"이 작자야, 쓸데없이 보물을 못난 자들에게 보여줘 말썽을 빚은 건 누구냐?"

다 알고 있다. 오공이 급히,

"잘못했습니다. 아무튼 좀 도와주십시오."

"좋다. 가자."

구름을 함께 타고 흑풍산에 왔다. 마침 도사 하나가 알약이 든 접시를 들고 오는 것을 보자, 오공이 단매에 쳐 죽였다. 보살이,

"왜 이러느냐?"

"보살께서 모르시는군요. 이놈은 저 검둥이 괴물의 한팹니다. 됐습니다. 보살께서 이 도사가 되십시오. 전 알약이 되지요. 당신이 접시를 들고 가서 저 괴물을 주면 놈은 먹을 게 아닙니까? 그러면 제가 배 속에서 한바탕 소란을 피우면 가사를 내놓겠지요."

보살이 웃고는 순식간에 도사가 되었다. 오공이 좋아라 손뼉 치며,

"아니, 보살이 도사인지, 도사가 보살인지 모르겠군요."

"오공아, 보살이건 도사건 모두 잠시 갖춘 모습이야. 원래 따진다면 아무것도 없느니라."

오공이 문득 그 말뜻을 깨닫고는 자기도 알약으로 변했다. 동에 들어가 보살이 알약을 주자 검둥이는 선약仙藥인 줄을 알고 꿀꺽 받아 마셨다. 오공이 배 속에서 치고받고 하자, 괴물은 견디다 못해 부하들을 시켜 가사를 내다 바쳤다. 오공이 배 속에서 뛰어나와 쳐 죽이려 하니 보살이,

"죽이지 말라, 내 뒷산에 산지기가 있어야겠으니, 이자를 데리

고 가서 써야 하겠다."

"과연 당신의 사랑이 한이 없습니다."

괴물도 비로소 마음이 돌아섰다. 본성을 나타내는 것을 보니 검은 곰이다. 오공은 가사를 가지고 삼장에게로 돌아가고, 보살은 곰을 데리고 남해로 떠났다.

다음 날 아침, 삼장 일행은 관음원 중들의 전송을 받으면서 길을 떠났다.

대엿새째 길을 가던 어느 날 해질 무렵 멀리 인가가 보인다. 삼장이,

"오공아, 저기 집이 있다. 가서 묵어가자."

"네, 좋은 마을이군요."

대숲이 울창하게 둘러선 속으로 초가지붕이 파묻혔다. 바야흐로 붉은 노을이 비치는 하늘에 저녁 짓는 연기가 곧장 올라간다. 닭과 돼지가 울타리 옆에서 서성거리는데, 어디서 아이들 노랫소리가 들린다.

17

마을 어귀에 이르니 한 젊은이가 길차림을 하고 짐을 메고 급히 마주 온다. 오공이,

"여기가 어디요?"

"마을 가서 물으시오."

"만난 김에 대주시구려."

"여기는 고노장高老莊이란 데요."

"당신은 뉘시고 어딜 가시오?"

"난 고 씨의 집에 있는 고재高才라 하오. 우리 주인어른네 집에 스무 살 난 딸이 있는데, 3년 전에 어떤 도깨비가 와서 차지해버렸소. 주인어른이 이자를 싫어해서 몇 번씩 쫓아내려 했지만 워낙 힘이 센 놈이라 이루지 못하고, 놈은 딸을 별당에 가둬놓고 사위 노릇을 하고 있소. 주인어른이 돈을 나한테 주면서 이 도깨비를 쫓아낼 사람을 데려오게 했는데, 네댓 명 와봐도 모두 당하지 못하더군. 방금 주인이 또 나를 불러 어디 가서 좀 용한 장사를 데려오라 하니 또 이렇게 나서는 길이오."

오공이 껄껄 웃으면서,

"당신 재수가 좋소. 자, 멀리 갈 것 없소. 내가 그놈을 쫓아드리지요."

"농담 마오. 당신이 그만한 솜씨가 없을 때는 내가 또 혼이 난단 말이오."

"염려 마요. 집까지 갑시다."

사나이는 끌리다시피 고 씨 집으로 돌아왔다. 고재가 먼저 들어가니, 고 나으리가 보고는,

"이놈아, 사람을 구해 오랬는데, 왜 아직 어물거리고 있느냐?"

역정을 낸다. 고재가,

"말씀 좀 들어보세요. 마을을 벗어나려는데 중 두 사람을 만났어요. 서쪽으로 경 가지러 가는 사람들인데 괴물 따위는 어렵지

않다는군요. 지금 같이 왔습니다."
태공太公이,
"멀리서 온 중들이면 좀 다를지 모르겠구나?"
얼른 밖에 나와,
"스님."
불렀다. 삼장이 마주 나가니 고 나리는 웃음을 지으면서,
"어서 오십시오"
인사한다. 삼장이 인사를 하는데, 오공은 뻗치고 서만 있다. 노인이 오공을 보고는 고재를 한옆으로 불러,
"이놈아, 네가 날 놀릴 작정이냐. 집 안에 당장 도깨비가 있어서 성환데 어디서 또 하나 데려왔단 말이냐?"
오공이 벌써 알아듣고,
"여보 늙은 양반, 사람을 겉보기로만 말하지 마시오. 내 생기기는 이래도 솜씨는 틀림없소. 괴물을 잡아주고 따님을 구해내면 될 게 아니오? 내 생김을 이러쿵저러쿵할 거야 없지 않소?"
고 노인이 이 말에 무안하여,
"자, 어서 이리"
하고 모셔들인다. 자리를 잡고 앉아 고 노인이,
"아까 머슴이 말하기를 두 분께서는 서쪽으로 가신다고?"
"그렇습니다. 소승은 서쪽에 부처를 뵙고 경을 받으러 가는 길인데 하루 묵어갔으면 합니다. 내일 일찍 떠나렵니다."
"나그네 되기를 청하시는군요. 그러면 괴물을 잡는다는 얘기는?"

오공이,

"묵어가는 김에 도깨비를 잡아드리려는 것이지요. 대체 댁에 도깨비가 몇 마립니까?"

"원 큰일 날 소릴. 몇 마리씩 있는 날에는 어찌 되겠습니까? 한 마리가 이 성화를 대는데."

오공이,

"알아듣게 말해주시오."

"저는 사내자식이 없고 딸아이 셋이 있습니다. 손위 두 아이는 일찍 시집을 보냈고, 막내동이는 데릴사위를 얻어 늘그막을 의지하려 했지요. 헌데 3년 전 한 사내가 왔습니다. 몸매도 반듯하고, 성은 저猪라 하는데 장가들고 싶다기에 사위를 삼았습니다. 한동안 착실히 일하더니, 이자가 모습이 변하더군요."

"어떻게 변해요?"

"처음에는 그저 뚱뚱하고 거무튀튀하더니, 차츰 귀가 삐쭉하고 주둥이를 내밀더니 목덜미에 갈기까지 생겨서 꼭 돼지 꼴입니다. 게다가 턱없이 먹어대는 밥통인데, 내 재산이 장차 녀석 배 속으로 다 옮겨갈 형편이오."

"먹는 게 그렇게 대단하단 말이군요?"

"먹는 건 그렇다 치더라도, 요즈음은 딸아이를 뒤채에 가둬놓고 만나지도 못하게 하니 견딜 수 있습니까? 그래 사람을 사서 쫓아내자는 것이지요."

오공이,

"그거 어렵지 않습니다. 오늘 밤 안에 쫓아드리지요."

"오죽 좋겠습니까? 그저 뒤탈만 없길 바랍니다."

"좋습니다. 밤 되기만 기다립시다."

노인은 크게 기뻐하면서 곧 음식을 차려왔다. 이윽고 어두워질 무렵, 오공이,

"자 갑시다. 그동안 스님은 집 안 사람들에게 좋은 말씀이나 들려주세요."

오공이 쇠몽둥이를 들고 고 노인을 데리고 뒤채에 와보니 쇠가 잠겼다. 오공이 다가가서 살펴보니 열쇠 없이는 열 수 없이 튼튼하다. 쇠막대기로 내질러 깨뜨리고 들어서니 속은 캄캄하다.

"고 노인, 불러보시오."

노인이,

"셋째야"

하고 부르니 안에서,

"아버지 저 여기 있어요"

하고 대답이 들린다. 오공이 살펴보니 머리가 수세미 같은 여자가 다가온다. 오공이,

"자, 빨리 데리고 나가시오."

두 사람을 내보내고는, 자기가 딸이 되어 방 안에 앉아 기다리고 있다.

이윽고 스산한 바람이 불더니 과연, 검은 얼굴, 내민 주둥아리, 나팔귀가 달린 괴물이 허공에서 내려서는 것이었다. 그리고 대뜸 오공을 끌어안고 입을 맞추려고 했다. 오공이 손으로 밀어내니 괴물이,

"왜 화가 났나?"

"걱정이 돼서 그래요."

"걱정이라니?"

"아버지가 사람을 시켜 당신을 몰아낸대요."

"허허허. 염려 마라. 나는 몸을 바꾸는 술법을 아는 데다 좋은 연장까지 가지고 있어. 누가 나를 몰아내?"

"5백 년 전 하늘을 떠들썩하게 만든 무슨 손인가 하는 제천대성을 부른다는군요."

괴물이 이 말을 듣고는,

"그래. 그럼 난 이만 가야겠군"

하고는 문을 열고 나간다. 오공이 본모습을 드러내며,

"이놈 게 섰거라"

하고 뒤쫓자 괴물이 번개 같은 빛줄기를 남기고 산으로 달아난다.

18

괴물이 뿜는 빛을 따라 오공이 구름을 몰아 쫓아간즉, 문득 저 앞에 높은 산 하나가 나타났다. 괴물은 붉은빛을 거두고 본모습을 드러내고는 굴속으로 뛰어들어 가닥이 아홉 달린 연장을 들고 나와 달려든다.

오공이,

"이놈아, 너는 어디서 온 괴물이냐. 내 이름은 어찌 알고, 네 장기는 뭐야. 바른 대로 대면 목숨 하나는 살려주지."
"나를 몰라? 나는 원래 하늘의 천봉원사天蓬元師다. 하늘나라의 궁녀를 희롱하다가 옥황상제의 미움을 받아 이 세상에 쫓긴 몸이니라."
오공이 듣고는,
"네놈이 천봉원수로구나. 그러니 나를 알아봤지."
괴물이,
"흥, 네놈이 그 소동을 피웠을 때 얼마나 여러 사람에게 폐를 끼쳤는지 아느냐. 또 나타나서 시끄럽게 굴다니, 내 연장을 받아라."
두 장수가 새벽빛이 환할 때까지 맞싸우자, 괴물은 더 지탱 못하고 다시 한줄기 바람이 되어 굴속으로 도망쳐서는 문을 굳게 잠그고 영 나오지 않는다. 오공이 굴 어귀를 보니 운잔동이라 씌어져 있다. 삼장이 걱정할까 보아 고노장으로 돌아갔다. 여러 사람에게,
"저 귀물은 예사 괴물이 아니오. 원래 천봉원수가 세상에 내려온 놈인데 잘못 돼지 태 속에 들어가서 돼지 형상으로 태어난 것이오. 먹새는 좀 심하지만 부지런히 일도 하고 당신 딸을 해친 일도 없지 않소? 사윗감으로 손색이 없으니 그대로 두는 게 어떻소? 굳이 쫓아버릴 것까지야 없을 듯한데"
한즉, 고 태공이,
"제 딸을 해치지야 않겠지요만 세상 이목이 창피합니다. 고 씨 집안에서 괴물을 사위 삼았다는 소문이 질색입니다."
삼장도,

"오공아, 기왕 내친걸음인데 깨끗이 마무리를 해드리는 게 좋겠다."

오공이,

"좋습니다. 그럼 다시 가보지요"

하자 모습이 사라졌다.

오공은 다시 산으로 와서 굴 밖에 이르자, 쇠몽둥이로 문을 짓부숴버렸다.

"먹보놈아, 빨리 나와서 어울려라."

괴물이 굴속에서 쉬다가 이 말을 듣고는 참지 못하고 뛰어나오면서,

"이놈아, 네가 먹여 살린단 말이야? 내 먹새 좋아 네 안 된 게 뭐냐? 남의 집 문은 왜 부숴? 콩밥이 먹고 싶으냐?"

오공이,

"네놈이 남의 집 딸을 가로챈 건 어쩌구?"

"내 연장 받아라."

"그따위 연장 무섭지도 않다."

"자, 이래두?"

"어디 내 머리를 갈겨봐라."

괴물이 연장을 들어 힘껏 내려치니 불꽃이 번쩍 튀는데 오공의 머리는 끄덕도 않는다. 괴물이 질겁을 하면서,

"굉장한 머리로구나. 야 원숭이야, 그동안 어디 갔다가 여기 왔느냐, 말 들어보자."

"나는 옛날 잘못을 뉘우치고 삼장이란 스님을 모시고 부처님한

테 경을 받으러 가는 길이다. 고 씨 댁에 하룻밤 나그네를 청했더니 네 말이 나와서 내가 잡으러 나선 길이다."

괴물이 이 말을 듣자 연장을 내던지고 엎드려 절을 한다. 그리고,

"그분이 어디 계신가 뵙게 해주게."

"어쩔 셈인가?"

"관세음보살께서 이르기를 경 가지러 가는 스님을 따라 천축天竺으로 가라 하시더군. 네가 그분 제자라면 진작 얘기할 일이지 왜 힘센 자랑만 하려 드느냐 말이야."

"이놈, 거짓이면 없다. 정말이면 하늘에 맹세해봐."

괴물이 땅에 머리를 조아리면서,

"아미타불, 내 말이 거짓이면 지옥에 떨어지이다"

하고 맹세하는 것을 보고 괴물을 데리고 고노장으로 돌아왔다. 괴물은 삼장에게 절하고,

"스님, 마중 나오지도 못하고 실례했습니다."

삼장이,

"오공아 어찌된 일이냐?"

오공이

"네가 말해라."

괴물이 보살로부터 좋은 업業을 쌓기를 권고받은 말을 하자 삼장이 기뻐하면서,

"네가 내 제자가 됐으니 법명을 주지."

"저는 벌써 보살님으로부터 형戒를 받아 저오능猪悟能이란 법명

을 받았습니다."

삼장이 웃으며,

"그러면 오공과 같은 격이로군."

"스님 저는 계를 받은 후로 오훈삼염(五葷: 마늘, 파 같은 자극 있는 야채. 三厭: 기러기, 개, 鳥魚)을 먹지 않았는데, 이제 스님을 뵈었으니 가리는 일을 그만둬야겠습니다."

"안 된다. 너는 이후로도 오훈삼염을 먹어서는 안 된다. 그러니 하나 더 이름을 줄 것이니 팔계八戒라 부르기로 하자."

이래서 그는 저팔계라 불리게 된다.

고태공이 기뻐하면서 잔치를 베풀었다. 팔계가 태공더러,

"우리 집사람을 불러서 스님과 형님에게 인사드리게 하면 어떻겠소?"

오공이,

"네가 중이 됐는데 집사람이 어디 있나? 자 공양이나 들고 길 떠날 차비를 하라구."

고태공은 돈 2백 냥쯤 되는 것을 접시에 담아 스님 앞에 내놓았다. 삼장이,

"우리는 음식 공양은 받아도 돈은 안 받습니다."

오공이 돈을 한 줌 집어서 고재에게 주면서,

"어제는 길을 물어보고 오늘은 덕분에 제자가 생겼다. 이걸 받으라구."

태공은 가사 한 벌에 구두 한 켤레를 팔계에게 내놓는다. 팔계는 그것을 걸치고는 고태공에게,

"그동안 신세 많았소. 내 마누라를 잘 돌봐주시오. 경 받는 일이 그릇되면 다시 와서 사위 노릇하겠소."
오공이,
"이놈아 쓸데없는 소리 마라"
하니 팔계가,
"형님, 잘못하면 중도 못 돼, 마누라도 잃어, 게도 구럭도 다 놓치란 말이오."
삼장이,
"자, 그만하고 떠나자."
한마디에 팔계가 짐을 진다. 삼장은 말에 오르고 오공은 몽둥이를 메고 고삐를 잡는다.

19

세 사람이 서쪽으로 한 달가량 별 일 없이 가다가 큰 산 하나가 나진다. 삼장이 말을 세우고
"제자들아 높은 산이 있으니 조심하자."
팔계가,
"괜찮습니다. 이 산은 부도산浮屠山이라고, 조소선사鳥巢禪師란 분이 있는 곳입니다."
이윽고 산마루에 이르렀다. 삼장이 보니 과연 나뭇가지 사이에 둥지가 있다. 스님 셋이 오는 것을 보자 선사가 나무에서 내려와

맞으면서,

"어서 오십시오."

팔계가,

"안녕하십니까?"

선사가,

"자네가 웬일인가?"

"스님의 제자가 됐습니다."

"그것 잘됐군."

삼장이,

"천축은 아직 멀었습니까?"

"아직 멀었소. 길은 멀어도 언젠가 닿을 것이지만 도중에 도깨비들을 피할 길은 없소이다. 이리가 왕관을 쓰고 앉아 있을 게고, 여우가 높은 벼슬아치 노릇을 하고 있으리다. 그들의 겉보기에 속지 마시오. 또 여기서 조금 가다가 물속에 사는 괴물이 변을 일으킬 것이나 염려하지 마시오. 마음에 높은 뜻을 가지면 스스로 숨쉴 구멍이 생길 것이외다. 이 세상이 있는 그대로 바로 보면 기쁠 것도 슬플 것도 없소."

"명심하겠습니다."

삼장이 인사하자 선사는 나무둥치로 올라가버렸다. 세 사람은 다시 길을 재촉한다. 세 사람이 한데 잠을 자면서 길을 가던 어느 날 저녁, 길가에 집 한 채가 있다. 삼장이,

"오공아 저 집에서 묵어 가자."

팔계가,

"그거 좋습니다. 저도 배가 고파 못 살겠습니다. 배가 든든하면 길 가기도 쉬운데."

오공이,

"이 녀석이 며칠 안 되는데 벌써 투정을 하는군."

삼장도,

"오능아, 집이 그리운 마음이 심하면 출가라 할 수 없느니라. 여기서 돌아가렴."

팔계가 허둥지둥 꿇어 엎드리며,

"스님, 누가 투정한답니까? 배가 고프니 공양 생각이 난다고 했을 뿐입니다. 저는 결코 돌아가지 않으렵니다. 왜 출가라 할 수 없다고 하십니까?"

삼장이,

"그럼 빨리 가자."

팔계가 껑충 뛰어 일어나서 짐을 지고 앞장서 간다. 이윽고 집 앞에 와서 삼장이 말에서 내려 문으로 들어서니, 노인 하나가 마루에 앉아 졸고 있다. 삼장이 나직이,

"안녕하십니까?"

하니, 노인이 깨어나서,

"스님네들 웬일이시오?"

"저는 당나라 중으로 왕명을 받들어 서천 뇌음사로 경을 가지러 가는 길입니다. 날이 저물어 이 댁에서 하룻밤 묵어갈까 합니다."

"그거 어려운 걸음이로군. 아마 돌아가는 게 좋을 거외다."

삼장이 이 노인네가 이상한 소리를 하는군 하고 속으로 생각하

는데, 속에다 두지 못하는 오공이 불쑥 나서면서,

"영감, 나이도 지긋한 양반이 왜 그리 퉁명스러우시오. 집 안이 마땅찮으면 저 나무 밑에서라도 하룻밤 자고 가겠소."

노인이 삼장에게,

"저 제자는 어찌 된 사람이 늙은이한테 저리 무례하오? 생기기를 염병쟁이 같은 게."

오공이,

"영감, 작다고 깔보지 마시오."

"무슨 재주가 있길래?"

"있지요."

"당신 고향은 어디요, 언제부터 출가하셨소?"

"나는 원래 화과산 수렴동에 살던 몸. 어려서부터 변화술을 익혀 제천대성이 됐소. 천록을 달가워하지 않아 천제에 대든 죄로 벌을 받았다가, 지금은 사문沙門이 되어 스님을 모시고 서천으로 경 가지러 가는 길이오. 길이 험하대서 두려운 내 아니오. 마귀를 잡는 일은 장난 같은 일이오."

노인이 이 말을 듣고,

"그만한 솜씨라면 염려할 것 없겠군. 들어오시오."

삼장이 공손하게,

"고맙습니다."

"모두 몇 분이시오?"

"일행 셋이외다."

"한 분은 어디 계시오?"

오공이 가리키면서,
"노인 눈이 어두우시군. 저 나무 그늘에 서 있지 않소?"
노인이 팔계를 쳐다보자 안으로 달려가면서,
"문을 닫아라, 도깨비다."
오공이 쫓아가서 노인을 잡으며,
"진정하시오. 도깨비가 아니라 내 동생이오."
노인이 벌벌 떨며,
"그런가요, 한데 당신네 인상이 과연 험하오."
팔계가 점잖게,
"노인, 생김새로 사람을 재지 마시우. 생김은 이래도 마음은 보살이오."
노인이 옳이 여기고 세 사람을 안으로 청해 들였다. 이튿날 새벽에 다시 길을 떠나 반나절쯤하자 험한 산이 나진다. 게다가 웬 회오리바람까지 일어난다. 삼장이,
"오공아, 바람이 부는구나."
"바람이야 해가 있겠습니까? 어디 한 줌 잡아 냄새 맡아볼까?"
팔계가,
"형님, 바람을 잡아 냄새 맡는단 말이오?"
오공이,
"너는 모를 테지만 나는 그렇게 할 수 있지."
오공이 냄새를 맡아보니 좀 비리다.
"과연 보통 바람이 아니다. 호랑이가 아니면 괴물이다."
말이 떨어지기 전에 호랑이 한 마리가 뛰어나왔다. 삼장이 말에

서 굴러떨어져 길옆 풀숲에 숨었다. 팔계가 짐을 팽개치고 연장을 휘두르며,

"이놈의 짐승아, 게 섰거라."

고함을 치면서 내리친다. 호랑이는,

"가만히 있어. 나는 황풍대왕黃風大王의 부하로 호虎 장군이다. 너는 어디서 온 중이냐?"

팔계가,

"이놈아, 나는 예사 어른이 아니시다. 스님을 모시고 천축으로 가는 길이다. 길을 비키면 목숨만은 살려주겠다."

괴물은 이 말을 듣자 풀숲에서 칼 두 자루를 꺼내가지고는 달려든다. 이러는 사이에 오공은 삼장을 일으키면서,

"걱정 마십시오. 팔계를 도와주고 오겠습니다."

오공이 몽둥이를 치켜들고,

"간다."

외치니 괴물은 안 되겠다 싶은지 달아난다. 두 사람이 쫓아가자 호랑이는 앞발로 가슴을 긁어 껍질을 홀랑 벗어버리고는 그것을 넓적한 바위에 씌워놓고 자기는 길가로 몰래 나와서 삼장을 붙들어가지고 가버린다. 괴물은 어떤 굴 앞에 와서 두 손으로 삼장을 내밀면서,

"대왕님, 제가 산을 돌고 있자니 서천으로 경 가지러 가는 중이 지나기에 잡아왔습니다."

대왕이 듣고 놀라며,

"듣자니 삼장에게는 손오공이란 재주가 기막힌 제자가 있다는데

어떻게 잡았느냐?"

"이 중에게 제자가 둘인데, 이들과 싸우다가 가죽을 벗어놓고 이 중을 잡아왔습니다."

대왕이,

"틀림없이 그 두 녀석이 찾아오겠지. 이 중은 뒤뜰에다 매둬라."

그러고는 싸울 준비를 서둘렀다. 한편 오공과 팔계는 호랑이를 쫓아 언덕을 내려가니 호랑이가 엎드려 있다. 오공이 몽둥이로 힘껏 내리치니, 손이 얼얼하다. 자세히 보니 바위에 호랑이 가죽을 씌워놓았다. 오공이 놀라며,

"아차, 놈의 꾀에 속았다."

"꾀라니?"

"돌아가자."

급히 길에 나와 본즉 스님이 간데없다.

"짐작대로군. 이 산 어디에 계실 테니 찾아보자."

두 사람이 산속을 찾아 헤매다가 어떤 낭떠러지 기슭에 큰 문이 있는데 '황풍령黃風嶺 황풍동黃風洞'이라 써 붙였다. 오공이,

"마귀들아, 우리 스님을 내놔라. 아니면 너희들 집을 다 부수겠다."

지키는 졸개가 뛰어들어가서,

"대왕님, 문간에 털귀신 같은 중이 와서 스님을 내놓으랍니다."

대왕이 놀라서 호랑이 장군을 불러,

"이놈아, 멧돼지나 잡아오라고 했는데 저런 중을 잡아와서 이

지경이 됐구나. 어쩌면 좋으냐?"

호랑이가,

"대왕, 염려 마시고 내가 나가 그놈마저 잡아오리다"

하고 칼 두 자루를 빼어들고 달려나가서,

"어디서 온 중이냐? 왜 보채느냐?"

오공이,

단박에 쳐 죽일 셈으로 달려든다. 호랑이는 당하지 못해 달아난다는 게 팔계가 기다리는 길목으로 나갔다. 팔계가 연장을 들어 호랑이를 내리치니 머리에 아홉 구멍이 뚫려 피가 뿜어 나온다. 오공이 달려와서,

"잘했다."

"스님 계신 데를 알았는가?"

"이놈이 괴물한테 갖다 바친 모양이야. 너는 여기서 말과 짐을 지키고 있어. 내가 가서 다시 싸움을 돋우겠다. 괴물을 잡아야 스님을 찾겠다."

"형님 빨리 가보우, 괴물이 나오거든 또 여기로 몰아넣으라구. 단매에 쳐 죽일 테니."

"오냐, 알았다."

오공이 한 손에 몽둥이 다른 손에 호랑이 주검을 끌고 곧장 마귀 굴로 되돌아 달려갔다. 황풍동의 늙은 마귀가 근심 속에 앉아 있자니 문지기가 뛰어들어와서,

"대왕, 털귀신 같은 중이 호 장군을 때려 죽여가지고 문간으로 끌고 왔습니다."

마귀가 이 말을 듣고,
"경우 없는 놈이로다. 내가 제 스승을 잡아먹은 것도 아니거늘, 내 부하를 잡아 죽이다니. 오냐, 어떤 놈인지 나가보리라."
투구 갑옷을 갖춰 차리고 세 갈래 창을 집어 들고는 많은 부하들을 이끌고 굴에서 뛰어나갔다. 오공을 향해,
"손 행자가 어떤 놈이냐?"
오공이 호랑이 가죽을 밟고 손에 여의봉을 들고 대꾸한다.
"네 할애비가 여기 있다. 냉큼 스님을 내놔라."
괴물이 손오공을 바라보니 몸매가 보잘것없고 얼굴이 한 줌 키는 넉 자도 모자란다. 부지중 웃으며,
"가련하다. 웬 장산가 했더니 반송장이로구나."
오공이 웃으며,
"하룻강아지야, 눈도 뜨지 못했구나. 이 할애비 머리를 한 번 때려봐, 어떻게 되나."
괴물이 말대로 치니 대번 키가 한 길이나 치솟았다. 괴물이,
"그따위 장난 말고 자, 덤벼라."
오공이 한참 싸우다가 제 털을 한줌 뽑아 입에 넣었다 뿜어내면서,
"바뀌어라!"
하니 백 마리쯤 되는 꼬마 오공이 되어 저마다 몽둥이를 들고 괴물을 에워싼다. 괴물도 술을 쓰는데, 입을 벌려 훅 뿜어내니, 갑자기 먼지바람이 무섭게 일어난다. 오공이 만들어낸 꼬마 오공들은 먼지처럼 날리면서 괴물 근처에 얼씬하지도 못한다. 오공이 털을 거

두고 직접 달려들었으나, 괴물이 뿜는 먼지바람 때문에 눈을 뜰 수 없다. 그 사이에 괴물은 굴로 들어가버렸다. 한편 팔계는 먼지바람이 일면서 둘레가 어두워지므로 엎드린 채 기다리고 있자니 바람이 이윽고 걷히고 오공이 투덜거리면서 돌아왔다. 팔계가,

"형님 웬 바람이 지독하군."

"사실이야. 녀석이 뿜어낸 바람이야. 나도 바람쯤 일으키지만 이런 바람에는 못 당하겠군."

"스님은 어찌 되오?"

"아무튼 근처엔 눈병 고칠 의사가 없을까?"

"눈이 어째서?"

"그 바람을 맞았더니 쑤시고 눈물이 멎지 않아."

"형님, 이 산속에서 의사가 무슨 의사야."

"아무튼 동네로 나가보자."

두 사람이 동네 쪽으로 산을 내려오니 마침 불빛이 보인다. 다가가서,

"주인 계시오."

안에서 노인네 목소리가,

"뉘시오?"

20

"우리는 당나라 중들로 스님을 모시고 서쪽으로 가다가 황풍대

왕한테 스님을 뺏겼소. 날이 저물어 묵어가려고 찾아왔소."

"아, 스님들이시오. 자 들어오시오."

두 사람이 차를 마시고 저녁밥까지 끝내자 노인이 머슴더러 잠자리를 이른다.

"아직 자고 싶지 않습니다. 헌데 근처에 눈을 고치는 데가 없습니까?"

"어느 분이 눈이 아프시오?"

"오늘 괴물이 뿜는 바람을 맞아 눈이 쑤십니다."

"아니 그 괴물의 바람을 맞았다면 어찌 살아남았소. 신선이나 되면 혹 모를까?"

"글쎄요. 우리는 신선은 아니지만 신선이 우리를 닮은 모양이오."

"그렇다면 당신들이 예사 분이 아니로구먼. 나한테 좋은 약이 있어요."

노인이 약을 가져다 오공의 눈에 넣어주고 하룻밤 쉬면 나으리라 한다. 이튿날 새벽에 오공이 눈을 떠보니 눈이 말끔하다.

"과연 좋은 약이군."

그런데 둘러보니 집이 간데없고 두 사람이 벌판에 누워 있다. 팔계도 잠에서 깨어,

"형님, 왜 그러시오."

"잘 봐."

"아니 이 사람들이 집을 떠메고 이사를 갔군."

"바보야, 봐. 저 나무에 편지가 붙어 있군."

팔계가 다가가서 떼어 보니, 거기에 글이 적혔는데,

　집은 집이 아니라
　호법신護法神이 머문 잠깐 동안의 자리
　'좋은 약으로 그대의 눈을 고치니 온 힘으로 마귀를 잡아 서슴지 말라'

오공이,
"이놈의 신 가 놈이 신선놀음을 하는군."
팔계가,
"아무튼 도와줬는데 나쁠 거야 없지 않소?"
"여기서 황풍동까지 멀지 않다. 짐과 말을 보고 있어. 내가 가서 스님께서 어찌 됐는지 봐야겠다."
"그래 주시오."
오공이 한달음에 동에 와보니 괴괴잠잠하다. 주문을 외워 모기로 변해 굴속으로 들어갔다. 보니 괴물들은 아직 코를 골고 자고 있는데 대왕이 부하 몇을 불러놓고,
"손 행자 놈이 어제 바람으로도 죽지 않았다면 오늘 또 올게다"
하고 이르는 중이다. 오공이 그 말을 듣고 뒤쪽으로 가보니 문이 있다. 문틈으로 빠져 들어가자 넓은 빈터에 삼장이 나무에 비끄러매어져 있었다. 오공이 스님의 머리에 앉아,
"스님"
하고 불렀다. 삼장이,

"오공아 기다렸다. 헌데 어디 있느냐?"
"스님 머리 위에 있습니다. 염려 마세요. 오늘은 꼭 마귀를 잡고 말겠습니다"
하고는 날아갔다.

대왕이 앉아서 부하들과 얘기하는 자리에 망보기로 나간 졸개가 들어오며,
"제가 산을 돌아보고 있자니 귀가 넙죽한 중이 나타나서 하마터면 잡힐 뻔했습니다. 그러나 털보 괴물은 보이지 않았습니다."
대왕이,
"손 행자가 안 보인다면 아마 바람에 맞아 죽었던지 아니면 원군을 청하러 갔겠지."
부하들이,
"대왕, 죽었으면 오죽 좋겠습니까만 원병 청하러 갔다면 어쩝니까?"
"신병神兵 따위가 온대도 무섭잖아. 내 바람을 이기자면 영길보살靈吉菩薩밖엔 없어."
오공이 이 말을 듣고 됐다 하고 밖으로 나와 팔계를 불렀다. 팔계가 얘기를 듣고는,
"그 영길보살이 어디 사는지 알아야지"
하는데 마침 노인 하나가 지나간다. 오공이 다가서며,
"노인, 영길보살이 사는 곳을 아십니까?"
"여기서 2천 리쯤 되는 곳에 소수미산小須彌山이라는 데가 있는데 거기 사시지."

말을 마치자 온데간데없다. 오공이,

"팔계야 알았다. 여기서 기다려라."

오공이 근두운을 날려 남쪽으로 가서 보살을 만나 사정을 말했다. 보살이 놀라서,

"나는 그놈더러 얌전히 있으라고 일렀는데 그런 못된 짓을 하다니. 내가 바람 잡는 법을 아는데, 같이 가지"

하고는 오공과 같이 구름을 타고 황풍산으로 왔다. 보살이,

"대성, 내가 여기 있을 테니 가서 놈을 끌어내시오."

오공이 내려가서 몽둥이로 문을 짓부수자, 괴물은,

"이놈이 아직 살았구나. 이번에는 놓치지 않으리라."

창을 들고 나와 덤벼들었다. 얼마를 싸우다가 괴물은 입을 벌리고 바람을 뿜으려 한다. 이때를 기다리던 보살이 손에 든 지팡이를 던졌다. 지팡이는 금시 용으로 변하더니 괴물을 붙잡아 땅에 태기를 쳤다. 그제야 괴물이 본모습을 드러내는 것을 보니 한 마리 쥐였다. 오공이 달려들어 잡으려 하자 보살이 말리면서,

"대성 잠깐, 저놈은 원래 영산 기슭에서 득도한 쥐였는데 기름을 훔쳐 먹은 죄로 여기에 도망쳐 와 있었던 것이오. 내가 데리고 가서 여래의 처분을 받게 하리라."

오공이 굴속으로 들어가 남은 졸개들을 모두 때려잡고 있는데 팔계도 들이닥쳐 힘을 모아 쫓아버렸다. 그러고는 뒤뜰에 가서 삼장을 구해내왔다. 오공이 영길보살이 도와준 일을 말하니 삼장이 무수히 치하한다. 오공과 팔계가 굴속에서 밥을 지어 나눠 먹고는 굴을 나와 다시 서쪽으로 길을 간다. 돌아보니 황풍산 마루에 언

제 그런 일이 있었더냐 싶게 구름이 한가롭게 빗겨 있었다.

21

황풍령을 떠난 지 며칠이 지나 삼장 일행은 큰 벌판으로 나왔다. 벌판을 한참 가노라니 큰 강이 흐르는데 성낸 물결이 무섭게 소용돌이쳐 흐른다. 삼장이 말 위에서 하는 말이,
"제자들아, 이렇게 넓은 강을 어떻게 건너면 좋으냐. 배도 안 보이는구나."
오공이 하늘로 올라가 바라보고 내려와서는,
"스님 어렵겠습니다."
"얼마나 넓으냐?"
"한 8백 리는 잘됩니다."
팔계가,
"형님, 그걸 어떻게 아시오?"
"내 님의 눈은 천 리 사방을 다 본다."
삼장이 수심에 잠겨 강물을 바라보고 있는데 갑자기 한길 높은 물결이 일면서 강 속에서 괴물 하나가 솟아올랐다. 머리카락이 수세미 같고 등잔 같은 눈, 짙푸른 낯빛, 목에는 아홉 개 해골바가지를 걸고 키가 장승이다. 괴물은 회오리바람처럼 언덕에 올라서면서 삼장을 채려 한다. 오공이 얼른 삼장을 안아 언덕으로 피한다. 팔계가 연장을 휘둘러 괴물을 친다. 괴물도 지팡이를 들어 맞싸운다.

오공이 보다가,

"스님, 여기 계세요. 제가 가봐야 하겠습니다"

하자, 몽둥이를 휘둘러 괴물에게 달려들었다. 하자, 괴물은 돌아서 물속으로 사라져버렸다.

팔계가 발을 구르며,

"형님, 누가 도와달라 했노? 거의 요절 낼 판에 왜 훼방 놓냔 말이오."

오공이,

"팔이 간지러워 볼 수 있어야지. 도망갈 줄이야 알았나?"

두 사람이 오는 것을 보고 삼장이,

"도깨비를 잡았느냐?"

오공이,

"물속으로 달아났습니다."

삼장이,

"여기 오래 사는 놈이니 물속에서는 용하겠지."

오공이,

"그렇습니다. 저놈을 잡아서 스님을 건너게 해야겠습니다"

하자 팔계가,

"나는 옛날에 은하수의 대장 노릇을 해서 물길은 조금 알지만 워낙 이 강물은 생소한 곳이라서."

오공이,

"물속에 가서 싸움이 붙거든 못 이기는 체하고 놈을 꾀어내라. 나중은 내가 맡을 테니."

"알았소."

팔계가 옷을 활활 벗어부치고 물속으로 들어가 연장을 휘두르며 이래로 내러갔다. 괴물이 돌아와서 쉬고 있자니 누군지 물을 가르며 다가오는 기척이 난다. 급히 일어나 보니 팔계가 오는 것이었다. 벌떡 일어나 앞을 막으며,

"중놈아 어딜 가느냐?"

팔계가 들이치면서,

"네놈은 웬 도깨비냐, 왜 훼방 놓는가?"

"나는 도깨비가 아니다. 잘 들어라. 내 어려서부터 영특하고 날쌔어 다행히 높은 스승을 따라 진리를 깨달았다. 옥황상제가 귀히 알아 권렴대장捲簾大將을 삼아 위세가 자못 떨치더니, 하루는 큰 잔치 자리에서 실수로 옥그릇을 깨뜨려 하늘에서 쫓겨 이곳에 왔노라. 내 신수 사나움을 한탄하며 강바닥에 누워 세월을 보내고, 시장하면 지나는 배손을 잡아먹느니라. 허리에 찬 해골은 내가 먹은 찌꺼기로다. 네 오늘 내 길을 막고 성가시게 구니 비록 맛이 보잘것없어 보이되 잡아서 회나 쳐 먹으리라."

팔계가 크게 화를 내며,

"이 악당아, 큰소리 마라"

하고 달려들어 한참 싸우다가 팔계가 짐짓 돌아서서 달아난다. 괴물이 쫓아온다. 언덕에 거의 닿았을 때 오공이 달려가서 몽둥이로 내리쳤다. 괴물은 또다시 물속으로 쑥 들어가버렸다.

팔계가 화를 내며,

"이 촉새 같은 원숭이야, 조금만 기다리면 될 걸 참지 못해서 놓

쳐버린단 말이야. 이렇게 되면 잡기는 다 틀렸다"
하고 펄펄 뛴다. 오공이,
"떠들지 마라, 스님한테로 가자."
삼장한테로 가서 결과를 알렸다. 삼장이 듣고,
"어찌 하면 좋은가?"
오공이,
"스님, 걱정 마세요. 날도 저물었으니, 잠깐 여기서 기다리세요. 제가 가서 저녁 공양을 얻어 오겠습니다. 먼저 먹어야 사니까요."
오공이 구름을 타더니 곧 돌아와서 스님에게 공양을 바쳤다. 삼장이,
"이 밥을 준 집에 가서 사정을 물어보는 게 좋지 않겠느냐?"
오공이,
"그 집이 여기서 5~6천 리나 되는데 이곳 사정을 어찌 압니까?"
팔계가,
"형님, 5~6천 리 길을 어찌 그리 빨리 다니시오?"
"네가 모르는구나. 내 구름은 한달음에 10만 8천 리를 나는 거야. 5~6천 리쯤 잠깐 사이지."
팔계가,
"그렇다면 스님을 업고 단숨에 강을 건너면 될 게 아닌가. 굳이 저런 도깨비와 싸울 게 뭔가?"
"스님은 범골이라 내 구름으로 태울 수가 없어. 스님께서는 고생을 치르면서 여러 나라를 거치지 않으면 고해苦海를 벗어나지 못해.

우리는 스님 목숨을 지킬 수는 있어도 괴로움을 바꿔서 치러드리지는 못한단 말이야. 설령 우리가 먼저 천축에 가서 부처님을 뵈온대도 부처님이 우리한테 경을 주시지는 않을거야. 고생 않고 진리를 손에 넣지는 못한다는 거지. 서로 업이 다른 이치를 알겠나?"
팔계가 듣고,
"과연 그럴듯하군. 형님 유식한 줄 처음 알았소."
"엿 먹어라."
"ㅎㅎㅎ."
이날 밤 강변 언덕에서 자고, 이튿날 아침 삼장이,
"오공아, 오늘은 어쩌면 좋으냐?"
"어쩔 것 없습니다. 어제처럼 팔계가 물속에 들어가도록 합시다."
팔계에게,
"이번에는 네가 그놈을 꾀어낼 때까지 기다리마. 자 가거라."
팔계가 연장을 들고 어제처럼 물속으로 내려갔다. 괴물이 팔계를 보고 달려 나오며,
"또 왔구나, 이 돼지 도깨비야."
팔계가 어제처럼 달아나서 언덕으로 올라가자 괴물은 눈치 채고 물속으로 숨어버렸다.

22

오공이,

"안 되겠다. 내가 가서 남해의 관세음보살을 모셔와야 하겠다."

구름을 타고 남해 보타산普陀山으로 와서 보살에게 사정을 아뢰었다. 보살의 제자 혜안이 강변에 이르러 큰 소리로 외쳤다.

"오정아, 경 가지러 가는 분이 여기 계시는데 왜 모시지 않는가?"

괴물은 혜안을 보자 반가워하면서,

"존자尊者 어인 일이십니까? 보살께서는 어디 계십니까?"

혜안이,

"보살께서는 오시지 않고 나를 보내 네가 삼장의 제자가 되라 이르셨다. 네 목에 건 해골과 이 박을 묶어 배를 만들어 삼장을 건너게 하라."

오정이,

"경 가지러 가는 분이 어디 계시오?"

혜안이 가리키며,

"저 언덕에 앉아 계시는 분이다."

오정이 지팡이를 거두고 언덕에 올라 삼장 앞에 엎드려,

"스님, 저는 눈이 있되 보지 못하고 스님인 줄 몰라뵈었습니다. 용서하십시오."

삼장이,

"진심으로 나에게 귀의하느냐?"

"저는 원래 보살의 가르침을 받고 사沙 성에, 오정悟淨이라는 법명을 받고 있습니다. 어찌 거짓이겠습니까?"

"그러면 오공아, 계도戒刀를 가져다 머리를 깎아줘라."

머리를 깎자, 오정은 오공과 팔계에게 인사를 드리고 형제가 됐다. 삼장이 그의 예의범절을 보니 승려의 태가 온전하므로 사화상沙和尚이라 불렀다.

혜안이,

"자, 빨리 배를 만들어라."

오정이 목에 건 해골을 벗겨 박과 함께 묶은 위에 삼장을 태우니 과연 훌륭한 배가 되었다.

왼편에 팔계, 오른편에 오정이 붙어 배를 지키고 오공은 용마龍馬를 끌고 구름을 타고 뒤따른다. 이렇게 유사하流沙河를 건너는데 파도는 잔잔하고 배는 쏜살같이 달리되 흔들림이 없다. 강을 삽시간에 건너 맞은편 언덕에 닿으니 옷이나 몸에 물 한 방울 묻지 않았다.

혜안이 구름 위에서 내려와 박을 거두니 해골은 아홉 개의 회오리바람이 되더니 원래 왔던 대로 흔적 없이 흩어져버렸다. 사오정을 얻어 넷이 된 삼장 일행은 별 탈 없이 길을 갔다. 어느 날 저녁 삼장이,

"날이 저무는데 어디 묵어갈 곳이 없을까?"

오공이,

"스님은 출가하신 분이니 하늘을 지붕 삼아 풀베개로 잠드시는 신세가 아닙니까? 왜 묵어가실 걱정을 하십니까?"

하자 팔계가,

"형님, 임자야 편하겠지만 날 보시오, 이 무거운 짐을 지고 가지 않소. 내 짐을 저 말에 좀 실으면 어떻겠소?"

오공이,

"이놈아, 저 말을 몰라. 원래 서해 용왕의 셋째 왕자야. 법을 어겼다가 관세음보살 덕분에 목숨을 구해 말이 되어 스님을 태우고 가는 길이야. 저마다 업이 다르니 투덜대지 마라."

오정이 듣고,

"그게 정말이오?"

"정말이지."

팔계가,

"헌데 왜 저리 느린가?"

"봐라."

오공이 여의봉을 번쩍 치켜들자, 말은 자기를 치는 줄 알고 번개처럼 달려갔다. 삼장이 고삐를 당겨, 겨우 어떤 낭떠러지 끝에서 멈춘다. 삼장이 숨을 돌리며 건너다보니 멀리 솔밭 속에 집이 보인다. 그래서,

"제자들아, 저기 집 한 채가 있다. 하룻밤 신세 지러 가자."

오공이 보니 과연 집이 있다.

"좋습니다, 갑시다."

삼장이 집 앞에서 말을 내린다. 보니 날아갈 듯한 대문이 있고 기둥마다 그림과 조각이 있다. 팔계가,

"필시 부잣집인가보다."

오공이 안으로 들어가려 한즉 삼장이,

"안 돼, 사람이 나오면 물어보기로 하자."

모두 돌 위에 앉아서 아무리 기다려도 기척이 없다. 오공이 끝

내 안으로 들어가보니, 남쪽으로 방이 세 개 있고 방 한가운데 그림 족자를 걸어놓고, 그 앞에 검은 자개상이 있는데 상 위에 짐승 모양의 향로를 얹었고, 양편 금칠한 기둥에는 글귀를 써 붙였다. 방에는 또 의자가 놓여 있고 병풍이 둘러 있다. 오공이 정신없이 살피고 있는데 병풍 뒤에서 기척이 났다. 오공이 돌아보니, 한 여자가 나오면서,

"어디서 온 분이시오. 함부로 과부가 사는 집에 들어오다니."

오공이 얼른,

"저는 동쪽에서 온 사람. 일행 넷이서 서쪽으로 부처님을 만나러 가는 길에 날이 저물어 댁에서 하룻밤 묵어가고자 부탁드리러 왔습니다."

그 부인이 웃으며 맞는다.

"그래 나머지 세 분은 어디 계세요? 이리 오시라고 하세요."

오공이 밖에 대고,

"스님 들어오시랍니다."

부르니 삼장이 팔계, 오정을 거느리고 들어섰다. 부인이 세 사람을 보고 더욱 흥이 나서 한 사람씩 깍듯이 인사한다. 각기 자리에 앉자 병풍 그늘에서 부엌에서 일하는 어린 여종들이 차를 날라왔다. 부인이 받아서 손님들에게 권하고 종들에게 식사 준비를 일렀다. 삼장이 치사를 하면서,

"성함은 누구시며 이곳은 뭐라 부르는 고장입니까?"

하고 물으니 부인이,

"네, 제 성은 하夏라고 부릅니다. 이곳은 인도 땅입니다. 시부모

와 남편이 모두 세상을 떠나 저 혼자 집을 지키고 있습니다. 집에는 돈이 만 관, 논이 천 두락쯤 있습니다. 마침 사내아이들은 없고 딸이 셋이 있는데 친척은 없어서 우리 모녀가 의논할 사람도 없습니다. 이러던 차에 스님네들이 오셨군요. 마침 우리도 넷이고 우리 모녀도 데릴사위를 얻어야 할 형편이니 잘됐습니다. 어떠십니까?"

삼장은 눈을 감고 대답이 없다.

그러자 부인은 이어서,

"저희들은 논이 3백 두락, 밭이 3백 두락, 과일밭이 3백 두락 남짓 있사오며, 소·말·돼지·양이 있습니다. 게다가 집에 목장이 60~70 군데 있으며 장만해둔 양식 10년 먹기에 족하고 생전에 다 입지 못할 능라비단에, 돈도 그득합니다. 이 집에 데릴사위가 되시면 비단 휘장 속에 미인을 거느리고 추운 것 더운 것 모르시고 재미있게 세상 살아갈 테니 고생하시면서 서쪽으로 가실 게 뭡니까?"

삼장은 그래도 대답이 없다. 그러자 부인은 더욱 신이 나서,

"제 나이는 올해 서른여섯, 한창 남자를 즐겁게 할 나이오며 큰딸이 스무 살, 둘째가 열여덟, 셋째가 열여섯입니다. 딸애들은 글도 읽었으니 이런 데 살지만 아주 시골뜨기는 아닙니다. 스님들께서 머리를 기르시고 저희들 주인어른이 돼주시면 비단옷을 입고 지내시겠으니 먹장삼에 삿갓 쓰고 동냥 다니기보다 얼마나 낫겠습니까?"

그래도 삼장은 눈을 감은 채 말이 없다. 팔계가 듣자니 그토록

많은 재물, 그토록 잘생긴 딸이란 말에 안절부절 못하다가 영 참지 못하겠던지 삼장의 소매를 끌며,
"스님, 이 부인이 의향을 묻는데 왜 잠자코만 계십니까? 한마디 하세요"
하자 삼장이 갑자기 눈을 번쩍 뜨며,
"닥쳐라!"
하고 팔계를 꾸짖고는,
"출가한 몸이 재물과 여자를 그리 탐낸단 말이냐?"
부인이 웃으며,
"딱하셔라. 출가해서 좋은 일이 무엇인가요?"
물으니 삼장이,
"당신들 속인이 좋은 일이 무엇이오?"
"스님, 그야 많지요. 철마다 날씨에 맞춰 옷을 입고, 철따라 맛난 음식이 있고 놀이가 있으며 비단이불 깔아놓고 꽃등잔 켜놓고 님과 밤을 지냄이 어찌 부처님 모시기에 비기겠소?"
삼장이,
"당신네 재가在家 분들이 그 말대로 좋은 일이 있겠지요만, 우리 출가자出家者들도 좋은 일이 있지요. 집을 나와 뜻을 세움이 어찌 누구나 하는 일이겠는가. 사랑과 미움에 얽힌 멍에를 벗어버리고, 밖으로 물건에 욕심 없고, 안으로 헛마음을 지키지 않노라. 제 본바탕을 밝히 깨달아, 거칠 것 없는 고향으로 돌아왔으니, 더러운 물건, 더러운 마음으로 꽉 찬 재가 분네처럼 나이 먹을수록 한낱 썩은 똥주머니가 됨보다 낫지 않은가?"

여자가 이 말을 듣고 화를 내며,

"정성도 몰라보고 당신네를 데릴사위 삼겠다는데 그래 나를 욕한단 말이오? 그럼 당신은 그토록 도도하다 치고 제자 한 사람쯤은 우리 집에 남겨 장가들일 수는 없겠소?"

삼장이 고지식해 사정없이 말을 했다가 부인이 이처럼 화내자 허둥지둥하는 말이,

"오공아, 네가 이 댁에 머무르면 어떻겠느냐?"

"저는 나면서부터 이런 일은 성에 맞지 않습니다. 팔계가 어떻겠습니까?"

팔계가,

"이러지 마시오. 내가 생각 있어서 그런 줄 아시오?"

"너희들이 싫으면 오정을 남겨둘까?"

오정이,

"천만에. 저는 죽어도 천축에 가겠습니다."

아무도 솔깃해하지 않는 것을 보자, 병풍을 돌아 안으로 통한 문을 탕 닫고 들어가버린다.

팔계가 투덜대기를,

"스님도 참 벽창호시군요. 그토록 딱 잡아뗄 거야 뭐 있습니까? 출가승 잘난 줄 누가 모르나요? 어물어물 수작을 하면서 저녁 공양이나 받고 잠자리나 얻어 하면 어떻습니까? 내일 가서 싫다면 될 것 아닙니까? 이 한데 같은 마루방에서 어떻게 밤을 새운단 말입니까?"

오정이,

"그러니 임자, 이 집 사위가 되라구."
팔계가,
"그건 그런데 나는 마누라를 둘이나 두게 되는군."
오정이 처음 듣는 말이다.
"형님 마누라가 있소?"
오공이,
"자네 모르겠군. 팔계는 고노장이라는 데서 살림을 하다가 스님을 따라나섰어. 그동안 무척 지겨웠다가 이런 일이 생기니 그만 본바탕이 드러나는군. 정 그러면 할 수 있나. 여기 남으라구."
팔계가,
"점잖은 체하는군. 속으로는 다 한생각이면서 시치미를 떼지 말게들. 그러나저러나 저 말은 내일도 스님을 태우고 가야 할 텐데 빈 속으로 재워서는 낭패가 아니겠나. 임자들 여기 계시오. 내가 가서 풀어놓아 풀이나 뜯게 해야지."
팔계가 뜰에 내려가 말고삐를 풀어 쥐고 대문을 나갔다. 오공이,
"오정아, 너는 스님을 모시고 있거라. 녀석이 말을 어디다 풀어 놓는가 보고 올 테니."
오공은 마루에서 내려가면서 잠자리가 되어 팔계를 따라갔다. 팔계는 말을 끌고 풀밭을 지나면서도 먹일 생각은 않고 곧장 끌고 뒷문으로 왔다. 보니 아까 그 여편네가 세 딸과 함께 꽃나무 곁에서 놀고 있다가, 세 딸은 팔계가 오는 것을 보고 얼른 숨어버렸다. 여편네는 그대로 문간에 기대 선 채,
"젊은 스님 어디루 가세요?"

하고 말을 걸었다.

그 집 아낙이 묻는 말에, 팔계가 공손히 절을 하면서,

"아주머니, 말을 먹이려 왔습니다."

아낙이 요염하게 웃었다.

"댁의 스님은 왜 그리 꾹 막히셨을까? 우리 집에 장가들면, 거지꼴 하며 서쪽으로 가기보다 얼마나 편하겠는지 모르는데. 난세에 법 찾는 사람들처럼 답답한 게 없다니깐."

팔계가 웃었다.

"그것도 다 업이니 남의 말 마시오. 그 사람들이 그러니 당신들이 이렇게 하루 세 끼 먹고 지낸다오."

"그게 무슨 소린가요?"

"아무튼 내 생각은 좀 다른데, 아주머니, 내 이 주둥이 내민 것 허구, 귀가 벌죽 솟은 거 과히 싫지 않겠소?"

"어때요? 남자는 우락부락한 게 섹스어필이라나, 그런 게 있잖아요? 헌데 딸애들이 뭐라 할지, 그년들이야 참재미가 뭔지 쥐뿔을 알아야지요?"

"그거 듣던 중 시원한 말씀. 저 우리 스님 같은 거 보기만 해반지르했지, 거 실속 없습네다."

"호호, 실속이 없어서야. 그러시는 분인들 누가 장담하겠어요마는."

"무슨 말씀. 이 사람으로 말할 것 같으면,

  비록 인물은 못났어도

  부지런하기 이를 데 없어

서유기西遊記 479

비록 천 떼기 밭이라 한들
풋내기 소 따위를 부림이 없이
한바탕 내 연장을 휘두르고
씨를 심으면 제때에 싹이 나고
비가 소원이면 비를 부르고
바람이 없어 탈일진대 바람도 마음대로
집이 좁아 탈일시면
댓바람에 2층 3층 솟게 하며
집 안팎 마른일 궂은일
마다함이 없다오."
"어머 저럴 데가. 그러시다면 스님과 의논하고 오세요. 당신을 사위 삼을 테니."
"의논이 무슨 의논. 탯줄 끊은 부모도 아닌데. 내 마음 내 뜻대로요."
"좋아요. 내 애한테 알려야지"
하면서 문을 닫았다. 팔계가 애꿎은 말을 끌고 앞문 쪽으로 돌아왔다. 오공이 두 사람의 수작을 다 듣고 급히 돌아와서 삼장에게 일렀다. 거기에 팔계가 들어섰다. 삼장이,
"말을 풀어놨느냐?"
"먹일 만한 풀밭이 없습니다."
오공이,
"풀밭은 없어도 딸밭은 있겠지."
아는 눈치다. 팔계는 못 들은 체했다.

이윽고 장지문이 열리면서 이 집 아낙이 딸 셋을 데리고 들어섰다. 그 잘생기기를, 눈썹은 그린 듯 얼굴에 봄이 무르녹아 나라를 기울일 아름다움이 마음 하나 흔들지 못하랴. 반쯤 머금은 웃음 바야흐로 앵두 한 송이 사뿐 걸음마다 짙은 향내 일어 이야말로 저 하늘 아씨가 길을 잘못 들었음이다.

다른 사람들은 모두 체면이 원수라 점잖게 도사리고 있으나, 팔계만은 끓는 속이 역연하여 안절부절못해한다.

과부 아낙이,

"스님네들 어느 분이 장가드실는지 정해주십시오."

오정이,

"네, 정하나마나, 이 팔계란 분이 그 사람이오."

팔계가 펄쩍 뛰어오르면서,

"오정이, 놀리지 말게. 의논을 해봐야지."

오공이 팔계더러,

"의논은 무슨 의논이야. 벌써 뒷문간에서 다 꾸며놓고서. 자 스님이 주례를 서고 우리가 들러리를 서지. 빨리 안으로 들어가보게."

"이러지 말라구. 의리 상하게."

"닥쳐, 무슨 염병할 의리. 빨리 끝장내고 잔치술이나 내라구"

하면서 오공이 한 손으로 팔계를 붙잡아 안으로 떠밀면서,

"아주머니, 사위 받으시오."

팔계가 못 이기는 체 안으로 들어갔다. 장모가 사위를 데리고 안방으로 들어가서,

"뭐 난세에 법 찾을 거 있어요. 자 서로 인사나 하고 때우지."
"헌데 어느 따님 주시려우?"
"그게 골치라니까. 집안에 큰 불화가 생기겠어요."
"어렵잖지요. 셋 한몫으로 내주시구려."
"아이구, 큰일 날 소리."
"큰댁에서들 주렁주렁 큰댁 작은댁 드레없는 세상 아닙니까? 솜씨는 염려 마시오. 내 모두 흡족하게 해줄 터이니."
"안 돼요. 이 수건으로 눈을 가려요. 애들을 불러 눈을 가리게 할 테니 하나 골라잡으세요."
팔계가 말대로 수건으로 눈을 가렸다.
"자 불러오세요."
"애들아, 나오너라. 술래잡기로 서방 삼아라."
말이 떨어지자 딸애들이 서성거리는 눈치다. 팔계가 손을 벌려 잡으려고 하는데 좀체로 닿지 않는다. 기둥을 안았다가 문에 걸리는가 하면, 벽에다 박치기를 한다. 입이 터지고 머리통에 혹이 주렁주렁 열렸다. 펄썩 주저앉으며,
"장모 댁의 따님들이 생각 없는 모양 아니오?"
"그게 아닐세. 서로 사양하는 거라네."
"그렇다면 굳이 따질 것 없이 당신 어떻소?"
"망측해라. 장모한테 장가들겠다는 사위가 세상에 어디 있나. 자 그럼 이렇게 하지. 딸애들이 저마다 속옷들이 있는데 그걸 가져올 테니 입어보게. 자네한테 맞는 속옷 임자를 가지게."
과부가 속옷 한 벌을 가져다준다. 팔계가 속옷을 입고 아직 띠

도 덜 매는데 털썩 넘어졌다. 실은 이게 속옷이 아니라 밧줄이어서 몸을 칭칭 감아버린 것이다. 팔계가 몸부림치는 사이에 여자들은 어디로 가버렸다.

한편, 삼장이네 세 사람이 잠에서 깨어보니, 솟을대문 기와집이 오간 데 없고 솔밭에 앉아 있었다. 삼장이 놀라 오공을 불렀다. 오정도 알아보고는,

"형님, 이거 큰일 났소. 도깨비한테 홀렸군."

오공은 벌써 알고 있었는지,

"이 한 몸이 원래 도깨비만 나을 것 없는데 홀리긴 뭘 홀려. 헌데 팔계놈이 정녕 어디서 혼나고 있겠군."

삼장이,

"어째서 그런가?"

하니 오공이 웃으며,

"어젯밤 그 어미 딸이 틀림없이 어느 보살님들인데 여기서 우리를 다뤄보신 겁니다. 팔계놈만 혼이 났지 뭡니까?"

23

삼장이 이 말을 듣고 손을 모아, 머리를 조아렸다. 문득 본즉, 가까운 나뭇가지에 편지 한 장이 펄럭인다. 오공이 떼어다 삼장에게 드렸다.

여산노모黎山老母가 수고를 마다 않고
남해보살南海菩薩이 장난을 모르지 않아
보현문수普賢文殊가 기꺼이 거들어
어울려 예쁜 아낙으로 변해 수풀 속에 자리 잡으니
성승聖僧은 장한지고 선기禪機 굳건하다
팔계는 즐거움을 누름에 약한지고 가련하다
이로부터 마음을 다스려 잘못을 대하라
만일 게을리하면 앞길이 어려우니라

세 사람이 이 글을 읊고 있자니 갑자기 수풀 속에서,
"스님 살려주오. 다시는 이러지 않을 테니 살려주오"
하는 소리가 돼지 먹따듯 들린다. 삼장이,
"저게 팔계로구나."
오정이,
"그렇습니다."
오공이,
"오정, 저런 놈 놔두고 우린 가세"
하자 삼장이,
"저자는 어리석고 거칠지만 보살님들 뜻을 받들어 살려줘야지"
하였다. 오정이 짐을 꾸려 지고, 오공은 말을 끌고 삼장을 인도해 수풀 속에 가본즉 몸을 바로 가지려면 사랑과 욕심을 멀리하라는 말이 거짓 아님이 분명한 증거가 거기 눈앞에 있었다.
　세 사람이 수풀을 헤치고 들어가 보니 팔계가 나무 위에 묶여서

울부짖고 있었다. 오공이 웃으며 다가가서,

"이봐, 신랑, 아니 첫날밤을 지냈으면 스님과 형제를 찾아보고 인사나 올릴 노릇이지 어째 그런 데서 보채고 있는가 말이야. 색시는 어디 가고 장모는 웬일인가, 응? 신랑."

팔계가 할 말이 없어 애써 아픔을 참고 대답이 없자 오공이 밧줄을 풀고 내려주었다. 팔계가 돼지 구멍을 찾는다.

형국인즉 노래마따나,

색色은 곧 몸을 다치는 칼날이라
이를 탐하면 반드시 해가 있다
이팔청춘 보기에 좋으나
또한 야차보다 흉하다
오직 원래 사로잡힘 없는 아득한 자유를 깨달아
거문고 줄 타듯 선선히 짚고 놓아
얽매이지 말라.

팔계가 손 모아 머리를 조아린다. 오공이,

"이 자식아, 보살을 보았느냐?"

"까무라친 다음인데 누군지 모르겠더군."

오공이 편지를 주니 받아본 팔계가 더욱 무안해한다. 오정이,

"형님 수지맞았소. 보살님 네 분하구 짝을 맺었으니 머."

"동생, 그만하게. 지금 이후로 실수 안 함세. 한눈 안 팔고 스님

따라가려네."

삼장은 속도 없는 사람이라,

"암 그래야지"

하고 반가워한다. 일행이 다시 큰길을 따라 떠난다.

며칠 만에 한자리 우뚝한 뫼가 나선다.

본즉 꽃피고 꽃지는 산기슭이요

오는 구름 가는 구름 산꼭대기네

삼장이 좋아라,

"얘들아, 여태 길을 오면서 산천도 많았지만 이만한 경치는 처음이다. 만일 뇌음사가 멀지 않다면 차비를 가다듬어야겠다."

오공이 웃으며,

"어딜요, 아직 멀었습니다."

오정이 오공에게,

"뇌음사까지 얼마나 되오?"

"10만8천 리. 아직 열에 한 꼭지도 못 왔어."

팔계가,

"형님 몇 해나 걸리우?"

"너희들 같으면 열흘. 나라면 하루 쉰 번 오가고도 해가 남겠지. 스님은 얘기할 게 못 되고."

삼장이,

"오공이, 그럼 우리가 언제면 닿겠느냐?"

"어려서 늙도록 걷고, 그러기를 천 번 새로 거듭나도 어렵지요.

다만 성性을 바로 보고 뜻이 참답기만 하면 바라보면 거기가 영산 아니겠습니까?"

오정이,

"형님 여기가 뇌음사는 아니지만 물뫼가 이리 좋으니 어진 이가 있겠소."

"그 말이 맞아. 필시 신선이 사는 곳이야. 구경이나 실컷 하세."

자, 이 산으로 말할 것 같으면 만수산이라고 산속에는 오장관五莊觀이라는 절이 있고, 절에는 진원자鎭元子, 다른 이름을 걸세동군乞世同君이라 부르는 한 신선이 살고 있었다. 이 절에는 이상한 물건이 있다. 혼돈이 처음 열리고 난 후 이곳에서 만나는 물건이다.

이름을 인삼人參이라 한다.

3천 년에 한 번 꽃이 피고 또 3천 년에 한 번 열매 맺고 다음 3천 년에야 겨우 익는다. 모습이 갓난아기요 네 팔다리에 눈 코 입 귀가 모두 달려 있다. 인연이 있어 그 냄새를 맡을작시면 3백60살을 살고 한 개를 맛보면 4만7천 년을 살 수 있다. 마침 이날 진원대선鎭元大仙은 옥황대제의 부름을 받아 설법을 들으러 가고 없었다.

이 절에는 제자 48명이 있었는데, 대선大仙은 어린 제자들만 남기고 모두 데리고 갔다. 둘 가운데 하나는 이름이 청풍淸風이요 1천3백20살, 다른 하나가 명월明月인데 겨우 1천3백 살에 난다. 대선이 떠나면서 두 아이에게 이르기를,

"내가 떠난 후 곧, 내 아는 이가 여기 올 게다. 이름이 삼장이요, 천축 땅 부처님 만나러 가는 길인데 허물이 없도록 하라. 인삼과人蔘果 두어 개 따서 대접하는 게 좋겠다."

아이가,

"공자가 이르기를 이데올로기가 같지 않으면 더불어 일을 꾀하지 않는다 했습니다. 우리는 도교절인데 어찌 화상和尙과 사귑니까?"

하니 대선이,

"네가 모르는구나. 그 화상은 원래 금선자金蟬子라 한 분이 거듭 나신 몸이야. 5백 년 전 내가 그분과 만났는데 옛 친구가 아닌가? 이데올로기란 그 참모습은 모두 한가지 뜻이요, 다만 인연 따라 껍데기가 다른 게야. 너는 그분을 극진히 시중들되 인삼과를 올릴 때 같이 온 사람들이 눈치 채지 못하게, 인삼과인 줄 모르게 하여라."

두 아이가 그러겠노라 조아렸다. 삼장이네 네 사람이 두리번거리다가 문득 보니, 솔, 대 사이에 몇 층짜리 집이 보인다. 문간까지 와보니 이야말로,

복된 땅 영한 자리, 봉래蓬萊 구름 동네.

맑고 비어 있어, 사람이 드물고, 가없이 조용하여 도심道心이 절로 이네.

이런 곳이다. 삼장이 말에서 내리니 산문 왼쪽에 돌에 씌어졌으되 '만수산萬壽山 복지福地 오장관동천五莊觀洞天'이라 돼 있다. 삼장이,

"제자들아, 과연 이는 도교의 절이구나. 어디 들어가보자."

안으로 들어가니 두번째 문에 좌우로 기둥에 춘련春聯을 붙였는데 '장생불로신선長生不老神仙의 집, 하늘과 같이 늙은 도인의 집'이

라 했다. 오공이 웃으며,

"이놈 도사가 말치레만 하는군. 손 나오리가 태상노군太上老君 댁에도 가봤지만 이따윈 없더라."

문으로 들어가니 안에서 아이 둘이 나온다. 해말쑥하게 생긴 품이 예사 사람이 아니다. 두 아이가 허리를 굽혀,

"스님, 어서 오십시오."

삼장이 기뻐 안으로 들어가니 벽에다 오색으로 수를 놓아 '천지天地' 두 자를 족자로 걸고, 붉은 칠한 향반에 책상 위에는 한쌍 금로金爐와 병 하나가 놓였다. 삼장이 나아가 향을 피우고 절을 한 다음 아이에게,

"이 오장관五莊觀은 과연 서방선계西方仙界로군. 헌데 선생께서는 어딜 가셨소?"

"선생님은 원시천존元始天尊의 부름으로 설법 들으러 가셨습니다."

삼장은 제자들을 다른 방으로 보내고 혼자 있자니, 아이가 차를 올리며,

"스님께서는 천축으로 경 가지러 가시는 당 나라 삼장이십니까?"

"어찌 내 이름을 아시오"

"선생님이 일러두시고 가셨지요. 곧 변변치 못하나 요깃거리를 올리겠습니다."

아이는 방에서 나가 한 사람이 막대를 들고 한 사람은 쟁반에 비단 수건을 깔아 받쳐들고는 인삼밭으로 나왔다. 청풍淸風이 나무에

올라 막대기를 두드리는 것을 명월明月이 아래서 받아 쟁반에 받쳐 가지고 들어와서 삼장에게 올렸다.

"삼장님, 이 오장관은 떨어진 곳이라 아무것도 없사오나, 이것은 여기서 나는 열맵니다. 자셔보십시오."

삼장이 보더니 물러나면서,

"아니, 올해는 풍년이라더니 이 절에만 가뭄 들었소? 이건 갓난 아긴데 어찌된 일이오?"

명월이,

"이는 인삼이라 하여, 나무에 열리는 열매올시다."

"무슨 소리. 나무에 사람이 열리다니 빨리 치워주오. 아이구 가엾어라, 끔찍해라."

두 아이는 삼장이 한사코 마다기에 할 수 없이 물러나와 자기네 방으로 왔다. 이 인삼과란 이상스런 물건으로, 두어두지는 못하는 것이, 딱딱해서 못 먹게 된다. 두 사람은 방으로 들어서자 하나씩 나누어 먹어댔다.

이때 그 옆 부엌에서 팔계가 밥을 짓고 있자니 — 삼장이 인삼과를 모르는 덕에 우리만 수지맞았군 — 하는 소리를 듣고, 군침을 삼키면서 거 한번 맛 좀 봤으면 좋겠다, 오공이한테 물어봐야지 하고 속으로 궁리를 하는데, 그 당사자가 말을 끌고 와서 나무에 비끄러매고는 돌아서 나간다. 팔계가 연방 손짓하며,

"이리 좀."

오공이 부엌으로 들어섰다.

"등신아, 왜 그래?"

"이 절에 보물 있는 거 임자 아나?"
"보물?"
"인삼과, 모르지?"
오공이 놀라며,
"거 처음인데. 얘기로는 그놈을 먹으면 오래 산다는데. 어디 있나?"
"여기 있어. 저 아이가 두 개를 따와서 스님에게 드린즉, 양반이 처음 보는 터라 갓난애라면서 안 먹겠다는 거야. 그랬더니 저 아이놈들이 건방지잖아, 스님이 마다하면 우리한테나 권할 일이지 저희들이 먹어치웠단 말일세. 우리도 좀 먹어보도록 해야지. 형님, 좀 가서 훔쳐오시구려."
"어렵잖지. 손 나으리가 가서 가져오지."
오공이 곧장 나서려는 걸 팔계 붙잡으며 일렀다.
"형님, 녀석들 말이 무슨 막대기로 친다더군."
"알았어."
대뜸 몸을 숨기는 법을 써서 아이들 방에 가보았다. 방은 비어 있고 둘러보니 창턱에 길이 두 자쯤 굵기가 손가락만 한 쇠붙이 막대가 놓여 있고 그 앞 끝은 파뿌리 같고 다른 끝에는 푸른 빛깔의 털실을 꿰었다. 오공이 이것이로군, 하고 생각하고는 집어들고 뒤뜰로 나왔다. 먼저 꽃밭이 나지고 거기를 지나니 이번에는 푸성귀 밭이다. 거기도 지난즉 또 문이 있다. 문을 밀고 들어선다. 가운데 한 그루 큰 나무가 있다. 푸른 가지에 잎사귀가 푸르무성하고 향기가 가득 풍긴다. 잎사귀 모양이 파초를 닮았고, 높이는 천 자쯤,

둥치는 아름쯤. 쳐다보니 남쪽 가지에 인삼과 하나가 보인다. 그대로 갓난애 모습인데 엉덩이에 꼭지가 달려 가지에 붙어 있다. 그 모양이 갓난애가 손발을 움직이고 머리를 내젓는 것 같아서, 바람이 불 적마다 옹아리를 하는가 싶을 지경이다. 오공이 흐뭇했다.

"이거 좋군. 희한하구나."

나무를 주르르 타고 올라가서 막대로 치니 툭 떨어졌다. 곧 내려와서 찾아보니 간 곳이 없다.

"이상하다. 옳지, 토지신이란 놈이 숨겼구나."

주문을 외워 토지신을 불러낸다. 곧 토지신이 나타나서 절을 한다.

"대성님, 웬일로 부르셨습니까?"

"이 손 나으리는 세상이 다 아는 도둑놈으로 일찍이 하늘복숭아를 훔치고 하늘술을 훔치고 하늘약을 훔쳐도 개평 떼인 적은 없느니라. 지금 이 열매 하나를 훔쳤는데 네놈이 개평을 떼다니. 내가 하나 따먹는 게 그토록 배 아픈가?"

"대성, 아닌 밤중에 홍두깨올시다. 제가 그럴 리 있겠습니까?"

"네 짓이 아니면 어디로 갔단 말인가?"

"당신께서는 이 열매가 오행五行을 가림을 모르시는군요."

"가리다니?"

"이 열매는 금金을 만나면 떨어지고 목木을 만나면 시들고, 수水를 만나면 녹으며 토土를 만나면 잦아듭니다. 떨구려면 금金 연장을 써야 합니다. 떨어진 것을 받으려면 명주 수건을 깐 쟁반을 써야 합니다. 만일 나무 쟁반째로 받으면 시들어버리고 비록 먹어도 장수長壽에 약이 안 됩니다. 이를 먹는 데는 옹기그릇에 넣어 맑은 물에 풀어 먹습니다. 불에 닿으면 타버립니다. 토土를 만나면 땅속으로 스며버립니다. 이곳 땅은 4만 7천 년 전 때 흙이어서 무쇠 송곳으로도 뚫지 못합니다."

오공이 여의봉을 꺼내 땅을 친즉 막대가 핑 하고 튀어오르고 땅바닥에 자국도 안 남는다.

오공이 그제서야,

"사실이군. 그렇다면 너는 돌아가거라."

토지신을 보내고, 다시 나무에 올라갔다. 한손으로 막대질을 하며 다른손으로 저고리섶을 벌려 거기다 열매 세 개를 따 담아가지고 부엌으로 돌아왔다.

팔계에게 보이면서,

"어때, 손 나으리가 못 가져올 게 어디 있어. 오정을 불러와."

오정이 부엌으로 들어서자,

"이게 무언 줄 알아?"

"인삼과다."

"제법이야. 어떻게 알아?"

"옛날 권렴대장捲簾大將 시절에 신선들이 옥황玉皇 생일에 들고 오더군."

"자, 하나씩 먹자."

팔계는 씹지도 않고 꿀떡 삼키고는,

"맛이 어때?"

하니 오공이,

"먼저 먹고는 뉘더러 물어?"

"삼켜버렸으니 알 게 뭐야."

"여보게 형님, 이왕이면 창덕궁이라는데, 하나 더 가져와보게."

"먹보야, 하나 맛본 것도 감지덕지로 알아. 안 돼."

오공이 금막대를 창으로 던져버리고 상대를 않는다. 이때 두 아이가 방에 들어서면서, 팔계가 인삼과 하나를 더 먹었으면 하고 투덜거리는 것을 들었다.

청풍이,

"이봐, 명월 저 주둥이 내민 화상이 인삼과를 하나 더 먹었으면 좋겠다더군. 저놈들이 훔쳤는지 모르겠다."

명월이,

"저것 봐. 금 막대가 땅에 떨어졌군. 뜰에 가보세."

두 사람이 급히 나가 보니, 꽃밭 문이며 푸성귀밭 문이 활짝 열렸다. 인삼밭에 들어가 쳐다보며 헤아려보니 몇 번 세도 스물두 개밖에 없다. 명월이,

"인삼과가 원래 서른 개였는데 스님이 두 개 자시고 아까 두 개를 땄으니 스물여섯 개가 있어야 하지. 헌데 스물두 개뿐이니 네 개가 모자라지 않나. 저놈들이 훔친 게 분명하군. 삼장한테 가서 따지자."

두 사람이 허둥지둥 인삼밭을 나서 안으로 들어왔다. 삼장이 있는 방에 들어서면서 노려보며 갖은 악담을 퍼부으며 꾸짖어댔다. 삼장이 듣다가,

"여보게, 젊은이. 대체 웬일인가?"

청풍이,

"귀머거린가, 인삼과 훔치고도 웬일이라니."

"인삼과가 뭔가?"

명월이,

"아까 가져왔는데 갓난애라던 그것 말이오."

"나무아미타불. 그것이면 보기만 해도 끔찍하던데 뭣 하러 훔치겠는가? 함부로 실수하지 말게."

청풍이,

"당신은 안 먹어도, 당신 데리고 온 자들은 먹겠지."

"글쎄 그럴지도 모르지. 아무튼 떠들지 말아요. 내가 물어보지. 만일 훔쳤다면 사죄하지."

삼장이 소리를 높여 밖에다 대고 불렀다.

"제자들아, 모두 이리 오너라."

오정이,

"큰일 났군. 인삼 일이 들통 났군"

하자 오공이,

"이거 난처한데. 훔쳤달 순 없으니 모르쇠로 내밀기로 하자."

팔계가,

"암 그렇구말구. 모를 모 자다."

세 사람이 흐리멍텅해서 스님 앞으로 나갔다. 삼장이 제자들을 보자,

"이 절에 인삼과라 하는 게 있는데 너희들 그걸 훔쳐 먹었느냐?"

팔계가,
"저는 모릅니다."
청풍이,
"웃는 자겠지."
오공이 벌컥 화를 낸다.
"손 나으리는 나면서부터 웃으시는 얼굴이야. 무언가 하는 열매가 없어졌다고 내 얼굴 뜯어고치란 말이냐?"
삼장이,
"제자야. 우리는 출가인出家人인즉 거짓말, 훔치기는 안 될 일이야. 정말 먹었으면 빌어야지. 한 일을 안 했다는 것 좋지 않아."
오공이 그럴듯해서 털어놓았다.
"실은 저 두 아이가 먹는 것을 팔계가 듣고는 저더러 따오라 했습니다. 그래서 세 개를 따다가 하나씩 먹었습니다."
명월이,
"네 개를 따먹고도 뻔뻔스럽구나."
팔계가 이 말에,
"네 개를 따서는 세 개를 나눴으니 한 개를 먼저 먹었구나. 치사하다"
하고 고래고래 소리를 질렀다.

일이 이쯤되자 난처하기도 하거니와, 아이놈 소행이 괘씸하다. 오공이 머리털 한 올을 뽑아 가짜 자기를 만들어 그 자리에 세워놓고 자기는 인삼밭으로 와서 여의봉을 꺼내 마구 후려쳐 나무를 쓰러뜨렸다. 오공이 경황 중에도 열매를 찾아보았으나 반쪽짜리도 없다. 원래 이 열매는 금金을 만나면 떨어지는데 오공의 쇠막대에는 양끝에 금金고리가 붙었는지라 금방 떨어졌고 떨어지자마자 땅속으로 숨어버렸기 때문에 나무는 빈털터리였다.

"에익, 개운하다."

오공이 이러면서 다시 돌아갔다. 가짜 자기와 바꿔치기한 것을 아무도 모른다. 아이들이 한참 욕질하다가 청풍이,

"명월, 이 중들 끈덕진 걸 봐. 욕해도 끄떡없군. 혹 훔치지 않은지도 모르겠군. 우리가 셈을 잘못했는지도 모르잖아, 한번 다시 세어보는 게 좋겠어"

하니 명월이,

"그렇군."

두 사람이 밭에 와보니 나무는 쓰러지고, 가지는 터지고 열매는 간데없고 잎사귀가 흩어졌다. 놀라 자빠져서 헛소리처럼 명월이,

"어떡허나 어떡허나. 필시 저 털북숭이 놈 짓이야. 우리 둘이서는 그놈을 당해낼 수 없으니, 짐짓 빌잔 말이야. 밥은 지은 모양이니 김치라도 내줘서 밥 먹는 새에 밖으로 쇠를 잠가놓자. 스님이 돌아오면 알아서 하겠지."

청풍이,

"그게 좋겠다."

두 사람이 지어서 좋은 낯빛으로 돌아와 삼장에게,

"저희 잘못이었습니다. 미안합니다"

하니 삼장이,

"무슨 말씀이오?"

서유기西遊記 497

청풍이,

"나무가 높고 잎이 무성해서 잘못 봤습니다. 지금 세어보니 틀림없습니다."

오공이 속으로, 웬 소린가 필시 되살려내는 법이 있는 게로군, 하고 생각하노라니 삼장이,

"다행이군. 그럼 공양을 들고 떠나기로 하지."

팔계가 부엌에 가서 밥을 푸니, 두 아이가 김치며 차를 내준다. 네 사람이 공양을 들고 있는데 아이가 밖에서 문을 닫고 쇠를 잠가 버렸다. 팔계가 웃으며,

"뭐야 이 집에선 문단속하고 밥 먹나."

24

명월이,

"그래요."

청풍이,

"이 밥통아, 혼내줄 테다. 너희는 우리 선과를 훔쳐 먹었지만, 그것만으로도 큰 죈데 나무를 찍어버렸잖아. 두고 봐라"

하고 욕한다. 삼장이 그것을 듣고 깜짝 놀랐다. 오공에게,

"이 원숭이 왕초야, 또 말썽을 일으켰군. 훔쳐 먹었으면 그만이지 나무까지 결딴낼 게 뭔가? 이러고야 할 말이 있나."

오공이,

"스님, 겁낼 것 없습니다. 떠나면 될 게 아닙니까?"

오정이,

"형님, 겹겹으로 잡혔는데 어찌 나갈 테요?"

"나만 믿어."

팔계가,

"너는 그렇겠지만 우린 날지 못하니 어쩌는가?"

삼장이,

"저 녀석이 그러기만 하면 내가 그 경을 외워 혼을 내지."

팔계가,

"경이라니오?"

오공이,

"팔계야, 내 골통에 쓴 이 테로 말하면 관세음보살이 스님에게 주신 건데, 스님이 나를 속여 씌운 거야. 스님이 그 경을 외우면 내 골통이 터질 듯이 아프게 돼 있어. 스님 그걸 외시면 안 됩니다. 다 함께 나가게 하겠습니다요."

이러는데 동녘이 훤하게 달이 뜬다.

오공이,

"자 지금이다."

여의봉으로 문을 치니 겹겹 열쇠가 모두 절그렁거리며 땅에 떨어지며 문이 절로 열린다. 네 사람이 밖으로 나오자 오공이,

"자, 먼저 가세요, 손 나으리가 가서 저놈들을 좀 만져놓고 와야지."

아이들 자는 방으로 혼자 다가갔다. 오공은 품에서 잠벌레를 꺼

낸다. 이것인즉 옛날 동천문東天門에서 증장천왕增長天王과 내기 끝에 판 것인데, 그놈 두 마리를 꺼내 창으로 들여보냈다. 벌레가 아이들 얼굴에 앉자 쿨쿨 잠이 들어버린다. 오공이 삼장을 따라와서 네 사람은 그냥 길을 간다. 그날 밤새 걸어 동이 틀 무렵 삼장이,
"원숭이 놈아, 덕분에 혼이 나고 잠까지 설쳤구나."
오공이,
"잘못했습니다. 이쯤에서 좀 쉬어갑시다."
삼장이 말에서 내리고 모두 짐을 풀어놓고 눈을 붙인다. 오공만은 잠도 없는지 이리저리 싸다니면서 놀고 있었다. 한편 진원대선鎭元大仙이 절에 돌아와보니 절 문이 열려 있고, 향불도 꺼진 채 괴괴하기만 하다. 아이들 방에 와보니 두 놈이 잠이 들어 침대에서 끌어내도 깰 줄 모른다.
"신선이 되면 잠도 없어지는데 웬일이냐."
물을 가져다 주문을 외우고 두 아이 얼굴에 뿜으니 곧 깨어났다. 그리고 스승과 선배 제자들을 보고는 그제서야,
"선생님, 선생님이 말씀하신 그 중놈은 도둑놈이었습니다."
대선大仙이,
"웬말이냐."
두 사람이 연유 자초지종을 말하니,
대선이 웃으며,
"울지 마라. 손이란 놈은 옛날 하늘을 떠들썩하게 만든 놈이야. 너, 그놈 낯짝을 익혀뒀지."
"아무려면요."

"날 따라와. 다른 사람들은 형틀을 갖춰놓고 기다려라."

대선은 명월·청풍을 거느리고 삼장 뒤를 쫓았다. 대뜸 천 리를 날았다. 대선이 둘러보나 보이지 않는다. 아이가,

"저기 나무 그늘에 쉬고 있습니다."

대선이 구름을 낮춰 길가는 도사로 변해 가지고 다가서서,

"스님 안녕하십니까?"

삼장이 일어나며 절을 받는다. 대선이,

"스님은 어디서 오십니까?"

"소승은 천축으로 경 가지러 가는 길입니다."

대선이 놀란 체하며,

"그러시다면 저희 집을 지나 오셨습니까?"

"댁의 집이 어디지요?"

"만수산 오장관이외다."

오공이 황급히,

"아니올시다. 우린 저쪽에서 왔소."

대선이 오공에게 삿대질하며,

"망종 같은 원숭이야, 우리 절에서 나무를 꺾어버리고 밤 도망을 오고도 숨길 작정이냐? 내 나무를 살려내라."

오공이 벌컥 화를 내며 쇠막대를 들어 대선을 친다. 대선은 몸을 솟구쳐 하늘에 솟으면서 지팡이를 맞받아친다. 대선이, '품속에 무리를 담는 법法'을 써서 도포자락을 벌리니 삼장이네 넷을 말까지 곁들여 소매 속에 넣고 절에 돌아왔다. 대선은 자리에 앉으며 말했다.

"밧줄을 가져와."

대선이 소매 속에서 하나씩 집어내어 기둥에 묶어놓고는 또 말했다.

"채찍을 가져오너라."

제자들에 채찍을 가져다 들고,

"선생님 어느 놈부터 칠까요?"

대선이,

"삼장 놈부터다."

오공이,

"도사 양반, 그건 틀렸소. 내가 훔치고 내가 먹고, 나무도 내가 찍었는데 나를 두고 스님을 친단 말이오?"

대선이 웃으며,

"이놈의 원숭이야, 악다귀 같구나. 그럼 그놈부터 쳐라."

대선이 채찍을 들어 힘껏 치기 시작한다. 손오공이 3백 대를 맞고도 꿈쩍 않자 대선이 멈추게 하고,

"과연 너는 대단하다. 그러나 내 나무를 살려놓지 않고는 너를 놓아줄 수 없다."

오공이 웃으며,

"당신도 쩨쩨하군. 빨리 그렇다고 했으면 이럴 것도 없지 않았는가?"

"어떻게 할 텐가?"

"스님을 풀어주구려. 나무를 살려줄 테니."

"나무만 살려주면 너와 의형제가 되지."

"어렵잖소."

대선이 삼장, 팔계, 오정을 풀어주라고 일렀다. 삼장이,

"오공아 어떻게 나무를 살린단 말이냐?"

"이 길로 동해東海로 가서 삼도십주三島十州를 찾아 선성노옹仙聖老翁을 만나보겠습니다."

"언제 오느냐?"

"사흘이면 돌아옵니다."

25

"사흘 말미를 주지. 안 오면 내가 경을 읽는다."

"좋습니다."

오공이 구름을 날려 곧바로 동해東海로 가서 봉래동에 이르렀다. 걸어가는데 백설동白雪洞 밖 소나무 그늘에 늙은이 셋이 앉아 장기를 두고 있다. 복성福星과 녹성祿星이 맞잡고 수성壽星이 구경하고 있다. 오공이 다가서며,

"안녕하십니까?"

"대성, 웬일인가?"

"놀러 왔소."

"듣자니 대성은 부처님을 믿어 당나라 중을 따라 천축으로 경 가지러 갔다던데 놀러 올 틈이 있었군."

"실은 가는 길에 좀 탈이 생겨 도움을 청하러 왔는데 좀 봐주

시오."

"어디서 탈이 났소?"

"만수산 오장관이오."

"당신 인삼과를 훔쳤구먼."

"바로 그렇소."

"그거 큰일이군."

"헌데 내가 그 나무를 찍어버렸소."

"아니 찍어버리다니?"

오공이 자초지종을 말하니 모두,

"새 짐승이나 고기 벌레라면 몰라도 그 인삼과는 선목仙木 영근 靈根이오. 힘에 못 미치는걸"

하다가, 복성이,

"우린 못 하지만, 딴 곳에 가면 혹."

"헌데 기한이 있단 말씀이야. 사흘 안에 안 가면, 우리 스님이 경을 읽어서 내 골통을 비틀어놓게 돼 있소."

"걱정 마오. 우리 함께 갑시다. 사정 얘기를 하고 말미를 넉넉히 잡아달라 하고 당신이 약을 구해올 때까지 기다려달라 합시다."

"그럼 부탁합니다. 자, 난 가보겠소."

오공을 보내고 삼성三星은 곧 오장관에 이르렀다. 절 사람들이 하늘에서 학 우는 소리를 듣고 삼성 오는 줄 알고 기다리는 참에 세 사람이 뜰에 내려섰다. 인사치레가 끝나고 녹성이,

"방금 손 대성이 오셔서 대선의 나무를 망쳤는데 살릴 약을 구

한다고 하시더군요. 저희한테 그 약이 없어 다른 데로 가셨는데 삼장 스님이 주문 읽을 일을 염려하시길래 기한을 늘여 잡아주십사 부탁하러 왔습니다."

삼장이 듣고,

"잘 알았습니다. 그렇다면야 기다려야 하지요"

하고 삼성에게 치사했다.

한편 오공은 방장산方丈山으로 와서 한창 걸어가다가 동화제군東華帝君을 만났다.

"제군, 안녕하십니까?"

"대성, 웬일이시오. 자, 내 집으로 갑시다"

하고 오공을 이끌어 궁전으로 이끌었다.

"실은 부탁이 있어서 왔습니다."

생긴 일을 말하니,

"나한테는 구전태을환단九轉太乙還丹이란 게 있는데 사람은 살려도 선과는 살리지 못합니다. 이 만수산 오장관은 천계天界의 복지福地요, 인삼과는 영근입니다. 그걸 살릴 약이 어디 있겠습니까?"

"그러시다면 갈 길이 바쁘니 이만 물러갑니다."

구름을 타고 다시 가다 보니 붉은 낭떠러지 위에 소나무 하나가 있고 그 밑에서 신선들이 장기를 두며 놀고 있다. 보니 모두 구면이다.

"팔자들 좋으시군."

"당신도 그때 천궁天宮에서 소란만 피우지 않았던들 우리 팔자 부러울 게 있었겠소? 헌데 천축길에 오르셨다더니 웬일이시오?"

오공이 하는 사정 얘기를 듣자,

"그거 안됐군요. 우리한테도 그런 약은 없는데."

오공이 다시 구름을 타고 동양대해東洋大海로 나가 낙가산洛伽山 근처로 왔다.

구름에서 내려 보타암 위에 내리니 관세음보살이 자죽림紫竹林 속에서 설법을 하고 계신다. 수산대신守山大神이 보고,

"손오공아, 어디로 가느냐?"

"이 곰아, 그때 내가 놓아주지 않았다면 너는 지금쯤 흑풍산黑風山의 한줌 흙이 아닌가? 지금 정과正果를 얻어 보살님 시중드는 게 뉘 덕인데 나를 함부로 부르느냐?"

"대성님, 옛일을 들추지 마시오. 보살님의 분부로 마중 나온 길이오."

오공이 보살께 나가 절하고 사정 얘기를 했다. 보살이,

"진작 나한테 올 일이 아닌가?"

하면서,

"내가 가진 이 정병淨甁에 든 감로수甘露水면 능히 나무를 살린다."

"전에 태상노군이 내기를 해서 이겼을 때, 내 버들가지를 연단화로煉丹火爐에 넣어 숯덩이를 만들어놓았을 때도, 하룻밤 이 병에 꽂아 다시 청청하게 만들었다네."

오공이 좋아서,

"그렇다면 넘어진 나무쯤 일도 아니겠군요."

보살이 오공을 앞세우고 오장관으로 향한다. 오공은 오장관 하

늘에 이르자,

"보살님 행차시다"

하니, 모두 나와서 맞는다. 인사가 끝나자 오공이,

"대선, 빨리 부탁드리시오."

대선은 곧 뒤뜰을 쓸고 보살을 모셨다. 보살이,

"오공아, 손을 내밀어라."

보살이 오공의 손에 버드나무 가지로 병의 물을 뿌리면서,

"그 손으로 나무의 뿌리를 만져라."

그대로 하니, 갑자기 뿌리에서 샘이 솟아오른다. 팔계와 오정이 나무를 일으켜 세우고, 샘을 퍼낸 다음 흙을 묻었다. 그러자, 나무는 전대로 살아나고 스물세 개의 인삼과가 달려 있었다.

청풍과 명월이,

"이상하다. 전에 세어보니 스물둘밖에 없었는데."

오공이 말했다.

"한 개는 떨어져 땅속에 잠겼던 거야."

대선이 크게 기뻐하며, 곧 나무 열매를 쳐 떨어뜨려 인삼 잔치를 벌이기로 했다. 보살을 윗자리에 모시고 앉아서 웃으며 단란한 잔치가 벌어졌다. 이때에야 비로소 삼장도 이 열매가 선가仙家의 보물임을 알고 하나를 먹었다. 오공, 팔계, 오정도 다시 하나씩 먹고, 남은 한 개는 절의 제자들이 나눠 먹었다.

보살은 보타암으로 돌아가고 삼성도 봉래섬으로 돌아갔다. 대선은 이어 술과 안주를 장만하여 오공과 의형제를 맺고는 도불이 집안이 되었다고 기뻐했다. 이날도 이미 저물었기에 대선은 하룻밤

을 더 묵어가기를 청했다. 어려운 일이 풀리고 모두 그렇게 하기를 바라 늦게까지 잔치를 하면서 신선놀음에 밤 깊는 줄 몰랐다.

26

삼장이네 일행이 이튿날 떠나려 하니 대선은 굳이 붙들고 놓지를 않는다. 끝내 닷새를 머문 끝에 겨우 다시 길을 떠났다. 삼장은 인삼과를 먹고부터는 갑자기 몸과 마음이 거뜬해졌다. 이렇게 해서 길을 가는데 또 높은 뫼가 나선다. 삼장이 제자들을 돌아보며 가리키니 오공이,

"스님 걱정 마세요."

"오공아, 오늘 종일 먹지 못하고 나니 시장하다. 어디 가서 밥 좀 얻어 오렴."

"스님 이런 산속에서 어디 가서 시주 받습니까?"

"원숭아, 네가 저 양계산兩界山에서 바위 밑에 깔렸을 때는 네 신세가 어떠했느냐? 내 덕분에 머리 깎고 수계受戒하여 오늘이 있지 않았는가! 아직도 섬기는 마음이 모자라고 게으르구나."

"스님, 힘껏 모시는데 억울합니다."

"듣기 싫다. 그러면 밥 좀 얻어 오라는데 그리 힘이 드느냐?"

"진정하세요. 제발 주문만 외지 말아주세요. 말에서 내려 잠깐 쉬세요. 어디 가서 밥을 얻어보지요."

오공이 한번 솟아 구름을 타고 이마에 손을 얹어 이윽히 바라본

다. 서쪽으로 가는 외가닥 길이 말없이 뻗쳤을 뿐, 드문드문 들어선 나무 그림자 말고는 집 한 채 없다. 한참을 더 보고 있으려니까 남쪽 높은 뫼 기슭에 불그스레한 것이 띄엄띄엄 보인다. 오공이 내려갔다.

"가까이에는 집이 없어요. 남쪽 붉은 점이 보입니다. 아마, 복숭아인 듯싶은데 가서 따오렵니다."

삼장이 기뻐하며 말했다.

"출가의 몸인데 과실이면 그만이지."

오공이 곧장 남쪽으로 날아갔다. 옛부터 뫼가 높으면 귀신이 있고 재가 험하면 도깨비가 깃든다 했듯이 이 뫼에도 실은 도깨비가 살고 있었다. 이 도깨비가 구름 위에서 삼장네를 보고는 좋아했다.

"고마워라. 저 중놈은 십세十世의 수행修行을 쌓은 놈, 그 살을 먹으면 불로장생한다는데 이게 웬 떡이냐."

도깨비가 금방 잡아먹고 싶어도 팔계와 오정 때문에 다가설 수가 없다. 꾀를 내어 몸을 떨어 예쁜 여자로 변해가지고는 양손에 항아리를 안고 마주 걸어갔다.

삼장이 보고는 제자들에게,

"방금 오공의 말이 사람이 안 보인다는데 사람이 오는군."

팔계가,

"제가 보고 오렵니다"

하고는 연장을 놓고 여자가 오는 길을 나갔다.

"어디 가십니까? 들고 오시는 건 또 뭡니까?"

젊은 여자가,

"네 스님, 이건 밥과 반찬입니다. 스님네를 공양하려구요."
팔계가 기뻐하며 달려와서 알렸다.
"스님 우리 주려구 음식을 가지고 오는 길이랍니다."
삼장이,
"고마운 일이로군."
여자에게 합장하고,
"어디서 오는 분인데, 이런 고마울 데가 없습니다."
도깨비가,
"스님, 이 산은 백호령白虎嶺이라 하는데 이 산 저쪽 기슭에 제 집이 있습니다. 부모는 경 읽기를 즐기고, 스님 공양하기를 좋아합니다."
팔계는 침을 삼키면서 빨리 먹고 싶어 안절부절못하는 참에 오공이 구름을 타고 돌아왔다. 대뜸 도깨비를 알아보고는 쇠막대를 치켜들고 달려들었다. 삼장이 깜짝 놀라,
"웬 짓이냐?"
"스님, 이건 도깨비가 변해 온 겁니다."
"무슨 소리, 이분은 신자로 우릴 공양하러 오신 분이야."
"천만에, 하마터면 큰일 날 뻔했습니다."
삼장은 그래도 곧이듣지 않는다. 오공이,
"스님 알았습니다. 잔뜩 반하셨군요, 자 보세요."
오공이 사정없이 내려치니 도깨비가 술을 써 몸은 빠져버리고 가짜를 남겨놓았다. 가짜가 넘어지면서 금방 주검이 됐다. 삼장이 와들와들 떨면서,

"원숭이야 무도한 짓을. 함부로 사람을 죽이다니."

"스님 여기 와서 항아리 속을 보세요."

가보니, 한쪽 항아리 속에는 구더기가 우글우글, 다른 쪽에는 지네가 우글우글. 삼장은 그제서야 깨달았는데, 팔계만은 눈에 보인 것만이 아쉬워서,

"아니, 이 여자는 근처 농사집 아낙인데 도깨비라니. 형님이 죽여놓고 스님이 두려워서 그러는 겁니다."

삼장은 이 말을 듣고 화가 나서 주문을 냅다 외웠다. 오공은,

"아이구 대가리야 나 죽는다."

펄펄 뛰는데 삼장은,

"아프라고 했는데 가렵겠느냐. 사람을 막 죽이는 너 같은 놈은 일없다. 돌아가거라."

"어디로 가란 말씀입니까?"

"내가 알 게 뭐냐. 너는 내 제자가 아니다."

"제가 따르지 않으면 천축에 못 가실 겁니다."

"내 운명은 부처님 뜻이다. 죽을 때가 되면 네가 있어도 별수 없다."

"가라면 갑니다만 은혜도 못 갚고 가니 서운합니다."

"무슨 은혜란 말이냐?"

"양계산에서 구해주신 은혜를 안 갚고, 여기서 하직하면 저는 두고두고 욕을 먹을 겁니다."

머리를 조아리자 사람 좋은 삼장은,

"그렇다면 용서하지. 다시 이런 일이 있으면 주문을 또 외겠다."

오공이 그제서야 얻어온 복숭아를 내놓아 모두 요기를 했다. 한편 도깨비는 구름 위에 올라가서 분에 못 이겨 하면서,
"흠, 듣던 대로 놈의 솜씨가 괜찮군. 하마터면 내가 밥숟가락을 놓을 뻔했다. 어디 또 한 번 골려줘야지."
도깨비가 이번에는 고개 밑에서 늙은 여자가 돼서 지팡이를 짚고 울면서 걸어갔다. 팔계가 보고,
"스님, 웬 할머니가 울면서 옵니다. 아까 여자의 어민가 봅니다."
오공,
"시끄럽다. 이것도 가짜야."
오공이 달려들어 아까처럼 내려치니 도깨비는 또 가짜 주검을 남겨놓고 달아났다. 삼장은 더 참지 못하고 주문을 외운다. 오공의 머리 테가 죄어들어 머리통이 꼭 표주박처럼 잘록해졌다.

27

삼장과 헤어진 오공은 어느덧 화과산에 닿았다. 구름을 낮춰 둘러보니 숲이 불에 타 그을렸고 짓밟힌 풀밭에는 자갈만 밟힌다. 오공이 잠깐 얼이 빠져 있을 때 언덕 밑에서 소리가 나더니 한 떼의 원숭이가 뛰어나와 오공을 에워싸고 머리를 조아린다.
"대성님, 오랜만입니다."
"이게 웬일이냐?"

"대성께서 가버리신 다음, 사냥꾼들 등쌀에 괴로움을 당하고 있습죠. 와서는 활 쏘아 잡고 사로잡아가는 통에 옛날처럼 밖에서 놀지도 못합니다."

"사냥꾼이 너희를 사로잡아서는 어디다 쓰는가?"

"이놈들은 우리를 잡아서 고기를 먹기도 하고 재주를 가르쳐서는 거리에서 사람들 장난감을 만듭니다."

오공은,

"동중洞中에서는 누가 거느리느냐?"

"마馬·유流, 두 원사元師, 분奔·색色 두 장군입니다."

"내가 왔다 알려라."

두 원사와 장군이 곧 뛰어나와 오공을 맞아 동 안으로 모셔 들였다. 오공이 가운데 앉자 모두 둘러앉아서,

"대성님, 듣자니 대성께서는 불도佛道에 드셔서 당나라 중을 따라 서천으로 경 가지러 가셨다던데 어찌하여 여기 오셨습니까?"

"사정이 그리됐어. 그 당나라 중이 사람 보는 눈이 없어. 내가 길에서 괴물을 잡아 온갖 수로 때려잡았더니, 내가 사람 죽였다고 쫓아 보내더군. 이후 보기도 싫다는 거야."

원숭이들이 손뼉 치며,

"잘됐군요. 중 노릇 하시지 말고 여기서 우리 임금 노릇 하시는 게 얼마나 좋습니까? 자 빨리 잔치를 차리자."

오공이,

"잔치는 차차 하고 그 사냥꾼들이 언제쯤 산에 오느냐?"

"매일 옵니다. 오늘도 곧 올 겁니다."

오공이 원숭이들을 시켜 산 위에서 돌멩이들을 주워오게 한 다음, 한무더기가 되자 모두 굴속으로 들어가라 하고 자기는 산 위에서 지켜보고 있었다. 그랬더니 남쪽에서 북 치는 소리가 나더니 말 탄 사람들이 나타나고, 창칼에 개와 매를 이끌고 달려드는 것이었다. 오공이 크게 화를 내어 주문을 외면서 입김을 뿜었다. 갑자기 큰 바람이 일어나 쌓아놓았던 돌무더기가 날아갔다. 사람과 말이 돌에 맞아 즐비하게 죽어 넘어졌다.

오공이 손뼉 치며,

"시원하다. 오랜만에 몸을 풀었다"

하고는 원숭이들을 시켜 죽은 자들의 옷을 벗겨 입히고, 말가죽으로 신을 짓고, 창칼을 뺏고 큰 깃발을 만들어,

> 다시 화과산을 거두어
> 또한 수렴동을 다스리다
> 제천대성

이라 써서 세워놓았다.

그러고는 근처에 사는 도깨비들도 모두 졸개로 삼고, 용왕에게로 가서 용수龍水를 얻어다가 나무와 풀을 되살려놓았다.

한편 삼장은 오공을 쫓은 다음 쉬지 않고 길을 갔다. 오정이 짐을 지고 백호령白虎嶺을 넘어 수풀에 접어들었다. 삼장이,

"길이 험하니 조심해"

하면서 팔계더러,

"시장하다. 어디가 탁발해 오너라."

"예, 여기서 기다리세요."

팔계는 소나무 숲을 벗어나 10리 가깝게 가봐도 집 한 채 없다.

"형님이 있었을 때는 이런 일은 도맡아줬는데 당해보니 알겠군."

졸음이 와서 졸며 가다가 길옆에 쓰러져 쿨쿨 잠이 들었다.

삼장이 기다리다 못해,

"웬일일까? 날도 저무는데."

"제가 가보지요."

오정이 지팡이를 들고 일어섰다.

삼장이 혼자 기다리다가 심심풀이 삼아 이리저리 걸어본다는 것이 길을 잘못 들어 갈피를 잡지 못하게 됐다. 한참 헤매는데 숲 너머로 찬란한 금빛이 뻗치는 것이었다. 삼장이 속으로, 내 제자들이 필시 저 절로 간 모양이다, 하고는 급히 그쪽으로 갔다. 대문을 지나고 탑 밑에도 문이 있는데 대발을 쳐놓았다. 발을 걷고 안으로 들어섰다.

돌로 만든 침대 위에 이빨이 솟은 도깨비 한 마리가 자고 있었다. 삼장이 기겁해 달아났다. 도깨비가 눈을 뜨고 졸개에게,

"누구냐?"

도깨비 졸개가 내다보고,

"중이 달아납니다."

"웬 떡이냐, 빨리 가져와."

졸개들이 달려가서 삼장을 떠메고 왔다. 도깨비가,

"너는 웬 중놈이냐?"

"저는 당나라 중으로 황제의 명을 받들어 천축으로 경 가지러 가는 길에 이곳을 지나다 탑을 보고 쉬어갈까 들렀습니다. 용서해 주십시오."

도깨비가 껄껄 웃고,

"너는 나한테 먹힐 운명이니 네 발로 걸어왔지. 그만 단념해라" 하면서 졸개를 시켜 기둥에 묶었다. 도깨비가 칼을 뽑아 들고,

"네 일행이 몇이냐?"

"대왕님, 저에게 팔계와 오정 두 제자가 있사옵고, 말 한 필이 있습니다."

"됐군. 네 마리면 한밥 먹겠군."

그러고는 졸개들에게,

"앞문을 닫아라. 제자 놈들이 꼭 이리 올 테니 그때 잡자."

졸개들이 나가 문을 닫았다.

오정이 팔계를 찾아 함께 헤매봐도 집이 없다. 숲속으로 와보니 삼장이 없다. 오정이,

"틀림없이 도깨비가 잡아갔구나."

"찾아보세."

이리저리 찾아 헤매다가 남쪽에 금빛이 어린 것을 보고 팔계가,

"저기 탑이 있군. 스님이 저기 가기 쉽지."

"아무튼 가보자."

급히 걸어 탑 밑에 가보니 문이 닫혀 있다.

"문이 닫혔는데."

보니 문 위에 '완자산碗子山 파월동波月洞'이라 적혀 있다. 오정이,

"형님 이건 절이 아니야. 도깨비집이야. 스님이 여기 잡힌 것 같군."

"좋아, 내가 물어보지."

팔계가 큰 소리로,

"이리 오너라."

졸개가 내다보고 달려가서,

"대왕님, 왔습니다."

도깨비가,

"누가 왔느냐?"

"문밖에 주둥이가 뾰족하고 귀 큰 놈과, 얼굴이 거무칙칙한 놈이 왔습니다."

28

"팔계와 오정이다. 헌데 낯짝이 험상궂기가 그만하면 조심해야겠다."

투구를 꺼내 입고 활을 들고 밖으로 나왔다. 도깨비가 나오면서,

"이 황포괴黃袍怪 님 문전에서 시끄럽게 구는 게 어떤 놈이냐?"

팔계가,

"이놈아, 어르신네를 모르느냐? 나는 천축으로 가는 저팔계님

이시다. 우리 스님이 네 굴에 있거든 당장 내놓아라. 아니면 네놈을 박살내겠다."
황포괴가 웃으며,
"그래, 중놈은 내 집에 있다. 네놈들이 오기를 기다려 잡아먹으려던 참이다."
오정이 달려들자, 황포괴는 칼로 받아친다. 한참 싸우다가 황포괴가 구름을 탄다. 두 제자도 재빨리 구름을 타고 하늘 공중에서 이리 달리고 저리 달리며 싸우는데 결판이 나지 않는다.
팔계와 오정이 황포괴와 싸우고 있을 때 동 안에서는 삼장이 기둥에 묶여 울고 있었다. 그때 안에서 한 여자가 나오더니,
"스님은 어디서 온 사람이오? 왜 묶여 있소?"
하고 묻는다.
"다 이렇게 될 운명인가 보오. 자, 맘대로 잡아먹으시오."
"나는 도깨비가 아닙니다. 제 집이 여기서 3백 리쯤 되는데 보상국寶象國이라 합니다. 저는 그곳 왕의 셋째 딸로 어릴 적 이름을 백화수百花羞라 합니다. 열세 살 나던 가을 저 괴물이 저를 사로잡아왔습니다. 이후 도깨비 아내가 되어 아이까지 낳았는데 친정에 알릴 수도, 부모 만날 길도 없군요. 그런데 당신은 어쩌다 잡혔습니까?"
"저는, 천축으로 경 가지러 가는 길인데 이곳을 지나다 잡혔습니다."
"스님, 걱정 마세요. 그러시다면 도와드리지요. 보상국은 당신이 가는 길에 있습니다. 제가 쓰는 편지를 부모님께 전해주신다면,

제가 남편에게 말해 당신을 놓아 보내게 하겠습니다."

"목숨만 구해주신다면야 기꺼이 전하지요."

왕녀王女가 곧 안에 들어가 편지를 써가지고 와서 삼장을 풀어주고 편지를 줬다. 삼장이 편지를 받았다.

"목숨을 살려주시니 고맙습니다. 이 편지는 꼭 전하겠습니다."

삼장이 편지를 소매 속에 넣고 밖으로 나가려 하자 공주가 붙들었다.

"앞문 쪽에서 지금 도깨비가 당신 제자하고 싸우고 있습니다. 당신은 뒷문으로 가서 기다리고 계세요. 내가 가서 꾀를 써보지요."

삼장이 뒷문으로 나가 풀숲에 숨었다. 공주가 급히 앞으로 나가보니 하늘 가운데서 팔계 오정과 황포괴가 싸우고 있다. 공주가,

"여보"

하고 부르니 도깨비가 싸우다 말고 구름을 낮춰 가까이 왔다.

"마누라, 왜 그러나?"

"여보, 내가 꿈을 꾸었는데 하늘에서 사자가 왔어요."

"그래서."

"제가 어릴 때 부처님에 약조하기를 좋은 신랑을 내려주시면 부처님께 시주를 하겠다고요. 당신 만나서 이렇게 재미나게 살다 보니 깜박 잊었었군요. 사자 말이 약속을 지키라는 거예요. 깨보니 꿈인데 당신한테 얘기하러 오다 보니 스님 하나가 묶여 있군요. 제발 저 스님을 풀어줘요. 그러면 제 소원을 풀겠으니."

괴물이,

"마누라, 자네가 그렇다면 들어줘야지. 사람이야 또 사로잡으면
그만이지. 자네 풀어주게."
 공주가 얼른 안으로 들어가자 도깨비는 큰 소리로,
"팔계, 이리 와. 네가 겁나서 그만두자는 게 아니야. 마누라 소
원 이루려고 네 스님을 풀어줬다. 빨리 뒷문으로 가서 스님을 찾
아가거라. 그리고 다음일랑 얼씬도 말라."
 팔계와 오정이 뒷문으로 달려가니 삼장이 나타났다. 제자들이
스님을 말에 태우고 걸음을 재촉해서 빠져나갔다.
 어느덧 며칠 만에 큰 성이 보였다. 보상국이었다. 일행이 여관
을 정하고 삼장이 대궐 앞에 가서 지키는 사람에게 말했다.
"저는 지나가는 중인데 임금님을 뵙고 싶습니다."
 임금은 당이라는 큰 나라에서 왔다는 말을 듣고 기뻐하며 곧 모
시라고 일렀다. 삼장이 와서 절을 하자 왕이,
"스님, 어디로 가시는 길이오?"
"저는 황제의 분부로 서천에 가서 경을 가져오려는 길입니다."
"그러시군요."
"실은 임금님을 뵙고자 한 것은 부탁받은 편지가 있기 때문이었
습니다."
"편지라니요?"
"임금님의 셋째 공주께서 완자산 파월동의 황포괴라는 도깨비한
테 잡혀 있습니다. 제가 우연히 뵙게 되어 편지를 받아왔습니다."
 삼장이 꺼내주는 편지를 읽고 왕이 큰 소리로 울면서,
"누가 가서 공주를 구해올 사람이 없느냐?"

한 신하가,
"임금이시여, 너무 걱정 마세요. 이 편지는 아직 사실인지 여부가 분명치 않습니다. 만일 사실이라면 우리 장군들은 도깨비와 싸울 재간은 없습니다. 이 스님께서는 법력法力이 높으시니 도깨비를 잡으실 수 있을 터이오니, 이 스님께 부탁드림이 좋을까 합니다."
왕이 삼장에게,
"스님의 법력으로 도깨비를 잡고 공주를 구해주십시오."
"소승은 마귀 잡는 힘이 없습니다."
"그런 몸으로 어떻게 천축까지 혼자 갑니까?"
"두 제자가 같이 갑니다."
"그분들도 이 자리에 부릅시다."
"제자들이 매우 흉하게 생겨서 여러분을 놀라게 할까 두렵습니다."
"미리 알고 있으면 괜찮겠지요."
급히 여관으로 사람을 보냈다.
팔계와 오정이 들어와서 인사를 했다. 왕이 과연 놀라면서,
"두 분 중에 어느 분이 마귀 잡는 힘이 더 용하십니까?"
팔계가,
"저올시다."
"어떻게 잡으실 작정입니까?"
"나는 원래 천봉원사天蓬元師요."
"그러시다면 모습을 변하는 재주도 가지셨겠군요."
"조금은 합니다."

"한번 보여주시렵니까."
"좋소."
팔계가,
"커져라!"
하면서 주문을 외니 키가 대궐보다 커졌다. 왕이 감탄하면서,
"알았습니다."
팔계가 제 모습으로 돌아오자, 왕이 술을 가져오라 해서,
"스님, 한잔 받으시오. 마귀를 잡아 공주를 구해만 주면 큰돈을 드리리다."
왕이 오정에게도 다른 한 잔을 주었다. 두 제자가 잔을 비우고 구름을 타고 사라졌다.
팔계와 오정은 파월동에 이르자 연장으로 문을 힘껏 들이쳤다. 졸개가 달려가,
"대왕, 큰일 났습니다. 주둥이 큰 중과 얼굴 검은 중이 또 왔습니다."
대왕이 밖에 뛰어나왔다.
"이놈들 너희 스님을 놓아줬는데 왜 또 왔느냐?"
팔계가,
"너는 보상국寶象國 공주를 잡아다가 마누라를 삼지 않았느냐? 빨리 항복하고 공주를 내놓아라."
도깨비가 이 말을 듣고 화가 머리끝까지 나서 칼을 빼들고 달려든다.
팔계와 오정이 맞붙어 싸우는데 워낙 힘이 부친다. 게다가 팔계가,

"나 잠깐 변소에 다녀오겠네"
하고는 달아나버렸다. 그러고는 풀숲에 몸을 숨기고 나오지 않았다.

오정은 혼자 싸우다가 끝내 사로잡히고 말았다. 도깨비는 오정을 칭칭 밧줄로 묶어가지고 굴속으로 들어갔다.

황포괴가 생각하기를, 내가 살려준 삼장이 제자들을 보내서 나를 잡으려고 하다니 이상하다. 옳지, 마누라가 편지를 써서 자기 나라에 알린 모양이구나. 공주는 그런 줄도 모르고 마중 나왔다. 마귀가 이를 갈며,

"이 못된 년, 너를 데려 온 후로 온갖 호강을 다 시켜주었는데 무엇이 모자라 친정 생각만 하느냐?"

"여보, 그게 무슨 소리요?"

"네가 그 중한테 편지를 써줬지? 그랬으니 이놈들이 여기까지 너를 찾으러 온 게 틀림없다."

"아니오. 편지 낸 적 없어요."

"증인이 있는데도 속일 텐가?"

"누가 증인이오?"

"당나라 중의 제자 사오정을 잡았다."

그래도 공주는,

"화만 내지 말고 어디 그놈을 만나봅시다."

도깨비가 공주의 머리채를 끌고 오정이 묶인 곳으로 데리고 왔다.

"이놈아! 네놈들이 이 여자 편지를 전해서 왕이 너희를 보낸 것

이지?"

황포괴가 화가 나서 공주를 금방 죽일 듯한 기세를 보고 사오정은 꾸짖었다.

"도깨비야, 당치 않은 소리 마라. 편지는 무슨 편지야. 네가 스님을 잡았을 때 스님이 공주를 보지 않았느냐. 보상국에 들렀더니 공주님 화상을 내보이면서 이런 사람을 못 보았느냐기에 스님께서 말씀드렸더니 왕이 우리들한테 부탁을 한 거야. 죽일 테면 우릴 죽여라, 죄 없는 공주를 죽이지 말고."

오정의 말을 듣고 도깨비가 공주를 안아 일으키면서 말했다.

"내가 그만 실수를 했군, 용서하게."

공주에게 사죄하면서 안으로 데리고 간다. 공주가 도깨비더러 오정을 풀어 방에 가둬두게 했다. 도깨비는 이어 잔치를 열어 공주를 위로했다. 한참 만에 도깨비가 옷을 바꿔 입고 칼을 차더니 공주를 쓰다듬으며 말했다.

"마누라, 내가 지금 가서 장인을 만나보고 오려네."

"누굴 만나요?"

"자네 아버지 말이야. 나는 어엿한 부마가 아닌가? 서로 인사가 없었으니 이번 일이 일어나지 않았소?"

"안 됩니다. 당신 생긴 걸 보면 놀라서 더 큰일이 벌어지기 쉬우니 가지 마요."

"그렇다면 이렇게 하지."

몸을 추스르니 멀끔한 미남자가 되는 것이었다. 공주가,

"그만하면 되겠군요. 가서 잔치가 벌어지거든 조심해서 탄로 안

나게 해요."

"걱정 마."

도깨비가 구름을 타고 보상국에 가서 대궐로 갔다. 지키는 관리에게,

"세번째 부마가 왔소."

벼슬아치가 들어가 고했다.

왕이 마침 삼장과 같이 앉아 있다가,

"내게 부마는 둘뿐인데 셋째 부마라니?"

신하들이,

"필시 도깨비가 온 모양입니다."

왕이,

"어쩌면 좋으냐?"

삼장이,

"폐하, 그놈은 도깨빈즉 아무 데나 드나드는 놈입니다. 들어오지 말라 해도 소용없으니 탈 잡히지 말고 들어오라 하십시오."

왕이 옳게 알고 들라고 했다. 도깨비가 의젓하게 들어왔다. 식대로 깍듯이 인사하는 걸 보고 모두 어안이 벙벙해한다. 왕이 집이 어디며, 언제 공주와 부부가 되고 왜 오늘에야 찾아보는가 하고 물었다.

도깨비가 조아리며 말했다.

"신臣은 여기서 동녘으로 3백 리쯤되는 완홍宛弘 몰목장沒目莊 주인입니다."

왕이,

"3백 리라. 공주가 어찌하여 그런 데로 갔는가?"

도깨비가,

"신은 어려서부터 궁마弓馬를 즐겨 사냥으로 살아갑니다. 열세 해 전 어느 날 사냥을 하고 있자니 갑자기 호랑이 한 마리가 여자 하나를 등에 태우고 나타났습니다. 신이 호랑이를 쏘아맞히고 여자를 데리고 집에 와서 어디 사느냐고 물었더니 왕녀란 말은 없었습니다. 그때 공주라 했으면 곧 대궐로 모셔왔지 어찌 감히 마누라를 삼았겠습니까? 공주는 그저 백성 집안이라 하므로 신은 집에 두어둔 것입니다. 그러는 사이에 서로 정이 들어 부부가 되어 오늘에 이르렀습니다. 제가 그 호랑이를 잡으려 한즉 공주 말이 이 호랑이가 중매 노릇을 했는데 어찌 죽이냐 하여 신이 사슬을 풀어 놓아줬습니다. 그랬더니 호랑이가 산 쪽으로 들어가서 술을 익혀 자유로 변하면서 사람을 해치기가 수없었습니다. 근래에 여러 번 당나라 중 얘기를 들었는데 당나라에 웬 중이 그리 많이 왔겠습니까? 필경 호랑이가 중을 잡아먹고 제가 변해가지고 대궐에 와서 폐하를 속이고 있는 것입니다. 폐하, 저 의자에 앉은 자가 틀림없이 13년 전 공주를 채어간 호랑이임에 틀림없습니다."

왕이 놀라,

"이 스님이 호랑인 줄 어찌 아느냐?"

"신은 호랑이를 자주 보기에 호랑이를 보면 압니다."

"내 눈에는 분명 스님이시다."

"물 한 그릇 주십시오, 제가 저놈 본모습을 보여드리지요."

부마로 변한 도깨비가 물그릇을 손에 들고 주문을 왼 다음, 물

을 입에 넣었다가 삼장에게 뿜으며,

"변해라"

하고 외치자, 삼장은 간데없고 한 마리 호랑이가 되어 이빨을 드러내며 어흥 하고 울었다.

왕을 비롯 모두 일어나서 피했다. 장수가 군사를 데리고 창칼로 찔러댔다. 삼장을 지키는 신들이 둘러싸고 있어서 상처를 내지 못한다. 겨우 삼장을 사로잡아 우리에 가둔다.

왕이 큰 잔치를 베풀고 부마가 목숨 살려준 것을 치하했다. 잔치가 끝난 다음 도깨비가 혼자 궁녀들을 데리고 한판을 더 벌인다. 한밤중을 지나자 크게 웃더니 취한 나머지 본모습을 드러내고 궁녀 하나를 잡아 씹어 먹었다. 궁녀들이 모두 달아났다. 도깨비는 혼자 앉아 술 한 잔에 궁녀를 한 입씩 뜯어 안주를 삼고 있었다.

한편 밖에서 사람들이,

"당나라 중이 호랑이란다"

하는 소리를 백마白馬가 들었다.

아니 이게 웬 소린가, 필경 도깨비한테 홀렸구나, 이렇게 생각했다. 어쩌면 좋은가, 오공은 가고 없고 팔계, 오정도 떠난 후 소식이 없다. 지금 스님을 못 구하면 오늘까지 고생한 보람이 없다. 원래 백마는 서해의 용이 변한 몸이라, 생각다 못해 고삐를 끊고 뛰어올라 도로 용이 됐다. 그런 다음 구름을 타고 올라 둘러보았다. 내려다보니 대궐 한쪽에 불이 밝은데 도깨비가 혼자서 사람을 안주 삼아 술을 먹고 있다.

"저 녀석 고약한 놈이군."

용이 몸을 추슬러 궁녀로 변해가지고 다가가서는,
"부마님, 제가 시중드리러 왔습니다. 저는 잡아먹지 마세요."
도깨비가 거슴츠레하게 마주 보았다.
"음 기특하군. 자 술을 따르라."
용이 술을 따랐는데 술잔에서 고봉으로 솟는데도 넘치지 않는다.
"재주가 용하다. 더 높게 해봐라."
"그러지요."
자꾸 부으니 술이 점점 높아지면서 탑처럼 됐다. 도깨비가 한 모금 먹고, 시체를 한입 먹고,
"너 노래도 하느냐?"
"좀."
노래 한가락 부르니,
"춤도 추느냐?"
"네, 손에 들 것이 있으면 더 좋습니다."
도깨비가 옷자락을 헤치고 허리에서 칼을 풀어준다. 용이 칼을 들고 춤을 추자 도깨비가 눈이 돌아가며 어지러워졌다. 용이 틈을 보아 도깨비를 쳤다. 도깨비가 얼른 피하면서 촛대를 들어 막았다. 두 사람이 뜰에 내려서서 용이 모습을 드려내 구름을 타고 치고받는다. 도깨비를 겨눠 칼을 던지니 도깨비가 한손으로 칼을 막고, 촛대를 던진다. 용이 채 피하지 못하고 뒷다리를 맞고는 구름에서 내려 마침 옆에 있는 대궐 둘레의 물속으로 들어갔다. 도깨비가 찾지 못하고 방으로 들어가서 다시 술을 마시다가 잠이 들어버렸다. 용은 한참 숨어 있다가 몰래 빠져나와 다시 마구간에 와서 말

이 되어 잠이 들었다.

한편 팔계는 도망쳐 숨은 풀숲에서 늘어지게 잠을 자다 깨어보니 한밤중이다. 오정은 틀림없이 도깨비한테 붙들렸다고 짐작하고는 여관으로 돌아왔다. 모두 잠이 들고 스님이 보이지 않는다. 백마만 마구간에서 잠들어 있다. 팔계가 말을 보고,

"아니, 이 짐승이 걷지도 않고 땀을 이리 흘려? 게다가 다리에 멍이 들고."

백마가,

"형님"

하고 불렀더니 팔계가 놀라 달아나려는 것을 백마가 다시,

"놀라지 마라."

팔계가,

"너 어떻게 말을 하느냐? 웬일이냐?"

"스님이 변당하신 걸 알아?"

"몰라."

말이 일어난 일을 알려줬다.

"그런 일이 있었군. 너 지금 걸을 수 있겠지?"

"왜?"

"너는 바다로 돌아가고 나는 고노장에 돌아가면 될 게 아냐."

용이 눈물을 흘리며,

"형님 그게 무슨 말이오? 이 고생하고 오다가 이제 돌아가면 어쩔 셈이오?"

"어쩔 수 없잖아. 오정은 잡혔고 나는 당해내지 못하겠으니."

"사람을 불러다 스님을 구해야지."
"누굴 불러?"
"빨리 화과산에 가서 손 형님을 불러와."
"싫다. 그 원숭이 놈이 먼젓번 백호령 건으로 날 원망하고 있을 텐데 올 게 뭐야. 내가 가면 무슨 봉변당할지 모르고."
"아니야. 그분은 옳은 일 할 줄 아는 사람이야. 스님께서 보고 싶어 한다고만 말해. 와서 보면 가만있지 않을 테니."
"할 수 없군. 스님을 구하기는 해야겠으니."
팔계가 뛰어올라 구름을 타고 댓바람 동(東)으로 날아갔다. 화과산에 이르러 길을 찾아가니 사람 소리가 난다. 바라보니 오공이 앉아 있고 천 마리쯤 되는 원숭이들이 둘러싸고 만세를 부르고 있다. 팔계가 계면쩍어 나가지 못하고 원숭이 틈에 끼어 함께 절을 했다. 오공이 바라보고,
"거기서 엉터리 절하는 놈이 어떤 놈이냐, 잡아내라."
원숭이들이 달려들어 팔계를 앞으로 밀어내 꿇렸다. 오공이 물었다.
"너는 어디서 온 놈이냐?"

해설

'우리' 세대의 작가 최인훈
— 어떤 세대의 자화상

김윤식
(문학평론가)

    나에게 있어 작가 최인훈은 '우리' 세대의 작가이다. 그는 한반도의 가장 위쪽에서 났고 나는 반대로 가장 남쪽에서 태어났지만, 그리고 그와 나는 서로 다른 사투리를 쓰지만, 아직 주민등록증을 대조해보지 않아서 어느 쪽의 생일이 앞서는지는 알 수 없으나 태어난 해만은 같다. 그러기에 국민학교 교육은 '아까이도리 고도리……'라든가 '아 우쯔구시아 니혼노하다와'로 시작되고 무슨 뜻인지도 모르는 군가를 자장가 삼아 홍얼거리며 시작되었고, 아직 그 뜻을 해독하기도 전에 을유년 해방을 맞이하였다. 난생처음 태극기를 보았고 징용에서 돌아온 삼촌과 동네 사람의 흥분을 보았으며, 이어서 또한 좌우익 이데올로기 싸움과 삐라와 밤마다 곱게 오르는 봉홧불을 보며 자랐다.
    그 후 6·25를 겪고 피난길을 헤매고 학업을 계속하고 군복을 입고 또 벗는 과정 속에서 청춘은 여지없이 보들레르의 시 구절모양

흘러갔다. '아! 50년대!'라는 감탄사 없이는 시작할 수 없다고 고은은 그의 「50년대」에서 강변했지만, 최인훈과 나의 세대, 그러니 우리의 세대는 그러한 감탄사가 의문사로 바뀐 자리에서 비롯되었다.

아카시아
우거진 언덕을
우리는 단둘이
늘 걸어가곤 했다
푸른 싹이
향긋한 버러지처럼
움터나오는 철에
벗은 오히려
하늘을 보면서
말했다
멋있는 서막이
바로 눈앞에
다가 있는 성싶어
아카시아 새싹 같은 말이야
응?

아무도 나빠할 리 없는
꽃피는 철이 되더니
벗은 또 멋지게 꽃잎을

코끝에 대면서
말한 것이다
아 참 삶은 멋있어
아카시아 꽃내음처럼
기막혀

이리하여
하늘이
저렇게 높아가는
이 무렵

벗은 이윽이
가지에 눈을 주며 말하는 거다
삶은 섬뜩한 것이야
이 아카시아 가지처럼
단단해

그래도 나는
아주 아무렇지 않은 낯빛으로
천천히 한 대 피워 물면
그도 하릴없이
담배를 꺼내 물고

아카시아
우거진 언덕을
우리는 또 말없이
걸어가는 것이었다

이 시는 최인훈 작 「광장」에 나오는 「아카시아가 있는 그림」 전문이다. 멋있는 인생의 '서막序幕'을 우리는 읊조렸지만 우리 세대의 또 하나의 친구 이명준(「광장」의 주인공)은 끝내 제3국을 택하고 인도 선박 타고르호를 타야 했고 또한 크레파스로 칠한 것보다 더 진한 동중국해에 투신자살하지 않으면 안 되었다. 남쪽에도 북쪽에도 머물기를 거부한 세대의 비극, 그 비극의 주인공 이명준을 앞에서 나는 '우리'라 불렀거니와, 그 작품에 나오는 또 하나의 무대인 바닷가 항구도시 I시의 하숙방에서 『새벽』지(1960년 11월)에 전재된 「광장」을 읽었을 때의 그 감격을 나는 잊지 못한다. 마지막 장을 덮었을 때 들리던 새벽을 알리는 두부장수의 요령 소리도. 그것은 바로 우리 세대의 자화상이었다.

「광장」이 우리 세대의 자화상이라면 대체 보통명사로서의 '광장'이란 무엇인가. 이 물음의 해답을 위해 작가 최인훈은 그의 작가 생활 전반부를 소비한 바 있다. 광장은 밀실과 대응되는 이데올로기의 대명사이다. 새벽에 잊고 간 애인의 장갑이 얹힌 침대에 걸터앉을 수 있는 세계가 밀실이라면, 광장은 가끔 기관총도 걸려 있지만 함께 모여 정치를, 축제를 벌이는 곳이다. 북쪽은 광장만이 있었고 남쪽에 있는 것은 밀실뿐이었다. 이 두 틈바구니에서 침몰하지 않을 수 없었던 인간이 이명준이다. 이 세대의 아픔은 두 이데올로기의 차원을 또 다른 관념의 차원으로 치환해 보인 점에서 찾아진다. 공산주의라든가 자본주의라든가 그런 차원의 이데올로기의 허위성을 조금이라도 극복해 보이고자 한 노력이 광장과 밀실이라는 또 다른 관념으로 바뀌었지만, 이 자리바꿈의 산술이 야말로 우리 세대의 아픔이랄까 방법적 승리에 다름 아닐 것이다.
 이 방법론적 승리의 완성은 장편 『서유기』에서 이룩되지만 동시에 『서유기』에서 보듯 방법론적 실패를 전제로 한 것이기도 하다. 관념의 조작은 아무리 그것이 정서적整序的이고 분명한 것일지라도 관념의 레벨을 초극하지 못한다. 밀실과 광장의 파악 방법은 두 이데올로기보다는 월등히 신선하지만 또한 월등히 단순화되었음도 사실인 것이다. 이에 관념이 빚어내는 환상이 스며든다. 그렇기에 『서유기』는 관념소설이면서 환상소설인 셈이다. 고쳐 말해, 관념과 환상은 빛과 그림자의 관계여서 소설이 소설로서 갖는 근대성(소위 현실성)의 거점을 비껴가거나 아니면 이와 무관하여 공중에 떠버리는 것으로 되기 쉽다. 뿌리를 갖지 못하는 관념의 놀이에 빠질 위험성은 그러니까 따지고 보면 「광장」 속에 잠복되어 있었던 셈이다.
 관념에의 도피, 관념을 통해 현실적인 두 이데올로기를 초극하려는 휘황한 방법론적 승리와 실패 속에 우리 세대의 허상과 실상이 엉겨 있었고 바로 이것이 우리 세대의 초상화가 아닐 것인가. 그리고 그것이 또한 거울을 통해 그린 자화상이기에 환상의 그림자를 거느릴 수가 없었다. 아름다웠던 것이다. 그러나 그 아름다움은 환상이 깃든 아름다움이기에 눈을 떠야 했다. 우리의 정직함은 눈으로 본 일차원이었기에 더 이상 진전될 수 없었다. 이명준이 자살을 해야 했고 W시로 가고자 한 『서유기』의 주인공 독고준은 초청받은 성城에 끝내 도달하지 못한 카프카의 주인공 측량 기사모양 도달될 수 없었다.

이러한 유리벽에 부딪힐 때, 우리 세대는 역사성이라는 뿌리를 찾아내려가지 않으면 안 되었다. 즉 우리의 역사성 말이다. 이명준에 있어 자유의 문제가 실감 없는 관념이었고, 따라서 허상이었기에 환상 이상일 수 없었다면, 그의 찬란한 방법론이 인공 보육기 속의 실험에 멈추지 않으면 안 되었음을 우리는 그의 작가 생활 전반부라 할 것이라면, 이를 넘어서는 그의 후반부 작가적 세계는 자기 뿌리를 찾는 행위로 향해졌다. 이것이 우리 세대의 역사성 탐구이다.

앞에서 나는 우리 세대가 일본 군가라든가 일본식 국민가요의 습득에서 비롯되었다고 적고, 이것이 우리 세대의 시작이라 불렀거니와, 바로 이 일본식 교육의 뿌리야말로 우리 세대의 원점 회귀 단위의 일종이 아닐 수 없다. 이 점의 확인과 분석 없이는 최인훈 소설의 후반부를 이루는 「총독의 소리」 연작소설(「주석의 소리」까지 포함한)이 차지하는 위치나 문제점을 알아낼 수 없다. 내가 여기서 거의 단정적으로 언급함이라면 이에 대한 문학적 설명이 불가피할 것 같다.

우리 세대의 유년 시절이란 무엇인가. 이 물음이 문학에서 큰 비중을 차지한다는 점에 대해 새삼 왈가왈부할 필요는 없으리라.

어느 세대든지 자기 세대가 가장 불행하다고 주장할 것임에는 틀림없고 또 그런 합리화는 응당 존중됨 직하리라. 더구나 한 세대 단위의 감각이란 관념이든 정서이든 실감을 떠날 수 없는 것이기에, 게다가 문학은 실감과 분리될 수 없는 것이고 보면, 우리 세대의 극히 짧은 식민지 시대에 받은 교육은 음미되지 않으면 안 된다. 가령 일제시대 식민지 교육을 받은 세대는 우리 세대 이전에도 많다. 우리 세대는 기껏해야 국민학교 저학년일 뿐이었다. 2~3년간의 국민학교 교육에서 한글 시대로 진입하게 되었을 뿐이지만 그 짧은 기간이 일제의 막바지였다는 점과, 한 인간의 성장사에서 정신적 상처를 가장 깊게 입을 수 있는 시기였다는 점을 지적해둘 수 있다. 물론 어느 세대나 자기의 유년 시절을 회고하고 그것을 회상 속에서 즐길 수 있는 권리가 있으리라. 평소에는 반일 사상에 투철한 인사들이 술만 취하면 일본 노래를 불러대는 경우를 우리는 자주 보게 된다. 이런 현상은 물을 것도 없이 그 세대가 낮의 논리와 밤의 논리, 의식과 무의식 사이에서 의식(인격) 분열증을 노출시킨 현상이라 규정될 수 있다. 이런 인격 분열증 현상은 자랑거리는 아니겠으나 그렇다고 무턱대고 비난될 성질일 수 없다. 사실 자체로 인정될 수 있을 따름이다. 향수는 어느 경우에나 그리운 법이어서, 그것이 일본식이든 어느 식이든 당사자에게는 그 나름의 의미를 갖는 것이다. 이런 점이 승인되지 않는 자리는 다른 인간의 많은 좋은 점들이 사라진 자리에 다름 아닐지도 모른다.

이렇게 말하는 것은 식민지 교육을 받은 여러 세대의 일반적 문제점이거니와, 이에 연하여 우리 세대의, 다시 말해 가장 짧은 일제 교육을 받은 세대의 특징은 무엇일까. 이 물음을 위해서라면 우리는 "충용한 제국 신민 여러분. 제국이 재기하여 반도에 다시 영광을 누릴 그날을 기다리면서 은인자중 맡은 바 고난의 항쟁을 이어가고 있는 모든 제국 군인과 경찰과 밀정과 낭인狼人 여러 분……"으로 시작되는 「총독의 소리」를 읽어보지 않으면 안 된다. 「총독의 소리」는 1967년에 1·2가, 1968년에 3이, 그리고 마지막 4는 1976년에 씌어졌다. 이 「총독의 소리」는 물론 정체불명의 유령방송이지만, 프랑스 알제리아 전선의 자매 단체이며 한국에 있는 지하 비밀 단체인 '조선총독부지하부 소속 유령해적방송'으로 설정되었거니와, 이러한 일련의 인식 행위에서 우리는 다음 몇 가지 점을 지적할 수 있다. 첫째, 문학과 정치라는 최인훈 소설의 기본 단위의 회귀回歸. 남과 북의 두 이데올로기를 광장과 밀실이라는 신선한 관념으로 치환한 최인훈적인 방법론적 휘황함이 「총독의 소리」에 와서는 식민지적 상황(일제시대라는 역사상)을 오늘날(1960년대)의 신식민지적 현실에 대치시킴으로써 새삼 확인되고 있는 것이다. 말하자면 최인훈 문학의 전반부를 표현한 방법론적 민첩함이 후반부에서도 그대로 적용되고 있는 셈이다. 그렇기에 관념의 새로움과 이를 가능케 하는 환상을 낳을 수 있었다. 그렇기에 「총독의 소리」계열의 작품은 방법론적 참신함을 주축으로 한 것이며, 관점에 따라서는 일종의 고등 요술로 비판될 수도 있다. 환상적 측면만 제거한다면 방법론의 정체가 금방 탄로 날 수도 있기에 그러하다.

둘째, 앞에서 말한 방법론상의 발견 혹은 주지주의적 태도의 고압인 제시가 환상을 더욱 강화시키고 있지만 이 방법론적 조작의 탈이 벗겨지더라도 별로 상관없다는 정도에까지 「총독의 소리」가 고양되고 있다는 점을 들 수가 있다. 방법론의 자각이 얼마나 투철하고 자신에 차 있는가는 이 작품 계열이 소설을 최소한 소설이게끔 하는 장르의 약속마저 돌보지 않았음에서 새삼 확인되는 것이다. 이렇게까지 소설의 약속을 떨쳐버릴 수 있는 것은, 즉 방법론을 끝까지 신뢰하여 밀고 나갈 수 있는 것은 어떤 확실한 담보의 보증 없이는 불가능했을 것임에 틀림없다. 그 담보물이 다름 아닌 뿌리의 문제이고 우리 세대의 역사성의 거점인 셈이다.

귀축미영은 부족 시인을 믿고서 세계를 식민지화하는 것이 아닙니다. 그들은 자국 내에서는 이 같은 세 가지 입장을 다 허용해서 쩛고 까부는 대로 두어두고 밖으로 식민지에 대해서는 상징주의고 개나발이고 없이 '힘'으로 조진 것입니다. 즉, '말'은 시인에게, '힘'은 권력자에게,라는 체제를 유지한 것입니다. 식민지를 유혹할 때는 '말'을 내세워 코즈모폴리턴이 되고 기름을 짜낼 때는 '힘'을 내세워 조졌던 것입니다. 이것이 서구적 이원론二元論입니다. 닭 잡아먹고 오리발 내미는 것입니다. 식민지의 우둔한 원주민들은 이 사쿠라 전술에 지극히 약했습니다. 그러나 제국帝國은 차한此限에 부재不在하였습니다. 제국의 이데올로기는 만세일계萬世一系의 황실과 그 아래로 충용한 적자赤子로서의 신민臣民이라는 요지부동한 체계이기 때문입니다. (「총독의 소리」, pp. 94~95)

시종 일관 일제시대, 그것도 말기에 있어서의 상황과 용어로 이끌어나가는 이 작품의 분위기는 물론 허구이지만, 그것이 실감을 동반하고 있음은 부인되지 않는다. 그 원인의 하나는 '귀축미영'이라든가 '충용한 국민' '신민' '적자' '만세일계' 등등의 언어감각에서 온다. 이러한 언어감각이 최인훈이라는 작자에게 극히 민감하게 포착되어 강렬한 인상을 풍기는 것은 작가의 명민함에서만 연유됨이 아닐 것이다. 한 작가의 명민함이자 동시에 우리 세대의 특징이 아니면 안 된다. 우리 세대만이 일제의 가장 말기적 발악기의 증상을 의식의 비롯함에서 체험했다는 것, 그 체험은 하나의 관념어가 감각의 차원에서 굳어버렸다는 사실을 입증하는 것이다. 그렇기에 우리 세대는 이처럼 그때의 감각으로 굳어버린 뜻 모르던 관념을 본래의 관념에로 되돌리는 작업을 할 수가 있는 것이다. 그것이 「총독의 소리」다. 그 관념을 해방하는 일을 통하지 않고는 우리 세대는 의식의 수인囚人 상태에서 자유로울 수 없는 것이다. 이것이 우리 세대가 안고 있는 역사성의 하나인 이유이다. 따라서 광장과 밀실과 비교할 때 양쪽 두 환상의 개입이라는 측면에서는 같지만, 역사성이라는 점에서 볼 때 「총독의 소리」 쪽이 든든한 것이다. 앞에서 우리도 역사성이니, 뿌리라느니, 원점 회귀 등의 말을 썼거니와, 그것은 우리가 일본 제국주의의 이데올로기의 어처구니없는 허위의식(대동아공영권 이라든가 팔굉일우八紘一宇라든가 만세일계 등)을 거점으로 하여, 그것을 거꾸로 비판할 뿐 아니라 그 칼로써 서구 제국주의도 함께 비판할 수 있었다는 뜻이기도 하다. 그리고 이러한 뜻은 하도 집요하고 강한 것이어서 소설의 약속 따위가 안중에도 없을 정도였다. 혹은 달리 말해 이 뜻이 얄궂게도 소설 아닌 것을 소설이게끔 하는 힘을 발휘했던 것이다.

그러나 이러한 힘은 일종의 마술과 같은 것이어서 그 힘을 처음부터 믿지 않는 사람에게는 무효이며 따라서 통할 리가 없다. 우리 세대의 한계가 이 부근에 놓인다. 그것은 부분적인 의미 이상일 수 없다. 영국이나 미국을 통해 한반도를 이해하는 세대의 등장과 때를 같이하여 총독의 소리 방송은 미국의 소리 방송을 당해내진 못한다. 더구나 1970년대 후반기로 오면 제3세계를 통한 방송이 거세게 울리고 있는 것이다.

아시아의 밤
오 아시아의 밤!
말없이 墨墨한 아시아의 밤의
虛空과도 같은 속 모를 어둠이여 (「총독의 소리」, p.87)

이처럼 「총독의 소리」 1에서 싱싱하던 관념은 10년 후에 다시 씌어진 「총독의 소리」 4에 오면 그 힘을 잃는다. 「총독의 소리」 1~3까지에는 유령방송을 듣는 단 한 사람의 청중이 있었다. 시인이 그다. 그러나 4에 오면 그 시인조차 소멸되고 텅 빈 공간 속의 청중 없는 유령의 목소리만으로 일관되고 있음을 본다.

이 순간, 소설가 최인훈의 바둑은 한 판이 끝났다. 그것은 그의 3년간의 미국 체험(그러니까 옛 식민지 시절의 북간도北間島에 대비

되는 양간도(洋間島 체험)이 바둑판의 줄을 거미줄모양 날려버렸던 것이다. 다시 돌아온 서울에서, 귀 기울여 들었던 총독의 방송은 이제 들리지 않았다. 주파수가 틀렸거나 혼선 때문이었을까. 요컨대 방송의 목소리는 계속 웅웅대지만 알아듣는 청중이 이 작가의 머릿속에는 이미 없었다. 그는 정직한 쪽을 택한다.「총독의 소리」로써 일단 바둑돌을 던져버렸던 것이다. 그 순간, 그의 가슴속 저쪽 지평선에서는 초가지붕이 떠올랐다. 그 위에 달이 둥두렷이 떠올랐다.「옛날 옛적에 훠어이 훠이」그리고「달아 달아 밝은 달아」의 선명한 이미지, 그 절창이 불렸다. 딸을 팔아 눈 뜨고자 했던 아버지의 위선도 감쌀 수 있는 삶의 해석은 역사성 중에서도 가장 밑바닥에 놓이는 것이 아니면 안 된다. 그것은 스스로의 무게 때문에 가장 밑바닥에로 가지 않으면 안 되는 것이었다.

이처럼 우리 세대의 아픔은 미미한 데서 깊이에로 향하고 있는 것이었다.

[1980]

해설

「총독의 소리」와 「주석의 소리」에 관한 몇 개의 주석

김동식
(문학평론가)

1. 소설 형식과 위기의식, 또는 '기막히다'의 두 가지 의미

「총독의 소리」와 「주석의 소리」는 최인훈의 소설 가운데에서 가장 파격적인 작품들이다. 소설의 일반적인 요건인 인물의 제시나 사건의 재현 없이 정치적인 담론이 전달되는 형식으로 구성되어 있기 때문이다. 사건도 없고 스토리도 없고 등장인물도 없는 상태에서, 환상 속에 존재하는 총독과 주석의 목소리가 라디오 방송으로 전달되는 형식이다. 각 작품의 끝에는 시인을 청자로 내세우고 있는데, 시인이 방송을 어떠한 방식으로 받아들이고 이해했는지에 대한 단서는 제시되지 않는다. 다만 시인의 복잡한 내면이 연쇄적인 문장들을 통해서 어지럽게 전달되고 있을 따름이다.[1]

---

1) 「총독의 소리」 3편에는 시인이 등장하지 않는다.

「주석의 소리」는 "삼천리 금수강산 만세. 여기는 환상의 상해임시정부가 보내는 주석의 소리입니다"(p. 45)라는 방송 시그널로 시작된다. 민족 단위의 생존을 도모해야 하는 세계 정세 속에서 민족의 하위주체인 정부·지식인·기업·국민의 행동지침을 조목조목 제시한다. 또한 「총독의 소리」에서 한국의 재식민화를 획책하는 총독은 "제국이 재기하여 반도에 다시 영광을 누릴 그날을 기다리면서 은인자중 맡은 바 고난의 항쟁을 이어가고 있는 모든 제국 군인과 경찰과 밀정과 낭인"(p. 80)을 호명한다. 그리고 한국이 처한 국제적인 곤경과 한국 민족의 저열한 근성을 낱낱이 거론한다. 「총독의 소리」와 「주석의 소리」를 읽어가다 보면 작가가 소설의 외피를 빌려 정치적인 논설을 제시한 것일지도 모른다는 생각을 잠시나마 하게 되는 이유가 여기에 있다. 또한 「총독의 소리」 연작이 마감된 직후인 1977년에 정치학자 진덕규의 글이 『세대』에 발표된 연유도 이와 무관하지 않을 것이다.

오늘 우리가 처해진 국제사회적인 여건 자체에 대한 해석 등을 사실로 인정해버린다면, 우리의 존재는 너무나 기막히는 것이 되고 만다. 〔······〕 최인훈의 소설은 참말로 기막힌 기교를 보여주고 있다. 그가 하고 싶은 모든 말들을 숨김없이 할 수 있고 또 그렇게 하는 데 있어 아무런 장애를 받음이 없이 다만 소설이라는 이름 속에서 그의 생각을 숨김없이 털어놓고 말았다. 아마 이러한 멋있는 기교는 오직 소설이 가지고 있는 허구성의 논리라는 한 가지 사실 때문인지도 모른다.[2)]

앞의 글은 「총독의 소리」 연작에 대한 당대의 감각이 투영된 독후감이자, 최인훈의 텍스트가 어떤 반응을 불러일으켰는지를 잘 보여주는 자료이기도 하다. 눈여겨볼 대목은 두 번에 걸쳐서 사용된 '기막히다'라는 표현이다. '기막히다'라는 말은 각각 그 의미가 다르게 사용되고 있는데, 첫번째는 '어떠한 일이 놀랍거나 언짢아서 어이없다'는 의미이고, 두번째는 '어떻다고 말할 수 없을 만큼 좋거나 수준이 높다'는 의미이다. 최인훈이 「총독의 소리」에 제시한 한반도의 상황이 참으로 기막히며, 소설의 허구성을 활용하여 하고 싶은 말을 모두 하는 기교가 또한 기막히다는 것. '기막히다'라는 표현 속에는 최인훈 작품이 독특함과 마주하고 있는 1970년대 중반의 현실감각이 배어 있다. 그 지점을 작가의 목소리를 통해서 다시 한 번 점검해보도록 하자. 최인훈은 다음과 같이 「총독의 소리」를 집필하게 된 배경을 밝히고 있다.

(가) 「총독의 소리」는 한일협정이라는 해방 후 정치사회사의 새 장을 여는 사건에 대한 한 지식인의 충격과 혼란과 <u>위기의식</u>을 폭발적으로 내놓기 위해서 <u>소설의 통념적인 형식을 벗어나보려고 했던 것</u>이지요. 이 작품의 형식은 <u>소설의 가장 원초적인 형태인 서간문 또는 일인칭 형식의 변형</u>입니다.[3]

---

2) 진덕규, 「작가의 상상력과 현실」, 『세대』 1977년 1월호, p.141. 이후로 밑줄은 인용자의 것.
3) 최인훈, 「나의 문학, 나의 소설작법」, 『현대문학』 1983년 5월호, p.298.

(나) 첫째는 나는 이 소설에서 문학의 형식을 파괴하면서라도 온 몸으로 부딪쳐야 할 위기의식을 느꼈다는 일이다. 둘째는 그렇다면 정말 문학 '장르'의 테두리를 넘었느냐 하면, 나는 그렇지 않다고 말할 수 있다. 이 형식은 별다를 것 없는 풍자소설의 정통 적자다. 적의 입을 빌려 우리를 깨우치는 형식이다. 빙적이아憑敵利我이다.[4]

위의 두 글은 세 가지의 공통된 내용을 담고 있다. 하나는 「총독의 소리」가 위기의식의 산물이라는 점, 다른 하나는 일반적인 문학 형식의 이탈이나 파괴를 감수할 수밖에 없었다는 점, 마지막으로는 「총독의 소리」는 전통적인 문학기법(일인칭 형식과 풍자소설)을 원용 또는 변용한 것이기에 문학의 테두리 안에 놓여 있다는 점. 「총독의 소리」와 「주석의 소리」를 이해하기 위해서는 집필 당시에 작가를 감싸고 있었던 위기의식의 근거에 대해서 조금은 분명히 해둘 필요가 있다는 점이 이로써 조금은 명확해진 셈이다. 또한 정치학자 진덕규의 '기막히다'라는 표현 또한 동시대인으로서 느끼고 있던 시대적 위기의식과 내밀하게 닿아 있는 터이다. 그렇다면 「총독의 소리」의 위기의식에 대응하고 있는 시대 상황이란 어떠한 것이었을까.

---

4) 최인훈, 「원시인이 되기 위한 문명한 의식」, 『길에 관한 명상』, 청하, 1989, p.39.

2. 위기의식과 시대 상황

　연작소설 「총독의 소리」의 1, 2, 3편은 1967년과 1968년에 발표되었고, 4편은 1976년에야 발표되어 마무리를 짓는다. 작품과 관련된 시대 상황으로는 1~3편의 경우 한일협정(1965)을, 4편의 경우에는 7·4 남북공동성명(1972)을 거론할 수 있다. 전체적으로 보자면 「총독의 소리」 연작을 둘러싸고 있는 위기의식은 식민 경험과 분단 상황과 관련된 첨예한 문제의식이라 할 수 있을 것이다.
　한일협정은 군사 쿠데타로 집권한 박정희 정권에 들어서 급물살을 타기 시작했다. 한국을 무단으로 36년간 식민 통치했던 일본과 국교 정상화를 적극적으로 추진한 것이다. 어업, 재일교포 문제, 재산 및 청구권, 문화재 등과 관련해서 한일협정이 추진된 이유는 경제 개발을 위한 차관 확보에 있었다. 하지만 경제 개발을 위해서는 일본의 차관이 필요하다는 정부의 입장과는 달리 한일협정에 대한 국민 여론은 거부감으로 가득했다. 특히 한일어업협정 반대 시위를 진압하기 위해 박정희 정권은 비상계엄령을 선포하고 군 병력을 서울에 투입하였으며 옥내외 집회·시위의 금지, 대학의 휴교, 언론·출판·보도의 사전 검열, 영장 없는 압수·수색·체포·구금, 통행금지시간 연장 등의 조치를 취했다.
　1972년 7·4남북공동성명의 배경에는 1960년대 후반부터 나타나기 시작한 데탕트(긴장완화)가 가로놓여 있다. 공동성명이 발표된 1972년에는 미국 대통령 닉슨이 모스크바와 베이징을 방문하고 유럽에서는 동서독 기본조약이 체결되는 등 국제사회에서 긴장

완화의 분위기가 조성되었다. 7·4남북공동성명은 자주적인 평화통일, 민족대단결, 상호 이해 및 교류 증진, 남북적십자회담 개최, 직통전화 개설, 남북조절위원회 구성 등을 내용으로 한다. 평화통일의 가능성과 당위성을 남과 북이 상호 인증했다는 점에서 역사적인 의미를 갖는 사건이었다. 데탕트 이후 제2차 세계대전의 패전국인 서독과 일본이 급성장하게 되며, 제3세계가 대두하고 중소 분쟁이 발생하는 등, 국제정치는 이데올로기보다 국가 이익을 우선하게 된다.

이 지점에서 「총독의 소리」와 「주석의 소리」가 작성된 시대를 둘러싸고 있던 위기의식을 미약하나마 재구성해볼 수 있을 것이다. 한일협정과 관련해서는, 식민 통치 동안 우리 내부에 뿌리 내린 식민성을 어느 정도로 자각하고 있으며 어느 수준까지 스스로 식민주의를 청산했는가라는 물음이 위기의식으로 다가왔을 것이다. 또한 7·4남북공동성명과 관련해서는, 휴전 상태가 분단 상황으로 고착화되는 상황에서 평화적인 통일을 모색할 수 있는 현실적인 방안은 무엇일까라는 물음이 위기의식으로 제기되었을 터이다. 이러한 물음의 저변에는 역사의 수레바퀴를 되돌릴 수는 없다는 의지가 가로놓여 있다. 달리 말하면 한국의 역사에서 식민 지배가 반복되어서도 안 되고 전쟁이 재연되어서도 안 된다면, 과연 우리는 어떻게 해야 할 것인가.

이 지점에서 작가 최인훈은 한국의 역사에서 실존했다가 사라져 버린 두 가지의 타자, 즉 상해임시정부와 일제 총독부를 소설 속으로 불러들인다. 그리고 역사적 타자들로 하여금 말하게 한다.

「주석의 소리」에서 상해임시정부의 주석은 한국에서 민주주의와 민족주의의 건강한 발전을 이룩하기 위한 방책을 웅변적인 목소리로 설파한다. 반면에 「총독의 소리」에서 일본 총독부의 총독은 한반도에서의 재식민화를 획책하고 분단 상황을 영속화하기 위한 전략을 치밀하게 제시한다. 그렇다면 왜 역사적인 타자들로 하여금 소설의 공간 속에서 말하게 하는 일이 필요했던 것일까. 위기의식에 사로잡혀 있기보다는 위기의식을 돌파하기 위해서는 자신을 객관적으로 파악하는 일이 무엇보다도 필요했기 때문이다. 상해임시정부 주석의 소리가 한민족의 장래를 걱정하고 나라 만들기 또는 나라 발전시키기의 목표를 확인하는 것이라면, 총독의 소리는 다시 나라 빼앗기기에로 이어지는 길을 명료하게 제시하고 있다.

식민지 시기의 문제의식이 나라 찾기에 있었고 해방 공간의 문제의식이 나라 만들기에 있었다면, 「총독의 소리」가 씌어진 1960년대 후반부터 1970년대 중반까지의 문제의식은 무엇인가. 다름 아닌, 어떻게 하면 다시 식민지의 나락에 떨어지지 않고 민족국가를 유지·발전시킬 것인가에 있었을 터이다. 최인훈의 「총독의 소리」는 바로 이러한 물음에 대한 정교화이자 답변이다. 임시정부의 주석이 등장해서 15세기 이후의 세계 정세 변화를 조망하고 민족의 하위주체인 정부·기업·지식인·국민이 어떻게 사고하고 행동해야 하는지를 역설한 이유도, 재식민화를 꿈꾸는 총독이 나타나서 한국 사회 내부에 자리를 잡은 식민성을 집요하게 지적하며 한국 사회의 현실에 대한 저주 속에 객관적 상황에 대한 객관적 진단을 제시하게 만든 이유도 바로 여기에 있다.

3. 도발의 텍스트와 유령의 소설화

최인훈의 텍스트는 도발한다. 단순히 시대의 반영이나 삶의 재현이어서는 '위기의식'을 돌파할 수 없기 때문이다. 시대 상황과 관련된 위기의식을 넘어서기 위해서는 세계를 반영하거나 재현하는 문학적 테두리에 머물러서는 안 되고, 적극적으로 세계에 대해 자극을 주면서 변화를 추동하고자 하는 언어적 실행이 요청된다. 「총독의 소리」와 「주석의 소리」는 대단히 수행적인 언어로 구성된 텍스트이다. 언어를 통해서 허구의 세계를 만들어낸다는 점에서 수행적이지만, 허구적인 세계의 조성이라는 차원을 넘어 당대 한국 사회의 역사적 현실에 문학적 언어로써 개입하고자 한다는 의미에서 더더욱 수행적이다. 「총독의 소리」에서 최인훈의 언어는 한국 민족을 둘러싼 위험요소에 대한 경고의 텍스트이면서, 동시에 한국을 둘러싼 국제질서에 대한 냉철한 인식을 촉발하는 풍자적인 텍스트이며, 더 나아가 이 모든 상황을 초극할 수 있는 그 어떤 힘을 불러내고자 하는 도발의 텍스트이다.

「총독의 소리」에서 총독의 목표는 한반도의 재식민지화이다. 그렇다면 그 근거는 무엇일까. 한국의 해방은 스스로 쟁취한 것이 아니라 바깥으로부터 주어졌기에 하등의 자기 정당성을 갖지 못한다는 점이 요체이다. 달리 말하면 일본은 한국에게 패해서 한반도에서 물러난 것이 아니라 미국에 의해 패망했기에 한반도에서 철수한 것이라는 주장이다. 총독의 관점에 의하면, 한반도의 해방은 외부로부터 주어졌을 뿐 식민 지배의 조건이 철폐된 것은 아니다. 오히려 해방이 외부에서 주어짐으로써 한반도 내부의 식민 지배 조건은 해방 이후에도 고스란히 유지·보존되고 있다. 따라서 한반도의 재식민화를 위한 그들의 비밀 지하활동은 근거를 갖는다.

그렇다면 해방된 이후에도 여전히 남아 있는 식민성 또는 재식민화의 조건은 무엇인가. 가장 두드러지는 것은 한국 민족의 저열한 민족성과 정치 전통의 매판성이다. 한국 민족은 타율적인 노예 근성을 갖고 있으며, 자존, 지혜, 용기 등과 같은 덕목이 결여되어 있다. 민족성을 반영한 듯이 한국의 지배 세력은 외세의 지배를 대행함으로써 자신의 지위를 유지하는 매판적인 전통을 축적해왔다. 4·19처럼 쓰레기더미에서 피어난 장미꽃과도 같은 예외적인 사건도 있지만, 한국 민족의 저열한 근성은 부정으로 점철된 선거에서 극명하게 나타난다.

총독이 볼 때 재식민화의 조건은 남과 북을 가리지 않는다. 남북의 대치 상황 역시 재식민화의 조건 가운데 하나이다. 남과 북은 막대한 군사비를 전쟁 억제를 위해 소모하고 있을 뿐이고, 이러한 상황은 일본이 경제 발전에 집중할 수 있는 여건을 마련해준다. 어디 그뿐인가. 남한에서는 일본 대중문화가 유입되어 문화적 정체성을 정립하지 못하고 있으며, 북한의 김일성 우상화 정책과 세습적 권력 체제는 일본 천황제 군국주의의 답습에 지나지 않는다. 달리 말하면 남북한의 정치 체제가 모두 일본의 식민지배 방식을 암묵적으로 모방하였거나 불가피하게 용인하고 있는 것이다. 남북의 분단과 대치 상황을 통해서 일본은 막대한 반사 이익을 얻으면 된다.

한반도를 둘러싼 국제 정세에 대한 총독의 판단은 냉철하다. 그는 당대의 국제 정세가 국수주의(자국중심주의)로 흐르고 있음을 짚어낸다. 노동자 계급의 국제적 연대를 내세우는 공산주의 국가들 사이에서도 자국의 이익을 추구하는 국수주의적 경향이 현저하게 드러나고 있기 때문이다. 이데올로기에 따라서 세계를 양분화했던 냉전 체제에서 자국의 이익을 최우선하는 국수주의적 경향으로 변화가 나타나고 있는 것이다. 이러한 상황에서 한반도의 통일 방안은 무엇일까. 총독은 오스트리아처럼 1민족 2국가 체제에서 1국가 2정치 체제로의 전환이라고 주장한다. 하지만 총독은 자신한다. 해방 과정에서 정당성과 정통성을 확보하지 못했고, 전쟁 억제를 위해 군사비에 과도한 지출을 하고 있으며, 체제의 우월성과 정통성을 주장하며 무한경쟁 체제로 접어들 것이기에 통일은 요원한 문제일 것이라고 진단한다.

그렇다면 총독의 소리가 갖는 형식적인 특성은 무엇일까. 근대소설의 형식이 일인칭 주인공의 내면 풍경의 확립과 깊은 관련이 있다는 것은 문학사의 상식이다. 그리고 주인공이란 현실에 존재할 법한 인물이었다. 허구적인 양식인 소설이 현실성을 획득하는 방식이 바로 여기에 있었던 것. 하지만 최인훈은 최소한 목소리의 장소가 확실해야 한다는 근대소설의 문법을 한순간에 벗어난다. 「총독의 소리」는 목소리의 장소를 철저하게 비현실적인 지평에 설정한다. 현실 속에 실재하지 않는다고 여겨지는 것의 목소리. 유령스러운 것의 목소리. 단지 목소리로만 존재하는 유령. 인물도 없고 사건도 없고 서사도 없는 소설. 이를 두고 유령이라고 하지 않을 수 있을까. 그렇다면 「총독의 소리」를 두고 유령의 목소리를 담은 소설이자 그 자체로서 유령이 되어버린 소설이라 할 수 없을까.

유령의 소설화는 어떠한 의미를 갖는가. 최인훈은 불확실성이 개재된 풍자를 내보임으로써 작품의 독서 과정에 불안정성을 끊임없이 촉발한다. 그 결과 우리는 최인훈이 자신의 글쓰기에 책임의식을 느끼는지 어떤지 알 수 없게 된다. 바꾸어 말하면 총독의 언어 뒤에 최인훈이라는 글쓰기 주체가 있는지 없는지 알 수 없게 된다. 최인훈의 「총독의 소리」는 누가 말하는가라는 물음을 지연하고 유보시킨다.[5] 재식민화의 야욕을 가지고 있고 여전히 환상적인 방식으로 존재하는 총독. 「총독의 소리」의 총독은 한국 사회의 집단적 무의식의 후미진 모퉁이에 억압되어 있는 그 무엇이다. 그것은 제대로 우리 내부에 숨겨진 자아이자 타자이다. 그런 의미에서 총독은 우리 내부와 외부에 동시에 존재하는 그 무엇이다. 총독의 목소리는 작가의 목소리를 은폐하면서 삭제해나가고, 작가의 침묵은 총독의 목소리에 허구성과 실재성을 동시에 부여한다.

4. 라디오 방송 기법과 세대론적 경험

「총독의 소리」는 기법과 내용에 있어서 숨기는 것이 없다. 러시

---

[5] Roland Barthes, *S/Z*, trans. Richard Miller, New York: Hill and Wang, 1975, p.140 참조.

아 형식주의자들이 지적한 바 있는 드러내기laying bare로 일관하고 있다고 말할 수도 있고, 구조주의자들의 목소리를 빌려 텍스트의 외표성exteriority만을 전략적으로 구축하고 있다고 말할 수도 있을 터. 라디오 방송의 형식을 차용하고 있는 기법 역시 작품 전면에 고스란히 드러나 있다. 기법은 텍스트의 표면에 드러나 있고, 어떠한 배후나 내면도 갖지 않는다. 씌어져 있는 것이 전부이다. 「총독의 소리」가 문제적이라면 바로 이와 같은 외표성에 있을 것이다. 「총독의 소리」에 나타나는 외표성의 차원은 라디오 방송이라는 형식과 밀접하게 연관되어 있는데, 라디오 방송 형식은 '만약 총독이 그 어딘가에서 한국의 재식민화를 획책하고 있다면 그는 한반도에 대해서 어떠한 판단을 하고 있을까'라는 거대한 가정법을 전면화하는 매개적 장치이기 때문이다.

최인훈이 방송의 소리를 도입한 작품은 「구운몽」『서유기』「총독의 소리」「주석의 소리」 등이다. 「구운몽」과 『서유기』에서 방송은 소설을 이끌어가는 모티프로서 제시되어 있다. 「구운몽」에서는 감정에 호소하는 직설적 발화를 대체하는 양상이었다면, 『서유기』에서는 다양한 이데올로기의 지형을 형성하는 매체로 등장한다. 반면에 「총독의 소리」「주석의 소리」는 작품의 핵심적인 구성 원리로서 방송이 등장한다는 점이 특징적이다.[6] 최인훈이 여러 작품에서 방송 형식을 차용한 것은, 단순히 기법적인 측면뿐만 아니라 작가의 세대론적 경험과 무관하지 않다.

---

6) 서은주, 「최인훈 소설에 나타난 '방송의 소리' 형식 연구」, 『배달말』 30호, 2002 참조.

1936년생인 작가 최인훈 세대의 삶을 들여다보면, 라디오 방송이 역사적인 사건과 늘 함께했음을 알 수 있다. 한반도에 라디오 전파가 퍼져나간 것은 1927년 일이다. 최인훈의 세대가 경험했던 역사적 장면들에는 거의 예외 없이 라디오 방송이 함께 자리를 하고 있다. 몇 가지의 예만 살펴보자. 1945년 8월 15일 일본의 히로히토 천황은, 일명 옥음방송이라고도 불리는, 항복이라는 말이 등장하지 않는 항복 선언을 했다. 일부러 잡음을 집어넣어서 녹음을 해서 알아듣기 어렵게 만들었다지만, 천황의 목소리는 라디오와 함께한 역사의 한 장면이었다. 1950년 6월 26일 김일성은 평양방송을 통해 "이승만 군대가 38도선 이북으로 진공을 감행하였으므로 그것을 막아내고 결정적인 격전을 개시하여 적의 무장력을 소탕하라"고 명령했다. 반면에 남한에서는 6월 26일 오전 7시가 넘어서야 방송은 북한군이 침공해왔다는 소식만 간단히 전했고, "장병들은 누구를 막론하고 빨리 원대복귀하라"는 공지방송만 반복했다. 대통령 이승만은 서울 시민들이 서울 안에 머물도록 독려한 반면 그 자신은 이미 피난길에 올랐다. 어디 그뿐일까. 휴전 이후에도 라디오는 한국의 현대사의 역사적 장면과 함께했다. 1960년 4월 26일 오후 1시에 이승만은 라디오 연설을 통해, 대통령 자리에서 하야하며 자유당도 해체하겠다고 발표했다. 4·19민주화혁명의 결실은 라디오를 통해서 널리 퍼져나갔다. 반면에 1961년 5월 16일 오전 5시 군부 쿠데타를 통해서 정권을 탈취한 박정희는 중앙방송을 통해서 박정희는 혁명공약을 발표했다. 민주주의의 꽃이 시드는 역사적 장면에도 라디오는 어김없이 함께 있었던 것이다.

거칠게 살펴보았지만 최인훈의 삶에 있어서 방송의 목소리는 일종의 개인의 의지나 결단을 넘어서 있는 초월적 영역에서 들려오는 목소리였다. 물론 시대적 상황과 작가의 삶 그리고 문학적 형식을 단선적으로 연관 짓는 것은 경계해야 할 일임에 틀림없으나, 최인훈이 왜 방송의 소리를 소설의 기교나 형식으로 반복해서 채택했는지를 이해하기 위해서 배경지식으로서의 의미는 충분히 지닐 수 있을 것이다. 그런 의미에서 보자면 「총독의 소리」와 「주석의 소리」에 등장하는 라디오 방송 형식은 단순히 기법실험의 차원에 그치는 것이 아니다. 라디오 방송은 한국의 근현대사의 역사적 혼란 한가운데에 있었을 뿐만 아니라, 그 자체로 한국근현대사를 증언하는 방식이었다. 라디오 방송과 역사적 변화는 최인훈 개인의 체험이면서, 역사적 장면을 증언하는 라디오 방송에 귀 기울이며 살았던 동시대인들의 공통적인 경험이었던 것이다.

그렇다면 총독과 주석의 목소리는 어떠한 양상으로 전달되었던 것일까. 「총독의 소리」와 「주석의 소리」에서 라디오 방송을 청취하는 사람은 시인이다. "방송은 여기서 뚝 그쳤다. 시인은 창으로 걸어가서 밤을 내다보았다"(p. 70). 그 뒤로 이어지는 문장은 연쇄적인 하나의 문장으로 제시되어 있는데, 마치 시인의 내면과 무의식에 관한 자동기술을 연상하게 한다.

광장의 햇불과 밀실의 눈물을 이른 아침의 안개 낀 거리를 누벼간 은밀한 걸음걸이가 이른 장소를 생각하면서 바다에 잠긴 노예선의 탯줄에서 흘러나간 족보의 연면한 이음과 이음의 마디를 짚어보면서 자기가 볼 수 없는 태양을 위해서 왜 인간은 죽어야 할 때도 있는가에 절망하면서 〔……〕 그러나 대체 어느 누가 이 모든 것에 대해서 소리 높은 꾸지람의 목소리를 가질 수 있겠는가 하고 자기를 변호하면서 〔……〕 좋은 몫을 차지한 사람들은 내일도 오늘 같은 태양이 제 시간에 동에서 뜨기만을 바라면서 건강하게 밝게 살아야 한다고 다른 사람들에게 권하는 도시의 불빛을 내다보았다. (pp. 70, 71, 79에서 부분적으로 인용)

시인은 부조리한 세계에 대한 상념을 끊임없이 쏟아낸다. 과연 라디오 방송은 청취자인 시인에게 제대로 전달된 것일까. 알 수 없는 일이다. 하지만 역사의 이념을 당위의 차원에서 말하는 라디오 방송과, 비루한 일상에 기생하며 수많은 부조리함에 둘러싸여 살아가는 시인의 대비는 참으로 눈부시다. 이러한 대비는 한반도의 재식민화를 획책하는 총독의 목소리와 사회적인 혼란 속에서 부조리와 환멸에 맞닥뜨린 시인의 무의식이 서로의 경계를 유지하며 마주 보고 있기 때문이다. 특히 일상의 부조리에 휩싸여서 언어의 운동성에 근거하여 자신의 무의식을 헤집고 다니는 시인의 언어는 참으로 눈부시다. 눈부심의 부조리함이라고나 할까. 여기에는 식민 통치와 해방, 한국전쟁, 4·19와 5·16 등을 연달아 경험한 세대만의 감수성, 언어로 표현할 수 없지만 몸부림을 치며 언어를 통해서 표현하지 않을 수 없었던 그 어떤 역사적 감각이 가로놓여 있는 것은 아닐까. 다만 추측해볼 따름이다.

〔2009〕